媚乱六宫

【上】

冰蓝纱 著

重庆出版集团
重庆出版社

图书在版编目（CIP）数据

媚乱六宫 / 冰蓝纱著. — 重庆：重庆出版社,2013.6

ISBN 978-7-229-06484-6

Ⅰ.①媚… Ⅱ.①冰… Ⅲ.①长篇小说－中国－当代 Ⅳ.①I247.5

中国版本图书馆CIP数据核字(2013)第087518号

媚乱六宫
MEILUAN LIUGONG

冰蓝纱 著

出 版 人：罗小卫
丛书策划：李 子
责任编辑：李 子 马春起
责任校对：杨 婧
装帧设计：八牛设计

 重庆出版集团
重 庆 出 版 社 出版

重庆长江二路205号 邮政编码：400016 http://www.cqph.com

重庆升光电力印务有限公司印刷
重庆出版集团图书发行有限公司发行

E-MAIL:fxchu@cqph.com 邮购电话：023-68809452

 重庆出版社天猫旗舰店
cqcbs.tmall.com

全国新华书店经销

开本：710mm ×1000mm 1/16 印张：37 字数：704千
2013年6月第1版 2013年6月第1版第1次印刷
ISBN 978-7-229-06484-6

定价：55.00元

如有印装质量问题，请向本集团图书发行有限公司调换：023-68706683

目 录

第一章　雪地长跪泣情绝 1

第二章　寻亲不成横祸至 12

第三章　宫闱深深长恨绝 23

第四章　前尘旧事恩怨深 35

第五章　初蒙恩宠茜香美 48

第六章　新欢旧爱难自处 60

第七章　天机勘破杀意起 70

第八章　六宫失色佳人媚 83

第九章　不露声色步步惊 95

第十章　一尸两命陷阱深 107

第十一章　火烧驿馆战云涌 119

第十二章　旧情复燃伤心人 133

第十三章　惊鸿一舞君心倾 145

第十四章　化敌为友破安主 156

第十五章　水落石出恨两难 167

第十六章　借力出宫埋祸根 179

第十七章　安主遇刺时局转 190

第十八章　情意已明人两难 202

第十九章　无情最是帝王心 214

第二十章　惊闻秘辛明心志 226

第二十一章　阴谋再起风云变 237

第二十二章　御园狮口虚惊魂 249

第二十三章　风云初动天地惊 262

第二十四章　逼宫变乱佳人逝 274

第二十五章　九死一生恩怨消 287

第一章　雪地长跪泣情绝

　　清晨，白雪皑皑。齐国初冬的第一场雪如约而至，飘飘洒洒地将整个齐京覆得一片雪白。初雪暖阳探出了个头，沉寂了一夜的街道也渐渐人声鼎沸起来。行人多了，两旁商铺打开门开始忙忙碌碌地做起了生意。

　　可街东一座高大的朱漆府门前静静跪着两抹雪白的身影。身影一大一小，从背影看像是一对母子。女的背对着街看不清楚面容如何，但身影窈窕端方，一头乌发整整齐齐梳成妇人髻，用一根极普通的银簪绾住。她浑身清爽干净得像是地上的白雪一般惹人喜欢。在她身边静静依偎着小男孩，大约三岁左右，瘦小伶仃，靠着母亲一动不动，异常乖巧。

　　他们母子二人一身雪白孝服跪在这高大的朱门前已整整一个时辰了。渐渐地，越来越多的人发现了这对母子，纷纷驻足议论纷纷。

　　"娘亲，阿宝饿……"身边小小的人儿抬起头来，用一双黑葡萄似的大眼看着母亲。

　　"阿宝乖，等爹爹出来见到阿宝一定会给你吃的，再忍一忍。"女子轻抚过儿子被冻裂的小脸，话音刚落泪就簌簌滚落下来。

　　"娘亲不哭，阿宝不饿了！娘亲不要哭！"小男孩见母亲哭泣，急忙伸出手擦着她脸上的泪水，可是他越说那女子面上越是泪水滚落。

　　那女子看样子也不过二九年华，五官婉约美丽，肤白如雪，鼻若悬胆，尖尖精致的下颌楚楚动人。巴掌大的小脸上一双明眸与小男孩酷似。漆黑的眼瞳如白玉盘中养着的黑水银，黑得纯净。美眸幽深如潭，但明眸善睐，顾盼流光，令人心动。

她看着儿子乖巧的举动心中更加酸楚，索性抱着他痛哭失声。围观的行人见他们母子二人可怜纷纷上前劝问。好心的大婶大妈还给了小男孩吃的。可是他只乖乖伏在母亲的怀中不敢接受。

女子面上皆是泪痕，对着众人重重磕了一个头："诸位好人，小女子姓周名惜若。我夫君离家三载进京考取功名。可如今家乡闹了灾，公婆都饿得病逝了。小女子无奈只能带着儿子进京寻找相公。可是进了京城才知道……"她说到这里泣不成声，可是强忍悲痛继续道："才知道原来他去年早就状元及第，还被招为郡主驸马！"

她说到这里，围观所有的人纷纷惊呼。去年的状元？！郡主驸马？！这不就是——当今权倾一世的安王的女婿——状元邵云和吗？！

所有的人都愤怒了！去年状元郎游街，高头大马，红绸加身，一身俊美风采令人难忘。所有齐京的人纷纷折服于他的风姿过人，可是谁曾想到他功成名就之后居然抛妻弃子，恬不知耻地娶了郡主！

众人看着周惜若怀中的稚子，果然看得出那孩子脸上隐约的清秀俊美。见过邵云和的人都啧啧道："像，一看就是邵大人的儿子。"

"呸！还邵大人，就是一忘恩负义的禽兽！"有人怒道。

周惜若抱紧儿子，心中凄苦难言。自从来到京城后她屡次寻他都避而不见。最后盘缠用尽无处容身，只能一身白孝跪在这朱门前求他回头。她今日这一跪就算不为了自己，也要为她的儿子争一争。

在众人同情的议论声中，眼前紧闭的朱漆府门忽地打开。从里面走出一位朱钗满头的美艳少妇。她一身锦绣长裙，妆容精致，但一双杏眼中皆是冷傲与鄙夷。她走出来，冷冷环视了一圈府门前的众人，最后盯在了跪在地上抱在一起的周惜若母子身上，眼中的厌恶与轻蔑越发浓了几分。

她环视众人冷笑道："看什么看？不知道这里是郡主府吗？！"

她话音刚落，府门里面跟随走出几个皆是家丁打扮的彪形大汉。众人都是平民百姓，一看这阵势一窝蜂地跑了，顿时偌大的郡主府门前只有雪地上跪着的周惜若与她的孩子。

周惜若看着面前高高在上的女人，嘶哑问道："云和呢？他为什么不出来见我们娘俩？"

"贱人！郡驸马的名讳是你叫的吗？！你可知道眼前的人是谁？她可是敏仪郡主！"一旁的丫鬟出声叱责。

一声刺耳的"贱人"令周惜若雪白的脸顿时通红，她冷冷盯着她，陡然迸发的冰冷气势逼得那丫鬟不由得低了头。她能忍受千百种侮辱，唯独不能让人当着她儿子的面辱骂自己。若自己是贱人，那自己的儿子岂不是也跟着受辱了？

"你不能骂我娘亲！"阿宝猛地挣脱自己母亲的怀抱，站出来大声地责问。

府门前的家丁看着他酷似郡主驸马的小脸，都不禁面面相觑流露心虚。敏仪郡主南宫菁看着周惜若清丽的面容，心中的嫉恨无法抑制地一阵阵涌上。

她美眸咕噜一转，忽地笑了笑问道："你说你是邵云和的妻子，可有什么证据？"

周惜若把阿宝抱在怀中，怒道："三媒六聘进门，如今还有个儿子，还需要什么证据？"

南宫菁冷了脸色，十指丹蔻指着周惜若道："也正巧，本郡主也是他三媒六聘，皇上亲自下旨娶进门的。你要是说你是他的正妻，那本郡主又成了什么呢？"

周惜若听得这话心若刀绞。她咬牙抬头道："我要见他！我要他给我和阿宝一个说法！"

"说法？"南宫菁忽地仰头咯咯笑了起来，"好，这就给你说法！"

她一挥手，身后的家丁抬出来一盆水。"哗啦"一声，偌大冰冷的一盆水把他们母子两人浇了个透。周惜若惊叫一声下意识把阿宝护在身后。可是已来不及了，阿宝被这突如其来的冷水吓得哇哇大哭起来。

周惜若顾不上自己，急忙心疼地把阿宝抱在怀中，怒视他们："你们怎么可以这样，你们！……"

"这就是云和的说法！他说休掉的妻子就如泼出去的水，从此以后他和你夫妻情绝，绝无反悔！"

南宫菁美艳的脸上皆是得意的神色，她从怀中掏出一张略微发黄的纸，冷冷地丢到了周惜若狼狈的脸上："拿着休书滚吧！邵云和如今可是皇上亲封的郡主驸马，前程似锦，你配不上！"

怀中的阿宝还在哭泣，周惜若却仿佛被抽干了所有的生气，她呆呆看着那一封休书跌落地上，那一行笔力凌厉的字在眼前无限放大。

"邵门周氏，无才无德……"

她不信！这一封信怎么可能是他亲笔所写？！邵云和，邵家的独子，虽不常笑但总是彬彬有礼的男人。两人自小认识青梅竹马玩闹一处从不红脸。及笄之后，他求学归家之时她就欣然嫁给了他。虽然他在成亲后第二天就匆匆进京准备应试，自己则在乡下老家伺候双亲高堂。两人夫妻情意看似不深，但是她有了他们的孩子。她不信他就是这样贪慕富贵虚荣，抛妻弃子的薄情男人！

阿宝在她的怀中大声地哭着，她心若刀绞，看着眼前不可一世的南宫菁，眼中殷红如血："我要见他！我要他亲口说他不要我们娘俩！"

她一把推开南宫菁扑向那扇朱漆拱门，凄厉地喊："云和，你出来！你看看阿宝，他是你的骨肉！"

"你可以不要我，但是你不能不要阿宝。爹娘死了，亲戚们都去逃难了。"她哭得声嘶力竭，泪水在清丽的面上纵横交错，"云和，你看看阿宝，你不能这样！……"

南宫菁被她冷不丁地推开，气得柳眉高挑，一回头看见周惜若要冲入府中，厉声对家丁喝道："都站着干什么？！把这个贱人赶走！"

家丁们这才醒悟过来，急忙一把抓住还在挣着向前的周惜若推到了街上。周惜若跌在地上，街上脏污的积雪沾了她一身雪白的孝服。南宫菁还不解恨，上前狠狠一巴掌扇上她的脸，尖尖的指甲故意扫过她的脸，顷刻间周惜若清丽的面上几条血痕赫然在目。周惜若被扇得眼前一片金星乱撞，耳中嗡嗡作响。阿宝看到母亲被打，顾不得哭泣跑过来挥动小拳头往敏仪郡主身上招呼。

南宫菁哪能让他轻易得逞，一把重重推开他，尖声叫道："造反了不成？！"

她身后的家丁丫鬟纷纷上前将她护住。周惜若只听得儿子阿宝"哇"地一声，心中一惊，急忙扑过去将跌在地上的阿宝护在怀中，凄然叫道："你们不能打我的儿子！他是云和的骨肉！……"

她下一句还未喊出背上就重重挨了一脚，如雨的拳脚都落在了她的身上。周惜若痛得说不出话来，只能死死护住自己的儿子。她眼泪簌簌滚落，硬是不开口求饶。围观的百姓只见郡主府门前一群壮硕的家丁在殴打一对孤苦的母子俩，都纷纷聚拢过来，议论纷纷。

有愤怒的百姓已纷纷叫道："安王就是仗势欺人！"

"打死了人是要见官的！难道就因为是郡主就可以草菅人命了吗？！"

义愤填膺的声音越来越大，围观的人越来越多。南宫菁看着一张张愤怒的脸，终是心虚地退后一步。

她忽地冷笑道："住手！"家丁们听得命令连忙住手。

周惜若已痛得几乎要昏过去，一缕血线沿着额角缓缓流下，她吃力抬起头来看着高高在上的南宫菁，抱紧阿宝，悲愤已经填满了胸臆令她说不出一个字来。

南宫菁看着她眼底的恨意，心中不由一缩，但很快冷笑一声："你要找他不过是因为你老家遭了天灾活不下去了。"

她从袖中掏出银袋，曼声道："不就是为了银子吗？本郡主大人有大量，就不和你这种贱民一般计较。看在你和他夫妻一场，本郡主可怜你们母子，拿了银子就滚吧。"

她一松手银袋中的银子颗颗滚落在周惜若的身边。南宫菁笑得阴冷："带着你的贱种滚出京城！要是再来闹事就别怪本郡主不客气！"

她说完，转身傲然对家丁丫鬟们道："回府吧！以后看见这贱人再来就不必手下留情了！"她说完带着一帮人重重把府门关上。

4

四周的百姓见他们离去，纷纷上前来扶起周惜若母子二人。周惜若跪坐在雪地上看着一地的碎银，再看看阿宝抽抽噎噎的脸，忽地笑了起来。

她，笑得泪流满面。眼前这扇朱漆大门冷冷立着，隔门不愿见的他，是真的要铁了心与贫贱的过去一刀两断。怀中的阿宝犹在哭泣，一声一声撕心裂肺。她抱着阿宝轻轻擦干他的眼泪："阿宝，爹爹不要我们了。以后阿宝就跟娘过。好吗？"

阿宝虽小却已知道了期盼已久的爹爹是真的不要他们了，他抽抽噎噎道："我们不要爹爹，他是个坏蛋！"

周惜若泪已成河。

"这位小娘子把银子带上吧。"围观的人为她捡起散落一地的银子，好心的上前劝道："他做了郡主驸马是决计不会回头的。只是你们母子两人还要过日子，这些银子……就收着吧。"

他们递上南宫菁丢在地上的银子，一双双淳朴的眼中皆是同情。周惜若心中仿佛灌了铅一样有了千斤重。她不想要这银子，可是为了寻亲她已变卖了老家的房子还有几亩薄田，千里迢迢来到京城盘缠早就花完了。要不是真的无路可走了她也不会带着阿宝冰天雪地里跪着求他出来。

周惜若看着围着自己的好心人，哽咽一声，缓缓地伸出手接过那包令她万分屈辱的银子。她的手在颤抖，心在滴血。天光耀眼，眼前高耸的府邸仿佛都在嘲笑她母子两人的狼狈，原来这就是云端与泥土的区别。南宫菁眼底的蔑视与侮辱，她一辈子都忘不了！

周惜若接过银子，素白的脸已涨红。望着怀中阿宝纯净无瑕的双眼，她生平第一次觉得自己那么卑贱如草。她挤出一个比哭还难看的笑容："阿宝，娘亲带你回家！"她说着给众人行了一礼，毅然转身就走。身后传来众人唏嘘的同情声。

殊不知在街对面的茶楼上一双邪肆的眼眸把方才那一幕统统都看在了眼中。他见那抹窈窕的身影消失在街的尽头，这才收回目光。

他啧啧两声，摇头道："可惜！"

这一句把茶楼雅间的人的目光都引得落在他的身上。那人倚在雅间的美人靠上，他肤色很白，五官十分深邃俊魅，一双狭长深眸总是含着满不在乎，薄薄的唇边缀着一抹似笑非笑，似乎总是在嘲弄着世间的一切。

一身银色绣同色暗纹祥云长衫令他显得修长挺拔，贵气内敛。雅间闷热，他领口微开，露出一小片领口的肌肤。鸦色的发，白皙的肤色，俊眼高鼻，配着他似笑非笑的狭长深眸，他俊美得如魔似魅。

他见众人在看自己，深眸一眯，漫不经心地端起面前的一杯清茶，放在鼻尖轻嗅，拉长声音慵懒道："可惜这么个美人了。"

5

一旁伺候的歌女见他出声，笑着依上他的身，娇声软语："龙公子觉得什么可惜？"

那被称为龙公子的男子轻挑歌姬的下颌，笑得散漫魅惑："本公子可惜的是这么美的一个女子怎么会被人休了呢？要是本公子肯定会好好疼惜。"

歌姬风情万种地横了他一眼，自己玲珑的身子更紧地贴近他："龙公子，她不过是糟糠之妻，自然比不上敏仪郡主尊贵……"

她还未说完，就看见他似笑非笑地看着自己，那一双魅惑如妖的深眸中皆是冰雪之色。她在茶楼见过太多形形色色的人，却从未见过一个眼神就能有如此气势的男人。方才还是风流倜傥，嬉笑如常，可现在双眼中却是霸气内敛，犀利如刀，隐藏的威仪令人胆寒。

歌姬心中打了个寒颤，不禁低了头退下道："妾身再去热一壶茶来。"

龙公子见她识趣离开，转头对另一位白衫男子问道："温兄怎么看？"

对面默默自斟自饮的儒雅男子闻言，眉头一皱，道："看邵云和这人不像是不要双亲，抛弃妻子的人。"

龙公子一撇薄唇，懒洋洋靠在软垫上，支了额角，曼声一笑："人心隔肚皮呢。温大学士，朕要说多少次你才不会把所有的人都想得那么好呢？"

被他称为温大学士的年轻男子抬头斯文一笑："是啊，皇上教训得极是。人是有许多面的，比如说皇上您。"

两人一口一个皇上，一口一个学士。这雅间中白衣公子就是当今齐国的少帝，刚即位不久的龙越离。另一人是上一届的状元郎，时任龙渊阁大学士的温景安。两人年纪相仿，虽是君臣却时常结伴出游。今日凑巧到了这茶楼品茶，竟让他们看到方才那一幕。

温景安问道："这事皇上打算怎么办？邵云和与敏仪郡主可是皇上亲自赐婚，这时候又来了个正妻还早就有了儿子，这不就是欺君之罪吗？"

龙越离随手拿了披风漫不经心地系上，嗤笑："好戏才刚开始，温学士应该知道接下来怎么做。"

他说着推开雅间的门，走出了茶楼。温景安看着他步履如莲，背影如一株琼花玉树随风摇曳，不得不在心中叹了一口气。摊上这么个诸事不愿明示的皇帝的确很是头疼。

他随口吩咐一旁的侍从几句，慢吞吞地上前走在龙越离的身边。

龙越离回头凤眸一挑，笑意轻轻浅浅地就从眼中流泻了出来，他一拍温景安的肩头，笑得邪魅："温学士真的是朕的知己啊。"

温景安一听，不知怎的心中一抖，再看时龙越离已翩翩走远了。

南宫菁回了府心中一股怒火无处发泄，关上房门狠狠砸起了古董花瓶。哗啦几声，上好的花瓶碎裂成千万片。她还不解恨，操起一尊翡翠玉佛就要往地上砸。

一双修长有力的手从她背后一把稳稳捉住玉佛，悦耳的声音从她背后响起："是谁惹了郡主这么生气呢？"

这声音轻易地就把南宫菁一腔怒火给灭了。她回头红着眼眶，咬着牙恨恨地看着面前的锦衣男子，半晌说不出话来。他大约二十多许，面容俊美白皙，丰神俊朗，剑眉凌厉，飞扬入鬓。眼眸深邃，顾盼间隐隐有慑人的威势。鼻梁挺直，冷峻如刀刻一般，眉间自有一股说不出的冷冷傲然。他俊颜上神色轻慢，可偏偏令人无法忽视。

他掂量着手中的玉佛，轻笑道："这可是太后娘娘赐下的，万一碎了郡主可怎么交代呢？"

南宫菁冷笑反问："那今天这事你怎么跟我交代？你不是说她又笨又蠢，是你父母逼着你娶的吗？可是今日我瞧着怎么好像不是这样呢？！"

邵云和面色微微一沉，冷冷道："我不是说休了她了吗？郡主还要什么交代？"他说着转身把玉佛放在多宝格上转身就走。

南宫菁见他要走，怒道："你站住！还没说清楚呢？！"

邵云和转身冷笑道："去年我说我有妻，家境贫贱，郡主却非要嫁给邵某。如今休书已写我已与她撇清关系，郡主还想要什么交代？"

南宫菁看着他俊脸上张扬冷傲的神色，心中无名的委屈愤怒顿时消失。她咬了咬牙，道破今日看到的情形："可是她有了你的儿子，都三岁了！"

邵云和神色猛地一凝，藏在长袖下的手微颤，半晌冷漠道："儿子又怎么样？既已休离，跟我一点关系都没有。"

南宫菁见他如此果断，满腹的郁结顿时都解开了，她扑到他的怀中重重拍打他一下，娇嗔道："你知道就好，我就是见不得别的女的跟你拉拉扯扯，牵绊不清楚。"

她在他怀中絮絮叨叨地骂着周惜若。邵云和看着怀中的南宫菁，眸中有什么一闪而过。许久他把手缓缓地落在她的腰上，声音轻柔："好，这一辈子我只和你拉拉扯扯，牵绊不清楚。"

南宫菁听着他的甜言蜜语，多大的气恼也都散了，腻在他的怀中，又问："那个孩子怎么办？"

邵云和轻抚她的手微微一顿，片刻冷冷道："我离家三年，是不是我的儿子都还是两说呢。"

南宫菁心中一喜，抬起头想要说什么，却发现他神思已飘远了。她拉了他一把，疑惑问道："云和……"

邵云和收回目光，轻抚她的脸庞，声音温柔："你也累了，好好歇一会，我还有点公事要办。"他说完转身就走了。

南宫菁看着他匆匆离去的身影，心中烦乱，唤来嬷嬷侍女打扫。

7

一位年老的嬷嬷走了进来，看着她端坐妆台前，小心地探问："郡主，驸马说了什么？"

南宫菁一抬美艳的面庞，杏眼中皆是得色："他说把那贱人休了之后就一点关系都没有了。这可是他方才亲口说的。"

"那还有驸马的孩子呢？"嬷嬷凑上前，压低声音，"休掉那贱人容易，可是那孩子可是驸马的骨血呢！"

南宫菁猛地回头，杏眼中皆是怨毒："嬷嬷的意思是？"

嬷嬷把侍女们挥退，在她耳边低语几句。敏仪郡主听着嬷嬷的话低头细想，半晌她抬起头来，冷冷一笑："嬷嬷，我懂了。"

她说着附耳在嬷嬷身边如此这般说了。嬷嬷仔细听了，不动声色点了点头退了下去。

南宫菁见得她离开，一转头看到铜镜中自己美艳的面庞。她冷冷地笑："周惜若，我才不管你和他是什么青梅竹马，还是原配正妻！邵云和是我看上的，我就要你从此滚出京城！"

夜已寂冷，一轮明月挂在漆黑的天际。周惜若一手抱着阿宝，一手拨弄着眼前的火堆。阿宝已哭得累极睡了，她用烤干松软的衣衫把他密密地包好，生怕他着到一丝寒风。白日从郡主府门口出来，她脑中浑浑噩噩的，只知道抱着阿宝离开这个京城，却没想到走到了京郊这才发现错过了宿头。于是只能抱着他寻了个破庙，只希望挨过这一晚明日雇一辆马车回老家。

她摸上腰间，这些银子像是烧烫的炭火令她一下子缩回了手。这是今日她受尽千万屈辱换来的活命本钱，再恨再不甘为了阿宝她只能弯下傲骨。

"水……娘，我要喝水。"阿宝迷迷糊糊地道。

周惜若回过神来，急忙胡乱擦干脸上不知什么时候滚落的泪水，起身拿来一碗清水。她一伸手摸了阿宝，只觉得触手烫得吓人。

她心中一惊，急忙摇醒阿宝："阿宝，你是不是哪里不舒服？"

阿宝只知道呜呜地哭，挣扎想要撩开身上的衣服："娘，阿宝热……"

周惜若就着火光看着他的小脸，果然看见阿宝的脸上已显出不正常的潮红。她心中咯噔一声沉到了谷底。白日里被敏仪郡主用一盆冷水泼了他们娘俩一身，再加上被郡主府中的恶仆殴打，阿宝还是小孩子，一冷一吓到了晚间就发了高烧。

她不敢再耽搁，抱起阿宝牢牢背在背上，道："阿宝，你忍一忍，娘带你去看大夫。"她说着背着阿宝，没入了漆黑的夜色中。

天上明月皎皎，寒冷的空气中带着一丝不祥的气息。一抹黑影从破庙旁闪身而出，悄悄追着周惜若离去的方向而去。

周惜若紧赶慢赶终于找到了一间行医馆。此时已是深夜，馆门紧闭，周惜若干求万求，里面的郎中看着他们母子可怜这才施了针药。一帖退热的药让阿宝服了下去，阿宝才安稳了许多，脸上的红潮也退下了不少。周惜若抱着阿宝长吁一口气，连连对郎中道谢。

郎中不耐烦地挥了挥手，打了哈欠关上了医馆的门。

周惜若背着熟睡的阿宝一个人走到了空无一人的街上。此时深夜，白日里熙熙攘攘的街道如今在漆黑的夜色中显得分外荒凉。周惜若看了一眼心中不由打了个寒颤，急忙加紧脚步。

她走了一会，忽地，身后传来方才郎中的声音："这位小娘子等等。"

周惜若见是郎中追出来，急忙问道："大夫还有什么事么？"

郎中撑着灯笼古怪地看了她一眼，笑道："没什么，就是觉着你们娘俩深夜出去恐怕不安全。这医馆中还有个空房，你们先住一晚，万一小娃有什么事也找得到人帮忙。"

周惜若正为这住宿一事犯愁，一听感动得几乎落泪，急忙道："好，谢谢大夫！"她说着千恩万谢地跟着郎中又回了医馆。

郎中引了她来到医馆的后院中，院中乱七八糟堆了一堆的药材，只有一小间可供勉强栖身。周惜若见了这屋子也不嫌弃千恩万谢了郎中，小心翼翼抱了阿宝放在干硬的床上。

夜已深，周惜若只觉得眼皮沉沉，脑中亦是昏昏沉沉的，她不放心摸了摸阿宝的额头，发现他已微微出了汗，这才安心倚着床边沉沉睡去。

过了许久，房门悄然打开，黑暗中有一道沙哑的声音问道："都睡了么？"

"睡了。这房中放了安神香，她是不容易醒来的。"是郎中的声音。

那声音阴沉地"嗯"了一声。递给黑暗中那人一包东西："这银子够你回乡下安度晚年了。这事不可声张！"

郎中欣喜接过，匆匆走了。黑影看着房中熟睡的一大一小两人，慢慢走了进去……

第二天周惜若是在嗡嗡的议论声中醒来的。她睁开迷蒙的眼，只觉得天光刺眼得很。她下意识一摸身边却只摸到了冷硬的地面。她一惊急忙睁开眼，却发现自己靠在了一条狭小的巷中，身边除了早起的行人围着她议论纷纷，已根本不是昨夜她借宿的医馆！

她一摸身边，心猛地慌了起来。阿宝不见了！

她挣扎起身，明眸睁得大大的，可是巷子里头哪还见阿宝的踪影？！

她心慌得一把抓住围着看热闹的行人，声音颤抖："有没有看见我的阿宝！就是三岁的小男孩，这么高……"她比划着，眼中神色已几欲癫狂。

"放开！你这个疯女人！什么阿猫阿狗的！"行人们见她疯疯癫癫，纷纷躲避。

9

周惜若眼神已狂乱，她再蠢也知道阿宝出事了！想着她好不容易强自镇定下来，辨认了方位向昨夜的医馆方向奔了过去。到了昨夜的那家医馆，却见医馆的门紧闭，周惜若心中涌起一股巨大的绝望。可这时顾不了这么多了，她拼命敲门可是半天都没人开门。

"阿宝，你们还我的阿宝！"周惜若身上雪白的孝服已脏污不堪，整整齐齐的发髻也早就散乱。她扑上前拼命砸着医馆的门，哭道："你们还我的阿宝！还我的阿宝！"

周惜若已哭得浑身发抖，过往的行人有的不忍心，上前劝道："许是孩子跑哪去玩了，要不就是……唉……这京城丢了孩子不好找呢。那么大的地方，再找找吧。"

周惜若浑身犹如坠入冰窟一般。阿宝，她唯一的孩子，她不能让他有事！她想着忍着身上的痛与心底的绝望，跟跟跄跄向着长街的尽头跑去。

郡主府门前一派热热闹闹。郡主与郡主驸马出府阵仗气派。雕饰精美漆了金粉的马车是敏仪郡主与郡主驸马同乘的车子。

邵云和从大门中出来，他今日穿着一件暗红纹玄青锦衣长袍，外披一条玄狐披风。他容色冷峻俊美，玄狐披风为他多添了几分雍容华贵，越发衬得他眉眼如墨画般明晰。他身边是美艳的南宫菁，她一身桃红短襦长裙，外披银面绣梨花雪貂披风，珠翠满头，妆容精致。

南宫菁看了一眼身边的邵云和，眼中不由流露出情不自禁的倾慕与得意。放眼京城，谁人不知邵云和才情满腹，还长得一表人才，特别是他一身气质，冷峻清贵令人见之心折。

邵云和一回头见南宫菁看着自己，微微一笑，温柔地扶了她的手："郡主，仔细路滑。"

南宫菁含笑横了一眼，由着他扶下了府门前的台阶。

"云和！——"一声凄厉的女声从一旁传来。邵云和深眸一眯，不由看向声音来处，只见周惜若奋力分开郡主府家丁的阻挡，跟跄扑到他跟前，清丽的面上泪痕纵横，她眼中满满都是绝望："云和，阿宝不见了！云和，我求求你，你去找找阿宝！他才三岁！云和，他是你的骨肉啊！你不能不管啊！"

邵云和看着她神色癫狂，忍不住退后一步，失声问道："你……你说什么？！"

一旁的南宫菁被吓了一跳，回过神来，一步上前狠狠一巴掌扇向周惜若，对周围的丫鬟奴仆尖声叫道："都傻站着干什么？没见到这个疯妇跑来吗？把她赶走！快点！"

周惜若被南宫菁扇得跌倒在地，唇边丝丝血迹流出，但是她仿佛察觉不到疼痛，只定定揪住邵云和的长袍下摆，眼中皆是祈求："云和，我可以带着孩子离开京城，但是帮我找找阿宝。他不见了！他真的不见了！"

"云和，你看在你我夫妻一场，你就看在死去爹娘的分上，你帮我找阿宝。只要把阿宝还给我。我立刻走得远远的，我不会再打扰你！"

她苦苦哀求，什么尊严什么情分都不要了，她只要阿宝回到她的身边！

所有的人都看着那长身玉立的男子如何说。一旁的南宫菁捏紧了藏在袖中的手帕，杏眼中皆是阴沉。她看了一旁的嬷嬷，嬷嬷朝她点了点头。

南宫菁曼声道："驸马，上香的时辰要晚了。有什么天大的事回来再说吧。"她看着跪在地上的周惜若，眼中皆是厌憎："昨儿才拿了银子灰溜溜地走了，怎么今日又来丢了孩子的戏码了？本郡主劝你省省吧。要多少银子直说吧，别欺负驸马心软！"

周惜若不看她，只死死盯着眼前高高在上的邵云和。他不一样了，当年寒窗苦读的少年如今竟这么有气势，一身洗了又洗泛白的儒士服如今也换成了锦衣狐裘。他里里外外再也看不出从前寒门学子的半分寒酸模样。

周惜若一双明眸中泪水簌簌滚落，心中凄苦无措。她看见邵云和眸中有什么一闪而过，像是愧疚又像是心软。她心中一亮正要再求。

一旁的南宫菁忽然阴沉沉地道："邵云和，我警告你！你要是今日跟着这贱人走了去寻什么儿子，以后你就别踏入郡主府一步！"她说着冷然上了马车。

邵云和眼中的光亮冷了下来。他拽回袍子下摆，对周惜若冷冷道："什么阿宝？我记得我三年前进京赶考的时候你还未有孕！"

他冷冷走过她的身边，步上马车。再也不回头看她一眼。马车从她身边隆隆驶过，雪沫溅到了她的脸上，仿佛也在嘲笑着她的狼狈。

周惜若悲呼一声，扑上前死死抓住马车的车辕，哭道："云和，你不能这样，阿宝真的是你的儿子，你救救他，帮我找回阿宝！云和……"

她的悲呼被打断，郡主府的家丁已经把她牢牢地拖了回来。马车中探出南宫菁美艳的脸，她冷笑一声："来人！把她拉去见官！押入大牢，罪名就是造谣生事，惊扰郡主！"

马车中南宫菁心中得意，可一转头却看见邵云和漆黑冰冷的眸子定定看着自己。她心中一惊急忙依偎过去，娇嗔道："云和，你该不会是在心疼那个贱人吧？"

邵云和定定看了她许久并不说话，南宫菁只觉得他眸色深沉得可怕，就仿佛一道无穷无尽的漩涡不知内里到底有多深。她心中打了个寒颤，正要再开口软求。

邵云和忽地一笑，随意摸了她的脸，柔声道："怎么会怪郡主呢？她无知村妇，自然要受点教训才知道郡主的厉害。"

他说完转头看着车帘外的街景，久久不语。南宫菁看着他冷峻的侧脸，心中掠过深深的不悦，可是这时候她也不敢再过分，只能抿紧红唇悻悻地坐在一旁。

11

第二章　寻亲不成横祸至

漆黑的牢房，四处皆是不知从哪里传来的幽幽的哭声。周惜若抱紧自己缩在一堆腐烂的茅草堆旁呆看着昏黄光线中来回走动的囚妇。

"哗啦"一声牢门打开，有个女狱卒走来大着嗓门嚷道："谁是周惜若？！有人带你走了！"

周惜若一动不动犹如傻了痴了。女狱卒嚷了几声，一回头见她呆呆缩着，心头火起一把揪住她的长发，噼里啪啦地就扇了她几巴掌："老娘叫你呢！耳聋没听见吗？故意的是吧？老娘让你不吭声！让你装疯卖傻！……"

周惜若一动不动任由她打着，女狱卒手劲奇大，啪啪几下已把她打得满面是血。她打了半天却见周惜若不哭也不叫，悻悻骂了声："晦气！原来是傻子！"

她一把将周惜若拖出牢房。周惜若也不挣扎，只任由她拖着跟跄向前走去。女狱卒把她拉到了一间干净的房中，狠狠一推："有人见你！快去！"

周惜若跌在地上半晌起不了身。脚步声传来，一双雪白方头儒鞋就走到了她的跟前。周惜若从披面的散发中抬头看去，只见一位面容俊雅的年轻男子就在面前。他身着一身雪白儒士服，身形挺秀，五官犹如山水墨画一般，清隽雅致。

这样一位干干净净的人突然出现在这阴森的牢房中，就如一缕清光破开阴霾洒入人间一般。周惜若看得有些发怔。

那人微微俯身看着她的眼，问道："你便是周惜若？"

周惜若坐起身子抱紧自己，一动不动。

他看着她戒备的模样，摇头一叹，上前继续问道："你便是邵云和的原配，周惜若？"

周惜若沉默了许久，忽地冷冷地笑了起来。这阴冷的笑声在这阴森的刑房中格外突兀。她抬起头盯着面前的年轻男子，声音嘶哑："我和那忘恩负义的畜生不再是夫妻了！"

她的脸上脏污，还被方才的女狱卒打得高高肿起。可这一张面目全非的脸上却有一双明眸亮得令人心惊。那儒雅男子看了一眼，心底倒吸一口冷气。他从未见过哪个女人心中如此深恨无解。

他沉吟半晌向她伸出手，在他的掌心托着一方洁白的帕子，声音柔和如清风："擦一擦，我带你离开这里。"

窗口的光线斜斜地打在了他的脸上，映着纯净如琉璃的笑容令人心生温暖。周惜若定定看着他，忽地又冷冷笑了笑，看也不看他手中的帕子，言含讥讽："这位大人，惜若不知自己有什么好处可以让大人救我出去？大人若是不说我是不会走的！"

儒雅男子听得一怔，好一个聪慧的女子！一眼就看透了他的用意。他在心中叹息，眼中的怜惜之意越发浓了几分。

"你不信我？"他耐心极好地问。

周惜若冷笑相对，别过了头。信？这个世间还有什么可以相信的？青梅竹马的情分，骨肉相连的血脉都统统敌不过荣华富贵！就是可怜了她的阿宝。想着她眼中又流出泪水，止也止不住。

她含泪看向面前男子惋惜的眼神，美眸中皆是恨意："我为何要信你？你又凭什么让我信你？"

"你可以不信。"一道懒洋洋的声音在外面响起，声音慵懒散漫，可偏偏悦耳好听得如同黑暗中徐徐绽放的一朵墨莲，令人惊艳又迷醉。

周惜若循声看去，只见一位长身玉立的男子懒洋洋地站在门口，一袭银灰色长袍上绣满朵朵银花和各种祥云图案。他容色如魅，阴柔中带着令人说不出的凛凛气势。他的到来仿佛带来一种奇异的魔力，阴气森森的牢房在这一刹那突然安静下来。

若说方才的男子是这阴森牢房中的一缕净若琉璃的光，这突然出现的邪魅男人就是黑暗中走来的神祇，魅惑如妖却又贵气难言。

龙越离似笑非笑地看着俊雅的年轻男子，问道："温兄，她还不肯答应？"

温景安点了点头，龙越离嗤笑一声，对周惜若道："你现在已一无所有，唯一的儿子又被人偷走，你在这里就能够找邵云和报仇不成？"

一句话令周惜若眼中的怒火又熊熊燃烧起来，她冷冷盯着龙越离，吐出一句话："好，我跟你们走！"

龙越离看着从地上艰难起身的周惜若，撇了撇薄唇，追问一句："你真不怕？不

13

怕我们带你出去不过是害你？"

周惜若站起身来，抹去唇边的血渍，冷冷站在他的面前，美眸幽冷深邃："怕什么？方才公子不是说了，我现在已一无所有。若是能出去找到我的阿宝，你们要做什么，我皆听你们的！"

"若是找不到你的儿子呢？"龙越离深眸中渐渐起了兴趣，他倒是看不出来跪在郡主府苦苦哀求邵云和回头的一介村妇是这么个心有主见的女子。

找不到？周惜若紧紧捏住自己的手，直到指甲深深嵌入掌心，这才忍住即将滚落的泪水。

龙越离似笑非笑地等着她的下文。阴冷的刑房中有风空荡荡地吹过，像是地底而出的怨恨诅咒。

她破裂流血的唇缓缓轻启，笑声似哭："若是再也找不到我的阿宝，我要邵云和从此身败名裂！我要他尝尽我今日所受的一切！我要他为我的儿子陪葬！"

穿堂而过的风仿佛在那一刹那大了起来，吹起两人的衣袂。龙越离忽地笑了，他轻挑她的下颌，看着她早已被恨意充满的面色，微微一笑："好，这才像是值得我出手相帮的人。"

周惜若甩开他的手，冷冷地走了出去。

龙越离看着她倔强的背影，薄唇边勾出玩味的弧度，也慢慢跟了出去。

周惜若出了京兆府的牢房之后温景安带着她回到了自己的学士府。说是学士府，不过是东西两厢房和一处小花园的普通房子，简陋得近乎寒酸。周惜若便在温景安的家中住了下来。温景安还未成亲，府中又无其他奴仆，只有墨竹一人在跑前跑后伺候。他天不亮就要去早朝，下了朝又要在龙渊阁中随着各位大人批复各地的文书，时常要到深夜才能回来。

周惜若是闲不住的人，第二天就在府中忙碌打扫，做饭做家务，不到一天工夫，略显寒酸的学士府就焕然一新，宽敞亮堂。温景安回到家，甚至还有一桌子荤素俱全、色相极佳的热腾饭菜等着他，而一旁则站着穿戴整洁的周惜若。她洗去身上脏污，换了一身干净的麻布裙子，脸虽还略微红肿，但是已能看出原本美丽秀美的轮廓。

温景安看着这一桌饭菜，再看看整洁如新的屋子，不由道："实在是麻烦了周小娘子了。"

周惜若低了头，声音黯然："温大人肯收留我又帮我找阿宝，这点小事实在是不足挂齿。"

墨竹在一旁早就按捺不住，拉了温景安道："公子都饿了，赶紧吃吧。周小娘子做的菜看起来很好吃呢。"

周惜若闻言连忙去盛饭端汤，奉到了温景安面前，恭谨道："温大人想要吃什么，明日吩咐我一声，我去买菜来做给温大人吃。"

温景安看着她眼底殷切之意，再看着面前的饭菜，想了想，挥退了墨竹，这才郑重对她说道："周小娘子实在是不必这样，你的孩子我会尽力去找。"

周惜若一抬头，看到他眸色温和，心中一酸忍不住别过头去默默流下眼泪。失去阿宝不过两日工夫，她觉得已过了两年那么长。每时每刻她只要想到阿宝在不知名的地方受苦，一颗心就如在烈火上煎烤一般，要不是她知道自己就算出去找也无济于事，早就冲出去寻找了。

"莫哭了。"一方洁白的帕子放到了她的面前，温景安安慰道，"那医馆的大夫行踪已经找到，明日就能将他捉回京城，到时候就能问出你的孩子被谁人带走了。"

周惜若一听大喜过望，急忙跪下拼命磕头："多谢温大人！多谢！"

温景安急忙扶了她起身。一股淡淡的馨香从她身上扑面而来，清雅怡人。温景安俊脸微红，退后一步："周小娘子又客气了！"

周惜若见他面上红晕，这才发现两人站得过近了，急忙也退后一步，她正要说话，墨竹气喘吁吁地从外面跑来嚷道："公子！不好了！不好了！龙……龙公子他……"

温景安猛地一惊，立起身问道："龙公子到底怎么样了？"

墨竹身后跟着一位侍从模样的人。那人擦了额上的冷汗热汗，喘了一口气道："温大学士，赶紧去看看……皇……不，龙公子和酒楼的人打起来了！"

温景安一跺脚，急忙走了出去。周惜若来不及唤他就只能看着他匆匆出了府。一桌子菜渐凉，她想了想，端了下去放在厨房用温水热着。灶台的火光明灭不定，映着她清丽的面色。她无神地添着柴火，怔怔地想，龙公子？不就是那一日出现在牢中的那个俊魅如魔的尊贵男子吗？

她想起那一双魔魅的眼，不由打了个寒颤。

温景安赶到酒楼的时候，里面一片狼藉，桌椅凳子缺胳膊少腿地横了一地，空荡荡的酒楼大厅当中横着一把太师椅，龙越离就歪歪斜斜地坐在椅中，一杯一杯地喝酒，旁边躺着几个哀嚎呻吟的彪形大汉。

"老温，你来了。"龙越离抬起眼来，狭长深邃的眸波光粼粼，若盛了一池春光。

温景安见他银白色的长衫被扯破了一块，发髻也乱了，散落几缕墨黑的长发，发上的白玉长簪摇摇欲坠，更不用说他雪白的额上那抹刺眼的红肿，怎么看就怎么醒目。

他叹了一口气："龙公子，可以回去了吗？"

龙越离轻啜杯中的酒水，低低地轻笑："回？回哪去？"

温景安看着他笑意带着说不出的萧索，心中沉沉叹了一口气，上前温声安慰："太后娘娘若是知道皇上不回宫会着急的。"

龙越离嗤笑一声，摇摇晃晃站起身来，随意搭在他的肩头，轻笑一声："这个笑话真好笑。"

他斜睨了温景安一眼，涎着脸道："朕今夜住你那儿了，行不行？"

温景安看着他凑上前来的俊颜，叹了一口气："微臣能说不吗？"龙越离都抬出"朕"了，给他天大的胆都不能抗旨啊！

龙越离嘿嘿一笑，搭着他的肩膀一摇一晃地向着学士府中而去。

周惜若在厨房中想起自己的阿宝正暗自落泪。忽地听到前院嘈杂声传来。她急忙擦干眼泪走了出去。只见月色下，一袭银白长衫的年轻男子摇摇晃晃走了过来。月色很亮，照得他脸上纤毫毕现。他鼻梁英挺如刀刻，风流雅致的眉梢处一片红晕，更显得眉眼如魅。他搭着温景安的肩头跟跄而来，眼微眯，已是喝多了。

温景安回头对墨竹道："扶龙公子下去醒醒酒。"

龙越离由侍从们扶着去西厢歇息。温景安看着他消失的方向，叹了一口气，他回头，却看见廊边站着楚楚的周惜若。月色下，她的眸色似盛了一泓月光，寂静而透彻。

温景安张了张口，半晌才道："龙公子喝多了。"

周惜若也不多言，道："温大人还未吃饭呢，饭菜我都热着呢。我去端。"她说完匆匆走向厨房。

很快周惜若把饭菜重新端上，一桌子的饭菜还带着热气，可见她费了许多心思。温景安看着面前的一切，眸中暖意升起，半晌都不动筷。

周惜若不明所以，催促："温大人，快吃吧。饿了可不成。"

温景安缓缓夹了一筷菜，低了头慢慢道："已经很久没有人这样守着我回来，为我整一桌饭菜了。虽知道你有求于我，但是这份心意……谢谢。"

烛火静静摇曳，映着温景安俊雅的侧面，面容如美玉，素色的翩翩儒衫，一身风华收敛自如，他静静用饭，一举手一投足风雅难言，看得出真是个谦谦君子。周惜若怔怔看着。曾几何时她也曾想象着这样好好做一顿饭等着邵云和回家，一家人和和美美，粗茶淡饭亦是一辈子最好的幸福。可是邵云和也许从来都不会期望有这么一天，也许在他眼中进士及第，荣华富贵才是他真正想要的幸福。

从头到尾，这一切只是她的虚妄。

泪未落下，心已成殇。

温景安正在用膳，忽地道："还有件事要麻烦周小娘子，方才那龙公子喝多了，可能还没用饭……"

周惜若未等他说完便爽快答应："温大人放心，我去照应。"

她说着拿了点饭菜去了西厢房。到了西厢房，周惜若打开半掩的房门，只觉得一股浓浓的酒气扑面而来。她不由捂了鼻走了进去。一地的狼藉令她额角一跳，只见地上皆是散乱的衣衫，两只皂靴东丢一只，西丢一只。榻上趴着一道雪白挺秀的身影。他面朝下，抱着被衾沉沉入睡。周惜若摇了摇头，捡起散落一地的衣衫和长靴，正要上前为他盖上被衾，忽地对上一双缓缓睁开的冷眸。

他的眼眸中带着狐疑，看得周惜若心头一跳。她还不知该怎么开头，龙越离已缓缓起身靠在软垫上，凤眸微眯，定定看着她。周惜若被他犀利的眼神一扫，只觉得手中的薄被仿佛被烧红的铁烫了一下，明明是毫无心虚，怎么被他的一看竟是来错了。

"龙公子要不要喝点水解解酒？"她问，一双眼却赶紧从他半开的白皙胸膛挪开。他半开的中衣下是匀称修长的身躯，露出一小片白皙的胸膛，肌肉结实，锁骨冷冽风流。俊美得如黑暗中忽出现的魅罗，摄人心魄又令人觉得危险之极。

龙越离看着她窘迫的样子，忽地笑了，拉长声音道："过来——"

"龙公子想要什么？"周惜若警惕地后退一步。

"当然是想你之所想，做你想做之事了。"他笑得狂妄而暧昧。

周惜若半响才会过意来。她冷笑一声推了桌上的饭菜："妾身是奉了温大人之命前来照应龙公子的。还麻烦龙公子自重！"

她说完转身就走。龙越离看着她窈窕的身影，俊脸却一沉，从未有人这样给他甩过脸色，更何况还是个女人！

"回来！"冷冷的声音在周惜若身后响起。周惜若脚步一顿，依然不回头继续往房外走去。

"你不想见到你的儿子了？"他在她身后轻轻嘻笑。

周惜若心中一震，猛地回头牢牢盯着那张玩世不恭的俊脸，仿佛要剖开他的笑脸看出说这话到底是真是假。

"你不信？"龙越离下了床榻，坐在了椅子上，酒意又解，他口渴得厉害，又偏偏桌上的饭菜喷香诱人。他心中觉得奇怪，不过是家常小菜，食材普通，可偏偏看起来这么好吃。他禁不住拿了筷子吃了起来，才吃了几口一旁一双素手已夺去了他手中的筷子。

龙越离一抬头，对上了周惜若愤怒通红的美眸。他索性慵懒一笑："怎么？你不是来伺候本公子的吗？"

周惜若看着他的样子分明是拿着阿宝的下落来逗着自己，心中一股愤怒再也抑制不住，怒道："难道没有人教你什么是礼仪吗？！"

她说完胳膊上一紧，他的手已紧箍住她的手腕，脸色阴沉："你说什么？！"

周惜若只觉得他的手冷硬如铁，怎么也挣扎不开，不禁怒道："你放开我！"

龙越离看着她清丽的面上绯红一片，如红霞遍染有一种说不出的美丽韵致。他心中一动，忍不住抚上了她的脸颊，嘲弄笑道："这么美又这么泼辣的小娘子，邵云和竟舍得不要你？"

"啪！"地一声，周惜若想也不想一巴掌扇上了他的脸。

房中一片寂静，静得骇人。龙越离白皙的脸上浮起了殷红的指印。周惜若也呆了呆，怔怔看着自己的手。这巴掌扇得龙越离也怔了怔，他轻抚自己的脸颊，一双深眸

17

阴冷地看着眼前不知死活的小女人，忽地，他笑了笑站起身来慢慢逼近微微颤抖的周惜若。

一股凌冽的暗香袭来，他已逼近了她的眼前，呼吸可闻。

"你知道你打的是什么人吗？"龙越离故意拉近两人之间的距离。周惜若被困在墙角，他的呼吸带着酒气喷在她的发鬓上，像一只不规矩的手在撩拨着她。她心中气急，可偏偏无法发作，他的胸膛几乎贴上了她的面颊，令她连呼吸都难堪。

她心一横，冷笑怒道："左右不过是有权有势的纨绔公子！龙公子欺凌一位被休下堂的弃妇，品味真的是特别得很！"

特别？龙越离精致的长眉一挑，眼底的沉怒忽地化为无形。他轻挑她精致的下颌，压低声音，越发魅惑如妖："本公子就是喜欢特别的女人，你不知道么？"

他说着猛地重重吻上她微凉的唇，周惜若一惊，只觉得两片薄薄带着凉意的唇粗鲁地贴上来，铺天盖地而来的都是他身上的酒气与那挥之不去的暗香。她惊呼一声，死命推开他。可是龙越离仿佛算准了她的所有心思，不费一丝一毫的力气就把她深深地禁锢在怀中。

周惜若不知男人与女人的力气竟相差如此巨大，手被他一按就牢牢圈禁了身后无法动弹。他乘她张口呼救，舌尖轻滑，探入了她的口中。突如其来的深吻令周惜若脑中一片空白。

龙越离感觉到身下小女人的僵硬，微微睁开眼看着她呆愣的面庞。口中是想象不到的芬芳与清甜，就如刚从田野中采摘而来的鲜花，令他越吻越迷恋。

龙越离不由深吸一口气，想要更深一步，忽地唇上传来一阵剧痛，忍不住嘶了一声退后一步。周惜若狠狠一把推开他，怒视着他。她的红唇已被吻得鲜红欲滴，一双明澈的眸中皆是愤怒羞辱的泪水。

"无耻！"她冲出房去。往这里走来的温景安被她撞到了一边，正一头雾水，一回头就看见龙越离一身衣衫散乱，抱着手臂懒洋洋地依在门边。

他心中咯噔一声，失声道："不好！"急忙朝着周惜若消失的方向跑去。温景安追到了后院的花园中，只见一抹伶仃的身影就在荷池边，清清冷冷令人怜惜。

"周小娘子。"温景安忽地不知道要怎么劝慰她。

周惜若擦了擦眼泪，回过头凄楚一笑："温大人别担心，我不会轻易就这么寻了短见的，我还要找到我的阿宝。"她的面上泪痕点点，苍白的笑容刺目而令人心酸。

温景安轻叹一声，千言万语却只能化成一句话："我会帮你找到阿宝的。"

"谢谢。"周惜若道。

两人立在了池边，静夜寂寂，月色皎洁，简陋的学士府被月色一洗也多了几分只有画中才有的如梦似幻。她就站在身边，身上干净的馨香一阵阵暗自飘来，清丽的侧面容色亦如画中的仕女，美得不真实。温景安心中一跳，连忙别开眼。

18

周惜若忽地道："他其实是皇族中人吧？"

温景安一怔，点头道："他是皇上。"

周惜若唇边溢出苦笑。她怎么没想到呢。当今天下只有齐国皇族姓龙，而且能对一介龙渊阁大学士呼之则来挥之则去，除了当今即位不久的少帝龙越离还有谁呢？

她自嘲一笑："惜若真的受宠若惊，让皇上如此另眼相看。"

"既然受宠若惊就好好报答朕的恩情吧。"不知何时龙越离已离开屋子，站在了后院的廊下。

周惜若想起刚才他的放肆不禁退后一步。温景安皱起眉，正要开口。

龙越离忽地轻笑一声："怎么？怕朕再欺负了她？"他一把推开温景安，冷然站在周惜若跟前。

昏暗中他面容看不清，可是周惜若却能看到他那一双狭长的深眸中阴冷的眸光："朕让景安救你出牢笼是要你作证，告邵云和欺君罔上，罪无可恕！"

四下一片寂静。周惜若忽地笑了，冷冷地道："好，只要找到阿宝，我就依皇上所言去滚钉板告御状！"

斩钉截铁的话落下，周惜若已毅然转身消失在黑暗中。龙越离微眯着眸，若有所思地看着她消失的方向，久久不言。

温景安眉头不展，问道："皇上，告了一个邵云和也对大局无甚用，更何况现在周惜若的孩子又不知所踪，恐怕此事不是那么简单。"

龙越离脸上换上了阴郁，道："邵云和此人不简单，不过一年已是安王的左膀右臂，安王如今有了他隐隐有了不一样的野心。"

他盯着温景安的眼，一字一顿地道："要除安王，得先砍掉他的手！"

温景安面容一肃，低声道："是。"

龙越离说罢冷然转身："她的孩子至关重要，要尽快找到。"说罢，他亦是大步离开。

温景安看着两人离去，揉了揉额角，喃喃道："说得容易做得难啊。茫茫人海，怎么去找一个孩子呢？"

漆黑的夜，京中一片寂静。家家闭户，只有一条小巷中传来孩子声嘶力竭的哭声，远远只隐约听得孩子在喊"娘亲，我要娘亲……"随后又含糊响起几声叱责声。

院中的门无声无息地打开，一抹挺秀的黑影慢慢走了进去，驻足在那扇透过些微烛光的房前许久。

"主上，已经解决了。"在他身后传来压低含糊的声音。

黑影点了点头，走上前猛地推开那扇房门。房中所有的声响陡然停了下来。

"你是谁？……"有人惊恐地叫了一声，可下半截的话被一蓬血光打断。黑影收起手中的刀，看着那床上畏缩的孩子。

第二章　寻亲不成横祸至

他向他伸出手："跟我走。"

"我不要，我要娘亲！娘亲……"孩子哭得声嘶力竭。

"那你要不要找爹爹？"黑影问道。

"我不要阿爹！阿爹是坏人！他跟坏女人走了……我要娘亲……娘……"孩子许是哭得太久，小小的脸青白得吓人。

黑影冷冷地看着他。

哭声断，一切又归于寂静。黑影抱着一个包袱从房中走出。他抬起头看着漆黑的夜幕，压低的风帽下只能看见一抹孤冷的下颌。

"主上，都安排好了。"身后无声蹿来一抹黑影问道。

昏暗中他的声音冰冷如刀："烧了。"

"是！"身后的黑影无声地退下。

火光耀起，在寒冷的冬夜惊破了一夜的寂静，左邻右舍的呼喊声传来。一切的喧嚣都被抛在身后，他缓缓没入了黑暗之中……

第二天周惜若醒来的时候天已大亮。昨夜睡得不安稳，一夜辗转反复直到天蒙蒙亮才睡着。外面隐约传来一阵喧哗声，周惜若急忙擦了把脸，匆匆走了出去。

刚下朝不久的温景安正在厅中与几个人说话。见她前来，几个人纷纷噤了声。周惜若对上温景安漆黑的眸子，只觉得心口大大一跳，只见他那双眼中充满了她不明白的怜悯。

温景安看了看她，低声对身边的人道："你们都退下去吧。"那几人闻言纷纷退了下去。

周惜若一双明眸紧紧盯在他的面上，温景安看着她紧迫的眼神，眸色一闪，低声道："郎中找到了，但是……"

周惜若心中大喜，急忙上前一步，紧紧拽住他的长袖："阿宝呢？他在哪里？"

温景安欲言又止，周惜若看着他的神色，心中那股不祥慢慢地弥漫升腾，手也忍不住颤抖起来。

她强撑出一抹笑容，笑着道："温大人，你说吧。阿宝在哪里？阿宝呢？"

温景安看着她苍白脸上那抹刺眼的笑意，终是下了决心站起身来道："我带你去找阿宝。去认一认……"下半截话他猝然停住，转身就往外走。

周惜若半晌醒过神来急忙跟上前去。

温景安出了学士府飞快地向外走去。他脚步很快，似还带着一股莫名的悲愤。周惜若不敢落下紧紧跟在他的身后。两人一前一后，出奇地沉默。

清晨的街上行人渐多，繁华的齐京一如既往地热闹起来。笔直的长街，弯弯绕绕的小巷。终于，温景安在一处焦黑的小巷口停住了脚步。周惜若不明所以地看着他，却在看见他俊雅的面上突如其来的凝重之时怔忪了下。

"今日找到那郎中，不过问了两句那郎中就招了，他说他亲眼看见那带走阿宝的人把阿宝藏到了这巷子中。"温景安的声音异常沉重，"所以我派了人赶紧前来探个究竟，没想到昨夜这里发生了大火。"

周惜若回过头呆呆地看着焦黑的巷子，里面断壁残垣，有的屋子还能看见冒着轻轻袅袅的青烟。看得出，昨夜一场大火毁了这里的一切。

她猛地一哆嗦，回头对温景安厉声道："不！阿宝不会在这里！不会的！"

温景安温和的眼中俱是说不出的沉痛，他按住周惜若的手，温热的手握着她冰凉的手，仿佛要把他身上的力量传给她："周小娘子，阿宝在与不在你都要好好的。"

周惜若不等他说完，猛地一把甩开他的手，断然道："不会的！我的阿宝不会有事的！"

她说着看着那焦黑的巷子，忍住心口一阵阵的剧痛，问道："那个郎中说阿宝被藏在哪个房子？"

温景安指了指那尽头被烧得面目全非的房子。周惜若只觉得眼前一黑，脚步一个踉跄，几乎软倒在地。

"不，不可能！"她口中喃喃地念着，眼中已赤红如血。

温景安看着她面上癫狂的神色，心中不忍，想要扶她。周惜若已一把推开他，踉踉跄跄地奔向那巷子尽头。一片断壁残垣，漆黑的木头在清晨中袅袅冒着刺鼻的青烟，她不管不顾冲了进去，脚下一个踉跄，人已经扑倒在了废墟之中。手被锋利的断木划了一条长长的血印，可是她仿佛察觉不到疼痛，踉跄站起身来继续向前急急地搜寻。

可是要找什么呢？找阿宝吗？这哪里有阿宝？这里怎么会有她的阿宝？她茫然四顾，忽地她的目光被什么一刺，口中急促惊叫一声，飞奔了过去。

温景安急忙看去，只见在那掉落的枕木下有一具小小焦黑的尸体，那尸体的面目已辨认不清，只有手中紧紧握着一个小小的木头，木头已烧了一半，剩下的一半依稀可见是孩子常玩的玩具木马……

"阿宝——"凄厉的叫声在废墟中响起，久久不绝……

周惜若的御状经由刑部呈到了龙案上，此事不但惊动圣听，更因事关安王而令朝堂上下侧目。京中轰动，家家议论，人人惊异的是周惜若一介弱女子竟如此胆大状告当今权王安王的女婿邵云和，更惊异她居然挨过了那滚钉板的血流之险。

五日后，开堂审理，当场对质。原本以为周惜若手中有证据，可是他们却忘了，周惜若老家曲州遭了灾，媒人、稳婆、乡里乡邻都逃得一干二净。证人找不到，唯一的阿宝又丢失无法滴血验亲。

周惜若当堂指证邵云和腿上有疤，是他十岁那年被镰刀割到腿留下的痕迹。可是

21

经过衙役验明，邵云和腿上根本无任何疤痕。

此御状败诉！

"哗啦"一声，案几上的茶盏杯盘碎了一地。龙越离一张俊脸上皆是杀人的怒气。他一拍桌案怒道："好个安王！好个邵云和！"

一旁的温景安看着一地狼藉亦是沉默非常。他早就料到了这案子不是那么容易就能扳倒邵云和的，没想到竟是输了一败涂地。可见邵云和此人真的不简单，也许从他娶了敏仪郡主开始就筹谋好了今日这一切。

可是那疤又是怎么回事？！

"周惜若呢？"龙越离忍着沉怒问道。

温景安心中一叹道："被打了二十大板，去了半条命。微臣正命人去寻她，将她送到学士府。"

龙越离冷笑一声："这等蠢女人处处被邵云和算计，活该被休！"他话虽如此，但眉头一皱，沉吟道："但是这事一定还有蹊跷，你另寻住所把她藏好，不要再重蹈覆辙。"

温景安立刻点头："微臣明白。这就去安排。"

龙越离凤眸一眯，握紧手掌，冷笑连连："安王叔，这一切才刚开始！"

第三章　宫闱深深长恨绝

夜，晦暗无光。

周惜若醒来的时候只觉得浑身剧痛难忍。她呜咽一声，蜷缩起来想要一丝解脱。牢房的门不知什么时候被人无声地打开，一抹漆黑的影子冷冷地立在了门边。

周惜若不知自己身在何处，只隐隐约约知道自己在公堂上昏了过去。她口渴难忍，颤声求助："水……水……"

黑影站在门边，似在思考着什么。良久，他走到她的跟前。周惜若竭力抬起头来，看着那乌沉沉的影子，嘶哑问道："你是谁？"

黑暗中黑影叹了一口气，缓缓蹲下身看着在地上蜷缩一团的周惜若，低声道："惜若，你为什么要这样做呢？"

清朗悦耳的声音在黑暗中那么熟悉。周惜若混沌的意识猛地被破开一道光亮，她睁大眼睛看着悬在自己上方的黑影。

"邵！云！和！"她眼中深深的恨意再也抑制不住，她猛地一把抓住他的长袖，厉声道，"你还我的阿宝！不！你不是邵云和！邵云和腿上有那道疤你怎么会没有！"

她的心如被浇上了滚烫铁汁嗞嗞作响。她败了！败在了莫名其妙的证据上。她根本证明不了自己是邵云和的原配！而这个颠倒是非的事实唯一能让她想到的就是——眼前的邵云和根本不是那离家近十年的邵云和！

他的眉眼笼罩在阴影中看不清楚，可是却能感觉到周身冷冽的气势。这样的男人与她记忆中的少年邵云和根本是天差地别！她心底冒起一股寒气。

到底是什么错了呢？还是原本就错了！？

她几乎忘了，年少的邵云和离家求学时只有十岁，十年后，归来的人到底是谁？！那一夜的洞房花烛夜，那个人到底是不是真的邵云和？

周惜若浑身颤颤地盯着眼前的男人，发不出一声来。他从怀中掏出一个瓷瓶，声音阴沉道："惜若，你若是为了阿宝早就该离开京城，离开这些是是非非。"

他修长灵巧的手指拔开木塞，一股淡淡的香气顿时溢满了四周。他托起她颤抖的脸庞，深眸盯着她憔悴的脸，轻叹："惜若，你我夫妻一场，今日就让我送你上路。"

他的声音温柔如水，可是听在周惜若的耳中却是比阎王的催命符更加可怕。她惊恐地看着面前渐渐逼近的瓷瓶，终于惊叫出声："不！——"她竭力挣扎，可是却挣不出他的铁腕。那瓷瓶中的香气越来越浓，就在她唇边。她眼中的泪因为惊恐和愤怒簌簌滚落。

不，她不能就这么屈死在这里！

正在这时，外面忽地传来一声嘈杂声，有一道声音慵懒传来："朕要看看那告状的人，你们也要挡着朕吗？"

这道声音犹如一道亮光划破了这沉沉的黑暗。

周惜若趁着邵云和分神之际大声叫道："救命！——"

邵云和猛地一惊急忙放开她，闪身出了牢房向着另一端掠去。周惜若软软地跌在地上，听着外面惊呼声四起，不由抱紧自己轻轻地笑了。喧闹嘈杂声就如暗夜中的海潮，一波一波，片刻之后，在她跟前疾步走来一抹明黄的袍角。

"你笑什么？"龙越离看着地上蜷缩一团伤痕累累的周惜若，神色复杂。他若来晚一步，这地上的周惜若就是一具冷硬的尸体。

周惜若抬起头来，泪光模糊中，她笑得癫狂："怎么能不笑？堂堂天牢任他来去自如。安王之势已可只手遮天！怎能不笑？世道颠倒，苍天无眼，皇上你——无用！"

无用！

两个字清晰无比地在黑暗中回荡。龙越离对上她泪光闪闪的明眸，出乎意料地并不生气。他蹲下身，狭长的深眸对上她的眼睛，慢慢道："是，朕无用。外戚专权，安王重权在握，甚至刺客都可以畅通无阻前来天牢杀人灭口，朕，不过是一个任他们摆布的傀儡皇帝。"

他修长白皙的手指轻抚过她脸上的泪，声音冰冷无比："所以我们更要好好地活下去，活着，看着他们有一天臣服在脚下。"

他丢给她一瓶药："这是疗伤的药。你若想要报仇就挺过来，得罪安王府的人出

24

去就是个死，唯一可以庇护你的唯有皇宫。你还有用，随朕进宫为朕所用，等着将来某一天他邵云和跪在你的面前求饶，求你饶恕今日杀妻灭子之仇！"

周惜若颤抖伸出手，把瓶子紧紧攥在手中。

两瓶药，一瓶绝地，一瓶生路。

身边袍角风动，龙越离已离开了牢房，只留她一人在黑暗中。她紧握着药，终于嚎哭出声，凄厉的哭声在牢房中久久不绝……

周惜若再一次醒来已是三天之后。温景安寻了个僻静的院子又找了个丫鬟照顾她饮食起居。周惜若身上的伤一点点好了起来，只是人越发沉默。

寂静小院，周惜若一身素白长裙在廊下慢慢走，伤养了好几日终是痊愈。有时候人的命就是这么贱，千万种折磨依然好好地活着，只是她消瘦了许多，一张面上明眸越发幽深再也看不出半分喜怒。

一抹月白色身影缓缓而来，在看到她瘦削如纸的倩影时不由停下脚步。雪纷纷，触目所见皆是白色，她一抹伶仃身影就在这一片天地间无依无靠。雪花落在她长发上，她犹自不觉，只伸出手接着那片片白雪。

"小心着凉。"身后风动，一丝暖意从肩头传来，披上了一袭男子披风。周惜若缓缓回头对上了一双温润如玉的眼眸。

"原来是温大人。"她低头躬身，素白的面上没有半分波澜，精致美丽得犹如瓷人。

温景安看着眼前的女子，忽地不知该说什么。半天才问道："你……决意进宫吗？"

周惜若静静看着天上飘零的雪花，轻呵一口气："温大人觉得我还能去哪呢？皇上说得对，天大地大，除了入宫已没有我可以走的路。安王、敏仪郡主、邵云和，得罪了这三人，我如何还能好好地活在这个世上呢？"

她眯着眼，看着天上纷纷扬扬的雪，雪花落在她的脸颊、眉间，渐渐融化成清澈的雪水，在她脸上纵横交错，犹如挥之不去的泪痕。

温景安看着她的面容，忽地觉得酸楚满溢心间。他上前一步握住了她冰凉的手："你还有别的路可以走。"

他的手那么温热，仿佛要把她心里的冰冷一起融化。她抬头，怔怔问道："还有什么路可以走呢？"她缓缓挣开他的手："我要是就这样走了，阿宝怎么办呢？"

她笑得凄然："我这样没有用的娘连他都护不了，我怎么可以心安理得地走呢？"

温景安看着她素白侧面，在长袖中握紧了手掌。

远远的，脚步声传来打破了庭院的寂静，一众宫人匆匆而来。周惜若看着那宫人手中捧着一道明黄的圣旨，缓缓跪下。

一纸圣旨在齐国上下引起震动，周惜若被宣召进宫，做了御前的尚衣女官。不过是一介弃妇，告了御状抛头露面还能如此平步青云着实令人不解。不久又有谣言传出，原来当今皇帝是看中了她的姿色所以才令她进宫。

谣言纷纷，几日前还将她敬为烈妇的人纷纷怒斥她是妖女荡妇，言辞不堪。可是在一方小院中，纷纷扰扰都被隔绝在外面。从宫中来的教养嬷嬷们按照圣旨教导周惜若宫中的宫规。其中一位姓楚的嬷嬷甚是傲慢，也最为严苛，周惜若每每一个动作做不好，就要做上十遍百遍，甚至一个屈膝一个伸手递茶都要最完美。周惜若大病初愈，每每要练得脸色煞白，体力难支才让嬷嬷放过。

楚嬷嬷的严苛令其余两位嬷嬷纷纷侧目却不敢置喙半句。好在周惜若心性坚韧，无论多苦多累都不吭一声这才不至于让楚嬷嬷变本加厉。练习宫规虽苦，但是其中一位姓林的教养嬷嬷时常暗中帮衬她。

"林嬷嬷的大恩，惜若将来一定报答。"周惜若感动道。

林嬷嬷叹了一口气："这楚嬷嬷是太后身边的人，太后不喜皇上这么做，所以你少不得吃点苦头。不过将来的事谁能说得准呢，说不定周娘子以后有很好的前途呢。"

原来她还未进宫就已得罪了太后。周惜若心凉如雪，自嘲一笑："能活命就很好了，其余不敢奢望。"

林嬷嬷也不多说，只道："我看周小娘子心地很好，将来有什么事到了宫中找我便是。"

周惜若自是感恩不尽。

三日之后，周惜若进宫。她来京的时候只背一个包袱，孤苦伶仃带着稚子。如今进宫，依然是孤苦伶仃，只是从此以后身边再也没有一声声叫着她娘亲的小小身影。她手中拿着少得可怜的包袱，回头默默看着简陋的住所，门边，依然是那一抹月白色儒雅的身影。四目相对，她不禁怆然。

什么都不必再说了。他救赎不了她，那一双脉脉温柔的眼终究指引不了她光明前路，这个世间有那么多的不公不甘不得不做的事。也许从踏入京城的那一刻，她早就没有了退路。

车轮骨碌，清晨的微光中，她看着他身影渐渐隐在了迷蒙的天色中，终是收起所有神色，淡淡垂下眼。

"公子，回去吧。"墨竹在门边劝着，那马车已消失了许久，可是温景安依然沉默在门边久久凝望。长袖下，他攥紧了手中的一件什么什物久久不语。

"墨竹，你说是不是晚了？"他忽地问。

墨竹不明所以："公子，你说什么晚了？"

温景安无言摊开手心，一根白玉兰簪静静躺在其中。他忽而轻笑，终究是晚了，那雪地上一抹娇弱而清丽的身影，亲手做羹汤，为他归来热了一桌饭菜的女子终究是不会再回头了。

若是他多点心思多点挽留，是不是会不一样。

入宫规矩繁琐，经过道道检查的周惜若终于入了宫。御前执事的宫女脸色不好地塞给她一套尚宫服，冷冷道："从今晚就要值夜。不懂就要问，若是做错了可是要罚的。你受罚不打紧可别连累了我们。"

周惜若看着她的脸色不好，接过衣服撑起笑容道："多谢姐姐提点。"

"什么姐姐？在宫里头可不要胡乱攀亲。"宫女轻蔑冷笑。

她言语中皆是挖苦讽刺，刺得周惜若不由低了头。她见周惜若不吭声心中得意，把东西放下就离开了。周惜若缓缓抬头看着那宫女离去的身影，秀眉不禁紧紧颦起。看来林嬷嬷说得对，她做御前的女官宫中多少人心里都带着厌憎。今后的路的确难走。

她早起出门到了中午还未吃饭，腹中饥饿，可方才那宫女却没有告诉她哪里可以吃饭。周惜若又饿又渴，但也只能去打水洗脸，忍着腹中的饥火先睡了一会儿。一觉醒来已到了天擦黑。周惜若想那宫女说的要值夜急忙起身梳洗。到了甘露殿中。她脸生，所过之处宫人们都好奇盯着她看令她浑身不适。

周惜若看着夜色下的甘露殿巍峨矗立，灯火通明，不知是什么香异香扑鼻，她闻了许久，才恍然辨出这香是龙越离身上常带的香味——龙涎香。

一想起龙越离她不由在心里叹气。她虽在乡野但是也知道如今楚太后把持后宫，又与安王两相呼应把持了朝堂。楚太后与安王一内一外，龙越离只不过是个傀儡皇帝，丝毫不能做得主，连亲政都一推再推。

"发什么呆呢！"身后传来内侍尖细的嗓音，"等等皇上就要来了，再偷懒咱家就不客气了！"

周惜若急忙低头避开，身后走来一位圆圆胖胖的内侍，手拿了一柄拂尘急匆匆走来。他经过周惜若身边，看了她一眼，"咦"了一声停下："你是哪里的？这般眼生？"

周惜若想起规矩，急忙躬身低头："回公公的话，奴婢是新来的尚衣女官。"

胖内侍眼中一亮，笑道："原来就是周尚宫啊，这几日皇上还提到你了。"

周惜若谦卑低下头，饶是如此也感觉到背后几道不善的目光盯在自己的背上。胖内侍丝毫没有察觉，笑嘻嘻地说："走吧，为皇上准备就寝的衣物。一件件都要熏好香，仔细点，皇上不喜欢太香也不能太淡了。"

他唠唠叨叨地说着，拉着她就到了内殿中，命别的尚衣女官教她如何熏香这才走

27

了。一堆的衣服，周惜若看着袖手旁观的女官，不得不自己就着香笼熏起了衣物。殿中寂静，幽幽安神的香气袭来，她又饿又乏竟靠着香笼旁沉沉睡去。

她不知睡了多久，殿外响起一阵唱和声。龙越离撩开帷帐，就看见一位美人倚着香笼睡得正熟。

内殿中空无一人，暖暖的香笼把她脂粉未施的脸熏得如红霞晕染，平添了几分蚀骨的妖媚。她头上规规矩矩梳着女官统一的发髻。因睡得久了一缕鬓发垂下脸庞越发显得清丽的面容楚楚动人。巴掌大的细白的脸上眼睫乌黑如鸦翅，轻轻盖在眼睑上，眉若墨画，五官绝美难言。所谓天然去雕饰不过如此而已。

龙越离轻笑一声，回头对宫人道："你们都退下吧。"

叶公公窃笑着把宫人们都带下。龙越离轻轻走到她的跟前，索性一撩袍子坐在她的身边，伸出手捏住了她小巧的鼻子。

周惜若醒过来，忽地对上了一双漆黑妖娆的深眸。她惊叫一声："你……"

龙越离看着她煞白的脸，倚着香笼慵懒一笑："怎么？连朕都不认得了？"

周惜若怔忪半天这才看清眼前魅惑的男子是龙越离。她心头一跳，急忙伏跪在地上，颤声道："奴婢……奴婢参见皇上。"

龙越离笑道："还不起来给朕更衣？"

周惜若急忙起身，这才发现龙越离挺拔高大，自己算是女子中身量修长的却也只到了他的肩头而已。她对上他那一双似笑非笑的黑眸，心头一颤。

"怎么？没有伺候过男人脱衣服？"头顶上传来龙越离讥诮的话语。

周惜若深吸一口气，道："皇上恕罪。"她伸出手为他更衣。龙越离身量高，她不得不踮着脚尖为他解开脖子处的祥云暗扣。扣子精美复杂，她解了半天才解开一个就已香汗淋漓。龙越离挑着精致的长眉看着她狼狈的模样，薄唇勾起邪肆的弧度。

"你在勾引朕么？"他一低头，在她耳边低声问道。

周惜若一惊，手抖了抖把他的领口扯下了一截，露出了他白皙的胸膛。龙越离笑得越发暧昧，曼声道："呀，居然对朕用强。周惜若，朕还小看你了。"

周惜若从未被人这般戏弄过，脸上憋得通红，撒手就想要反唇相讥，可是想起自己如今的处境，只能硬声道："皇上自重。"

"自重？！"龙越离一挑眉，轻挑她精致的下颔，"自重是什么东西？朕从未听过。你教教朕？"

周惜若抬头看着他眼底的得色，心中气苦，却只能道："那皇上要奴婢进宫是为了什么？总不是看奴婢出丑取乐吧？"

她问得直截了当。龙越离眼眸一沉，脸上便多了几分冷意，他斜斜倚在榻上，似笑非笑道："进宫，一则让你躲过杀身之祸；二则，你另有所用。你这么迫不及待如何能成大器？！"

周惜若心头一震，想起阿宝心中越发难过，缓缓跪下，颤声道："是奴婢错了。"

"知道错就好。你已没有第二条命可以让人一次次救你了。韬光养晦才是正道。你若不能忍，以后也只是一个蠢女人罢了！"龙越离说得刻薄，她沉默低头不语。

"过来。"龙越离冷声道。

周惜若膝行上前，他抬起她的脸，看着她眼底悔恨的泪水，眸色不知不觉和缓了些许："哭是没有用的，在这个世上没有人会怜悯你的泪水。逝者已去，活着的人还要继续。你可明白么？"

周惜若透过泪光朦胧的眼诧异地看着面前的龙越离，他竟在安慰她？她眼中的惊讶令龙越离心中不由升起一股莫名的烦乱，他沉了脸色："为朕更衣，难道还要朕教你不成？！"

周惜若见他不耐烦，连忙专心为他更衣梳洗。倚弄完这一切天色已深了。龙越离躺在偌大的龙床上沉沉睡去。周惜若跪在帷帐之外，殿中烛火昏暗，她肚中饥火中烧，了无睡意，只能强自忍耐。入宫的第一个晚上，就这样睁眼无言到了天明。

第二天一早龙越离去早朝。周惜若才得了空被替换下来，早膳还未用两口，就有御前的两位女官面色不善地上前来，也不吭声，把一堆衣服狠狠地丢到了她的脸上。

周惜若正在吃饭，冷不丁被这兜头来的衣服打得碗筷落地，一地狼藉。她心中又惊又气，但是按捺下来，撑起笑脸温声问道："两位尚宫这是做什么？难道是惜若昨日做错了什么，恳请指点一二。"

两位尚宫对视一眼，其中一位较为年长的尚宫冷笑道："你瞧瞧你昨天做的好事。皇上的龙衣都被你熏坏了！"

周惜若看着一地的衣物，捡起一件，仔细地看，这才发现其中一件衣服被香灰烧了一个小黑点。她心中一突，昨夜自己累极睡了，没想到半梦半醒间不小心烧坏了龙越离的一件寝衣。

她急忙道："两位尚宫，我真的不是故意的……"

"不是故意的？难不成是有意的？"一道好听的声音从门边传来。周惜若抬起头去看，只见一位年轻的女官翩翩走了过来。她大约十七八岁，面容姣好，只是一双杏眼带着冷笑令人心里不舒服。

周惜若不明白她的身份便不轻易接口。方才找自己麻烦的两位女官亲亲热热地迎上前去，围着那年轻女官道："什么风把翎姐姐吹来了？"

翎月若有所思地打量了一旁低头不语的周惜若，笑道："我这次来自然是奉了太后娘娘的旨意前来给皇上送东西的。这位是哪里来的？我都没见过呢。"

周惜若抬头，对上翎月皮笑肉不笑的眼眸，低声道："奴婢是新进的御前尚衣女官，周惜若。"

29

翎月抿嘴一笑："原来是周尚宫啊。如今一见果然长得很美呢。"

她一说周惜若美貌，一旁的两位女官便冷笑了两声："当然美了，不美皇上能开了恩旨让她入宫吗？想当年我们要做御前尚衣女官可是吃了不少苦头，单单熏香就不知练了多少遍这才得以伺候皇上。"

另一位也插嘴讥讽道："翎姐姐来得正好，你瞧，她昨夜把皇上的衣服都熏坏了，这要怎么罚？"

翎月眼中含着一丝笑，叹了一口气："我怎么知道怎么罚呢？我又不是伺候皇上的人。两位姐姐就按着甘露殿的规矩来吧，我可不能越了规矩。"

两位女官仿佛得了旨意一般，七嘴八舌地道："按甘露殿的规矩可是要打板子的！"

"打板子叶公公可不许，要不就罚她不许吃饭吧。"

翎月听着两位女官毫无建树的惩罚，眼中掠过轻蔑，等她们商量稍定，这才不紧不慢地道："两位姐姐真狠心，要我说，既然她把皇上的衣服熏坏了，这些衣服就拿去洗一遍，再好好地规整起来便是了。"

两位女官一听，都不由得意笑了起来，都道："翎姐姐果然善心。"

洗皇帝的衣服可不是那么简单的事，工序繁琐整整有八十一道，每一道都有严格的规矩，稍有闪失就是大大的罪名，若不会洗可是要吃尽苦头的。

周惜若看着她们三人眉眼间的得色心中不由沉了沉。虽然她不知到底她们在得意什么，但是看样子这惩罚一定不简单。

翎月看着沉默不语的周惜若，上前一步，笑着道："周尚宫要学的东西多着呢，在宫中，当奴婢的可不是凭着美貌就能一直吃香的。"

周惜若看着翎月眼底的讥讽，不卑不亢地道："奴婢不敢这么想。"

翎月见她如此镇定自若，冷冷道："不敢就好。下次再犯错可不是今日这么容易过关了。"她说完与其余两位女官施施然离开了周惜若狭小的屋子。

周惜若看着她们离开，低头慢慢收拾地上散落的衣服，想了想只能拿着衣服向浣洗局走去，只盼着也许有人会教教她如何洗龙越离的寝衣。

齐国宫殿精致非常，宫阙重楼处处飞檐画壁，高耸巍峨犹如人间仙宫，几日下的雪覆在琉璃瓦上，更是有别样的美。周惜若慢慢走着，忽地前面走来一队宫人，当先一人面容熟悉。周惜若心中一惊，急忙闪到了一边。

可是来不及了，那人看到了周惜若冷笑一声，拨了拨鬓边的金钗，道："前面哪个奴才见了本郡主居然不跪拜还躲了起来。难道见不得人了吗？"

宫女们纷纷好奇看向躲在树后的周惜若。周惜若知道自己躲不过，只得走了出来跪下道："奴婢拜见敏仪郡主。"

南宫菁傲然看着跪在地上的周惜若，似笑非笑道："起来吧。本郡主可不敢让周尚宫跪拜，要知道如今周尚宫可是皇上跟前的大红人呢，说不定将来更是令人刮目相看。"

周惜若盯着地面，淡淡道："奴婢不敢。"

"不敢？"南宫菁抿嘴一笑，"怎么会不敢呢？你不是连御状都告了么？天下间还有你什么不敢的事？"

旁边的宫女一听都肆无忌惮地笑了起来。雪地冰凉，周惜若忽地觉得地上的白雪这么刺目。白茫茫的一片世界，可是人心却是这么肮脏。是非黑白全然颠倒，任凭她豁了性命也扳不倒这一群权势滔天的人！

她缓缓抬头美眸中波澜未动。南宫菁看着面前平静的周惜若，有那么一刹那觉得她不一样了。那个跪在郡主府门口苦苦哀求邵云和回心的周惜若；那个无端被休，悲愤莫名的周惜若；那个疯了一样脏污不堪，抛却一切自尊只为求邵云和救一救孩子的周惜若，统统一去不复还了。

"看什么看！"南宫菁忽地羞恼喝道，"本郡主是你可以直盯着看的吗？"

周惜若低了头："奴婢不敢。"

南宫菁气在心中却发作不得，忽地她话头一转："本郡主要去见太后，你也跟着来吧。正巧前些日子太后还说想看看你是何等人物呢。"

周惜若心头一突，只觉得一股不祥升起，连忙道："奴婢惶恐。"

南宫菁看出她眼底的不安，越发得意，一把抓紧她的手："走吧，太后要见你，你敢不见么？"

周惜若不敢挣脱，只能道："奴婢不敢。"

南宫菁得意一笑，当先走了。周惜若心中不安越发浓了，可也只能跟上前去。

永寿宫宫殿高大，雕梁画栋，美轮美奂。往来皆是诰命贵妇，热热闹闹，宫人一拨一拨，敛容低眉，举止划一，不像是迟暮的老妇人养老所在，倒是花团锦绣的小姐闺房。

周惜若终于见到了权倾齐国长达十几年，最尊贵的女人——楚太后。楚太后的年轻美艳超出了她的想象。她坐在殿中的上首凤座，四周皆是样貌美丽的女官们环绕。她笑意嫣然，没有半分迟暮的老气反而有种她年纪张扬的美。

她见到敏仪郡主前来，美眸中亮了几分，指了身边的矮凳，温声道："菁儿来了，快过来坐。"

南宫菁也不跪拜，笑眯眯地上前紧挨着楚太后，娇憨道："太后，这几日不见可想死菁儿了。"

楚太后爱怜地轻抚她的发："知道想还不进宫来看哀家这个孤老婆子。整天就只知道围着夫君打转。你那嘴都是涂了蜜来哄哀家的。"

31

两人一问一答，有种特别的亲昵。周惜若在底下看了，心中顿时了然。传言中安王与楚太后强强联手把控后宫朝堂，这敏仪郡主也跟着沾了光格外得楚太后的欢心。看来她今日不能善了了。

　　楚太后不经意扫过底下，在周惜若面上不由停留了片刻，问道："底下这位是哪宫的？"惜若只见楚太后那双凌厉的眼扫向自己的面容，顿时觉得浑身寒毛竖起。

　　南宫菁一笑，附耳在楚太后耳边说了几句。周惜若连忙上前参拜。

　　楚太后犀利的眼神上下扫了她几眼，淡淡道："果然是个美人，难怪皇帝无论如何都要把你带进宫了。"

　　周惜若闻言更低地伏地。楚太后也不命她起身，径直与南宫菁说笑。周惜若不得旨意不能起身，跪了一会就觉得浑身酸痛，膝上更是疼痛难忍。永寿宫殿中的宫人与贵妇们都带着讥笑看着伏跪在殿中央的周惜若，周惜若虽没有看见可是也感觉到身上一道道令她难堪的眼光。她额上热汗渐渐渗出，渐渐握紧了手掌。

　　不知过了多久，楚太后起身道："昨儿后园的梅花开了，御花园那边的执事又送了几尾锦鲤，菁儿，随哀家去瞧瞧。"

　　一众人急忙起身跟上，楚太后漫不经心地看了一眼跪在殿中的周惜若，一笑："哀家当真老糊涂了，竟让周尚宫跪了这么久。起来吧。"

　　周惜若这才艰难起了身，可因跪太久了，起身的时候不由趔趄一下跌在地上。四周的宫人一看都笑了起来。南宫菁眼中得色一掠而过，拉了楚太后翩然走向后园。周惜若只能吃力站起身来远远跟上。

　　永寿宫后园中遍植了各色梅花，寒冬时节梅花绽放，红红白白，暗香浮动，十分令人心旷神怡。楚太后与众贵妇女官一路赏景，来到一池冒着热气的池子前。

　　周惜若远远看了一眼，只见池底各色锦鲤欢快游动，色彩斑斓，犹如一匹匹流霞彩锦，美丽非常。在这冬日时节竟水不结冰，还有锦鲤游动，简直令人惊异。

　　寒冬腊月哪里来的锦鲤畅游？周惜若心中疑惑，仔细一看这才明白，原来这池水是引了温泉水。宫中为了让楚太后冬日能赏玩到这锦鲤竟如此劳师动众，楚太后的权势之大，可见一斑。

　　周惜若还未感叹完，只听得那鱼池边有人惊呼一声。原来是一位贵妇在赏鱼的时候头上一根碧玉搔头掉入了鱼池中。南宫菁正要命宫人下去捡，一回头一扫眼看见正在众人之后的周惜若。

　　她指了周惜若道："你去捡林大人夫人的簪子。"她话音刚落，顿时所有的眼睛都看着周惜若。

　　周惜若心中一沉对上南宫菁讥笑的眼神，咬了咬银牙，挽了袖子扎好裙摆下了鱼池。鱼池不深刚到了腰际，可是底下淤泥很厚，一脚踩下去半天拔不出来。她抬头看着众人眼中的讥讽与嬉笑，不由深吸一口气，慢慢弯下腰，伸手在池底摸索起来。不知过了多久，好不容易她找到那根碧玉搔头，费尽力气把簪子呈给了南宫菁。

南宫菁拿了簪子，看了一眼浑身是泥水的周惜若，轻轻嗤笑："这根是林夫人的簪子吗？我看不是这根呢。再去找，找不到就不要上来了。"

她说着把手中的簪子随意一丢，远远丢到了鱼池的更深处。四周原本嬉笑的贵妇都不由面面相觑。也不是没见过刁难下人的，可是接二连三的羞辱，不过是因为周惜若曾是邵云和的前妻罢了。看来南宫菁心中的怨气可不是一般的大。

周惜若抬头定定地看着高高在上的南宫菁，四目相对，四周的气氛陡然凝结。

南宫菁看着面前一身泥水的周惜若。她发髻已散开，身上湿透，纤细娇弱的身子跪在寒风中瑟瑟发抖，可是那一张脸却如此雪白绝美，四周贵妇们姹紫嫣红，都不及雪地上那一朵倾世白莲。

"看什么看？对本郡主的命令敢不从吗？"南宫菁心中涌起无法遏制的疯狂妒意。不知为何她总有一种感觉，无论她如何践踏侮辱周惜若，都无法抹去她身上那一种独特于众人外的特别。

"奴婢不敢。"周惜若淡淡收回目光，深深伏地。

"不敢就下去找！"南宫菁看着她逆来顺受的样子越发气得不行。一回头看见众人都用异样的眼光看着自己，怒气更甚，回头吩咐宫人："好好看着她。找不到林夫人的簪子不许上来！"她说完怒气冲冲地走了。

楚太后暗自摇头，吩咐道："哀家乏了，都跪安吧。"说完顺着南宫菁离去的方向，慢慢地跟着去了。

众人很快散去。偌大寒冷的梅园中只剩下孤零零的周惜若。她沉默了一会儿卷起了袖管下了鱼池继续摸索。

天，渐渐暗了。水不冷，但是寒风一阵阵紧吹。吹在湿透的身上她冷得哆嗦。她不禁打了个大大的喷嚏。

岸上适时传来一声慵懒的声音："你要找到什么时候？"

周惜若抬起头来，在傍晚昏暗的光线中看到了龙越离那张颠倒众生的俊脸。她又冷又饿，抱住自己打了个寒颤，苍白着脸咬牙道："奴婢……在捡簪子……"

龙越离看了看天色，语气中带了几分讥讽："她要你捡你便捡，你难道不知她是借故羞辱折磨你。你再待在水中，明日这里可就多了一具尸体了。"

周惜若直了身，方才留着看守她的宫人也不知被龙越离使了什么法子支开。她这才感觉到冷已渗入了骨子里。

她吃力涉水出了鱼池，浑身瑟瑟发抖，可是一双明眸却亮得出奇："奴婢自然知道她在故意刁难。不过……不过皇上不是说……我要忍耐……"她已冷得无法说出完整的一句话，最后一句话落下，她已冻得脸色青紫。

龙越离妖魅的深眸一眯，定定看着她，问道："朕的话就那么重要？"

周惜若挤出一丝难看的笑容，颤声道："皇上救了我，我……我自然要报答皇上的恩情。我苟活在这个世上……仇要报，恩……也要报。"

她说完扶着鱼池边的山石慢慢滑落，手脚已冻得失去知觉，她不知原来寒冷可以吞噬掉身上所有的热气。她强逼着自己不昏去，可是眼皮却有千斤重。

"别睡。"一袭温暖的披风落下，为她挡住了呼呼而来的寒风。她勉强睁开眼，看见一张过于妖魅的俊脸在眼前放大，他的薄唇那么好看，可是吐出的话却带了无尽的威严："给朕撑住！这是朕的命令！"

话音刚落，周惜若只觉得自己腾空而起，一股淡淡的龙涎香扑入鼻间，他已将她打横笼在了怀中。

寒风起，雪终于落了下来，片片飞舞，他的身影飞快地消失在了暮色渐浓的永寿宫中。

第四章　前尘旧事恩怨深

　　火光跳跃，小小的殿中温暖如春。两道背影一左一右默默地看着炭火。周惜若不知是第几次抬头偷眼看着身旁同样静默的龙越离。他沉默地对着炭盆出神，飞扬入鬓的精致长眉，黑琉璃似的眼映着火光，幻出令人迷醉的光。高挺好看的鼻梁，明灭的火光将他年轻的脸庞映得多了几分说不出的阴郁和一点令人看不明白的沉重。

　　周惜若从未见过哪个男子能如他一般将阴柔与威严如此完美地融合在一起。她也没有见过哪个男子能如他一般，一张脸下藏有千千面，每一面都如此与众不同。

　　炭盆烧得很旺，周惜若身上的冷意渐渐褪去，可不知如何打破眼前的沉默。她不知这里是什么地方，只发觉这宫殿中异常干净。左右无事，她仔细看着长袖上的绣工。

　　炭火很旺，龙越离侧头看了她一眼，又丢入了一根炭火，问道："可暖和过来了？

　　周惜若心中感激，伏地道："多谢皇上。"

　　龙越离带着她离开永寿宫之后，一路七绕八拐，走了许久才到了这个不知名的宫殿里。丢了一套干净的女子衣衫后便令她更衣梳洗。宫人沉默地上前伺候，端来热水姜茶，为她驱寒和穿衣梳洗。他给她的衣衫不像是宫女服饰。轻盈飘逸，长袖长裙，裙上绣了点点精致的梨花，一低头就能闻见衣上陈旧的淡淡花香，清淡的香气令人恍恍惚惚回到了很久以前。

　　龙越离看着长裙曳地，纤纤柔媚的她，沉默许久忽地道："你站起身来。"

周惜若不明所以地看着他，可是看到他眼底的坚决，便起了身。身上的长裙拖曳在地上，她盈盈而立，在柔和的烛光下长发如云，肩若削，这身衣衫很好地衬出了她身姿清丽婉约。

龙越离的眼中渐渐掠过迷蒙，口中喃喃道："像……很像。"

周惜若不自然地拢了拢领子，问道："皇上说奴婢像什么？"

龙越离猛地回过神来，眸色如海，眼中有水光掠过。他缓缓闭上眼，似乎在平息心中的滔天巨浪，许久才道："朕说你的背影像极了朕的母亲。"

母亲？周惜若秀眉一皱，楚太后么？她正要问，猛地醒悟过来。母亲！他说的是母亲！

龙越离睁开眼，眼底已没有了半分波澜。他懒懒支了下颌，淡淡道："朕的生母生前住在这云水殿。她不过是一位从越国进贡来的美人。可能因为太美了，所以生下朕不久就过世了。"

他眼中充满了讥讽："朕可不是太后的亲生儿子。只不过是她的养子罢了。朕生母出身卑贱还能登基为帝，还有什么不满意的呢？"

周惜若看着他面上的笑容，忽地无言。殿中又陷入一片死寂中。

"你没有什么可说的？"龙越离一挑长眉，似笑非笑地问道。

周惜若低声道："她是皇上的母亲，这无关身份尊卑与否。所以皇上别难过了，若是皇上的母亲还在世，一定极欣慰皇上不但长大成人，更是九五之尊。"她轻声地道。

龙越离长袖下的手微微颤抖，从未有人这般安慰过他。他眼中的水光缓缓涌出，不禁猛地别过脸去。忽地他的眼角看到什么，颤声道："你转过身去！"

周惜若吓了一跳，不禁问道："皇上，你说什么……"

她还未说完，肩头传来一股大力，龙越离已把她扳过了身，周惜若还未想明白发生了什么事，龙越离已把她身上的外衫一把扯了下来。周惜若又羞又气，正要怒斥。一回头忽地看见龙越离把她的外衫放到地上仔细地看。他好像发现了什么，手捧着那衣衫剧烈颤抖。

周惜若见他如此激动，压下先前的惊诧凑上前去看。这一看不打紧，她也惊呼起来："这衣服上有字！"

只见衣衫背后密密麻麻写满了蝇头小字，若隐若现。龙越离辨认了几行，浑身剧震，颤声道："这……这是我的母亲写的！"

周惜若正要再看，忽地发现那衣服上的字迹在慢慢消失，仿佛有一只无形的手在抹去衣服上的字迹。龙越离也发现了，捧着那件外衫，声音带了平日不曾有的惊慌道："怎么会这样？！怎么会？！"

周惜若看着他眼底的惊慌，心中莫名一酸。她急忙四顾眼中猛地一亮，指着那正烧得旺的炭盆道："皇上！火！"

龙越离不明所以，周惜若也不多言，一把抢过衣衫在火旁小心地烤了起来。原本空白一片的外衫上渐渐显露隐约的字迹。原来这件外衫上竟被人用药水写满了字，近火一烤就显出字形，离了火字迹就消失。龙越离一把夺过周惜若手中的外衫，逐字逐句地看了起来。

殿中安静得可怕，周惜若看着龙越离的背影不停颤抖，渐渐有隐约的哭声传出，然后悄然寂静。当炭盆炭火已冷透。龙越离终于放下手中的外衫，紧紧地握在手中。

周惜若心中只觉得莫名酸楚，不由叹了一口气。龙越离转过头，眸色冰冷，缓缓道："今日你所看到的一切，不能对外人说一个字。"

周惜若低头："是。"

下颌微凉，他已抬起她的脸。殿中昏暗，远远的烛火映着两人的眼瞳，那么出奇地亮。仿佛有两团火焰在眼底燃烧，生生不息。

"周惜若，你为了什么进宫？"他问。

周惜若垂下眼帘，声音木然："为了报仇，查出我的阿宝到底是谁害死的。若真的是邵云和和南宫菁害死的，我要他们付出代价。"

"为了报仇你可以付出什么样的代价？"龙越离看着她的眼，冷声问道。

"一切。"周惜若抬起眼，沉寂的明眸仿佛一望无际的深海，暗地涌动却无法令人洞悉。她在他的眼中也看到了同样的眼神。

龙越离薄唇一勾，声音沉郁沙哑，如魔似魅："我也一样。"

几日纷纷扬扬的雪终于停了，太阳露出了头，晴好的天气令人精神一震。周惜若在甘露殿中随着众女官忙碌着。叶公公胖乎乎的身影利索非常地奔来奔去，扯着嗓门喊："仔细一点，这边要擦擦！小心点！那可是羊脂玉瓶！摔了几个你们都赔不起！"

他忙得嗓子冒烟，一回头手中却适时放上了一杯温热的茶。叶公公看着面前含笑的周惜若，喝了口茶感叹道："还是周尚宫能体会咱家的辛苦。"

周惜若恭谨道："叶公公为了这次宫宴可是下足了心思，实在令人感佩。"

叶公公喝着茶，听着熨帖的话，一张胖脸越发笑得舒心："皇上要办喜事，做奴婢的怎么不高兴呢！皇上之福也是齐国之福！"

周惜若收回茶杯，随口问道："不知皇上要办什么喜事？"

叶公公得意笑道："这你们都不知道了吧。"他环视了一圈，果然看见正在忙着打扫的宫人们都纷纷支起耳朵听着，有的还纷纷围拢过来，仔细听这来之不易的八卦。

叶公公看着他们眼中的好奇期盼，得意道："太后这次在寿宴上请了四国的适龄公主来齐国，要给咱们皇上相亲呢！"

第四章　前尘旧事恩怨深

37

宫人们顿时了悟，议论纷纷。周惜若唇边勾起一抹极淡的笑意。

叶公公还要再说，只见殿外一袭明黄的身影翩翩含笑而来，初晴的冬日下，龙越离拢在狐貂领中的面容如墨勾画，明晰俊美。

看样子今日他心情甚好，环顾了一圈来不及躲避的宫女内侍们，笑问道："都在说什么有趣的事让朕也听一听。"

宫人纷纷捂嘴偷笑。叶公公笑眯眯道："都在说过几日也许有喜事呢。"

龙越离深眸微眯，漫不经心地轻笑："当然是喜事。朕要梳洗由周尚宫伺候便可。"

众宫人恭谨退下，龙越离看了一眼周惜若，转身走入了内殿中，边走边轻笑问道："宫里的人都传开了吧？"

周惜若上前为他褪去身上的狐裘披风，轻声道："是的，宫里的人都在传言皇上要与四国公主见面相亲，连叶公公都信以为真。"

龙越离解了领口，懒洋洋倚在了龙椅上，眸光流转笑道："宫里人怎么传都无所谓，只看太后到底要怎么做。"

周惜若闻言微微皱了秀眉："太后当真会给皇上挑选新后吗？"

龙越离黑如琉璃的眼中掠过冷意："会，因为她抹不开这个面子。"

周惜若看着他眼底的笃定，了然一笑上前为他更衣。不过几日，她已记清了尚衣女官要做的事，举止轻柔有度，神色从容，再也看不出半分初入宫的不安与迷茫。

龙越离看着她忙碌的身影，眼中浮起一抹自己也未曾察觉的异样。

周惜若为他系上腰上的龙纹玉带时，手忽地一暖，他已握住了她的手。周惜若抬眼，黑白分明的眼中带了一抹淡淡的疑问。朝夕服侍，她已习惯了他时常出乎意料的碰触。

"若是四国的公主们真的前来，你认为朕要娶谁为新后？"龙越离忽地开口问道。不知为何，他就想知道她心中所想。

周惜若不慌不忙地挣开他的手，道："自然是选心地良善又可以帮助皇上的公主。"

规规矩矩的答案却令龙越离皱紧了眉头，他正要说什么，周惜若已拿了他换下的外衣出了内殿。帷帐轻摇，她的身影翩然消失。龙越离摇了摇头暗自嗤笑了自己的异常，随手拿了一本奏折看了起来。

周惜若出了甘露殿，手中提了要送浣洗局的衣服向外走去。走了一会，身后的脚步声渐渐走近。

身后传来一道不大不小，清悦的声音："周尚宫留步。"

周惜若听到这熟悉得发寒的声音，猛地抬头看去，果然不远处缓缓走来一身朝服的邵云和。他面容依然十分俊美，身姿挺拔，行走之间气度凛然，令人不敢逼视。他是从三品文官，着饰麒麟纹朱红官服，在一片白雪茫茫中显得十分醒目。

回廊下再无其他人。周惜若定定看着近在咫尺的邵云和，长袖下慢慢捏紧了手中的提篮。

邵云和迎上她的目光，忽地一笑，上前问道："请问周尚宫，不知皇上可否在殿中？"他原本面容就十分俊朗，如今一笑更是眉眼生动，如春风扫过千山，积雪纷纷消融。

周惜若看着他的笑容，想起天牢中那一声声温柔蚀骨但是却带着无尽杀气的声音，不禁打了个恶寒，冷冷道："皇上在殿中，郡驸马请便。"

她说着越过他就往前走。还未走出两步，胳膊上便传来一股大力，周惜若仿佛被什么烫了一下，猛地甩开，回头怒道："你想做什么？！"

邵云和看着她面上的怒色，收回手，淡淡道："没什么。只是你我夫妻一场，今日这般着实令邵某感到难过。"

难过？！周惜若心中涌起一股极荒谬的感觉。

她的眼中渐渐通红如血，一字一顿咬牙道："这句话你应该去地底向我的阿宝说！我不管你到底是谁，但是阿宝就是你的亲生儿子！虎毒尚不食子，你比禽兽还不如！"

最后一句如一记响亮的巴掌甩给了他。邵云和顿时沉默，周惜若看着他一身锦绣官服，心中的悲愤如海涛汹涌，无法抑制。

邵云和看着她清丽的侧面一行清泪缓缓滑落脸庞，心中忽地涌起一股异动。他不由重重皱起了剑眉。这样的周惜若是他从未见过的，隐忍不发，娇弱的身体中仿佛蕴藏着无穷无尽的力量，正等着一日爆发。

他眸光渐沉，直觉告诉他，若是今日不毁去她，有朝一日他一定会得到报应。这股不安丝丝缕缕缠缠上心头，令他心中不适。

周惜若冷冷盯了他许久，毅然转身就走。

"等等。"邵云和忽地开口。

周惜若顿住脚步，看着邵云和再一次拦住去路。

他忽地叹了一口气，声音轻软，低低唤了一声："惜若……"这一声千回百转，温柔缠绵，带着无奈与伤感。

周惜若浑身一震，不由定定看着他，半晌说不出话。

"惜若，你还记得你和我拜堂成亲吗？那一夜我从来不曾忘记。"他深眸中温柔如海，直欲将人溺毙其中。

周惜若脸忽地红了起来，她怎么可能忘记那一夜，洞房花烛夜，才子佳人天作之合。他在她的耳边低低地唤了一夜的惜若……

39

邵云和慢慢上前，轻叹："惜若，我当真有不得已的苦衷。"

周惜若看着他那双眼，前尘往事如风掠过令她无处可逃。她是爱过他邵云和的，无论他到底是不是真的邵云和，那一夜，是真的。

她看着他将她冰凉的手握在手中，执手相看，恍恍惚惚回到了那红烛高照的一夜。

"惜若。真的邵云和不是我杀的，他是自己病死的。"邵云和缓缓地道，"他当年求学归家时染了痢疾，结果病死在了半路上，他临终前托我带信回他故里，只因我与他长相有五分相似，他不忍让他病重的父亲伤心，所以求我假扮他回乡看他的双亲。事成之后，只要我寻个借口去京赶考便可。"

他说这番话的时候神色哀恸，不似作伪。周惜若怔怔听着，脑中空白一片。事实真的是这样的吗？她顿时心乱如麻。

"我不忍心他遗愿落空，所以就答应了他。可是我回到家中却发现无法脱身。他的父亲已病重在家，母亲半盲，非要我与你成亲才肯让我上京赶考。"邵云和长叹一声，黯然道，"我为了进京赶考所以就胡乱答应了，可是……"

他忽地深深地看着她："可是我看到了你。花盖头揭开你这么美，令我无法自禁。惜若，那一夜我是真的愿意与你长相厮守的。"

这番话前因后果他说得清清楚楚，字字句句出自肺腑，似一道涓涓细流熨帖了她三年多来苦苦守候的艰辛坎坷。周惜若鼻尖一酸，几乎要怆然泪下。可泪水还未滴落，她抬头忽地看到他眼底的笑意似还带着什么。

这样的笑容——太假。

她猛地醒悟。她永远不会忘记这一双眼这一双手也曾如此看着另一个女人，也曾握着另一个高贵的女人，也曾亲自递来剧毒毒药要置她于死地！

"原来如此。"她忽地轻笑，把手冷冷抽出他的掌心，"今日郡驸马说的话奴婢会记在心上的，只是如今已没有了周惜若。一入宫门奴婢永远是伺候皇上的人。"

周惜若心中已恢复平静，淡淡道："奴婢还有事要做。郡驸马不是要参见皇上么？耽误了奴婢可吃罪不起。"

她说着提着篮子慢慢走远。邵云和拧紧了眉心看着她远去的翩跹身影，眼中渐渐有了冷意：他说的话，她竟一个字都不信。

太后寿宴上要为齐国皇帝龙越离相亲的谣言竟也传到了其余国君的耳中，他们纷纷派了各自的使臣前去询问。说来也巧，四国有名的公主皆已及笄，而如今只有齐国新帝龙越离还未有皇后。齐国是四国中实力最强的国家，此次龙越离要择新后，自然惹得天下人瞩目。

楚太后犹豫再三之下终于发出国书，派人去向其余三国国君显了联姻的意思。虽然将千娇百媚的公主们送入齐国似有损其余三国国君的面子，但是一旦联姻就可以与齐国缔结联盟，这一笔稳赚不赔的账怎么算都有利可图。所以不到五六日，楚、秦、狄三国国君们纷纷把公主们送入了齐国，参加楚太后以贺寿为名的宫宴。

整个齐宫忙忙碌碌为盛大的太后千秋寿宴准备着。

甘露殿中周惜若为龙越离仔细地梳发髻。如今甘露殿中最忙的便是她，龙越离不愿再用别的宫人贴身伺候，事事要她亲为。

龙越离看着铜镜中周惜若全神贯注地为他梳理发髻，忽地轻笑一声："朕听说邵云和找过你？"

周惜若一怔，随即冷淡道："如今奴婢近身伺候皇上，他自然要想办法收拢奴婢的心，顶不济也想要先消除奴婢对他的恶感。这才对他有利。"

龙越离闻言不禁微微一挑精致的眉弯："你倒是看得明明白白。"

周惜若低了眉，为他戴上紫金冠簪上龙簪，淡淡道："死过那么多回，若是再不明白就真的无药可救了。"

龙越离看着她素净瓷白的清丽面容，忽地回过身慵懒一笑："朕还以为你对他还有夫妻之情。"

周惜若敛颜低头："皇上多虑了。"

龙越离轻挑她的下颌，低声笑道："但愿朕多虑了。到时候宫宴开始，你该知道怎么做吧？"

周惜若心中一震，想起他的话，低声道："奴婢明白。"

龙越离看着她似水明眸中深幽不见底，不知不觉脱口而出："你若全心全意助了朕，将来有朝一日朕大权得握，一定会为你报仇。"

报仇，是啊，为她可怜的阿宝报仇。周惜若眉眼一弯，想挤出笑容，一点水光却在眼中浅浅蔓延。她退后一步，恭谨道："皇上，时辰到了，该起驾了。"

龙越离看着镜中自己明黄龙袍加身，金冠之下面容若妖，勾起薄唇："起驾。"

殿外宫人们纷纷闻言伏地，长长的唱和声远传遍重重宫阙："皇上起驾！——"

正午午时三刻，钟鼓齐鸣，宫宴开始。殿中歌舞台上美艳的歌舞姬们翩翩起舞，两边王公大臣们把酒言欢，热闹声声。龙越离端坐龙座，支着下颌，面上带着惯常的慵懒笑意，看着底下歌舞声声，花团锦簇。

一旁席上的楚太后正与几位贵妇人说话，一转头看着他的样子，笑道："皇帝无聊了吗？稍等片刻便有公主们驾到，到时候皇帝可要好好看看，别怠慢了这千里迢迢的贵客们。"

龙越离一笑，眼眸中眼波若春波粼粼，笑意明朗："母后放心，儿臣自然不会怠慢了她们。"

楚太后舒心笑了，妆容精致的面上皆是得色："不是哀家夸口，看遍各国的公主们只有香儿最美。香儿皇帝你记得么？小时候她可是见过皇帝的。还叫过皇上离哥哥。"

龙越离心中冷笑，面上却是恭谨，带了几分兴趣："原来是香妹妹啊，可惜太久不曾见了。不知如今还认不认得。"

楚太后眼中一亮，连忙道："怎么会认不得呢？小时候的情意记得是最牢的。香儿至今还记得你带着她在御花园中玩呢。"

龙越离闻言，薄唇一勾，意兴阑珊地道："哦——儿臣当真是不太记得了。"

他说罢转了头，对身后的周惜若道："给朕倒酒！"

周惜若连忙端了酒壶上前将他手中的金杯斟满。酒水入杯，她听见龙越离一声冷笑，带了无尽的厌恶，低声骂道："老妖妇！"

她抬头，看着他眼底隐约的怒意，心中一叹："皇上息怒，大局为重。"

龙越离执了酒杯，似笑非笑，一口饮尽酒水，专心致志地欣赏起歌舞。

酒过了三巡，宴已酣热。正在这时，礼官看了看时辰，重重敲响铜钟，一声悠长的唱和声传遍偌大的主殿："天有无极，太后福寿永昌！"

殿中所有的人纷纷离席跪下，对着楚太后跪拜，山呼千岁。龙越离举了酒杯，眼中笑意若藏有深意："儿臣祝母后永远年轻，福寿康泰。"

楚太后满意地笑了起来，举了酒杯示意抿了一口。礼毕，宫人们纷纷撤了残酒。重新换了干净的矮几。

"公主们觐见太后娘娘，为太后娘娘贺寿！"礼官又大声道。

此时钟鼓齐鸣，殿外香味扑来，在宫女们的搀扶下，几位盛装打扮的公主们款款而来，一眼望去，霓裳朱钗，美人如玉，有那么一刹那众人以为天上仙女落入凡尘，都纷纷伸长脖子看去。

周惜若也好奇抬头看去，当先一人着烁金紫衫长裙，上身弃了时下女子常穿的短襦衫，只用一条同色提金丝鲛纱披帛软软披着香肩，面上妆容无懈可击，容色娇美，身材玲珑有致。

众人见到她不禁低声议论，眼神中皆是惊艳。

当真是个千娇百媚的美人。周惜若心道。她侧眼看去，龙越离漆黑的眼中却是半分波澜未动，仿佛还带了一抹冷色。

周惜若心中一动，不由看向一旁的楚太后。楚太后已笑吟吟地站起身来，紫衫美人款款跪下，先是怯怯看了一眼龙越离，这才拜下参见。

龙越离长眉一挑，笑意冷淡："公主请起。"

他话音刚落，楚太后已笑道："香儿，过来哀家这边坐。"

九级御阶上只有楚太后与龙越离两席，坐在了楚太后身边就等于最靠近龙越离，这可是千载难逢的机会。

楚香云面上红晕遍染，低头答应，正要提步上前，忽地对上龙越离那一双妖娆冷眸，心中一颤，那一步怎么也迈不上去。

楚太后还在笑吟吟地等着，龙越离面上似笑非笑地盯着她。楚香云却进退两难。所幸她心思转得快，连忙改口道："太后娘娘恕罪，香儿不知轻重，今日是太后娘娘的大寿，香儿怎么敢抢了太后的福分呢，还是坐在下面吧。"

她说着由宫人引着坐在了左手第一席。楚太后只能道："香儿懂事多了。"

龙越离收回目光，看向下一位。周惜若心中轻叹。看样子龙越离一点都不喜欢这个楚国公主。怎么能喜欢呢？她可是楚太后的侄女，是楚国皇帝的掌上明珠。如今齐国大权尽在楚太后手中，龙越离怎么可能让另一位楚国的女人再来把持了他的后宫？

下一位是秦国公主，人长得十分美艳，只是眉眼中带着冷冷的傲然，话也不多施了礼便坐在了左手第二席上。龙越离多看了她一眼，周惜若看见他眉微微皱了下，似对这秦国公主的冷淡有点失望。

接下来便是其余各国的郡主，群芳汇聚殿中，环肥燕瘦一时满殿芬芳，腊月寒冬犹如置身春日百花园中。龙越离一一见过，面上始终带着笑意。众人看着他神色没有异动，一时也猜不透他到底中意哪位佳人。楚太后见他对楚国公主始终不冷不热，眼中的不悦之色渐浓。她侧头对身旁的女官言语几句。女官领命，匆匆退下。

楚太后重新展了笑颜，对龙越离低声笑问道："皇帝可看中了哪位公主？"

龙越离笑道："母后也太心急了。才刚见了一面就对这些公主们评头论足，实在是于礼不合。"

楚太后闻言凤眼一睐，不轻不重地道："哀家是急了，皇帝今年都二十二了。所谓成家立业。皇后不立，皇帝就不算真正成年。再说这种娶妻之事，应郑重选之。当年皇帝的荒唐，可不要再犯了。"

此话刚落，周惜若就看见一向挂着笑意的龙越离脸色猛地沉了下来。楚太后眼中的得色满满，再也不看他一眼。龙越离脸色变化不定，可终究缓缓平息了脸色，继续若无其事地看着歌舞。

周惜若心中轻叹：楚太后这位在后宫权势争夺中浸淫几十年的老狐狸，果然最能洞悉人的弱点。虽不知她说的到底是指什么事，但是看样子这所谓的"当年的荒唐事"直击龙越离心中的痛处。

她重提旧事既是提醒又是警告，让龙越离不敢违背了她的意思。看来楚太后是决意让他选楚国公主楚香云。而这一场热热闹闹的相亲不过是遮人眼目的一场闹剧罢了。

周惜若看着高高在上的龙越离，心中忽地觉得他可怜。九五之尊又如何？手中的权力旁落，他在楚太后眼中不过是一个可有可无的傀儡罢了。

宫宴已进行了大半，照例是群臣和公主们上来一一向太后祝寿，向皇上敬酒。龙越离微微侧头，漆黑深沉的眸光流转，对一旁的周惜若使了一个眼色。周惜若不由握紧了手中的酒壶悄悄点了点头。殿中温暖如春，酒香佳肴香气扑鼻，她的手心却渗出了丝丝冷汗。

正在礼官要出列提示的时候，殿外忽地有宫人欢喜进了殿中来，跪下道："启禀太后娘娘与皇上，安王世子与世子妃赶到了要为太后娘娘贺寿呢！"

满殿中的王公大臣们闻言顿时议论纷纷。楚太后高兴地连声道："他们在哪儿？快些进来让哀家看一看。"

宫人欢喜地退下。就在满殿众人嗡嗡的议论声中，周惜若忽地听到一声很轻微的"咔嚓"声。她心头一跳，回过头不期然看见龙越离脸上已布满了可怕的戾气。在他修长的手掌中，一抹刺目的鲜血缓缓地顺着掌心滑落。

她心中一惊，再仔细看，只见龙越离的掌中牢牢捏着一双断了的玉箸，玉箸被他突然的力道捏得插进掌中，可他犹自不觉得疼痛。周惜若心头狂跳，悄悄环顾了四周，幸好所有的人都只看着殿外无人注意龙越离的失态。

她再也顾不得其他，几步上前跪在他的身侧伸手握住了他流血的手掌，低声道："皇上！快放手！"

龙越离恍若未闻只死死盯着那殿门。他身上无形的戾气弥漫开来令人胆寒。周惜若知道，他是真的发怒了！

可是无论出了什么事，身为一国之君的龙越离都不应该在这个时候失态。

周惜若握紧了他的手，低声而坚决地道："皇上，放手！"

龙越离低头看着她。四目相对中，她明澈的眼中有着无法违拗的坚决。龙越离终于缓缓松开手，断了的玉箸还未落地就被周惜若飞快地收入了长袖中，她手中一动，一团柔软的帕子飞快塞入了他的手心，压下他掌心不断冒出的血水。

龙越离看着她沉静的双眸，布满戾气的俊脸终于有了些许的和缓。他握紧她的绣帕，冷冷地看向殿门处走来的一对璧人。

周惜若顺着他的目光看去，只见一位锦衣男子扶着一位娇柔的美人踏入了殿中。殿中的所有目光都被两人所吸引。

那男子面容英气勃发，玄色深衣之中着重紫长衫，头戴紫玉冠。他面容有五六分像极了安王，带着那说不清的傲然。

她把目光移到了安王世子旁边的女子，才看了一眼，心中就忍不住叹了一句：好美的人儿！

只见那盛装的世子妃肤色极白，施了胭脂的容色绝丽非凡。一张稍尖的小脸上五官楚楚动人，身量纤细窈窕，行走间轻盈如蝶，头上朱钗点缀在乌发间，更添贵气与俏丽。方才各国公主虽有各自的美艳，但是都不及她美得自然，浑然天成。

世子妃飞快看了一眼御座，随后深深低着头，样子十分温婉恭谨。

44

安王见自己的儿子归京，早就站起身来，上前哈哈一笑拍了拍他的肩头："庆儿回来了！"

安王世子名为南宫庆，他扶着身边千娇百媚的世子妃上前跪下道："微臣参见太后娘娘与皇上，祝太后娘娘福如东海，寿比南山！皇上万福！"

楚太后高兴地站起身来，道："庆儿有心了，大老远地还来京中给哀家拜寿。"

南宫庆道："就算军务再忙，太后的寿辰微臣还是要赶来的。而且也很久没参见皇上了。卿卿，你说是吧？"他说着看向龙座上的龙越离，言语中似有所指。叫做卿卿的世子妃低低应了一声，却不敢抬起头来。

龙越离面上带着冷冷的笑意。殿中的众人忽地安静下来。周惜若顺着他的目光看去，却落在了南宫庆身边叫做卿卿的世子妃身上。她心头一动，难道说让龙越离如此发怒失态的不是突然出现的安王世子而是他身边这位绝色美人世子妃？

殿中气氛冷凝，无人敢说话。龙越离冷冷盯着叫做卿卿的世子妃，不发一语。周惜若知道他向来喜怒不外露，平日除了那副玩世不恭的慵懒笑容，再也看不出他心里到底是生气还是高兴。如今这样分明已是伤心至极，悲愤至极。

楚太后扫了龙越离一眼，唇边勾起得意的弧度，向世子妃招手："卿卿，让哀家看看。"

越卿卿肩头微颤，低声应了一声，提了裙摆款款上了九级御阶。她似感觉到龙越离的凝视，飞快看了他一眼，却在对上他的深眸时打了个寒颤，险些踉跄一下。周惜若站在龙越离身后，把这一切看得真切。

她心中长叹：看来这卿卿的出现是楚太后故意安排，不然为何要在宴席中才突然出现，打了龙越离个措手不及？

越卿卿走到楚太后跟前，恭恭敬敬地跪下拜寿。楚太后爱怜地执起她的手，感叹道："想死哀家了，未出阁前你在哀家身边，哀家可是把你当亲生女儿看的。"

越卿卿始终低着头，道："太后恩德，臣妾终身不敢忘记。"

楚太后满意笑了笑，轻拍她雪白的纤纤玉手，忽地问道："听说你有孕了，几个月了？"

此话一出，周惜若只觉得身边的龙越离猛地紧绷，他再也不顾失态，定定看着那个低头垂颜的女子，双手握紧咯咯作响。

周惜若心中"咯噔"一声，再也没有比这一句更能打击龙越离的了。有什么比亲眼看着自己心爱的女子嫁做他人妇，怀了他人的孩子更痛苦的事么？

越卿卿浑身一震，终是低声道："回太后娘娘的话，已有三个月了。"

楚太后满意地道："女子一生的幸福就是嫁人生子。庆儿若对你不好，哀家去教训他！"

越卿卿不敢抬头，肩头微微颤抖，半晌才道："好，世子对臣妾很好。"最后一句已是要哭了的样子。

　　周惜若忽地同情她。命运身不由己，被楚太后牢牢把控在掌心，根本无法为自己做主。楚太后问完，美艳的面上已是笑意吟吟，她若有若无地扫了一眼脸色铁青的龙越离，笑道："皇帝，你可听到了。你的庆大哥已娶妻生子，你身为一国之君可不要落了他之后啊。"

　　龙越离定定看着近在咫尺的那一抹倾城身影，目光如赤。许久许久，他忽地哈哈一笑，笑声突兀而狂放，殿中所有的人都被吓了一跳。周惜若忽地觉得心酸如许，她看着他张扬若狂的笑声，眼中水光慢慢盈满。

　　他的痛，她懂。

　　君临天下，却没有是他可以拥有的。生母早逝，心爱的女人被嫁他人。太后掌权，权臣环伺，这个江山这个天下他只有空荡荡的龙座，只有一群别有用心的臣子。

　　所有的人都看着高高御座上的龙越离，不知他到底要做什么。

　　龙越离笑完，站起身来，大声道："母后说得极是！朕敬世子伉俪一杯，祝两位白头到老，子孙满堂！"

　　他说完一仰头，满满一杯酒饮下。殿中的众人不约而同地松了一口气。周惜若的心也放了下来，可是再一看心却是沉了沉。只见龙越离又自斟了一杯，步下御阶与众大臣对饮起来，他杯到杯干从不婉拒，不要命的喝法看得她眉头大皱。

　　殿中歌舞再起，钟鼓齐鸣，歌乐飘飘。龙越离在底下已被群臣们团团围住，几位公主们也放开了矜持，纷纷上前与他对饮。龙越离本来面容就甚是妖魅，如今喝了酒，眼波流转，摄人心魄，更是夺了一干未出阁公主们的芳心。

　　乱了，全乱了！

　　周惜若捧着酒壶，丧气无比。密谋了几日的计策到了最后一环彻底无法施展。这加了药的酒水送不到该喝的人嘴里。龙越离此时心神俱伤只想着一醉解千愁，别的什么都不顾。不出意外，这场宫宴之后他只能娶了楚国的公主。

　　她心中叹气，一抬头却见邻座一双美眸一眨不眨地盯着她的面上。周惜若一怔，这才看到原来是世子妃越卿卿正盯着她看。她心头一突，连忙低了头。越卿卿那双眼沉着冷静，带着探寻，根本不像是方才楚楚动人，任人摆布的娇弱美人。

　　周惜若低了头悄悄从御座旁退了出去。殿外寒气凛冽，金黄的落日早早沉入西边，余光洒遍宫阙重重，巍峨宏大。可是她却觉得冷。

　　"周尚宫。"身后传来一道温柔如水的声音。

　　周惜若回过头，看着那盛装的美人翩然走来。她看着那落日将那女子的倾城面容映得如九天玄女，出尘绝丽。这等女子才是龙越离心中最放不下的倾城色吧？

　　周惜若躬身道："原来是世子妃。"

　　越卿卿走到周惜若近前，仔仔细细地打量了她上下，轻叹道："周尚宫原来竟这么美。"她的眼中有诚挚的赞美却也有隐隐的同情之色，让人心里不适。

周惜若忽地一笑，淡淡道："世子妃言重了。"

越卿卿笑了笑："周尚宫谦虚了。在座的公主们若是素颜而来，恐怕都不如周尚宫五分美丽。"

周惜若再次躬身，却已失去了接话的兴趣。谁会无事奉承她这么一位卑微的御前女官？若不是有求于她，便是有别的话要说。

越卿卿叹了一口气，忽地伤感道："已两年不曾来京，总以为一切总会过去，没想到皇上还在记恨我曾经犯下的错。"

周惜若打断她的话："奴婢还有事，容奴婢告退。"不是不想敷衍她，而是忽地替龙越离不值。他们两人的爱恨与他人无关，何必亲口说出无端做了别人的谈资？

越卿卿一怔，不由重新打量她，慢慢道："是我的错，不该提起这些。"

周惜若不卑不亢地道："世子妃言重了，奴婢不该听的便不能听。"她说着躬身退下。

"等等。"越卿卿在她身后唤住她。周惜若顿住脚步，回头看着她。

越卿卿眸色变幻不定，终是问道："他真的喜欢你么？不然为何一定要你入宫？"

周惜若忽地失笑："世子妃到现在还在意皇上的想法吗？"

越卿卿陡然变色。周惜若已敛了容色，郑重道："奴婢入宫是因为走投无路，每个人都有每个人要走的路，世子妃还是保重自己才是正理。"

她说完转身离开。越卿卿看着她渐行渐远的身影，明眸神色渐阴沉。

47

第五章　初蒙恩宠菡香美

　　宫宴歌舞声直到半夜方歇。甘露殿中空无一人，周惜若直把所有都收拾整齐，这才倦极靠着殿中一角沉沉睡去。

　　这一觉睡得极不安稳。梦中她在一条路上走着，看不到尽头也找不到可以歇息的所在，只能不停地走下去。梦中熟悉的人和事交替而过。爱的恨的苦的累的，她怔怔看着迷雾，那条路仿佛通入地底黄泉，不死不休。

　　忽地殿外嘈杂声打破了她的沉梦。周惜若猛地惊醒，殿外宫人脚步匆匆，传来叶公公尖细焦急的嗓音："皇上喝多了！都给咱家小心点。"

　　"去叫御医！快去！"

　　周惜若急忙走出殿中，只见龙越离已被宫人七手八脚地架着，一身龙袍歪歪扭扭，脸上绯红，浑身酒气。

　　叶公公急道："快些扶皇上去歇息。仔细点！"

　　几位宫人帮忙把龙越离扶到了龙床上。龙越离双目紧闭，一俯身吐了个翻江倒海。叶公公急得不知所措，连连唤来宫人给他换衣整理狼藉。甘露殿中一通忙乱，御医开了醒酒汤，喂龙越离喝了小半碗这才算安稳。

　　周惜若跟着忙碌，直到看着龙越离沉沉睡去才松了一口气。叶公公见今夜又是她值夜，叹了一口气："周尚宫就多累点了。咱家先下去了，有事唤一声。"

　　周惜若点头答应。甘露殿中又恢复安静。她看着沉沉睡去的龙越离，莫名地到他的床边，轻叹一声："何必呢？为了一个不值得爱的女人伤了心。"

48

床榻上的龙越离双目紧闭，两抹嫣红直染到了眉梢，散了的发披在枕上，像是一匹墨黑的绸。这么年轻的皇帝，英姿勃发，雄心大志，可谁曾想到他身居高位处处难为，他的苦无人可解。

周惜若坐在他床边，轻抚他微凉的发默默无言。他和她原来都是一样的人，在黑暗中摸索，处处险阻。仇埋在心底煎熬成一碗最苦的酒。

"卿卿！"龙越离忽地翻了一个身，一把将她的手紧紧握住。周惜若一怔，想要挣开可是他握得丝毫不放。

"卿卿，别走！"他闭着眼，声音却惶急，"卿卿，不要走！"周惜若心一软，顿时停住了手中的挣扎。

床上的龙越离终于安稳，再一次沉沉睡去。周惜若看着两人交握的手，摇了摇头，靠着床边闭目睡去。

这一觉终于睡得安稳。周惜若醒来的时候却发现自己已在龙床上。她一惊，急忙起身，可是身上衣衫完好，唯有她从床边被人挪到了龙床上。是谁敢这么大胆？难道是龙越离？

她的心不由得怦怦直跳。

"周尚宫……"帐外有宫人听到动静，试探着问道。

周惜若还未回答，就听叶公公呵斥方才的宫人："叫什么尚宫，以后不久应该叫娘娘了！"方才出声的宫人连忙诺诺应声。

帏帐一撩，叶公公胖乎乎的脸探了进来，带着谄媚道："周尚宫起身了？要不要奴婢们进来伺候？"

周惜若半晌才道："不用了，让她们端点热水就行了。"

天出奇地晴好，积雪已消融得差不多了，太阳暖洋洋的令人觉得舒适。周惜若慢慢地走着，过往的宫人看见她眼神都充满了探究与艳羡。周惜若心中一笑，在宫中没有所谓的秘密，不过是一夜，恐怕龙越离"宠幸"她的消息已传遍了宫中上下。

她轻叹了一口气正要低头而走，却见远远走来一抹熟悉的身影。她看了一眼不由怔忪住。那人手中捧着一卷书册缓缓而来，他眉眼清俊儒雅，周身的气度清华，是许久不见的温景安。

两人在廊下相遇，相视无言。不过是一月有余，再次相见却已如隔世。

温景安沉静的眸光带着丝丝不易察觉的哀伤。他先打破沉默："周尚宫别来无恙？"

周惜若不知再次相见竟是此情此景，心头一酸，躬身道："温大人……"

温景安看着她焕然一新的衣衫，知道自己沿途听来的传言果然是真的，眸色黯然："也许过几日就该称周尚宫为娘娘了。"

周惜若一怔，慢慢道："无论外人如何看待我，在温大人面前我还是曾经无处容身的周小娘子。"

温景安苦笑摇头："可是你我都知道这是不可能的。你若不变，世事也会改变。无论如何，周尚宫一定要保重。"

周惜若无言以对。两人沉默了一会儿，温景安轻抚手中的书册，状似无意地道："皇上下朝之后便被太后传到了永寿宫中问话，这时候不知道是否在御书房中？"

周惜若心中一突，抬头看着他。温景安温润的眼中皆是忧虑。看来这个问话是关于她昨夜的"侍寝"。

她半晌才道："温大人还是去御书房等皇上吧。奴婢告退。"

温景安点了点头，目送她走了这才长叹一声："惜若，你走的这条路是最难的一条。"

周惜若翩跹的身影慢慢在笔直的宫道上消失，终是留下他一人驻足良久。

永寿宫中，训斥完龙越离之后楚太后看了看时辰，皱眉问道："他怎么还没来？"

一旁的翎月自然知道楚太后指的是谁，低声道："瞧着时辰应该来了，奴婢去瞧瞧。"

不一会儿，翎月领着一位身着玄黑暗红纹长袍的中年男子走入了殿中。那男子四十多岁，面容英气勃发，行走间气势凛然，赫然就是安王。安王似对永寿宫很熟，不待宫人传报就径直走入了内殿中。

内殿中，楚太后正对了铜镜卸了头上沉重的发饰。她从铜镜中看到安王来了，挥退宫人。顿时内殿中只剩楚太后与安王两人。安王一笑，走上前双手扶在了楚太后的肩上，道："等久了吧？"

楚太后横了他一眼，慢慢依在了他的怀中，把手中的簪子丢入了妆盒中，道："三请四请殿下终于有空进来看我这孤老婆子了，真是蓬荜生辉。"

安王哈哈一笑，对着铜镜为楚太后拿下头上的凤簪，笑道："等久了？"

楚太后哼了一声："今日有要事要与你商议。是关于皇帝。如今他已要娶皇后，立后之后便要亲政，这事那一帮朝臣们可是早就十分不满哀家了，不能再拖了。"

提起龙越离，安王凌厉的眼中皆是轻蔑："龙越离这小子越来越荒唐了，昨儿据说还宠幸了那周氏！周氏是什么人？是邵儿的前妻，为了这事菁菁没少闹过，现在好不容易安稳了，她居然成了龙越离的人。你叫天下人怎么想？！"他顿了顿，眼底掠过杀意，冷声道："要他亲政，先让他把这周氏给杀了！"

楚太后眉头深皱，周惜若的身份她不是没忌讳过。但会不会因为她的身份特殊，所以龙越离要故意宠幸她让安王府难堪？她心念转过，可是稍后便眉头松释，把玩头上一支点翠，笑了笑："皇帝越是荒唐不是越好么？只有他越荒唐，这朝政的事交给他才放心。不过是区区一个残花败柳的女人，你当她是皇帝的玩物便是了。"

安王怒色还未消："可是也太放肆了！这不是在打安王府的脸吗？！以后一看见那周氏人人都想起这一段丑事了！"

楚太后凤眸微眯，漫不经心地笑了："周氏不过是无足轻重的人罢了，还能翻出什么天去？再说这后宫中还有我在呢！我还没有死，任谁都翻不出我的手掌心！"

安王听得她的保证，脸上的恼意才消除。他一把搂住楚太后依然纤细的腰肢，低头轻吻，长舒一口气："既然如此，那就留着吧，至于亲政，也只能面上给了。"

内殿中两人窃窃私语，两道身影亲昵无间，最后窸窸窣窣衣衫落地的声音传来，帷帐外，一抹人影偷偷看了几眼，悄然快步走了出去。

到了夜间，暮色降临，周惜若生平第一次觉得这时辰过得真的慢，一分一刻漫长无边无际。平日忙忙碌碌，如今闲了下来竟是手足无措。

夜渐深，叶公公终于找到了独自发呆的周惜若，他急忙一把拉起她："哎呦，皇上回来了正问到了周尚宫呢！赶紧去吧！"

周惜若低低应了一声，随着叶公公走到了甘露殿中。甘露殿中又燃起明亮的长明灯，幽幽的龙涎香在殿中处处弥漫。她闻着这香气，忽地想起昨夜两手相握，不由红了脸。

叶公公拉着她急急走入内殿中，帷帐撩开，一股更浓郁的香气扑面而来。在帷帐深处，龙越离正斜斜倚在榻上看着一本书册。他今夜着松软的白袍，长长的衣衫把挺拔的身躯勾勒出来，殿中温暖，他领口微露出领口一小片白皙的肌肤。容色如妖身着白色常服的他，在宫灯的映衬下俊美得慑人心魄。

他见周惜若进来，放下手中的书册，凤眸微眯，凉凉地道："朕还以为你不见了。"

周惜若被他眼中的恼意看得心中一颤，低头躬身道："奴婢不敢。"

龙越离挥退了众人，这才看着眼前低首恭立的周惜若。殿中无声，呼吸咫尺可闻。周惜若渐渐捏紧了长袖。

"过来。"龙越离拍了拍身边的位置，对她道。

周惜若应了一声，慢慢上前，还未到近前，手臂一紧就被他一把拉到身边。满满的龙涎香撞入了她的鼻间，令她心跳都停止了一会儿。

她一转头对上了龙越离深邃妖娆的深眸，不由急忙退了退。龙越离看着她的生疏举动，入鬓的长眉一挑，语气中带了不悦："怎么？才一日不见就不愿见到朕了？"

周惜若平了平心境，才道："不是。是奴婢不知该怎么面对皇上。"

她说得坦白倒是令龙越离怔忪了下。龙越离眸中的神色和缓，放开她慢慢道："就照旧吧。"

周惜若点了点头。龙越离看着她楚楚动人的侧面，忽地心中一悸。她就在身边，

51

婉约美好，这原本寒冷宽敞的甘露殿因她在仿佛也不那么冷了。

周惜若被他的目光看得瑟缩一下，正要离开，他又道："不过以后不必如此，该给你的位份朕会给你。只等着这次选新后以后便可以下了圣旨。"他盯着她的眼睛道："朕需要你演这场戏。"

周惜若一怔，顿了顿："奴婢明白。"她说完如平常一般前去整理床帏。

她整理完正要走忽地腰间一紧，眼前一片天旋地转，她已落入了他的怀中。周惜若惊呼一声，口却被他捂住。他的俊脸就在她的上方，深眸幽冷，一眼看不到底。

周惜若惊疑不定地看着他。

龙越离忽地道："既然演戏就要真一点，还得让看客满意。"

周惜若顺着他眼角看去，果然在帏幕外有内侍偷偷探头探脑。龙越离将她搂入龙帏深处，缥缈的鲛绡纱帐落下，彻底遮挡了窥视的视线。

"睡吧。"龙越离等着帐外的声音消失，眸光一动，看着她道。

周惜若看着他挺秀的背影，长长舒了一口气，蜷缩在了龙床上慢慢睡去。

周惜若照常在甘露殿中当差，只是她的身份特殊宫人不敢轻易怠慢了她，对她诸多照顾和奉承。叶公公见她性情温顺可亲，渐渐放下了先前的谨慎，笑着赞道："不是咱家夸，周尚宫的性情可是一等一的，当真是打着灯笼都找不到的。咱家活了半辈子还未见过有女子如周尚宫这般沉稳和贤德的。"

周惜若笑了笑："叶公公谬赞了。"

叶公公听了自是又一番夸赞。周惜若听在耳中，心中知道叶公公这么卖力夸她也不过是因为自己与他一样是从御前宫人出身，以后若是自己获了隆宠，那也会看在往日同是宫人的情谊上对他多多照顾罢了。

周惜若在甘露殿中当值，虽两耳不闻窗外事，但是还是能听到前面传来的消息，比方说龙越离与哪国的公主游园，与哪国的公主品茶，与哪国的公主言语相投，连他与哪位公主多说了一句话，都会被宫人们在私底下津津乐道。

宫中上下都在猜测龙越离会选哪位公主做了这齐国新朝的皇后。周惜若只是听着，心中却是失笑，眼看着年关接近了，选皇后也就这几日的事。无论龙越离喜欢哪位公主，都不是最重要的。

重要的是，楚太后到底中意哪位。

齐，文初二年。龙越离即位两年之后终于娶了楚国公主楚香云为新后。帝后大婚，大赦天下，举国同庆。齐楚两国两代互为姻亲。各国公主见一切尘埃落定，失望之余也都纷纷起了鸾驾回了各国。年关将近也是除旧迎新的新年将至。

龙越离大婚，整个齐京皆欢腾，热热闹闹一直到了腊月二十八。宫中的宫人们都被这喜事所感染，往来皆是笑意。就在这一片喜洋洋的气氛中，另一道漫不经心的圣旨封了周惜若为美人，赐号为莲，赐居菡香殿。宫殿不大，毗邻了御花园。据闻夏日御花园的荷花池中荷花盛开，菡香阵阵飘来，这座精巧的宫殿就有了萦绕不去的香气，令人心旷神怡。

周惜若接过那道明黄的圣旨不知在想什么。叶公公吉利讨喜的声音在她耳边喋喋不休："莲美人可真的是大吉了，皇上果然没有忘了莲美人，还赐了那么漂亮的宫殿……"

周惜若捧着圣旨，对叶公公躬身道："多谢叶公公自惜若入宫以来的帮衬。将来有一日惜若一定会报答叶公公的！"

叶公公听得她如此说，胖乎乎的脸上也多了几分动容。他擦了擦眼角，叹了一声："圣旨一下主仆就有别了。只是咱家看得出来莲美人心地极好又是极念旧情的。今日莲美人这一句咱家真的收下了。宫中日子谁也说不准，莲美人多多保重。"

一番话说得周惜若明眸也不由黯然几分。是啊，从此以后她就是孤身一人在这宫中，步步维艰……

菡香殿靠近御花园，推窗就能看见御花园中冬日白雪皑皑的优美景色，想必夏日会更加美。周惜若搬入菡香殿不久便有宫中的妃嫔前来恭贺拜访。周惜若身为御前女官的时候都未曾见过她们，想必龙越离喜新厌旧对她们漫不经心，所以大部分都十分面生。

那些妃嫔位份并不高，但都听闻了周惜若的身份，好奇之余心中亦是带了不少嫉妒。此次借了恭贺为名，其实也是想看看周惜若长得如何竟能让风流不羁的少帝青睐有加。

菡香殿中热闹非凡，前来的妃嫔们个个穿得姹紫嫣红，胭脂拂面，犹如春日百花齐放。周惜若殿中人手不够便亲自下去招呼，端茶送水。一双双眼看着她的一举一动，带着无比的审视。

她面容清丽绝美，肤色白腻如雪，尖尖的下颌，楚楚动人。今日穿一件月白色长裙，素净优雅，已胜过周边那姹紫嫣红的霓裳。她头挽着高髻，只簪了一支白玉簪。身量玲珑有致。这样的美人当真是如莲一般"清水出芙蓉，天然去雕饰"。

众位宫妃看着，有的黯然，有的心中暗恨，更多的是感叹——原来龙越离喜欢的美人是这样清丽脱俗。

一番寒暄，其中一位宫妃笑着上前："莲美人别忙了，今后都是姐妹了这么客气做什么？"

周惜若看去，只见这位宫妃一身玫红短襦长裙，姿容艳丽，笑眯眯的甚是和蔼，她连忙道："虞婕妤请上座，婢妾不敢当。"

虞婕妤携了她的手坐在上首笑道："诸位姐妹今日来一则是恭贺莲美人赐封大吉，二是来给你热热闹闹让这殿中多几分生气。"

第五章　初蒙恩宠菡香美

在齐国初搬入新家会请亲朋好友前来热闹热闹的风俗，为的是让屋子多几分生气。周惜若心中顿时对虞婕妤多了几分好感。

虞婕妤说完命自己的宫女拿出一份贺礼，笑道："这是给莲美人的贺礼，不成敬意。"

周惜若推辞不过，接过道："虞婕妤言重了，婢妾实在是惶恐。"

大红漆盘上的红绸掀开，是一对绞丝金镯和银镯，还有几朵精致的珠花，几方绣工精美的帕子。礼不轻不重正合周惜若如今的身份。周惜若不由多看了虞婕妤一眼。礼轻礼重，最难做的便是恰到好处又不会失了体统身份。这已是难得。

底下各宫妃见虞婕妤送了贺礼，也纷纷拿了自己准备好的那一份送给了周惜若。周惜若一一谢过了不提。

虞婕妤笑吟吟地扫了一圈众人，忽地皱了眉："锦贵人怎么没来？"

底下众宫妃一怔，有的语气中带了讥讽："婕妤娘娘不知道她这个人么？向来是最不屑这事的。"

说来也巧，她话音刚落，殿门外就有一道冷傲的声音传来："是谁背后嚼了舌根子？"

周惜若闻言看去，只见一道烟霞色倩影款款而来。天光下，那美人脸如美玉，五官精致如工笔描绘，身量颀长。当真是一位令人眼前一亮的美人。

周惜若迎上前去，笑道："这位一定是锦贵人了？"

锦贵人看了她一眼，慢条斯理地解下身上的雪锦缎面披风，红唇缀了一丝似笑非笑："这位也一定是皇上新封的莲美人吧。果然不同凡响。"

她说完也不看周惜若一眼，越过了她就向着殿中走去，大大方方地坐在了方才周惜若坐的主位。周惜若秀眉微微一皱，这样的话她就无处可安坐了，倒成了一旁端茶送水的奴婢了。

锦贵人坐下，一回头看着一旁的贺礼，对虞婕妤似笑非笑道："婕妤娘娘果然还是最大方的，这份跟当日我刚赐封的时候送的可是一模一样。"

虞婕妤一听，脸上顿时又红又白皆是尴尬。锦贵人这么一说便是说虞婕妤这份贺礼并不是精心准备，而是每一位比她位份低的宫妃都曾人手一份了。

虞婕妤世故老练，笑了笑："礼轻情意重，不过一份小小的贺礼，竟也让锦贵人记得这么牢。"

锦贵人美眸一转，含了几分嘲弄看着站在殿中的周惜若："怎么能不记得清楚呢。妾身不过是小户人家出身没见过世面，这金呀银啊的，当时都瞧得可稀奇了。"

她的话刚落，殿中的宫妃们都拿了眼看向站着的周惜若。锦贵人出身齐京的豪门世家，虽祖上没什么功名，但是财力雄厚又与京中权贵们交好。她说自己是小户人家那是故意的。这番话都是暗地讥讽了从曲州来京的周惜若。

周惜若静静听着，面上的笑容越来越淡。虞婕妤见场面冷了下来，连忙打了圆场："锦贵人说什么话呢，金银珠宝在你家都跟粪土一般，这话不是埋怨我当年给得少么？！"

所有的宫妃都笑了。锦贵人看着面色未动的周惜若，美眸渐冷，哼了一声曼声道："这菡香殿当初我要住，皇上却说了这里离甘露殿远，想见一面那还得绕了远路，所以就没赐给我。想来还是莲美人有缘分。"

周惜若听了忽地笑了，一个男人若是喜欢一个女人，怎么会嫌她住得远不方便见就不去了呢。这分明是龙越离拿了话去哄她，偏偏锦贵人还喜滋滋拿了这话来讥讽她这宫殿偏僻。

锦贵人见周惜若不怒反而笑。一时拿不住周惜若心中到底怎么想的。

周惜若上前，亲手奉上清茶，笑道："锦贵人说得是，这菡香殿是与我有缘，恰巧婢妾就封了个莲字，一切都是皇上的隆恩。"

她这话说得随意，可是听在锦贵人耳中就别有滋味了。周惜若这意思不就是说龙越离在她的封号和住的地方名字都用了心思？锦贵人看着面前云淡风轻的周惜若，一双美眸含了隐隐的嫉恨。她竟比传言中还美！难怪龙越离千方百计都要把她弄入宫中。

虞婕妤看着锦贵人的神色，岔开话题："如今皇上也娶了皇后，从明日起我们就得去中宫拜见皇后了，以后的日子可没有这么惬意了。"

说起新后，众宫妃们又议论纷纷。周惜若含笑听了，也不多言，殷勤款待了她们直到众人散去。

锦贵人离去前似笑非笑地看着周惜若，道："菡香殿冷清，莲美人要多多保重。"

周惜若一笑："多谢锦贵人提点。"

锦贵人见她气度沉稳，不骄不躁，倒是皱了秀眉走了。

虞婕妤款款而来，笑道："莲美人不必与锦贵人计较，她性子本来就是如此。许是自幼家境好，看人便多了几分不屑。就连我当日也曾吃过她不少冷言冷语。"

周惜若美眸含笑，恭谦道："百样人有百样的脾气，锦贵人不过是年少气盛罢了，言语也无害，妾身不会放在心上的。"

虞婕妤闻言，眉眼深深地看着她清丽绝美的面色，若有深意道："没想到莲美人看得这么清楚。"

周惜若笑了笑恭送虞婕妤出了菡香殿。送走前来的宫妃，菡香殿中又恢复了安静。此时天已日暮。周惜若看着跟着自己来的两位懵懵懂懂的年幼宫女，心中轻叹，内务府给她挑的都是十二三岁半大的宫女，都还是小孩怎么能懂得干活？

若是林嬷嬷能来菡香殿就好了。周惜若心中掠过这么个念头，但是这念头也只能想想罢了。如今她还只是个小小的美人，林嬷嬷却是在宫中几十年的老尚宫，她根本没有资格用得起如林嬷嬷这样的宫中老人。她按下心思先去歇息。

许是累了，这一觉就从傍晚睡到了半夜。到了半夜殿外有昏黄的灯光在晃动，还夹杂着宫人的说话声。周惜若起了身一连唤了几声都没有宫女回答，于是披了外衣下了床想要前去查看。

她才走了几步，殿门打开，一道高大的身影大步而来。周惜若睁着迷蒙的睡眼看到那一抹熟悉的明黄，心头大大跳了几跳，急忙跪下："奴婢……不，臣妾见过皇上！"

一股清冽的龙涎香扑面而来。周惜若的胳膊一紧已被龙越离扶了起来。就着殿外的微光，她看见他那双俊魅的深眸心中忽地安稳下来。龙越离眉头一皱想要说什么话，眸光忽地在她单薄的身上一顿，竟忘了要说什么。

身旁的宫人进来点燃殿中的烛火又多添了几盆银炭，清冷的殿中温暖如春。

龙越离皱眉打量殿中道："这地方怎么这么破？不是说菡香殿漂亮么？原来竟是叶公公蒙了朕！"

周惜若定了定神，拢了拢身上的外衣，笑道："这里真的挺好的。只不过是时日久了没人住所以就显旧。"

龙越离漂亮的长眉依然不展，他扯了领口，随意躺在了她的床榻上，闭上眼："朕今夜就在这里睡了。"

周惜若为难地看了看简陋的殿中摆设，上前柔声劝道："皇上为何不回去甘露殿中歇息？今日臣妾才刚搬过来，十分简陋。"

她还未说完，龙越离已睁开狭长的眼眸，冷冷地看着她："怎么？朕来了你要赶朕走？"

周惜若一怔这才明白自己说了什么。她不由苦笑，如今她是他的妾侍了。想着她脸上忽红忽白，半晌才轻声道："是臣妾错了。臣妾给皇上更衣。"

她说着为他解开衣衫上的扣子。微微俯身之时，她闻到了一股淡淡的酒香，不禁下意识皱了眉："皇上又喝酒了？"

龙越离"嗯"了一声："夜半睡不着，就喝了几杯。"

周惜若凑上前问道："皇上到底是什么事烦心？"

龙越离"嗯"了一声，也不说什么事又闭上了眼。周惜若见他似乎要睡去，不禁为难。这小小的寝殿就只有这一张床，龙越离睡了，她又该睡在哪？更何况天这么冷她在旁边站上一夜准得生病。她想了想，心一横大着胆子爬上床尾，缩在床边一角。龙越离听得动静，回头看了一眼，对上了她不安的美眸。

"过来！"他忽地拍了拍身边的位置。

周惜若连忙摇了摇头，神色警惕地看着他像是在看一个好色之徒。龙越离不禁失笑。起身一把将她拉到身边，道："放心，朕不碰你。"

周惜若不知为何长吁一口气，龙越离见她放松，忽然唇边勾起一抹邪肆，人一翻，已猛地重重压在了周惜若的身上。周惜若不提防他这么做，吓得惊呼一声。

龙越离冰冷的深眸中终于露出促狭的笑意。他懒洋洋地支着下颌，看着身下动弹不得的周惜若，得意问道："怎么了？你是朕的妾侍为何这么怕朕碰你？"

他故意放重身躯，周惜若被覆得犹如身上压了一块巨石。她脸涨得通红，羞恼道："皇上金口玉言怎么会这样出尔反尔？"

龙越离看着她的挣扎，邪邪笑道："宫里什么话都传开了，你又害臊什么？"

周惜若听得这一句更是脸红耳赤。龙越离逗得她几乎要无地自容了这才放开她。周惜若一得自由急忙缩在了床边，恼道："皇上明日还要早朝呢！赶紧歇息才是。"

龙越离闻言，自嘲一笑："早朝不早朝都一样。那个人根本不会让朕做任何决断。"只一句犹如一盆凉水顷刻就将方才两人之间莫名的亲昵给浇个冷透。

周惜若沉默了一会儿，安慰道："一定有皇上亲政的时候。"

龙越离盯着帐顶，冷冷道："这朕并不急。娶了楚香云才是第一步而已。景安也会暗中帮朕。"

周惜若听到温景安的名字，心中涌起复杂。原来龙越离早就算好了，一步步费尽心机，而自己正好是他的马前卒。

帐中一时间安静下来。龙越离不知心中在盘算着什么，一双深眸只冷冷盯着帐顶自顾自出神。周惜若看着他的深眸只觉得他的心思亦如他的这双眼，深沉无垠，谁也猜不透，看不明白。

周惜若忙了一天，困意袭来便靠着枕边渐渐睡去。龙越离一回头，只见周惜若已睡着。就着殿中明亮的烛光，她露在烛火下的容色绝美非常，小巧的鼻尖因为方才冻了而微微通红，修长无瑕的脖颈露了出来，还能看见她衣领遮掩下那一抹凌冽如蝶翅的锁骨。她乌黑的长发披散在肩头，颀长窈窕的身躯微微蜷缩着，有种令人心疼的楚楚可人。

龙越离眸色微缓，不知不觉伸手抚上她的长发。她在梦中睡得那么安稳，长长的睫毛轻轻盖在眼睑上，美得如画。

"惜若……"他低声地唤她。一伸手竟把她抱在了怀中。她身上的馨香飘来，安抚了他那颗阴郁躁动的心，使他也随之沉入了梦乡中。

第二天，周惜若醒来的时候只觉得腰间沉沉。她一回头，看见龙越离沉静的睡颜。他睡得很安稳，露出被衾的侧面轮廓分明，饱满的额，挺直的鼻梁，往日一双过分阴柔妖娆的眼眸此时闭着，不再有令人捉摸不定的似笑非笑，也不会有令人胆寒的冷光。

她如着了魔不知不觉描摹他的五官，最后落在他薄薄好看的唇上。梦中他不知梦

第五章 初蒙恩宠茜香美

见了什么，嘴角微勾，扯出一抹温柔的笑意。周惜若看着几乎忘了自己所在也跟着会心一笑。龙越离缓缓睁开眼，那一双深沉如海的眼眸在片刻的迷蒙之后渐渐晶亮，摄人心魄。他对上她含笑的美眸，也不禁跟着慵懒一笑，

周惜若回过神来脸顿时红了，急忙起身。却不想龙越离已一把把她圈禁在怀中，闭上眼，懒洋洋一笑："好久没有睡过一场舒服的觉了。"

周惜若不敢动弹，问道："皇上是真的不上朝了？"

龙越离似笑非笑，若有所指地道："你不曾听过吗？春宵苦短日高起，从此君王不早朝啊——"

龙越离直到宫人第二遍前来查探这才起了身。菡香殿中简陋，可苦了御前一干伺候的宫人，许多东西从甘露殿拿来再为龙越离梳洗。龙越离梳洗毕，一身云青色龙纹常服，外穿同色纱罩衣，腰间明玉带，发髻上簪一支墨玉龙簪。五官俊美挺秀，顾盼间又是那俊美无匹的年少君王。

正在这时，有宫人匆匆赶来："启禀皇上，太后娘娘请皇帝去永寿宫一趟。"

龙越离慵懒一笑，弹了弹常服下摆，漫不经心道："好吧。起驾吧。"

他回头看了一眼周惜若，轻佻笑道："晚上朕再来看你。"

周惜若脸一红，恭送了他出去。

御驾起，过了小半刻来到了永寿宫。

龙越离深眸一睐，抬头看着殿上神色不善的楚太后，还有一旁抽抽噎噎哭泣的皇后，笑着走了进去，跪下道："儿臣参见母后，祝母后安康。"

楚太后看着他嬉笑的俊脸，气得一拍手边的案几怒道："还安康呢！皇帝不气死哀家是不罢休了是吗？说说，昨夜皇帝去了哪里？！"

龙越离站起身来，随意坐在旁边的椅上，漫不经心地道："朕昨夜就在宫中，哪都没去。"

楚太后见他如此散漫，怒气更盛，冷笑道："放着正儿八经的皇后不疼惜，偏偏去宠幸那残花败柳的贱妇！皇帝越来越出息了！"

一旁抽噎的楚香云一听，急忙出来跪下道："母后息怒。是臣媳没用，不能留住皇上的心，臣媳才是该死。"

龙越离冷眼看着楚楚可怜的楚香云，嗤笑："祖宗家法哪一条说朕不能去别的妃子处了？"

他抬眼看着楚太后震怒的脸色，笑道："母后不是早就念叨着要朕开枝散叶么？朕可是遵从母后的意思。大婚过后再流连中宫岂不又是错了？"

楚香云闻言一怔之后又哀哀地哭了。楚太后一早被她闹得心烦意乱，如今听得龙越离这么辩解越发心烦，怒斥道："哭又有什么用！皇帝要抬举那不知廉耻的贱人，

你就是哭死了他也不会回转心意！"

她一字一句虽是骂着楚香云，但都是骂着龙越离与周惜若。楚香云连忙噤声，委屈地站回到了一旁。

楚太后看着油盐不进的龙越离，头疼道："皇帝大婚之后要学着亲政了，不要只留恋美色。宠幸那个贱人周氏是会让大臣们非议的！今日起哀家就让几位老臣去教导皇帝怎么处理政事。"

这亲政之议早就有臣子提出来，只不过她用皇帝未大婚做借口已拖延了许久，如今龙越离娶了皇后，她本想再拖点时日，可是如今看着龙越离如此荒唐，大婚第二日就去找了周惜若，那群臣万一把这昏君的罪过怪在了她的头上可就是一个大大的罪名了。为了安抚群臣，也为了别的，她今日就趁机提了出来。

龙越离长袖下手猛地一握，但是面上却是依然漫不经心，懒懒一笑道："那朕要景安也去。不然天天对着几个老古董闷也闷死了！"

楚太后眉头皱了皱："温学士？他资历不够，不可以。"

龙越离佯装恼火："怎么不够？他的才学比那些什么都不懂的老古董好很多了！他若不在御书房，朕也不要亲政了！"

楚太后见他的样子坚决，再看看还在默默哭泣的楚香云，松了口风："好吧，就依了皇帝的意思。只是在皇后未有孕之前不许宠幸别的嫔妃！这是哀家的要求！哀家决不允许第一个皇孙是不干不净的女人生的！"

龙越离眼眸一转，看着那陡然涨红脸皮的楚香云，似笑非笑道："好，就依母后所说。"

楚太后这才换了笑颜，亲手把楚香云的手放在龙越离的手中，道："香儿是个好姑娘，皇帝可千万不要辜负了。"

楚香云羞怯地抬头，却对上了龙越离那一双含着冷冷笑意的深眸，心中一颤，刚想要挣脱。龙越离却一把紧紧握住她的手，声音温柔如春水："皇后的贤德朕自然知道的。"

楚太后满意地笑了。

龙越离与楚香云一起离开永寿宫。到了宫外，龙越离冷冷丢开她的手转身就走。

楚香云看着他要离开，急忙问道："皇上要去哪里？"

远远的，龙越离冷冷的声音传来："朕去哪里，与你无关！"

楚香云定定看着他走远，方才明眸中的凄然渐渐收回，咬牙怨毒道："周惜若！"

第六章　新欢旧爱难自处

　　龙越离留宿蕹香殿的消息如同长了翅膀一般传遍了宫中上下。清冷的蕹香殿顿时成了整个后宫最瞩目的地方。宫人们绘声绘色地议论龙越离怎么半夜去了她处，又是怎么的为了她不说一声便荒废了早朝，还有太后震怒和皇后委屈等等，都是宫人们茶余饭后的新谈资。在这一片津津乐道的议论声中，龙越离的亲政之事就显得那么地微不足道。

　　流水似的赏赐源源不断地流入蕹香殿，内务府的总管亲自前来查看蕹香殿中年久失修的地方，着了内务中的督造办挑个日子前来修缮，争取在正月十五前让蕹香殿焕然一新。尚衣局中的嬷嬷奉旨前来为周惜若量体裁衣，赐下的绫罗绸缎铺满了殿中各处。

　　殿内殿外热热闹闹，为这素日冷清了许多年的蕹香殿添了生机。周惜若看着殿外树枝白雪皑皑，深深地呼出一口气，这一年就这样过了像做梦一般。

　　忽地有宫女上前禀报道："莲美人，有人求见。"

　　周惜若一怔，欢喜问道："是林嬷嬷么？"

　　宫女摇头："不是。莲美人去看看吧，他不让奴婢说他是谁。"

　　周惜若一皱秀眉，到底是谁呢？

　　她随着宫女走出殿中，宫女引着她出了蕹香殿，来到殿外一处梅林处。梅香阵阵，周惜若看见了那站在一株红梅旁边的邵云和。他一身玄黑狐裘披风，头束了一顶白玉冠，容颜俊美清冷。他听到脚步声，放开手中轻嗅的梅花，回头淡淡看着一身浅紫色宫装的周惜若。

周惜若美眸一冷，忽地失笑："我早该知道的，藏藏掖掖不敢示于人前的除了你还有谁呢？"她说完转身要走。

身后传来邵云和淡淡的声音："如今荣宠六宫的莲美人难道没有勇气再见到我了吗？以后你我见面的日子还长呢，你若是就这样躲着我，旁人只会笑你怕了我。"

周惜若顿住脚步，冷笑一声："怕？我是怕了！我怕污了自己的眼睛，污了自己的耳朵！为了郡驸马好，郡驸马还是少单独与我相处，万一尊贵的敏仪郡主看见了，倒霉的可是郡驸马！"

邵云和听了笑了笑，手中"啪嗒"一声却是把那枝傲然枝头的寒梅折在手中。殷红的梅花衬着他修长白皙的手，红的妖娆，白的明净。他一身玄黑，容色此时看来竟也多了几分冰冷的邪妄。

周惜若猛地退后一步，冷冷看着他。

"明日便是大年三十，年关近了。莲美人难道一点都没有想念亲人？"他忽地问道。

周惜若看着他含笑的俊眼，心中的恨意再也无法抑制。他总是有办法一次次地挖开她心底最深的伤口，然后看着她的心鲜血淋漓！

"亲人！这两字郡驸马居然还有脸说出来！"周惜若厉声道，美眸中水光掠过。

"我说过邵云和的双亲不是我的父母亲！"邵云和脸色未变，在看到她恨意难消的美眸时，眼中忽地一黯，"若他们是我的双亲，我怎么会弃之不顾？"

周惜若一怔，随即又冷笑："是了，我竟忘了，你不是邵云和！"

邵云和深吸一口气，缓缓道："他们虽不是我的双亲，但是你曾是我的妻子，今日我来，给你最后一次机会。你要不要出宫？！"

出宫？事到如今他还不死心！周惜若一步步靠近他，看着他俊美得如冰雕一样深邃的五官，红唇微启："要让我出宫不再让你丢人现眼吗？你先还我的阿宝一条命来！"

她说着头也不回地走了。邵云和怔了怔，片刻过后眼中充满了阴鸷，他狠狠一巴掌拍上了身旁的红梅。梅树不堪掌力，咔嚓一声断成了两截，满树的落红纷纷，萎落了一地……

除夕除旧迎新，宫中热热闹闹，宫宴从白日到了晚上彻夜不休，歌舞声声，一片欢腾。齐国这几年国力强盛，风调雨顺又无战事，所以权贵们便放开心怀，寻欢作乐。

一大早各宫就领了宫中发下的赏赐欢喜地准备过年。菡香殿中，周惜若与两位宫女正商量着晚上要做什么菜色吃。殿外忽地传来一阵爽脆的笑声。只见虞婕妤由宫女扶着踩着白白的新雪走入了殿中。她今日着了一件粉色的缎面短襦长裙，外披一件蜜

61

色绣枫叶披风，妆容齐整。

周惜若一见她来，连忙笑着迎上前施了一礼，问道："婕妤娘娘怎么来了？"

虞婕妤挽了她的手，笑道："我是顺路过来看看莲美人的，若是缺了什么少了什么就尽管向我开口，我宫中有的定拿给了莲美人先应应急。"

周惜若感激道："多谢虞婕妤的关心，婢妾这边什么都不缺。"

虞婕妤扫了一眼焕然一新的殿中，眼中皆是羡慕："没想到莲美人这里已是翻天覆地，什么都有，看来是我多事了。"

周惜若连忙道："虞婕妤这般关心，婢妾十分感激。"

虞婕妤看到她殿中新送来的衣衫，忍不住上前翻开。随便抖起一件皆是华美异常。她不由啧舌赞道："莲美人若是穿上这新衣定是宫宴上最夺目的那一人。"

不过一两天，尚衣局中就能把这些衣服改好，每一件皆是绣工精美，不是含糊了事。果然恩宠在身就是不一样。

周惜若笑道："虞婕妤说笑了，我只不过是小小的美人如何能去参加宫宴？"

虞婕妤眼中皆是不赞同，道："锦贵人都去了，再说宫宴上那么多人怎么会有人在意这个？与我一同去吧。见识下热闹，不然一个人在殿中过年多没意思？！"

周惜若犹豫不决，身旁的两位小宫女也纷纷撺掇："莲美人去吧，听说宫宴上有歌舞还有杂耍，十分好看呢！"

周惜若看着她们殷殷期盼的眼神，不由点了点头："那就去瞧一眼。"

虞婕妤听得她同意，笑着催促道："赶紧吧。迟了说不定就没有了我们的席位了。"

周惜若看着她热情的劲头，心底隐隐觉得不安。她转念一想，若只是去瞧瞧热闹又有什么打紧，于是就换了一件平时喜欢的那件浅紫色宫装，淡淡匀了面，上了胭脂，与虞婕妤一起向着宫中最大的宫殿德坤宫而去。

德坤宫宫门大开，钟鼓笙箫悦耳的声音飘飘，巍峨的宫殿一片灯火通明，恢弘浩大的广场上皆是一队队忙碌有序的宫人，还有宫人在殿前燃放美丽的烟火。"砰"地一声在黑夜中炸响，绽放出美丽的烟花，映红了宫人的面。

殿中最热闹的去处便是那正中央最明亮的大殿，里面歌舞姬在台上卖力地舞蹈，底下一桌桌席上达官贵妇正在畅饮，犹如一锅沸腾的粥，热闹而喜气。

虞婕妤拉着周惜若从殿的侧门进去，一股酒香和暖香扑面而来，熏得脸都觉得红了几分。所有人的面上都已微醺，可是殿中的气氛已十分热烈。

虞婕妤拉着周惜若坐在最偏僻的一角，面上欢喜："总算能赶上。"

周惜若放眼望去，只见御座上龙越离一身明黄龙袍，头戴十二梳明珠玉冕，斜斜倚在了龙座上，一旁是一身明黄凤服的皇后楚香云，她执了金盏，与前来敬酒的诰命贵妇笑语晏晏，脸已绯红，显得比初见时更加美艳动人。她时不时含情脉脉地偷看身旁的龙越离，可是龙越离却始终恍若未见，只看着歌台上美艳动人的舞姬。

周惜若隔了很远再加上他那玉冕明珠垂坠，看不清他脸色如何，但是她才注视了一会儿，龙越离仿佛察觉到了她的目光，微微侧头看向她的方向。

周惜若一怔，急忙低头。一旁的虞婕妤也察觉到了龙越离的目光，抿嘴一笑，推了推周惜若："皇上对莲美人果然上心，才刚坐下皇上就瞧见了你。"

周惜若面上尴尬，道："虞婕妤真会说笑。"

她说着也忍不住多看了高高御阶上的龙越离，他已转过头与前来敬酒的朝臣们畅饮。

虞婕妤看了几眼，忽地不满地哼了一声道："那锦贵人居然坐在了前列，实在是太过分了！"

周惜若顺着她的目光看去，果然看见锦贵人堂而皇之地坐在了皇后左手边第三席上。她今日打扮得十分美艳，着了一身提金丝明红色宫装，宫装很精致，在她身后逶迤拖开，上身只披了一条同色鲛纱披帛，露出白皙圆润的香肩。三千青丝挽成灵蛇髻，金灿灿的珠花点缀其中，显得分外贵气。

她这一身打扮美艳之极，艳色甚至盖过了皇后那一身繁重的凤服。周惜若要不是虞婕妤提醒根本不知那个人就是锦贵人。

她看了微微一笑："果然很美。"

虞婕妤眉间犹自愤愤不甘："她素日嚣张跋扈惯了也就算了，这等场合怎么可以不守宫规，坐得那么前面？"

周惜若看着面前的酒杯，只笑不语。这等场合可不是守宫规的时候，可是争宠的最好时候。

虞婕妤见她不为所动，叹道："莲美人果然脾气好。"

周惜若一笑："虞婕妤何必生气，再美的人也要入了皇上的眼才行。"

虞婕妤怔忪了下，半响才抿了一口酒水慢慢道："莲美人果然看得明白。"

她于是不再执著锦贵人的事，与周惜若谈笑起来。歌舞姬的歌舞不绝，眼花缭乱。周惜若坐在虞婕妤的身边，抛开一切欣赏。

虞婕妤忽地道："走吧，我们去向皇上皇后敬酒。"

周惜顿时犹豫。她是实在不愿在众人面前出风头的，可是不去的话却是不敬之罪。才想着，虞婕妤已不容分说递给周惜若一杯酒拉着她上前去。

龙越离见周惜若款款而来，斜斜倚着的身子坐直，玉冕珠帘之后薄唇一勾，深眸中掠过一丝诧异。今日周惜若身穿浅紫色宫装长裙，头梳了雅致的流云髻，也不甚打扮，清清爽爽，越发显得她面容清丽绝美。两旁席上的朝臣与诰命贵妇知她身份的，不由议论纷纷。殿中数百双眼睛都盯着她一人看。

各种眼神都聚在了她的身上，令她每走一步都觉得脚上有千斤重。好不容易走到了御阶前，跪下敬酒。

龙越离举了酒杯，正要饮下，一旁的皇后楚香云忽地开口问道："这一位美人姐姐可是谁？"

她的声音清脆悦耳，顿时席上所有的人都支起耳朵听着。龙越离放下酒杯，似笑非笑道："她是谁皇后居然不知道么？"

楚香云娇媚的面上含着一丝委屈，道："臣妾才刚入宫不久，还未来得及认识宫中各位姐妹，就连面前这位虞婕妤还是第一次见。"

龙越离看向周惜若。周惜若低头道："臣妾是新封的莲美人，叩见皇后娘娘，娘娘千岁！"

楚香云美眸中光亮掠过，抿嘴笑道："原来是莲美人，果然十分美呢。难怪皇上念念不忘。"

正在这时，有宫人唱和道："安王世子与世子妃到——"

周惜若抬头看去，只见南宫庆扶着越卿卿踏入了殿中。

越卿卿今日盛装而来。一袭重紫色长裙上用金丝银线绣满了各色花朵，外披同色鲛纱提花披帛，腰间系了一条同心玉带，腰间编成的繁复璎珞上系着美玉环珰，行走间玉环相撞，悦耳动听犹如仙乐。她头上梳着圆月髻，点点珠钗点缀其中，美不胜收。她本就十分美丽，如今精心打扮而来更是令人惊艳。

一旁的南宫庆满意地看着她，随后傲然抬头对上御座上的龙越离。龙越离唇边勾起一抹冷笑，慢慢饮下杯中的酒水。

楚香云见越卿卿来了，亲自步下御阶笑道："越姐姐怎么来了？不是要在安王府中养胎么？"

越卿卿羞涩地看了一眼身边的南宫庆，轻声道："是世子怕臣妾在府中寂寞所以就带着臣妾一起过来了。"

她说着抬起头来若有似无地看了一眼那高高坐在御座上的龙越离。可未等她目光扫上，就看见一旁俯首躬身未来得及退下的周惜若。她美眸中诧异的神色掠过，竟失声问道："周尚宫也在？"

楚香云见她看见周惜若，笑道："越姐姐错了，如今这位可不是周尚宫，是皇上新封的莲美人！"

她说得意有所指，离得近的朝臣与诰命贵妇们轻轻嗤笑起来。周惜若心中冷冷一笑，低头不答。

越卿卿见自己说错了话，脸色微红，急忙道："是臣妾的错。"

楚香云笑了笑，挽了她的手步上御阶，笑道："越姐姐说什么话呢，时而会记混了事是正常的，一些鸡毛蒜皮的小事哪能时时刻刻记在心里呢。"

她说着把越卿卿拉到了身边就座。

64

周惜若在底下心中一叹，这除旧迎新的大年夜里，满殿的人又有几个人是抛掉面具迎人的呢？她想着正要转身离开，一抬头却对上了对面席上一双温润的眸子。她心头一暖，对那人微微示意。那人也悄然颔首。于是周惜若拉着虞美人趁着这个时候悄然退下。

　　她要离席回宫，虞婕妤却是流连不去。

　　周惜若道："多待一刻，我便被人多笑话一刻。也许本来我就不该来。虞婕妤若还未尽兴就留着吧。我先回宫了。"

　　虞婕妤见她真的要走了，无奈与她一起离开坤德宫。

　　"等等！"身后传来一道傲然的声音。周惜若一回头，看见来人不由眉头大皱。只见锦贵人挽着南宫菁逶迤而来。

　　锦贵人上前似笑非笑道："莲美人为什么这么早就走了？等等皇上要在宣武门接受百姓朝拜。那时烟花齐放不知有多美呢！"

　　周惜若敛容道："婢妾今日身子不适就不凑这个热闹了。"

　　南宫菁冷冷一笑："这是自然。丢人现眼心里怎么会舒服呢？如今皇后是个一等一的大美人，温柔娴淑，过阵子喜新厌旧，什么美人的只会独守空房而已。"

　　周惜若闻言却是微微一笑，抬起头来，道："敏仪郡主说得对，皇后温柔娴淑又是明媒正娶，皇上疼惜是应该的。这才能证明皇上情深义重。"

　　她说完施了一礼转身就走了。南宫菁初听只觉得话中有话，可百思不得其解。一旁的锦贵人忽地道："郡主，她在讽刺郡主夺了她的正妻之位！"

　　南宫菁一听，心头一股怒火顿时熊熊燃烧。她几步上前一把抓住周惜若的胳膊，狠狠一巴掌对准她的脸扇下："贱人！胆敢骂本郡主！"

　　"啪"地一声，那巴掌狠狠扇上周惜若的脸，她只觉得耳中嗡嗡作响，眼前金星乱撞。虞婕妤在一旁惊叫一声，想要上前阻挡却是畏惧南宫菁。

　　南宫菁看着周惜若雪白的脸上五指印殷红，心中涌起一股畅快，冷笑道："你又是什么东西，邵云和的正妻才是我！"

　　她说着又要打下去，周惜若猛地一把抓住她的手，眼神冰冷异常，她冷笑："你怎么知道邵云和不是贪图了安王府的权势和富贵还是另有别的居心？这样冷情的负心汉，你要做他的正妻便去吧！你当我周惜若稀罕！"

　　南宫菁听得她说出这些话，诧异得呆在当场。

　　周惜若眼神如刀，美眸中皆是厌恶："要不是你有个安王父亲，你当你能像现在别人皆是蝼蚁任由你打你骂不成？"

　　她说完狠狠甩开南宫菁的手，转身离开。

　　南宫菁看着她窈窕的身影翩跹，那一身傲然的风华如雪中莲，绝世难见，心中的嫉恨顿时冲昏了头脑，她疾走几步上前，狠狠推了周惜若一把，阴冷道："你去死吧！周惜若！"

周惜若前面就是几十级的石阶，她不提防南宫菁竟如此丧心病狂，踉跄一步，脚上一踏空，整个人向前跌去。高高的石阶扑面而来，她心中掠过说不出的心凉，这样摔下去不死也重伤了。

身后尖叫声随着南宫菁的动作而响起，周惜若绝望地闭上眼。正在这时背后有人怒喝一声。周惜若只觉得腰间一紧，有人已紧紧抱住她的腰。下坠的力道太大，两人一起滚下了石阶。

周惜若只觉得天旋地转，背上胳膊上剧痛传来，可是护着她的人却紧紧将她搂在怀中，几乎所有的撞击都由他大部分承受。两人一起滚落石阶，好不容易才停了下来。

虞婕妤急忙下了台阶，一看，不由惊叫道："是温学士！来人！温学士流血了！快来人！"

周惜若忍着剧痛侧头一看，果然看见温景安额上鲜血长流，面色痛苦之极。她急忙起身，扶着他，声音颤抖："温学士，你……"

温景安捂着额上的伤口，脸色煞白。他一笑："我没事，你伤到哪里了吗？"

周惜若看着他温和的眼眸一时竟不知说什么才好。石阶上南宫菁看见温景安一身是血，吓得倒退一步。

周惜若死死盯着她的面上，再也忍不住怒意道："好个敏仪郡主，居然背后下毒手！你若要杀我何必不干脆一点？！去请一道圣旨把我杀了便是！"

这时候宫人赶来，急忙把温景安扶下去治伤。周惜若肩胛处的伤剧痛无比。有宫女要来扶着她，她只一动不动，美眸中皆是愤怒，冷冷盯着南宫菁。南宫菁被她的眼神吓得一缩，想要走却是不敢。说来她还是生平第一次亲手伤了人。

殿中的朝臣与诰命被外面的嘈杂引得出来查看。周惜若一动不动，只冷冷盯着南宫菁。

越卿卿走来，问道："到底出了什么事？"

南宫菁看到她来，一肚子的惊恐顿时化成了"哇"的一声痛哭，扑到了她的怀中哭道："越姐姐，你看那贱人欺负我！"

越卿卿不由看向周惜若。周惜若身上的淡紫色宫装已被地上的积雪泥污弄得肮脏不堪，发髻也散了些许，只有那清丽的面上一双美眸含着恨意与悲愤，亮得出奇。她这么美，连生气都令人转移不开眼。越卿卿忽地想起她的封号"莲"，心中顿时涌起一股自己无法抑制的妒忌。

"莲"！他竟给了她这么美好的字眼！

正在这时，龙越离也听到了宫人的禀报前来查看。他看到石阶下点点血迹，眼瞳猛地一缩，看向周惜若。只见她一身狼狈却只狠狠盯着那南宫菁。

稍一细想，他眉间稍解，沉声问道："到底是怎么一回事？"

周惜若正要开口，越卿卿已柔柔开口道："皇上，其实也不是什么大事，就看在菁菁妹妹年纪小的分上饶了她这一回吧。"

她不说事情经过，只代南宫菁向龙越离讨饶。周惜若不由看着她，冷笑一声。龙越离看了哭得抽抽噎噎的南宫菁，眉头皱了起来。

越卿卿看见他眼底的不悦，连忙又道："如果皇上要责罚了菁菁妹妹，就责罚臣妾吧！是臣妾管教不严之过。"

周惜若一听，心中更是恨得血都要流出。越卿卿是安王世子妃，身怀有孕又曾是龙越离的心上人。旧情与新身份两相逼，就算龙越离想要责罚南宫菁也是无法了。

果然龙越离皱着眉头，不悦道："这祸是敏仪郡主闯下的，与世子妃何干？"

越卿卿低头柔柔道："正所谓长嫂如母，郡主是与臣妾自幼玩乐在一处的，情同姐妹，可以说她的错便是臣妾的过错。皇上不必顾虑。一切罪过让臣妾承担便是。"

一旁的南宫菁一听，感动不已，哽咽道："越姐姐！"

龙越离看着温顺恭谦的越卿卿，深眸掠过暗涌，一时间也无法发落。

周惜若看着两人，忽地笑了。她的笑声清冷，带了无尽的鄙夷："皇上别为难了。一句年幼不懂事，再一句自幼情分就能抵消了她所犯的罪过。只是臣妾觉得好奇，今日她尚年幼不懂事就可以抢人丈夫，推人落阶，日后又该是怎么样？"

"苍天有眼，人在做，天在看！臣妾倒要看看，恶人能逞凶到什么时候！"

她说完忍着一身剧痛，转身消失在了夜幕中。所有的人都被她一番话惊得半天回不了神，连她走了都忘了阻拦。龙越离看着她孤零零单薄的身影，眼中神色变幻不定。远远的，一双沉冷的眸子把这一切都收入了眼中。他看着那抹纤影离去的方向，久久凝望。

越卿卿扶着哭得抽抽噎噎的南宫菁，看着周惜若离去的方向，悠远的秀眉紧紧地拧起，这个女人，不简单……

夜深了，宣武门燃起了美丽的烟火，轰的一声冲上云霄，绽出美丽硕大的烟花。繁华盛世，人心沉浮，大抵也就是如此吧。周惜若梳洗完，依在窗边，看着天边燃亮，再熄灭。寂静的菡香殿空无一人，一片漆黑，除了那偶尔点燃的烟花将一室黑暗驱散。她素白的面上神情木然。

这一年的春节，是她这一辈子过的最难熬的除夕夜，也是最孤独冷清的一夜。一行清泪缓缓滑落脸颊。她闭上了眼，烟花盛开，照亮她清丽无双的面目，却再也照不亮她的心底……

热热闹闹的春节对菡香殿来说一点关系也无。第二日周惜若肩胛处痛得厉害，揭开衣衫一看，肿得高高的。于是周惜若命宫女先去告了个病，又去请了太医来诊治。

67

宫女去了老半天，才找到一位太医院的医士。那医士看了看，说是骨头摔裂了，所谓伤筋动骨一百天，给她上了夹板又敷了草药，吩咐平日注意什么就匆匆走了。

周惜若看着自己身上的瘀伤累累，想起温景安舍身相救，心中越发感激，若不是他，她就不单单只是摔伤了肩头这么简单。可是她不过是一介小小美人，心忧温景安的伤势却也没有办法出宫探望。只能在心中祈求他能平安无事。

虞婕妤带了一堆补品和药材前来看她。她见周惜若伤了胳膊，叹了一口气："那个郡主可是出了名的刁蛮霸道，连太后娘娘都让她三分，平日疼得跟亲女儿似的。安王也爱若珍宝，所以她从小想做什么就做什么。莲美人也是倒霉，未进宫就得罪了她。那郡驸马的事可是丢了安王府极大的面子，敏仪郡主心中不知有多恨呢！她不敢找皇上的麻烦，就统统找了莲美人的晦气。"

周惜若面上冷色不减："男的忘恩负义，女的刁蛮狠毒，倒是一对绝配！"她从不轻易骂人，若不是恨到极点是不会轻易说出口的。

原来她走的入宫这一条路才是最难的路，可是既已决定走下去，再也没有后退的路可以走。

送走虞婕妤已是傍晚，宫女怯怯地进来："娘娘，要用膳吗？"

周惜若胃口全无，摆了摆手："不用了。"

这时另一位宫女欢喜地走了进来，手中拿着一件什物，向周惜若邀功似的道："莲美人！有人送来一瓶膏药，说莲美人涂在伤处就会很快好了！"

周惜若心中奇怪，接过来看了一眼，瓷瓶精致，打开闻了闻，药香扑鼻，不用验也知道是上好的伤药。

她问道："是谁送来的？"

那宫女年纪小，摇头道不知，又道："是另一位姐姐送来的。她还说，温学士的伤已经不要紧了，莲美人放心。"

周惜若一听心中的担忧放下，欢喜起来。原来是温景安托了人把药膏送给了她。他受伤之余还惦记着她的肩伤，果然是个好人！

她闻着药膏的香气，对宫女笑道："今晚就替我涂上药膏，看是不是真的很灵。"

两位宫女见她终于展了笑颜，也跟着高兴起来。叽叽喳喳围着她说话，莴香殿总算扫去了除夕宫宴上带来的阴霾。

远远的一处楼阁，一抹清冷的身影久久注视着那一道飞翘的宫檐。不一会儿，有一位宫女悄悄走上前，低声道："东西已送给了莴香殿，也按大人所说的说了。莲美人很高兴。"

那人淡淡地"嗯"了一声，随手丢给了她一锭银子，道："你做得不错。不过以后这事要是有人问起你。你怎么说？"

那宫女连忙道："奴婢就说忘了到底是谁托了奴婢给的药膏。"

那人拢了拢肩头的玄色缎面披风，戴上风帽，长吁一口气："就这么说。"他说罢，转身慢慢走了，消失在沉沉的暮色中……

过年总是琐事繁多，龙越离一连好几日都在忙着与皇亲贵戚打交道，又有各国使臣来贺，宫中宫宴频频。对于周惜若的伤他只让叶公公前去问了几句。倒是锦贵人在除岁宫宴上打扮美艳，出了风头，好几次宫宴上龙越离都命她伴随左右。这下原本就骄矜的锦贵人在宫中越发令人侧目。许多宫妃前去拜访她住的淑芳殿，一番热热闹闹，毗邻的菡香殿就显得分外冷清。

菡香殿的两个小宫女年纪虽小，却也懂了一点人情世故，不满道："最见不得锦贵人那张狂的样子。听说昨儿她为了泡澡命宫人将御花园的梅花都摘了大半，实在是霸道之极！"

周惜若看着淑芳殿那边人声鼎沸，唇边勾起一抹若有若无的淡笑："她就是要整个梅林的花儿都不为过。谁让她如今盛宠在身？"

两个小宫女见她面色无波，试探问道："莲美人，可是她抢了菡香殿的风头，皇上会不会以后只喜欢她一个人？"

周惜若心中失笑，只不过让锦贵人多陪伴了几次就是盛宠了吗？她轻吁一口气，微微一笑："不会的，皇上心中喜欢的人可不是她。"

两个小宫女一听仿佛得了保证似的，欢欢喜喜地退下做事了。

如此热热闹闹过了几日，周惜若安心在菡香殿中养伤，那盒药膏十分有效，不过几日红肿便消了大半，到了五六日后疼痛已减轻大半，手也能稍许活动自如了。太医院的医士前来复诊，见她伤好得快，一问之下，看了那药膏，脸上吃惊："这不就是接骨灵药雪山香膏吗？"

他口中啧啧称奇，拿了瓷瓶反反复复地看，眼中皆是艳羡，对周惜若道："莲美人果然深受隆恩，皇上连这膏药都赐给了莲美人了。"

周惜若知他误会了，却也不能说这是温景安给的，含糊敷衍过去便收好了。医士见她好了大半，减了她每日服药的药量，这才告辞走了。周惜若等他走了看着药瓶心中越发感激。她想了想，唤来两个宫女吩咐几句才令她们下去。

第六章 新欢旧爱难自处

第七章 天机勘破杀意起

到了正月十五元宵节这一天，宫中热热闹闹。只是天色不好，看样子又要下一场大雪。可是就算是这样也阻挡不了过节的气息。小内侍们在宫中四处放了鞭炮，噼里啪啦十分热闹，仿佛能将这寒驱除。

周惜若一早就穿戴好，又披上一件厚厚的披风提了篮子出了菡香殿。寒风呼呼，她按了按提篮中的东西，只觉得触手余温尚在心中才放心些许。到了御书房不远处，她搓了搓快要冻僵的手指。过了不久，一抹翩翩身影从殿中朝这里走来。他瘦了许多，可是容色清雅不减半分。他皱眉看了看天色，加快脚步走了出来。

到了回廊拐角，周惜若出现在他的面前，含着欣喜道："温学士！"

温景安只顾着走路，见她突然出现不由怔松了下。只见风帽下，周惜若素白的面上被冻得青白，鼻头微红，一双明澈的眼眸乌黑发亮带着温柔笑意。因为寒冷，她领口处围了一圈雪白的狐皮领子，雪白的毛领衬着她巴掌大的小脸，多了几分俏皮也越发令人怜惜。

他见她安好，不由也跟着笑了："周……不，莲美人，你怎么来了？"

周惜若仔仔细细地打量他的脸，见他额头伤口还敷着药包，连忙问道："温学士伤好点了吗？"

温景安摸了摸额头，眸色一暖，道："好了。莲美人不要太担心。倒是莲美人没事吧？"

周惜若从怀中拿出那瓷瓶，眼中皆是纯真笑意："我好了。都是温学士给我的药膏的功劳。"

温景安闻言不由一怔，正想辩解什么。周惜若已把手中提着的食盒塞给了温景安，搓着冻得通红的手道："温学士伤了头又流了很多血，这是我给温学士炖的补汤，一点小小心意不成敬意。温学士就收下吧。"

温景安接过，一摸还是热着的，眼中眸光微动，慢慢道："多谢莲美人，有心了。"

周惜若见东西已送到了也算是一桩心事已了，于是拢了拢身上的披风，嫣然一笑："温学士要好好保重自己。"她顿了顿，忽地道："我在宫中会照顾我自己的。新年伊始，温学士也要找个人照顾好自己。"

她说着飞快转身走了。温景安看着她离去的倩影，手中的食盒越发沉重了好几分。

远远的，有一队宫人簇拥着一顶华盖逶迤而来。华盖下的人看着方才的两人，皱起了画得精致的秀眉。她问身边的宫女："方才那两人瞧着眼熟，是不是莲美人和温学士？"

宫女仔细地看了看，回道："回贵人小主，那两人的确是莲美人和温学士。许是碰上的吧。"

华盖遮挡下，锦贵人闻言微微眯了眯杏眼，眼中掠过狐疑："这个时候这个地方怎么会碰上？该不会是……"

她猛地住口，面上恍然大悟。殷红的唇边勾起森冷的笑意："好你一个周惜若竟然胆子那么大！这个把柄可是被我捉到了，看你以后还怎么在宫中得意！"她说完，冷笑着走了。

风渐渐大了，风雪也纷纷扬扬下了下来，还未到晚间天已暗了不少。鹅毛大的雪伴着狂风，呼呼吹来，令人睁不开眼。周惜若没有带伞，看着铅云沉沉城欲摧的可怕天色，急忙四处寻个地方可以暂避风雪，等雪停了再走。

她顺着墙角走，这天暗得很快，一会儿眼前已漆黑一团，令人心生害怕。她慌不择路，不知怎么拐就拐到了一处宫殿庭院中，这宫殿小而无人居住，好在里面还有个暖阁。她松了一口气，连忙推了暖阁的门进去。门关上，把外面的风雪都关在了外面。周惜若这才缓过一口气来。她听着外面呼呼如鬼号的风声，心中发愁，若是这雪不停，今夜恐怕就只能困在这里了。

周惜若心中发愁。可是当下也顾不得这么多了。她在暖阁中摸索起来，据她所知，宫中的宫殿虽有的无人住，但是日常还有负责打扫看护的宫人，他们通常都会把必需的一些什物留在原地，以防有时候皇上或者宫妃心血来潮过来游玩，或者突然一道圣旨把无人住的宫殿赐给了宫妃住。这样就不会到时候忙乱成一团。

周惜若摸索了一会儿，果然被她找到了火折子。她点燃火折，打开暖阁的炉子，生了炭火。不一会儿整个暖阁中暖意融融，周惜若解开身上的披风，擦拭被雪水打湿的身上，慢慢烤起了火。炭盆中的炭是上好的银炭，烧得久又带了一股松木香气，周惜若暖和过来以后，闻了只觉得周身暖洋洋的，昏昏欲睡。正当她忍不住瞌睡连连的时候，忽地外面传来一阵轻微的脚步声。

周惜若惊醒过来，侧耳仔细一听，有人在外面说话，声音粗哑，带着异国的口音："这天真奇怪，雪这么大！都快赶上了北地的大雪天了！"另一道声音适时响起，声音清冷悦耳："暂且躲一躲吧。等雪不下了，大人再走吧。"

周惜若一听，只觉得脑中"轰"地一声一片空白。果然是冤家路窄！第二个出声的人竟然是邵云和！！

那两人边走边说，片刻已到了这暖阁的门前。周惜若当下想也不想，一把抓起自己的披风，飞快躲进了暖阁的帷帐之后，只盼着这层层叠叠的帷帐能挡得住她一时。她刚闪身进去，暖阁的门就被打开。寒风灌了进来，吹得周惜若背后一凉，她这才发现自己背后早就惊起了一身的冷汗。

两人进了暖阁，那声音粗哑的人"咦"了一声，吃惊道："这里居然有人？"

邵云和关上暖阁的门，深眸一眯，看了看炭火，道："看样子是有人在这里烤火躲避风雪，有一阵子了。"

另一人顿时有些紧张："会不会被人瞧见你我见面？"他声音难听，又带了异国的口音，这一急说起了他国的方言。

周惜若听不懂，只觉得这男人口音像是从漠北那边来的，叽里呱啦还夹杂着番外之语。邵云和默默听了，回了他一句竟然是一模一样的方言番话！

周惜若只觉得脑中嗡嗡作响，想要转动都缓慢无比。一个古怪之极的事实撞入她的脑中，搅得她无法正常思考：邵云和竟然不是齐国人！

两人说了一会儿，大多数是那声音粗哑的人在说话，邵云和只是默默地听，时不时插一句。那男人说得很急很快，仿佛在求证着什么。邵云和却异常沉得住气，三言两语就让那人长篇大论消声无踪。

周惜若听不懂，躲在帷帐之后一动都不敢动。他们两人说了许久，直到炭火都烧尽了，邵云和才道："阿鲁大人回去吧。此时宫宴人多，必定没有人能注意大人方才去了哪里。"

那叫做阿鲁的男人嗯了一声，用生硬的齐国话道："邵大人也要保重。此事十分机密，还望邵大人小心！"

邵云和沉默拱了拱手，送了他出去。

周惜若见两人走了，这才长舒一口气，她正要从藏身之处出来，忽地，门外脚步声轻轻传来。她心中一个激灵，急忙又缩了回去。

邵云和又折返回了暖阁。他坐在桌边，手指轻抹了桌上的尘土，忽地淡淡道：

"出来吧。我已经看到了你！"

周惜若一听，惊得瞪大了美眸，一颗心吊在了半空中，几乎不能跳动。什么时候邵云和知道了她在里面？方才他们两人根本没找到她才对啊！

周惜若咬牙，正要从藏身处走出，忽地，她看到邵云和慢慢地向暖阁中的柜子走去。他走到柜子处，手掌慢慢举起，猛地打开柜子。里面空无一人！

原来竟是他虚张声势！周惜若手心捏了一把冷汗，差一点就被邵云和使诈诈了出去！

邵云和眸中冷色收起，自语道："难道竟是我猜错了，这里没有人？"

他说着又环视了一圈暖阁中。可是所见除了这柜子貌似没有地方可以藏人。他看了看慢慢走出暖阁。周惜若等了好久，直到确定他走了，才大大地喘了一口气，软软依着墙坐在了地上。邵云和心机竟如此之深，虚张声势，虚而实之，更可怕的是她无意中得知他另一个惊天的秘密！

邵云和不是齐国人，他盗取了真正邵云和的身份，考了状元又尚了郡主，竟是别国安插在齐国的谍探！她脑中纷乱的思绪一齐涌上脑海，抓不到一个头绪。

正在这时，暖阁的门忽地"哐当"一声大开。风雪中，邵云和眉眼清冷地站在门口，看着惊得连连退后的周惜若，眼神阴冷，森森地开口："这里果然藏着人。"

风雪灌入，周惜若被吹得遍体生寒。邵云和缓步走进来，风吹起他玄黑的披风，如黑夜中张扬鹰的羽翼，那么可怕。他似笑非笑地看着惊恐的周惜若，薄唇一勾，冷冷道："娘子，你我的缘分真的是不浅呢。"

周惜若美眸睁得大大的，步步后退，靠在了墙上，她看着眼前冷笑如魔的邵云和，心中一个念头冰凉掠过：今夜，她是真的死定了！

修长冰凉的手指轻佻地抬起她的下颌，邵云和俊美的面目在她的瞳孔中扭曲。周惜若已说不出一个字来，红唇血色尽褪，不自觉地微微颤抖。

"娘子，你说为夫要拿你怎么办呢？"他靠近她，两人鼻息可闻。暖阁外面的风声呼呼不绝犹如鬼哭。

周惜若脑中已不会思考，她知道了他今夜私会不知哪国的使臣，还知道了他不是齐国人是别国的谍探。哪一条说出去都可以让她死上千百次。她更不知是否还能看见明日的太阳。

"娘子，你这下该明白我为什么要匆匆上京赶考，为什么要高中之后不回乡甚至不认你们母子了吗？"邵云和问。

周惜若看着他阴冷的脸色，终于重重吐出了一口气："你想要怎么样？"

他的指尖在她脖子边若有若无划过，她不知道什么时候就身首异处，这样的惊恐与绝望是最痛苦的折磨，令她无法动弹。

"你想要怎么样？"邵云和眸色变幻，笑意冰凉，"杀了你还是放了你？无非这

73

两样。”

周惜若看着他的笑容只觉得无比刺眼。她猛地推开他的手，厉声道："你要杀便杀，何必这样折磨我！"

邵云和猛地欺近一步狠狠地捏着她的脖子，眼底皆是沉怒翻涌："杀了你！你当我不想杀你吗？当你带着阿宝踏入京城的第一步我就想杀你！当你几次三番在郡主府门口要见我的时候我就想杀了你！当你去告御状的时候，我更想杀了你！当你进宫，要不是我强自忍耐你早就不知道死了千百回了！周惜若！你这条小命能活到现在不知道有多幸运！"

暖阁中顿时安静下来。她在他这一番话中震惊得无法回神，两相对望，她在他眼中看到了莫名愤怒与……无奈？！

他其实一直不想杀了她？！这个认知迟钝缓慢地撞上了她的脑中，嗡嗡作响。

忽地，眼前的邵云和黑眸慢慢暗沉，一股熟悉的感觉扑面而来。周惜若还未意识到什么，他已深深地吻住她的唇。冰凉薄薄的唇覆上，被他狠狠地吻住。他的手掐着她细嫩的脖子，在她惊呼还未出口的时候趁机撬开她的唇，滑入她的口中，霸道地与她纠缠。

周惜若脑中一片空白，任由他劫掠。等她知道发生了什么事的时候，他已将她紧紧地禁锢在怀中。她在他的怀中，他的手掌深深地插入她的发髻，一扎，将她的发簪扎落在地，一头青丝倾泻而下，他的手指掠过柔顺的发间，冰绸似的触感令他含糊轻叹一声。

惊恐害怕这个时候才从她心底深处蔓延。他是邵云和？他不是邵云和？他到底是谁？……这样可怕的男人怎么会是阿宝的亲生父亲？藏得这样最深的男人怎么会是她三年里心心念念忘不了的男人！

她害怕得瑟瑟发抖，他抱得那么紧，修长冰冷的手抚过她的身体，紧搂她的腰间在她耳边低声道："惜若，惜若……"

那一夜，良辰美景，花盖头揭开，新嫁娘含羞带怯。她是他见过最美的新娘。那一夜，是他最放纵的一夜……往事在脑海中掠过，惊起身体深处潜藏的欲色重重，他的吻越发热烈霸道，她的颤抖令他越发难以自禁。

他的吻向下，轻轻咬着她的肩头，解开她衣领。突然的凉气令周惜若浑浑噩噩的脑中陡然清醒过来。她开始死命挣扎，拼了命想要推开他。邵云和看着怀中的她满面通红，死命地推拒，眼中的炭色越发沉重，他冷笑："周惜若，你本来就是我的。你以为爬上龙床就能摆脱我么？"

他猛地将她抱紧，丢在了窗边的美人榻上，欺身压上。周惜若被摔得眼前金星乱撞，痛呼一声捂住了肩头。

邵云和眸色微动，一把扯下她的肩头衣衫，露出背上大片雪肌，他忽地问道：

媚乱六宫

〔上〕

74

"还未好么？"

周惜若颤抖地冷笑："你和南宫菁都是一样！一个冷酷一个狠毒！奸夫配恶妇！你还有脸来碰我！滚！——"

她说着狠狠地踢了他一脚，拉着凌乱不堪的衣服冲了出去。邵云和一个不注意被她重重踹中小腹，痛得弯下身。周惜若推开他，方一打开门，邵云和冷冷的声音就在身后传来："周惜若，今日之事你要是说出去半个字，我保证你活不过第二天！"

周惜若顿了顿，终是踉踉跄跄地冲入漫漫风雪之中。身后，寒风吹过那一张阴沉沉的冰冷俊颜，眸色沉沉……

正月十五就这样过了，那一天的大风雪迷漫了齐国各地州县，冻死冻伤无数人畜。钦天监奉旨察看天相。监天司禀报道：天狼星初现，直逼紫微，恐会有兵灾生。但是所幸的是紫微星光芒不减，破军星被这光芒压住，暂时无更大的不祥。

钦天监的说辞并不能让人安心，所以正月十五一过，在太庙又举行了隆重的祭祀，文武百官，皇族宫眷统统都要虔诚朝跪。周惜若自那一日起便恹恹的，神思恍惚。虞婕妤以为她是因为看见锦贵人的盛宠所以心里不痛快，劝了几次，见她却似另有心结，于是也不再劝。

祭祀那一日，天气初晴。太庙的金顶在远处熠熠发光，照得人不能直视。周惜若走在众宫妃之后，面带病色。

虞婕妤走了几步，回头见她脸色不好，劝道："莲美人若是身子不适就回宫吧，我会替你向皇后娘娘告假的。"

周惜若只觉得自己浑身提不起劲，道："可是今日是祭祀大典，若不出现皇后娘娘恐怕会责罚下来。"

虞婕妤一探她的额头，道："莲美人你发烧呢！这祭祀要跪很久的。你当真撑得住？"

周惜若一摸果然觉得触手烫烫的。她那一夜撞见邵云和的秘密，惊悸之下跑回了菡香殿，当夜就受了凉，时而发热，时而浑身酸软。她日日夜夜只想着那夜所见邵云和的秘密，无法安心，没有心思再管这具多灾多难的身体。

她听得虞婕妤这么说，知道自己恐怕也撑不了那么久的祭祀大典，于是对虞婕妤道："那就麻烦虞婕妤替婢妾跟皇后娘娘告个病。"

她说着施了一礼，回了宫中。虞婕妤看着她离去的身影一会儿，这才慢慢地跟上行列。

周惜若回到了菡香殿中，喝了点热水这才缓过神来。她令宫女去请太医院的医士。小宫女去了半天，一无所获。

周惜若只能摆了摆手："那帮我煮一碗姜汤，捂捂汗就好了。"

一会儿姜汤端上来，周惜若喝了倒头就睡。睡了不知多久，只听得外面一阵喧哗声，周惜若挣扎起身，问道："外面怎么了？"

小宫女惊慌失措地跑来，口中叫道："莲美人！皇后娘娘下了懿旨要罚莲美人了！"

周惜若一惊，还未下床，殿门就被踢开，几位内侍走了进来，一把将她从床上拖了下来。周惜若手足酸软，一下子被拖得跌在地上。她吃痛惊呼一声，抬头看向随后走进来的人，不由怔住。来传旨的是一脸得色的锦贵人。

她居高临下，眼神轻蔑："皇后娘娘下了口谕，莲美人恃宠而骄，不敬祖宗，罚三十大板，以儆效尤！"

周惜若吃了一惊，失声道："妾身有向皇后娘娘告病，皇后娘娘怎么会震怒？"

锦贵人冷声笑道："这我可不知道，我是来传旨的。莲美人有什么委屈还是等领了责罚再向皇上哭诉吧！"她说完，厉声对一旁的内侍们喝道："都傻站着干什么？没听见皇后娘娘的懿旨吗？"

内侍们一左一右将周惜若拖了出去，架起长凳牢牢将她捆住，执起手中的板子狠狠冲她的背上打去。一板下去周惜若痛得脸色煞白，呜咽一声几乎要昏过去。面无表情的内侍们一五一十地数着，也不管这一板下去她是伤了筋还是动了骨。

周惜若抬头看着眼前美艳的锦贵人只觉得眼中有什么热辣辣地流下。锦贵人傲然与她对视，精致的眼中是刻骨的憎恨。

周惜若声音嘶哑，问："为什么？"

锦贵人冷笑，附在她的耳边，红唇微启，轻声道："因为这是宫中，不是你死就是我活。你没有错，你错在得了皇上的恩宠。不过——以后这恩宠只会是我一人的！"她说完冷冷笑着转身走了，曼声道："记得三十大板一定要打完。本小主才好向皇后娘娘复命呢！"

周惜若看着她得意的身影，眼前一黑，终于痛得昏死过去。

她坠在一个很长的迷梦中，四周黑漆漆的，看不到来路也看不到前路在哪。她茫然。耳边有人在唤着她，一声一声，耐心而充满了令人心安的力量。

她终于醒了过来。耳边有人松了一口气："莲美人终于醒来了。再不醒来还要再去请太医来。"

周惜若幽幽睁开眼看着守在自己身边的人，干裂的唇张了张，却是安心地笑了："原来是林嬷嬷。"守在她身边不停呼唤她的竟是许久不曾见的林嬷嬷。

林嬷嬷轻抚她的发，眼中有怜惜之色："醒来就好，醒来喝药再吃点东西。莲美人都昏睡了一天一夜了。再不醒来就不妙了。"

她扶着周惜若起身，端起床边的药，一口口喂了她喝下。周惜若看着药汁中自己煞白的面色如此瘦削，轻笑一声："竟然还没有死。"

林嬷嬷神色不动，淡淡道："好人是不会那么容易就死的。更何况莲美人心中没

76

有存了死志就更不会轻易死了。"

　　周惜若就着林嬷嬷的手将药喝下，沉默一会儿，问道："皇上知道这事么？"

　　林嬷嬷放下药碗，若无其事地端起粥碗，淡淡道："这事全宫上下都知道。莲美人是不是想问皇上有没有派人来询问吗？"

　　周惜若从她的眼中看到了答案，自嘲一笑："我以为他待我与别人是不同的。"

　　他将她从牢狱中救起，他安排她入宫，他心伤难忍，她安慰他……心中那一点点地方总是有莫名的期待，期待一双温柔手将她护在无风无雨的世界，许她一世安然。

　　终究是奢望了。她苦笑。

　　林嬷嬷摇头："他是皇帝，他有他必做的事，莲美人应该要明白这个道理。"

　　周惜若沉默许久才道："多谢林嬷嬷提点。"她将脸埋在林嬷嬷的肩头，轻叹一声："嬷嬷，我好累。"

　　林嬷嬷慈爱地看着她，道："莲美人好好养伤，养伤之后要好好从长计议了。"

　　周惜若看着她，问道："林嬷嬷若是能在我身边就好了。"

　　林嬷嬷只是含笑不语。一旁的小宫女已欢欢喜喜地道："莲美人不知道吧？今日林嬷嬷去向内务府自动请命，前来照顾莲美人呢，将来她就是菡香殿中的执事嬷嬷。"

　　周惜若眼中一亮，高兴得不知该说什么好。

　　林嬷嬷笑道："反正奴婢在储秀宫已做了二十几年了，是该换个地方了，那个肥缺不知有多少人想要顶替上，我这一走，皆大欢喜。"

　　周惜若心中感动无法言语，只能紧紧握着林嬷嬷的手。林嬷嬷笑道："人的一辈子总要做一件特别的事，将来相信莲美人不会让奴婢失望的。"

　　正月的寒气渐渐随着初春的来临而消散。积雪融化，万物勃发。周惜若在林嬷嬷的细心调养下，伤渐渐好了，气色也恢复许多，脸色红润。林嬷嬷在储秀宫中做了二十几年的教养嬷嬷，素日没事就调教起周惜若的一言一行。周惜若颇有灵性，不到一个月已经行若拂柳，翩翩如蝶，起坐皆有度，令人刮目相看。她身量颀长，穿上曳地长裙就比别人多了几分仙气，分外出尘。

　　林嬷嬷眼中掠过满意："莲美人果然是一块上好的璞玉。不琢不成器，假以时日，身居高位之后气势一成，一定更加光芒万丈。"

　　初入宫的周惜若美则美矣，却是如山野间的花，天然去雕饰美得自然，却少了一分精致矜贵。如今进了宫经过她手把手调教，更令人无法忘怀。

　　周惜若看着铜镜中的自己，佳人一笑倾城，再也看不出曾经的半分凄苦。也许这便是命运给予她的一切，用疼痛来磨砺她，用残忍来雕琢她，让她一日日不再像了自己。

　　齐国的初春天气倒了春寒，雨淅淅沥沥地下着，冷得入骨。宫中又恢复平日的安静。周惜若在蓝香殿中足不出户，却也听到了宫中的风向。龙越离因答应了楚太后不能独宠后宫一人，便经常宿在了中宫中。

亲政之后，事务烦多，偶尔有空只能派叶公公前去过问周惜若如何。锦贵人被封了容华，位列了九嫔之中的最末一位，但是亦是大大的提拔。

林嬷嬷提起这事，不在意地笑道："做了皇后的马前卒还这般得意，将来锦容华会吃到苦头的。从来只见狐假虎威未曾见过与虎争食的。"

周惜若想起被皇后责罚的事，美眸幽冷："难道是她暗中唆使了皇后？"

林嬷嬷听了她说的来龙去脉，叹道："莲美人果然还是嫩了点。虞婕妤恐怕才是莲美人该提防的人。"

周惜若一怔，这事前前后后她从未仔细想过，总以为皇后心怀对她的怨恨所以借故责罚了她，却没想到虞婕妤的不妥。她心底一凉，猛地看向林嬷嬷。

"虞婕妤可在你受责罚之后前来看你？"林嬷嬷问道。

周惜若顿时语塞。虞婕妤只在她被皇后责罚后派人前来送药材补品而已，未曾真的前来殷勤探望。

林嬷嬷了然道："这不就很清楚明白了么？她以为你从此以后一蹶不振，又因心虚所以不敢前来。这事与她一定脱不了干系。"

"她为什么要这么做？"周惜若清丽的面上变了数变，终是黯然问道。

林嬷嬷一笑："虞婕妤为何要无缘无故与你交好？若是你无利可图，她何必费尽心机？她在你左右，取得你的信任。一则可以借你之势与当初的锦贵人争宠，二则可以趁机给你落井下石。莲美人还是把宫里的人想得太好了。"

周惜若长吁一口气："原来是我太过大意了。"

林嬷嬷安慰她道："莲美人不用担心，只不过暂时的得失罢了。我们要的是长远。如今莲美人伤养好了。过了几日等春雨停了，到时候会有莲美人施展的机会的。"

周惜若看着信心满满的林嬷嬷，深深拜下："一切全听从林嬷嬷的安排。"

林嬷嬷说得准，过了几日淅淅沥沥的春雨果然停了。初春的暖阳探出了头，积雪全部融化，仿佛一夜之间宫中上下处处有点点绿色探出了头，远远看去如绿色的轻纱笼在枝头，十分可爱。

皇后坐镇中宫，各宫妃嫔不论大小每日皆去拜见。周惜若正踌躇如何去。林嬷嬷却命宫女前去继续告病。只说身上的伤未好，因春雨缠绵背上的伤有溃烂的迹象，所以不敢前去中宫拜见如此云云。

周惜若听得她的说辞，秀眉一皱："那这样说的话皇后岂不会趁机令我搬离蓝香殿？"宫中有宫规，若是沉疴不起的妃嫔宫女都要迁入永巷，或者逐出宫去。

林嬷嬷端来菱花铜镜，让她看着自己的面容，笑得深远："只有这样才能让皇后彻底放心。皇后是个极善妒的女子，你觉得她见了你如今的容貌与气度会不会再加害

78

于你？"

周惜若轻抚雪白的面颊，沉默一会儿，终是点头。

春光渐盛。御花园中万物齐发，一派生机勃勃。积雪消融，上林苑中的湖也渐渐波光粼粼，一片生机。沉寂了一个冬天的宫中也迫不及待想要热闹一番。御花园的花匠们更是遵了皇后的懿旨将暖房中珍贵的花抬了出来，供宫妃们赏玩。料峭春寒，这些娇贵的花儿在赏玩之后大多又被冻伤，再也打不起精神，一场赏春游玩下来，所耗花木数量甚多。可是徜徉花中，令人置身春季之中，这也算是值得了。

周惜若两次皆告病，缺席了这珍贵的赏春游玩。于是就有人在皇后面前担忧道："皇后娘娘，莲美人的伤口迟迟未好？"

皇后不紧不慢地吹了茶盏中漂浮的茶叶，似笑非笑道："本宫也十分担心。不过她不敬祖宗，说不定这便是祖宗给的惩罚。"她看了眼前的人，笑道："虞婕妤实在是善心。本宫看这宫中上下也就你还念着那莲美人呢。"

虞婕妤连忙笑道："皇后娘娘谬赞了。实在是臣妾见她孤苦伶仃一个人在宫中，就不忍心对她冷淡。"

坐在底下的锦容华一听，冷笑两声："虞婕妤就是烂好人。"她说着，又转头对皇后道："依臣妾的意思，若是真的病重了，可是不得不防啊。万一是什么病……"她说着拍了拍心口，一副恶心害怕的样子。

皇后想了想，传旨道："去太医院找个太医，仔细查查到底莲美人怎么了？若是真的病重了，就准备把她迁出菡香殿了。"她说完又加了一句："这事就不必让皇上知道了，皇上最近在与几位老臣们学着处理政事，别拿这件小事烦了皇上，要是让本宫知道谁在皇上面前说些有的没的。别怪本宫不客气！"

宫人面色一肃，连忙退下。

锦容华眼中得色掠过，斜斜看了一眼虞婕妤，却见虞婕妤面上毫无表示，只慢慢品茶。锦容华眉头皱起，越发觉得自己好似低估了虞婕妤这个人了。

传旨的公公带着太医前去菡香殿问诊。周惜若泰然地伸出手让太医诊断。太医见她面色红润，脉象正常，根本没什么大的毛病，心中嘀咕，但是还是开了一些补气的方子这才告退。

周惜若等太医走了，这才对一旁的林嬷嬷道："看来皇后已忍不住想要把我赶出菡香殿了。"

林嬷嬷点头道："是啊。定是有人在皇后面前提了莲美人的事，皇后才会这么着急就派人来查看莲美人是不是得了重病。"

周惜若美眸中冷色掠过："落井下石的大有人在，只是有一件，若是皇后娘娘知道我没病该怎么办呢？"

林嬷嬷一笑："静心等待吧。会有个好时机的。在皇后耐心用完之前，莲美人应

79

该还有时间的。"

周惜若见她如此笃定也就不再追问。

再过了几日，春色渐渐浓。林嬷嬷一日从外面归来，忽地道："春色很好，莲美人也该出去走走散散，别辜负了这么好的春光。"

周惜若心中一动，知道林嬷嬷所谓的时机已到了，不知怎么的心中竟有了几分忐忑。林嬷嬷在她手中递了一个精致小巧的竹篮，又为她挑了一袭鹅黄绿鲛纱长裙，亲手为她梳了松松的堕马髻，只簪了一根珍珠簪，面上也不涂胭脂，只点上口脂。周惜若对镜一照，只觉得镜中的美人如云似雾，面目清淡，偏偏唇上嫩红，慵懒中透出一种说不出的媚感。她竟看得怔忪，原来自己打扮起来竟是这样。

林嬷嬷满意地打量她上下："莲美人真的很美。走吧。"她说着领着周惜若向着上林苑的方向走去。

彼时是旭日初升，草木葳蕤，在微寒的空气中迎风招展。林嬷嬷引着她一路向上林苑而去，路边若是看到一些开得好看的花儿便停下来摘花，一派悠闲赏春景的样子。周惜若也渐渐放下心，欣赏起了春光。两人一路沿着上林苑的湖边闲散。周惜若看见杨柳低垂，玩心顿起，想要去摘那柳枝。

林嬷嬷也不拘了她，笑道："莲美人可要仔细别滑倒。"

周惜若点头，挽了裙裾小心翼翼地下了湖堤，折了一枝，正要回转却不想头发却被另一枝柳枝勾住。怎么也扯不开。林嬷嬷连忙道："莲美人不要乱动，仔细扯了头皮。"

她正要下去帮忙，忽地湖堤上传来一道清越的声音："嬷嬷不急，我下去。"

林嬷嬷一回头见是温景安，连忙道："温学士来得正好，赶紧下去帮个忙。"

温景安来到周惜若身边。周惜若见是他，不由高兴道："温大人好久不见！"她一抬头，巧笑倩兮，眉眼中的笑意如三月中那一道最明媚的春光。清丽无双的面容说不出哪里不一样，却越发令人怦然心动。

温景安怔忪了半晌，才急忙别过头去道："是啊，好久不见了莲美人。"他帮她把缠住的头发解开。周惜若得了自由，急忙上了湖堤。林嬷嬷上前道谢，她正想要与他多说两句，林嬷嬷忽地道："时候也不早了，莲美人的病还得小心不能吹风，且容我们告退。"

她说着拉着周惜若走了。温景安看着她匆匆离去的身影，眼中流露微微的怅然。此时肩头被人一拍，龙越离漫不经心的调笑传来："是哪位美人让我们千年不曾动心的温大学士看得这么眼巴巴的！"

温景安回头，眸色复杂，淡淡道："皇上别取笑微臣了，这宫中的宫妃可都是皇上的女人。"

龙越离抱着手臂，看着那一抹缥缈的倩影翩然离去，只觉得那女子的背影极美，身量修长，鹅黄的裙裾与这春景几乎融为一体，令人疑是掌春仙子降落了凡间，令人心生向往。

他心中不由紧了紧，追问道："方才那女子是谁？"

温景安心中只觉得酸涩，原来他珍而重之想的女子，龙越离竟忘了。他拂了衣袖，冷淡道："皇上既然忘了她是谁何必再费心问？总之她还会来赏景，皇上见了她自然知道她是谁。"

他说完就大步走了。龙越离被他话中的冷淡引得一怔，想要再问温景安已走远了。

到底是谁呢？龙越离微微眯了深眸，长眉紧皱。

周惜若回到了蔼香殿，看着那一篮的花，对一旁神色轻松的林嬷嬷道："今日除了这一篮子的花草好像没有什么收获。"

林嬷嬷却笑了，神秘道："莲美人何必那么心急，今日已是非常好的开头。奴婢的计策走对了一大半。"

周惜若闻言美眸中黯然："我真不愿对他用了心机。"她该怎么评价龙越离呢？即使他对她冷落，她依然还记得云水殿中那背对她失声痛哭的男子。他的仇并不比她还少，他的苦她明白。

林嬷嬷上前轻叹："莲美人不必内疚，这不是心机，只是让皇上重新想起你。在宫中不受宠的宫妃比死还难受。莲美人要懂得这个道理。"

周惜若收拾心绪，笑道："这个我明白，只是偶尔的感慨罢了。"

林嬷嬷眸光温和地看着她："莲美人心地善良，将来会有善报的。这也正是皇上最终会对莲美人动心的所在。"

周惜若不置可否地一笑。情爱于她真的太过遥远了。现在的她连性命都难以自保，报仇更加遥远。她怀揣着惊天秘密有种朝不保夕的错觉，仿佛一转身还能看见邵云和那双阴冷的双眸。想到此处，她不由打了个寒颤，咬牙让自己不往下想。

第二日，周惜若以为林嬷嬷还会带她去上林苑，却没想到她只是让周惜若待在蔼香殿中绣花做女工。第三日，林嬷嬷这才依旧带着她上了上林苑。周惜若虽不明白她为何这么做，但是也隐隐约约明白了她的意思。

今日她比以往更加忐忑，仿佛这才是第一次初见了龙越离。到了上林苑的湖边，周惜若看着一池波光，只觉得世事荒谬离奇得令她不知下一步要面临着什么。

"你在想什么？"身后传来龙越离熟悉的声音。带着三分的轻佻，三分的漫不经心，还有三四分她不明白的着紧。

周惜若缓缓回过头，一双幽深的美眸看了他一眼，施了一礼道："臣妾不知皇上在此处，请皇上恕罪！"

龙越离目光落在了她脂粉未施的面上，深眸微微一缩。今日周惜若身穿一件藕荷色长裙，清雅淡然，一头青丝盘成松松的堕马髻，只着一根珍珠钗，面上眉眼如工笔画出，一颦一笑皆能牵动人心。她似更瘦了些，只是身材依旧玲珑曼妙，多了几分说不出的矜贵与娇弱。她的美如这春光明媚而含了几丝淡淡的春愁。

四目相对，千言万语皆成了无言凝望。她恍恍惚惚地记起，两人真的很久不曾见了，久得她几乎以为是隔了一世。

龙越离缓缓走来，面上笑意依然，只是那双深眸中只盯着她的眼，再也不放开。他走到她的面前，看了一眼她挎着的篮子，拈了一朵花儿放在鼻间轻嗅，轻笑问道："怎么？菡香殿没有鲜花吗？要你这么大老远地来到上林苑中摘花？"

周惜若心中思绪千回百转，半晌才道："只是在菡香殿中闷得慌，想出来走走而已。"她看着他心中忽地觉得萧索难过："只是没想到皇上竟也在这里，婢妾还是不打扰皇上赏景了，婢妾告退。"

她说着转身要走。龙越离拈着花，忽地笑了笑："你不陪着朕么？"

周惜若还未回答。一旁跟随的林嬷嬷便恭谨上前道："皇上恕罪，莲美人病了许久，这几日才好转所以还不能吹太久的风。"

龙越离闻言深眸色渐缓，对一旁的宫人道："去取朕的披风来。"

披风取来，他上前为周惜若披上，眉眼深深，带着蚀骨的温情笑意："有朕在身边怎么会着凉？嬷嬷多虑了。"

温暖袭来，熟悉的龙涎香扑入鼻间，周惜若只觉得眼中酸涩。她想挤出一个笑容却是挤不出来，只低声道："多谢皇上。"

龙越离见她神色清冷，眉头一皱，握了她冰冷的手，问道："看见朕不高兴？"

周惜若忽地抬头嫣然一笑，春光明媚，她的笑容缥缈如云中仙子，美得令人心颤："高兴，怎么会不高兴呢。"

这一日，她陪伴在龙越离左右，形影不离。这一日，见过她的宫人都惊为天人，一经打听这才知道原来是久病初愈的莲美人！竟然是那个几乎已经毫无翻身余地的残花败柳！那个苟延残喘就将被皇后逐出宫中的病女人！

宫中上下几乎人人对她的重新获宠而惊异不已。而且谁曾见过一位落魄的宫妃能如此脱胎换骨？

"妖女！分明就是妖女！！"中宫中"哗啦"一声巨响，伴随而来的是无比憎恨的咒骂声。皇后楚香云看着一地的狼藉，双目通红，眼中泪水盈盈却是落不下来。

"皇后息怒！"左右贴身宫女皆纷纷跪下。

"好一个周惜若！竟然装病骗过了本宫！偷偷摸摸去勾引了皇上的重新眷顾！"她已气得浑身瑟瑟发抖，年轻美艳的面上带了不属于她这年纪的阴狠与恨意："满宫的美人宫妃你不要，偏偏自降了身份去宠幸这么一个……一个贱人！"

她看着殿外渐渐沉下暮色的天际，冷冷笑了起来。

第八章　六宫失色佳人媚

　　宫中向来是各种流言蜚语的集中所在，只是自从周惜若入宫这流言的最中心便只是围绕着她，从她的身世和她离奇的经历，到了重获恩宠之后一举一动都被宫人们议论纷纷，而且每一天都有更新奇的谈资，从不曾缺少。比如最近周惜若特地请了御前掌茶水的尚宫到葳香殿教习茶道，有人说，不过是乡下一介村姑居然还为了讨好皇上，特地学了风雅。

　　流言并不见得有多大的杀伤力，只是天长日久，周惜若凄凉的身世又一遍遍地放大在宫中众人眼前。羡慕她的人鄙夷她的出身，厌恶她的人更是孜孜不倦地散播此类的闲话。这最近的村姑学烹茶的笑谈便散播开来。

　　叶公公不知哪听来的消息，一日忽地拿住了几个正在嚼舌根的宫人交给了宫正司。那几个宫人甚至来不及辩解一句便被拖入了宫正司中刑囚拷打。胖乎乎的叶公公向来是好脾气的人，就算当了甘露殿内侍总管也不见得他平日责罚了谁。如今如此大动肝火实在令人惊异。而那几个倒霉被抓的宫人，有人探到消息那几个人竟都是锦容华底下的宫人。

　　只是为何叶公公要因为几句谣言不怕得罪了风头正健的锦容华？后来又有隐秘的消息暗暗流传，原来那教导莲美人茶道的女官与叶公公早在十年前就结为对食，两人感情甚笃。那女官生长在乡里，自幼贫穷，卖身顶替了别人进宫来才有机会研习了所谓风雅的茶道。

　　每个人都有自己的底线，一旦碰触就宁可玉碎也不可瓦全。锦容华再得意不过是三品以下的一个小小宫妃。叶公公可是皇上近身御前内侍总管，连皇后都不敢轻易看低了他。锦容华再气愤也只能暗自认了倒霉。

蒄香殿中，周惜若将一杯清茶递给了面前的林嬷嬷，笑道："林嬷嬷尝尝我煮的茶可好？"

林嬷嬷轻抿了一口，笑了："不温不火，这茶的火候莲美人已掌握得十分好。"

周惜若用茶勺撇去浮在水面上的茶沫，这才道："改日林嬷嬷帮我备一份重礼送给教习我的那位尚宫，就说我十分愧疚，因为我连累了尚宫。"

林嬷嬷笑了笑，应了下来。她道："既然莲美人已病好了，就应该向皇后娘娘请安了。"

周惜若若有所思地点了点头。才刚在宫中立足，根基未牢不能再轻易得罪了皇后。

第二日一早，周惜若早早起身，梳洗打扮好便向中宫而去。今日天气晴好，触目所见宫道两旁的花儿盛开，一片繁茂胜景。到了中宫的殿中已是热闹非常，皇后今日气色不错，一身鹅黄色的凤服，不显繁复，衬着她白皙的肤色倒是显得十分清爽。她头梳白合髻，簪了两支飞凤簪，除了稍显贵气外，看起来令人十分亲近。

她正与座下的虞婕妤说话，一抬头见宫女引着周惜若进来，笑了笑："原来是莲美人。"

周惜若跪下道："婢妾日前病了，未向皇后娘娘请安，实在是心中惶恐。"

皇后摆了摆手道："莲美人说这话倒是让本宫十分惭愧，日前莲美人生病，本宫宫中事忙，倒是忘了派人去问问。"

周惜若连声说不敢。一旁的虞婕妤含笑对周惜若道："许久不见莲美人，病好些了吗？"

周惜若道："回婕妤娘娘的话，婢妾好了。"

虞婕妤闻言似十分高兴，对她道："过来这边坐吧。"她话音刚落，一旁的锦容华便看了过去。周惜若若是坐在了虞婕妤身边，那岂不是比她更前？

周惜若连忙推辞。锦容华似笑非笑地看着她道："莲美人这次病得真是蹊跷呢。"

她还要往下说，皇后打断她的话："锦容华说什么呢？"她眼中含了不悦令锦容华呆了呆。

周惜若抬起美眸，幽幽地看向方才发难的锦容华，心中冷冷失笑。沉不住气的永远没有什么出息。

虞婕妤连忙出来打冷场。她上前含笑拉了周惜若的手，坐在自己的身边，道："怎么莲美人几日不见就这么跟本宫生疏呢！"

周惜若一笑，道："婕妤娘娘怎么会这么说呢。婢妾不是怕自己身上的病气过了给了婕妤娘娘么，那就万死不辞了。"

她坐在虞婕妤的身边，一侧头就见锦容华正恨恨盯着自己，眼底皆是不甘。周惜若面上笑意依旧，不以为意道："锦容华今日这身衣衫真是美，对了，锦容华手上的稀罕什物是什么啊！这么美！"

她眼尖地看见锦容华雪白皓腕上的一串宝石手链。

锦容华杏眼中得色掠过，伸出手腕，佯装毫不在乎道："不过就是一条西域进贡来的链子罢了，皇上昨日赏的。"

她一伸手，果然众人皆看了过来。虞婕妤稀罕得连连称赞："太漂亮了，这条链子齐国未曾见过呢！"

皇后的视线被虞婕妤所挡，伸着脖子看了几眼都看不到，便有些不悦道："什么稀罕物件，拿过来让本宫瞧瞧。"

锦容华闻言略一犹豫，便施施然上前，跪下伸了手给皇后看。皇后看了几眼，忽地笑了笑："果然是稀罕物。前些日子听闻内务府说过这条链子，没想到皇上竟赐给了锦容华。看来皇上当真很喜欢锦容华呢。"

她眼底含了一抹冷色，被不远处的周惜若轻易捕捉到了。她看着跪在地上毫无察觉的锦容华，心中冷冷笑一声。各宫妃子与皇后又说了一会儿话，这才依次恭谨退下。周惜若出了中宫看见锦容华与宫女走了，才慢慢地在她身后离开。

"莲美人且留步。"身后传来虞婕妤的声音。

周惜若回头，看着虞婕妤款款而来，低头施礼道："婕妤娘娘有何吩咐？"

虞婕妤上前亲热地挽着她的手，笑道："没事就不能与莲美人多说两句么？"

周惜若却只是一笑。无事不会献殷勤。对于虞婕妤这样的人，还是适当保持点距离才是。

虞婕妤见她恭谨依旧，不禁感叹："看过宫中这么多的妃子，不论是得意还是失意，始终如一的，只有莲美人。"

她的赞美真心诚意，周惜若想起那三十大板，幽幽一笑："婕妤娘娘言重了，婢妾只不过是小小的美人，得蒙皇上隆恩在宫中苟活了性命，还能期待什么呢？"

虞婕妤叹了一口气："皇上对莲美人的恩宠是明眼人都看得见的。"

周惜若一笑，不再接口。虞婕妤看着她的疏离，忽地拿了帕子按住眼角。周惜若看了她一眼，发现她竟在哭。

她眉头微微一皱，问道："虞婕妤怎么了？"

虞婕妤眼中微红，她勉强撑了个笑容道："没什么，只是想到了一些事，心中忽然很心酸。"

周惜若问道："到底什么事让虞婕妤如此伤感？"

虞婕妤脸上微红，半晌转过头面对着周惜若，眼中带了七分的委屈道："我方才在想，好不容易遇到了一个可以交心的姐妹，为何如今却又因为误会让彼此形同陌路呢？"

周惜若淡淡垂下眼帘，似笑非笑地问道："虞婕妤说的那个姐妹是指婢妾吗？"

"正是！"虞婕妤一把握住她的手，眼中诚挚，"我知道莲美人一定在怨我！可是那日去祭祀太庙，我当真有向皇后告假，可是不知怎么的锦容华竟在皇后跟前挑唆了几句，皇后初执掌后宫，正想拿个人立威呢！莲美人就这样被皇后责罚了。莲美人一定要相信我。"

周惜若看着她紧张的面色，微微一笑："原来是这事。婕妤娘娘不说，婢妾都几乎忘了。"

虞婕妤见她神色平静，面上越发显得委屈难受，道："罢了，我知道莲美人是不会相信我的。"

"不，婢妾相信婕妤娘娘。这事应该是锦容华所为。"周惜若不急不缓地说道。

虞婕妤听得她相信了，松了一口气道："阿弥陀佛。莲美人果然是个明理的人。锦容华那一日还带了皇后娘娘的懿旨，我想要上前为莲美人求情，她都不留半分情面叱责我。"

周惜若听着虞婕妤抱怨连连，红唇边勾起一抹讥讽的笑意。

虞婕妤见她不说话，又转了话头，笑道："不过这么张狂的人注定是不能走远的。今日链子之事，皇后估摸听见内务府说起过了。听这话皇后估摸着早就心动了，只是她自持身份，不好去向内务府拿。如今却被皇上赏给了锦容华。皇后也是个女人，岂有不吃醋的道理？"

周惜若含笑不语。这些她当然知道，不然她也不会突然在皇后面前提起锦容华手上稀罕的宝石手链。果然虞婕妤闻声知雅意立刻在一旁添油加醋，皇后不吃醋才怪了。说起来今日在中宫锦容华不知不觉被她们两人联合小小设计了一下。

虞婕妤又道："锦容华太过嚣张，早晚会栽跟头。"

周惜若闻言抬头微微一笑："希望能如虞婕妤说的那样吧。"

虞婕妤见她不为所动，越发不明白她心中在想什么，但是这已是两人之间关系一大进步，想着也不再多说，只挑了宫中的趣事来说。两人说了一会儿话，虞婕妤借口宫中有事，就先走了。

周惜若看着她身影消失，脸上的笑意渐冷。林嬷嬷上前问道："虞婕妤说了什么让莲美人心中不高兴？"

周惜若淡淡道："也没说什么，大意便是解释了当初皇后责打我的事与她无关，然后又说起了锦容华最近的言行。我瞧着她的意思便是要我去与锦容华争宠。"

林嬷嬷听了笑了："锦容华霸道又不懂尊卑恭谦。她得意之时不会与人为善，失意时又不如莲美人淡然处之。这样的人在宫中会令人生厌的。估摸着虞氏也瞧出皇后不喜欢锦容华，所以赶紧调转风向向莲美人示好。"

"皇后如今年轻貌美，又与皇上新婚，哪个宫妃多得一点宠爱她都不会喜欢的。这也是人之常情。只不过锦容华不是好的前锋罢了。"周惜若慢慢道。

　　林嬷嬷见她似胸有成竹，禁不住问道："莲美人可有什么主意了？"

　　周惜若抬起明眸，嫣然一笑道："林嬷嬷说过，我不过是小小的一介美人保住自己才是首要的。如今虞婕妤前来示好，一定有她的长处，善加利用，倒是能把锦容华压下去。"

　　林嬷嬷点头："与虎谋皮也要多一份心眼，不然万一虞婕妤再背后阴莲美人一把，到那时也许就没有那么幸运了。"

　　周惜若站起身来，看着满眼的春光，美眸悠悠："不会了，人若不能吸取教训那离死期也不远了。"她说着，慢慢向着葭香殿而去。

　　虞婕妤自从那一日在御花园中与周惜若畅谈之后，便时不时来到葭香殿中拜访。她待人亲热，又能说会道，虽然周惜若知道她这热情不过是别有用心，但是倒也给清冷的葭香殿带来不少热闹。

　　虞婕妤带来的不仅仅是热闹，还有锦容华的消息。左右不过是锦容华陪了龙越离去赏了什么景，什么时候又在御书房恭候半天只为见龙越离一面。周惜若只是听，笑意依然，看不出半分不悦。

　　虞婕妤渐渐沉不住气，探问道："难道莲美人真的一点都不在乎？"

　　周惜若一笑："皇上喜欢谁这怎么能由嫔妾做主呢？"

　　虞婕妤见她不慌不忙，狐疑地走了。

　　林嬷嬷上前问道："虞氏又来挑唆什么了？"

　　周惜若看着殿外的春光，微微一笑，道："不过还是老调重弹，让我去跟锦容华争。"

　　林嬷嬷问道："那莲美人打算如何把这如日中天的锦容华压下去呢？"

　　周惜若含笑道："不急，春日迟迟，四月会更好。"

　　到了四月初果然是春光大盛，艳阳高照。初春的寒气全然褪去。御花园百花齐放，一片胜景令人目不暇接。周惜若也有了好兴致，每日清晨除了给皇后请安之外，便时常在御花园中流连。

　　有一日，她终于在御花园中看见了龙越离，当然身边还有这些日子形影不离的锦容华。龙越离一身明黄龙袍，正斜斜倚在回廊亭中一杯一杯饮着酒，身旁锦容华一身粉红色绣桃花宫装，面色如春，正笑意嫣然地说着什么话。

　　锦容华身边的宫女眼尖，看见周惜若来便附耳在锦容华耳边说了几句。锦容华闻言回头一看，杏眼中掠过得色，上前笑道："原来是莲美人呢。"

　　她声音清脆，周惜若听见了只好走了过来。正在饮酒的龙越离眼眸一转，看到那一抹窈窕倩影，眸色一动，似笑非笑地看着她走来。

周惜若款款上前拜下。

龙越离哼一声："起来吧。"

锦容华见龙越离冷淡，心中越发得意，上前殷勤扶起周惜若笑道："这些日子都未曾见过莲美人呢。莲美人闷在宫中做什么呢？"

周惜若看了龙越离一眼，答道："也没做什么，就修身养性，闲时跟宫中姐妹聊聊天，一天也就过了。"

锦容华一听，咯咯一笑："原来莲美人都懂得如何消磨时光了，着实不错。"

周惜若还未说话，龙越离就皱起精致的长眉，看着锦容华的眼神流露出深深的不悦。

周惜若却笑了笑，道："既然锦容华在陪伴圣驾，婢妾不敢打扰就先回去了。"

锦容华见她这样就要走了，拦住她的去路，笑道："莲美人怎么就这么走了呢？一起赏景吧。"

周惜若笑了笑："多谢锦容华的好意，婢妾还是先回去吧。"她说着施了一礼便退下了。

锦容华看着她黯然离去的身影，忍不住笑着对身边的宫女道："那样子瞧着倒是可怜。"

"啪嗒"一声脆响，锦容华不禁吓了一跳，她回过头看见龙越离已丢了酒杯，冷了脸色："朕先回去了。"

锦容华不知自己说错了什么，急忙一把拉住龙越离的手，道："皇上要去哪？"

龙越离这几日早就腻烦了她的纠缠。今日见她处处出声讥讽周惜若，心头的怒气猛地爆发，冷笑道："朕要去哪有你置喙的余地？知道朕最讨厌什么呢？仗势欺人！不知好歹！"

他说完冷冷甩开锦容华的手，大步走了出去。锦容华被他的话吓得花容失色，等回过神来龙越离早就不见了踪影。

周惜若慢悠悠地往回走。林嬷嬷不满道："方才锦容华的样子真是张狂。"

周惜若抿嘴一笑："她自小养尊处优又娇蛮霸道惯了。皇上最讨厌这类的女人，假以时日必定失宠。"

锦容华当天回宫就发了大大的脾气，摔了宫中不少珍贵的古董花瓶。这宫中的消息向来是不长脚都能飞到各处，第二日虞婕妤便笑吟吟地来到蒕香殿。

她忍不住笑道："听说锦容华还摔了御赐的一件白玉雕件，这可真是好大的脾气。"

周惜若漫不经心笑道："听说锦容华家中富裕，这点小古董还是摔得起的。"

虞婕妤深深看了她一眼："我就说嘛，皇上待莲美人是不一样的。"

周惜若抿了一口茶，只是不接口。虞婕妤说了一阵子的话，这才走了。周惜若见她走了，唤来林嬷嬷道："明日就去太医院请太医，就说我中了暑气抓几帖药来吃。"

林嬷嬷点头。到了第二日，太医前来，望闻问切，开了几帖药。周惜若便让人前去抓药熬药，整个蒟香殿中顿时药气弥漫。周惜若借口生病，干脆也不出蒟香殿。

锦容华见龙越离不来，一股怒火无处发泄，便在宫中责打宫女。皇后知道后派人前去质问责罚。

林嬷嬷听到消息，对正坐在窗边看书的周惜若道："锦容华被莲美人一激，果然原形毕露。"

周惜若翻了一页书，头也不抬："皇后正巴不得也见锦容华失宠。所以才会借故叱责她。可怜锦容华还不知皇后只是在利用她，还巴巴地在自己宫中生气。"

林嬷嬷见她如此平静，忍不住问道："那皇上那边……"

正在这时，有宫女匆匆而来，欣喜禀报道："莲美人！皇上来了！"

周惜若心头一跳，不由看向殿外。她没想到龙越离这么早就来蒟香殿中。

林嬷嬷急忙一推她："莲美人赶紧去打扮。"

周惜若回过神来，捋了捋鬓边的散发道："没事，去迎驾再说，刻意了反而不好。"说着她出了殿中，前去迎驾。

不一会儿，殿门边明黄的身影一闪，龙越离已大步而来。算起来他也有好些天未踏足这里了。周惜若跪下恭迎，不到片刻一双明黄绣龙纹靴子立在了她的面前，与此同时，他身上的暗香幽幽传来，是她熟悉的龙涎香。

周惜若伏地道："婢妾拜见皇上。皇上万福金安。"

她话音刚落，胳膊上一紧，龙越离已将她扶起。周惜若对上他那双魔魅的深眸，心头不禁一颤。那么深沉无垠，仿佛能看透她所有的心思。

"朕刚听说你病了？"龙越离放开她，径直走了内殿中。周惜若跟上，等他坐下这才道："回皇上的话，婢妾只是身子不适而已，太医说不碍事。"

她笑容清浅，当真是不着紧的样子。龙越离看着她淡然的样子，精致的长眉一拧，不悦问道："朕还听说锦容华还来闹你？可有这事？"

周惜若低头道："只是小小的误会罢了，臣妾定不会去与别人争吵。"

龙越离闻言眉头越发拧紧："你这个样子难怪人人都要欺负了你！"

周惜若心中失笑，抬起头来，明眸似春水，脉脉温柔："不然皇上以为妾身要是什么样子？"

龙越离忽地语塞。是啊，她有什么值得骄傲的资本。太后、皇后、锦容华……也许还有不一样的人，轻易就可以将她践踏入尘埃。

两人默默对视，他在她眼中看到百忍成钢的决心。

"过来。"龙越离向她伸出手。

周惜若看了他的眼睛，慢慢地将自己的手放在了他的手中。

"以后不要轻易被人欺负了去。"头顶上传来龙越离低沉的声音。

周惜若轻声应了一声："只要皇上不放弃妾身，就没有人会欺负了我。"

当夜龙越离便宿在了周惜若的宫中，锦容华命人前来请，说自己身子不适。龙越离眼中皆是厌恶："身子不适与朕有何关系，不去请太医院的太医前来请朕岂不是荒唐？！"

派来的宫人见他脸色不善，战战兢兢地回宫去。当夜锦容华宫中又是一片怒骂声。第二日龙越离去上早朝，周惜若恭送了他离开，才长舒了一口气。

林嬷嬷欢喜地道："这么看来皇上心中一定是把莲美人放在心中的。"

周惜若却神色平静，淡淡道："我只愿能好好的在宫中。"

活着，然后立住脚跟才能徐徐图之，这个道理她在血的教训中渐渐明白。可是还要多久才可以安稳地掌握自己的命运？这一条路她走了那么远，却还未看见一丝光亮。想着她深深叹了一口气。

正所谓好事不出门，坏事传千里。锦容华在宫中责打宫人的事不知怎的被龙越离知道。龙越离不悦，派人带了口谕斥责皇后后宫掌管不利。皇后年轻气盛，一听这话就哭了，前去找楚太后哭诉。

楚太后挥退了宫人，对皇后冷笑道："所谓烂泥扶不上墙，锦容华张扬跋扈，怎么看都不是能笼络皇上心的人。你抬举了她不是在打自己的脸吗？"

皇后委屈道："臣媳也没料到这锦容华性子这么差，跟那菡香殿的莲美人一比，简直是一个天上一个地下。难怪皇上喜欢的是那人！"

楚太后眸色沉沉："事到如今，皇上喜欢那姓周的狐媚子也没有办法了，打也打过了。对于自己的敌手，既打不垮就要想办法笼络过来，为己所用。"

皇后一听，眼中皆是不服："太后的意思竟是让臣媳向那个周氏示好？"

楚太后看着她，哼了一声："不然还要怎么办？这周氏进宫来就惹了一身风风雨雨，多少双眼睛都看着我们皇家，要是能置她于死地也是干净，偏偏皇上还喜欢她，要是她有个三长两短，以皇帝的性子，还不再闹一场？！想想当初的越卿卿！"

"哀家话已说到了这个份上，皇后自己思量吧！"

楚太后说完，就走了出去。独留皇后在生着闷气。她心气难平，忽地眼角有人影一晃，她警觉喝道："是谁？！"

帷帐之后有人影动了动，走出一位面容秀美的年轻宫女。她上前笑道："皇后娘娘，是奴婢，翎月，奴婢是来问皇后娘娘要不要在永寿宫中用膳。"

皇后正心烦意乱，挥了挥手，"不用了，本宫要回去了。"她说着就走了。

翎月看着她离去，眸中掠过冷光，也转身匆匆出了永寿宫。

御花园的凉亭中龙越离正在与温景安说话，叶公公上前耳语几句。龙越离眸色一闪,淡淡道:"叫她等等,朕这就去。"

他说着示意温景安等待,转身走入了花丛深处。温景安一看,只见龙越离正在与一位女官模样的人说话。那女官的面目瞧不清楚,只觉得两人靠得十分近,似乎十分亲昵的样子。

他心中叹了一口气。龙越离一会儿便回来了,脸色中带着一抹冷笑,看样子是听到了什么消息。

温景安自是不会问,继续说着方才的话题。龙越离听完他所说的,沉吟一会儿道:"听你这么说,朕要提拔的人都卡在了邵云和的手中?有没有办法绕过他?"

温景安摇头:"邵云和是吏部侍郎,官员的政绩考核都经由他的手,实在是难以越过他。除非……"

"除非什么?"龙越离眸色一亮,问道。

"除非皇上把他调离,或者给他更高的权力,实升暗贬,这样他才不至于阻了皇上的施政。"温景安慢慢说道。

龙越离闻言深深皱起长眉,半晌才道:"邵云和此人当真无懈可击?"

温景安摇头,儒雅的面上难得凝重:"他令人捉摸不定,又不见他有什么嗜好,所以探不出他有什么弱点。更何况他还是安王的女婿,安王此人老奸巨猾,权势极大。难啊!"

一切陷入了死胡同中。龙越离不由来回踱步,愁眉不展。他半晌才道:"让朕好好想想。"

温景安于是告退,他走了几步,又忽地回头:"皇上,有一句话微臣不知当讲不当讲。"

"什么话?"龙越离长眉一挑,眼中有了兴趣。极少看见温和平静的温景安会说一些题外话。

温景安犹豫了一会儿,这才道:"希望皇上善待周氏,她心地善良,是值得皇上信任的人。更何况她身世堪怜,皇上……"

龙越离眸色一紧,冷冷道:"朕明白了,不用温爱卿提醒。"

温景安见他眉间不悦,心中只能黯然长叹。

宫中的岁月一成不变,所以各种节日对宫中人来说便显得十分重要。四月一到,清明祭祖就到来,内务府与礼部便十分忙碌。因这是龙越离亲政之后第一个清明祭祖,所以越发马虎不得。

龙越离时常去永寿宫中求见楚太后,一起商议,显得十分心诚。楚太后难得夸奖道:"皇上大婚之后果然越来越沉稳了。"

龙越离看了一旁娇羞的皇后,笑道:"母后这么说儿臣十分惭愧呢。对了太后,有一件事儿臣想要请母后恩准。"

楚太后看了他一眼，问道："是什么事，且说来听听。"

龙越离笑了笑："也没什么事，就是朝中春季擢升官员一事，有几个主意想让母后帮忙拿一拿。"

楚太后凤眸中一闪，不紧不慢地道："这个事情吗？皇上如今亲政了，可以去问问你的安王叔。"

龙越离心中冷笑，面上却依然恭敬，笑道："这件事倒是真的不好问安王叔，所以儿臣才想问问母后。"

楚太后的好奇心被他挑起，不禁问道："那到底是什么事？"

龙越离低头抿了一口香茶，这才道："儿臣看着邵驸马才能不错，想要提拔他在御前行走。母后觉得怎么样？这位置又轻松，又比那吏部一堆烦琐事岂不是更好？有空他还可以帮帮朕拿个主意。"

楚太后听得龙越离这么说，不禁陷入了深深的思索中。她见龙越离说这话之时，态度诚挚，倒有几分真的要提拔邵云和的意思。

她又想了想，这才含糊道："这个哀家也不懂，你还是问问安王叔的意思。"

龙越离心中冷笑，果然是个老奸巨猾的妖妇，这么一大块肉抛出去都不肯上钩。他想着叹了一口气："儿臣本来想问的，但是这邵驸马是安王叔的乘龙快婿，儿臣怕安王叔不肯割爱，再说这事本来也不该问安王叔的。母后既然拿不定主意，儿臣就提拔温景安算了，他跟朕玩得来。虽然人古板了点。"

楚太后听得他这么说，连忙道："这事怎么是儿戏？你若不方便问安王叔，哀家替皇上问问，皇上既然想要人，一个人他还是能割舍的。再说还有个庆儿帮他呢。"

龙越离深眸一眯，笑了，意味深长地道："多谢母后！"

楚太后决定了之后，心中舒畅，也满意道："皇上越来越有明君风范了，懂得用人要用贤了。"她顿了顿，看向一旁的皇后，添了一句："在后宫若是皇上也是如此就好了。一些不知哪来的女人还是不要太亲近。野花再香也不如家花。皇上如今也二十好几了，该想想皇嗣的事了。"

龙越离侧头看着一旁的皇后，似笑非笑地应道："是。儿臣谨遵母后之命。"

皇后目光碰上他那双深沉的眸子，心头不禁怦怦直跳，脸红了大半。

过几日清明时节祭祀大典便会开始，宫中照例是斋戒三日，荤腥什么的都不能碰。周惜若在自己宫中做了一些素菜，精致可口。龙越离吃了一次，赞不绝口，这三日便时常来菡香殿中。

周惜若不敢怠慢，亲自下厨，一道道精致可口。一日龙越离起了兴致，便要在亭中用膳。清风徐来，花香阵阵，更有佳人陪伴左右，十分惬意。两人正在说笑间，忽地远远有一队宫人逶迤前来，当先一人身着云锦长裙，云锦是越国特有的锦缎，远远看去似锦似纱，朦朦胧胧，十分优美。后来越国被鲁国所灭。这云锦技艺也渐渐失

92

传，所以这云锦一尺百金，是无价之宝。

龙越离只看了一眼，深眸便沉了下来。周惜若远远只觉得那女子面目熟悉，等到了近前，这才心中叹了一口气。她当是谁呢。除了越卿卿还有谁能轻易地就动了龙越离的心思呢。

越卿卿上前，扫了一眼桌上的饭菜，笑道："参见皇上，臣妾奉了太后娘娘之命给皇上送来素团子。"

龙越离盯着她身上那一身衣衫，冷冷道："知道了，你退下吧。"

越卿卿见他神色冷淡，上前奉上素团子，看了一眼桌上的菜肴，忽地叹了一口气："臣妾记得皇上不喜欢吃素馅饺子的。"

周惜若眸色一闪，看向越卿卿的面上。龙越离冷冷嗤笑："世子妃也知道是曾经，曾经喜欢的现在也许就不喜欢了，曾经不喜欢的也许现在就喜欢了，这难道有什么稀奇不成？"

这一句已是十分不客气。越卿卿俏脸一黯，一双美眸中慢慢溢出水光，忍着哽咽低声道："是臣妾的错，皇上息怒。"

龙越离冷笑："世子妃又有什么错？谁错了都不可能是世子妃的错。"

越卿卿一听，忍不住哭了，她还要再说，龙越离已没有吃饭的心情，一挥袖子冷声道："跪安吧，朕要回去歇息了。"

他说着怒而拂袖而去，独留周惜若与越卿卿两人。宫女们面面相觑，周惜若看着哭泣不已的越卿卿，对宫人道："都退下吧，世子妃由我来照料。"

宫人一听连忙退下。越卿卿哭了一会儿，却见周惜若不但不来劝解，还在一旁只拿着眼看着自己。她心中一沉，收了眼泪，慢慢地道："莲美人在看什么呢？"

周惜若微微一笑："婢妾听闻美人落泪如梨花带雨，今日有幸，就想瞧一瞧这梨花带雨究竟有多美。"

越卿卿闻言，不由皱了秀眉冷冷看着周惜若，冷声道："莲美人到底是什么意思？"

周惜若叹了一口气："这句话要让妾身来问世子妃，这般激怒皇上究竟是什么意思呢？"

越卿卿美眸中冷色掠过，转头淡淡道："我不知莲美人说的是什么。"

周惜若看着她轻轻摇头："婢妾进宫第一个不明白的人就是世子妃。若是世子妃与皇上两情相悦，为何不结成连理？皇上此人不轻易动心，可是一旦动了心用了情就极深，这点世子妃应该十分清楚。你们青梅竹马，难道还有什么感情能比这感情更加深厚？"

越卿卿只是越发沉默。周惜若美眸中笑意渐冷，说出的话也越发犀利："世子妃及笄之后要选夫婿了，全齐国最好的男子都放在世子妃面前任由挑选，为何你不跟太后说明你与皇上情投意合，私定终身？偏偏要激了皇上与你私奔？"

越卿卿脸色剧变，猛地回头怒道："你胡说！"

周惜若脸上神色未变，笑意冰冷："婢妾没有胡说，若不是你楚楚可怜，在皇上耳边哭诉太后如何逼迫你，皇上怎么会带着你一起逃出宫外？可偏偏太后与皇上都被你蒙骗过关了，你与太后说的却是另一番说辞，让太后在你们出逃的半路劫回。从此你如愿嫁给了安王世子。这一场闹剧其实都是你自己谋划。自始至终，你想嫁的只有权势滔天的安王世子南宫庆一人！"

越卿卿脸色忽青忽白，被周惜若一番话震得半晌说不出话来。她定定看着周惜若，许久不发一语。

"你怎么会知道？"她终于问道。

周惜若眼中皆是可怜与鄙夷："一个不爱他的女人才会这样肆无忌惮地在他伤口上撒盐，才会让他一次次失态人前。"

越卿卿瞪大美眸，犹如看一个鬼怪一般看着周惜若。两相对视中，她看到自己自傲的倾城面容在周惜若的眼中那么扭曲丑陋。

她猛地喘息一口气，美眸中掠过厉色："就算我不爱他又怎么样？你说出去又有谁会信？南宫庆也只知道我是天底下最好的妻子，龙越离才是那横插一杠的人！"

周惜若面上已恢复平静，她美眸中涌起讥讽："世子妃错了，我又要与谁去说？只是看不过世子妃玩弄的手段罢了。奉劝世子妃一句，既然你已嫁了如意郎君，又有了身孕，还是别招惹了皇上，曾经也只是曾经罢了，难道折磨了皇上会让你觉得自己依然很重要吗？"

越卿卿眼中绽出怨毒的光，冷笑一声："周惜若你果然不简单，但是有一点你错了！我越卿卿不需要向别人证明我很重要！因为我会亲手夺取自己最想要的一切！"

她说完转身便走了。周惜若看着她离开，悠远的秀眉皱起，看来越卿卿比她想象的更加复杂。

她回了宫中，到了傍晚，就听见林嬷嬷提起一件事，南宫庆听闻了中午发生的事，不分青红皂白冲到了宫中，当面斥责龙越离。龙越离身为一国之君被臣子辱骂，怎么能按捺得住，两人在御书房外剑拔弩张，几乎要大打出手。后来楚太后匆匆赶来，这才平息了这一场荒唐的闹剧。楚太后震怒，罚了龙越离去跪太庙，罚了南宫庆关入宫中，等反省过来再放出。眼看着后天就要祭祀先祖了，龙越离却遭了无妄之祸。

周惜若听得林嬷嬷如此说道，眉头不展，半晌才吐出一口气："这个越卿卿恐怕以后是个祸源。"

林嬷嬷不明白她说什么，想要问，周惜若已不愿再说。

第九章　不露声色步步惊

　　祭祀大典上龙越离解了禁锢，带了文武百官祭拜太庙。太庙前，山呼海啸一般的万岁声声此时听起来似乎格外的不同。龙越离君临天下，十二梳明珠玉冕之后是他隐约难见的俊魅容颜。

　　周惜若遥遥看着那千万人之上那一抹挺秀的明黄身影，眼中长长一叹。要有多强大的内心才可以站上万众瞩目的那个位置，要有多坚定的信念才可以在伤害中一次次站起。

　　清明时节下了一阵子雨就真的热了起来。各宫中都纷纷穿上了轻薄艳丽的宫装。皇后起了兴致，说要趁着春光好办个赏花会，众妃都拍手称赞主意好。

　　周惜若回到宫中，忽地有宫人禀报御驾前来。龙越离翩翩而来，他今日心情似十分好，手中握着一枝含苞待放的牡丹。

　　周惜若见他终于一扫阴郁，面上也不由跟着笑了起来。她上前躬身施礼："皇上今日怎么这么早就来了？"

　　龙越离深眸中含笑，本想不说，可还是忍不住道："自然是好事，太后准了朕的提议，今年的官员春选总算是顺遂了。"

　　周惜若看着龙越离的笑脸，忽地明白了其中些许关键。御前行走与吏部侍郎比起来，恐怕邵云和更愿意当个小小的侍郎，因为官职虽小可是却握有实权，而御前行走只是虚名，若是龙越离有心防着他，他自然得不到自己想要的。

　　周惜若正在思索，忽地肩头一沉，龙越离已将她按坐在了妆台前，仔细地将那枝牡丹剪了枝叶斜斜插在了她的发鬓上。名花倾城两相映，铜镜中她的面容清丽中多了几分娇媚与贵气。

"你身上的衣衫太过素净了。"龙越离看着铜镜，在她耳边道。

周惜若低头道："臣妾不过是个美人，不敢越了宫规。"

龙越离看着她素净的面容，深眸微眯，许久才道："你不会永远只是一个小小的美人。"

他说着搂了她入怀，忽地低头吻下，周惜若一惊，想要退后却被他吻个正着。

龙越离偷香成功，俊魅的面上浮起一抹深深的笑意，在她耳边道："若儿，你真是朕的福星。"

两日后，皇后果然提意擢升周惜若为莲贵人，还赐下不少绫罗绸缎。皇上的盛宠、皇后的默许，终于令周惜若在后宫中彻底站稳脚跟，更是令所有的宫妃们十分羡慕。

菡香殿中，林嬷嬷却并不十分欢喜。她一边为周惜若梳头，一边道："皇上的意思分明想把莲贵人擢升为九嫔之列的，可皇后还是不肯，只封了个小小的贵人。"

周惜若拿了手中的海兽葡萄菱花铜镜，照了照头上齐整的发髻，道："提为贵人已不错了，重要的是太后与皇后已经默认了我的存在。"

林嬷嬷想起那一碗药，顿时沉默下来。周惜若看了看天色，岔开话题："明日去御花园赏花天气一定十分好。"

正说着，虞婕妤兴冲冲而来。她带来不少头面首饰，给周惜若看。周惜若见一件件精致繁复，不像是宫中的东西，不禁问道："虞婕妤哪里拿来的？"

虞婕妤笑答："当然是从宫外托人带进来的，不然宫中的首饰难看死了，没几件上眼的。这些都不值什么钱，但是就是样式新奇，我就琢磨着给你几件明日戴着，让皇上好一眼看见你。"

周惜若闻言一笑，原来是投桃报李来的。她想着就挑了一件挂玉穗的白玉扇簪，簪子做得精致，穗子是细如米粒的白玉串成，在鬓边摇晃，十分美丽优雅，正好配明日她穿的那件天青色长裙。

她笑道："就这件吧，剩下的虞婕妤自己用吧。"

虞婕妤见她谦虚，又多给了她几支珍珠珠花，这才走了。林嬷嬷皱眉看着她走，疑惑道："这虞婕妤可是转性了不成？"

周惜若把玩着手中的白玉扇簪，淡淡一笑："明日再看吧。"

到了明日，各宫嫔妃都穿上轻薄美丽的衣裙纷纷来到了御花园。皇后早就命内务府的宫人准备妥当，一盆盆盛开的牡丹、芍药、君子兰摆放了满园，皆是珍奇异种。整个御花园一时间如花海一般，姹紫嫣红，十分美丽。

皇后端坐在亭中，今日她穿一件浅桃色凤服，头梳双凤髻，两边各簪了金凤衔珠

96

簪，玉样的额前贴了桃花花钿，显得面容姣美非常。亭子中左右皆环绕着面容秀美的女官，正与皇后说笑。周惜若与虞婕妤上前拜见。

皇后见两人打扮美丽，眼中掠过一丝不可察的妒色，面上却是笑道："起来吧。"

周惜若抬头，皇后多看了她头上一眼，忽地道："今日莲贵人的头饰很特别。"

周惜若不慌不忙笑道："皇后娘娘过奖了，这是虞婕妤赠给婢妾的。"

皇后闻言看了一眼虞婕妤，笑道："如今你们两人亲如姐妹，本宫看着也十分高兴。"

虞婕妤笑答："莲美人性情温顺，自然在宫中得了不少人缘。"

皇后听了只是笑了笑。正在这时，亭子底下走来几个宫妃，其中一人笑道："皇后娘娘，臣妾找到并蒂而开的魏紫。"

她走上亭来，笑着呈上一枝并蒂牡丹。

周惜若看了她一眼，原来是锦容华。看来她早到许久，为了讨皇后欢心不懈余力地为皇后寻花。天气已热了，她恐怕在太阳底下找了许久，脸上香汗涔涔，连妆都有些花了。

皇后看了她手中的并蒂花儿一眼，似笑非笑地道："锦容华有心了。这并蒂花在楚国寓意十分吉利，说是找到并蒂花儿就能花开并蒂，喜得龙凤，看来过不了多久锦容华就有喜讯了。"

锦容华一听，眼中一亮，顿时面上飞起两朵红晕。

皇后面上虽是笑着的，但是眼底已隐隐有了气恼。锦容华不想自己竟夺了个好彩头。她一转头正要退下，忽地目光盯在了周惜若的头上，脸一沉，失声责问道："你头上是什么？！"

周惜若摸了摸头上的发簪，回答道："是虞婕妤赠婢妾的发簪，有什么不对吗？"

锦容华冷笑一声："没什么，就是想着我昨儿丢了一支簪子，跟这簪子像得很。"

周惜若心中失笑，看了一眼虞婕妤，这才把头上的发簪拔下，递给她："那锦容华瞧瞧，这是不是你丢的。"

虞婕妤一听，上前恼道："这话是怎么说的？这分明是我派人去宫外叫人打来的，玉虽不够好，但是绝不是偷的！"

锦容华脸色转冷："自然不是偷的，偷的能光明正大地戴出来丢人现眼吗？罢了，不过是一支玉簪而已，丢了就当赏了乞丐罢了。"

这番话说得虞婕妤脸上忽青忽白。她气得跪在皇后跟前，眼眶泛红："皇后娘娘做主，这簪子可是臣妾托娘家人从京城的玲珑阁打来的首饰，玉虽不好，但是也是光明正大用银子买来的，绝不是偷来的。"

皇后笑了笑，从袖中掏出一件什物，问道："锦容华瞧瞧是不是这一支？"

锦容华一看，连忙道："是！是这支……"

皇后轻笑一声，随手一丢，那精致的玉簪就丢在了地上，摔成了两三段。她俏脸一冷，道："方才锦容华也说了，丢了就当赏了乞丐罢了。本宫的宫女捡到以为是本宫的，但是本宫怎么会有这宫外不知哪里来的东西？所以既然找到了失主，怎么来的就怎么去吧。"

锦容华一听脸色顿时灰败。她急忙跪下："是臣妾方才急了点，口无遮拦，皇后娘娘千万不要与臣妾一般见识。"

皇后扶了扶鬓边，笑了笑："锦容华起身吧，不过是一件小事，别影响了赏花的心情。"

她说着站起身来，由宫女扶着向花园走去，脚下却是不经意地踩过方才掉在地上的白玉扇簪。锦容华看着眼中皆是心疼，等皇后走了，锦容华恨恨地站起身来，盯着周惜若与虞婕妤，冷笑一声："你们好得很！好得很啊！"

周惜若心如明镜，她才想为何虞氏会如此大方，原来是借了她在这里等着锦容华入圈套呢。这下皇后一定彻底讨厌了锦容华了。

虞婕妤冷哼一声："这玉簪可是我从玲珑阁里买来的，谁知道锦容华自己也有一支？还好巧不巧地让皇后身边的人捡到了？"

锦容华自然无话可说，只能恨恨离开。

周惜若等着她离开，这才把簪子簪上自己的发髻。虞婕妤看着地上那一株并蒂花儿，捡了起来，放在手中轻拂花瓣上的尘土，似若有所思。

周惜若上前，笑道："这花儿何辜，好好的竟被摘了下来。"

虞婕妤看着锦容华离去的方向，再看看手中的并蒂花儿，唇边溢出冷笑道："花儿再稀奇也不过是死物，当真让她摘了这花就能生出龙凤胎了吗？"

她说完丢了那并蒂花儿，走出了亭中。周惜若扶了扶鬓边的发簪，笑了笑，也跟着走了出去。

四月春暖，龙越离的亲政渐渐有了起色，不少朝议的决定都直接从他手中发出。楚太后似乎也不再热衷朝政，统统放给了几位重臣。龙越离趁此机会悄悄布置朝中年轻的官员。邵云和升任御前行走，每次早朝之后便随了龙越离到了御书房中拟圣旨与议政。温景安深受龙越离信任，也时常在御前行走。龙越离心有大志，善于权衡大局。邵云和心机深沉，又熟知朝中官员，在用人上有独特见解，对一些朝政之议也有自己的观点。温景安才华横溢，公正无私。三人一起，撇去邵云和是安王府的人有时候倒是十分相投。

此时齐国政局依旧平静如波，这几年齐国休兵养民，轻徭薄赋，前朝征战十年留下的国弱民寡气象渐渐改变过来，国力大盛。秦国与齐国比邻，秦国偏北，民风彪

98

悍，能征善战，十年前两国交战，战事打打停停，持续了十年。后来两国都不堪重负，便在浍河之畔订立盟约，史称浍河之盟。如今十年已过，盟约已到期，两国都有再修好的意愿，于是秦国发来国书，再议盟约。

巧得很，这一次秦国还派来了秦国三皇子与秦国公主。秦国公主如今再来的用意令人揣摩。上次各国公主来齐参加相亲宴，如今龙越离已娶了楚国的公主楚香云为后，难道秦国皇帝是不甘心这个结果？想要把秦国公主嫁给了龙越离做妃子？

种种揣测都猜不透秦国的用意。秦国使节团要在四月末五月初来，时间还算充裕。楚太后十分重视这一次的秦国出使，特命了安王世子南宫庆亲自去边城迎接使团入京，又命皇后好好筹划准备。

皇后在宫中与诸位宫妃说起这事，宫妃们都没什么主意。皇后发愁："本宫也才初掌后宫，如何接待贵宾实在是心有余而力不足。"

虞婕好连忙道："皇后娘娘可以和太后商议。"

皇后终究是去了永寿宫中请教太后。楚太后当时正在与越卿卿说话。如今安王世子被派去迎接秦国使团，她担心越卿卿在安王府中寂寞，所以一连几日都命她入宫陪伴。

楚太后看了一眼面色忧愁的皇后，笑了笑："皇后其实是在担心这秦国公主会不会再缠上了皇帝吧？"

皇后听得楚太后的调侃，羞得脸红耳赤："母后不要取笑臣媳。"

楚太后睐了睐美艳的凤眸，淡淡道："你是齐国的皇后，是我楚国的公主。身份尊贵无比，她又能比得上你几分？可是如今敌未至，胆先怯。她还未来，你便输了。"

皇后心中一凛，不由看着楚太后。楚太后又道："再退一万步，就算她是为了皇上而来，能联姻对两国百利而无一害。你更不应该对这事心有芥蒂。皇上是你的夫君，更是齐国的皇帝，国和家永远是国在前，家在后。你要记住这一点。"

皇后闻言羞愧低头。楚太后见她脸色煞白，知道自己的话重了些，道："不是哀家对香儿你严厉，今日来个耶律筝儿，过些日子还有三年一次的选秀，如果来一个你怕一个，将来怎么掌管后宫？"

皇后听了面上越发灰败。楚太后又道："既然你怕款待不好贵客，就让卿卿帮帮你，她自小在哀家身边长大，宫中许多事都懂。"

皇后听这话只能应下，又与楚太后说了几句这才退下。楚太后看着她走远的身影，不知不觉摇了摇头："心胸不够宽大，眼光不够远，不是一国之母的风范。唉……"

翎月奉命恭送了皇后出去。皇后想起宫中隐秘的谣言，冷冷看了她一眼，似笑非笑道："皇上经常在本宫面前提到翎月姑娘的照顾。"

99

翎月乍一听这话心中欢喜，但是一抬头对上皇后带着冷意的眼神，连忙低头道："皇后娘娘言重了，奴婢只是奉太后之命伺候皇上。"

皇后看着她小巧的脸蛋，心中的怒火更甚，但是不好发作。只能笑了笑，带着讥讽："那的确是为难了翎月姑娘，伺候皇上伺候得真好啊！"

翎月闻言眸中皆是警惕："皇后娘娘走好。奴婢下去做事了。"她说完飞快地走了。

皇后冷冷盯着她离去的身影，良久才收回目光。

"皇后娘娘在看什么呢？"越卿卿柔柔的声音从身后传来。

皇后急忙收回脸上的神色，回头漫不经心地笑道："也没什么，只是突然发现翎月姑娘越长越美了，比宫中不少宫妃都出色呢。"

越卿卿也看了一眼，回头看着皇后的眼，笑道："是啊，难怪皇上喜欢她。"

皇后心中一动，不由回头盯着她。龙越离与翎月的事她可是探了好久才知道，没想到越卿卿竟也知道了。

越卿卿嫣然笑问道："皇后想问臣妾是怎么知道的吗？"

皇后眸色一冷，冷笑："本宫没有兴趣知道。左右不过贱人缠上了皇帝，这宫中每个女人不都是这么个念头吗？"她说完就往外走，脚步有些气急败坏。

越卿卿悠悠地看着她走了几步，这才不紧不慢地道："皇后既然没有兴趣知道臣妾是怎么知道这事的，但是有一件事皇后娘娘一定很有兴趣知道。"

皇后俏脸上皆是怒色，回头问道："什么事？"

越卿卿白皙绝美的面上掠过一丝阴冷的笑意，附耳在皇后耳边说了几句。

"什么？！"皇后大惊失色，往后踉跄几步，要不是扶住一旁的柱子几乎要跌倒在地上。

此时外殿中无人，宫人远远地站在殿门外。越卿卿面上含着一丝含义不明的笑意看着皇后的花容失色。

皇后已说不出话来，她一想到龙越离对她的冷漠心就如刀绞一般。她扶着柱子，半晌才道："没想到防了一个周惜若却防不了这贱人翎月！"

越卿卿幽幽一笑，曼声道："是啊，白白让那周氏打了头阵，其实背地里还有更厉害的女人呢！"她顿了顿，又道："唉，这事要是让秦国公主知道，不知心里会怎么笑话呢。"

皇后脸色一阵青一阵白，半晌才恶狠狠地捏紧拳头，怒道："越姐姐一定要帮我！帮我除去这个贱人！"

越卿卿闻言眉眼舒展，美眸幽幽，红唇吐出一个字："好。"

四月的天渐渐热了。周惜若渐渐极少出菡香殿，也只到了虞婕妤的明霞宫中去做客。她女工好，虞婕妤便时常拿了绢帕让她绣，周惜若也不推辞。虞婕妤消息灵通，

100

诸多事情便拿来与周惜若说。

有一日，虞婕妤忽地回头挥退了宫女，看了周惜若皮笑肉不笑地道："有个消息，莲美人要听么？"

周惜若笑问道："是什么消息？"

虞婕妤轻轻嗤笑："从明溪宫中宫人底下打听到的。听说那位锦容华好像有孕了！"

周惜若一怔，失声问道："什么时候的事？"

虞婕妤冷笑道："一个月中总有那么几天轮到她侍寝，也许就突然有孕了呢。"

周惜若慢慢回神，忽地问："那为何不禀报皇上呢？"

虞婕妤眼中掠过浓浓的讥讽："谁知道呢！就等着看吧。"她说着笑了起来，笑声古怪，周惜若心中烦乱也来不及再问，再瞎聊了几句就回了蔺香殿。

虞氏走后，林嬷嬷见周惜若神思不属，连忙问道："莲贵人是不是中了暑气了？奴婢刚好烧了些绿豆莲子汤。"

周惜若摇了摇手："不用了。嬷嬷别忙了。"她说着躺在了凉榻上。

林嬷嬷见她今日神色不同往日连忙上前，问道："莲贵人到底怎么了？"

周惜若半晌才轻声道："锦容华有喜了。"

林嬷嬷惊得半天回不了神，等看到周惜若面上的神色，这才真的相信这个消息。

林嬷嬷想了想，忽地道："一切要等太医院的太医诊了脉再说。就算怀了龙嗣是男是女都不一定呢。"

周惜若半信半疑，问道："那虞婕妤怎么会去注意那锦容华呢？"

林嬷嬷一笑，意味深长道："这就值得琢磨了。后宫真真假假，虚虚实实的，莲贵人要静观其变才是正理。在后宫中什么才是真正能站稳脚跟的东西，那就是帝王的宠爱，子嗣不过是锦上添花而已罢了。"

周惜若点了点头，一颗心这才渐渐安定下来。平静下来又觉得有些可笑，锦容华就算是真的有孕了又能怎么样？她与她又不一样，想着唇边竟溢出丝丝笑容。

过了几日，周惜若终于在御花园看见了散心的锦容华。彼时她穿一件桃红色绣华宫装，头梳了灵蛇髻，心情甚好的样子。原本俏丽的面容多了几分红润之色。她由宫女扶着，正在赏花。

周惜若看了一眼一旁的虞婕妤，虞婕妤走上前。笑道："原来锦容华也在呢。"

锦容华听到声音，回头冷冷看了一眼周惜若与虞婕妤，皮笑肉不笑地道："我当是谁呢，原来是婕妤娘娘还有莲贵人。"

周惜若上前见礼。锦容华下巴微抬，眼中皆是傲慢："不必多礼了。又不是在皇上皇后跟前，这礼做给谁看呢？"

周惜若不卑不亢地道："自然是做给锦容华看的。"

虞婕妤见锦容华这般傲慢，笑了笑："莲贵人就是太实心眼了，这礼是做给懂礼的人看的，不懂的也就不必做了。"

锦容华一听，气得俏脸发白。可转念她想到了什么，腰杆一挺，冷笑道："你们就得意吧。总有一日你们都会后悔的！"

她说完怒气冲冲地走了。

虞婕妤脸上的笑意渐冷："真是个愚蠢的女人。"

她眼底对锦容华的憎恶与鄙夷看得周惜若心中一突。她看着锦容华傲然远去的身影，心中一叹，在宫中若是没有什么依凭可千万不能得罪了人，因为不知什么时候有人就会记恨在心中。

皇后因为要忙迎接秦国使臣的事早起请安都免了。各宫嫔妃们无聊便来回串门或者去上林苑乘凉赏景。周惜若也偶尔出去凑凑热闹，只不过每次所见是几个妃嫔都围着锦容华转。锦容华面色越发红润，甚至还有些发胖。

看样子倒像是真的有孕了。周惜若心中疑惑，可见虞婕妤那边没有动静，却也只能按下不说。

四月渐渐走到了月末。秦国使节团终于抵达了京城。龙越离派几位大臣出城二十里迎接。一路锣鼓喧天迎进了早就为秦国准备好的使馆中。整个后宫也一片忙乱。皇后与越卿卿两人筹划了大半个月，终于定下了怎么款待秦国的使节们。越卿卿每日都在皇后身边，差遣内务府与宫人做事，俨然成了后宫中除了太后与皇后之后第三个重要的人。

后宫对此似乎并无什么异议。一切仿佛就当如此。

周惜若皱眉对林嬷嬷道："世子妃已嫁人，就算是她尊为公主也不能再插手后宫事务。哪有见过嫁出去的小姑在娘家指手画脚？"

林嬷嬷一笑："莲贵人忘了，在宫中是太后做主，太后喜欢谁就是谁。越卿卿是她从小养大的，又嫁给了安王世子，自然更加看重她。"

说起安王，周惜若便皱起了细长悠远的秀眉。安王的飞扬跋扈已是朝野皆知，听闻他在指导皇上亲政之时时常不留情面训斥如小儿。龙越离的性情她最了解，此时隐忍不发将来必定十倍报还。安王若是能大权一直握在手中还好，若是晚年不保，恐怕不得善终。

秦国使团在驿馆中休息了一夜，第二日整装进宫拜见太后与皇上。这一日后宫中热闹非凡。宫人衣衫整洁，井然有序。在坤德宫中，钟鼓齐鸣，宫人垂首恭立。

盛大的宫宴开始，席间歌舞的热闹精彩自是不必再说。皇后仿佛要显示出一国之母的风范，频频下来与秦国使臣们敬酒对饮。耶律筝儿妆容美艳，只是眉眼间冷傲依旧。周惜若自是见过她，也曾听见她的传闻，如今看来耶律筝儿与几个月之前也并无什么不同，依然是那么傲慢。

宫宴从中午一直到了晚上，锦容华直到酒过三巡才翩然现身。皇后见得她姗姗来迟，眼中已是不悦，但是看着人多，并不好发作。

虞婕妤一回头就看见锦容华正吩咐宫女上菜。她眼中掠过冷光，面上却是笑意嫣嫣："锦容华来迟了，该罚三杯。"

她说着端了酒向锦容华走去。锦容华看着她杯中的酒水，皮笑肉不笑地道："婕妤娘娘恕罪，臣妾身子不适不能饮酒。"

虞婕妤笑眯眯地拿过她的杯子，笑道："这样的日子不喝酒岂不是不应景？别借口躲了罚！不喝岂不是不给我面子？"

她说着为锦容华斟满了三大杯。锦容华眉头皱紧，口气中已是不悦："婕妤娘娘这不是为难了臣妾吗？"

虞婕妤一挑秀眉，似笑非笑道："罚酒自然是为难了，谁让锦容华如此迟来？"

锦容华还要再拒，皇后已看到了这边的情形，道："锦容华迟来了自然是该罚酒的。"

锦容华听得皇后发话，想了想，心中主意一定，款款上前，跪下道："臣妾身子真的不适，且容臣妾上前单独禀报皇后。"

皇后见她今日打扮美艳，眼底掠过厌色，冷淡道："有什么话不能在太后与皇上跟前说的？说吧。"

锦容华看着一殿中热闹的人，犹豫了半天，这才吞吞吐吐道："臣妾……怀了龙嗣。"

"啪啦"两声脆响从高高的御座旁边传来。殿中听到突如其来的声响都纷纷停了说话声。殿中的歌舞也纷纷停下。

龙越离看着脸色剧变的皇后，轻轻嗤笑一声，把她掉在地上的金杯捡起，曼声道："皇后竟然这么高兴？"

皇后脸上忽青忽白，诺诺接过龙越离手中的酒杯，辩解道："是啊，臣妾太意外了。这喜讯……"

楚太后回头看了一眼身后的翎月，不满地问道："翎月你怎么了？这么不小心？！"

翎月这才发现自己手中的酒壶已跌在了地上，洒了一地的酒水。她这才回过神来，急忙跪下拼命磕头："奴婢手滑了一下，太后娘娘恕罪！太后娘娘恕罪！"

楚太后摇了摇头，挥手命她退下。翎月低头匆匆退下，周惜若看见她似乎看了龙越离一眼。皇后捧着空了的金杯，长袖中手微微颤抖，半晌才撑起笑脸道："这真是天大的喜讯。今日双喜临门呢！"

座下的秦国使臣出列恭贺道："恭喜齐国皇帝喜得龙嗣！"说着拿了酒杯示意恭贺。

龙越离执了手中的金杯，一怔后淡淡道："魏使臣有心了。"

第九章　不露声色步步惊

跪在底下的锦容华虽然低着头但是面上已是窃喜非常。

楚太后凤眸一睐，问锦容华道："可有太医看过？"

锦容华怔了怔，才道："没有。"

楚太后眉头越发拧紧，不悦道："既然没有怎么能信口开河呢？你可知道要是没有就是欺君之罪了！"

锦容华脸色一白，但是很快辩解道："臣妾的身子臣妾知道……"

她还未说完，楚太后已冷冷打断她："不必多说了，太医说的才算。如果有孕了自是喜事一件，皇上也不会亏待你的。"

她的口气中带着不悦，锦容华被她训得脸色通红。周惜若在底下摇头叹息，恐怕在楚太后心中，最理想孕育第一个皇子的只有皇后楚香云，其余的宫妃若是有孕了，她都是如此这般不屑。很快太医被传来，锦容华被带下诊脉。殿中又恢复了歌舞，方才那一小段不过是中间的一段插曲。

不一会儿有宫女匆匆而来，在楚太后耳边说了几句，又在皇后耳边说了几句。周惜若看见楚太后眉间皆是怒色，而皇后的脸上却是轻松了不少。楚太后站起身来，也不顾殿中宴饮的贵客走向殿后。皇后一见对龙越离说了几句，也匆匆跟去。周惜若看着她们的脸色，心中一动。忽地身边有人动了她胳膊一下。

周惜若一回头对上虞婕妤窃笑的脸色。虞婕妤附耳过来："想不想看好戏？"

周惜若还未说什么，她已一把把她拉起匆匆从侧门出了殿中。此时天色已全暗，她说着拉着周惜若沿着坤德宫长长的廊下而去。周惜若被她拉着，两人匆匆走了一段，虞婕妤领着她来到偏殿旁边西侧墙角下。她比了个手势，悄悄打开窗户。周惜若探头一看，只见里面人影幢幢。还听见哭声抽抽噎噎。

她仔细一听，是锦容华的哭声。

楚太后冰冷的声音传来："哭什么？难道哀家冤枉了你不成？你犯了欺君之罪你可知道？还在堂堂众人面前丢了皇上的脸面！你就算死千次万次都不够！"

皇后柔声劝道："母后别生气了，小心气坏了身体。"

锦容华哭得不能自已，她膝行上前揪住楚太后裙裾的下摆："太后明鉴！臣妾真的是……真的是……以为……"

楚太后怒气不减，冷笑："你心里那点小聪明以为哀家不知道？你以为偷偷有孕，不报太医院，等坐稳了胎再来禀报，就是想要当众邀宠！哀家告诉你这点小伎俩八百年前早就有人用过了！心术不正，其心可诛！"

锦容华已面色如土，想要再哀求已说不出话来。虞婕妤偷偷拽了她一把，窃笑着拉着她离开。接下来的话已不用再听了。楚太后最爱面子，如今锦容华出了这么大一个丑，岂不是在太后与皇上脸上重重打了一记耳光？她的下场不用想也很惨。

两人在回坤德宫的路上周惜若借着宫檐下红彤彤的宫灯灯光，看见虞婕妤面上皆是得意的笑意。

她亦是笑了，问道："这次锦容华再也没有翻身的余地了。"

虞婕妤咯咯一笑，笑声畅快："要小聪明的后果就是这个结果。她太过自以为是，今日的境地是咎由自取！"

周惜若忽地问道："可是为何她这么笃定自己有孕呢？连太医都不请？"

虞婕妤轻笑，慢慢走在前面，夜风中飘来她散漫的声音："谁知道呢，这以后要问问她了，为什么要这么愚蠢呢？"

周惜若皱眉看着她步入殿中，那身影和姿态，分明就是一个胜利者。

周惜若回到了蕴香殿，林嬷嬷并未前去伺候，见她面色不是很欢喜的样子，不禁问道："莲贵人怎么了？"

周惜若挥退了小宫女，看了四下无人这才对林嬷嬷说出今日发生的事。林嬷嬷静静听了，这才哂笑道："这有什么稀奇？奴婢就怀疑锦容华盛宠并不在身，皇上也不是很喜欢她，怎么独独就她有孕了呢？如今看来恐怕锦容华平日吃的被人动了手脚了。前朝也曾听闻有宫妃诈孕一事，后来查出是被人偷偷下了药令她月信迟迟不至。事实已明，但是这位宫妃最后因为欺君也被打入了冷宫，凄凉结局。"

周惜若想起虞婕妤脸上的笑意，心中顿时一寒。她不动声色间连连设计了锦容华，令她在皇后跟前说错话，彻底失了皇后的欢心，又设计让她诈孕，最终让锦容华彻底没有了翻身的余地。虞婕妤的手段已是极高，若不是她身上未得盛宠，恐怕更难以琢磨对付。

林嬷嬷看着沉思的周惜若，轻叹一声为她松开发髻，慢慢道："莲贵人，在宫中门门道道多着呢。以后莲贵人一定要小心虞婕妤。"

周惜若看着铜镜中自己的清丽的容颜，在眉眼间看到了丝丝的倦色，她轻叹一声："这个我知道。林嬷嬷，以后都要靠你了。"

林嬷嬷看尽世事的眼中是淡然的笑意："莲贵人错了，在宫中谁都不能依靠，莲贵人要靠的是自己。"

周惜若一怔，看着自己日渐美丽却越发冷漠的面目，淡淡道："是啊，谁都不能依靠，只能靠自己。"

正在这时，殿外响起轻微的脚步声。周惜若回头，却看见龙越离斜斜倚在殿门边抱着手臂眉眼深深地看着她。他的身后是黑沉沉的夜，一望无边。

周惜若见他不声不响地来了，急忙站起身来迎上前去："皇上怎么来了？"

龙越离只是看着她，笑了笑："朕喝多了，走着走着就到这里来了。"他说着伸手轻抚她的长发，狭长的深眸中，眸光涌动。

四周忽地安静下来。周惜若如着了魔一般只静静与他对视。身边林嬷嬷不知什么时候退下，只剩两人。烛火静静燃烧洒落一地的碎光。

龙越离忽地一笑："你这里很安静，看着心里很舒畅。"

周惜若看着他眉眼间的倦意，扶了他的手："皇上今夜要在这里安歇么？"

龙越离斜斜倚在她的身上，轻声道："好。"

他已喝多，酒气在面上延出嫣红的酒晕，脚步亦是歪歪斜斜。周惜若扶着他来到床边，龙越离脚步一踉跄，两人一起摔到了床榻上。周惜若只觉得鼻尖撞在了他的胸膛上，撞得鼻间酸软，眼泪差点夺眶而出。他覆在她身上，莫名轻轻笑了起来。周惜若看着他笑，也禁不住跟着笑了起来。两人你看我，我看你，笑得眉眼弯弯，仿佛刚才一跤是跌得多么好玩。

龙越离笑了一会儿，这才搂了她入怀中，慢慢道："真好，宫中还有你这个清净的所在。"他说着闭上眼，沉沉睡去。

周惜若慢慢环抱住他，长夜寂寥，所见的一幕幕而过，盛大的宫宴、各怀心思的人，生旦净末丑纷纷登场，原来这宫中这么热闹，却又这么荒凉。她长叹一声，伏在他的怀中也沉入了梦乡。

第十章　一尸两命陷阱深

第二日锦容华诈孕的事有了消息。楚太后为了不让这乌龙事被秦国使臣们笑话，只暗自贬了她的位分而已。锦容华被连贬三级降为最低等的更衣。要不是看在她母家在京中的家世，这欺君之罪是要贬入了永巷中的。锦容华从明溪宫中搬出，由内务府派来的内侍虎视眈眈地看着搬入最冷僻的玉鸣斋中。

锦容华搬宫的时候正好从菡香殿前而过，周惜若看见内务府的内侍们骂骂咧咧正推搡着她和两个倒霉的宫女向前走去。锦容华脸上已毫无颜色，发髻散乱，昔日昂头傲然的模样已全然不见。她身后的两个宫女哭哭啼啼，样子十分可怜。

锦容华正在前面走，回头一看，恰好看见周惜若美眸幽幽地站在菡香殿门前看着自己。她的脸猛地涨红，盯着周惜若，眼中充满了怨毒。她忽地向周惜若走来，两个内务府的内侍见她神色不对，连忙上前要拦着她。

锦容华一把推开他们，看着神色平静的周惜若怒问道："周惜若，这事是她做的是不是？"

"我不知道。"周惜若淡淡地回答。

锦容华苍白的面上五官渐渐狰狞扭曲："我就知道是她！是她害了我是不是？！"

周惜若美眸中带了怜悯，淡淡道："自作孽如何能怨别人？若你不急于求孕就不会自私带猛药入宫，若不是你一心想要风光邀宠就不会当众说出你有孕的事。这不是你自己害了自己吗？"

锦容华恶狠狠地瞪了她一眼，咬牙一字一顿地道："小心点，终有一日她也会这般对你！终有一日，你也会得到跟我一样的下场！"

她还未说完，两个内务府的内侍就急忙把她拉走，蕙香殿门口又恢复了安静。周惜若看了看天色，长吁一口气。

秦国使臣人齐国，楚太后十分重视，派了邵云和与南宫庆轮番接待。宫中亦是时不时办了丰盛的筵席款待。耶律筝儿被楚太后奉为上宾，每日都召她入宫畅谈。她知道耶律筝儿文武双全，善骑射，于是与皇后计议一番，在上林苑的马场中挑选了几匹汗血宝马供耶律筝儿骑。

周惜若与林嬷嬷去上林苑中凑了个热闹，见看不到什么便无趣回去。走到一半，周惜若走得汗水涔涔，她一摸袖中的帕子，忽地摸了个空。

她皱眉道："难不成是落在林中了？"

林嬷嬷道："让奴婢回去找找，莲贵人先回宫。"她说着就折回头去寻。

周惜若正想说不必再寻，可一转眼林嬷嬷已不见了身影。她慢慢走着，正要拐过一道紫叶花缠绕的拱门，却忽地定住了身形。她看着面前负手站在一旁的邵云和。

周惜若定定看了他半响，吐出一句话："郡驸马又有什么事？"

邵云和从袖中扯出一条精致的绣帕，放在眼前，深眸一睐："莲贵人掉了东西了。"

周惜若冷冷看了他一眼，开门见山道："郡驸马找我到底是什么事？"

邵云和听得她的口气，剑眉一皱，但是随后便道："这几日莲贵人甚是惬意，不知对你我之前的一点误会有何看法？"

周惜若美眸幽冷："你不是说我说出去一定不会活到明天吗？所以，你如愿了，为了小命，我不会说出去的。"

邵云和轻慢一笑，花架下他一身褚红色的深衣如血液，衬得他俊美的面容有种不动声色阴冷的美。他剑眉一挑："既然如此，莲贵人就准备与在下合作了？那莲贵人可否告诉在下皇上到底会不会娶秦国公主？"

周惜若美眸中满满皆是警惕，她狐疑地看着他："你问这个是为了什么？"

"没什么，好奇罢了。"邵云和慢慢道。

周惜若自是半分也不信他，斟酌道："我也不知，看样子皇上是不能再娶秦国公主了。"

这一句分明是废话！整个齐国都这么议论。邵云和看了她半响，忽地上前几步，周惜若心中剧跳，美眸中皆是警惕之色。

他俯身在她耳边，窃窃低语："去问他！"

他的唇擦过她敏感的耳垂，令她浑身寒毛倒立，她正要推开他，邵云和已冷笑一声丢下她的绣帕，转身大步离开。周惜若看着怀中的绣帕，美眸皆是恨色，狠狠一把丢了绣帕转身要走。她才刚走了几步，迎面匆匆走来一个宫装女子。她走得极快，像是在跟循什么。周惜若乍一眼看到来人心中不由一突。

那宫装女人看见她，不禁柳眉一竖，怒气冲冲地走过来。她冷笑一声道："果然被我撞见了！你这个贱人，是不是你与他又旧情复燃去勾搭了他！"

她说着忽地上前狠狠扇向周惜若。周惜若不提防，只听得"啪"的一声，南宫菁的手已扇上了她的脸颊。这一巴掌重得很，周惜若只觉得口中血腥味蔓延，耳中嗡嗡直响。南宫菁扇了一下还要再打，周惜若已飞快一把拿住她的手，反手狠狠一巴掌回敬过去。

南宫菁被她扇中，又惊又痛，捂住脸呆呆看着周惜若。周惜若口中皆是血，可是心中却涌起无比畅快的感觉。这一巴掌，她等了太久太久了！

她冷笑："礼尚往来。敏仪郡主现在可知道动不动就扇人巴掌别人是什么感觉了！"

南宫菁气得眼中通红，再也不顾及自己的身份扑上前去，厉声道："你这个贱人！"

她气势汹汹，周惜若只冷笑地看着她，美眸中皆是刻骨的恨意。

"够了！"一声断喝从两人身后传来。邵云和听到声响去而复返，他阴沉着脸大步走来，一把抓住南宫菁的手，狠狠一摔："郡主自重身份！像个泼妇成何体统！"

南宫菁自小养尊处优，楚太后又宠爱她如亲生女儿，从来没有人对她这般大呼小喝。而邵云和自从与她成亲之后更是不曾疾言厉色。如今竟是为了她最看不起的周惜若对她这么大呼小叫！

她眼眶顿时红了，狠狠推开邵云和，怒道："好你个邵云和！你竟然为了这个贱人这么对我！"

邵云和脸色阴沉，他看向周惜若，只见她雪白的脸上五指印宛然，唇角有一缕血线蜿蜒而下，可是那一双美眸没有半分眼泪，只冷得出奇直直盯着自己。

南宫菁看见他竟然分神去看周惜若，一点安慰自己的意思都没有。她指着邵云和，气得手指都在微微颤抖："你们这一对奸夫淫妇……等着……等着瞧！邵云和，你今天就别回郡主府了！你给我滚出府去！"

她说完哭着跑了。周惜若收回冷冷的目光。脸上热辣辣地痛，心中却想要笑，她想要走回去，可却发现自己的脚在颤抖。今日，她做了一件疯狂的事。她竟然打了安王唯一的女儿，楚太后宠爱的郡主！

一只修长的手递来一块雪白的帕子，耳边传来邵云和的声音："擦一擦。"

周惜若木然抬头看着面前的邵云和，定定看了半天。邵云和见她不接过，手一动，已为她擦去唇角的血线。他的手势很轻，尽量不碰到她脸上的红肿。他的眸中涌动着她看不明白的暗涌，一点一点，像是要把她覆没。

忽地，周惜若慢慢伸出手按住他手上的帕子，慢慢按住了自己红肿的脸，轻嘶一

第十章　一尸两命陷阱深

声。果然，过了一会他的声音适时响起："很疼么？"

周惜若抬头，美眸中已有了盈盈水光，只是倔强不落下来，她冷冷道："多谢郡驸马关心，妾身不疼。"

不疼，怎么会疼呢？冰天雪地中长跪求他出现，腿上的疼，那滚了钉板万针穿身的疼，看见阿宝横遭惨死撕心裂肺的疼……这一巴掌比起这些来，一点都不疼。

邵云和闻言眉心越发紧拧。他忽地上前拿过她手中的帕子，寻了一处池水，蘸湿了拧干了递给她："敷上就会好点。"

周惜若盯着他手中湿冷的帕子，终于伸手接过敷上。

两人俱是无言。树丛中阴凉，阳光透过枝叶的缝隙照在她雪白的脸上，明明灭灭，婉约美丽的侧面犹如江南的山水，与生俱来的明晰美丽，明眸似水，浓浓的眼睫微翘，精致的琼鼻，还有那紧抿苍白的唇令他心中某个地方忽地一悸。似乎许久以前，他也曾这般看着她的侧面，看着她纯净美丽的容颜。只是那一双眼不曾有泪，满满都是幸福的笑意。

周惜若沉默坐了一会，把帕子还给他，道："今日多谢郡驸马相助，只是连累了郡驸马了，还望回去多多和敏仪郡主解释才是。"

她说着转身慢慢走了。邵云和看着手中被她温热的帕子，捏在了手中，风吹起，衣袂渐乱，而他的心似也开始慢慢凌乱……

上林苑周惜若不再去了，那日回来她脸上红肿被林嬷嬷瞧见，林嬷嬷连忙问她出了什么事，她只是沉默。半天，她才忽然道："嬷嬷，如果做一件事可以让仇者痛，亲者快，我是不是该继续走下去？"

林嬷嬷道："这奴婢不知道，只是莲贵人千万要权衡才是。"

周惜若看着镜中犹带红肿的脸，伸手慢慢抚过，眸光冰冷。第二日，有人送来一盒膏药，送东西的是陌生的宫女。

周惜若看着那精致的白玉盒，唇角一勾，对来人道："那替我带一句话给那人，多谢他的心意。"

宫女抿嘴一笑，转身退下。

林嬷嬷见她走了，问道："是谁送的呢？难道那人知道莲贵人脸上有伤？"

周惜若打开玉盒看着那碧绿芳香的膏药，伸手挑了一点抹在脸上，果然冰冰凉凉，脸上的肿胀感觉顿时都消了不少。

周惜若冲着铜镜中的自己淡淡一笑："嬷嬷别问了。"

秦齐两国的盟约楚太后十分挂心。皇后建议请秦国皇子和使臣们来永寿宫中，办一场热闹的宫宴，楚太后听得这主意，立刻吩咐内务府前去办，还夸赞皇后贤德。过了两日，楚太后亲自下请帖，请秦国二皇子与使臣们进宫赴宴。这一场宴席楚太后决意办得宾主尽欢，所以宴请了各世家闺秀也进宫来。

那一日热热闹闹，虞婕妤前来寻周惜若要一起去赴宴。周惜若收拾妥当之后便与虞婕妤一同向永寿宫中而去。

到了永寿宫中，果然十分热闹。宫人匆匆来去，忙碌有序。往来皆是京中的世家内眷，还有不少打扮十分漂亮的世家闺秀，一个个青春美丽，天真稚嫩。

虞婕妤对周惜若道："看来太后为了能讨秦国二皇子的欢心，的确是下了不少工夫。"

周惜若看着一番热闹奢华，心中感叹。

两人边说话边进了永寿宫的殿中。永寿宫的主殿中，楚太后一身暗红凤服，妆容美艳，看过去不过三十多许的美妇，实在难以想象已是年近五十的老妇人。她正与几位诰命贵妇畅聊，周惜若与虞婕妤上前拜见，她只是随意点了点头，不以为意。

虞婕妤见殿中人多，拉了周惜若道："这里无趣得很，我们去花园逛一逛，等开席了再来。"

周惜若见殿中的贵妇与闺秀们都随意走动畅聊，于是点了点头，与虞婕妤一起出了殿中。此时近正午，天气炎热，周惜若与虞婕妤寻了个清静的地方，坐着歇息。两人正在说话，忽地远远传来斥责声。周惜若仔细一听，声音有些熟悉。

那声音带着愠怒："叫你们做事居然偷懒，难道皇后娘娘叫你们过来是来当主子的不成？前面茶水都断了，我叫你们去添把手难道错了不成？"

那被叱责的人冷笑一声："翎月姑娘这么大的脾气。我们俩又不是粗使宫女，该我们分内做的事，我们自会做，不该我们做的为什么要派到我们头上？"

周惜若听到这句才知道原来是翎月姑娘在训斥女官，而被训斥的人像是从皇后宫中来的，所以两相僵持不下。

虞婕妤听了对周惜若咬耳朵道："在永寿宫中还有人不买翎月姑娘账的，今日还是第一次看见。"

那边翎月似被气得不轻，抖索半天才道："既然如此，两位我也不敢差遣了。以后皇后问起来我定会据实禀报。"

那两位女官似乎有恃无恐，哼了一声就走了。周惜若心中失笑，原来恶人还有恶人来磨。但是皇后派来帮忙的女官不是应该更谦卑一点吗？怎么会如此张狂？

她还未想定翎月已向这边走来。周惜若与虞婕妤想要躲却是怎么也来不及了。翎月见这里有人，不禁一怔，等看清是谁之后，冷冷一笑，随意施了一礼便道："奴婢翎月参见婕妤娘娘与莲贵人。"她说完起身，忽地跟跄一步就要跌在地上。

周惜若离得近，下意识连忙去扶她。她的手才碰上翎月的腰。翎月猛地尖叫一声："别碰我！"

周惜若与虞婕妤两人都被这一声吓得不轻。周惜若急忙缩回手，翎月好不容易站稳身子，回过神来才发现自己方才太过唐突。

111

她勉强道:"婕妤娘娘与莲贵人恕罪,方才……只是……"

她支支吾吾说不出来,周惜若见她神色可怜,心中对她的恶感也少了些许,遂道:"翎月姑娘没事就好。要不要下去歇歇?"

翎月见她并不责怪不禁有些尴尬,勉强道:"多谢莲贵人关心,奴婢只是累了,回去歇一会就好了。"

虞婕妤不冷不热地道:"没事就好,刚才那一声简直把人的魂都给吓没了。"

翎月连忙施了一礼匆匆走了。虞婕妤看着她远去的身影,奇怪问道:"莲贵人,你方才可看见了?那翎月丰腴许多,腰身都粗了不少。我记得以前她不是这样的,那身段好得很。"

言者无心,听者有意。周惜若听得这一句,心中"咯噔"一声,猛地看向翎月离去的方向。

周惜若心中千百种念头忽地掠过脑海怔怔发呆。虞婕妤见她出神,拍了她一下:"要不要回殿中?估摸着等等就要开席了。"

周惜若回过神来,勉强挤出笑容:"虞婕妤先去吧,我还有些事要去吩咐嬷嬷。"

虞婕妤听得她如此说,点了点头自先回殿中不提。周惜若坐了一会,心中的疑云越来越浓。刚才她那一下扶上翎月的腰的确是好像粗壮了不少,不像是胖了,倒像是……

她心中一惊,急忙沿着方才翎月走去的路悄悄跟了上前。楚太后喜种草木,整个花园中密密麻麻皆是珍贵的花木还有藤架。周惜若走了一会竟分不清东西南北就困在了当中。正当她以为自己跟丢了的时候,忽地听见不远处有人在呕吐的声音。周惜若循声而至,拨开花丛看见了翎月正扶着一株树在吐,而她的腰身以下隐隐约约看出小腹微凸。

周惜若摇头叹息,问道:"翎月姑娘打算瞒到什么时候?"

翎月猛地一惊,转过头来,惊疑不定地看着来人。

周惜若面色平静如水,只是一双美眸中带着些微的同情。翎月怔怔半天才结结巴巴道:"莲贵人说……说的是什么?奴婢只是吃坏了肚子……"

周惜若叹息:"你瞒不过的,就算能瞒天过海,孩子生下来你又要如何安置?这孩子的父亲是谁?"

翎月呆呆坐在一旁的花石上,面色如土,半天才道:"莲贵人说得对,我瞒不过的。"

她已有孕三个月,正是害喜之时,平时忍一忍也就算了,这几日永寿宫中事多,她一怀孕之人如何能应付得过来,所以又晕又吐,竟被周惜若撞见。

翎月呆愣了半天,忽地冷笑道:"莲贵人此时大可去向太后禀报,太后说不定会

112

大大奖赏了莲贵人。"

周惜若见她依然对自己没有善意，知道自己多说无益，冷淡道："此事是翎月姑娘的事与我无关，只是好心提醒翎月姑娘，早一日向太后与皇上说明，也许事情会有更好的转机。"

翎月闻言只是冷冷扭过头，周惜若见她如此固执，也不愿再多劝转身离开了这里。

周惜若走了一段路，正要向殿中走去，却发现自己早就迷失了来路，想要回头去问翎月却是心中不愿，只能随意挑了一条看上去还算宽敞的路向前走去。她一边走一边辨认着永寿宫中主殿的方向，却没想到拐角迎面急匆匆走来一个人。两人都未曾看路，一下子狠狠撞在了一起。

周惜若被撞得踉跄退后，而那人怒气冲冲的声音传来："是谁走路不长眼睛敢撞了本皇子？"

周惜若捂住被撞痛的额角，看向那人。那人竟是秦国二皇子，耶律翰。

耶律翰揉着被撞得生疼的胸，骂骂咧咧："还不给本皇子跪下磕头！"

周惜若听得他言语粗鲁，不禁倒退一步，道："二皇子恕罪。"

耶律翰张口就要怒骂。可一抬头等看清了周惜若的面容时，不禁结结实实一怔。只见面前的周惜若一身紫红色宫装，身形窈窕，面容清丽绝美，眉眼间的柔媚仿佛能化开所有的坚冰。她的美是秦地少有的婉约空灵，那一双似水的眸中深邃幽幽，摄人心魄。

他不禁盯着周惜若怔怔出神。周惜若见耶律翰不回答，一双眼只盯着自己看，饶是她平日镇定非常，此时也有些惴惴不安。

她又问了一声："二皇子？"

耶律翰贪恋美色，今日终于看到了可以赏心悦目的美人，不禁由怒转笑，上前一步问道："你是哪个宫里的？怎么我从来没有见过你？"

周惜若一听，心中的不安越发浓了几分。她警惕道："妾身是菡香殿的莲贵人。二皇子赶紧赴宴吧，太后娘娘还在等皇子呢。"

耶律翰上前一步抓住周惜若的胳膊，眼中是如狼似虎的精光："原来是齐国皇帝的女人，听说齐国美人多，如今果然不枉我走一遭。你们太后还热心要给本皇子娶什么妻子。我统统都不要，等等我就去告诉齐国皇帝，让他把你赏给了我做妃子！"

周惜若只觉得握着自己的手臂恶心得让她反胃想吐，而且他说出来的话更令她惊恐不安。她死命挣扎，怒道："二皇子请自重！"

耶律翰自幼习武，臂力奇大，周惜若只能徒劳无功地挣扎。他嘿嘿笑道："你做齐国皇帝的妃子与做本皇子的妃子又有什么不同？说不定在秦国，我还能让你荣华富贵享用不尽。"

113

他说着一把将周惜若拉近。周惜若见自己挣扎不开，惊恐与羞怒一起发作，一回头狠狠冲着耶律翰猥琐的脸上甩去一巴掌。可她的手还未举起，耶律翰已一把抓住她的另一只手，低头淫笑道："齐国的美人果然是外柔内刚，哈哈……本皇子喜欢！"

周惜若见他越来越近，急得满头大汗，正在这时有人从身后走来，恼道："哥哥你又在做什么？"

周惜若见是耶律筝儿前来，犹如溺水之人抓住最后一根浮木，急忙求救："公主！救救我！"

耶律筝儿看了耶律翰一眼，骂道："二哥你好歹有点出息，府里有多少女人你不要，偏偏要这个女人，回去后我要告诉父皇你正事不办，光顾着寻花问柳。我定要让父皇好好抽你几十记鞭子！"

耶律翰害怕这个泼辣又冷艳的妹子，只能放手让周惜若离开。

周惜若走了好远才停下脚步，长吁一口气，道谢道："多谢公主。"

耶律筝儿冷冷哼了一声："我不是帮你！我只是讨厌哥哥到处抢女人！"

周惜若千万感激，拜别了她向殿中走去。她方才受了惊吓便没了游园的兴致，所以上前向皇后请辞。

皇后似笑非笑道："怎么莲贵人就要走了？今日盛装而来却没有让皇上瞧见岂不是可惜了？贵客都在，如果莲贵人没什么事就不要离席了。"

她的意思已是不让周惜若回宫。周惜若无奈只能退下回到了席上。宫宴之后是游园，永寿宫后有一汪湖，与上林苑的湖水相通，如今天气甚好，碧波渺渺，荷花盛开，煞是好看。诰命贵妇们各自在永寿宫中的凉阁中歇息，只等着皇上前来。周惜若为了躲避耶律翰，特地寻了僻静的所在喝茶。虞婕妤自是去了与几位相熟的贵妇内眷们攀谈。她一人在小小的凉阁中倒是清静。

彼时已是正午，她今日早起，便有些昏昏欲睡。不知过了多久，凉阁的门被轻声打开，周惜若吓了一跳立刻清醒过来，等看清是谁的时候，她这才长舒了一口气："原来是你。翎月姑娘。"

翎月看看四周没人，连忙把凉阁的门飞快地关上。她踟蹰半天，忽地咬牙道："莲贵人……我求你帮帮我！"

她说着竟"扑通"一声跪下。周惜若一愣，看着跪在地上的翎月，半晌才道："翎月姑娘这是做什么？你要我帮你什么？"

翎月脸色煞白，重重磕了个头，道："奴婢知道之前得罪了莲贵人，是我不对，是我嫉恨莲贵人。但是请莲贵人看在皇上的面上，原谅我。这次我实在是无法了，这孩子……实在是瞒不住了，是皇上的孩子！"

周惜若倒吸一口冷气，失声道："你为什么不亲自去跟皇上说明？"

翎月面色凄楚，道："皇上已好几日不来找奴婢了，还有皇后她……"

周惜若顿时警觉，紧了紧声问道："皇后怎么了？"

翎月神色惊慌，低声道："奴婢总觉得皇后知道了这事，她派来永寿宫的两个女官好像是来监视奴婢的，我走到哪都能看到她们，半刻都甩不掉她们。"

周惜若听得心口怦怦直跳，直觉告诉她这一切不是那么简单。皇后若是知道了翎月有孕的事为什么不说出来？而是偷偷派人监视翎月？皇后到底想要做什么？

周惜若心中念头飞快掠过，半天，她忽地问道："是谁要你来找我的？"

"不，是奴婢觉得莲贵人人好又在皇上跟前说得上话……宫中的也都这么说……"翎月面上惭愧，"是奴婢之前罪该万死得罪了莲贵人，请莲贵人千万要帮帮我！"

周惜若心绪复杂，翎月态度的转变令她措手不及却也令她十分为难。她想了许久才叹了一口气："好吧，我跟皇上提一提，皇上若是知道你的处境一定不会坐视不理的。毕竟……也是他的骨肉。"

翎月见周惜若答应，千恩万谢，她道："游湖之后，皇上就会在永寿宫中稍事停留，不知……"

周惜若明白她的意思，叹了一口气："好吧，我安排你去见皇上一面，这事毕竟你要亲口说才好。"

翎月大喜，她轻抚自己小腹，神色又恢复了昔日的傲然，对周惜若道："今日莲贵人若是真的能助了奴婢，将来奴婢会报答莲贵人的。"

周惜若闻言只是轻笑一声："以后的事以后再说吧。"

翎月不宜久留匆匆走了。两人皆不知，凉阁窗下，一抹鬼鬼祟祟的身影悄悄地离开……

周惜若在凉阁中再也了无睡意，翎月的事越发令她觉得疑虑重重。翎月明明对自己甚有敌意，怎么一下子就态度大变，还特地求了自己？皇后若是明知翎月有孕却按兵不动又是为了什么？

她看着窗外灿烂五月春光，忽地觉得遍体生寒。

龙越离御驾到了永寿宫，随行的自是温景安与邵云和二人。三人皆是人中之龙，龙越离俊魅难挡，风华若妖；温景安儒雅清俊，斯文秀气，而邵云和冷峻非凡，顾盼间皆是慑人的威势。三人缓步而来，所过之处京中的闺秀都看得移不开眼，一颗颗芳心都飞到他们身上，自是对长相一般又粗鲁的秦国二皇子视而不见。

宫人准备了两条画舫让众人游湖，低等的宫妃与内眷便乘的是后一条。周惜若见自己登不上第一条，只能随着众人上了第二条画舫。她正要往船上走，忽地身后传来粗粗的嗓门："本皇子要坐第二条，你待怎么的？！"

周惜若一回头，脸色顿时剧变，只见耶律翰冲着自己的方向走来。她想起他不甘心的眼神，不由打了个寒颤，看来耶律翰是决意要纠缠自己了。如今第二条画舫上都

115

是品级低微的宫妃内眷，若是他想要对自己动手动脚，那要是传了出去，岂不是自己的清白又要被浓浓地抹上一笔黑了！

她心念急转，一咬牙推开前面挡着自己去路的人往回走。耶律翰见她要跑，再也不顾人多，一把拉住她的胳膊，冷笑一声："你要去哪里？"

周围所有人的目光都盯着周惜若，目光如刺，令她又羞又气，身上不由瑟瑟发抖。

"二皇子这又是做什么？"两人身后传来一声沉沉不悦的声音。

耶律翰回过头，正要叱责那人多管闲事，可看到来人不由怔了怔，只见邵云和正朝这边走来，冷冷盯着自己的手。他目光如刀带着说不出的阴冷气息。

耶律翰讪讪放开了手："没什么。"

周惜若得了这个空，逃入了画舫中。邵云和不动声色看了她离去的身影，上前手一搭，不轻不重地搭在耶律翰的肩头，轻笑："原来二皇子在这里呢，你我同乘，刚好可以一起赏景畅谈。"

耶律翰只觉得搭在肩膀上的手沉沉如铁，想要挣都挣扎不脱，只能道："好，与郡驸马同游也是一件乐事。"

画舫开了，周惜若坐在船中大大松了一口气。邵云和与耶律翰坐在船头，宫人准备了不少酒菜，两人边吃边聊，耶律翰偷眼看了躲在画舫角落的周惜若，却只能干瞪眼。

邵云和看了失魂落魄的耶律翰，忽地轻声一笑："二皇子，有些人是不属于你的，想了也得不到，这样岂不是徒增烦恼？"

耶律翰一听这话，随口道："什么狗屁道理！我们秦国男人从不想这些。我看那美人甚是对我的胃口，等游湖之后我去向皇上要，他一定不会不肯送与我……"

"吧嗒"一声轻响，他肆无忌惮的话顿时被突然的响声打断。耶律翰看去，只见邵云和手中的酒杯已在掌中被捏成了粉末，邵云和俊脸上笑意冰冷，淡淡道："方才二皇子说什么？邵某没听清楚，可否再说一遍？"

耶律翰看着那酒杯好端端成了细细的粉末，而邵云和修长秀美的手却安然无恙。

这一手是什么功夫？！耶律翰心底冒出了一股寒气。

邵云和轻拍手中的细粉，对一旁的宫人道："这酒杯不好，再换一只来。"

宫人依言拿来，邵云和慢慢倒了一杯酒水，俊眸含笑看向呆愣的耶律翰，"二皇子怎么了？喝酒！"

周惜若听到声音看去，只见邵云和长衫飘飘，坐在船头，意态闲暇地喝酒，当真如谪仙。方才船头两人说了什么她没听见，但是不知怎地，心中的不安忽地就安定下来。

好不容易画舫靠岸，周惜若连忙匆匆下了画舫，向与翎月约定的所在而去。她匆匆而走，忽地眼前黑影一晃，邵云和不知什么时候已到了她的面前。

周惜若吓了一跳，不禁捂住心口，大大喘了一口气："你……你要做什么？"

邵云和忽地走上前，冷冷道："你怎么会招惹了那耶律翰？"

周惜若听是这事，恼羞成怒，道："不要你管！"

邵云和看着她今日打扮，冷冷讥讽："耶律翰此人好色成性，府中姬妾众多，难不成你也想要去秦国和亲？"

周惜若自然知道他说的不会是什么好话，但她心中有事，当下强自忍耐，冷笑道："我招谁惹谁都不管你的事！反而是你几次三番地来纠缠我，你又是何居心？！"

她说着绕开邵云和向前走去。邵云和看着她急匆匆的样子，玄黑的深眸眯起，悄悄追随而至。周惜若心中有事，脚下走得飞快，有位宫女忽地上前招呼："莲贵人，翎月姑娘找你。"

那宫女面容陌生，看样子也不像是永寿宫中的人，但周惜若当下也来不及多想，问道："那翎月姑娘在哪？"

宫女躬身道："莲贵人随我来。"说着便引着周惜若前去。

两人很快到了翎月约见的所在，是一处极偏僻的阁子。周惜若推开那阁子的门，轻声道："翎月姑娘……"

可是阁中静悄悄的没有人回应。她心中疑惑走了进去，继续唤道："翎月姑娘，皇上他……"她忽地停住声音，呆呆看着那伏在地上的一具毫无声息的尸体。在她脖子上插着一根簪子，而身下一摊血迹蔓延……直到此时她才后知后觉地闻到一股扑鼻而来的血腥。眼前的惨象令她的恐惧从心底不住地蔓延。

周惜若终于忍不住尖叫："啊——"

可她的声音还未发出，背后就有一双手紧紧地捂住她的唇，邵云和那冰冷的声音从她身后传来："别出声！跟我走！"

周惜若浑身僵硬，只能任由邵云和将她拖出了那阁子。邵云和直到偏僻无人之处才放开她。周惜若一下子扑在地上，剧烈地呕吐起来，方才那一幕令她无法相信。好端端的一个人片刻之后就这样死于非命！她浑身瑟瑟发抖，天光再盛也照不暖她冰冷的身子。

邵云和冷眼看着她伏在地上，丢给她一方洁白的帕子："擦一擦，假装什么事都没有，回到永寿宫中，切记千万不能露出什么不妥来，而且这一场宴席你从头到尾都要坐到最后才离开。"

周惜若缓缓抬头，看着若无其事的邵云和，半晌才颤声道："为什么会这样？

117

她……她怎么会死了？好好的……"

虽然她也讨厌翎月，但是当亲眼看着她成了一具尸体，心中怎么也无法接受。一具鲜活的生命就这样无声无息地消失，那翎月还怀着龙越离的骨肉！那还未真正成形的孩子！

邵云和冷笑一声："这就要问问杀她的人到底是为了什么。"

周惜若从心底冒起寒气："那个宫女！她为什么要引我去，难道是要害我？"

邵云和看着她煞白的脸色，讥讽一笑："害她之人就要让人认为是你杀的她……"他话未说完脸色一变，对周惜若道："你在这里待着，哪里都不要去，我去去就来！"

他说着飞快离去。周惜若不明所以，只能在原地等着。过了一会，邵云和飞身掠来，他丢下两件血迹斑斑的事物，问道："你看看，这些可是你的东西？"

周惜若只看了一眼，脸色越发煞白。只见地上是她亲手绣的一个香囊，还有她平日戴的一根簪子，两件都有血迹。邵云和已不必再问了，他将两件东西用帕子包好，放入怀中。

他冷冷道："你走吧。这件事一定会引起宫中轩然大波，死的是楚太后身边最得宠的宫女，我看她好像还有身孕，这孩子……"

"是龙越离的。"周惜若慢慢地道。

第十一章　火烧驿馆战云涌

翎月身死的事终是纸包不住火在宫中传扬开来。楚太后的震怒可想而知。宫正司抓了一批宫女，连累得永寿宫中伺候楚太后的贴身女官都要进宫正司讯问。宫中的传言纷纷，有的说翎月是私通了侍卫，怀了孽种，事发之后侍卫杀她灭口，又有的说是翎月怀的可是——龙种！可不论怎么样，人已死了，死得不明不白，死得凄凉。

菡香殿中周惜若看着妆台上的簪子，一溜排开，果然少了那一根玉簪，而那针线提篮中也少了一个香囊。

林嬷嬷见她她沉默异常，问道："莲贵人怎么了？"

周惜若道："菡香殿中有别宫的眼线。"

林嬷嬷吃惊问："莲贵人可知是谁？"

周惜若收起簪子，美眸幽幽："我不知道，但是我知道那人背后势力一定极大，大得可怕。"不动声色潜入菡香殿，拿走她的贴身首饰，又谋划了这一场局的人，在宫中屈指可数。

她把妆盒递给了林嬷嬷，道："以后这妆盒就由林嬷嬷保管。"林嬷嬷看着那香囊，问道："那香囊呢？"

周惜若眸色冰冷，道："统统烧了。"

翎月的事被楚太后竭力弹压，杀人之人找不到，便成了无头公案。翎月的尸身被草席一卷抬出了宫，随意埋在了乱葬岗中。人死如灯灭，谁也不会在意这小小的宫婢最后的下场。龙越离被楚太后叱责，对外只说他龙体不适，其实是被罚了思过

119

两日。

楚太后在永寿宫中怒气未消，叱责宫人，整个宫中人心惶惶。

皇后与越卿卿出了永寿宫才长吁一口气。越卿卿上前来，曼声道："皇后做事真不敢让人期许。"

皇后一听这话，顿时脸涨得通红："这与本宫何干？"

越卿卿似笑非笑道："煮熟的鸭子都能飞了，皇后娘娘还是想想怎么善后吧。"她说着冷笑着走了。皇后被她的话一堵，半晌说不出话来，只能恨恨地回了中宫。

上林苑那一池湖水波光粼粼，暮春花儿凋谢，落红纷纷。一道雪白身影站在堤岸边，手中一扬，雪白的花瓣随水而去。她看着那悠悠湖水，只是默默。

远远的，有一队宫人逶迤而来。当前一人面容绝美，身着翩翩彩衣，倾城之色比上林苑最娇艳的花朵更美。她看到那远远伫立的雪影，美眸一闪，缓缓走近。

越卿卿上前含笑问道："莲贵人好风雅的兴致。在这边葬花么？"波光粼粼，照得她的面容越发美得不真实。

周惜若看了她一眼，随手撒了一把雪白的香花，淡淡道："世子妃真是有心，还特地找到了上林苑来。"

越卿卿一笑，看着这上林苑的春光，美眸悠悠："莲贵人果然聪明，你怎么知是我找到了这里来？"

周惜若清冷一笑："世子妃不是曾经说过你我是不同路的人？既然是不同路的人，偶遇的机会应该会很少。"

越卿卿抿嘴笑道："莲贵人真是个有趣的人。"

周惜若哂笑一声，并不接话，只一把把撒着篮中的香花。越卿卿看着她神情专注，不禁问道："莲贵人在做什么？"

周惜若淡淡道："世子妃忘了吗？今日是翎月姑娘和她腹中孩子的头七。"

她话音刚落，越卿卿不禁脸色煞白，往后退了一步。周惜若恍若未见，接着道："宫中不可随意祭拜，我只能一把白花送了冤魂，祈佑她母子二人下辈子投个好胎罢了。"

她撒完最后一把香花，转过头来美眸幽幽地看着越卿卿微隆起的小腹，轻叹一声："同样是做母亲的，妾身怎么都想不到有人会忍心对一个有孕的女人下了狠手。世子妃，你觉得这幕后的凶手是不是应该遭报应？"

越卿卿抚着小腹，倒吸一口冷气。周惜若说的一字一句仿若诅咒，无孔不入地侵入她的耳中。

"莲贵人说的话很古怪，我听不懂。"越卿卿很快镇定下来，柔柔道。

周惜若上前一步，红唇轻勾，似笑非笑道："听不懂没有关系，有一句话叫做人

120

在做，天在看。恶人今日种下的恶来日必十倍报还。"

越卿卿的脸色勃然变色，冷笑一声："周惜若，不得不说你能活到今日的确有几分运气。"

周惜若嫣然一笑："运气只能庇佑无用的人，将来若我有一日还能站在世子妃跟前一定不仅仅是靠了运气。"

两人已是无话好说，周惜若拿了竹篮施了一礼冷冷转身离开。

"等等！"越卿卿忽地唤住她。

周惜若顿住脚步，冷然问道："世子妃还有什么见教？"

越卿卿忽地道："周惜若，我真的不愿与你成为敌手。"

周惜若轻笑一声："不同路的人注定永远不可能成为朋友。"她说完慢慢走了。

越卿卿看着她离去的身影，美眸中掠过细碎怨毒的光。

朝中官员春选之后龙越离选的人才渐渐崭露头角，其中一人名曰李利，能言善辩，与温景安一起。两人与秦国使臣商议条款，步步紧逼，挽回了不少之前对齐国不太公平的盟约。龙越离大喜，几日在朝会上纷纷夸赞他。朝中老臣明知龙越离已是决意任用年轻寒门官员却也无法反驳什么。安王冷眼旁观，出乎意料地并不阻扰。一切看起来十分顺遂。

朝堂顺利，后宫亦是十分平静。龙越离念周惜若位分太低，与皇后提了几次，终将她提为修仪，如此已位列于九嫔之列。如今后宫中，众佳人加起来都不如周惜若一人得宠，有心来逢迎的宫妃纷纷前来道贺。

叶公公奉了皇上的旨意，前来菡香殿中，为她挑选宫人。送来十名宫女还有两个内侍。叶公公还带来一位姓林的公公，是为菡香殿的总管。他举止有度，世故老练，不到一两日已令菡香殿焕然一新。经过这一番变化，小小的菡香殿已令宫中人不敢轻易轻贱了去。

因齐国放低身段，殷勤款待，所以齐与秦两国的盟约订立得十分快，眼见得已要大功告成，龙越离嘱咐温景安不可再轻易逼了秦国使臣们，免得最后又有变。温景安便依言而从。只是几次面谈下来，秦国二皇子心不在焉一副要早些回驿馆的模样，屡屡打断众人的话。温景安知道耶律翰此人十足是个好色贪杯之徒，来齐国这些日子四处招了歌舞伎，还找了青楼的女子进了驿馆之中，通宵达旦饮酒作乐。先前耶律翰还顾忌耶律筝儿住在驿馆中，不敢忘形。如今耶律筝儿被楚太后招入永寿宫中居住，他越发没有了忌惮。

温景安心中对耶律翰极其厌恶，但看在秦国来使的面上也不好发作。今日耶律翰又在席上昏昏欲睡，温景安拿了议了的几条上前询问。

耶律翰睁开宿醉未醒的眼，随意看了一眼："可行。你们什么时候弄好？本皇子要回去了。"

温景安收回手中的册子，笑道："过两日就好。"

耶律翰胡乱应了。秦国使臣们面上尴尬，纷纷私下叹息。今日之议终于结束，耶律翰出了议事殿，远远走来一袭紫袍的邵云和。

耶律翰见到他，眼中一亮，上前笑道："郡驸马终于来了，上次你找的……"接下的话他便附耳在邵云和耳边说几句，温景安见两人如此熟络，不禁皱了皱眉。

邵云和一拍耶律翰的肩，笑道："二皇子若有吩咐自是不敢不从，世子今日还带来不少新奇的玩意。二皇子要不要前去看看？"

耶律翰眼中大亮，笑眯眯地道："这是自然。"

温景安上前温言提醒："明日一早二皇子还要来议事殿中……"

耶律翰满面不耐烦，挥了挥手："知道了，温大人不必再提点。"

邵云和似笑非笑地看了一眼温景安，俊眼中掠过浓浓的讥讽："温学士这几日辛苦了。"

温景安见他要走，忽地出声道："郡驸马请留步。"

邵云和转过身，挑了剑眉等着他的下文。温景安看着耶律翰离开，这才道："这几日是秦齐两国的盟约最后商定，还望郡驸马可别让二皇子来不了宫中，耽误了议事。"

邵云和轻笑一声，转身离去，丢下一句轻飘飘的话："他越糊涂不是对议盟越有利么？"

温景安听了眉头拧紧，但转念一想也是，邵云和殷勤款待耶律翰也是为了齐国。于是便收拾一番出了宫中。

暮春之夜，万籁寂静，夜空中的花香都带着慵懒的气息。学士府中一盏明灯，一张用旧的书案，还有一杯冷了的茶。一袭清瘦身影伏在书案上奋笔疾书，一卷卷案卷伏在他的手旁。过了许久，他长舒了一口气，看了看窗外的天色不由疲倦地揉了揉眉心。

墨竹推开书房的门进来，提醒道："公子，夜深了早点歇息吧。"

温景安点了点头，正要站起身来，忽地府门被剧烈拍响。

墨竹听得拍门拍得急，急忙前去开门。温景安也前去看。府门一打开，外面就急匆匆冲进京兆府尹，他身后还带着不少京畿护卫军侍卫。

他满面是汗，神色惊慌，一把抓住温景安的手，哆嗦了半响才道："温学士，你赶紧去看看，驿馆……驿馆……大火！"

温景安一听脸色剧变，失声道："怎么会这样？二皇子可在驿馆中？"

京兆府尹脸色煞白，结结巴巴道："不……不知……火太大了！"

温景安见他一问三不知，一把把他推开，抢了一匹马飞快向驿馆疾驰而去。

京城东北角，火光冲天，映红了大半个京城夜空。驿馆内更是一片火海茫茫，滚滚热浪扑来，令人窒息。驿馆四周的百姓们纷纷拿了木桶去救火。驿馆前闹哄哄的，杂乱无章。温景安赶到，下了马只看了一眼就脸色煞白地倒退几步。

温景安看着那忙乱无章的人，还有那冲天的火光，半天才吐出一句话："二皇子出来了没有？他……"

可是没有人回答他，眼前所见如人间炼狱，轰轰烈烈的火势烧断了驿馆的房梁，火趁风势向着旁边的房屋蔓延而去，犹如夜空中一条肆无忌惮的火龙。

"哥哥！哥哥！"远远的，一道凄厉的声音划破所有嘈杂的声音。温景安猛地回头，只见长街尽处疾驰一匹火红俏丽的身影，她的面容上泪水横流，身下的白马如黑夜中一道闪亮的电光疾射而至。正在这时，驿馆的屋顶再也受不住脆弱的支撑，轰然坍塌，掀起的滚滚热浪把空地上的人都扑得纷纷倒地。耶律筝儿身下的马儿也被惊得长嘶一声。

温景安看见了这一辈子都无法忘怀的场景：通天的火光中，红衣少女身下的马儿高高扬蹄，而她勒紧缰绳，面色悲愤莫名。她高喝一声，在马儿倒地的那一刹那从马鞍上高高跃起，在半空中打个筋斗，稳稳落在了地上。

"哥哥！"她悲呼一声就要冲进火场中。

温景安不知哪来的力气冲上前紧紧抱住她的腰间，大声道："公主不可以进去！不可以！"

耶律筝儿绝望地看着已经葬送火海的一切，哭喊道："你放开我！放开！我要找我的哥哥！哥哥！……"

那个世人眼中毫无出息，只会吃喝猎色的昏庸秦国二皇子；那个脑袋简单，却怕她生气怕她伤心的二哥，从小最疼她的二哥。她在他怀中死命踢蹬，却始终挣不开温景安的怀抱。火光熊熊，如一头邪恶而贪婪的巨兽贪婪着所见的一切，傲然而蔑视地看着眼前徒劳无功救火的芸芸众生。

这一夜，京城无人入眠，惊天的火光如上天降下一道不祥的预示让所有人都心惊胆寒。

这一夜，一位红衣少女在通天的火光前哭哑了嗓子，哭干了泪水。

这一夜，秦齐两国维持了十年的平静安定覆上了一层浓得化不开的阴影，天上，天狼星冷冷地闪着光辉，似乎在暗示着钦天监那一道不祥的预言：天狼星升，战事起，生灵涂炭……

驿馆失火，风借火势，烧了整整一条街。秦国二皇子耶律翰被烧死在了驿馆中，尸骨无存，秦国使臣们来不及逃出死伤惨重，盟约彻底搁置作废。秦国明月公主耶律筝儿发誓复仇，带着仅剩的一百不到的秦国侍卫当天就出了京城。他们不带干粮，一路上餐风露宿，肆无忌惮抢掠沿途齐人百姓的粮食，如虎狼过境赶回秦国。两国自十年前的大战之后的安宁彻底被打破，秦国皇帝得到飞鸽传书，龙颜大怒，立发十万骑兵屯兵在边界，发誓报仇。

齐国永寿宫中，楚太后仿佛一夜之间老了十岁。龙越离坐在一旁，薄唇边皆是冷冷的讥讽。

安王面色凝重，上前躬身道："秦人议盟本就是毫无诚意，如今扬言要攻打齐国，把千里齐地尽归牧马之地，待本王亲自领兵前去应战，定能打得秦人落花流水！"

楚太后眉一皱还未出声。龙越离忽地哈哈笑了起来，他的笑声突兀，在这寂静宽敞的殿中回荡，惊得楚太后连连看了他几眼。

龙越离深眸底皆是深深的讥讽，他曼声道："好！好！安王叔无往不胜，攻无不克，朕真是放心得很哪。有安王叔这朝中的中流砥柱，朕这个皇帝做得实在是安稳，父皇当年果然没有选错人，哈哈……好啊！好得很啊！哈哈……"

楚太后凤眉拧紧，低叱一声："皇帝不要再说了！"

龙越离看了她一眼，那一眼的厌憎与恨意看得楚太后心口猛地跳了跳，可再看，他眼中分明只是讥讽而已。

"朕累了，回去歇一会，安王叔记得打败了秦人再来通知朕一声。"龙越离一边说一边狂笑着出了永寿宫。

楚太后与安王两人面面相觑，面对龙越离的讥讽，不约而同选择了悻悻不言。

周惜若正在蒎香殿中与林嬷嬷说话，忽地有宫人匆匆而来："修仪娘娘，皇上驾到。"

周惜若迎了出去，远远看见龙越离明黄的龙袍刺目而来，她连忙跪下，身后的宫人也纷纷跪下迎驾。不一会龙越离已来到她的跟前，但是却并不扶她起身，而是怒气冲冲地进了内殿。"哗啦"一声，他带倒了多宝阁旁边的半人高的骨瓷花瓶。

所有的宫人都不约而同心头一跳。龙越离坐主位上，俊脸铁青，一语不发。周惜若挥退了众人，倒了一杯温热的茶水，递到了他的手边，柔声道："皇上。"

"哗啦"一声，龙越离一把扫落手边的茶盏，额角青筋暴跳。他在殿中来回走动，俊魅的面上脸色骇人，"可恶至极！当初朕要娶耶律筝儿为的就是今日的议盟！可那妖妇倒好，满心害怕坐上皇后之位的不是楚国的女人，把朕的苦心都统统作废！当初秦国失了脸面朕就知道不妙，秦国使臣再来议盟又出了这等变故要如何收场？！"

"现在两国交战在即，这又是谁之过？！"

他的怒吼在安静的殿中回响。周惜若在一旁静静听着，等他说完上前按住他的手，柔声道："皇上别生气了，坐下来再说。"

龙越离看着她温婉平静的面容，那股戾气与怒火竟消散不少。他坐了下来，一伸手想喝茶，这才发现茶盏已被他打碎一地。

周惜若重新倒了一盏茶递到他手中，柔声道："木已成舟，如今再提往事已没有用了，要想想如何收拾这烂摊子。"

龙越离眼中掠过深深的恨意，咬牙一字一顿地道："朕不会忘记今日的局面是谁造成的！朕要将楚人的手从此从这齐国的皇宫中彻底斩断！"

周惜若看着他深眸中森冷的恨意，心中不由一颤。他深恨无解，夹杂着上一辈的仇恨又加上了今日朝堂新旧权力争斗，一场酝酿的变故再也无法避免。

秦国与齐国边界风起云涌，秦国公主耶律筝儿历尽千里跋涉终于回到了秦国京城。她长跪秦国皇帝宫门前自请远嫁狄国，远赴苦寒之地，只为请来狄国最骁勇善战的十五万铁骑一起攻打齐国为兄长报仇。秦国皇帝苦劝无果，最后只能含泪将自己最心爱的明月公主远嫁狄国皇帝。

堂堂公主远赴塞外苦寒，远离故土，只为实现这一场用血发下的誓言。这样的代价，无人可以评说。这个消息传到齐国京城已是一个月之后。荼蘼花终于逶迤开尽，盛夏季节热烈而来。赤日高照，一日日的酷热让人无法呼吸，连空气都仿佛凝固。人人心头都压着一块看不见的巨石。

秦国誓言复仇与狄国联姻结盟令齐国上下深深不安。狄国乃虎狼之国，若不是苦荒蛮之地粮草无着，千里征战无法持续，早就想逐鹿中原了。秦国人好武，狄国联姻结盟无疑是强强联手。而秦国与齐国之间只隔着一座延绵百里的燕然山，几道险关而已。

这一场仗如何开始？无人可以预料。

周惜若在葭香殿中看着那一朵朵红艳艳的茶花在庭院中开得热热闹闹，恍惚出神。春尽夏来，天下之势如水火，而她在这深深的齐宫中却依然漂浮如萍，无根基的宠爱令她心中一日日隐忧更甚。

中宫中，皇后正在逗弄着内务府进贡上来的一只鹦鹉。鹦鹉羽毛艳丽，正嘎嘎叫着含糊不清的："皇后……皇后……"

此时有宫女悄悄进来，在她耳边附耳道："皇后娘娘，有人求见。"

"谁？"皇后漫不经心地问道。

宫女在她耳边说了一个名字。皇后皱了画得十分精致的秀眉，不悦道："怎么是她？不见！"

宫女犹豫，低声道："她说有一件极其机密的事密报皇后娘娘，可赎了她先前的

第十一章　火烧驿馆战云涌

罪过。"

皇后眉头依然紧拧，冷冷道："什么机密的事？装神弄鬼的，你去跟她说本宫很忙，没空见她。让她好好在宫中修身养性，别以为现在可以随意出来走动就可以再兴风作浪了！"

她这一番话十分不客气。宫女见她发怒不敢再说，急忙退了出去。过了一会，宫女又千万为难地进来，低声在皇后耳边如此这般说了几句。

皇后神色一凛，放下手中喂食鹦鹉的金勺，问道："这事是真的？！"

宫女道："听她说是千真万确，亲眼所见。皇后娘娘要不要让她进来？"

皇后沉吟一会，美艳的杏眼中掠过决心，冷声道："让她进来吧！要是敢欺骗了本宫，本宫定饶不了她这一次！"

宫女依言退下。不一会，那人被领了上前，跪下磕头道："皇后娘娘，此事在臣妾心中如鲠在喉，不吐不快，拼死也要禀报给皇后知晓。"

皇后眸色掠过怨毒，冷冷道："你若骗了本宫，本宫可是要赐你——生不如死！"

那人嫣然一笑，道："决计不会。"

宫中大大小小的节日名目繁多，面对苦夏也有消夏一说，往年会发下辟邪的桃花酒和桃花糕，然后御驾启程去避暑行宫度过这炎炎夏日。但是今年因为秦国即将要开战，兴师动众的变得十分不便。所以内务府分下桃花酒和桃花糕之后，宫中再也没有热闹可以消遣。皇后在中宫召见各宫嫔妃之时便出一个名目去游玩。

皇后道："虽然如今是多事之秋，但是后宫也不应该如此沉寂。"

底下妃嫔一听，纷纷七嘴八舌地说了起来。左右不过是游园赏花，观水赏鱼之类的，无甚新意。皇后听了一些看样子心里也不是很赞同。

虞婕妤笑着建议道："虽然不能去避暑行宫中消夏，但是出宫去也不碍事的。"

"出宫？去哪？"皇后眼睛一亮来了兴趣，问道。

虞婕妤道："京中有一处极好的庄子，是皇庄，叫做昀紫山庄。那山庄风景清幽又遍植了各色宫中见不到的时蔬，十分有野趣，皇后娘娘可考虑一下。"

皇后一听笑道："这主意不错！花花草草都看腻了。蔬果飘香，再饮几杯庄中自酿的果酒米酒，也十分不错。"

底下众宫妃一听纷纷赞成。皇后见虞婕妤熟悉这皇庄，与她畅聊起来。虞婕妤熟悉京中风物，在一旁为皇后说道起来。周惜若看了她们，心中不由失笑，虞婕妤不愧为"万事通"，连京郊的皇庄都知道。今日倒正好给她抓住了机会向皇后娘娘献了计。

宫妃中有两类人可以过得很好。一类是得宠的宫妃，那荣宠自是不必说。就算性子再孤高，只要皇上喜欢也有不少人逢迎巴结。另一种人就如虞婕妤这样的能人。她们熟知宫中事务，更明白其中的门门道道，离了她们宫中会少了不少趣味。

皇后与虞婕妤商议良久，还未尽兴，又留了虞婕妤在中宫中再谈此事。周惜若与众宫妃向皇后请辞告退，慢慢回了蒥香殿。

路上有人谈论起这事，忽地问道："这昀紫山庄怎么没听说过？"

有人接口道："那是你孤陋寡闻，宫中很多上贡的米面，新鲜蔬果都是从这山庄中送来的。"

那人又道："你们不知道吧？其实这昀紫皇庄还只是其中一家，还有其余两家皇庄，京中称他们为三大家。不单单是米面蔬果，皇家要的布匹，寻常用的器皿，还有我们头上每月拨下来的头面首饰，都是他们供的。"

周惜若这还是第一次听到这些，不由放慢脚步跟在她们后面静静听。

那说话的宫妃面目普通，但是见识渊博许是出身世族大家。她见众人听得津津有味，显露得色道："昀紫山庄在京郊占地数百顷，主要供的是皇宫吃的粮食。他们当家的姓云，这几年在当家庄主云老庄主的掌管下，云家已大大拓了别的生意，布匹、珠宝等都做得有声有色，只是这云家做事低调，大家许是没怎么听闻吧。"

周惜若听得明白，所谓士农工商，商者为最末流。云家从向皇家供米面的皇商，一下子改行去做了其余商贸，自然不愿意轻易让别人注目。正所谓人怕出名猪怕壮。俚语虽俗，但是也十分有道理的。

"还有两家，一家复姓东方，另一家姓钱。都是数一数二的皇商，东方家做的是首饰布匹生意，这几年跟云家打得难分高下，奈何云家终究家底厚，东方家的布匹生意被抢了不少。另一家钱家做的是马匹皮革生意，还有人说钱家还做了兵器生意，这就不知道了。反正我爹爹说这三大家合着跺跺脚就能让齐国震三震。"那宫妃说道。

众人听了一时都咂舌不已。周惜若听了心中对这三大皇商之首昀紫山庄越发好奇了。

宫中的女人一旦想到了什么是必要做成的。这份执拗比常人更显得强烈。不到三日，皇后已和虞婕妤拟定了去昀紫山庄的行程事宜。皇后还别出心裁请了皇上一同随行。折子呈上去，半天龙越离这才命人前来传口谕道，可行。这漫不经心的口谕直把皇后高兴坏了，兴头更加足了。

如今龙越离因秦国二皇子出事一事，心中越发厌憎了楚太后与安王两人插手后宫，操控朝堂，连带着对皇后也十分冷淡。一连一个月不踏足中宫。如今这次出行龙越离难得有兴趣随行，于是皇后更加事无巨细地布置起来，以期待能挽回圣心。

到了出宫那一日，正值六月盛夏艳阳。天一早周惜若就起了身，难得虞婕妤这次被皇后唤去张罗没前来相邀。周惜若喜欢韩美人的善于言谈，特邀了她一起乘车出宫。

第十一章　火烧驿馆战云涌

一番忙碌，车队终于在日出时出了皇宫。周惜若与韩美人共乘一辆马车。韩美人初时拘谨，只在一旁不住偷偷打量周惜若。往日在中宫向皇后请安之时见了周惜若几次，当时只觉得她容色清丽无双，令人无法忘怀，如今近看这才惊叹周惜若果然美，一双明眸幽幽，如白玉盘中养着的黑明珠，水润珠华，鼻梁小巧挺直，菱唇娇嫩如花瓣，肤色白腻如雪，当真是美得如工笔画出，每一处都恰到好处，难以言说。难怪龙越离如此宠爱了周惜若，一个月中必有几日是宿在了菡香殿中，一应赏赐也不曾少。韩美人想起自己平庸的相貌不由黯然长叹。

周惜若收回看向车帘外的目光，迎上韩美人的目光，含笑道："韩美人在看什么呢？"

韩美人连忙道："婢妾失礼，婢妾是觉得莲修仪真的很美。"

周惜若听得她夸赞自己，微微一笑："相貌是天生的，谁也无法改变。不过在我看来韩美人懂得不少，这也是旁人都羡慕不来的。路途烦闷，若韩美人不介意，多多与我讲讲这三大家吧！"

韩美人有心巴结，连忙躬身道："莲修仪有吩咐，婢妾不敢不从。就从三大家的第一家云家开始说吧……"

车辙咕噜噜地滚，周惜若含笑听着韩美人娓娓道来，竟丝毫不觉得无趣。到了正午，昀紫山庄到了。周惜若下了马车，抬头一看昀紫山庄果然气派非凡，大大的鎏金匾额悬挂在山庄大门之上。昀紫山庄是皇庄，这四个字皆是先帝亲笔所写，工整严谨，笔迹有力，有皇家矜贵之气。

昀紫山庄的庄主云老听闻御驾与皇后要亲临，几日前就将山庄上下打扫得干干净净，在庄前铺了黄沙红毯，跪在庄前恭迎。皇后下了凤辇，环视了四周，果然凉风习习吹来田间清新的稻麦香气。

她笑了笑，对跪地恭迎的云家上下道："云老请起吧，本宫来庄子消夏倒是累得云老费心了。"

周惜若离得远，只见那云老满头头发皆白，身着一件朱褐色布衣，衣饰普通，但是面容和蔼，神色平和见之可亲。他听得皇后如此说，又恭敬跪下磕了个头，道："皇上与皇后大驾光临，鄙山庄蓬荜生辉，怎么敢言累？"

皇后微微一笑，越过他，由宫人扶着进了山庄。云老急忙跟上。周惜若看着皇后傲然的样子，心道果然皇后此次前来也只是贪图新鲜，并未有将云家看在眼中的意思。

周惜若随着走上前，才走了几步，一旁有一位管事模样的人上前恭谨道："这位一定是莲修仪娘娘了，云老说了莲修仪能来昀紫山庄，是山庄荣幸。云老稍后必来亲自给莲修仪请安。"

周惜若见他三四十岁的年纪，模样精明能干，说话间看样子是见过世面的人，半

128

分也不局促。她心中失笑，云家果然是做生意的，这一番前来的人都打听清楚了，谁该逢迎巴结的都弄得明明白白。

她微微一笑："敢问阁下是？"

这位管事只是来传话，没料到周惜若问了他的身份，连忙道："草民是昀紫山庄的总管贱姓赵，有唐突之处还望莲修仪娘娘见谅。"

周惜若含笑道："原来是赵总管，麻烦你去与云老说，云老年老为尊，按理是我去拜见的，只是如今皇后娘娘在旁恐云老事忙，等他方便时再说吧。"

赵总管听得周惜若温和恭谦的话，不禁感动："莲修仪娘娘的吩咐草民一定会给云老带到的。"

他说着连忙将周惜若引进了山庄中。

昀紫山庄果然是百年的皇庄，经过几代山庄庄主的整饬，看上去有种恰到好处的优雅与说不出的内敛贵气。山庄旁万亩良田随风起了金黄的麦浪，过些时候就是夏收，庄子旁边还有各处果园与时蔬园，果蔬飘香。

周惜若被领进了西园的一处精致庭院，里面花草看得出都很好整理了一番，从太湖运来的一块形状有趣的太湖石放在庭院正中年头久了，越发显得瘦骨嶙峋，越看越是成趣。太湖石下是一池清澈泉水，里面有各色锦鲤在游动。周惜若与韩美人来到从此处不禁有种宾至如归的感觉。

韩美人啧啧称赞："果然是云家，这庄中处处都花了不少心思。"

周惜若微微一笑。何止用心，简直是费尽心思。

两人稍事梳洗，便有庄中的丫鬟前来领着去了庄中的花厅中赴宴。皇后端坐上首，身着布衣的云老坐在皇后左手之下。席间菜肴精致，云老殷勤相劝。前来的各宫妃都吃惯了宫中精致的菜肴，可这山庄中呈上的菜肴却别有一番山间野味的感觉，大多是宫中吃不到的鲜嫩野菜，溪中现抓的小河鱼，还有山上的野味、雨后新鲜的蘑菇等。

周惜若每样都仔细品了一番，连连点头，席间的宫妃们也吃得赞不绝口，只有皇后坐在上首显得心不在焉。她时不时与身边的女官低语几句，云老说的话都未听在耳中，女官领了命匆匆而下，稍后又前来在皇后耳边说了几句。皇后的脸色顿时沉了下来，掷了筷子不悦离席。

皇后的突然离席令所有的人都愣住。云老更是战战兢兢伏跪在地上，大气都不敢出。皇后一走，整个席中气氛便变得十分静谧。

周惜若看着跪在地上的云老白发苍苍，心生不忍，上前柔声道："云老起身吧，皇后娘娘也许是因为别的事心烦。"

云老闻言从地上抬头看了她一眼，眼中掠过惊讶之色，面前的宫妃容色妩媚，他一想便知道了她的身份，连忙道谢："多谢莲修仪。"

周惜若回到席上继续品尝佳肴，不为皇后离去所动的样子终于让花厅中的人都纷纷回过神来，众宫妃又用了一些各自散去。

回到了西园，周惜若卸下了面上的脂粉，看着铜镜中为她整理发髻的林嬷嬷道："皇后生气恐怕是因为皇上不肯来。"

林嬷嬷笑问："莲修仪怎么知道？"

周惜若往妆匣中丢了一对玉滴玲珑耳环，似笑非笑道："皇后在席间向门口张望，眼中期盼之色殷殷，看样子在等什么人，可这天下能让皇后等的人除了皇上还有谁呢？"

林嬷嬷轻叹一口气："一位对皇上上心的皇后恐怕对莲修仪不利呢。前些日子就听了虞婕妤说皇后似乎对皇上流连菡香殿心怀妒意呢。"

周惜若美眸调笑之意也渐收起，沉吟一会才道："罢了，这也是没法的事。皇后就算是千好万好，都不是皇上想要的皇后。"

那谁又是龙越离想要的皇后呢？周惜若脑中掠过越卿卿那绝美又楚楚可怜的面容，心中忽地一叹，龙越离的心思当真是难猜。

到了下午，消息传来，果然皇上不打算来昀紫山庄了。皇上不来，皇后肯定也没有心思游玩，一番辛辛苦苦的布置到头来却成了摆设。她本以为就这样在庭院中安静待到了回宫，却不想在傍晚时分有人禀报，云家山庄云思泽求见。

周惜若一听，不禁问道："这位云思泽是谁？"

一旁的林生连忙道："回莲修仪的话，他可是云家的嫡长子，而且还是如今云家的当家。"

周惜若不禁一怔，笑道："原来如此。"

她由丫鬟引入了一处雅致的花厅中，果然看见一位身着湖蓝色长衫的年轻男子正立在厅中，他身形秀气挺拔，远远看去虽身着布衣亦是有飘逸之感。

云思泽听到声响回过头来，不禁心中一震，只见在天光耀眼处款款走来一位宫装的美人。周惜若今日穿了一件寻常的藕粉色宫装，她肤色极白，如此清浅的颜色穿在她身上不显一丝轻浮，反而显得清醇中透出年轻女子的俏丽。她头梳流云髻，只着了点点珍珠钗在发间，清雅难言。云思泽看得出了神。

周惜若含笑上前，柔声道："还要劳烦云少前来，实在是不敢当。"

眼前的云思泽五官明晰利落，俊美爽朗，有三分的英气，三分的精明还有三四分的儒雅，看上去当真是一位年轻有为的人才。

周惜若坐在位上，云思泽这才回过神来，跪下拜见。

周惜若含笑示意宫女为他赐座，含笑道："我竟不知云家的当家这么年轻。"

云思泽笑道："莲修仪娘娘谬赞了，草民一是来拜见莲修仪娘娘，二是来谢谢席上莲修仪娘娘对爷爷的关照之情。"

周惜若道："云老年老为尊，理当多多照应。"

云思泽闻言不由深深看着她，语带双关道："莲修仪好修养，可惜现在已不少人都只看尊卑，不懂敬老尊老了。"

周惜若知道他心中在为他爷爷受到皇后冷漠对待而打抱不平，她笑了笑，并不接话。

云思泽见周惜若气度涵养皆是深藏不露，虽然温和，但不是那么轻易地就能探得自己想要的消息。云思泽终归是见过世面的人。很快重新拾起话题，与周惜若畅聊起来。他自幼随着云老走南闯北，见多识广，说话又风趣幽默，与之交谈丝毫不觉得倦怠。

两人说了一会话，忽地有宫人气喘吁吁地进来，跪下道："启禀莲修仪，皇上的御驾已快到山庄门口。"

周惜若问道："当真是皇上的御驾？"

传话的内侍点头道："是，皇上与安王世子还有和郡主一起来了。"

周惜若听得安王府的人来了，心中顿时一沉，道："好，容我去梳洗下去迎圣驾。"

云思泽自然赶紧告退下去帮忙准备。

周惜若前去迎驾。到了山庄门口，皇后早就等候在了跟前。过了一会，有一阵金铃响动，明黄的御驾逶迤而来，所有的人都跪下，三呼万岁。

龙辇的明珠帘一撩，龙越离便下了龙辇。他微眯了狭长深眸扫了一圈，最后把目光定在了那硕大的牌匾上，似笑非笑道："昀紫山庄，没想到父皇写的这块牌匾还这么新。"

皇后连忙上前，含笑如仪："臣妾等了皇上一整天了，还以为皇上不来了呢。"

龙越离看着她画得十分精致的面容，眼中暗含轻佻，曼声道："皇后费心准备，朕怎么敢不来呢？"

皇后脸一红，娇羞地低了头。龙越离转头似笑非笑地看着身后的两辆马车，又道："皇后去招呼安王府的世子和郡主吧。他们来这山庄的兴致可比朕好多了。"

皇后听得他话中有话，不禁脸色一白。她这才明白原来龙越离本不想来这里，可楚太后一定是命了安王府的世子还有郡主夫妇前去请他，龙越离这才不得不来。

龙越离目光越过云老，扫了一眼看到了众人之后的周惜若。他眼眸一闪，朝她道："若儿，过来！"

周惜若只能越众上前，龙越离握了她的手，大步走了进去。周惜若被他拉着走得飞快，不一会消失在众人眼前。皇后定定看着两人消失的身影，气得玲珑的胸口不住剧烈起伏。

"这么一看，皇上还真的是喜欢那莲修仪呢，一来就毫不避讳地找了她陪伴圣驾。"耳边响起越卿卿温柔似水的声音，无孔不入地钻入皇后的耳中，"唉，太后娘娘和皇后娘娘的心血都白费了，白白便宜了那个周氏。"

皇后回过头，勉强道："这又有什么稀奇的？皇上不是很早就迷恋她了吗？"

越卿卿嫣然一笑，握住了皇后的手，笑意吟吟："是极，皇后娘娘贤惠仁德，只要皇上喜欢的，为人做了嫁衣裳又如何？为了皇上就是为了齐国。"

"不过……"越卿卿忽地轻笑，"这样的女人皇后当真容得下吗？"

皇后心中一动，猛地看向越卿卿。

越卿卿一笑，握了皇后的手笑道："臣妾可要好好和皇后聊一聊了。"

第十二章　旧情复燃伤心人

　　龙越离拉了周惜若离开，他似乎对昀紫山庄十分熟悉，七绕八拐，到了一处宽敞的大花园，花园中有假山、小桥、溪水还有各色迎风招展的花儿。山庄中少了皇宫中的威严宫阙，令人别有异样感觉。

　　龙越离长吁一口气："十几年了，这里似乎什么都没变。"

　　周惜若看着他眼睑的阴影，知道他这十几日来面对着秦国的宣战和安王的咄咄逼人，心中郁郁可想而知。她不禁握住了他的手，柔声问道："皇上从前来过这里？"

　　龙越离看了她一眼，似笑非笑道："怎么不曾来？只不过当时来没今日这般被人看重罢了。"

　　他说着忽地握紧了她的手，俯身过来贴耳神秘道："朕带你去一个地方！"他话音刚落，周惜若只觉得手腕上一紧已被他牢牢拽向了远处。

　　心，忽地就这样高兴起来，周惜若不由跟着他笑了起来。

　　龙越离拉着她飞快地绕到了花园深处，那边有一处硕大的太湖石堆砌而成的假山。假山上的洞有千千万，深的可容人而过。他拉着她躲入了假山背后，从一处狭小洞口钻入，洞口幽深，阴凉的潮湿气息扑来，消去了外面的暑气。龙越离拉着她在洞中穿行，里面湿滑，只有洞口微微的光亮照进。他带了她走了几个拐弯，来到一处干燥的所在。头顶有一个小孔泄露进了天光，龙越离向她招手坐在了地上。周惜若靠着他，两人一起看着那头顶的洞口，只觉得身边所有的声音都消失不见，静得只有听见两人的心跳。

龙越离靠在石壁上，舒服地叹了一口气："躲在这里可以一整天，旁人都找不到。"

周惜若看着他眼底的倦然，许久才道："皇上很想逃开这一切是吗？"

头顶的天光照在他的深眸上，幽深难辨，他许久才道："可是不能逃更不能离开，朕从小就知道自己将来要做什么。如今当初的将来就是现在，更不能逃。"

他的声音很轻，但是异常坚决。周惜若缓缓靠在了他的胸前，听着他有力的心跳。

她到底在期许什么呢？跟着他一路至此，为了报恩吗？还是报仇？她忽地不明白自己了。

"若儿，你在想什么？"龙越离忽地问道。

周惜若美眸幽幽，看着他的眼，轻声道："臣妾在想，这一刻皇上不是皇上，是自己。"

晚膳用了一半，温景安终于从京城中赶来。他带来最新的消息：秦国已发兵三十万，布在了燕然山以北，狄国的十万铁骑也已从国中开拔南下，情形十分严峻。一场大战眼看就要展开，而齐国貌似还未完全准备好。

龙越离听着温景安带来的消息，许久才慢慢问道："朕派去的使臣呢？"

温景安黯然："符大人被秦人斩首示众，其余的赶了回来了。"

"啪嗒"一声，龙越离已捏碎了手中的玉杯，面色铁青。

龙越离放开手，深眸中掠过浓浓的讥讽与自嘲："恐怕今夜过后，再也没有今日这般赏花赏景的闲情逸致了！"

他说着拿了酒壶自顾自喝了一大口。温景安深深叹了一口气，为自己斟满酒慢慢一饮而尽。

对酒当歌，明月几何？周惜若远远看着亭中对饮的两人，不禁深深皱起了秀眉。月已坠入西山，园中寂静，只能听见草虫藏在不知名的地方啾啾鸣叫。龙越离终于伏在了酒桌上一动不动，往日沉稳的温景安也斜斜依在了亭中的美人靠上，看样子也喝多了。

她悄然上前，轻轻推了一把温景安，低声问道："温学士？还能起身吗？"

温景安睁开醉意蒙眬的眼，看了她一眼，半晌才长长吐出一口气："周……小娘子……"他已醉得记不清她今日今时的身份了。

周惜若忽地觉得心酸，她打来一盆冷水，绞了湿帕为他擦脸。温景安一动不动，只瞪眼定定看着她。周惜若轻轻摇了摇头，没想到也喝成了这样烂醉如泥。

周惜若为他擦了脸，道："温学士，夜深了，我命人送你回去。"

她话还未说完手上忽地一热，他已抓住了她拿着湿帕的手。周惜若心头一震，一时忘了挣扎。

"惜若……是你吗？"他喃喃问道。

周惜若知道他醉了，醉得不轻。可是怎么能忍心就这样松手。

"惜若，你不要去宫里。宫里不好。"他喃喃重复，"你不知道宫里真的不好，……惜若……"

他握着她的手，一遍遍地说。周惜若眼中渐渐盈满了泪水，慢慢道："可是，温大人，我要去哪里呢？"

"你可以……可以留下。"温景安身子滑落靠在她的肩上，喃喃道，"我就是个懦夫，惜若……我应该把你留下来。邵云和不要你，可我要你……我娶你……为妻，一辈子……"

他的话终于消失，沉沉在她肩头入睡。周惜若睁着眼一动不动，一颗大大的眼泪从眼眶中滚落，一滴两滴越落越急，一滴滴落在地上，跌入尘埃。哭泣声被压抑在心中，化成哽咽，一声一声。

身后，一双深眸睁开眼，看着那相扶相依的两人，眸色深深，再也看不见底……

第二日下午天色晴好，皇后便派人前来请龙越离前去山庄旁边狩猎。所谓的狩猎其实也不过是在山林中走走过场，山庄的后山上是一座茂密的山林，林中空气清新，只有温顺的小动物而已，并没有猛兽。龙越离与皇后两人一起骑马到了林中，不一会已不见了踪影。周惜若想起昨夜之事无心赏景，信马由缰只在林边随意兜了一圈。

周惜若回到了山庄中迎面走来一袭蓝衫的云思泽。他见到她提早回来十分惊讶。

"莲修仪不在林中多兜几圈？"他笑问道。他周身气度潇洒，笑意朗朗，令人不会生厌。

周惜若笑道："我不善骑射，自然不愿在众人跟前丢人现眼。"

云思泽哈哈一笑，指了庭院深处笑道："那莲修仪就在园中歇息一会，云某命人布置了一些小点，莲修仪不妨尝尝鲜。"

周惜若正要拒绝，可是他热情相邀的样子也不忍拒绝，遂与他一起到了园中歇息。云思泽自然是在一旁陪伴，他谈吐风趣，令人忘了时辰。直到傍晚时分，龙越离与皇后回庄，来到园中时，周惜若已是心情开朗，笑意嫣嫣。

皇后看了一眼，边走边漫不经心地道："看来莲修仪果然很自得其乐，一个人在山庄中也能如鱼得水。"

龙越离闻言皱眉，看了皇后一眼，她已巧笑倩兮。正在此时，宫人通报温景安前来，龙越离微微诧异。

135

皇后连忙在一旁解释：“皇上勿怪，臣妾是看着温学士来去匆匆，十分辛苦，所以今日想借花献佛让他好好吃一顿再回京。”

龙越离想了想，也道：“好吧。左右也不是什么急事，他用过午膳再回京。”

皇后连忙含笑吩咐安排。过了一会，温景安前来，面上恹恹，不时揉着额角。周惜若看着他略微苍白的面容，想起他昨夜的醉话心中不由一涩，别开了眼。园中开了两席，安王世子与敏仪郡主还有邵云和姗姗来迟。问了缘故原来是在林中追了猎物走远了。

龙越离问道：“今日世子与郡驸马可有斩获？”

邵云和眸光一转，看向席上周惜若，似笑非笑道：“有一只猎物东躲西藏，微臣便由着它耍了小聪明，让它跑了。”

龙越离一笑：“那岂不是可惜？”

邵云和薄唇勾起一抹清冷笑意，举了酒杯，抿了一口，慢慢道：“不可惜，总有一日那猎物跑不出我的掌心。”

周惜若听得这话若有所指不禁心中一颤。邵云和却已转头与世子南宫庆畅饮起来。席间为他们二人重新布了菜肴，皇后拿了酒壶频频劝酒。周惜若坐在其中如坐针毡。好不容易等到酒过三巡，天色擦黑连忙起身告退。

皇后见她要离席，忽地笑着对龙越离道：“莲修仪真扫兴，皇上说她该不该罚酒？”

周惜若一怔，连忙道：“皇上皇后娘娘恕罪，臣妾不善饮。”

皇后笑了笑：“去林中骑马狩猎你说你不善骑，在酒桌上你说你不善饮。那还有什么事是莲修仪擅长的？说来给本宫听听。”

周惜若顿时尴尬。

“皇后娘娘不知，美貌的莲修仪所擅长的可是很多女人都不擅长的。皇后娘娘可别小看了她。”身后传来一道讥讽的声音。

周惜若转过身，看向走来的两位女子。南宫菁走上前来，与越卿卿一起参见了龙越离与皇后。她请安完毕，看向一旁的周惜若，眼中皆是厌恶，说出的话亦是毫不留情面：“皇后娘娘，席中退出这岂不是不给皇上面子？罚酒是最轻的惩罚了。”

周惜若见在她眼底看到那抹许久不曾见过的刻骨嫉恨，心中冷冷失笑。

皇后一笑，转头看向周惜若：“罢了，什么面子不面子的。莲修仪，你当真要离席吗？若要离席本宫也不为难你，罚酒三杯就下去凉阁休息吧。”

周惜若南宫菁与越卿卿都在，心中自是千百个不愿意。她低头道：“臣妾甘愿领罚。”她说着端起酒杯，连饮了三杯这才作罢。

龙越离道：“那你自下去歇息吧。”

周惜若躬身退下。温景安看着她离席，眸中掠过黯然。皇后看了他一眼，杏眼中掠过冷光，含笑道："温学士，来，本宫敬你一杯。"

周惜若走出亭子便有宫女上前，道："皇后吩咐，莲修仪不善饮酒还是在此处凉阁中歇息吧。"

周惜若正要婉拒，忽地酒气上涌，迷迷蒙蒙地跟跄了一步。宫女连忙扶着她，笑道："皇后娘娘还真是说对了，莲修仪果然不善饮。来吧，奴婢领莲修仪前去歇息。"

周惜若只得由她扶着向花园深处走去。两人走了一会，宫女将周惜若带到了一处凉阁中，周惜若只觉得脑中越来越晕眩，她对宫女道："去……去帮忙叫我身边伺候的林嬷嬷。"

宫女应了一声，把凉阁的门关上。周惜若靠在凉榻上迷迷糊糊地睡了过去。不知过了多久，她听到门口有人在说话，窸窸窣窣，像是在搬动什么。她竭力睁开眼，却见凉阁的门打开一条缝。

有人窃窃道："把他放这里吧，怪沉的。"又有人战战兢兢道："快些走吧。"

他们将一个人搬了进来，又似乎将他外衣脱下。周惜若想要动却四肢酸软无力。她心中涌起不安，吃力睁开眼看向那边那人，不由得脑中一个激灵！被抬进来的人竟是温景安！只见他双目紧闭，俊雅的脸颊绯红，看样子像是喝多了。

但是怎么可能？！在酒宴上严谨如温景安怎么可能会喝得如此烂醉如泥？！

凉阁的门被从外面关上。她心底的震惊已令身体惊出了一身冷汗。她张了张口竭力想要呼叫出声，却发现自己怎么也动不了，四肢仿佛如灌了铅一般连动都动不了。

这，又是一个阴谋！

周惜若浑身冷汗涔涔冒出，可是却挪动不了半分。席上皇后笑意嫣然的美眸中此刻回想起来竟是充满了恶毒。是什么时候皇后特地选了温景安为饵要来演这一场戏？！她口张得大大的却喊不出一个字，温景安已全然没有了知觉正沉沉入睡。

周惜若脑中仿佛有千万匹马奔驰而过，疼痛如针扎一般令她无法正常思考。她只知道自己这一次完了！彻底完了！

她竭力伸出手却只能够到温景安的一片衣角。冷汗涔涔落下，却始终无能为力。她心中涌起一股深深的绝望。正在这时，脚步声从窗边传来，她心中一颤，只听得细碎的脚步声在窗外停住。

有个熟悉的声音带着不悦："有什么事在这里说罢，世子妃难道不担心世子又误会了朕吗？"

是龙越离！周惜若被这声音震得脑中无法思索。

越卿卿温柔似水的声音随后幽怨响起："越离，你当真要这么与我说话吗？"泫然欲泣的声音令人听了动容。

只听得龙越离冷冷嗤笑一声："越离两个字是世子妃可以叫的吗？你不怕朕治你

一个藐视圣上的罪名？！"他说着脚步窸窣，像是转身要走。

周惜若只听得越卿卿哽咽一声："我知道我这辈子都无法让皇上原谅我了……"她似乎在哭，哭得说不出话来，半晌才道："可是……可是我所作的一切都是为了皇上！"

脚步声停下，龙越离似去而复返，紧接着他发紧的声音传来："你到底在说什么？"

越卿卿的声音带着浓浓的哭腔："越离，我之所以嫁给南宫庆都是太后逼的！"

"什么？！"龙越离失声问道。

周惜若一颗心仿佛沉入了无底的深渊。不能相信她！千万不能相信她啊！周惜若急得头上冷汗冒出。她就想不顾一切就这样叫出声，可是浑身却无法动弹，甚至无法开口说话，只能听着窗外越卿卿的声音清晰传来，一声声，带着无尽的委屈，虚伪得令人不敢置信。

"越离，你为什么不想想太后将你归于膝下教养只是为了当上太后。在她眼里你只是进贡齐国舞姬生下的孽种。她说她看出你我倾心相许，生怕我爱上你以后不为她所用，所以她定要我嫁给了南宫庆。越离！她说若我执意嫁给你，她就要亲手废了你！她宁愿选一个平庸的皇子也不愿让你当上皇帝！"

"越离，我知道如今我已没有资格站在你的面前说这一番话。可是每当我看见你那么恨我，我心中的煎熬就如万箭穿心那么痛……"

下面的话都被堵住了。周惜若听着越卿卿呜咽的哭泣声被压抑在了他的怀中，方才堵在她心中的一口气仿佛就这样烟消云散，再也拼不起来。她茫然睁大眼看着头顶那雕花栋梁。耳边听着龙越离喃喃安慰她的声音。

"卿卿，卿卿……"一声一声，那么缠绵不舍，那么痛心。这样温柔心疼的声音她从未听他的口中说出。

越卿卿的哭泣声含了无穷无尽的委屈。她道："越离，你当真相信我吗？"

"相信。"龙越离的声音清晰传来，那么近，近在耳边，又似那么远，远得从天边传来。

越卿卿喜极而泣："越离，我只要你不要再恨我就好，毕竟你现在已有了喜欢的人，而我这样太不守妇道了。"她又羞愧地哭了起来。

凉阁中，周惜若定定看着头顶的房梁忽地想笑。听起来楚楚可怜的哽咽声，越卿卿当真是水做的美人，若她是男人定也会被她哭得心肝俱摧，更何况本就对她有情的龙越离。

龙越离顿了顿，忽地道："我不会喜欢她的，卿卿，我心里始终只爱着你一个人。"

周惜若终于勾起苍白的嘴角，笑了，一行眼泪从眼角缓缓滑落。这一句明知在心，可是此刻听起来却尤为残酷。所有虚无缥缈的美梦终是惊醒，一地的难堪与荒凉一次次地凌迟于心。

"卿卿，我怎么会爱她呢？你和我从小的情分是谁都无法比得上的，卿卿……"

接下来的话她已不必听了，她脑中只一遍遍地回荡着邵云和残忍的话。

他说"……你也别以为龙越离让你入宫是对你的慈悲！他不过是在利用你，他宠你只不过是做给太后看，也让安王放心，让所有的人都以为他是个昏庸的皇帝！"

她怎么说的？她似乎是昂着头，理直气壮地对他说："我知道他在利用我，我都知道……"

她静静地笑，泪滑过眼角，没入了鬓发中，她定定看着头顶。窗外两人声音低了下去，喃喃缠绵的情话像一根细细的蚕丝慢慢地缠上了她的心，一圈一圈缠紧，越来越紧，令她无法呼吸。

不知过了多久，越卿卿的声音又传来："越离，我累了，想歇一歇。"

龙越离道："那走吧，朕带你好好去歇一会。"

越卿卿忽地道："这里有凉阁，我们……"

"不必了。"龙越离道，"再不走就该被人发现了。"

脚步声渐渐远去，一切又归于寂静。眼角的泪痕已干，她在静静等着身上的药力从身体中减退，缓慢地，一点点地消除，连同心底的那一点点热气消退……

光影在窗棂上斑驳，不知什么时候凉阁的门被无声无息地推开。周惜若看着那冷笑走来的人，苍凉地勾了勾唇角。朱红色的深衣，冷峻如刀刻的面容，他的眼深得如一口无底的深井，寒意油然而生。

他坐在凉榻旁边，薄唇边带着一抹深深的嘲讽："后悔吗？"他修长的手指在她脸颊边轻佻地掠过，漆黑的眸中皆是惋惜与怜悯："这么好的蒙汗药，既让你不能开口说话也不能动，可偏偏脑中那么清醒，这是什么药呢？哦，我可以告诉你，这可是最贵的蒙汗药，一小瓶值百金，叫做醉殇呢。"

他随意看了一眼地上昏睡不醒的温景安，笑着对周惜若低声道："他呢，这药被下得多，没有一天一夜是不会醒的。"

他看着周惜若睁大的美眸，俯身以额抵着她的额头，悄声道："惜若，求我吧，求我救你，求我在被人发现你衣衫不整和咱们温大学士共处一室前把你救走。"

周惜若定定看着他，张开口，竭力地发出一声嘶哑难辨的声音："救……救我……"泪水随着这一声屈辱的恳求，夺眶而出。

邵云和笑了，他贴耳俯身在她唇边，眸色冰冷，声音低哑："知道我怎么知道你在这里吗？因为你都在我的掌握中。无论你走到哪里四周都有我的耳目在盯着你！不然你以为我怎么放心让你带着我的秘密四处乱走？！不然你以为你怎么会这样肆无忌惮地在我的眼前活得那么荣耀！因为这一切，都是我施舍给你的！是我让

139

你活到了现在！”

周惜若痛苦地闭上眼。

“我不杀你，因为我承诺过不会再伤害你。”他冷笑站起身来，一把拎起昏沉中的温景安丢在了她的身边，“可是我可没有承诺过一定要救你！”

远远的，脚步声传来，他人影一闪，已从窗外掠了出去。周惜若看着身边昏沉的温景安，终于痛苦地缓缓闭上眼睛……

夜更深了。周惜若从噩梦中醒来，一睁开眼就是那扇孤零零、不足一尺见方的窗户。凄冷的月在窗外的天际冷冷地照着，银色的月光把这个狭小的房间也照得如昼那么明亮。她定定看了许久，这才缓缓轻抚自己红肿的脸颊，热辣辣的痛传来。她慢慢抱住自己蜷缩在墙角，夜并不冷，可是这却是她这一辈子最冷的一个夜晚。

脸上挨的第一下很重。当她被人撞破凉阁的门拖到了龙越离跟前时，她看着他脸色由红转青，然后，这一巴掌落下，从此天地倾覆，再也没有光亮。

四周嘈杂的声音无孔不入地闯入脑海。皇后气急的声音还在耳边嗡嗡作响："怎么会出了这等丑事？！简直是败坏皇家的颜面！怎么办啊，皇上！"

"臣妾就说了，这周惜若有一种别的女人没有的本事，那就是勾引男人！"南宫菁的声音充满了恶毒与幸灾乐祸。

"皇上息怒！也许……莲修仪是有委屈的！"越卿卿楚楚动人的美眸出现在她的眼前。

接下来呢？接下来龙越离震怒得要发狂的面容出现在她的眼前。他漆黑玄瞳中都是她发髻散乱的模样。他怒问："你说啊！到底是怎么一回事？"

她记得自己不看他，只盯着越卿卿的面容，苍白干裂的唇吐出一个字："滚！"

"啪"地一声，她眼前金星乱撞，第二个巴掌打得她笑得如癫似狂，滚烫的胸间再也没有一丝暖意……

夜还是这么寂静，她眯着眼睛看着天上的星光，痴痴看了许久。不知过了多久，"啪嗒"一声轻响，一盏昏黄的烛火从门边照耀进来。周惜若缓缓转头看着走进来的人。烛火驱散了黑暗，却再也照不亮她的世界。

她看着那人，干裂流血的唇轻撇，笑了笑："原来竟是云少。"

只这一句牵动了脸颊，痛得更加厉害，这个时候能前来看她的竟是只有几面之缘的云思泽。

云思泽走了进来，打量了她一眼，眼中掠过痛惜："娘娘……"

周惜若却依然淡笑如菊道："我很好，有劳云少关心了。"

140

云思泽一怔，他没料到周惜若不哭不闹，冷静得不像是真人。

周惜若看着他震惊的模样，目光扫向他带来的东西，问道："这是给我的吗？"

云思泽这才回过神来，手一推，把带来的一包东西推到了她的跟前，轻声道："娘娘已经一天没有吃东西了，娘娘对我爷爷有照拂之情，所以我今夜一定得来看望娘娘。"

周惜若打开一看是一壶清水和几个包子。她抬起幽深的美眸，轻叹："我如今已不是娘娘了，云少还是不必这么称呼我了。现在无人，你我可平辈称呼。"她说完拿了包子慢慢地吃了起来。

云思泽看着她旁若无人，愕然诧异。

周惜若看着他问道："昨日我方到昀紫山庄，是你爷爷让你来亲自见我不是吗？"

云思泽心中一震，良久反问道："娘娘怎么知道？"

周惜若喝了一口清水，漱去口中残留的血味，道："多年来你们云家因为是皇商地位不高，苦于后宫无人所以你们想要逢迎我，让我在皇上身边为你们说上话，不是吗？"

云思泽一听脸色微变。

周惜若轻叹一声笑意渐收。她轻抚自己红肿的脸颊，道："可是很不走运，我今日被人设计，不要说恩宠，就是性命也许都难保。"她微微一笑："不过还好你们还有机会再选择一位出身不高，但是将来也许能深受恩宠的妃子，让她成为你们云家在后宫的一枚最有利的棋子。"

狭小的房中寂静非常，云思泽眸光复杂地看着面前狼狈非常，但是仿佛一切苦难与险阻都丝毫不放在眼中的娇弱女人，她就算低贱入尘土可是依然无法令人轻视一分。

周惜若终于吃完，对云思泽道谢："今日云少一饭之恩，将来若有机会我周惜若定会报答了你们云家，现在夜深了云少还是回去吧。"

云思泽长长吐出一口气："娘娘是云某见过最镇定的女子，也是最有智慧的女子，爷爷果然没有看错夫人。"

周惜若脸上绽出淡淡笑容："再镇定再有智慧经此一事也没用了，我回到宫中大抵是要被打入永巷的，云少实在是不必为我再浪费了精力，请回吧。"

云思泽忽地一笑，震惊过后他仿佛又成了那精明而儒雅的云少。他眸光熠熠，那眼底的光亮仿佛能将这狭小漆黑的屋子也照亮几分。

"夫人何必这么丧气？云某十岁就开始与各种各样的贩夫走卒，各色大小商贾谈生意，什么样的人没见过？什么样的生意没谈过？这十几年来，我明白，第一个，天无绝人之路，每每一桩生意谈崩了，总有峰回路转的机会，轻易不要放弃。第二个道理……"

他微微一笑："第二个道理，这个世上银子不是万能的，但是没有银子却是万万不能。"

周惜若仔细听着，忽地失笑道："云少是来安慰我吗？还是来跟我谈生意经的？"

云思泽看定她，慢慢道："实话说吧，夫人若是愿意，云家从此以后就是夫人的后盾，疏通关系，打点上下，要多少银子，要稀奇古怪的东西，只要云家给得起定奉到夫人面前。"

周惜若美眸一紧，看着面前的年轻男人。她心中思绪如海涛一般翻涌不息。微弱的烛光照在两人的面上，照出异样的凝重与严肃，狭小的屋子因他的气势似乎也陡然局促起来。她想起了韩美人那一句"……听说这三大家的财富加起来，富可敌国！"

周惜若美眸看定面前从容的云思泽，问道："商人不做赔本的生意，你要什么？"

"不是我要什么，是云家要什么，相信不用我说，夫人这么聪明将来一定会明白。"云思泽道。

周惜若沉默了一会，忽地问："若是你们云家将来有一天发现我是扶不起的阿斗，又花费了那么多的银子和精力，那……"

云思泽无所谓地耸了耸肩："那就当一笔生意失败，顺便告诉夫人第三个道理：天底下不是每一桩生意都是赚钱的。"

周惜若一怔，不禁"噗嗤"笑出声来。她形容狼狈，脸颊红肿，身上亦是脏污，但是这一笑美眸流光熠熠，摄人心魄，竟美得不可方物。

云思泽深深看了她一眼，伸出手："这笔生意夫人愿意成交吗？"

周惜若毫不犹豫地握住他的手，微微一笑："好，成交！"

周惜若回到了宫中后，一道圣旨将她贬入了永巷中。叶公公前来传旨，看着她红肿未消的脸只长长叹息一声。往昔安静整洁的菡香殿中再也没有任何整洁的迹象，最好的楠木桌椅、包银角的妆台、羊脂玉做成的美人觚、每一支精美的簪子、每一件首饰……统统都不见了踪影。

周惜若除钗除服，身上只着一件雪白的外衣。这个地方已经一无所有，除了她身边依然还在的林嬷嬷，还有不肯离去的林公公。林嬷嬷看着她一夜之间仿佛消瘦的脸，默默抹了一把泪。

周惜若收回目光，轻叹一声对林嬷嬷道："嬷嬷，你曾告诉我不要再对旁人有什么期许，自己只能依靠自己，所以以后我也不会再对皇上抱有期待了。曾经我还以为……罢了，若说这个世上还有人可以在皇上心中留下情分，那一定不是我。"

林嬷嬷捂住唇，转身默默哽咽。

142

周惜若被内务府的内侍带到了永巷。永巷中的嬷嬷前来想要榨点油水，但是看周惜若身无长物，只能在院中骂骂咧咧一阵子就走了。周惜若也不恼，与林嬷嬷收拾了庭院，到了夜间降临稍嫌破烂的院中已是焕然一新。两人累极自是一夜无话。

到了第二日，永巷的嬷嬷们又前来，领头的嬷嬷姓周，扫了一圈庭院，冷笑："不过是罪妇居然能住这么好的院，今日起搬去大院中与她们住一起吧！"

林嬷嬷一听，眉头大皱，上前道："周嬷嬷，内务府安排的便是这里，周嬷嬷还是高抬贵手，不要让莲修仪与那些人住一起。"

周嬷嬷看了她一眼，涂了鲜红口脂的血盆大口哈哈一笑，讥讽道："我当是谁呢，原来是储秀宫的林芝月啊。你不是在储秀宫中做得好好的，怎的就来了我们这破破烂烂的永巷呢？！俗话说，人往高处走水往低处流，怎么林嬷嬷越走越低呢！"

林嬷嬷心中明白她在损贬了自己，上前赔笑道："莫不是平日妹妹我哪里做得不对，得罪了周嬷嬷，这里给周嬷嬷赔礼道歉了。"

她说着上前拉着她的手，悄悄塞了一根金簪，周嬷嬷在袖中掂量了簪子的分量，心不甘情不愿地道："好吧，看在林嬷嬷的面上让你们住几日，可是要是永巷的人不够地方住，你们这院子还是得让出来。"

她说完又命旁人丢了一堆活计，皮笑肉不笑地对周惜若道："听闻莲修仪女工不错，永巷中无事，这些针线活莲修仪就好好做一做吧，明日我可是要派人来拿的。"她说完得意地扬长而去。

周惜若皱眉看着那一堆针线活，对林嬷嬷道："这些明日之前怎么可能做得完？"

林嬷嬷叹了一口气："这还算是好的，若是她丢来一堆脏衣服，或者一堆砍不完的柴火，那才真的是把人往死里折腾。"

周惜若美眸幽幽看着庭院上的四角天空，长长叹了一口气。她真的能走出永巷吗？若是真的能走出，又将如何面对那多情又无情的龙越离？

安静的御书房，龙越离看着手中的奏折，半天不翻一页。御书房只有他一人，孤零零的，让思绪蔓延无边际。他盯着手中的奏折，忽地一把把桌上的东西统统扫落。"哗啦"一声巨响令外面守候的叶公公吓了一跳。

他连忙躬身进来，战战兢兢问道："皇上息怒！"

龙越离定定看着一地狼藉，半晌才问道："温学士呢？"

叶公公叹了一口气："回皇上的话，温学士还在学士府中，今日下午才醒来。"

龙越离猛地抬头："太医查出什么了吗？"

叶公公摇了摇头："太医院说是酒喝多了，中了酒毒，所以才会睡那么久……"

龙越离一怔，心中顿时掠过一阵自己也说不清的疑惑，叶公公看着他的神色，低声道："皇上，此事是不是冤枉了莲修仪了，她与温学士是清白的。"

龙越离捂住额头，半晌才慢慢道："不论是不是已经无法挽回了。"

那日那么多人都亲眼所见周惜若与温景安衣衫不整躺在一张床上。帝王的尊严在那一刻被彻底践踏在脚底。有生以来第一次，他在她的美眸中看到自己愤怒发狂的狰狞。而当那第一巴掌落下，他从她眼中再也看不到当初的感激与崇敬，甚至隐隐约约的爱恋……一切统统不见了。她那愤恨的眼神，她的笑，仿佛在嘲笑着一切的一切。

她恨他！这个念头撞入脑海中竟这么生疼。

"不必再说了！"龙越离忽地抬起脸来，面上再也无纠结与痛苦，取而代之的是帝王的冷漠，"圣旨已下，朕不会再改。"

叶公公心中长叹了一口气，摇头退下。

御书房中又恢复了安静，只有内侍悄悄上前收拾一地碎片狼藉。龙越离定定看着那一地的残片，忽地觉得心底的一份好好的东西也随之摔破，再也拼接不起来了……

永巷中的岁月仿佛过得特别慢，才一日就仿佛过了一整年。周惜若指尖因为穿针引线已通红微肿，一连两天周嬷嬷丢来的针线活计越来越多，要求也越来越严苛。听林嬷嬷道，这些针线活是周嬷嬷偷偷从宫外接的，一转手高价卖给宫外的绣坊从中牟取高利。

果然是一门赚钱的营生，周惜若心中冷冷地失笑。她看着一旁竹篮中一大堆还要绣的绢布，深深皱起了眉心。

"莲修仪是不是累了？歇一会吧。"林嬷嬷站起身来，舒展下酸痛的腰。

周惜若只是不语，半晌她忽地道："再过几日周嬷嬷就不敢再为难我们了。"

林嬷嬷诧异道："莲修仪有好的办法？"

周惜若美眸幽幽，慢慢道："办法没有，我在等，等一个人兑现承诺。"

林嬷嬷见她神情坚定，心中大慰，含笑道："莲修仪胸有成竹就好，死灰都可复燃，更何况是活人。"

周惜若微微一笑，与她一起继续埋头做着这似乎永远也做不完的针线活。

过了两日，果然周嬷嬷前来明显客气了许多，她从身后拉了一位宫女模样的人，样貌秀丽，娇俏可人，她笑道："这位姑娘是新进宫的，叫做晴秀，老妇让她来伺候莲修仪。"

周惜若见晴秀样貌好，一双大眼机灵，浑身上下一股子精灵古怪的样子，不由打心眼里喜欢，喜道："如此甚好。"

周嬷嬷又说了好一会这才走了。临走前周惜若看见晴秀偷偷塞给周嬷嬷一包东西，动作娴熟不动声色，她不禁多看了她几眼。

庭院中只剩三人。晴秀睁着黑葡萄似的大眼，毫无胆怯地打量了周惜若几眼，忽地咯咯一笑："莲修仪果然长得美！难怪我家公子死活都要奴婢前来伺候才算放心。"

只一句就让周惜若彻底放了心。她长舒一口气："谢天谢地，难为云少还未忘了我。"

第十三章　惊鸿一舞君心倾

晴秀到了周惜若身边，不知她使了什么法子不到几日就把永巷中的嬷嬷们哄得服服帖帖。她心思灵敏，见什么人说什么话分寸拿捏得精准。永巷中一干原本凶神恶煞的嬷嬷们在她面前都带了笑脸。永巷中的人是不能随意出入的，可晴秀竟能任意出入自由。如此一来，除了住的地方叫做永巷，根本与菡香殿中无异。

累人的活儿免除了，周惜若不知什么时候喜欢上了歌舞，闲时便在庭院中穿了一件水袖，练起了身段。晴秀无事就在一旁看着，看到精彩处，不由大声拍掌，笑道："娘娘当真舞得好！美极了。"

周惜若擦了一把额上的汗珠，摇头叹息："可惜还是晚了，从小未曾好好学过，如今再捡起来就有些力不从心了，身子僵了更舞不出灵动的感觉。"

晴秀一听，想了想："那宫中可有愿意教习歌舞的舞娘？"

林嬷嬷想了想："我曾认识一人，年轻时曾是前朝轰动一时的舞伎，她可做掌上舞，先帝曾赞她一舞动九州。她叫做郑十三娘，只是现在年老色衰了，沦为了老宫女了。"

周惜若美眸中一亮，问道："林嬷嬷能否想想她如今在哪里？若是能请她出山教我，定是极好的。"

林嬷嬷想了想："我只听说她后来去伺候了前朝的费太妃，费太妃前些年去世了，宫人四散，也不知道这郑十三娘到底在哪个宫中了。"

晴秀大眼咕噜转了一下，一拍胸脯："包在奴婢身上了，不就是找个人么，只要

145

在宫中我定能找出来。"

晴秀说到做到，果然不到五六日就找来了郑十三娘。当周惜若看见那当年"一舞动九州"的郑十三娘时不禁眼露失望。只见她身子已臃肿佝偻，再也看不出当年那灵动风华的一点痕迹。晴秀私下对我道，她在浣洗局中找到这郑十三娘，当时她正在洗一盆脏衣服，形容比此时更加狼狈。

林嬷嬷亦是失望，上前握住郑十三娘粗糙干裂的手，只能叹道："郑十三娘，你可还记得我？"

郑十三娘抬起头来，茫然看了她一眼，半晌才嘿嘿一笑："怎么不记得？当年你是伺候先帝的小宫女。你我曾有几面之缘，我还记得你曾赞我舞跳得好。"她说着看向一旁的周惜若，声音嘶哑问道："这位小娘子找我来做什么？给你们在永巷中洗衣服不成？"

林嬷嬷道："请郑娘子来是有一事相求。"

周惜若上前说明原意。郑十三娘冷笑两声："我如今跳也跳不动了，怎么能教这位娘娘呢？"

她说着要走，林嬷嬷上前恳求道："郑娘子，虽然你跳不动了，但是如今莲修仪想学，若是你能指点一二也许会大大不一样。"

郑十三娘回过头，老眼猛地绽出犀利的光，上上下下把周惜若打量个遍，哼了一声："她已是生过孩子的女人，骨头僵硬，再怎么学都学不好了，别以为我老了便糊涂了，你们想让她再去御前争宠，可是我告诉你们这条路行不通，若是她还是十三四岁，我勉强还可以调教一番，但是晚了，晚了！晚了！"

她连说三个晚了，林嬷嬷与晴秀顿时失望。

周惜若却不气馁，上前道："郑十三娘当年一舞倾城，如今落魄如此，难道不曾想过改变？"

她提起了从前，郑十三娘不禁晃神，嗫嗫道："当年……唉，不提当年了。若我不会跳舞，也许今日就不会是这样的下场。"

周惜若见她神色萧索，继续道："若郑十三娘能留在这里教导我，虽十分勉强，但我只求有三分神似就行，不求能跳得有多好，但是于我却有大用处。"

林嬷嬷也在一旁劝道："郑娘子若是回去也只是去洗衣而已，若是来了这里就不必日日那么辛苦了。"

郑十三娘看了她们一眼，尤其盯在了晴秀身上："这小丫头手段很高，竟哄得那浣洗局的管事把我送到了这里，若是她能让那管事把我调到了此处，我就教。"

晴秀闻言得意道："这还不是什么难事，过两日郑娘子就可以过来了。"

过了两日，果然郑十三娘就来了永巷，她先是上上下下捏了周惜若的骨肉。她捏完，对周惜若皱眉道："如要练舞先要拉筋，小孩拉筋最容易，长一岁学就更痛一分，你这年纪要学，更是痛上加痛。你若要学舞就从拉筋开始，我每日都会督促你的。"

周惜若道："多谢郑娘子，我一定会全力以赴。"

郑十三娘子看着她神色坚定，叹了一口气："争来争去为了什么呢？到头来倾城红颜成鸡皮鹤发，最终你会发现一切只是一场空，一场空啊！"

周惜若道："不是争与不争之说，是我已无路可退，我不愿将来默默死在这永巷中，而该做的事一件都没有做成，该报的仇一件都没有报，恶人得逞，逍遥快活！"

郑十三娘子只是摇头不再与她争辩。从此郑十三娘便在永巷中，日日教导周惜若练舞。每日天不亮便命她起身，拉筋踢腿，甚至让她开始练气。前几日周惜若练完，痛得起不了床。郑十三娘却毫不怜惜，每日加重练舞的分量，饶是周惜若心性坚韧也吃不消，连声哀告。

郑十三娘道："要成为人上人就必须付出比旁人更多的代价，宫中舞伎不下一百人，个中翘楚不下数十人，她们皆是从小就出类拔萃的人才得以进宫献艺。莲修仪若要让人过目难忘，自然要多多勤奋，不然跳起来只能贻笑大方！"

周惜若听得她这说，心中动容，练舞越发坚定。永巷中日子枯寂，每日有事可做也不失一件可以度过这漫漫长日的消遣。

后宫日子平静，朝中却是另一番景象。秦国正式下了战书，两国陈兵边境，十万狄国骑做了先锋，一路长驱直入，如一匹塞外来的恶狼扑到了燕然山西北，率先攻打了齐国的青谷岭。狄人善战，青谷岭死守两日后告急，龙越离连发十道调兵圣旨从青谷岭沿边州县调集大军前去增援。而另一边秦国则在怒河以北搭桥强行渡河，怒河水势滔滔，秦国驱赶千百头牲畜入河，生生将一条怒河断流，又花了两日得以建起木桥，怒河对岸便是齐国第一条险关——凤峪岭，十几万齐国大军面对秦国来势汹汹的架势严阵以待。

齐国危在旦夕，而楚与齐两代皆是姻亲。楚太后派了使臣前去搬援兵，楚国皇帝允诺发兵十万入齐增援，再拨粮草十万石，银钱千万两。至此，一场秦齐两国之战最后成了四国混战。

齐文初三年八月，战事纷起，天下生灵涂炭。终于印证了钦天监年初的预言：天狼星现，战事起。

周惜若在永巷中看着那树梢的果子渐渐红了，不禁轻叹时光飞逝，这一两个月当真是过得犹如做梦一般。郑十三娘前来，命她跳一曲，周惜若依言跳完。

郑十三娘看完，眉头舒展了几分："果然是功夫不负苦心人，没想到两个月有余，莲修仪已跳出了些许的韵味了。"

周惜若跪坐在她身边，忽地问道："有一件事一直在我的心中，想要问了郑十三娘。"

郑十三娘问道："是什么事？"

周惜若想了想才问道："郑十三娘可还记得前朝？"

郑十三娘一听，面上笑意萧索："我怎么不知道？前朝的后宫可是太后的天下。"

周惜若再问："有一位从越国而来的舞伎，郑十三娘还记得吗？"

郑十三娘一怔，不禁深深地看了她一眼："她？你问她做什么？时过境迁，提起她的人都没有什么好下场，我落到如今的地步只不过因为与那个人相熟而已，莲修仪还是不要再问了。"

她说着要匆匆离开，周惜若闪身挡住她的去路，美眸深深："若我一定要问呢？"

郑十三娘叹了一口气："问又能做什么呢？她已病死，尸骨都不知埋到了哪里。"

周惜若看定郑十三娘苍老的面上，慢慢道："只要郑十三娘记得的，统统告诉我。"

郑十三娘见她神色坚定，只能点头答应："好，只要莲修仪想知道，我都告诉你。"

春去秋来，炎炎夏日终于过了。秦国渡过了怒河水，在凤峪关与齐国十几万大军僵持不下。安王奔赴边关，领兵抵挡，再派了安王世子南宫庆前去守青谷岭。狄国人十分彪悍，以一抵十，一连斩杀齐国五员大将，南宫庆见势不妙，勒令青谷岭大军按兵不动，自己则龟缩在了城墙之后坚守不出。安王领兵与秦国作战，各有胜负。如今是金秋时节，前边战事不可溃败，一溃就如江河决堤，一泻千里，齐国万亩良田正是秋收时分，如此更是大大不妙。

战火从燕然山一带烧起，一路向东，千里秦齐之地皆是战场，倾国之战两国都十分吃力。龙越离命户部清点国库，却发现国库银钱亏空不少。龙颜大怒，一连革了户部十余名官员，任命温景安为户部尚书，尽快想办法填补国库亏空的部分。温景安年纪虽轻，但是声名在外，此时是国之非常时期，楚太后自是不好插手。

齐国与秦国的战事还在继续。大小战役十几场，各有胜负，本以为就可以这样一直持续下去的时候，忽地一日深夜，一道千里加急的军报敲破了夜的宁静。

青谷岭破！

狄国十万铁骑终于攻破这看似固若金汤的关口，以迅雷不及掩耳之势从西北直插入齐国境内，南宫庆不战而逃，带着五万精兵一泻千里。狄国铁骑本就擅长追击，南宫庆不思抵抗，反而溃逃，一路上被狄国骑兵以痛打落水狗之势压着打，不到三日已一连攻破沿途三州八郡。龙越离闻讯震怒，连发三道圣旨命南宫庆誓死抵抗。

可依然阻止不了溃势。一位贪生怕死的主帅怎么能令他死战？！

危急之下，龙越离封了郁凤老将军为主帅，领五万精兵驰援凌州，郁家子弟皆入了军中前锋。郁老将军身先士卒，年过六旬依然不下战场。郁家子弟骁勇善战，初到凌州用诱敌深入之计，在一处山谷中斩杀狄国三千骑兵，士气大振。紧接着，龙越离一道圣旨在各地开了贸集，贸集三日一开。集上的商人可随意与他人置换物品，不必如从前每一样都缴重税，但是在贸集中商贾皆要纳一笔并不算多的"清税"，与此同时，商人后代可穿锦衣，可参加科举，读书入仕，此举便是让商贩们更活跃。

金秋过后，朝中孙相国年老体弱，病重辞官。龙越离下了圣旨，拜温景安为左相，邵云和为右相，左右两相一同辅佐，开创朝野一片新气象。

齐国被狄国和秦国攻破的防线慢慢一点点补上，从贸集中课上来的税银填补了国库的亏空，齐国风云变化，日子滑过深秋迈向严冬。庭院中那一抹奋力在舞动的身影却始终一日日不肯懈怠。她越发地清瘦，身子越发轻盈灵动。

郑十三娘一日看着她从地上轻而易举地一跃上了高两尺的石桌，终于从不笑的脸上也绽开了笑容："从今日起，莲修仪可以练那一支凤朝九天了。"

今年第一场冬雪终于纷纷扬扬地下了下来。触目所见，红墙绿瓦皆是一片雪白。前方战事也暂时有了停歇的迹象。安王守着凤岭岭，秦国十几万铁骑没有办法攻破这雄关，只得在齐国周边郡县大肆烧杀抢掠，秦齐两国的边界一带并不是富饶之地，边民们早就在开战之时纷纷南逃，留给秦国的粮草也有限，所以损失并不大，也不会令齐国权贵们太过担心。总之，今年齐国的冬季似乎能平静度过。

清晨，不惧寒冷的鸟雀在枝头叽叽喳喳地叫着，清晨第一缕晨曦照在了雪白的宫檐上，昨夜下了一夜的雪，簌簌地随着晨风飘落下来，看起来美得如梦似幻。地上的雪白得耀眼。周惜若慢慢扫了一堆，看了许久，忽地蹲下身慢慢堆起一个小小的雪人，过了一会小雪人的身子出来了，脑袋出来了，平平的脸上也渐渐有了五官。她的手冻得通红通红，却仿佛没有觉察，只精心堆着那雪人。

"你在做什么？"头顶上传来一道略显冰冷的声音。

周惜若抬起头来，看了他一眼，再看看四周，果然方才扫雪的罪妇都不见了踪影。她擦了擦手，站起身来，看着面前的邵云和。

"你来这里做什么？"她反问。

"来看你。"邵云和看着她一身粗布棉衣上皆是雪泥，不禁微微皱紧了剑眉。

"来看我？"周惜若捋了捋鬓边的乱发，冷冷讽刺道，"来看我有没有落魄到郡驸马想要的样子吗？"她说完转身要走。

"等等。"邵云和唤住她。

周惜若顿住脚步，回头冷冷看着他。今日的邵云和果然又不一样了，身上的重紫朝服隆重妥帖，越发衬得他面色白皙俊美，凌厉的锐气令人折服。这样的男人如一把上好的宝剑，越用越是锋芒毕露。

邵云和走到她身边，看着她一身单薄，忽地把身上的披风解下来披在她的身上拢住。暖意袭来，上好的锦面狐裘披风轻易地就把寒气挡在了外面，披风上还有他身上的体温，暖暖的，有种温柔的错觉。周惜若看着面前的邵云和，四目相对，两人的眸色一样地清冷。

她慢慢握住披风的领子，只是沉默等他开口。

"惜若，不要再恨我了，我不值得你这么恨我，把一辈子都赔在了这宫里。"他忽地道。

周惜若美眸幽幽地看着他，半晌才道："这是你唯一对我说过最真心的话，我会记得的。"她说完要走。

"惜若。"他慢慢道，"若是我此时送你出宫，你可愿意？"

周惜若背对着他，忽地轻笑："若我此时让你放弃你现在得到的一切，你又可愿意？"

邵云和陡然无言。

她慢慢转过身看着他，寒风吹起她的散发，长长的披风下是她修长窈窕的身躯，在寒风中挺立如一株最美的梅，傲然而清冷。她的面容比这漫天的雪都轻盈空灵，那么美。

她对他微微一笑："你我都知道这一场恩怨如何开始，可是却永远不会知道它会怎么结束。邵云和，我今日今时在这里已经不是全然为了你。"

她说完慢慢消失在他的眼前，雪地上是她的脚印，一步一步离开了他的身边。风起，雪被寒风吹起，轻易地就湮没了眼前的一切。不知什么时候，雪地上再也没有人影，只有那雪人孤零零地留在原地……

风雪一阵阵下着，簌簌的鹅毛大雪轻易地就把整个天地都覆盖，整个永巷中仿佛是死了一般寂静，皇宫的热闹喧天都与它无关。这是个被天地间遗忘的世界，炭火荜拨，四人团团围坐在炕边，沉默看着一件雪白却又在火光下炫出各色彩虹的舞衣。

郑十三娘子叹了一口气："莲修仪当真要这样做？虽然凤朝九天莲修仪已学到了八成，但是毕竟太过轻率了，万一……"她不忍再说。

周惜若捧起那件舞衣，美眸有熠熠的光辉掠过，郑重地道："这是我最后的机会。"

林嬷嬷拿起梳子，轻叹一声："那就让奴婢为修仪梳妆吧。"

晴秀笑着拿起胭脂水粉，咯咯一笑："奴婢就说莲修仪一定会美美地走出这里。"

周惜若嫣然一笑，笑得倾国倾城。

庆华殿中歌舞声声，钟鼓齐鸣，底下众朝臣们纷纷举杯畅饮，为了这难得的节

150

日，为了庆祝这一年多事之秋终于过了。高高的九级御阶之上，龙越离看着底下欢闹热腾，明珠玉冕之后是厌倦的笑意。

一旁的皇后与前来敬酒的诰命贵妇说了一会话，一转头却见龙越离只懒洋洋靠在龙座上，神色似乎不乐。她上前，画得精致美艳的面上恰到好处地露出笑靥："皇上怎么了？不开心吗？"

龙越离看了她一眼，恹恹道："怎么会不开心？朝堂有贤臣，后宫还有贤后，前方还有良将为朕守住边关，朕什么都不必操心怎么会不开心呢？"

皇后脸上的笑意一僵，她听得出来他的讥讽之意。温景安的确是贤臣，可是不甘的楚太后又安排了邵云和为右相，至于后宫现在全然都是她在掌握，底下妃嫔服服帖帖，朝堂后宫看似他步步掌权，其实一点都没有挣脱楚太后的掣肘。

龙越离轻挑皇后的下颌，低笑，酒气浓重："皇后你说，朕怎么会不开心呢？"

他手用力，直到皇后脸上显出痛色他才冷笑放手。这一番热热闹闹与他统统无关，他是皇帝却还只是个傀儡皇帝罢了。

殿中歌舞不歇，直到深夜方罢。龙越离已喝醉了，皇后扶着他，低声道："皇上，回去安歇吧。"

龙越离醉意朦胧地看了她一眼，忽地一把推开她，冷笑："你滚开，离朕远一点！"

他说着由内侍扶着上了龙辇。殿外的寒气扑来，令他清醒了许多。坐上龙辇，叶公公上前问道："皇上，要起驾去哪里？"

龙越离依着锦墩，睁开狭长的凤眸，半晌才慢慢道："老地方。"

龙辇一动，金铃叮叮当当，在寒风中越行越远。而天边燃起一朵朵盛大的烟火，那么寂寞。

熟悉的宫殿无人，他趔趄走入，宫人点燃炭盆，殿中渐渐温暖如春。龙越离看着殿中的摆设，慢慢走到床边，抱住那一袭长衣入怀，一行眼泪慢慢沁出眼角，他闭上眼，喃喃道："母亲……"

一阵暗香从帷帐中飘来，他终于安心睡去。

不知睡了多久，耳边响起低低的叹息声，有一只纤细的手轻轻抚去他眼角的泪痕，一下一下，仿佛能从他心中擦去泪水。他在模糊中闻到那一股清幽的暗香，不禁紧紧握住她的手。

"母亲……"

那只手一颤猛地抽离，他睁开眼，却只能看见那一抹记忆深处熟悉的背影。他不禁向她伸出手："母亲，你来看离儿了吗？"

背影在重重帷帐之后静静而立。龙越离一急从床上趔趄落下向她追去，奈何宿醉太重，他趔趄了几步重重跌在地上。那身影在帷帐之后，那身影，那发髻……那轮廓

151

分明是他的母亲。寒风吹起，那道身影忽地不见。他正惶惶，忽地远远传来一声缥缈的歌吹，那道窈窕的身影忽地一动。

他看到了这一辈子最美的剪影，长长的水袖如凤凰的羽翼猛地展开，如九天之上的凤凰，灵动而变化万千。歌吹随着寒风飘来，伴着这惊世之舞。回旋踢踏，她仿佛挣脱了身子的重量，落地优雅无声，纤细的手臂变化出千万妖娆的姿态。雪白的舞衣化成霓裳，在殿中微弱的光影中，惊起虹光重重，她被缠绕在这一团光影中，如梦似幻。身上的长带被带起一圈圈，如祥云漫卷过天地，她的身影空灵轻盈得令人不可思议。

他眼眶猛地湿润，沉睡在记忆深处的舞姿在此时此刻被唤醒，那孤寂美丽的女子穿着宽大的水袖独自在殿中起舞，狭小的殿中是整个后宫中最美最温暖的所在。他痴痴看着，直到最后一声歌吹消失，那一团雪影伏在地上微微颤抖。

他踉跄撩起帷帐，走到她的跟前，捧起她被汗水打湿的美颜。那一点朱砂妖娆盛开在她眉间，那双朝思暮想的美眸就映着他的面容。

"皇上……"她对他嫣然一笑。倾城的容光如一道最妖娆的蛊惑深深地缠绕住他所有的心神。

龙越离猛地吻住她娇嫩的唇，这个吻那么重那么深。衣衫委地，朱钗零落。她唇瓣上的胭脂在他疯狂的热吻中渐渐褪去颜色，身上的舞衣被他扯开，露出最美的身躯。她的面容在这个寒夜里是他最深的慰藉，他吻过她的眼，她的脸，灼热的吻仿佛能将她整个融化。她轻吟颤抖，他不放过她，紧紧地贴紧她冰凉的身躯，用自己的灼热为她温暖。她那么瘦，纤细的腰肢不足一握，他吻过她身上每一寸，用身体来感觉她的美，让她妖娆地为自己盛开。

长夜寂静，地上缠绕的两道身影紧紧相拥纠缠，仿佛一辈子再也不分开……

新年第一缕晨光照耀皇宫金顶，她在他的吻中醒来，一睁开眼，是他狭长妖娆的深眸。她微微一笑，如一只慵懒的猫在他怀中蹭了蹭。只这一个动作就令他眸色越发沉暗，身子紧绷。吻逡巡过她瘦削的香肩，他在她肩头留下殷红的印记，雪白的舞衣半褪至她的腰间，半遮半掩露出她雪白娇美的身段，令他处处流连。

"皇上，你该走了。"周惜若在他怀中低低道。

"不走。"龙越离在她耳边低声道，"就想抱着你，片刻都不离。"

周惜若微微眯着美眸看着他的眼，在他深邃的眼中她看到了另一种狂热的爱怜。她微微一笑，凑近他，轻吻他的薄唇。点点芳香的吻掠过他的唇间，若有若无的气息撩过他的鼻间，轻易地就让他仿佛失了心神。

龙越离深眸一紧，猛地紧紧抱着她，似乎怎么样缠绵都不够，她就如换了一个人，褪去温婉，美得蚀骨噬心令人欲罢不能。

152

周惜若幽幽叹了一口气，伏在了他的怀中，轻声道："是臣妾的错，是臣妾太想念皇上了，所以冒险过来云水殿中。"

龙越离把她搂入怀中，紧紧地抱着："不，朕很早就想把你从永巷中放出来，可是……"

周惜若在他怀中，红唇轻勾，幽幽冷冷地笑了。是啊，他是想过，可是他始终没有这么做，不是吗？帝王的尊严不容他忏悔，不容他去垂怜一个明知是被冤枉的妃子。

她轻叹一声："皇上，不说这个，臣妾现在怎么办呢？"她抬起头来，美眸中水光潋滟，如春日波光脉脉生温。

龙越离看着她眉间的那一点妖娆的梅花朱砂，伸手轻抚而过，许久他道："朕要把你留在身边，从今日起，朕封你为莲嫔，居云水殿！一应份例按二品妃制。"

周惜若嫣然一笑，轻喃："多谢皇上！"

"扑！"地一声，中宫中皇后听着内务府的传旨，刚喝的一口茶不禁喷了满衣襟。她顾不上失仪，一把抓住内务府传旨的内侍，惊愕得不知该说什么才好："皇上封了莲修仪为莲嫔？！"

内侍低头道："回娘娘的话，皇上还下旨，莲嫔娘娘的份例从二品妃制。"

"怎么可能？怎么可能？"皇后面上神色灰败，喃喃自语，像是问别人又像是问自己。

内侍悄然退下。皇后看着窗外的雪景，良久无法回神。绝地逢生，她一次次被践踏入泥土竟又一次次站了起来，这份坚韧，世所罕见啊。

一旁的宫女上前问道："娘娘，接下来该怎么办呢？"

皇后回神，拿了帕子慢慢擦着身上的水渍，杏眼掠过怨毒的光，半晌慢慢道："还能怎么办？周惜若当真是一点都不容小觑。去挑最贵重的礼物，传下懿旨，说本宫恭贺莲嫔重获恩宠！"

云水殿当真是小，但正所谓麻雀虽小五脏俱全，该有的每一样都有。更妙的是殿后还有一处荷塘，想是来年春暖花开，一定是荷花飘香，不逊菡香殿半分。周惜若斜斜依在了美人榻上，看着外面飘雪的雪景，慵懒地随意翻着手中的卷册。一切如常，林嬷嬷找来林内侍，照旧让他当了云水殿中的内侍总管，晴秀为她的贴身一等宫女，不离左右。若不是她看到那纷纷飘雪的季节，还以为在永巷中的艰苦日子不过是一场梦而已。

林嬷嬷前来，附耳低低说了几句。

周惜若点了点头，淡淡道："她若要出宫不必为难了她，给她足够的银子，让她在外好生度过余生吧。"

153

林嬷嬷点了点头，也道："她说她在远房还有几门亲戚，想去寻了亲戚之后在老家安度晚年。"

周惜若手中的动作顿了顿，随意点了点头示意明白。林嬷嬷看着她清冷的样子，心中一叹，冷情也好，省得惹了不必要的麻烦。郑十三娘的任务也算是完成了，再待在宫中恐怕会惹了永寿宫那个人的注意，她的离开于人于己都是大大的解脱。

周惜若随意翻着册子，翻了一会，便招来林公公，道："吩咐下去，这宫中任何东西都不要随意搬动，一切最好是原来的样子，就是一个玩物也切记不能动！妄动的人……"她脸色一沉，美眸幽冷："别怪我不客气！"

林生见她如此神色郑重，连忙应声退下。

殿中又恢复安静，晴秀悄悄上前来，坐在她身边，笑眯眯地问道："娘娘觉得如何？是不是有两重天地的感觉？"

周惜若支了额角，看了她一眼，微微一笑："何止，简直是再世为人。给你家公子带个话，就说我以后定不会忘了报答他。"

晴秀只是笑，并不接口。有些话点到为止不必说得太过透彻。周惜若何等聪明，片刻就明白了她在提点她不可忘恩负义，要信守之前的承诺。

晴秀见周惜若心情甚好的样子，小心探问："接下来娘娘要怎么做？"

周惜若红唇一勾，美眸掠过一道冰冷的光，慢慢道："我心中自有主意。所谓斩草除根，是时候彻底扭转败局了！"

今年的春似乎来得格外慢，正月已缓缓过了。前边的战事又开始有了动静，狄国十万铁骑迫不及待地从青谷岭旁绕路抄小路向齐国境内穿插进来。青谷岭守是守住了，可是却守得犹如鸡肋。所有的人都忽视了狄人此次的决心，他们不惜弃了骑兵长驱直入的优势，从山林中潜入齐境。郁家军守住了青谷岭，不得不抽调一部分精兵前去围追堵截狄人进犯。

南宫庆在年前不久就被押解回京，圣旨令他在府中思过，不似责罚，倒似恩赐。越卿卿十月怀胎，在年初时终于诞下一位小世子。楚太后大喜，命人千里向安王报喜，又赏赐了不少金银布匹，补品药材等等。安王府这个年倒是过得并不算凄凉。

正月一过，越卿卿坐完月子又逢小世子满月，楚太后执意要在宫中办了满月宴。于是二月初三，永寿宫中热热闹闹，往来贵妇诰命频繁。越卿卿一身大红宫装，怀抱襁褓中的小世子，笑得嫣然。因为产子，她身材丰腴不少，不过打扮起来也有当初六七分姿色，众贵妇纷纷上前恭贺。

时辰渐过，正当宴席要开始的时候，有宫人匆匆进来，禀报道："启禀太后，世子妃，莲嫔娘娘前来贺喜。"

殿中热热闹闹的众人忽地安静下来，人人都不约而同地看向那殿门口。只见天光

154

处一位绝色宫妃款款而来。她身着一身紫红色六幅长裙，长裙上绣了一只五彩斑斓的紫色鸾鸟，其余各处皆是祥云，花朵，精美异常。长裙外罩了同色透明鲛绡纱罩裙，远远看去如梦似幻，她头梳惊鹄髻，鬓边着一支金步摇。

她面上略施脂粉，美眸幽深，眸色熠熠，身姿曼妙妖娆，一举一动漫不经心却又带着蚀骨的媚意，轻易地就夺去了满殿中所有人的心神。她扫了殿中众人一眼，落在了越卿卿的脸上。两人对视，越卿卿美眸中一紧，盯着她的面上。周惜若对她嫣然一笑，不紧不慢地走上前，跪下参见楚太后。

楚太后哼了一声："起来吧。"

周惜若并不介意她的冷淡，走到越卿卿跟前，看了她怀中的小世子一眼，忽地笑道："这小世子真可爱，可臣妾怎么觉得不像世子呢。"

一旁的南宫菁早就恨恨地盯着她，一听不禁怒道："妖女，你说什么？这是我大哥的骨肉，你……"

周惜若看着面前勃然变色的越卿卿，充满歉意一笑："臣妾真不会说话，小世子还是像世子妃多点。不是有句老话说过么，儿子肖母，女儿似父。"

南宫菁这才回过神来，狠狠瞪了她一眼，对越卿卿恨恨道："越姐姐别理会这个妖女！"

她说的声音不大不小，让周围的人都听见了。周惜若也不恼，笑意依旧。

越卿卿抱着小世子，笑了笑，对周惜若柔声道："莲嫔娘娘不是不会说话，这话说得我爱听。我的儿子自然像我多一点。"她看着周惜若的面上，似笑非笑道："只是什么时候才能吃上莲嫔娘娘怀的龙子的满月宴呢，这倒是很让人期待。"

周惜若闻言轻笑了一声，轻声道："这个可要皇上来拿主意，世子妃你说是么？"

越卿卿脸上的笑意渐渐消失。周惜若走了几步，忽地又折回，接过宫女手中的一个锦面包袱递给一旁的南宫菁，柔柔一笑："这件东西请郡主帮忙还给东西的主人吧。当初蒙难，难得还有人想着看望臣妾。"她说完转身翩然入了席中。

南宫菁打开包袱只看了一眼眼眶便红了，气得不顾满堂的皇亲贵眷扭头哭着跑了。越卿卿看着席中巧笑倩兮的周惜若，不禁皱紧了秀眉。

155

第十四章　化敌为友破安王

晨风习习，虽还带着寒意却已没有了冬日寒风那么凌厉如刀割。上林苑一处精致的暖阁中茶香缭绕，一抹雪白的玲珑身影端坐在暖阁中，全神贯注地盯着那茶鼎中滚沸的茶水。一遍、两遍，终于到了沸水第三遍，她手腕一动，飞快为眼前茶杯盛好了清茶。

不知什么时候，暖阁的门口无声地出现了一抹紫色身影。他看着端坐在茶香中的周惜若，缓缓走了进来。周惜若听到声响，抬头看了一眼，原本在暖阁外候着的宫人果然又消失不见了。她微微一笑，把茶勺放入茶鼎中，声音中并没有半分惊讶："邵相大人想要什么时候出现在什么人面前，果然都能做到。这么偏僻的地方都被邵相大人寻到了。"

邵云和看着面前这一杯刚煮好的茶，冷笑一声："你若要找我出现相见又何必招惹了南宫菁？你可知道你惹了她我有多少麻烦？"

周惜若漫不经心道："这也许是前妻小小的报复，报复你为了她抛弃了我。"她说着不由先笑了。

她今日未施脂粉，身上的雪衣一尘不染，墨色的发懒洋洋地披散在身后只松松挽了半个发髻，用一支雪白玉簪随意簪着，早起懒梳妆，斜依闲庭看落花。邵云和看着她轻松的笑靥，一双冷眸也不由缓和了几分。

他褪下身上的披风，盘膝坐在她面前的席上，轻抿了一口茶，淡淡道："好茶。"

"是茶好还是我煮茶的手艺不错？"周惜若也轻抿一口，含笑问道。

156

邵云和看了她面上的笑容，慢慢道："都好。"

暖阁中寂静无声，只能听见晨间的鸟儿在枝头叽叽喳喳地鸣叫，一切安静美好，谁也没有打破眼前的沉默。周惜若为他再添一杯茶，邵云和微微皱了眉。

周惜若问道："茶老了凉了，不好喝了吗？"

邵云和冷冷问道："你找我到底有什么事？现在可以说了吧。"

周惜若轻叹一声："难道邵相大人不觉得我这次请你前来是为了握手言和的吗？"

"哦？"邵云和看着面前的周惜若，犀利的目光仿佛要将她看穿。他冷笑一声，"你会和我握手言和？"

周惜若微微一笑："今日我的确是想和邵相大人合作的，愿闻其详吗？"

邵云和挑眉看着她。

周惜若亦是一笑："原本我苦苦思索邵相大人到底是哪国人，可是这几日我突然想到，其实知道邵相大人究竟是哪国人对我一点用处都没有，反而会招来邵相大人的怨恨。"

"你知道就好。"邵云和淡淡道。

"但是，你我目的暂时会是一致的，所以我想请求邵相大人一件事。"周惜若慢慢道。

"什么事？"邵云和问道。

周惜若沉默了一会，这才抬起明眸盯着邵云和的脸上字斟句酌地道："我要秦国攻破凤峪岭，我要安王兵败如山！"

"哗啦"一声，邵云和手中的茶杯猛地跌落在地上，茶水四溅。他定定看着面前绝美的女子，深眸中神色变幻万千。他猛地站起身来，看着面前的周惜若，咬牙冷声道："你疯了！"

周惜若面色依然平静如水，她一笑："我没有疯。安王此时守着凤峪岭与秦国大军对峙着，只要邵相把凤峪岭的地形图泄露给秦国，急于打破僵局的秦军就会如狼似虎地攻破这道防线，到时候安王兵败如山，他的实力就会被大大削弱，这是唯一的机会！千载难逢的机会！"

"就算我今日不请求邵相大人这件事，过些日子邵相大人也会把齐国的边防地形图泄露给秦国或者狄国，难道不是吗？这不就是邵相大人千方百计假扮了邵云和，抛弃妻子也要做成的事吗？搅乱天下局势，从中得利。"

邵云和脸色铁青，一语不发。周惜若美眸熠熠，映着暖阁外的天光，亮得出奇。暖阁中顿时安静下来。邵云和深眸中已隐隐含着阴冷的杀气。

他硬邦邦丢下一句话，转身要走："周惜若，这不是你应该插手的事！"

"等等。"周惜若在他身后冷冷地唤住他。

邵云和顿住脚步，冷笑一声："你还不死心？我说过这不是你应该插手的事！天下之争不是你想怎样就能怎么样的！"

"若我说我一定要做成这件事呢？"周惜若站起身来，走到他的跟前，昂首与他对视。

邵云和微微闪神，她的眸中皆是强大的自信与决心，这样的周惜若他从未见过。

他忽地嗤笑："闪开！今日就当我没见过你，你也没见过我，刚才的一番胡话我就当成没有听过。你滚开！"

周惜若并不让开，她忽地嫣然一笑："好吧，如果邵相大人也能说自己没喝过那两杯茶的话，那的确是可以假装你我今日没有见过面。"

邵云和脸色猛地剧变，失声道："茶中有毒！"话音刚落，他就看见自己的手指头上早就泛起了青色，那种青紫的颜色带着一种诡异的不祥。

周惜若退后一步，笑得妖媚："我说过，我一定要做成这事。"

邵云和想要运劲却觉得浑身上下四肢百骸剧痛无比。他忍着痛，咬牙问道："为什么？难道因为你要向安王府报仇？"

周惜若眸色一冷，道："安王府的势力遍布军中和朝中上下，连楚太后都在依仗着他。更不必说皇后还有越卿卿！这一干人等在齐国朝堂后宫翻手为云覆手为雨。归根溯源只要安王倒了，她们才会失去最大的依靠。如今有这么个千载难逢的机会可以打倒他，就算是有千万风险我都要试一试。你并不是齐国人也不是秦人却又位极人臣，别告诉我秦国二皇子在驿馆被烧死不是你的作为！所以这一场仗是你挑起的，你一定知道需要什么样的机密可以令安王败。反正左右你都会泄密，何不就这样让安王败在了凤峪岭？！"

邵云和脸上已渐渐变得乌黑铁青，体内的毒犹如有了生命在他身体中迅速扩散。他生性坚忍，咬牙一声不吭，只半跪在地上竭力平息散乱的真气。剧痛令他说不出话来，豆大的汗珠顺着脸颊落在地上，点点滴滴。

周惜若看着他咬牙隐忍的样子，忽地轻笑："怎么样？邵相大人考虑好了没有？"

邵云和勉强盘膝坐下，试着运功逼毒，过了一小盏茶工夫，他"呕"地一声吐出一口黑血。周惜若见他如此坚忍不低头，不禁秀眉皱了皱，看样子邵云和比她想象的更难以说服。

"给我解药！"他擦去唇边的血渍，一双深眸冰冷无比，"你应该知道，只要我能走出这里，就算毒药也控制不了我，给我解药！"

"那刚才我的提议怎么样？"周惜若问道。

"我可以让安王败。"邵云和擦了额上的冷汗，喘息道，"但是却不是为了

158

你！"

"就在凤峪岭？"周惜若追问了一句。

邵云和冷冷看了她一眼："如你所求，就在凤峪岭！"

周惜若长舒一口气，从袖中掏出一个瓷瓶丢给了他。邵云和拔开塞子，一仰头看也不看喝了下去。邵云和服了解药之后，暗自运功了几个周天直到确定体内没有余毒，这才长长吐出一口气。他抬头看着面前的周惜若，深眸一眯，猛地欺近，一把钳制住她精致的下颌。周惜若与他对视，美眸中没有半分惧色。

邵云和看着她的美眸，冷冷道："以后别试图激怒我，周惜若，你要知道我要杀你就在一念之间！"

周惜若软软叹了一口气，幽幽道："可是你不会杀我，是不是？我一定是要报仇的。我相信阿宝不是你杀的，那一定是安王所作的，所以安王不死，我心不甘。"

邵云和只是不语，半晌才道："好，如你所愿。"

他说着推开了她，忽地盯着她的眼："告诉我，你想除去安王并不是为了龙越离。"

周惜若嫣然一笑："自然不会是为了他。"

前方战事吃紧，齐国人心不定，谣言四起。有臣工上奏折请龙越离前去礼佛以定人心。龙越离准之，令礼部挑了个吉日前去京中的华严寺礼佛。华严寺是齐京中有名的寺庙，百年来香火鼎盛，为了迎接御驾前来寺中准备齐全妥当。龙越离此次借着礼佛之名，也招来了不少民间的能人异士，畅谈如今局势。从早起到了夜间，十分忙碌。周惜若知道他心系战事，于是便与寺中住持央求，另辟了一间清净的佛堂，单独礼佛参禅。

周惜若命高僧们做起超度法事，超度阵亡将士的亡灵。法事要做足七七四十九天，她无法在寺中那么久，于是每日便一早就在一旁跪地随着僧人一起诵读往生咒。她这样可以一整天不吃不喝，直到法事结束。

住持方丈从未见过这么虔诚的宫妃，不禁赞道："莲嫔娘娘的诚心感天动地。"

周惜若淡淡一笑："也许虔诚只不过是因为心中有愧，住持方丈实在不必夸我。"

住持方丈听得她言语奇怪，便不敢再深问。

龙越离也渐渐觉察出她的异样，皱眉问道："惜若，你是不是有什么心事未曾与朕说？"

周惜若轻叹一声，道："臣妾只是觉得在佛门中那么清净，便想多念一会经文。"

龙越离嗤笑一声，狭长的深眸中皆是不屑："佛门会清净吗？世间处处皆逃不开凡尘俗世的污浊，这样虚妄的谎言你竟然也相信。"

周惜若失笑，放下手中的念珠，慢慢依在了他的怀中："是啊，皇上说得是，身负罪孽的人依然活得很好，也不曾见神佛惩罚他们。这一场法事做的不过是聊以安慰

159

罢了。臣妾太傻了。"

龙越离皱眉看着怀中的周惜若，心中只觉一股奇怪的感觉升腾，眼前的人明明就在怀中，可是为何，他却觉得她的心已经不知所踪。

凤峪岭破！

这一道千里加急的战报在一日深夜沉沉之时叩开齐京，直奔皇宫惊破了甘露殿的平静。宫中那一夜敲响了三短一长的警钟，整个皇宫彻夜无眠。甘露殿中烛火一直燃到了天亮。早朝比任何时候都早。龙越离一反常态没有端坐御座，而是在御阶上急急来回踱步。楚太后也破天荒凤驾前来，坐在御座之后，一道明珠帘放下都无法遮挡她面上的惊慌与一夜间的苍老。

底下朝臣们议论纷纷，每个人神色惊恐不安。秦国挟恨而来，十几万大军不知怎么的就踏破那道从未攻破的险关，长驱直入，此时凤峪岭恐怕真的已是落入了秦军之手。

凤峪岭之后一大片齐国土地呢？怎么办？！

"说啊！朕等着你们说啊！"龙越离一拍龙椅的椅背，终于怒道。十二梳明珠玉冕上明珠乱颤，此时此地他再也顾不得帝王的威仪庄严。

帘后的楚太后有气无力地道："皇帝少安毋躁。"

龙越离猛地回头，冷笑一声："此时此地母后还要让朕少安毋躁吗？安王叔败了！齐国万里江山就只靠着一个人，焉能不败？母后现在还能倚仗安王吗？！"

他厉目看向底下畏畏缩缩的众臣，嘲弄问道："还有谁可战？除了在青谷岭浴血奋战的郁家军，还有谁可战？"

底下群臣唯唯诺诺，往日歌功颂德的臣子们纷纷噤声。

龙越离见他们如此，冷笑连连："素日里你们结党营私，阿谀奉承，当朕是傻子。如今秦国要打进来了！你们的荣华富贵梦统统该醒了！"

他看着群臣之首沉默不做声的温景安与邵云和，终是厉声道："左右两相，随朕去商议！还有兵部尚书和侍郎！"他说完愤而拂袖离开。

朝臣们被龙越离一阵责骂，纷纷灰溜溜地退下。邵云和看了一眼沉默不语的温景安，忽地笑了笑："温相好像一点都不惊讶安王会败。"

温景安神色冷凝，冷冷看了他一眼，道："年轻时的安王骁勇善战，运筹帷幄。如今十年已过，安王已老，刚愎自用，怎能不败？"

他说完，快步随着龙越离而去。邵云和薄唇一勾，随着他慢吞吞地去向御书房。

朝堂的消息传到了后宫，后宫中人心惶惶。凤峪岭之后皆是齐国重地，不少宫人都是从那边来到齐京卖身做了宫奴。如今一听闻家乡有可能被秦国铁骑踩在脚底，都异常惊恐，沉重的气息在宫中各处弥漫，像一块巨石压在众人心口。

160

凤峪岭破，龙越离一夜之间连发十二道加急奏章调派四周郡县的州军前去驰援。万幸的是驰援及时，应对得当，秦军十几万大军又因战前僵持时消耗太多而并不如想象中的那么强大，齐军与楚国援军一起在凤峪岭百里外的暗城阻住了秦军南下的脚步。安王兵败落逃，麾下十几员大将折损过半，此次凤峪岭破，死三千多，伤五千多，一应辎重皆丢在了凤峪岭中来不及撤退，统统都落入了秦军的手中。安王带着残兵败将与驰援来的齐军退守暗城，安王在乱军中被流矢射中肩胛，伤势并不算重，但是经此一败，锐气大减，实在难以再奋起夺回凤峪岭。

初春的脚步也渐渐来临，边城的冰雪已经全然融化，而齐京早就绿意盎然，碧树繁花，处处皆是春意。凤峪岭的失守带来的震惊与震动已过，龙越离趁此机会大肆改革朝堂，革除了不少安王一派的老臣，军中自是提拔了不少年轻将士，委派重任。楚太后也知道此时是用人之际，便由着龙越离作为。

三月的脚步姗姗来迟，寒冬没了踪影，一派生机勃勃。无论朝局如何，后宫依然平稳如昔。皇后拜见楚太后提起三年一次的春选，道："如今皇上膝下子嗣空虚，实是应该充裕后宫，为齐国延续龙脉。"

楚太后遂答应了。一道懿旨下给了内务府，内务府赶紧去各地督办选秀一事。

云水殿中周惜若听着林公公提及此事，轻笑一声："意料之中。"

林嬷嬷在一旁皱着眉头，忧虑重重。周惜若见她如此，安慰道："此时国中人心不定，皇上更需要用春选秀女来笼络人心。不要太过担心，皇上并不会因此而冷落我。"

林嬷嬷叹了一口气："话虽如此，但是总觉得此次选秀并不会那么简单。"

周惜若美眸扫了一眼安静的云水殿，悠悠道："后宫之事从来都不会很简单。在宫中那么久，应该体会更深。"

春风轻拂，夜晚的云水殿自有一份难言的静谧安详。周惜若蜷缩在美人榻上，睁着美眸看着窗外的枝叶婆娑。她方从梦中醒来。最近她总是眠浅，而且怕黑，于是林嬷嬷便命宫人不要熄灭檐下的宫灯。夜间她醒来，微光漏进窗棂，令人心安。

她沉默地看着那一轮瘦瘦尖尖的月，长长地陷入了沉思。身后脚步声轻轻响起，她不必回头都知道那人悄悄走进来。一股熟悉的气息袭来，他抱起了她。

周惜若靠在他的胸前，微微一笑："皇上来了。"

龙越离见她没睡，不禁嗤笑自己的举动："朕以为你睡熟了。"

他说着把她安放在了床榻上，周惜若看着昏暗中他明晰的眉眼，浅笑如花："皇上怎么这么晚？臣妾以为皇上不会过来了。"

龙越离长舒一口气，龙袍未解就躺在床榻上，闭上眼道："还能为什么事，政事繁忙，看奏章一直看到方才。"

他一翻身搂着她，深深闻了她身上好闻的香气，道："以后不要等着朕了，朕不

161

定什么时候过来，有时候就睡在了御书房中，你岂不是空守了一夜？"

周惜若依在他的怀中，淡淡道："臣妾没关系的。有期待心中也会安稳，就算是苦的也是苦中作乐，哪天心中没有期待了，那才是真的苦。"

搂着她的手臂微微一紧，龙越离缓缓睁开狭长的眸看着她。周惜若迎上他复杂难辨的眸光，含笑道："臣妾真庆幸今夜皇上会过来。"

龙越离不禁紧紧地将她搂入怀中，许久才道："朕让你失望过了，朕也许以后还会让你失望，惜若，你会一直守下去吗？"

周惜若闭上眼，轻叹一声："臣妾也不知道，皇上应该知道这是臣妾的真心话。"

长夜寂寂，两人相拥，宫灯无声流泻柔和的烛光，漏进窗棂，映出两人安静的睡颜，犹如一幅画。

三年一次的选秀女活动轰轰烈烈地开始，皇宫外门前日日有豆蔻年华的少女拜别了家人独自走了进去。深深的甬道隔绝了两重天地，巍峨华丽的宫阙在眼前渐渐展开，一双双年轻的明眸中充满了各种各样的神色：震惊、惊喜、不安、忐忑、踌躇满志……

宫中内务府办事向来是又快又好，很快便把齐国各地来京的秀女粗选造册呈给了太后与皇后御览。林嬷嬷是从储秀宫中出来的老嬷嬷，她前去探听初入选的秀女的情形，不过几日便有了消息。

林嬷嬷回到云水殿，道："当真是我猜对了。娘娘，这次的秀女可真的不得了。有京城第一美人之称的袁紫儿，还有被称为京城第一才女的庞明燕，简直数不胜数。才貌双全的京城有名的闺秀也都来了不少，这次还选了不少小家碧玉，听说诗书礼仪之家的凌家大小姐凌瑶也进宫来了，当真是人才济济。"

周惜若在一旁听了，道："没想到三年一次的选秀竟有这么多的人才，先前倒是小看了。"

秀女选秀，一选，二选自是不必赘述，最终由楚太后与皇后亲自定了新进宫妃名单。龙越离并未过问多少，看样子也默认了楚太后所为。如今秦齐两国交战，身为一国之君也的确是要拉拢齐国各地的世族与官宦人家。一番封赏下去，宫中又热热闹闹，美人如花，为春日多添了一番盛景。

周惜若也终于在皇后中宫见到了林嬷嬷说的几位秀女。果然元贵人袁紫儿的乖巧圆滑，贞贵人庞明燕谦虚在外，傲气在心。还有那宁婕妤面容秀美，英气勃勃。只有始终见不到几位听说样貌不错的小户人家的秀女，许是位分太低，没有资格觐见皇后。

春光晴好，前边战事渐渐有了转机，青谷岭传来捷报，在与狄国的一次交战中，斩敌一千，逼狄国后退三十里，从青谷岭旁的山林中人突的狄国大军也纷纷被堵截。

郁家军善战渐渐扬名齐国，不少热血之士纷纷投身郁家军中，帮助一同守边。龙越离大喜，封郁老将军为忠勇大将军王，郁家子弟皆封赏。就连后宫的宁婕妤郁可月也赏赐不断，赐居云淑殿。

顿时宁婕妤郁可月还未受宠幸便已是宫中最惹人羡慕的宫妃，风头甚至盖过了云水殿。周惜若听得宫人议论纷纷，只是一笑置之。她每日去中宫请安，皇后也时常提起新人，请安的宫妃们纷纷艳羡，唯独她神色未动。

皇后见她如此气定神闲，不禁笑问道："莲嫔以为这些新妇如何？"

周惜若似笑非笑地看着皇后，道："都很好。只是新人有一天也会成了旧人，臣妾愿意把溢美之词留待她们无人赞颂的时候再说，这样不至于显得有始无终。"

皇后看着她眼底的冷笑，不悦道："难道莲嫔觉得她们注定不会得到皇上的欢心吗？"

周惜若恭谨低头，答道："臣妾不敢。臣妾还期盼着她们能尽早为皇上生下龙子，这样宫中才会更热闹。"

皇后闻言脸色一僵，不由悻悻。

四月春光渐盛，楚太后的寿辰也将至了。而这一年因为战事楚太后本不想大肆操办，但是皇后执意要为她做个盛大的寿宴。她道："母后乃一国之太后，如今齐国与秦狄两国交战，更要以母后的福泽喜气为这场仗添点福气，也让他们看看齐国国力的强盛。"

楚太后一听甚是有道理，便准了。皇后便忙碌起来，此次寿宴事情繁多，她与虞嫔两人自是忙不过来，便唤上了周惜若。

永寿宫中的事务繁多，而寿宴之日又日渐临近，周惜若不得不每日留在永寿宫中很晚才回宫。有一日，周惜若正在永寿宫看宫人换下陈年的帷帐，忽地，她看见远远地有一处宫檐露出一角。

她问道："那边是什么所在？可要打扫吗？"

宫人道："回莲嫔娘娘的话，那边是太后归置旧物的所在，好几年都没打扫过了，太后娘娘也没吩咐。"

周惜若听得眉头大皱，如若真的是好几年没打扫了，那要是再折腾起来岂不是又要费不少力气。她看了看道："我去瞧瞧，你们继续做事。"

她说着向那处僻静的宫阁走去。那处宫阁十分偏僻，两旁杂草丛生，实在难以走过。好几次周惜若都要放弃，可是想到皇后的吩咐便皱了眉头继续前行。皇后本就对她心存不满，若是她的差使没做好，恐怕会找了借口责罚她。周惜若走到那宫阁前，已是气喘吁吁，裙角也被勾破了好几处。她站在那破旧的宫殿前张望了一眼，顿时丧气，这分明是被弃了的宫殿，想要收拾已根本不可能。

周惜若正要往回走。忽地，那宫殿中传来一声清晰的"哗啦"声，像是有人匆匆

163

碰倒了什么东西。四周寂静无人这声音听起来格外清晰。周惜若只觉得浑身毛骨悚然，半晌，她慢慢转过身看着那扇紧闭的殿门。

她大着胆子慢慢走到了殿门前，问道："有人在里面吗？"

没有人回应。四周静得只听见草虫在草间唧唧的声音。周惜若咬牙凝声问道："有没有人？再不出来我就要叫人来了！"

里面死气沉沉，她透过殿门上的缝隙向里面看去，黑洞洞的一片，根本看不到什么影子。难道是里面有老鼠碰翻了什么吗？周惜若正要嘲笑自己的疑神疑鬼，忽地，她眼角看到了门上的一处痕迹。她心中一横，打开门走了进去。

殿中昏暗，处处堆着杂物，几乎无处下脚。周惜若一边走一边道："是谁？再不出来我……"她还未说完，一道人影就从殿深处的角落冷冷走了出来。

那人俊脸沉沉，一双深邃眼眸反射着窗外漏进的微光，有种阴冷噬心的俊美。正是邵云和。

"你怎么会来了这里？"周惜若退后几步，抚着心口长舒了一口气问道。

邵云和不看她，径直在四周翻找，头也不抬道："这话应该我来问你，你又是怎么会来了这里？"

周惜若见他似乎在找什么东西，疑惑问道："你到底在找什么？"

邵云和冷冷道："不需要你管。"

周惜若见他找得仔细，边边角角都翻翻捡捡，禁不住插嘴道："这里是太后放的许多废弃不用的东西，你要找的东西难道是属于太后的东西？"

她话音刚落，邵云和就猛地抬头冷冷地看着她。他的眼神阴鸷，带着一种她从未见过的憎恨与愤怒，令她吓了一跳。周惜若忍不住退后几步，靠近殿门。天色已暗了下来，邵云和点燃了一支废旧的烛台，借着微弱的烛光继续翻找。

他见周惜若还在一旁，讥讽道："你还不快滚！难道要我请你出去吗？"

周惜若听得他口气不善，只觉得他今日怪怪的似乎变了一个人一般。于是冷冷道："那我回宫去了。反正你的事我还是知道得越少越好。"她说着转身就要走。

"等等。"邵云和忽地唤住她，问道，"这几日是你负责永寿宫的洒扫和布置吗？"

周惜若点了点头，看着邵云和那张若有所思的俊脸，不禁问道："你想要问什么？"

邵云和皱眉想了许久，忽地问道："你可见过太后宫中有什么密室或者隐秘的所在吗？"

周惜若摇了摇头："不曾见过。"

他问得奇怪又莫名其妙，周惜若皱眉看着他在继续翻找，心中好奇，索性找了个稍微干净的地方坐下抱膝看着他。黑洞洞的殿中只有一盏烛火，他执着烛火，找得十分仔细，额上的汗水一滴滴落在了尘埃之中。时间慢慢过去，他却丝毫没有停下来的意思。

周惜若不禁摇头，道："这样找是没有用的，这里都是太后废弃不要的东西，你若找的东西重要的，她怎么会放在这里？"

邵云和抬头深眸看定她，半晌才道："说实话，我也不知道我要找的东西对她来说是重要的还是不重要的。你可见过……"他犹豫了很久都不肯说出自己要找的是什么东西。

周惜若知道他向来行事谨慎，不会轻易透露半点。她不禁讥讽笑道："你若想要我帮忙便说，若不想你就自己找去吧。反正我也没这个兴趣在这里和你耗着。"

她说着站起身来转身要走。可手上传来一股力道，令她挑了秀眉看着面前的邵云和。

邵云和盯在她的面上，眼中神色变幻不定，许久，他才道："好，你帮我就当你我扯平了。"

周惜若看着他眼底的郑重，不禁点了点头："好。一言为定，我也不愿欠了你。"

邵云和深眸中掠过讥讽："是，你最不愿与我有半点关系。"

周惜若嗤笑道："是啊，难不成你还要与我有什么关系不成？"

邵云和亦是冷哼一声，不再接口。两人一路至此，相恨相憎，可却又屡屡机缘巧合凑在一起，实在是命运弄人。

周惜若坐下来，问道："你到底要找什么东西？你若不说，我怎么帮你？"

邵云和沉默半晌才慢慢道："其实我也不知道自己要找的是什么。大概是一个木盒子，盒子外有雕木兰花或者花鸟，里面的东西也不知道在不在。"

周惜若听了大皱眉头："盒子？这种盒子宫中不知道有几千几万个，永寿宫中更是不少，你怎么找？"

邵云和自嘲一笑："所以说我也不知道到底能不能找到。永寿宫这么大，找一个小小的木盒犹如大海捞针。罢了，今日就当我没说过，你走吧。"

周惜若见他神情不似以往阴冷暴戾，那俊颜下隐隐有种她不明白的忧伤难过。她看了他一会，这才道："你画出你要找的东西。这几日刚好永寿宫中都是我在主持打扫布置，若只是找一个盒子，应该不会很难。"她说完站起身，转身就走。

"谢谢。"身后传来邵云和低沉的声音。

周惜若并不回头，半晌才道："我不是在帮你，只是不想欠了你。"她说完匆匆消失在这废弃的殿中，没入了夜色里。

永寿宫中很大，边边角角打扫起来十分繁琐。邵云和派人送来图样，周惜若细细看着，只见上面画着一种奇怪的花纹，似随心所至又似一种很神秘的图案不像是齐国之物。她皱眉凝神回想，却想不起这永寿宫中到底哪里有这种古怪的盒子。

正在这时，有宫人前来询问："奴婢们已打扫到了太后的寝殿中，娘娘看看是不是要亲自去看一看？"

周惜若闻言心中一动。寝殿？！她怎么没想到？！

于是她连忙道："这是自然，太后娘娘的寝殿可不能随意。"她说完便与宫人一起到了楚太后的寝殿中。宫人在寝殿中开始打扫，仔仔细细，周惜若在殿中走来走去，一双明眸如刀，专门看向那边边角角。可是看了一圈依然毫无所获。

她心中不由暗忖，难道这盒子当真没有在楚太后的手中吗？

正在这时，她的目光扫过太后的床脚处，忽地一个模糊的印记引起了她的注意。周惜若心头一跳，急忙走几步上前去看，果然那印记微突，刻的确是与邵云和给她的图样中的花纹一模一样。

就是这里了！周惜若心中大喜，暗自忍耐等到宫人都打扫完了，这才急忙上前往下用力一按。只听得床脚下的一块砖头"咯"地一声，砖头翻转，露出了里面一个比巴掌略大的盒子。

周惜若心若擂鼓，急忙把盒子藏入了袖中。又把原处封好，匆匆出了楚太后的寝殿。

周惜若回到了云水殿，挥退众宫人，打开木盒，只见木盒中静静安放着两件事物。一件是一卷细细的羊皮卷子，上面写满了古怪的字体，看样子像是狄国的文字。另一件则是一方印鉴。印鉴上雕刻着一个凶狠威武的狼头，栩栩如生，那狼头还用猫眼石镶嵌，看起来分外阴沉。

周惜若看了一眼，不禁打了个寒颤。这印鉴看来来头不小，只是这些东西究竟是什么呢？她想了想，唤来晴秀。

晴秀前来，见她手边的东西，问道："娘娘，这是什么？"

周惜若明眸中眸色复杂，却问道："若是这两样东西给了云少，云少可否请人弄明白？"

晴秀笑答："何止呢，云少的能耐还多着呢，这两样东西看起来不是齐国的物件，年代又久，许是什么古董吧。"

周惜若细细想了一阵，向晴秀招了招手如此这般说了一会。晴秀听完，笑眯眯地道："娘娘放心，一定按着娘娘的意思做好。"

她说着用锦帕包了这盒子退了下去。

周惜若长吁一口气，喃喃自语道："邵云和，这两样东西为何这样重要呢？你究竟是什么人呢？"

第十五章　水落石出恨两难

　　太后的寿宴很快到了。皇后一番费心布置总算没有白费，整个皇宫中处处焕发新颜，张灯结彩，特别是永寿宫，连宫人面上都有不一样的欣喜的笑颜。一大清早，皇亲国戚，贵妇诰命，纷纷入了永寿宫，各地的贺礼流水似的抬入永寿宫中，放眼所见，一派繁华景象，令人叹为观止。

　　楚太后今日穿一件大红十二幅凤服，凤服上绣有一只巨大的彩凤，彩凤有祥云缠绕。她头戴隆重的金冠，金冠上明珠颗颗如龙眼大小，两边垂下金玉明珠，远远望去金灿灿的，珠光宝气，贵气又威严。她身上配饰每一件精美无比，价值连城。金灿灿的凤冠，还有她身上绣了金丝银线的隆重凤服铺展开来，就如她手中至高无上的权势一样，令人目眩神迷。

　　长长的钟鼓响起，寿宴开始，殿中处处热闹。楚太后端坐主位，龙越离与皇后一左一右坐在下首，周惜若则坐在皇后下首，她一抬头就能看见龙越离灼热的目光在她面上流连，她对他微微一笑。龙越离深深看了她一眼，眼中皆是对她今日妆容的激赏。皇后冷眼看了只能在长袖中紧紧捏着帕子。

　　太后的寿宴到了晚间，在宣武门燃放盛大的烟火。夜风中，吹来烟花的刺鼻硫黄气息。这样的盛世华景不属于她，眼前的恢弘宫阙不属于她，眼前的这个男人也不属于她，这一切的荣华富贵，恩爱交织，都不属于她……一切一切只是虚妄。

　　周惜若身影孑然，凝望远方，长长的裙裾拖延地上，如她身上潜藏的悲思，一点点流泻，无处不在。

"在想什么？"身后传来一声低哑的声音。

周惜若不回头，只看着远方的夜幕，微微一笑："皇上为何不去观看烟花盛典？全京城的百姓一定都会来，那么热闹。"

"朕带你去一个地方！"龙越离忽地道，他的深眸中带着年轻男人特有的刺目光芒，雄心勃勃。他说着拉着她的手向云水殿外走去。

周惜若看得一怔，她已经很久没看见他如此肆意的欢喜。令她也禁不住跟着笑了起来。两人走了几步，忽地，周惜若轻唤一声，原来她刚梳洗罢，脚上只穿着绵软的绣鞋。她被他拉得踉跄几步，绣鞋也掉了一只。龙越离见状为她捡起，眼中皆是促狭。

"让朕伺候爱妃穿鞋。"他笑着半跪下。

周惜若眼中动容，许久才伸出雪白的纤纤玉足，放在他的膝上。龙越离细心地为她穿上，大概这是他生平第一次为别人穿鞋，动作笨拙不自然。好不容易鞋子穿好，他这才满意地站起身来。

周惜若美眸盈盈，隐隐有水光涌动。龙越离看着她倾城笑靥，不禁在她耳边低语："感动吧，朕可不会让你再哭泣了。"

他拉着她向黑夜中跑去，夜风拂过两人的脸颊，像一只轻柔的手不停地抚过。她被他带着到了御书房中。

"这便是皇上要给臣妾看的？"周惜若笑问。

龙越离摆了摆手，带着她穿过御书房中高大的书柜，他一拧书柜墙壁上的一盏宫灯，忽地，墙壁上轰隆隆作响，原本的墙壁缓缓打开，一幅巨大的画出现在了两人面前。

周惜若吃惊地看着眼前的画，失声道："这是堪舆图！"

"这是民间有一位堪舆大师辗转送给了朕的。"龙越离点燃御书房四处的灯火，明亮的烛光照亮了整幅堪舆图。周惜若从未见过这样的图，她的目光掠过那一个个名字：齐、楚、秦、狄、越。

图上山川江河密密麻麻，犹如蚂蚁。龙越离久久凝望这图，他指了秦齐两国交界，侃侃而谈："如今，郁老将军已经攻占了青谷岭西北一带，切断了狄国的后方……"他说话间踌躇满志，天下仿佛就在他的掌中。如何打赢这一场仗，如何让安王兵败之后削弱他的兵权，如何安插忠于他的臣子，一一道来。他是个皇帝，年轻雄心壮志的皇帝，曾经郁郁不得志的龙越离一日比一日沉稳睿智。周惜若含笑看着他，心中有什么隐隐涌动。

龙越离一转头，对上了她含笑的美眸。灯下，她安静如一朵最美的莲，静悄悄的，却从不会轻易令人忽视。

"这是皇上想要的？一统天下？"周惜若问道。

"是。这便是朕想要的，众而归一，天下间再无征战，再无秦齐之分，天下一统再也没有流离！"他的眼中是她未曾见过的熠熠光彩，能将她融化。

周惜若久久看着他，嫣然一笑，两行清泪却缓缓滚落："若这是皇上的心愿，也会是我的心愿。"

龙越离紧紧抱着她，两人相拥，心与心从未这么贴近。他的梦想化成了她的梦想，在这高高的御座旁，有她懂他爱他愿意陪伴着已然足够。

殿中寂静，忽地周惜若心中猛地一缩推开了龙越离，龙越离察觉到了她的异样，只见她紧紧盯着那堪舆图，指着那西北一角的图案，声音微颤："皇上，那是什么……"

龙越离看了一眼，道："哦，这地方叫做赤灼，他们是狄国的一小支部落，靠打猎为生，听说那边的男人凶悍而阴沉，嗜血嗜杀。一百年前曾经打败了如今的狄国，曾一度占领狄国大部分地方，不过因为他们太过残暴，后来被狄人奋起反击，一直赶到了靠近西域荒凉一带，如今赤灼已没落，只剩下一小批人还在狄国中游荡。"

"赤灼的族人膜拜狼。每个勇士都以狼的图腾来装饰自己身上，文身、用的东西都有这种狼头图案。所以堪舆图上用狼头来标注。"

他看着周惜若煞白的脸色，皱眉问道："你怎么了？"

周惜若躲开他探究的目光，勉强道："没什么，臣妾只是觉得这个狼头太可怕了。"

龙越离释然道："没事的，有朕在。"他拥她入怀，温热传来，周惜若眉头紧皱，美眸看着黑沉沉的夜，心中也沉沉如这个晦暗的夜。

她想，她终于知道了邵云和的身份了。

寿宴过后，夏日已快到了，前边的战事开始很顺遂。一切如龙越离所说的，郁老将军带着郁家军切断了狄国的补给后方，安王卸了主帅之位，底下的指挥与秦军作战的军务渐渐移到了年轻有为的将士身上。龙越离就如一头被困浅滩的真龙，一点雨露滋润，渐渐地谁也捆绑不住他昂首长啸天际的威势。

春末夏初，前边的战事有胜有败。郁老将军果然是宝刀未老，带领士气大振的郁家军长驱直入西北两日行军疾驰千里追击狄国残兵败将，狄国大军被一分为二，前首不相顾，原本想要与秦国联手吞并齐国没想到却反而遭惨败。狄人被郁家军打怕了，相传他们听闻郁家军前来，纷纷不战而退。而凤峪岭虽还落在秦军手中，但是秦国却无法再进一步。

战事打打停停，谁也看不到终结的那一日。有人提议与秦狄两国议和，却被温景安当朝怒叱软弱。邵云和提议再增兵收复凤峪岭，龙越离犹豫不决，如今齐楚两国联手才抵住了秦狄这两个虎狼之国的侵入，想要增兵可是如今却无可用之兵。

169

邵云和提议可招无地流民，挑选勇士，组建骁风骑。再加以严苛训练，成为一支突袭的利刃，专门快攻快打以抵挡秦国的骑兵。龙越离一听龙心大悦，特封了邵云和为左廷尉，负责招募事宜。周惜若看着龙越离时常说起邵云和如何能干，只可惜为安王所用时，眉头时常紧皱。她无法说出心中真正的忧虑，因为还有一层更深的顾虑在里头。她，不能说。

宫中日子很容易无趣，很快满宫上下的目光都放在了新入宫的宫妃身上。元贵人袁紫儿来了云水殿几次，盛赞了这殿中如何舒适。周惜若知她会说话，虽明知她说得言不由衷也含笑受了。袁紫儿活泼，也甚得皇后的喜欢。皇后有心提了她的位分，却因她并没有得到龙越离的眷顾而犹豫。虞嫔把此事与周惜若说了。

周惜若看了她一眼："本宫竟不知虞姐姐还操心别人的事。"

虞嫔连忙道："怎么会呢，只是这么一说罢了。皇上倒是常常去贞贵人处，实在令人费解。明明元贵人才是最美的。"

周惜若微微一笑："有些事并不是因为最美就能得到最好的。"

袁紫儿不知哪里听来周惜若的话，一日到了云水殿，诚恳问道："莲娘娘若能指点臣妾一二，臣妾感激不尽。"

周惜若似笑非笑地看着她，问道："是虞嫔告诉你的？"

袁紫儿并不避讳，点了点头："是，是我拜托了虞嫔娘娘。"

周惜若看着她美丽年轻的脸庞，轻叹一声："叫一个宫妃去指点了另一个宫妃，元贵人会相信多少？"

袁紫儿不慌不忙道："起码莲娘娘不会欺骗了臣妾，也不屑欺骗了臣妾。"

周惜若只含笑看着她："我为什么要帮你？多一个妃子与我争宠又有什么好处？"

袁紫儿想了想，伏地磕头道："臣妾可以襄助娘娘。"

周惜若闻言微微一挑秀眉，这一番话可是出乎她的意料，不像是虞嫔教的。"你怎么助我？"周惜若笑得漫不经心，"我又有什么需要元贵人相助的？"

袁紫儿不慌不忙回答："娘娘忘了吗？锦容华曾对娘娘不利，娘娘怎么能容忍这样的妃子在宫中呢？"

周惜若闻言看着她美丽的面容，手中微微一顿，淡淡道："元贵人的心意我已明白，你先回宫去吧。给元贵人四个字：少安毋躁。时日久了，元贵人会脱颖而出的。"

袁紫儿磕了个头，恭谨地退下了。

林嬷嬷上前收拾茶具，她一抬头看见周惜若秀眉不展，不禁问道："方才元贵人说了什么？"

周惜若摇了摇头："她野心太大了。"

170

袁紫儿给她一种不动声色的冷酷：只看到目的旁的什么都不会顾忌，这样的女子她还是第一次见到。

林嬷嬷了然笑了笑："娘娘何必惊讶，宫中的妃子都是如此，只不过是有的懂得隐藏，有的野心昭然罢了。元贵人生得美貌，美貌之人向来有一种傲气。别看她平日乖巧，这都是做给别人看的。"

周惜若顿时觉得兴趣索然，挥了挥手："罢了。"从那以后她便不再邀请新人入云水殿中相聚。

天气渐渐炎热，皇后与众妃商议去避暑行宫。周惜若本也在随行之列，但一道圣旨却令她留在宫中随伺圣上。这份恩宠令后宫众妃心中又是嫉又是恨。

元贵人袁紫儿笑道："臣妾就知道皇上舍不得让莲娘娘离开左右的。"

周惜若微微一笑："元贵人真会说话。"

皇后与众妃离宫，周惜若在宫中便越发百无聊赖。龙越离处理完政事，见她面色郁郁，有一日忽地道："也不知骁风骑筹建得如何了。若儿随朕出宫走一趟去瞧瞧，也好散散心。"

周惜若本想婉拒，但是这些日子总是听见龙越离十分热衷此事，心下也好奇邵云和竟有如此将才。于是转念一想，便应了。御驾出宫，这一次轻装简行。周惜若到了京郊才知道原来龙越离并不会真正带自己去看骁风骑，而是将她安顿在了京郊的昀紫山庄中。

事隔几月再踏足昀紫山庄，她此时心情与当时不能同日而语。云思泽前来迎鸾驾，笑道："莲娘娘风采更胜以往。"

周惜若掩下眸中萧索，淡笑道："总算还有锦衣归来的一日。"

云思泽含笑道："娘娘福泽深厚，将来必有福报的。"

周惜若心中轻叹，深深看着面前笑意朗朗的云思泽。他待她如相处多年的知己，知她懂她，带着真正的怜惜。

两人正说着话，忽地庄中的侍从禀报御驾前来。周惜若连忙与云思泽前去迎驾。远远的大道上烟尘滚滚，龙越离与身后一队精兵侍卫策马前来。待到了近前，周惜若才发现龙越离身后跟着的却是邵云和。

邵云和下了马，冷冷看了周惜若身旁的云思泽，眸中若有所思。周惜若心中一沉，勉强按捺住心中的不适上前迎接龙越离。

到了晚间，照例是摆一桌为御驾洗尘的酒席。周惜若看着龙越离与邵云和谈起军中事务，滔滔不绝，心中不适，悄然退下。她到了园中驻足看着夜色中的景致，心头的沉闷却无法消散。

"娘娘不去席上，难道是在这里等另一个人？"一道声音从她背后响起。

周惜若回头，冷冷道："本宫不知邵大人在说什么。"

"能迅速在宫中崛起，立住脚跟，我原本百思不得其解，直到今日才发现原来暗中助你的竟是云家。"邵云和冷然的面色在昏黄灯笼光中越发显得不真实。

周惜若冷笑反问："邵大人不是也曾是'寒门学子'，要不是攀附了安王，做了郡主驸马，怎么能如此平步青云呢？自己手段卑劣就不要指责人家手段不光明。"

邵云和神色一怔，周惜若已越过他向房中走去。正在这时，夜空中传来极其轻微的"叮"的一声。邵云和脸色一变，身影掠过飞快拉着周惜若退后几步。周惜若只觉得眼前寒芒掠过，几支泛着蓝光的飞镖就钉在了地上。

"快走！"邵云和在她耳边轻喝一声，拉着她飞快向后疾退。

周惜若正要挣开他的手，却只听得夜空中似乎被什么搅动了一般，空气中陡然充满了凌冽的杀气。条条黑影如幽灵一般掠来，他们手中剑光闪闪，飞快向两人袭去。邵云和不敢惊动守卫，一把揽住周惜若的腰肢，一手捂住她的嘴飞掠上了墙向黑暗中飞快没入。

周惜若只觉得耳边的风声呼呼，更不知邵云和要将自己带到哪里。身后的黑影紧追而至，分明是冲着她而去。

此时两人已出了昀紫山庄外，周惜若心中惊怒交加，一把挣开邵云和的钳制，问道："他们是谁？"

夜色中邵云和脚步不停，"唰"地一声拔出腰间软剑，冲她喝道："要活命就赶紧跑！"

他说着长剑一震，迎上了追击而来的刺客。周惜若看着眼前茫茫的夜色，根本不知自己要往哪逃，而身后邵云和与那一拨刺客且战且退，一直往远处而去。周惜若知道他在引开刺客，心中更是难以抉择。

这些刺客是谁？到底为何要杀她？她不过是龙越离身边的一个小小的妃子而已，到底是招惹了谁？……心中千百个疑问浮上心头，令她脑中更是迷雾重重。

邵云和与刺客们渐渐向山庄后的山林中而去。邵云和身份特殊，不敢惊动庄中的护卫，刺客们更是似乎有所顾忌，几人缠斗在一起，一路边打边退，动作迅捷无比。

周惜若想要回昀紫山庄，可是转念一想，咬了咬牙追着邵云和退去的方向，悄悄跟上。她睁大眼在黑夜中细细搜索着他们退去的方向，跟跄跟上。她摸黑走了许久，途中被草木绊倒，却不敢吭声爬起来继续搜索。终于她到了山林中，正在为难他们去了哪里，脚下不知被什么一绊，她跌在了一具软绵绵的身体上。

她手一摸，一手的鲜血。她不禁惊叫一声，连忙七手八脚地从尸体上起来，正要跑，忽地有一双手捂住了她的唇。

"别做声！"邵云和熟悉的声音传入她的耳中。

周惜若心大大地跳了跳，急忙点了点头。邵云和放开她，黑暗中，他点燃了一支火折子，照了照地上的尸体仔仔细细地检查起来。周惜若按下心中的惊恐，低声问道："是谁要杀我？"

微弱的火光中，邵云和慢慢抬头，看着周惜若，眼中有她不曾见过的神色。

他吐出一句话："是义父！"

周惜若听不分明，正要再问，忽然地林中一阵风吹来，呼呼的风声中带着不祥的气息，夜鸟被惊飞，呱呱地怪叫起来。周惜若只觉得遍体生寒，不禁抱着自己急急看着四面。邵云和仿佛被钉在了地上，一动不动。风越来越大，这一股奇异的风不知从何而来，林中的树木仿佛被施了什么样的妖法摆动不止，在黑暗中犹如成了妖的鬼怪。

周惜若心底升起一股强烈的不安。她一把扯住邵云和，道："我们走吧。"

"走不了。"邵云和手中的火折已被狂风吹熄，她看不清他脸上的神色，只觉得他身子绷紧，有一种绝望在他的身体中流窜，令他身子僵硬无比，看样子那人的来头令邵云和这等人都放弃了挣扎。

半空中传来那个神秘的声音："云儿，你太让义父失望了！"

坐以待毙可不行！周惜若银牙一咬，提起裙摆飞快地向昀紫山庄的方向跑去。可她还未跑几步，身后就有一只冰凉的手将她提起，一股巨力传来，将她狠狠掼在了地上。周惜若惊叫一声，这一下不死也要半残。周惜若脑中空茫一片，在这电光火石的一刹那她腰间一紧，撞入了一个温热的怀中。

邵云和抱着她，对半空中喊道："义父，你饶了她吧！"

周惜若被他搂在怀中，方才千钧一发生死之际，她差那么一点点就小命不保了。她浑身瑟瑟发抖，靠在他的怀中，瞪大美眸看着眼前虚无的黑暗。风声渐渐停息，仿佛受了人指挥。月光此时才从树叶的间隙漏下。

周惜若看着眼前的黑暗中缓步走来的高大黑影，禁不住瑟瑟发抖。这个人犹如从地底而来，周身散发着阴冷可怕的气息。

邵云和看着眼前的人，咬牙跪下道："义父，是我的错，可是我不能杀她。"

"为什么不能？你已拿到了你想要的东西，留她何用？她又做了齐国皇帝的女人，她的存在就是你的耻辱，你为何还要救她？！"那黑衣人口气皆是不悦。

"义父，她是我的妻子，是赤灼国未来的皇后。她如我一样为了赤灼帝国牺牲了一切。"邵云和一字一顿说道。

什么赤灼国的皇后？！周惜若稀里糊涂根本不知邵云和在说什么。

邵云和从怀中掏出那个木盒子递给眼前的黑衣人，不慌不忙地道："义父，东西已拿到了。这一次多亏了惜若，若不是她我也拿不到这盒子。义父就看在她对赤灼有功的分上饶了她一死吧。"

林中寂静无声，死寂得犹如一潭死水。那神秘的黑衣人接过了木盒，打开看了一眼，这才半信半疑道："起来吧。"

邵云和起身，依然垂手恭立，样子十分恭谨。不知是不是周惜若的错觉，他似乎一直有意无意地挡在她的跟前，周惜若只能看到那神秘的黑衣人低垂的风帽沿。

半晌，黑衣人冷冷道："你所说的当真？"

"儿臣不敢欺瞒义父。"邵云和连忙道。

"但是你已经欺骗过一次了。之前你说这个女人不是麻烦，只须休了便再无瓜葛，可是她竟生下孩子！"黑衣人冷笑一声。"云儿，你要我怎么相信你？"

周惜若心中一紧，看样子这神秘人也不是那么好糊弄的，仅仅凭着邵云和的一面之词他根本不会相信。邵云和的呼吸渐渐沉重，她看见他已握紧了手边的软剑。

邵云和咬牙猛地拔出剑，对黑衣人道："儿臣欺瞒了义父，该当受惩！"他手中寒光一闪，长长的剑没入小腹。

周惜若尖叫一声，急忙扶住了他。温热的鲜血滑腻腻的，一摸满手都是。她再也不顾其他，急忙道："你怎么可以这样？"

邵云和忍着痛，凝声道："就当我还你的……"

周惜若只觉得邵云和身上的血如泉喷涌，心中复杂之极。她是极恨他的，可是几次三番他都不杀她，甚至护着她。如今他为了她不惜自残。她看着邵云和脸色煞白，血汩汩流出，再也忍不住怒道："你难道眼睁睁看着他死吗？不论你要做什么，他死了你的什么宏图大业都没办法做成了！"

黑衣人看了她一眼，冷冷道："你的命就在我一念之间，你还敢这么对我大呼小叫？"

周惜若美眸中喷出怒火。还要再说，邵云和已一把捂住了她的嘴，对黑衣人道："义父，儿臣自知罪该万死，但是看在儿臣略有薄功的分上饶了儿臣这一次。"

黑衣人冷冷一笑一把抓起周惜若。看着跪地不起的邵云和，手腕忽动，拔起他身上的长剑。邵云和痛吟一声。他已飞快点上他周身大穴，又喂他吃了一颗药丸。

周惜若看着邵云和脸上的痛色稍缓，这才放下心来。

"我可以饶了你们。"黑衣人看着两人，冷冷道，"不过义父告诉过你，你什么都好就是爱上了这个女人！"

他抓起周惜若，手一扬，周惜若只觉得一股劲风扑面，一股浓重的药味扑来。她被他所制住动弹不得，那劲风夹着药丸直冲入她的口中。

"你给我吃了什么？"周惜若又惊又怒。

黑衣人嗤笑："还能是什么？毒药！"

周惜若急忙抠了喉咙，可是干呕了老半天依然吐不什么药丸来。邵云和拉着她，低声道："没用的，义父的毒药都是入喉即化的。"

周惜若气极，但是也害怕之极。她咬牙问那黑衣人："你到底要怎么样？要我死杀了我就好！"

黑衣人嘿嘿一笑，声音犹如石头在沙石上碾过，十分刺耳难听。他道："云儿要千方百计保全了你的性命，我怎么会杀了你？只不过你如今已是齐国皇帝身边的宠妃，你若不为我们所用，下场只有死路一条，这药不过是保证你乖乖听话的凭据罢了。"

周惜若眼底皆是怒火，可是她知道此时此刻并不是反抗的最好时机。邵云和这样的武功和心机都害怕眼前这个人，她一介弱女子怎么能以身犯险？她努力平息自己心底的惊恐与愤怒，慢慢道："我不会轻易说出你们的秘密的。"

黑衣人点了点头，对邵云和道："切记，如今时机已快要成熟，你要做好万全的准备。凤峪岭那一次你太过草率了，秦国因为战事的消耗还不够。"

邵云和忍着剧痛点了点头。周惜若在一旁却听得心惊胆战，原来真的是他们暗中搅乱了天下的局势。秦国二皇子在齐国被杀驿馆大火一事也是邵云和所为！一切真相大白。周惜若定定看着地上脸色煞白的邵云和，一时间竟不知该说什么才好。

黑衣人看了看天色，冷冷道："云儿，好自为之。赤灼国将来能否复国，就在你一念之间。"他说完转身消失在黑暗之中。

林中又恢复了安静。周惜若坐在地上，看着他捂着伤口几次挣扎都站不起身来。她幽幽地道："你所作的一切只为了复你的什么赤灼国？"

"是。"邵云和知自己没有力气爬起来，索性靠在树干上。他看着那一轮明月，慢慢道，"我是赤灼人，从小被义父带在身边，他养育我训练我。义父为赤灼能复国花了毕生的心血。他是曾经赤灼国的国师之后，如今的赤灼人都被他秘密安排到了狄国的各个要职，只等时机成熟就可以复国。"

"而这个时机就是天下大乱！三国纷争的时候。"

周惜若闻言沉默。这是一个庞大的计划，也许从赤灼人被狄国其他族所灭时就开始筹划的复国之志。

她看着他身上被鲜血染红的半片衣衫，忽地冷冷道："你的义父千算万算，他却漏算了一点。"

"什么？"邵云和问。他因为流血过多而渐渐虚弱，正顺着树干慢慢滑坐在地上。

周惜若走到他跟前，眼睛一眨不眨地看着他。月光那么明亮，照得他面上纤毫毕现。他英俊的脸，微微散乱的发胡乱垂在两旁。他是邵云和，她曾经思念了三年不见踪影的丈夫。是抛弃了她和儿子的负心郎！是安王府的女婿！是齐国的右相！是手握兵权的骁风骑的廷尉大人！

她捡起地上的剑，慢慢对准了他。邵云和忽地笑了起来，他一边笑一边轻咳，她从未见过他这样笑，畅快的淋漓的，笑得仿佛比刚才逃过一劫还觉得痛快。

"你笑什么？"周惜若问道。

175

邵云和好不容易停了笑，长舒一口气："突然想到你一剑下去，所有的一切都结束了。"

周惜若用剑抵着他的胸膛，只要她的手微微用力，他就这样死在了她的面前。邵云和看着她，生死不过一瞬之间，他平静得不像是平日机关算尽的邵云和。

他淡淡地问："你为什么不杀？"

周惜若只觉得手中的剑有千斤重，不由自主地颤抖怎么都对不准他温热的心口。

"一定要对准我的心，剑入肉要足五分。不然我只能生生痛苦而死。"他低笑，"夫妻一场，你总不会这么狠心吧？"

"哐当"一声，周惜若丢了剑向着山林外跑去。邵云和看着地上的剑，唇边勾起了一抹深深的笑意。过了不知多久，有火把的光穿破黑暗而来。邵云和睁开眼，却只看见影影绰绰，有人来救他了。他放心地闭上了眼。

天色微明，周惜若坐在窗前，彻夜未眠，她的脸色很苍白。晴秀悄悄进来，在她耳边耳语了几句。

周惜若慢慢道："既然救起来就好。转告你家公子我又欠了他一份人情。"

晴秀道："公子说了，这事也是山庄中保护不力，所幸邵相大人不愿张扬这事，不然昀紫山庄也逃不了皇上的责罚。"

周惜若点了点头。正在这时，叶公公前来。原来是御驾即将启程回京。周惜若扶了额头对叶公公道："能否麻烦叶公公跟皇上说一声，说我昨夜贪凉着了风寒，今日头昏沉沉的，想在山庄中多歇一天。"

叶公公见她脸色苍白，连忙请了御医，又亲自去向龙越离禀报。龙越离前来看望见她果然神色萎靡，便恩准她留在庄中休养。御驾回京，云思泽前来相告。

周惜若叹了一口气："他怎么样了？"

云思泽看了看四周，低声道："还未醒来，大夫说还好剑没有伤及要害，只是血流多了需要多多调养。"

周惜若沉默了一会忽冷冷清清地笑了，道："那一剑是他自己伤了自己，怎么可能伤了自己的要害之处？"

话虽如此，但是他救了她是不争的事实。她对云思泽道："带我去瞧瞧他。"

云思泽看着她煞白的脸色，皱眉道："娘娘昨夜受惊，着了风寒应该要多多歇息。"

周惜若摇了摇头："我没事，带我去看看他。毕竟……他是因为我受了伤。"

云思泽带着她来到昀紫山庄的一处偏僻的院中。周惜若推门进去，刺鼻的药味混着血腥味扑鼻而来。邵云和就躺在了床上，脸色蜡白，除了胸口的微微起伏，根本看不出他身上的些许活气。不知什么时候云思泽已离开只留她一个人在房中。

周惜若上前，神色复杂地看着他。他在沉睡中，眉眼清晰，犹如山水墨画隽永。

睡梦中的他少了平日里的冷峻，多了几分柔和。周惜若低头见他的伤口还在渗出血迹，想起昨夜的惊险万分不禁打了个寒颤。

"水！……"床上的邵云和低低呢喃。

周惜若看了看桌上的茶水，倒了一杯放到他的嘴边。可他还在昏沉中，周惜若只得将他扶起，手把手喂他喝水。邵云和靠在她的肩头，许是失血过多渴得很了，喝了一杯还觉不够。周惜若只得再为他倒水。如此再三，邵云和这才缓缓睁开眼。

他看到她清冷的侧面，微微晃神："是你……"

周惜若放下手中的茶杯，眸色幽幽，半晌才道："是我。"

邵云和轻轻嗤笑："你是来看我死了没有吗？"

周惜若静静看着他，淡淡道："若我要你死，何必又让云少救了你？"

邵云和长吁一口气，许久，他眼中带着一丝奇异的光看着她，慢慢道："你救了我不后悔吗？也许有一天你会后悔今日所作所为。"

周惜若沉默半天，叹了一口气："可是要我杀了你却是做不到。"

邵云和看着她痛苦的面色，轻轻笑了起来。他眼中带着一抹她看不明白的光亮，一字一顿地道："周惜若，你承认吧，你不恨我。"

她两行清泪缓缓滚落，深吸一口气，道："是，你说对了，我不恨你。我恨我自己！"她说着转身跑出了院子。

宫妃终究要回宫中。过了三日，周惜若鸾驾回宫。清晨，云思泽在门口恭送。

他笑道："娘娘有机会一定要再大驾光临敝庄。"

周惜若点了点头，正在这时，远远有一骑踏尘而来。他来到周惜若跟前，跪下道："这是有人给娘娘的东西。"

周惜若心中疑惑，可看那送东西的士兵身着玄青色劲装，那肩头绣着一个龙飞凤舞的"风"字，心中一动，接了他奉上的木盒。木盒沉沉，是上好的檀木做的。周惜若打开一看，是一柄精巧的女子用的短剑，不足一尺十分精致小巧。剑鞘上还有做成活扣的带子，可缚在手臂上，藏在长袖中不轻易让人看见。这短剑女子防身最是合适。

周惜若看着手中的木盒，半晌才道："你对送礼之人说，我十分喜欢。"

那士兵一听大声道："娘娘的话属下一定带到。"他说着恭敬施了一礼，飞身上了马。

鸾驾启程，马车摇晃，周惜若坐在马车中轻抚那木盒，晴秀好奇地看着那木盒，问道："是谁送给娘娘的？里面是什么东西啊？"

她说着要打开，周惜若手指一推，已把木盒推到了身边，淡淡道："没什么。"

晴秀看着她神色不同寻常，于是不敢再问。

周惜若靠在马车中的锦墩上，闭上眼恍恍惚惚地睡了过去。这一觉睡得并不安稳。那一夜奔逃在漆黑山林中的情景在脑中交替出现，刺鼻的血腥，还有他那一剑深深没入腹中。她惊叫一声，扑上前染了一手的血。

她看着他，他却对她笑。他说，周惜若，你承认吧，你并不恨我……

周惜若猛地惊醒，一睁眼却已到了皇宫门前。不过半天，已是两重天地。

晴秀对周惜若道："娘娘，皇宫到了。"

周惜若看着那在天光下刺目耀眼的皇宫，长长吐出一口气，慢慢道："是啊，皇宫到了。"

178

第十六章　借力出宫埋祸根

　　到了月末，前边战事传来好消息，齐国与楚国联军大胜秦国，将秦国的大军一路打到了凤峪岭，收复了这道险关。安王兵败，在这个打击安王府的势力，培植龙越离自己羽翼的大好时机，他不但不拘一格用了能人，更是不避讳地用了不少安王底下的人才。他的胸襟和气魄足以证明他已不是当年那任由楚太后摆布的草包皇帝。亲政之后，他的努力和卓绝的帝王之气已令朝中臣子们日渐刮目相看。

　　夏日悠悠，很快到了炎夏。前边的战事继续，只是突然有了新的状况。狄人不适齐国炎热潮湿的地气，军队中染上了瘟疫，十人之中五六人染了病，死亡的阴影很快笼罩在了狄国的军队中。狄国老皇帝想要收兵，可是碍于盟约再加上皇后耶律筝儿力主再战，便僵持不下；而秦国久战攻不破凤峪岭，耗损严重，已有不少秦国臣子请求秦国皇帝收兵议和，秦国皇帝亦是踌躇。

　　龙越离看准时机，在文初五年八月初，派使臣与秦国皇帝提出议和。而正在这时狄国老皇帝暴毙，皇后耶律筝儿宣布代为摄政监国。狄国上下哗然，各个不服的部族纷纷起兵反对耶律筝儿。狄国内乱频频，十几万大军开始后撤。耶律筝儿不知任用了从哪找来的国师，设计出兵一连斩杀五位部族首领，这才勉强平定了狄国的作乱。

　　耶律筝儿不过是不到二十岁的女子，凭着一腔仇恨肆意妄为，早就令狄国上下不服，如今狄国老皇帝暴毙，其手下三子各自为王。狄国有习俗，族长死后，妻妾可嫁给族中男性族人。耶律筝儿为了稳固权力，下嫁狄国大皇子为妻。等于嫁给了自己的继子，天下间对她这惊世骇俗之举，议论纷纷。

狄国十几万兵马在齐国西北一带徘徊，各自为战，看样子早就失了锐气。战事何去何从，渐渐成了变数……

前方朝堂因为这纷乱的局势议论纷纷，后宫中却传出喜讯。贞容华有孕。

这个消息就如一块石头掉入了平静的湖面，荡起涟漪千层。皇后也亲自前去看望，好言好语吩咐贞容华好好养胎。

云水殿中一如既往，平静无波。

芜杂的消息纷至沓来，周惜若终于看出了些许眉目。先前她一直百思不得其解，邵云和如何复国？未开战前狄国虽然朝局不稳，但是兵力强大，赤灼人又怎么是兵强马壮的狄人兵马的对手？

可是这一场可以说是四国之战，原来从头到尾都是他的一场棋局！先是让秦国与齐国这一对百年对手签不成议和盟约，然后再趁两国交战之际煽动了狄国老皇帝参与此战。而耶律筝儿嫁给狄国老皇帝不过是意料之中罢了。秦国在与国力强盛的齐国之战中消耗了实力。狄国老皇帝的暴毙，更是让狄国的各个部族陷入了混乱。

浑水才可以摸鱼。

赤灼人百年来被狄人驱赶到了偏远贫瘠的漠北漠西，实力早就不如从前，想要复国首先要让天下大乱！狄国大乱！

如今秦国元气大伤，大败而归，正忙着与龙越离签订议和盟约，而此时西北一带的狄国顿时变成了邵云和重中之重。他组建骁风骑，竭力鼓动龙越离增兵攻打西北，为的就是消耗狄国实力。

天下大乱，他复国的宏伟蓝图终于有了曙光。周惜若看着窗外的深秋，长长叹了一口气。

日子渐渐滑向寒冬，宫中的人都穿起了冬衣。周惜若怕冷便时常地在云水殿中休养。不过她虽在云水殿中，宫中的消息却是一点不漏地传入她的耳中。最多的消息便是关于有孕的庞明燕，她害喜得厉害，脾气又不好，时常听说她今日打了哪个宫人，明日责罚了哪个。整个仪芸宫中的宫人战战兢兢，如履薄冰，心中暗自叫苦不迭。

庞明燕恃孕而骄令龙越离十分头疼。他几次来了云水殿却被庞明燕的宫人半路请去。龙越离向来是耐心不好的人，而且吃软不吃硬。

龙越离对庞明燕冷笑道："你只不过是怀了朕的骨肉而已，将来是公主还是皇子都未可知，你以为能登天了不成？再如此胡闹朕就令你父母亲进宫好好训诫你！"

庞明燕一听赶紧收敛，不敢再胡为。

入了冬，天一日比一日冷，齐国京城纷纷扬扬下了第一场大雪，雪花纷纷，一夜间天地皆白，御花园中的草木松树也挂上了雪白的积雪，煞是好看。宫妃们贪新鲜，时常结伴去赏雪。周惜若也去了几次，可终究因恹恹不愿再去凑热闹。可是新雪下了两日，忽的一日清晨，一道消息传遍了宫中。

锦容华死了！

那个密告皇后她与温景安有私，骄横的锦容华竟然死了！听说在早起赏雪时不慎掉入结了冰的荷花池中冻死了。宫正司问话，她身边的宫女哭哭啼啼，只说锦容华到了那亭中差遣她们两人回了宫中拿点心和热茶。等她们回去的时候，锦容华已在荷花池中失了知觉救不回来了。

因这事发生在清晨，也无人看见锦容华是怎么跌入了池中，又是怎么地冻僵在了只有齐胸高的荷花池中，此事从轩然大波到渐渐不了了之。皇后想起锦容华平日的忠心，让龙越离赐了她为锦婕妤，以嫔礼葬入皇陵中。

寒冬，因为这锦容华的死讯似乎更加冷了。周惜若在云水殿中听着虞嫔说着锦容华的丧事如何置办，叹了一口气："真没料到。"

虞嫔擦了擦眼角，道："都是我的错，是我与她说那边雪景甚好，谁知道她竟真的去了。"

周惜若眉心不展："这也不怪虞姐姐，也许是命中注定。"

虞嫔叹了一口气，道："如今宫中谣言纷纷，有人说锦容华命犯了煞，又有的人说……是娘娘……"

周惜若冷笑一声："难道她死与活都要跟本宫扯上关系吗？"

虞嫔见她不悦，不敢再说，告辞了出去。

晴秀见她走了，皱眉上前道："娘娘宫正司那边说是冻死的，没有外伤。"

林嬷嬷欲言又止，正在这时林公公走来禀报："启禀娘娘，有人要拜见娘娘。"

周惜若问道："是谁？"

林公公摇头："那人面生得很，她不肯说出她的名字，只说有重要的事要求见娘娘，娘娘若不见她便会后悔。"

周惜若闻言冷笑了笑："这个宫中越来越有趣了，动不动就是重要的事，天底下哪有那么多重要得不可对人言说的事？"

她话虽如此，但是左右也无事，便命人传那人进来。来的人是一位宫妃模样的女子，年纪看似很小，十六七岁左右。面容十分秀美，眉眼间有几分清冷的傲气，但是身上穿的宫装长裙却是去年内务府制的款式。此人周惜若完全没有见过，十分眼生。

周惜若问道："你是……？"

那宫妃低头道："婢妾贱名不足挂齿。今日前来是给娘娘密告一件事。"

周惜若见她不愿透露自己的身份，眉一皱，问道："你有什么事要跟本宫说？"

181

那宫妃轻叹一声：“婢妾听过一则故事，农夫和蛇。农夫以为冻僵的蛇无害，放在怀中为它取暖，结果却为蛇所害。如今娘娘的境况便是如此，婢妾为娘娘十分担忧。”

周惜若心中一动，若有所思地看着她，问道：“你说的是谁？”

那人膝行几步，上前跪坐在周惜若跟前如此这般说了。周惜若听得心底一片寒气冒起。她微眯了美眸看着面前密报的宫妃，冷冷道：“你可知道你说的随时可能要了你的性命？”

那宫妃年纪虽小却似乎有些胆气。她道：“婢妾是生是死都捏在娘娘的掌心之中。只是娘娘觉得杀了婢妾灭口值得吗？还是留着臣妾这等忠心不二的人更划算一些。”

“那你为何不告诉皇后？”周惜若似笑非笑地看着她。

那宫妃似乎有备而来，低头道：“皇后与莲妃娘娘相比，婢妾更愿意投靠莲妃娘娘。”

周惜若闻言笑了，她道：“既然你觉得本宫为了一点事杀了你不值得，又不愿意告诉了皇后。罢，你有何所求？”

那宫妃见周惜若一下子看透了她的目的，面上一怔，回过神来赶紧低头道：“臣妾万万不敢向莲妃娘娘要求什么，只希望在宫中能过得不那么凄凉罢了。”

周惜若一笑，反问道：“当真是这样吗？”

那宫妃被她的明眸盯着，缓缓低下了头。周惜若轻叹一声道：“说吧，你到底想要什么？”

秦国无奈议和，使臣们前来齐京之中。温邵左右两相亲自前去谈议和条款。和谈商议得十分顺利，不过五日就已初步达成条款。正在龙越离为这秦齐两国之事开心的时候，一个更大的好消息又从西北传来。

狄国大败！

原来狄国老皇帝暴毙之后没有传下遗诏，三位皇子皆不服对方，内讧起来。大皇子娶了耶律筝儿，连杀几位部族首领，勉强自封了皇帝，可是二皇子和三皇子背后皆有效忠的部族，纷纷起兵造反，狄国的都城中混乱不堪。远去征战的十万狄国精兵又缺衣少粮，很快丧失了士气。镇守青谷岭的郁老将军趁此机会兵分三路，围歼狄国大军。这一场仗打得十分漂亮，以逸待劳的郁家军士气高涨，追击敌寇三百里，杀得狄国骑兵丢盔弃甲，往北逃去。

齐国百姓纷纷额手相庆，奔走相告。而镇守青谷岭抵住狄国大军的郁老将军一门，俨然成了居功至伟的将门之家。龙越离一道圣旨，加封郁老将军为将军王，统领三军。底下将士皆连升三级，在宫中的宁婕妤郁可月也被晋封为嫔，是为宁嫔，赏赐

182

之丰盛，令后宫中纷纷咋舌。

　　周惜若几次去中宫都见了她面上笑意盈盈，看样子已摆脱了初入宫中不得龙越离宠幸的郁气了。如今龙越离已有了后妃众多，一个个姿容不俗，品级高的妃子也渐渐多了。

　　过了两日龙越离要在宫中宴请秦国使臣们，到了那日，宫中照例又热热闹闹。庆华殿中楚太后也前来，越发显得此次宴请的重要。

　　周惜若那日身着一件五彩霓裳裙而去，五种颜色渲染成长裙，上面绣了各色花鸟，整件长裙色泽繁复而不喧宾夺主。她逶迤而来，顾盼间的风华顿时令人错不开眼去。她坐在皇后下首，因是妃可以坐在离皇帝皇后最近的九级御阶之上，自成一席。

　　龙越离见她今日妆容美丽，含笑深深地看了她一眼。时辰到，秦国使臣们前来拜见。周惜若看去，只见当先领路的一人身着武将服色，大步而来，行走间虎步凛凛，五官十分英气秀美，看着眼熟，却一时不知是谁。龙越离见那人前来，面上带了畅快欢喜的笑容。

　　那年轻的武将模样的人跪下，大声道："末将前锋一等校尉郁可鸣拜见皇上，万岁万岁万万岁。"他说着又参见了楚太后与皇后。

　　龙越离哈哈一笑，下了御阶亲自扶了他起身，一拍他的肩膀："郁老将军可好？"

　　郁可鸣道："回皇上的话，家父说身子还硬朗，可以为皇上再打几场仗！"

　　周惜若这才恍然大悟，原来这位是郁老将军的儿子，也是宁嫔的亲哥哥——郁可鸣。她与他有一面之缘，难怪只觉得眼熟却不知他是谁。此次狄国大败，郁老将军功高至伟。想来龙越离要嘉奖和体恤他年老又有战功，所以下了圣旨让他前来。可郁老将军却让自己的儿子代了自己前来面圣，等于把自己的战功无形中都归在了儿子身上。他用意之深，实在是一个老谋深算的家伙。

　　周惜若听得对面安王从鼻中不轻不重地"哼"了一声，满是不屑。想必他也明白了郁老将军想要栽培自己儿子的用意。如今郁家军崛起，军中不再是安王一人独大，安王戎马一生，骄傲自大恐怕怎么样都不会服气的。周惜若看了安王一眼，红唇轻勾，划过一道冷冷的讥讽。

　　那边龙越离哈哈笑了起来，拍了拍他的肩膀以示嘉奖。此时身后秦国使臣们一一上前拜见太后与皇上皇后。等他们一一就座，此时宫人唱和声从殿外传来："左相大人，右相大人拜见皇上——"

　　长长的一声钟敲响，众人的目光都不约而同地落在了殿门口。只见两道修长高大的身影一前一后缓步而来。当先一人是温景安，他一身深紫相国服色，紫金边绶，头戴朝冠。他身材瘦削，繁复的朝服穿在身上不显累赘，令人觉得矜贵之气，一身为官正气浩浩然然。

他身后是邵云和。他面容俊美，神情冷峻，顾盼间隐隐有威势，一身火红妖娆的廷尉服穿在他身上，硬生生将他白皙的面容衬出了几分难言的魅惑。

两人一前一后上前跪下参见。秦国使臣们曾听闻齐国的左右两相的名声，如今一看果然是青年才俊，实在是江山代有才人出。都纷纷在心中羡慕不已。周惜若正与温景安含笑示意，一转眼却对上了邵云和犀利的玄眸。她心中一震，不由别过头去。

邵云和上了御阶，跪坐在了安王身边的席上。他是郡驸马，安王之下自然是他。这样一来御阶之上变成了他与她对视而坐。周惜若脸一阵阵泛红，只能佯装研究菜品。邵云和不动声色看了她一眼，低了眼，掩下眼底的一抹莫名神色。

宴席开始，照例是舞姬献舞，笙箫声动，悦耳动听。底下朝臣与内眷们纷纷举杯相互敬酒，一派歌舞升平。龙越离与使臣们对饮，秦国善饮，纷纷上前敬酒，龙越离喝了几杯，眼梢处便有些晕红，越发显得眉眼间风流俊魅，十足是个风流俊美的年轻帝王。秦国使臣们敬酒到了周惜若跟前，他们见她容色绝美，知她是齐国第一宠妃，定要与她满杯皆干。龙越离见他们盛情，只得对周惜若无奈摇头。

周惜若笑道："那既然如此，只能一杯而已。"

于是她便与秦国使臣们对饮，一人一杯，虽她喝的是果酒，却也喝得面颊上飞起两抹红晕。她喝完告了声罪，退下歇息。到了殿外冷风一吹，酒气便有些上头，周惜若扶着宫女的手向侧殿暖阁歇息处走去。远远的，她看见一队身着艳丽的舞姬向庆华殿而来，不禁道："这些舞姬真的漂亮。"

宫女看了一眼，笑道："这些舞姬是随着秦国使臣们前来的，一个个精挑细选，再说秦国人与我们齐人有些不同，鼻高目深，打扮起来自然更美。"

周惜若扶了额，笑了笑："异域风情，看起来自然不一样。"

她说着慢慢向暖阁中而去。她不知，远远的舞姬们走来看见一位美丽的宫妃模样的女子离去，其中有人叹道："方才那妃子是谁啊！这么美丽！"

人群中有人道："听说是齐国皇帝最宠爱的妃子，是莲妃呢！"

"莲妃？"有人诧异，"是不是前两年轰动一时的弃妇入宫的那个女子？周惜若？"

"可不是！"那人叹道，"人与人的命真不一样，你我花容月貌，还比不上一个被休下堂的弃妇！"

众舞姬纷纷惋惜，可当中有一位蒙面女子抬起一双漆黑的明眸，若有所思地看着周惜若消失的方向，眼底掠过森冷的光。

周惜若到了暖阁中喝了几口茶才松了一口气。庆华殿上的喧嚣被隔绝开，整个暖阁中安静如水。她除了头上沉重的发饰，靠在了软榻上。宫女见她要歇息，关上暖阁的门，静静在外面守着。周惜若不擅多饮，酒气渐渐上头，脑中昏昏沉沉。她正眯着眼要沉入梦乡，忽地听见窗棂上"咔哒"一声，一道冷风吹了进来。周惜若以为是窗户没关严实，挣扎起身要去关窗。她转过一道屏风，正要抬头，只见眼前一道阴影飞快而来，一把捂住她的唇。周惜若吓了一跳，酒后脚软一下子跌入了那人的怀中。

　　熟悉的气息闯入鼻间，耳边是她最不愿意再次听见的声音："嘘，是我！"

　　周惜若瞪着眼前的邵云和，脑中因为突然的惊吓一阵阵痛了起来。邵云和见她面色忽红忽白，薄唇边溢出一丝不易察觉的笑意。

　　"放开我！"周惜若咬牙推开他，可是才离了他的怀抱，脑中一昏向地上跌去。意料中的疼痛并未袭来，邵云和眼疾手快一把把她抱住。软玉温香抱满怀，他这次再也不轻易放手。他对她做了个手势示意有话要说。周惜若心中千百遍骂了他，却知此时此刻不是与他翻脸的时候。

　　她对外面守候的宫女道："本宫要睡一会，你们都退下吧。"宫女们不疑有他，应了一声退下。

　　邵云和侧耳听着脚步声，等她们都走了，这才把周惜若放在了软榻上。周惜若一得自由，立刻缩了身子，警惕地看着他："你又想做什么？"

　　邵云和轻声道："有事找你帮忙。"

　　周惜若硬起声音冷冷讥讽："我为什么要帮你？一次两次还不够吗？"

　　邵云和笑了笑，道："如果这次事关温景安呢？"

　　周惜若一怔，不由失声道："温大人怎么了？我不许你动温大人一根寒毛！"

　　邵云和冷哼一声，终是下定决心道："长话短说，我义父想要派人刺杀温景安，打乱此次秦国与齐国的议和。"

　　周惜若怒道："怎么会这样？"

　　邵云和剑眉紧皱："此次我义父与我看法不一，他想要再让秦国与齐国因战争消耗下去，所以此次议和他才想要命人破坏。"

　　周惜若的一颗心提得高高的，她盯着他的面色，道："你不同意是吗？"

　　"是的，我并不同意。一个因战分裂的秦国以后对齐国与狄国都是一个祸患，还不如就先让秦国喘一口气。"邵云和分析道。

　　虽然他寥寥几句说得十分简明扼要，但是周惜若却听出了里面复杂的意思。秦国与狄国相邻，要是秦国因战争的消耗而内部矛盾纷起，将来也许就如如今的狄国一样各自为政，四分五裂。一个破裂的国家就无法约束，到时候好战的秦国势必将周边的齐国与狄国拖入战争中。而邵云和的目的不是摧毁狄国，而是想要搅乱狄国从而复国。他不需要秦国来添乱，这才是他与他那义父意见相左的最根源所在。一个想要重建，另一个却心怀仇恨想要复仇杀戮。

185

周惜若长长舒了一口气："那你要怎么阻止你的义父？"

邵云和皱眉道："义父派来的杀手就在庆华殿附近，我暗中将刺客迷昏，你帮忙把刺客送出宫外去。如此神不知鬼不觉议和能顺利进行，而温景安也能逃过一劫。"

周惜若听了他说的计策只觉得怪，想了想，不由问道："为何要迷昏刺客？"

邵云和却不愿再明说，只道："总之你帮忙遮掩一下，就算是为了温景安好。"

周惜若冷笑，分明他只是不想让他的义父破坏了他的计划，却口口声声说是为了齐国和温景安。邵云和看了她的神色，知道她心中一定是在腹诽自己，不冷不热道："你若不愿意就说一声。"

周惜若怕他反悔，连忙道："自然是愿意的，你怎么说我便怎么做。"

邵云和于是低声说了自己的计策。周惜若听得认真，最后点了点头算是全然知晓了。邵云和看了看时辰，对她道："时辰不早了，你先回殿上，我稍后便去。"

他说着转身要离开暖阁，可走了几步，他看了她一眼道："你不会饮酒就不要再饮了。"他说完打开窗户飞快掠了出去。周惜若心中思绪复杂，终是撒开心中异样。

周惜若到了殿上，宴席的气氛已十分热闹，人人喝得面红耳赤。而楚太后与皇后不知什么时候已离开。龙越离许是见议和有望，心中高兴，面上被酒气熏出了两抹嫣红。他见周惜若回来，令她坐在自己身边。

周惜若含笑上前。龙越离握了她的手，仔细看了她的面色，道："方才没事吧？"

周惜若心头一暖，笑答："没事，臣妾喝点茶水就解了酒了。"龙越离于是不再问。

过了一会，所有的钟鼓声都停下。众人不由看去，只见一队美艳的舞姬正鱼贯而来。这些舞姬高鼻深目，面容美艳，而且眸色是浅褐色带着异域的风情，一进来就吸引了所有人的目光。而当中一位舞姬却蒙着面纱，只露出一双美丽的大眼。她身材妖娆，一举一动十分灵敏轻盈，看样子是这一群舞姬的领舞之人。

周惜若看着这群美艳无比的歌舞伎，忽地想起了邵云和所说的刺客就在宫殿附近，心中不禁掠过一个奇怪的念头，难不成……刺客会在秦国舞姬献舞时突然发难？

周惜若想到此处，心口不禁大大跳了跳，正巧在这时，歌台上的那位蒙面舞姬若有若无地对上了她的眼睛。周惜若被她那双过分大的眼睛看得心头一震。两人目光相对，那蒙面舞姬仿佛察觉到了什么，飞快地移开了目光。周惜若正要再看，这时邵云和走了进来。他的面色有几分酒醉的嫣红，大大咧咧上前坐在了温景安的身边，顺手拿了他的酒杯，笑道："今日还未和温相大人好好喝一喝，一定要不醉不归。"

周惜若一见心中顿时着急起来。邵云和这样是保了温景安还是提醒了刺客温景安就在这里？她心中乱纷纷的，正在这时，一曲秦国热情奔放的曲子吹奏起来。那歌台上的舞姬随乐曲跳了起来。

周惜若心不在焉，自然不注意欣赏，直到身边龙越离"咦"地一声惊讶道："这

186

秦国竟有跳得这么好的舞姬！"

周惜若收回心神，定睛看向歌台，果然当中蒙面的神秘舞姬舞得十分好，身上长长的霓裳舞衣随着她的动作翻飞出好看的波浪，她一边跳，一边用若有若无的眼神挑逗着龙越离。她遮着面纱看不清到底是美还是丑，但是从她那一双妖媚的大眼几乎能看出她一定是一位不可多见的倾城绝色。龙越离看得目不转睛，时不时叫好。那蒙面舞姬听得龙越离叫好，眼神越发火辣辣的，仿佛能把所有男人的魂都给勾走。周惜若看着她，美眸微微一沉，直觉里这个蒙面舞姬给她的感觉十分不舒服。

一曲舞毕，殿中的众人纷纷叫好。龙越离也啪啪拍了两下，赞道："秦国的舞姬果然名不虚传，技艺高超。有赏！"

那位蒙面的舞姬忽地开口："黛儿想敬皇上和莲妃娘娘一杯酒。"

她的眸中皆是祈求之色，令人难以婉拒。龙越离笑道："黛儿姑娘是个直言不讳的女子，朕很喜欢你这种性格。"他说着对一旁的内侍道："斟酒。"

酒水斟满，黛儿拿着酒杯款款上了御阶。她练过舞，一举一动风情无限，看得底下众朝臣们都纷纷伸长了脖子。周惜若看着向自己走来的黛儿，顿时觉得心底涌起一股很奇怪的感觉。

这种感觉很微妙，不是厌恶而竟是一种……对眼前少女的惧怕？

她美眸猛地一缩，不禁盯着黛儿的身上。她身上穿着霓裳舞衣，露出腰间的一截纤腰，手臂亦光溜溜的，一截纤细的胳膊露在外面，只缠着彩带。看起来不过就是个寻常美艳的舞姬而已。

黛儿上前，婷婷袅袅跪下："黛儿祝皇上与莲妃娘娘……"

她还未说完，底下忽地"哗啦"一声打断了她的话。众人的目光都被这突如其来的声音所吸引。周惜若看去，只见温景安已直挺挺地倒在地上，打翻了矮几上的酒菜。邵云和连忙去扶，口中道："温相大人，你怎么那么量浅？……"

龙越离心中担心，越过黛儿飞快下了御阶问道："到底怎么回事？"

邵云和笑道："皇上，温相喝多了，是微臣不好，非拉着他多饮了几杯。"

龙越离一看，果然看见温景安脸上绯红，双目紧闭，看样子是喝多醉得不省人事了。龙越离叫宫人将他扶下去。御阶之上，周惜若看着眼前盯着自己一眨不眨的黛儿，心底却渐渐升起了一股寒气。只见黛儿手中拿着酒杯，掌心一点寒光微微闪了一下。

她，果然是刺客！只是她的刺杀的目标竟不是温景安而是龙越离！或许还有自己！

"娘娘，这杯酒看样子是喝不成了。"黛儿笑着道。

周惜若一动也不敢动，背后的冷汗涔涔而下。黛儿那一双大眼正似笑非笑地看着她，似乎在说：你运气好，逃过了一劫。

"酒什么时候都可以喝，但是有些事却需三思而后行。"周惜若回过神来，冷冷地道。

她的眼睛一眨不眨也紧紧盯着黛儿，她知道此时胆气不可弱，若是弱了，也许眼前这个美丽的刺客就要一跃而起给她致命的一击。黛儿看着周惜若渐渐严厉的眼神，不禁眼底掠过丝丝的疑惑。似乎在考量自己是否能一击而成。时间仿佛过得很慢，龙越离步上御阶，端了一杯酒与黛儿对饮。

黛儿轻抿一口酒水，对周惜若笑道："黛儿真羡慕莲妃娘娘。但愿娘娘与皇上长长久久。"

龙越离长眉一挑，看着周惜若，含笑道："借黛儿姑娘的吉言了。"

黛儿笑了笑，步下了御阶款款地离去。周惜若见她终于走了，大大地舒了一口气。她情不自禁地看向邵云和，而他的目光也随着那黛儿而动，冷峻的面上亦是放松一口气的感觉。

歌舞继续，天也渐渐日暮。周惜若退出了庆华殿回到了歇息的暖阁中。方才有惊无险总算是在鬼门关上打了个来回。她脑中乱哄哄的，半天理不出一个头绪。暖阁中未掌灯火，宫女得了她的吩咐也不敢轻易打扰了她。周惜若默默坐了一阵子，直到窗棂处轻轻叩了三下，她这才惊起。她打开窗户，一道黑影如烟一样轻盈地掠了进来。在他的手中还抱着一个人。

周惜若压低声音问道："这就是刺客吗？"

邵云和把怀中的人放在软榻上。周惜若点燃了烛火，看了一眼，果然是那舞姬黛儿。邵云和看着她，长吁一口气："她费了我不少功夫才拿住。"

周惜若忽地笑了笑："真是个特别的刺客。"

刺杀一个皇帝比刺杀一个臣子更容易引起内乱。说不定她运气好，万一一击得手了，那秦国与齐国就真的不得不战了！

好一个机灵的女刺客！

邵云和看着躺在床上无知无觉的黛儿，对周惜若道："她身份特殊千万不能死，所以只能将她运出宫外去，到时候我再逼她远远离开京城就行。"

周惜若看了一眼昏昏沉沉熟睡的黛儿，冷淡道："就依你所言。"

邵云和看着她清冷的面上，欲言又止，终是消失在了黑暗中。

第二日，玫黛儿醒来。周惜若正在殿中用膳，晴秀匆匆前来在她耳边耳语了几句。周惜若皱了皱眉，走向殿后的小屋子。

玫黛儿正在屋中闹腾。她看见周惜若前来，冷笑一声："原来是你！你绑我做什么？"

周惜若冷淡道："你的来历有人知道，自然是有人绑你前来。"

玫黛儿一怔，不禁咬牙怒道："原来是他！"

周惜若淡淡道："你放心，没人伤你性命。要是你想出宫，那就老实一点。"她说完转身就走。

玫黛儿美丽的小脸掠过冷笑，忽地道："那你可知我又是谁？"

周惜若打量了她全身上下，问道："那你又是谁？"

黛儿咯咯一笑，昂了头，傲然道："我是赤灼国库叶部族的公主——玫黛儿，也是祈哥哥的未婚妻，未来赤灼国的皇后！"

未婚妻？皇后？周惜若定定看了她，忽地笑了起来。

玫黛儿见她的反应不是自己想要的，不禁羞恼问道："你到底在笑什么？难道你以为我是说谎吗？"

周惜若停住笑，声音转冷道："我相信黛儿姑娘说的话是真的。我只是在笑，邵云和他到底有几个妻子？当然除了我这个很早就被休掉的村妇。"

她，忽地觉得萧索。

她转身出了屋子，把玫黛儿恼火的怒骂都统统关在了身后。

夜幕降临，马车晃晃悠悠，驶出了云水殿。马车中周惜若端坐在马车中，身边是邵云和。她一身宫装，假扮的是敏仪郡主。马车底下有个狭小的暗格，身段灵活的玫黛儿轻而易举地就缩在了其中。

"等混出了宫，明日一早趁交换岗的时候再混进来。"邵云和道，"宫中出入森严，除了这个办法没有别的办法可以轻易地出入。"

周惜若支了额角，眸色幽幽地看着他，忽地问道："你的赤灼名字叫做什么？我听见玫黛儿叫你祈哥哥。"

多么讽刺。五年前两人结为夫妻，五年后她还不知道他的真实姓名。

邵云和微怔，许久薄唇吐出一个名字："完颜云祈。"

周惜若笑了笑："好名字。"她说着别过头看着车帘外黑漆漆的寒夜。

"不是不愿意告诉你，只是这个名字连我自己都时常忘记。"他道。

"是，你的确忘了。"她忽地轻轻一笑，美眸中皆是冰冷的讽刺，"你忘了在曲州有一个妻子，也忘了还有个儿子，如今你还忘了你在赤灼还有个威名赫赫的未婚妻。完颜云祈，你真的是贵人多忘事。"

邵云和闻言脸色忽地黯然，想要解释什么，周惜若一声不吭，马车中又陷入了一片寂静，只能听见车辙碾在地上的沙沙的声响。

远远的，宫门已到了。

第十七章　安王遇刺时局转

宫外，马车在一座白墙黑瓦的小院落门前停下。一盏灯笼挂在屋檐下，看去十分幽静而整洁。周惜若松了一口气。

邵云和下了马车，向周惜若伸手道："我扶你。"

周惜若避开他的手，自己跳下马车。邵云和看着她清清冷冷立在夜风中，眸中微微一闪。他对她道："明日一早我来接你进宫。"

周惜若点了点头。他便与她一并走进了别苑。

"等等！"玫黛儿站在马车边，冷冷道，"祈哥哥，你当真今天不管我了吗？"

邵云和回头，眉间清冷："你不能住这里，你另有去处。"

玫黛儿指着周惜若，声音尖利："那她为什么就能住这里？我可是你的未婚妻！"

"你我并无婚约。"邵云和皱眉，"这事只是你父亲和国师的一厢情愿，我并未答应。"

玫黛儿气得浑身瑟瑟发抖，天色暗看不清她的脸色，但是周惜若知道她的脸色一定极其难看。

玫黛儿忽地笑了起来，道："好！很好！"

她说着向两人走了过来，盯着邵云和，一字一顿地问道："你的意思是你不愿意娶我为妻？"

邵云和居高临下地看着她，用赤灼话道："我从未说过要娶。库叶族的玫瑰公

190

主，我高攀不上。"

玫黛儿盯了他半晌，随后转头对周惜若问道："他是不是总是这样？"

周惜若听不懂方才邵云和说了什么，但是看他的脸色知道他一定是说了极其伤人的话。即使她再怎么恨邵云和，再怎么讨厌眼前这个傲气的玫黛儿，对他们两人当下的情形心中竟隐隐约约有些同情和可怜。

周惜若萧索一笑："你们赤灼人的事与我无关。"

玫黛儿冷冷一笑，声音变得低沉怨毒："怎么与你无关！周惜若！"

她话音刚落，忽地手中寒光一闪，飞快地向周惜若扑去。邵云和一惊，大喝一声扑了上去。可是太晚了，玫黛儿离周惜若太近，手中的一柄细长精巧的匕首如电一样没入了周惜若的后心。周惜若只觉得背后一阵剧痛穿过身体，她还未来得及惊呼人已被这一股力道推得跌在了地上。

邵云和扑上前一掌劈开玫黛儿，惊怒交加："你在干什么？！"

玫黛儿被这一掌打得吐得吐了一口鲜血，她扶着墙边看着倒在血泊中昏死过去的周惜若笑得阴狠："我得不到的，她也休想得到！完颜云祈，你别骗我了！你就是心里爱着这个女人所以才不和我成亲的！"

邵云和惊得不知该说什么才好。他扶起周惜若，只见她面色煞白，血迅速从伤口涌出，顷刻间就染红了她身上的衣衫。邵云和抱着她只觉得她身上的热气与生机都随着源源不断的血汩汩流出。

他唤她："惜若……"声音带着颤抖。

可是怀中的人一动不动，脸色越来越苍白。那一把匕首从她身后没入，透体而出，伤的是心脉！他猛地回头狠狠盯着玫黛儿，眼底的悲愤欲绝竟让她生生退了好几步。

玫黛儿从未见过他这个样子，刚才的阴狠劲儿一下子烟消云散。她喃喃道："祈哥哥……"

"滚！"邵云和抱起浑身是血的周惜若，飞快奔入了别苑中，没入了苍茫的夜色里。

血，一地的鲜血。伤口仿佛是一口源源不断的血泉，抹去了一把又顷刻冒出。周惜若一动不动，只有偶尔咳嗽呛出一口口鲜血来。满屋子都是血腥味，令人呼吸难受。几位大夫在一旁飞快地帮忙，帐中邵云和飞快封住她周身大穴，可是周惜若的气息却是越来越微弱。

"为什么会这样？为什么用了药还是不见一点好转？"他撩开帐子，抓着一位大夫怒问。

"大人，大人……她伤了心脉，恐怕回天乏术了！"大夫擦着额头，他的手上也

第十七章　安王遇刺时局转

191

沾满了鲜红的血。

"不！不会的！"邵云和手握得咯咯作响，面上已是骇人的铁青。她怎么会就这样死了呢？她不是还没有找自己报仇吗？她口口声声说要安王身败名裂，要斗倒安王府，怎么会就这样死了呢！

不！不可能！他眼中的神色几近癫狂。

"大人，节哀顺变，这位夫人她伤在了心肺，除非大罗金仙否则根本无法救过来了！"大夫苦苦相劝。其他几位也是如此说道。

"庸医！"邵云和一把推开他，眸色如利刃深深地刺入他们惊恐的眼中，"都滚开！她绝不会死的！"

他转身将周惜若用毯子包好，紧紧把她抱在怀中。怀中的她已然没了气息。他咬牙伸手抵住她的后心，将源源不断的内力传入她的身体中。渐渐地，周惜若如白蜡一样的脸色有了潮红，呼吸也慢慢回转。

"惜若，我一定不会让你死的！"他说着飞快地掠入了黑暗中。

深夜，相府寂静无声。忽地一道急促的拍门声震山响。墨竹打着哈欠去开门，打开门缝正要看是谁。门猛地被人飞快撞开。墨竹哎呦一声倒在地上痛得鼻涕眼泪横流。他还来不及看清楚是谁，就只见一团黑影抱着一个人飞快地冲了进来。

"来人！有人硬闯相国府了！"墨竹喊道。可是那个黑影依然不管不顾冲进了相国府中。

温景安书房的门被踢开，吓了一跳，只见邵云和面色煞白，浑身上下皆是斑斑血迹，而在他怀中是同样浑身是血的周惜若。她双目紧闭，脸上浮起不正常的潮红。要不是他们两人身上皆是血站在自己跟前，温景安几乎以为自己只是做了一场噩梦。

"她怎么了？！"温景安惊问道。

邵云和轻撩开怀中的薄毯，露出了周惜若背后骇人的伤口。

温景安惊得连连后退，他指着邵云和怒道："她怎么会成了这样？！你到底做了什么？！"

邵云和低了头，一声不吭，他的眼中带着茫然无措。他只道："救救她，快点……"

温景安惊得浑身忽冷忽热。他不是瞎子，周惜若背后的伤口从后心穿过，前体透出，这种伤基本上是无法可救。他在屋中来回踱步，眉间深深拧成了一个川字，手因为紧张而微微颤抖。墨竹闯了进来，刚想要说话却被屋中的情形惊得瞠目结舌。

温景安看见墨竹，厉声道："此间事不许说出一个字！"

墨竹何时见过温和斯文的温景安如此严厉，吓得又缩回了头去。

邵云和抱着周惜若呆呆站着，往日引以为傲的冷静持重统统不见了踪影。温景安

192

看着他呆滞的样子，忍不住道："快把她放在床上！"

"不能放。"邵云和茫然抬头，眼中毫无一丝光彩，"我要是放手，她就真的救不回来了！"

温景安猛地看到他抵着周惜若的后心，恍然大悟，惊道："你这是做什么？你在为她续气？你疯了！你这样也会力竭而死的！"

邵云和听得这一句，神游的神智渐渐回转。他看着怀中犹如在睡梦中的周惜若，苦笑道："死了也好。与她一起死不算冤枉。"

"你疯了！"温景安急得在屋中团团转。眼下的情形几乎也要将他逼疯了。邵云和已经失去了理智，而周惜若又命悬一线……怎么办？！他焦急的目光茫然地四顾搜寻，忽地他盯着邵云和的手。

续命！他忽地眼睛一亮，匆匆对邵云和道："你守着她，我去找药材！"他说着冲了出去。

房中又恢复了安静，微弱的烛火静静地燃烧，邵云和抱着周惜若坐在了床上。她似乎在睡着，安安静静，不喊痛，也不挣扎，不再用那双明亮而漆黑的眼睛恨恨盯着他。也不会冷言冷语讽刺他。她从未这样安静而不带一点杂质地靠在他的怀中。

此时的周惜若是属于他一个人的。

"惜若……"他轻轻喊着她的名字。

怀中的周惜若缓缓睁开眼，她迷茫地看了他一会，叹了一口气："云和……"

"是，我是云和。"他笑，手指轻抚过她的眉眼，擦去她脸上的血迹。

"云和，我终于把你盼回来了。"她疲倦地道，"阿宝……阿宝说要爹爹，你去看看他，他一定很……很高兴……"她说着就又沉沉昏睡过去。

邵云和抱着她的手猛地紧了紧，她脑中已昏沉得分不清眼前是记忆还是现实。

一点一点的水滴滴落在她的脸上，他听见自己的声音在说道："惜若，阿宝没有死，我把他带到了赤灼。惜若你若挺过来，我带你去找他。他天天念着要娘亲。"

"惜若，你醒来，阿宝没有死。但是我却不能告诉你……"

温景安连夜奔到京城最大的药铺，几乎是抢一般拿了药铺中镇店的千年山参。山参和各种提气的药材一起煎熬，终于熬成了一小碗浓浓药汤。邵云和抱着周惜若，寸步不离。连夜未睡又拼命催动内力，他的脸色比靠在床上昏昏欲睡的周惜若更加难看。药汤灌入周惜若的口中又被她呕出了大半。温景安急得拿着药碗的手都在发抖。

"怎么办？"他问邵云和。寒冬腊月，两人头上皆是热汗。一个是急出来的，另一个却是内力耗费太多气虚难当。

邵云和看着毫无知觉的周惜若，咬牙道："我来。"

他说着接过药碗喝了一口，嘴对嘴喂入她的口中。药汁入她的喉中，她又忍不住呕了出来。邵云和不放开她的口，直到她缓缓咽下。温景安看得口瞪目呆。

邵云和抹了嘴上的药渍，面上带着欣喜："她喝下去了。"

温景安心中一涩别过了头去。邵云和恍然未觉，一口一口地将半碗药汁都喂了下去。周惜若渐渐安稳了。背后的伤口上了最好的金创药。她身上的血已经流得缓了许多。只是依然气若游丝，情形令人担忧。

"若要治伤，一定要回宫中。"温景安神色肃然，"而且皇上也不可能看着她死去。"

邵云和面上皆是灰败，他轻抚周惜若的脸颊，缓缓道："温相大人想过吗，我的身份暴露她也要获罪，我和她进了宫就再也出不来了。"

"可是，瞒不住的！"温景安颓然道。

他也知道这事棘手。邵云和的身份成谜，可看样子周惜若明明知道却不肯说出，只这一项的罪名就是欺君之罪。龙越离再宠爱周惜若，也无法容忍她背叛了他。

温景安看着天色渐明，咬牙道："让我想想，找个御医出宫来。我得上朝去尽量缠住皇上，但愿皇上今日不会心血来潮去找她。"

邵云和看着依然无知无觉的周惜若，慢慢点了点头。温景安这才长吁一口气，去换了朝服匆匆赶去上朝。

屋中寂静，邵云和慢慢闭上眼，握着她的手，源源不断的内力通过她手上的脉门传入了她的身体，明明知道这样做无异于饮鸩止渴，明明知道就算耗尽了自己的内力也只能让她多支撑几刻而已……

到了下朝，温景安匆匆回府，还带来御医秦太医。秦太医与他是挚交好友，自是可靠。

秦太医看了周惜若的伤势，大惊失色："这伤实在是……无能为力了！"

邵云和脸色一白，颓然跌在一旁。

温景安一咬牙，跪下道："温某平生不求人，但是今日事关娘娘生死，请秦太医尽力而为吧！"

秦太医看了看两人，咬牙道："娘娘平日对卑职不薄，今日娘娘有难卑职自然要尽力救娘娘一命。个中内情我也不问了。要医这伤据我所知，前朝有一位炼丹师向先帝上贡了两枚丹丸，叫做长生丸。这丹丸虽叫做长生，但是却没有什么长生的功效，顶多只是延年益寿而已。不过这丹丸治疗外伤却神奇得很，半颗服下，半颗外敷，只要不是致命的伤口都可以痊愈。当年卑职还只是太医院的医士，亲眼所见院正大人用这丹药治好了先帝身上中的一处箭伤。"

邵云和眼中猛地一亮，一把握紧秦太医的手臂，问道："当真？"

194

"自然是真的！"秦太医笃定地道，"用别的金创药来治外伤起码要半个月才可结痂。那炼丹师的丹丸只需几日就能使伤口开始愈合结痂，十分神奇。"

"秦太医说先帝用了一颗，那另一颗呢？"温景安皱眉问道。

秦太医摇头："过了十几年了不知道这丹药是不是还在，若还在，应该在存放灵丹妙药的药库中。而这药库平日里就算院正大人都不容易进去，除非……"

"除非什么？"邵云和眸色沉沉，脸色看起来格外骇人。

秦太医看着他杀人的眼神，不禁一哆嗦连忙道："除非太后或者皇上下旨去取，不然的话旁人是难以拿到的。可是到时候势必得让皇上知道莲妃娘娘她受伤了！"

邵云和和温景安顿时沉默下来，绕来绕去还是逃不了让龙越离知道真相。可是当真让他知道这一切吗？这个谎太难圆了，龙越离如此聪明怎么会相信他们所谓的一面之词。就算相信了，怎么会拿这么珍贵的丹药去救她？而且还有巴不得周惜若死的楚太后和皇后！两人心中一时间思绪万千，久久无法平息。

秦太医只觉得屋中的气氛凝重得像是山一样。他连忙道："两位相国大人，卑职去熬药。"他说着匆匆地离开了屋中。

屋中又剩下邵云和和温景安两人。他们不约而同地看向昏昏沉沉的周惜若，心中一遍遍想着方才秦太医的话。

邵云和看看同样疲色深深的温景安，慢慢道："有三条路，第一条，去告诉龙越离，让他下旨救她；第二条，骗了龙越离下旨拿药；第三条，你把我绑了，告诉龙越离我就是逆党叛贼是我伤了她。"

温景安张了张口，却道："这三条都不怎么样。说来说去都只能看皇上愿意还是不愿意救惜若。你可想过，万一皇上不愿意呢？如果皇上知道你们合谋，龙颜大怒呢？"

邵云和握着周惜若毫无知觉的手，涩然问道："那该怎么办？"

左右都不是，他自诩智计满怀却唯独救不了自己最心爱的人。是从什么时候开始爱上她的呢？是第一眼所见那着涩明艳的倩影，还是跪在冰天雪地中那一双倔强不屈的美眸？还是如今高高在上，口中说着恨，其实心善良得可笑的人儿呢？

房中寂静无声，针落可闻。

"也不是没有别的办法。"温景安缓缓道，"设个局，让皇上拿出长生丸。"

邵云和猛地抬头看着温景安。

温景安心中矛盾重重，半晌才咬牙道："我有一计，但是要看你愿意还是不愿意。"

邵云和慢慢道："有什么不愿意的呢？只要她能活着就好。"

温景安遂附在邵云和耳边如此这般说了起来。邵云和默默听了，只说出两个字："好计！"

第十七章 安王遇刺时局转

温景安见他愿意，叹了一口气："只有这样的局才可以逼着皇上拿出长生丸。"

邵云和嗤笑一声，冷冷地道："皇上也许不会拿，但是太后一定会拿出来的。"

温景安眼神复杂地看着他："你当真愿意做？"

邵云和站起身来，昨夜的颓丧绝望一扫而空。俊美的面上虽还憔悴不堪，可是那双漆黑的眸子却已熠熠闪着冷光，冷冷道："愿意。"

温景安沉默："除了他，我找不到别的人，邵大人要明白。"

邵云和道："他又不是我什么人为何杀不得！温相大人多虑了。"他说罢最后看了一眼床上的周惜若，对温景安抱拳凝声道："她就拜托温相大人了！把她悄悄送到安全的所在。"

温景安点了点头目送他离开。他看见邵云和走出房门在拐角处踉跄一下。他扶住墙悄悄呕了一口血，可是片刻后擦一擦唇边立刻消失不见。一天一夜，他守在她的身边，不眠不休，拼尽内力只为给她续命。

温景安心中一叹，天意弄人，他的这份深情为何来得这么迟呢？

天色渐暗，一辆四匹黑马拉着的马车飞快地疾驰过行人稀疏的街道。马车中坐着一位身着绣蛟龙锦袍的中年男子。他鬓发已白，可面目依然英气勃发，只有眼角明显的皱纹显得他年纪已过了四五十岁的模样。他腰间玉带上挂着宝剑，上面镶嵌了各色宝石，一如他身上的穿着一样贵气凛然。看得出他的身份极尊贵。他靠着车厢一边闭目养神，手指轻敲着膝上似在想着什么。忽地身下的马车顿了顿，他身子也随之猛地向前倾去。

"到底怎么回事？"他睁开眼，冷声问道。

马车外侍卫连忙道："启禀王爷，是方才路上有个坑。"

他话音刚落，忽地夜空中响起一声尖利的呼啸声，所有的人还未来得及反应，半空中忽地响起劲风簌簌声。只见一波波箭羽向着马车疾射而去。马车四周的侍卫们皆是百战过后精挑细选的护卫，一看纷纷拔剑怒喝挥起格挡。

马车中的那男子猛地喝道："到底怎么了？"他撩开车帘。

才看了一眼，外面的情形令他不禁大吃一惊，只见半空中条条黑影扑来，他们手中拿着弯刀，衣衫左衽，面目凶狠，一声不吭举刀砍向马车四周的侍卫。

"是狄国人！"有侍卫惊呼道，他话音未落，胸口就被一个刺客狠狠地砍中，鲜血四溅。

那些刺客一张张异于齐国的面孔在夜色下像是一匹匹从荒野中出没的狼令人心生恐惧。马车附近的侍卫们被他们气势所震慑，不断退后。

"王爷！快走！他们人太多了！"侍卫上前扶着马车上的中年男子。

这马车上的男人是安王。

安王冷哼一声："不过是几个荒蛮的狄人罢了！难道要本王不战而逃？"

侍卫们见狄人凶狠心中纷纷叫苦，只盼着京畿护卫军听到这边的动静派人来增援。

"都是一群废物！"安王冷哼一声，拔出长剑挺身加入战团。

侍卫们见他以身犯险，咬牙拼命上前护卫。不知是他的身先士卒起了效果，还是那些狄人武功不怎么样，情形慢慢地扭转。街上早没有行人，胆小的百姓纷纷关了门窗躲了起来。街上只听得喊杀声和痛呼声。这声响终于惊动了京畿护卫，远远的有火光耀起，京畿护卫军纷纷赶来。安王面上略松，正当他要收起剑的时候，忽地半空中耀起一团灿烂的剑花，带着气势万千的变幻向他刺去。

黑夜中众人只见一道黑影如烟一般掠过众人的头顶，向安王冲去。他面目都严严实实地包在黑巾中，只露出一双犀利冰冷的眼。这样的眼眸如黑夜中的狼带着嗜血的杀气袭来。安王身经百战，对着这一剑面色一沉，当下挥剑迎上。可是当他迎上那刺客的剑的时候心中不禁一惊。一股排山倒海的力道随着剑身传入他的体内。安王连连退后，一口浊气从胸中升起，禁不住"扑"地一声呕出一口鲜血来。刺客一击不中，举剑再刺。他的招式阴狠，招招致命，每一招都令那中年男子倒退好几步。

"你知道本王是谁吗？你们狄国人要杀的不应该是本王！"安王捂着被内力冲击得剧痛的心口怒问道。

"杀的就是你！"那刺客声音嘶哑，冷笑着回答。说着举剑又是一阵暴风骤雨一样地刺向眼前的安王。他的剑划过一道道光弧，灿烂耀眼，仿佛织成了一张天罗地网令人无处可逃。安王渐渐狼狈吃力，他苦苦支撑只盼着京畿护卫军前来相救。他边战边退，目光拼命搜寻可供躲避的所在，忽地，他眼角扫过那刺客的脚步，不禁一亮，只见那刺客脚步微微迟缓，分明已是力竭只在勉力支撑罢了。

安王心中提振大喝一声挥剑上前。两人身后的火光渐渐靠近，京畿护卫军向这边飞驰而来，那群不知哪来的狄国刺客见情形不妙怪叫一声纷纷四散逃了。只剩下那黑衣刺客与安王还在苦苦缠斗。

安王见援兵来了心中安定，一剑划过那刺客的肩膀，冷笑道："不论你是谁，今日你死定了！"

那一剑划破刺客的肩膀，顿时鲜血长流。可是他仿佛不知道痛，揉身向前一剑刺向安王的心口，安王见他心腹间空门大开，心中一喜，大喝一声，举剑狠狠刺向刺客的腹部。他手中的宝剑更长更锋利，按他所料这一剑他能立刻将这刺客毙命当场。可没想到那刺客一眨不眨，挺身迎上安王的剑锋。同时他手中的长剑如游龙一般刺入安王的心口。

"扑"地一声闷响，安王定定看着面前的刺客，眼睛猛地瞪大。四周的声音都安静下来。

197

两人贴身，安王的剑插入了那刺客的腹部，可是却奇异地顺着他的腹部滑向一边。而刺客的剑却深深地没入了安王的心口。安王看着眼前近在咫尺的双眼，痛色渐渐蔓延上他的眼中，他伸长手竭力想要抓下刺客面上的面巾。

这双眼……太过熟悉。安王在倒地之前心中掠过这么一个模糊的念头。

安王遇刺，生死不明！

安王府把这个消息禀报到了皇宫中，楚太后惊得打碎了手上把玩的一根翡翠玉如意。她连忙差人去太医院请了好几个御医，凤驾连夜匆匆赶往郡主府。安王世子与世子妃也赶到。

"云和，怎么办？怎么办啊？！"南宫菁看着来来往往的御医，哭得扑向赶来的邵云和身上。

邵云和面上痛色掠过一把推开她，勉强安慰道："你放心，太后一定会救治父王的！"

他说着出了房门，屋外的冷风吹来令他清醒了不少。他扶着墙边慢慢走回自己的房中。关上房门，他解开衣衫，衣衫下赫然金光粼粼，原来他贴身穿着一件刀枪不入的金丝软甲。他咬牙解开金丝软甲，露出结实的腹肌，只看了一眼，眸色便沉了沉。只见腹肌上一道深深的痕迹，从肋骨划下划过了腰间。

他拼尽全力终究是被安王那一剑所伤，安王的剑划过他的肋骨，内力透入软甲把他的一根肋骨生生震断，然后又伤到了他的腰。安王果然是百战出身的武将，这最后一击若不是他穿上了护体的金丝软甲，现在躺在床上的恐怕就换成了他了。

邵云和脱下金丝软甲，咬牙接上了肋骨，没有草药，只随意绑了一根木板缠上布条就算是处置了伤口。他弄好这一切，痛得身上冷汗湿透了全身。他拿了巾帕随意擦了擦脸，穿上外衣毅然出了王府。

长生丸，世人孜孜所求不过是长生不死，却不知天道轮回，长生不过是一场梦而已。周惜若醒来的时候也以为自己不过是做了一场长长久久的梦，久得恍若隔世。眼前所见依然是云水殿温暖的殿中，鲛绡纱糊住的窗外云开雪停，不惧寒冬的雀儿在枝头叽叽喳喳叫着。她透过窗棂的缝隙看着鸟儿欢快地跳着叫着，也不禁唇边溢出丝丝笑容。

"娘娘，醒了？"林嬷嬷悄悄上前，轻声问道。

周惜若轻叹一声。

林嬷嬷眼中的泪滚落，禁不住上前紧紧握住她的手，哽咽道："娘娘，你醒了就好。你知不知道你睡了多久了，再不醒来，我……"

周惜若苍白地笑了笑，道："我的命太贱，怎么都死不了，我饿了。"林嬷嬷连忙擦着眼泪应了，退了下去。

周惜若收回手，目光却在手腕上久久停留，她眼中有片刻的恍惚，记忆的碎片在脑中零碎而过，似乎有一个人紧紧地握着她的手，说着什么，一字一句痛彻心扉，有一句，她却听不分明。

她记得，有人说阿宝。是梦吧，不然怎么会这样虚无呢。

安王遇刺。整个京城戒备森严，到处在搜捕来自狄国的刺客和奸细。可是那十几个凭空出现的狄人刺客仿佛长了翅膀飞了一样消失在了齐国的京城中。后来有人在结了薄冰的护城河边找到了一把弯刀，这才知道原来他们行刺安王之后，从腊月寒冬冰冷的护城河中潜游逃走了。狄国所在之地是北边苦寒之地自然不怕寒冷。这法子虽然冒险可是却没人想得到。等京畿护卫军们发现去追击的时候他们早就跑得无影无踪，而那领头黑巾蒙面的黑衣刺客更是无处可寻。

安王病重，有人言，先帝生前曾得仙师两枚长生丸，一枚已服，另一枚可医安王。楚太后闻之大喜，急令太医院前去拿来，可长生丸用在了安王身上却毫无作用，安王伤势垂危，整个安王府愁云惨雾。

龙越离听着底下之人的禀报，薄唇勾起一抹冷笑，淡淡道："传朕的旨意，宫中所有珍贵药材可凭安王府取用。"

叶公公连忙下去传旨。等宫人都退下，叶公公上前，含笑问道："皇上现在可要用膳？"

龙越离看了看天色，皱眉道："再过些日子就要到年关了，莲妃为何还久久不肯回宫？"

叶公公连忙从袖中掏出一封信，对龙越离道："莲妃娘娘说静安寺中有一株雪莲，这几日要开花了，她定要守到了雪莲花开献给皇上。"

龙越离打开信封，哼了一声："不过是一朵花罢了，值得她这么着紧。"话虽如此说，但是他却急急看起了信。

叶公公抿嘴偷笑，悄悄退下。前几日云水殿的莲妃听闻静安寺有一株养了六十年的雪莲即将盛开，所以立刻请旨出宫定要守候雪莲花开敬献给龙越离。当时安王被刺，秦国使臣们在宫中商议两国议和一事，龙越离脱身不得。等他要前去探望周惜若时，周惜若已匆匆出了宫，留下一份情真意切的信，道佛前雪莲花开十分难得，只能先斩后奏，鲁莽出宫还望龙越离见谅。信中情意绵绵轻易地就平复了龙越离的恼怒。从那天起，她便一天一封信奉到了龙越离的手上。

叶公公笑叹着退下，纵观整个后宫，能以信谈情的唯有莲妃。

飞雪飘飘，禅房中周惜若躺在床榻上，面色依然苍白。她看着窗前一笔一画认真写字的那一抹儒雅身影，微微含笑："我曾想，天下若有十分才。天下学子们占了七分，温相定占了其余三分。"

温景安停了笔，小心翼翼地吹了吹纸上的墨迹，耐心等着纸上的笔墨干了才折好放入信封中。他回头摇头轻笑："娘娘谬赞了。我只是个书生而已，出仕之后又因固执得罪了不少人，所谓的才华不过是纸上谈兵罢了。"

周惜若拢了拢身上的薄衾，缓缓道："整个齐国都知道，温相大人一心为民，革除弊病，是齐国的栋梁是大大的好官。"她说着忽地自嘲一笑道："齐国第一相国大人，如今却为了我欺瞒圣上，委身在山寺中为我写递给皇上无关痛痒的信。"

温景安看着她眼底的自责，心中轻叹一声，道："在天下人心中我温景安是什么样的人与我有何干系？可在我的心中，你的性命才是最重要的。"

周惜若心中动容，抬头看着他，眼前的温景安面目清俊，神色柔和，他总是如此，默默无闻站在远处看着她欢喜看着她悲伤，却在她最需要的时候一次次站在她的身边。

周惜若明眸黯然，轻声道："这次太险了，险险瞒过了皇上，若是他日皇上发现那就真的是祸事了。"

蓦然回首，她发现她心中藏着越来越多的秘密，一桩桩一件件都无法对龙越离说出口也无从说起。是什么时候开始改变的？变得这么心机重重变得这么瞻前顾后，无法坦诚。

"别想太多了。"温景安见她脸色煞白，连忙阻止她继续胡思乱想。

周惜若疲倦地轻叹一声："是啊，不想了。"

正在这时，外面响起晴秀的声音："娘娘，那人要见娘娘。"

周惜若一怔，自从她被玫黛儿所伤之后，晴秀便只称他为那个人。她眸中掠过一丝倦意，道："与他说本宫累了，正在歇息。改日再来吧。"

晴秀利落地应了一声，退了下去。

温景安看着周惜若清丽瘦削的面容，欲言又止，终于问道："你为什么不见他？这一次你受伤虽因为他，但是谁也没料到玫黛儿这么狠毒突然发难。这是无法预料的事。再说……"

他忽地住口，心中犹豫不决，不知该不该把她受伤之后邵云和所做的事一一告诉她。

周惜若神色倦然："不是因为玫黛儿，而是我与他终究不是一条路上的人。帮他，以前有我自己的考量和苦衷，如今看来还是远远离了他才好。"

温景安轻叹一声，起身告辞："你好好养伤，过年之前应该可以回宫。至于邵云和，你有空还是见他一面，当面说清楚吧。"

周惜若看着温景安离开的身影，闭上眼靠在床榻沉沉睡去。她一觉醒来，却已是傍晚时分。

晴秀问道："娘娘可好点了吗？"

周惜若摸了摸自己身上的伤口，笑道："秦太医的药果然好，今日不疼了，扶我出房门走一走吧。"

晴秀见她面上恢复血色，欢喜地应了一声扶着周惜若出了房门。

静安寺十分幽静，鸟雀在雪地上啄着偶尔洒落的米屑。周惜若看着，忽地，晴秀恼道："娘娘，那个人又来了。"

周惜若回头，只见邵云和从天地一片雪白间缓步走来。他今日身上穿着一件暗红色廷尉服，腰间悬着一把宝剑，脚上穿着及膝的马靴，外罩一件玄色锦面披风。暗红妖娆，玄色肃冷，他俊美白皙的面容越发清晰如墨画描摹而出。他缓步走上前，玄色披风随风轻轻拍动，犹如张开鹰的羽翼。

他走到她的跟前，仔细看了她一眼，微微皱眉："可好些了吗？"

周惜若垂下眼帘，淡淡道："好多了，多谢邵相大人关心。"她这一低头看见他马靴上泥土点点，知他是从骁风营赶了过来，顿时心中滋味复杂。她退后一步，道："天色不早了，邵相大人还是回京吧。"她说着由晴秀扶着转身朝着来时的路走去。

"等等。"邵云和在身后低低唤了一声。

周惜若并不回头，只道："邵相大人还有何吩咐？"

她的冷漠疏离就如一堵无形的墙将他隔开，半分也亲近不得。邵云和看着她清冷的背影，眸色一黯，上前将手中的木盒交给了晴秀。

"这是两枝雪莲，我派人刚从天山寻回，得来不易。一枝交给皇上算是圆了你出宫的谎，另一支你且留下，伤好后便可服用。"他道。

周惜若心中一震，只见乌沉沉的木盒平凡无奇。晴秀忍不住打开，只见在木盒当中盛了半盒的冻土，而冻土上盛开着两朵雪白皎洁的雪莲花。

"这是并蒂双生雪莲！"晴秀忍不住吃惊道，"听说这种雪莲五十年才会开花！"

周惜若看着沉甸甸的木盒，忽地觉得自己的心也沉甸甸的难受起来。她合上木盒，对邵云和道："多谢。"说着慢慢走了。

晴秀见她竟不要自己搀扶，急忙追上前去。主仆两人的身影慢慢消失，渐渐再也看不见。邵云和看着她消失的清影，跟跄一步，扶住了一旁的一树寒梅。

第十八章　情意已明人两难

　　安王伤重，几次在生死关头徘徊。太医们想尽一切办法终于将他从鬼门关拉了回来。但安王终究是年事已高，被刺伤了元气，缠绵病榻再也不见当年的一代权王的英姿。议和之事并没有因为狄国人捣乱而中断，反而因为此事秦国使臣们不敢再耽搁，与龙越离拟定了盟约，匆匆回了秦国。

　　周惜若伤好从静安寺中回宫，亲手向楚太后与龙越离奉上雪莲花。楚太后因为安王被刺一事十分憔悴，看了眼雪莲花，点了点头算是嘉奖。龙越离只觉得周惜若似又消瘦不少，握了她的手，皱眉道："不过是一朵花而已，怎么值得你亲自去守？"

　　周惜若微微一笑："佛前的雪莲盛开预示着齐国行天道得上天庇佑，难道臣妾不该守着吗？"

　　龙越离开心哈哈一笑，握了她的手，傲气凛然："若儿，齐国的盛世就要到来了！"

　　周惜若唇边含笑，眼底却缓缓涌起深深的忧色。

　　新年将至，腊八节到来，宫妃照例是要到中宫中领皇上与皇后赐下的腊八粥。这一日周惜若更衣梳洗完前往中宫。今日的中宫格外热闹，各宫大大小小的妃嫔都前来给皇上皇后请安。龙越离一身明黄龙袍坐在殿中，身边是一身明黄凤服，头戴凤冠的皇后。

　　龙越离见周惜若前来，面上露出深深笑意。周惜若含笑上前请安，今日她一身明红色四凤团绣凤服，为了遮住过于苍白的面色，上了淡淡的胭脂。当真是明眸皓齿，

202

妖而不艳，媚而不俗。一身风华万千，令人看得移不开眼去。

龙越离把自己跟前的金碗递给她："赐给爱妃，祈愿爱妃来年顺顺利利，无病无灾。"

周惜若见他亲自赐粥，连忙上前接过，说了两句吉利话后谢恩退到了自己的席上。皇后眸色一闪，对龙越离道："皇上怎么把自己的粥给了莲妃？"

"朕把自己的福气赐一些给莲妃，难道不行吗？再说莲妃千辛万苦为朕守了雪莲花进献，功不可没。皇后何必这么斤斤计较一碗腊八粥。"龙越离哼了一声反驳道。

皇后顿时语塞，底下的妃嫔一听，眼中流露深深的妒忌。周惜若看了自己手中的粥，果然是龙越离已吃了一口。她心中微动，看了皇后一眼，果然皇后脸色有些不悦。

嫔妃陆陆续续都到齐了，由皇后亲自施粥赐给各宫妃子。各宫妃子说一些吉利话，然后由龙越离依次赏赐。宫妃们依次上前，忽地，周惜若眼角掠过一抹纤细柔美的身影，款款上前拜见皇上皇后。那宫妃面容娇美，身材窈窕，行走间若弱柳扶风，楚楚惹人怜惜。

她上前跪下道："婢妾祝皇上皇后龙凤永祥，祝齐国来年风调雨顺，百姓安康。"

龙越离见她面生却生得十分出挑貌美，不禁问道："你是哪宫的？"

那宫妃低了头道："婢妾只是明霞殿中的凌更衣。"

龙越离听了皱起漂亮的长眉，显然是想不起她是谁了。而底下宫妃们面面相觑，显然未料到宫中还有这等标致人物。

凌更衣从袖中掏出一卷绢纸，对龙越离道："婢妾身份卑微，如今一年将过都未曾有幸见圣上一面。今日见雪景美丽，所以特地画了一幅画献给皇上皇后，正所谓瑞雪兆丰年，这是个吉兆。明年的齐国一定是风调雨顺政通人和。"

皇后一听赞道："居然是一位才女！来，呈上来给本宫看看。"

宫人呈上凌更衣的画作，打开一看，皇后不禁惊叹："果然画的是今日清晨的雪景，皇上你瞧瞧，画得真的是好！"

龙越离看去，果然雪白的宣纸上远山松柏隐约可见，近处亭台楼阁，宫阙重楼皆栩栩如生，简简单单几笔就勾勒出一幅深冬雪景，当真是意蕴悠长，丹青不俗，而且墨迹未干，显然是今早刚刚画的。

他看了落款惊叹道："原来你便是素有才名的凌家小姐。"

此话一出座上的众人这才想起来眼前的宫妃是诗书之家的凌瑶。听闻她三岁识字，五岁能诗，八岁能文，被人称为才女。可她进宫之后只被封了最末等的更衣，如今将近一年，年末才出现在众人面前。

凌瑶低了头，柔声道："皇上谬赞了，这些都是虚名，婢妾只不过是多读了些书，会点丹青罢了。"

龙越离只见雪景图构图精妙，运笔熟练，难得的是整个画开阔，不落俗套。他看了欢喜，对宫人道："拿去好生裱起来。另外好好打赏凌更衣。"

皇后轻抚那画，笑道："既然如此，臣妾就做主提了凌更衣的位分，封为美人。这封号却要皇上赐下。"

龙越离看了跪地的凌瑶，随意道："既然凌家小姐才学很好，就赐号为文。"

凌瑶一听欢喜不禁，急忙伏地叩谢圣恩。一旁御前内侍连忙写好圣旨，有的去内务府传旨。宫妃们心中滋味万千，却还是纷纷恭贺，中宫殿中一片热闹。周惜若看着凌瑶纤柔的背影，红唇一勾，似笑非笑。新年推新人，皇后这一招果然妙极。

新年伊始，龙越离改年号为圣武，为圣武初年。宫中的热闹一直持续至正月还未停歇，云水殿一如往日平静。周惜若经过调养，元气渐渐恢复如初，面上多了几分血色，人也多了几分精神。她看了看曾让自己在鬼门关上徘徊的伤口只剩下铜钱大小的疤痕，秦太医不愧为国手，这伤口处置得很好，疤痕很细乍一眼是看不出来的。

"娘娘放心，皇上是不会注意到娘娘身上的痕迹的。"林嬷嬷拿来膏药为她抹上。

周惜若看着铜镜中自己雪白如莲的身子，淡淡道："无论注意不注意，他现在心神都只在了别处，所以也无所谓了。"

从安王被刺到如今已一个月有余，她虽因为身上的伤故意避开了龙越离的宣召侍寝，可是看他的样子分明已没有闲情逸致与她缠绵了。宫中流言越演越凶，条条都是关于龙越离与安王世子妃越卿卿。安王世子南宫庆因此闹过一次，可越卿卿干脆住进永寿宫，不屑再遮掩。

林嬷嬷听了不忿地道："还不是因为那不要脸的越卿卿，如今可好了，借口安王世子与她吵闹干脆搬到了永寿宫中住。她也不想想安王病重，作为媳妇她不去尽孝道，只懂得来宫中勾引皇上！这简直是毫无礼仪廉耻之心！如今皇上那样子分明是被她迷住了。"

周惜若穿好衣衫，冷淡道："以后这种事我们就别议论了，她所作所为哪一天自有天来收。"

林嬷嬷摇了摇头："她仗着太后撑腰和皇上喜欢，安王世子亲自来请罪让她回府她都不回去。看样子她是铁了心要搅出风波了！"

周惜若忽地笑了笑："别急，越卿卿此人好戏还在后头。"

安静的云水殿因为正月伊始往来嫔妃的拜见请安而多了几分热闹。贞容华庞明燕如今 已有了四个月的身孕，宽大的衣裙也盖不住她圆滚的肚子。周惜若见她来过云水殿两次，每一次都比前一些日子胖了许多。看样子她再胖下去，便成了史书上有名的以肥为美的杨贵妃了。

文美人凌瑶的获宠十分顺遂，她的恭谨乖巧很得皇后的喜欢，屡次命她入中宫陪伴。她相貌并不算是最出众的，却是最谨慎恭敬的。宫中嫔妃们再嫉妒也实在无法对这样有才华又懂礼的人生出恶感。宫中众美鲜妍，就如渐渐来到的春天一般，让草木露出了头，后宫不再是独宠一人的局面。可在这个春光烂漫的时候，安王府传来消息。

安王病逝！

周惜若听闻这消息在宫中默默坐了一天。从安王凤峪岭败一路到了今日，她在宫中看着安王府从最辉煌的顶点一直到眼前的窘境，而这一切，她从头到尾等了两年。

安王病逝之后，龙越离借口南宫庆去年的不战而逃之罪，把曾经安王麾下的几路兵权分别交给了朝中几位将军。南宫庆成了个有名无实的闲散异姓王。曾经安王府的辉煌到此终结，楚太后的倚仗轰然倒塌，她的震怒可想而知。

她怒气冲冲前去御书房质问龙越离，道："皇上不顾军心所向，把安王底下的将士这般安置，叫哀家如何对得起九泉之下的安王？"

龙越离冷笑："安王虽然战功赫赫，但是如今已病逝。这十几万的兵权难道不该慎重？再说安王若泉下有知，也知道母后对得起对不起的人应该是先帝，还轮不到他！"

这一句暗藏讥讽的话把楚太后气得几乎要昏过去。她指着龙越离，声音颤抖："哀家竟看走了眼，没想到如今你翅膀硬了，竟然会违逆了哀家！"

龙越离深眸掠过厌恶，他傲然看着面前的楚太后，一字一顿道："母后年事已高，难道还要来插手朝政不成？"

第十七章　安王遇刺时局转

楚太后见他翻脸，被他的气势所慑，只能恨恨回到了永寿宫。不过楚太后也不是易与之辈。过了几日，朝中不少臣子上了折子，要求加封安王为胜裕将军，历数安王过往之功，要龙越离福荫如今的安王之子定王南宫庆。朝会上那几位老臣倚老卖老，一把鼻涕一把眼泪，说得唏嘘。龙越离几次想打断都无法，只能怒而拂袖离去。底下安王麾下几位心腹大将趁机上了折子要告老还乡，几位将军如今都是身居高位，守在了齐国要塞。几位一起弹压下来，龙越离再有准备也是压力巨大，他向来是吃软不吃硬的主，一怒之下统统准了。朝中因此事沸沸扬扬，到了月底才算是安稳了点。

正月过后，郁老将军回京，如今齐国西北边疆一带因有郁家军镇守固若金汤。郁家军从先前的几万精兵，一路招募收编如今已有了十万的规模。龙越离亲封了他为镇西大将军。在齐国中百姓皆知郁家一门将才，威名远播。而宫中郁老将军唯一的爱女郁可月的受宠看起来更是理所当然。仿佛要印证一句"锦上添花"的老话，过了几日福明宫中传来好消息：宁嫔有喜。龙越离封她为宁贵嫔。齐国后宫位分高的妃子并不多，宁嫔才有孕便已是贵嫔，等诞下一子半女封妃便是指日可待了。

春寒渐退，冰雪融化，春暖花开，处处一片生机。西北边传来狄国的消息。狄国二皇子伙同三皇子兴兵作乱，反了如今自立为狄国皇帝的大皇子，大皇子在叛军中被刺死，狄国皇后耶律筝儿下落不明。整个狄国动荡不安，各个部族趁机浑水摸鱼，兴兵作乱，这消息传到齐国已是十几天前的旧闻了。周惜若想起邵云和所谓的复国大计，心中不由感叹。不破不立，欲要复国，必先要搅乱狄国的局势。而如今看起来邵云和与那神秘的义父，正一步步实施着复国的计划，有效迅捷，令人心中胆寒。

而自己身上的剧毒……她深深叹了一口气，看向手边精致的木盒。三个月一送，他真的是送来了。

夜，沉沉如晦。廊下有侍从持着一盏灯笼照着前边的路。灯笼之后是一抹挺立如剑的身影，他身上披着玄色披风，走动间披风随风张扬开来，凛然的气势暗自而生。一道黑影从房檐上蹿下。他猛地顿住脚步。身前的侍从犹自不觉向前走去。他手指轻弹，拿着灯笼的侍从缓缓无声倒地。他接过倒地侍从手中的灯笼，灯光照耀了他俊美冷肃的面容，赫然是邵云和。

"主上！国师的急令！"黑影无声蹿上前递给了他一封密信。

他接过，看了几眼，深眸一睐问道："国师还说了什么？"

黑影声音压低，快速说道："国师还说是时候让主上回京都主持大局。不然乱局纷纷，无领头之人恐怕将来对主上继承大业不利。"

邵云和闻言手中一顿，不由自主地捏紧了手中的密信，久久不语。

"主上？"黑影试探问道。

"告诉国师我知道了。"他冷冷地道，"一切依计行事。"

黑影又问："主上何时归国？"他露在黑巾外的一双眼中皆是热切的期盼。

邵云和别开眼，道："不日将归，只是我这边还有些事未处置完，等处置完了就回去。"

"国师说，主上切不可因小失大，赤灼的复国大业才是重中之重。"黑影说道。

邵云和淡淡道："我知道，你回去吧。"

黑影跪地点了点头，飞身上了屋檐，不一会就消失了踪影。邵云和看着黑影离去的方向，眸色变幻不定，最后他眸色一沉，似做了什么决定，走入了黑暗中。

后宫渐渐平静如昔，只是前边朝堂传来些风言风语。有人传言安王被刺一事大有内幕。安王平日小心谨慎，出入府中皆有大批护卫随行，而且护卫甚是严密，怎么会被远道而来的狄国刺客这么轻易探得行踪？若不是熟悉安王脾性和行踪之人所为实在是难以解释。再者，安王武功高强，虽然年过五十，但老当益壮，那一剑虽然伤得

206

深，但是在太医院的太医们日夜救治照顾下，伤势反复不见好转最后竟然死了。流言纷纷，似乎在暗指这一场安王被刺是龙越离做的，正所谓功高震主，安王的兵权终是这年轻帝王的祸患，不除不快。不过这都只是流言而已，轻易地就湮没在一片对龙越离日渐亲政的歌功颂德中。安王之死，成了一件谜案。

春光渐盛，草长莺飞，又到了齐国一年一度的汜水节。宫中的妃子们就盼着一年一次的出宫机会。皇后也甚是兴致勃勃，她如今甚是信任文美人凌瑶，宫中之事，日常繁琐的就交给了虞嫔，若是想要好点子那必是要询问凌瑶。

凌瑶出身平常之家，提议皇后可摒弃先前奢侈的旧习，选了一日天色晴好的时候带着宫妃去京郊踏青。皇后本犹豫这个大胆的建议是否可行，没想到不知怎么的这件事被龙越离知道。他道："可以办一场春狩，如今草长莺飞正是狩猎的好时节。也可以让京中子弟们一起随驾出行，考校武艺。"而且他将此次春狩地点定在了更远的皇家林场。那边据说风光秀丽，溪水潺潺清澈，里面有不少游鱼，林间还有各种野鹿和黑熊等野兽。

皇后见龙越离喜欢，更是十分热心去操办。宫中妃嫔一听要出宫行猎都十分欢喜。周惜若伤渐渐好，行动自如，听闻能出宫心中隐约也有期盼。

日子转眼就到。三月初，春光大盛，帝后御驾出行，华盖如云，宫娥内侍跟随，还有大批的御前护卫守护，一行队伍延绵好几里，百姓们纷纷出来观看，天威凛凛，令人心生憧憬。到了傍晚御驾才到了皇家的林场。夕阳西下，红霞满天，可是营地上却分外热闹。内务府早就在几日前布置妥当支起一座座帐篷。周惜若独自一座，雪白的帐子中里面的软毡矮几一应俱全。林公公与几位内侍处处张罗。

到了夜幕降临，营地中生起一堆巨大的篝火，从宫中带来的歌舞伎围着篝火跳起欢快的歌舞。龙越离与众朝臣还有京中子弟们纷纷开怀饮酒。周惜若打扮妥当，由宫人领着向欢聚的所在而去。她正走过一个营帐，里面传来一声怒问。

"你敢说父王的死没有半分蹊跷？！"

周惜若心中一惊，情不自禁顿住脚步。身后的林公公看见她停下正要上前问。周惜若连忙做了个噤声的手势，悄悄靠上前去。林公公连忙对身后的内侍做了手势，让他们悄然离开。周惜若绕到了那顶帐子之后，掀开一点点缝隙看去，只见里面灯火明亮，人影幢幢，两个女子面对面站着，其中气氛冷凝。两道身影周惜若都十分熟悉，竟是敏仪郡主南宫菁和越卿卿。

"郡主别让什么小人轻易挑拨了去。父王伤势严重最后病逝，这可是太医亲自说的，不是我说的。"越卿卿冷冷道。

南宫菁指着越卿卿的脸，骂道："枉我看错了你，你这个贱妇勾搭了皇帝，害死了我父王！你别以为我不知道，你……"

她还要说，越卿卿一掌打翻手边的茶盏，脸色阴沉："你再胡言乱语试看，你虽是郡主，但是我可是你的嫂嫂！我可有权责罚你！"

南宫菁冷笑一声："责罚？你害死我父王，我还没让你偿命呢！"她抽出身边的马鞭狠狠抽向越卿卿。"啪"地一声响，越卿卿被南宫菁的马鞭抽中了手臂，痛得脸色煞白。在帐外的周惜若也被突如其来的变故吓了一跳。她没想到南宫菁说打就打，看来这两人翻脸已到了这种地步。

越卿卿也不是易与之辈，眸中冷色掠过，扑上案几边拔起一把装饰用的短匕首刺向南宫菁。南宫菁眼看着这寒光闪闪的匕首刺来，禁不住失声尖叫。周惜若亦是惊得捂住了唇。她没料到越卿卿竟然这么狠。

南宫菁的尖叫声刚落，帐外有一道人影掠来，一把抓住越卿卿的手腕。越卿卿手腕吃痛，手中的匕首落地。

那人冷冷道："嫂嫂就是这么对小姑子的吗？刀剑相向？"

南宫菁死里逃生，抬头看到救了自己的人不禁哭道："云和，你来得正好！这个贱人她要杀人灭口！"

来的是正在寻找南宫菁的邵云和。周惜若躲在营帐背后，看着这一幕，眸色复杂难辨。只是此时她想要走却已是不能了。邵云和有武功，若自己一动，他轻易就能知道自己偷看了，她只能按捺下来，继续看着。

帐中越卿卿捂着手腕，踉跄退了几步，冷哼一声："管好她的嘴！胡言乱语可是要死人的！什么勾引皇上害死安王，没凭没据可不要乱说话！"

南宫菁有邵云和在场立刻气焰张狂，骂道："难道你敢说你没有勾引皇帝？宫中宫外都传遍了，安王府的脸都被你丢尽了，就我哥哥还傻傻地相信你。"

越卿卿鬓发散乱，神色狼狈，听了这话气得连连冷笑。她对邵云和冷冷道："好好管管她！若要闹起来，谁都讨不了好处！"她说着走出了帐子。

南宫菁见她走了，气急地扯着邵云和怒道："你怎么可以放她走？分明就是她害死了父王！这个贱人！我要告诉太后娘娘去！"

"回来！"邵云和冷冷喝住她。俊脸铁青，"你没凭没据的怎么告得了她？她深得太后信任，就算告到太后跟前难道你就能说是皇上指使她谋害了安王吗？"

南宫菁一听顿时语塞。

"来人，带郡主下去歇息。没有我的命令她不可出营帐！"邵云和喝来侍卫，冷声吩咐道。

左右侍卫应声把南宫菁拖了下去。

周惜若把这一切从头看到尾，心中的震惊无法平复。依南宫菁和越卿卿争执的言语中听来，安王被刺十分有蹊跷，而安王久治不愈最后病死跟越卿卿有牵扯。南宫菁虽然鲁莽，但是若没有什么蛛丝马迹她怎么会去怀疑了越卿卿？要知道她们姑嫂两人可是从小到大的姐妹，好得蜜里调油一般。

她脑中正在胡乱猜想，头顶忽地传来一声冷冷的讥讽："娘娘看戏看得真热闹啊。"

周惜若一惊，想要站起身奈何蹲得太久了，脚上一麻人向后跌去。躲在她身后的林公公想要扶她。邵云和指间轻弹，林公公闷哼一声被他隔空点穴点倒在了地上。周惜若无人搀扶，狼狈地跌在了地上。身下是草地松松软软的并不疼，只是形容狼狈而已。

她看着昏过去的林公公，顾不上自己，惊怒问道："你把他怎么样了？"

帐边昏黄的火光照出邵云和冷峻的面目，他一把将她毫不怜惜地拖起，冷冷道："放心，他死不了，只是让他睡一会。"

他说着将周惜若拖进了帐中。周惜若心中忐忑，她好不容易才撇清了和他的瓜葛，今日居然撞上这事。到了帐中，邵云和一推，她身不由己地跌在了地上。

帐外传来篝火旁的欢声笑语，还有阵阵欢快的呼喝声。外面正热热闹闹越发显得这帐中安静无比。周惜若紧紧盯着高高在上的邵云和，而他眸光变幻不定，似乎在想着接下来怎么处置她。

周惜若看到他眼底的冷色，心头一颤道："你放了我，刚才的事我不会说出去一个字。"

眼前的阴影落下，邵云和盘膝坐在了她的跟前，帐中只燃了一盏宫灯，烛火昏黄，映出他过于冷峻清晰的侧面，淡淡的烛光从他的眼角流泻，似将他的俊魅渲染了几分。她不知道他在想什么，说完方才那一句只能紧抿了嘴等着他。

"方才的事我自然知道你不会那么蠢去告诉谁，这个我并不担心。"邵云和慢慢地道。

周惜若见他神色平静，禁不住问道："那安王的死……"安王的死她不得不好奇，毕竟那样的人物，而且还是她的仇人。她问完又觉得后悔，邵云和不像是会告诉她的样子。

"太医在安王死后查到他身上有一味化瘀散。这药虽然是活血化瘀，但是不适合重伤未愈的安王服用。"邵云和淡淡地道，"而安王那时候在安王府中养病，这其中的蹊跷自然只有安王府的人知道了。"

周惜若心中一惊，随即觉得遍体生寒。安王府中只有南宫庆和越卿卿与安王住在一起。南宫菁早就成亲另辟府邸了，而安王府中是谁有本事在病重的安王服用的药中加入这一味药？

听到邵云和说的，她此时的想法竟然与方才的南宫菁不谋而合：除了手段通天的越卿卿，还有谁能神不知鬼不觉地下药害了安王？！可是，难道真的是越卿卿干的吗？还是真的是如南宫菁方才说的那样，是龙越离唆使了越卿卿？！龙越离又是拿什么来唆使了越卿卿？是两人的情爱吗？……她越想脑中越是乱纷纷，根本理不出一个

209

头绪来。

邵云和看着她，冷淡地道："别想了，这事很复杂。也不需要你去查明真相，总之，他就是死了。"

周惜若看着他轮廓犀利的脸，不禁重复："是的，他就是死了。"

是的，安王死了，她还纠缠这些又有什么用呢？郑十三娘曾经对她说过，"争来争去为了什么呢？到头来倾城红颜成鸡皮鹤发，最终你会发现一切只是一场空，一场空啊！"

何尝不是一场空呢？不甘不愿不忿……林林总总都逃不过这一句。她忽然觉得累，就如兴致勃勃爬上一座高山，一抬头却发现还有另一座更高更巍峨的山，还有更艰险的一切等着自己，而自己双手空空依然一无所有。曾经她还有阿宝，现在的她还有什么呢？

周惜若缓缓道："让我走吧，我不会说出去今日听到的一切。"

邵云和看了她许久，忽问道："我要回赤灼了，你随我走吧。"

周惜若一怔，不禁定定看着眼前的他。帐中烛光昏黄，照得他的面容越发明晰俊美。她忽地恍惚，曾经也这般仰望着他，可是经年之后，世事流转，原来恨着看不明白的，如今都看明白了，他却说要她跟他走？

"我不能走。"周惜若慢慢道。

"为了龙越离？"邵云和冷笑一声，"你难道还不觉醒？他当初让你入宫是为了利用你，就如今日他与越卿卿有私情，也是同样为了利用她杀了安王！"

"他是为了齐国，你何尝不是为了赤灼抛弃妻子？一个为了掌权，一个为了复国，你又比他高尚多少？"周惜若冷冷道。

邵云和顿时无言。他久久看着她，忽地转身离开了帐子。寒风涌入帐中，周惜若看着他离去的身影，颓然跌坐在了地上。

篝火一直燃到了天色欲明，周惜若回到了自己的帐中已倦极了。她躺在了软毡上却翻来覆去睡不着，南宫菁和越卿卿说的话在脑中回荡。还有邵云和那张冷肃的脸庞，在眼前晃啊晃啊。猛地，她忽地起身。

天色一亮，她梳洗罢就匆匆出了帐子，因为天色还很早，营地中除了四周警戒的护卫，再也没有走动的人。她寻到那一处营帐，撩起帐子径直进去。温景安已起身，看见她来，诧异非常。

周惜若看着他的眼睛，半晌才问道："安王为何被刺？温相知道真相吗？"

温景安看着她的神色，长叹一声："你猜到了？"

周惜若颓然泄气："果然是他。"

"安王是他所杀，为的是夺长生丸，主意却是我出的。"温景安神色平静，"为了救你只能出此计策。"他遂把这件事的前因后果细细说了一遍。

周惜若听完脸色灰白,她抱住自己,许久才道:"他为什么要这样做?"她干涸的眼中缓缓落下泪来:"我宁可他无所不用其极地想杀我,也不要他这样救我。既然要救我,当初又为何如此对我?!"她说罢冲出了温景安的帐子。

温景安追出去,周惜若已不见了踪影。他站在原地只能喟然长叹。而天边晨曦初绽,光芒万千,轻易地就迷蒙了眼前一切。

到了正午艳阳高照,龙越离与京中众世家子弟相约要一起去林中狩猎。与皇帝一起狩猎有种考校武艺的意思,所以所有的年轻子弟们都整装待发,兴奋地等着一展身手。龙越离来到周惜若的帐中却见她还未更衣,只依在桌案边怔怔出神。龙越离见她走神,皱眉上前摸了摸她的额头,问道:"是昨夜吹风着凉了吗?"

周惜若脸色苍白,敷衍笑道:"不是,是臣妾累了没精神。"

龙越离见她闷闷不乐,拉起她,笑道:"随朕去散散心,精神就好了。"

周惜若推辞道:"臣妾的骑射不好,去了也只会惹笑话罢了。"

龙越离捏了她的手腕,道:"就是不会才要跟朕去,走吧。"

周惜若推辞不过,只能去换上骑装随龙越离前去。她今日穿上玄黑骑装,一头青丝束成高髻,只用一块同色玄色布条系住,整个人上下干干净净,妩媚中有种女子的英气。龙越离一笑,握紧了她的手,一把将她抱上了马背上。

周惜若坐上他的骏马,骏马高大看得她心中忐忑。龙越离看着她担忧的面色,哈哈一笑飞身上去,坐在她的身后。

"握稳了!"龙越离在她耳边说道,挥起缰绳,马儿长嘶一声飞快向前疾驰。身后众骑士见龙越离离开,急忙跟上前去,顿时整个营地沸腾起来。周惜若见龙越离兴致不错,不得不收心思提起兴致陪他游玩。御驾出行阵势浩大,到了林场早就有宫人放出猎鹰和猎狗去驱赶林中的鸟兽。林中犬吠声声,鹰飞兔走,众人纷纷搭弓引箭各自去狩猎。

周惜若不懂骑射,换了一匹温顺的小黄马跟在龙越离的身后看着他在林中追逐猎物。他身着银色骑装,身姿修长挺直,搭弓引箭,英姿飒爽,眸光熠熠。他就如天上那一团光明的天日,身边众人前呼后拥,只围着他一个人。

他是那么年轻,雄心勃勃,仿佛天底下没有什么可以再阻拦他前进的脚步。周惜若看着,心中顿时黯然。她在他的身边,一日日看着他摆脱楚太后的约束,一日日成为年轻有为的帝王,他已走向前路,唯有她还在原地无法前进。日子就如她云水殿中那一屋子用不完的绫罗绸缎,看着满眼锦绣,穿在身上却令她喘不过气来。

她渐渐落在后面,只有林公公与两位侍卫跟着左右。四周安静下来。周惜若看着地上一只被射伤未死的鸟雀,默默看了许久。鸟雀睁着乌溜溜的眼睛,惊恐绝望,想要走却走不了,只剩下苟延残喘地抽搐着。看久了,她觉得那只鸟雀就是自己,怔怔落下泪来。

"娘娘，走吧，不然我们就跟不上皇上了。"

周惜若轻叹了一口气，道："我今日才发现，我从未跟上过他。"

林公公不明白她说的意思，正要再问，周惜若已上了马，慢慢循着龙越离离去的方向走去。

回到宫中云水殿，四处焕然一新。周惜若看着宫人喜气洋洋的面容，面上却无法挤出一个笑容。林嬷嬷以为她受惊了，一连几日都煮了安神茶给她喝。周惜若依然心事重重，不得展颜。

"如今娘娘已身为四妃之一，还有什么烦心的事呢？"林嬷嬷问道。

周惜若摇头："嬷嬷别问了。"

她犹豫了一会，拿出一把短剑放入木盒中，唤来林公公道："林公公想个办法把这盒子交给邵相大人，就说我多谢他相救之恩。"

林公公面色诧异却也不敢问，拿了木盒退下。周惜若看着他离去，久久不语。身后传来一声叹息。她回头，却对上林嬷嬷不赞同的目光。

她低了头，道："嬷嬷想要责备我便说吧。"

林嬷嬷看着她清丽的面容上的黯然神色，叹息道："原来娘娘对他还有情意在，这是娘娘最大的弱点。"

周惜若眼中渐渐盈满了泪水："我与他不是一路的人。他终将离开，而我早已是皇上的人。"

林嬷嬷叹息，轻抚她的发，轻声道："自古男子最薄情，而女子最容易死心塌地。一点好就能将前事忘记。娘娘并没有错，不要再自责。日子还是要过的，如今娘娘已是莲妃了，也许将来的路会更难走，而邵相大人将来也会有很好的前途。"

周惜若慢慢依偎在林嬷嬷的怀中，在宫中，只有她的怀抱如母亲一样温暖厚实。她喃喃道："是啊，他会有很好的前途。但愿我与他能两两相忘，再也不用爱恨纠缠。"

过几日内务府派了总管内侍前来传旨：周惜若移住在永宁宫。永宁宫是仅次太后与皇后所住的宫殿，福明宫与它相比都稍逊一筹。

安王病逝，龙越离对她的恩宠一日日渐高，似乎在用她来告诉世人，他已不是当初的安王与楚太后控制下的傀儡皇帝。

周惜若只是沉默。内务府总管笑眯眯地劝道："奴婢知道娘娘念旧。不过皇上也说了娘娘一直住在云水殿中实在是太过委屈了，永宁宫才符合娘娘的身份。而这云水殿也不会让其他宫妃来住。皇上说日日会有人来打扫，娘娘想来随时都可以来。有娘娘在的地方，才是皇上心中最心神往之的去处。与云水殿再也没有关系。"

周惜若沉默了一会，问道："他当真是这么说的？"

内务府总管笑道："奴才可不敢胡乱传旨。"

周惜若这才答应搬入永宁宫。搬入永宁宫需要更多的内侍与宫女，还有各种各样的女官。周惜若便命林公公与林嬷嬷前去内务府亲自挑选。内务府的行动十分快，一应准备妥当。挑了个吉日便请周惜若搬入永宁宫。

那一日，春光灿烂，永宁宫迎来了新一位的女主人。周惜若看着巍峨奢华的宫殿，眼前所见宫人服饰整齐，举动规规矩矩，端坐在殿上宽大的主位，放眼所见高高的宫阁，亭台水榭，身上着沉重的凤服凤冠，繁复精美的金丝绣花刺亮了眼。手上皆是华美的金玉宝石手镯，珠玉满身，无一不倾城不菲。宫人前来跪拜，山呼千岁。

周惜若笑了笑，柔声道"平身"，声音中带有几分的娇媚，可分明还有几分的落寞，几分的萧索，却是再也说不清。

中宫中，夜已沉沉如晦。皇后枯坐在殿中看着宫人燃起宫檐下一盏盏精致的红灯笼，心中涌起一股烦躁。她怒道："拿下！拿下！统统给本宫拿下这些碍眼的东西。再怎么点皇上都不会来中宫，点上难道让整个后宫来看本宫的笑话不成？！"

女官们不敢违背，急忙去吩咐宫人熄灭灯笼。宫灯不点，整个中宫越发死气沉沉。皇后看着眼前的一切，冷笑道："备肩辇！本宫要去见太后！"

213

第十九章　无情最是帝王心

日子缓缓而过，新年过后三月春光烂漫，许多宫妃都去上林苑游玩。周惜若趁着天气好在上林苑中走动。上林苑春花次第盛开，花团锦簇十分美丽。远远走来一队宫妃。当先是珠圆玉润的庞明燕，她如今五个月的身孕，肚子越发明显。她身边一位娇小玲珑的标致人儿，身段如弱柳扶风，打扮素雅，站在珠光宝气的庞明燕身边越发显得优雅娇美。周惜若定睛一看，原来是文美人凌瑶。

凌瑶眼尖，看见周惜若走来，对庞明燕道："容华娘娘，前面是莲妃娘娘，我们去拜见吧。"

于是她们上前请安。周惜若含笑问道："今日这么巧竟碰见了贞容华与文美人。"

凌瑶恭谨笑道："是臣妾有福气得以碰见贵妃娘娘。"

周惜若看了她一眼，笑道："文美人的嘴真甜。"她说着看向庞明燕。

庞明燕见周惜若似笑非笑的眼神扫过自己的面上，连忙恭维道："好几日不见，贵妃娘娘的气色很不错。"

周惜若笑道："贞容华的气色也好。"她说完就要走。

凌瑶见她要走，热情相邀："今日难得两位娘娘都碰见了，何不一起游湖赏景，春光最是惬意，多走动走动对身体也好。"

庞明燕见凌瑶热情相邀，只能道："只要贵妃娘娘不嫌弃。"

周惜若点了点头，吩咐下去："去准备画舫，本宫记得上林苑中有画舫的。"

214

一行人边走边说就来到了画舫停放处，宫人早已准备妥当。一行人上了画舫，果然坐在船头可以尽情饱览风光。凌瑶对两位道："臣妾今日见春光好，突然想给两位娘娘献丑，清唱一首。"

周惜若一听这话兴趣盎然，拍手道："不错，文美人请。"

庞明燕也笑道："我竟不知文美人除了诗书好也能歌善舞呢。"

凌瑶谦虚笑道："臣妾只不过小时候被父亲逼着学的东西多了，所以略知皮毛。"

周惜若眼中笑意深深："你父亲果然有先见之明。"

凌瑶微微一笑，就迎风立在船头上清唱起来。她一展歌喉果然清亮婉转，令人精神一震。她唱的是一曲"虞美人"，词风婉丽，歌声借着水面传去，犹如天籁。整座画舫的人都听得如痴如醉。一曲罢，画舫刚好停在湖的东岸。

周惜若笑道："没想到这么快就停了船，本宫还未听够呢。"

凌瑶恭谨笑道："贵妃娘娘若喜欢，臣妾挑一日娘娘有空的时候亲自去永宁宫中献唱。"

周惜若一听兴趣顿起，她笑道："那就静等凌妹妹前来了。"她看着已到了湖边东岸，笑道："今日游湖很惬意，改日还想再约文美人一起游玩呢。"

凌瑶连忙道："贵妃娘娘喜欢，臣妾自当陪伴。"

一旁的庞明燕听了，嘴角禁不住不屑撇了撇。三人正要告别，忽地岸上有内侍走来，恭谨问道："方才皇上在临风阁听到有人在唱歌，不知是哪位娘娘。"

周惜若闻言指了一旁的凌瑶，道："是文美人。"

内侍连忙道："皇上有旨，若找到了那唱歌之人就一起请上临风阁。"他说着对周惜若恭谨道："贵妃娘娘也有请，皇上已等了娘娘许久了。"

周惜若微微一笑："本宫竟然差点把这事都给忘了。"她说着回头看着凌瑶与庞明燕二人，笑道："两位妹妹也一起前去面见圣上。"

三人遂一起前去临风阁，龙越离正在阁中与温景安畅谈。温景安见她们前来，知道自己该告辞了，于是告辞退下。

龙越离见三人前来，不禁问道："方才难道就是你们三人中有人在船头唱歌？"

周惜若上前含笑道："皇上猜到了是谁，还故做不知。"

龙越离握了她的手，深眸中带着笑："朕猜到是你！"

周惜若知道他是故意的，笑了笑指着凌瑶道："是文美人，她不但文采好，唱的歌也好听。"

龙越离回头看着规规矩矩的凌瑶，眼中涌起兴趣："你当真会唱歌？朕竟不知道。"

凌瑶满脸通红，低声道："臣妾只会一点皮毛。"

龙越离本也只是好奇罢了，对左右宫人道："文美人方才在船头唱歌唱得好，有

215

赏。去内务府的库房中挑一件文美人喜欢的乐器赏给她。"

宫人连忙称遵旨。正在这时，听得凉阁外一道清脆悦耳的声音传来："原来皇上在这儿啊，臣妾找了好久。"

周惜若听得这声循声望去，赫然是好几日不曾见过的越卿卿。她一身翠色宫装，翩然而至。她本就肤色极白，一身翡翠绿宫装衬得她容色如雪。而且她极会打扮，穿了这一身极其挑肤色的宫装长裙，头上簪了一支翡翠搔头，脖间配了同色的翡翠玉珠串子，全身上下浑然天成，美得多了几分灵动。周惜若上下打量着她，美眸中皆是似笑非笑：越卿卿果然很会打扮，一举一动都令人转不开眼球。

龙越离看着她手中提着的食盒，剑眉微微一皱，问道："这又是什么？"

"这是臣妾给皇上炖的补品，皇上最近日理万机，臣妾一点心意罢了。"越卿卿柔柔地说道，上前把食盒放在了龙越离的手边。

龙越离看了一眼，笑道："实在是劳烦定王妃。"

越卿卿笑得温柔："皇上这话就见外了，臣妾与皇上自小的情分，皇上的龙体臣妾总是要关心的。"

龙越离看着她精致美丽的脸，笑得意味深长："那多谢卿卿好意。"

他们旁若无人地说话，一旁的周惜若似笑非笑地看着，而庞明燕脸色铁青，凌瑶却是一脸尴尬的样子。

越卿卿仿佛这才看见众人，回过头歉然地看着周惜若，施礼笑道："臣妾方才净顾着和皇上说话，都未拜见过莲贵妃娘娘。"

周惜若轻笑一声，美眸眸光流转，看了龙越离，握了他的手道："没事，定王妃如此关心皇上，本宫也甚是欣慰。"

越卿卿含情脉脉地看向龙越离，柔声道："皇上趁热吃吧。"她说着打开食盒，果然香气扑鼻，令人垂涎。她把鸡汤放在龙越离的手边，殷勤相望。

龙越离狭长的凤眸一眯，转头对庞明燕道："朕已吃过了，实在吃不下，要不这一碗炖品就赐给贞容华吧，她一人吃两人补。"

此话一落，周惜若心中"咯噔"一声，不禁吃惊地看向龙越离。龙越离并未看到她的目光，对侍从道："去，端给贞容华。"

越卿卿眼中一沉，紧盯了龙越离的面上。可是龙越离却恍若未觉，对庞明燕道："贞容华孕育皇嗣有功。再者走了大半天也饿了，给她更合适。"

庞明燕听着龙越离贴心的话，感动得面上通红，鸡汤端到了她的跟前。她连忙跪下道："臣妾谢过皇上的恩典。"

龙越离亲自扶起她来，面上笑意深深，声音温柔如水："这些日子朕日理万机少去看你了，你可不要埋怨了朕。"

庞明燕面上娇羞，低声道："臣妾怎么会呢。"

周惜若看着眼前这一切，心中凉如一地霜雪。庞明燕接过鸡汤，喝了几口，笑意嫣然："定王妃的厨艺果然不错。"

越卿卿面色僵硬，勉强笑了笑。临风阁中春风拂面，每个人面上神情轻松惬意，周惜若看着靠在凉榻上斜斜慵懒依着的龙越离，心中越发冰凉。

到了夜间，龙越离前来，周惜若正散着长发蜷缩在美人榻上看书。烛光昏黄，她一身雪白绣银丝长袍垂地。她面容清丽绝美，手拿着书册，手腕皓白如霜雪，身量窈窕动人，远远看去犹如一幅最美的仕女画。

龙越离靠近，轻嗅她发间的清香，声音低哑："若儿总是这么香。"他说着吻上了她的唇，伸手探入了她纤细的腰间。

周惜若一动不动，只是一双似水翦眸看定了他。龙越离吻了一会忽地发现她的异样，放开她的唇，轻抚她的长发，问道："若儿怎么了？有心事吗？"

周惜若看了他一会，慢慢道："皇上可曾想过，那一碗鸡汤要是有毒，贞容华可是一尸两命！"

龙越离手中的动作顿了顿，淡淡道："朕不知道你在说什么。"

周惜若心中失望之极，她看着他的眼睛，一字一顿地道："连皇上分明都怀疑那人参鸡汤可能有毒，怎么可以一转头赐给了贞容华还哄骗她喝下？她怀的可是皇上的孩子！"

龙越离俊脸上面色一冷，放开她，眸光阴冷："这件事与你无关。"

周惜若明眸一黯，自嘲一笑："是，与臣妾无关，是臣妾多嘴了。可是臣妾还记得翎月姑娘死的时候皇上那么伤心。皇上可否告诉臣妾，当时那伤心的男人都只是作假！皇上可以利用臣妾，可以利用越卿卿，可是贞容华腹中的骨肉可是皇上的！"

"哗啦"一声，龙越离立起身一把扫落了她榻边的香炉。香炉在地上骨碌滚过，洒了一地的残烬。寝殿外立着的宫人不明所以纷纷跪地，战战兢兢。

"周惜若，你非要这个时候跟朕提以前的事吗？"龙越离脸色阴沉，冷冷看着她。

周惜若看着一地狼藉，愣愣出神。

"朕要赐给谁就是谁！就算是死也是赐死！他们都要说一句谢主隆恩！"龙越离冷笑。

"是因为贞容华最近被太后召去住在永寿宫中吗？"她忽地轻笑，抬起过于明亮的美眸一眨不眨地看着龙越离，"是因为皇上知道她生的孩子注定要被太后占为己有，所以你要贞容华死吗？"

龙越离精致的长眉一挑，冷冷地道："你明白就好，朕不会让太后手中有任何龙家的继承人，朕也不会让她妄图再操控了齐国江山。"

周惜若看着他面上的无情，心中刺刺地痛了起来。她看着他，轻声道："可是皇上，那是皇上的孩子！"

龙越离眉头一皱："你操那么多心做什么？贞容华的孩子若是女的还好，若是男的以后麻烦就大了，以太后的狼子野心她难保不会废帝重立！"

周惜若看着他眉间的忧色，心中失望无以复加。他变了，心心念念都是他的江山都是他的皇位。一条人命算什么，一个孩子的死活又算什么，就算是他亲生的骨肉，只要阻扰了他的帝位，他一样可以推向危险之地！

"惜若，宫中勾心斗角，尔虞我诈，你不懂。"龙越离看着她面上的凄色，缓了缓语气，上前搂着她道。温热的气息扑来，熟悉的龙涎香却令她周身寒冷。

"臣妾今日不适，皇上请回吧。"她别过头去，不愿再看他。

"周惜若！"龙越离脸上铁青，怒道，"你到底想要怎么样？"

周惜若回头，看着他的眼睛，一字一顿地道："臣妾要皇上记住仁心，记住曾经的自己！天家无情，皇上起码要庇护自己的孩子！"

"你口口声声说着孩子，是不是在责怪朕没有给你孩子？还是责怪朕没有保护好你和你的孩子？"他忽地怒气爆发，一把抓住她羸弱的肩头，怒道，"你心里一直埋怨朕是不是？"

周惜若肩头剧痛，可是眼一眨不眨地看着他，神色凄然。

"还是你还在想着你和邵云和的孩子？"他的眼中皆是妒火几乎要把她燃尽。

周惜若心中一恸，几乎想也不想抬起手来就要狠狠扇向他。阿宝是她心中永远不能磨灭的痛。他竟然在这个时候提起了他！龙越离一把抓住她的手，往日俊魅的面容此时看起来竟有几分狰狞。

"周惜若，你果然是这样想的！"他怒极，冷笑一声甩开她的手，转身绝然离开。

周惜若被他的手劲甩得从榻上跌下，长发披散，衣衫凌乱地伏在地上，半晌都回不了神。殿外如风吹草折一般传来"恭送皇上"的声音。他走了，带着一股冷风和绝然离开了永宁宫。周惜若伏在地上，久久不起。林嬷嬷与晴秀两人在殿外等着龙越离怒气冲冲的身影离开这才赶紧进了殿中。她们将她扶起，不禁吓了一跳，只见周惜若素白的面上泪水蜿蜒。

周惜若流着泪道："嬷嬷，你说得对。他就是个皇帝，真正的皇帝！"

真正的皇帝自私而冷漠，残忍而无情。那个心会疼会难受，会在无人之时抱着她沉默哭泣，会指着那一张巨大的图对她兴奋地说着宏图伟业的龙越离已渐渐不见了，他被皇权所禁锢，放眼所见，他的眼中唯有那冰冷的皇位。

林嬷嬷看着她眼底的黯然终究长长叹了一口气。

第二日，圣旨下来，龙越离令周惜若禁足半月思过，不得轻易出永宁宫。这旨意来得突然，宫中上下都诧异非常。不过是转眼间，盛宠日隆的莲妃竟然令皇上龙颜大怒。人人纷纷揣测前因后果却是依然不得头绪。有人道，是皇上喜欢上了文美人，而文美人进了谗言。这不，一连几日龙越离都召了文美人相伴。上林苑除了迷离春光外，还有清越婉转的歌声袅袅。

皇后召来凌瑶问话，皱眉道："周惜若要什么手段？怎么突然皇上就不喜欢她了？"凌瑶规规矩矩道："臣妾也不知，前一天还好好的，第二天就莫名被皇上下了禁足令。"

皇后目光锐利，紧紧盯着她的眼，冷冷问道："当真不是你？"

凌瑶摇了摇头，伏地道："臣妾都还未动，她就已触怒了圣颜，看起来这是意外的收获。"

皇后捏起她的下颌，犀利的眼看着她面上的神色，似笑非笑："好，本宫就信了你。"凌瑶面色平静，低头道："臣妾始终是效忠皇后娘娘的。"

皇后冷哼一声。凌瑶退了下去，她走出了中宫，这才回头看着那高大的朱漆宫门，眼中涌起丝丝冰冷的讥讽……

后宫中的嫔妃见了周惜若被皇帝责罚都在心中各自幸灾乐祸。而龙越离似乎为了印证周惜若的失宠，越发宠了凌瑶。他封了凌瑶为容华，下旨为了她在上林苑的湖畔修了一座精致莲花歌台。若闲暇时就命她站在上面唱歌，微风习习吹来，清亮婉转的歌声拂过水面，仿佛都带了几分清润的水汽。

帝王肆无忌惮的恩宠之下，凌瑶摇身一变，从低贱的更衣一下子到令宫中的人刮目相看的容华娘娘，连皇后都要对她温声温言。而这一切似乎还不够，乖巧可人的袁紫儿也渐渐常伴圣驾左右。比起凌瑶的小家碧玉，才艺双全。袁紫儿的美丽大方，乖巧善言似乎更得圣心，龙越离封了她为婕妤。短短半个月，后宫如这渐渐繁盛的春日花园一般，处处姹紫嫣红，欢声笑语。而此时西北边传来消息，狄国派使臣们前来求亲议和。

原来狄国二皇子和三皇子起兵变乱之后，大皇子身死乱军之中，狄国皇后耶律筝儿在乱军中踪影全无。狄国二皇子和三皇子占据狄国帝都之后为了谁当上皇帝争执不下。两人各自都有支持的部落，一时间两位皇子之间剑拔弩张，气氛十分紧张。但是所幸两人都还不至于蠢得重蹈大皇子的覆辙又再生乱。两位皇子心中各有各的小算盘。

于是他们合计之后，觉得为今之计是先安于现状，然后去与秦国和齐国议和。如今秦国皇帝年事已高，自然不愿再打仗，而齐国刚经过三国大战自然也不会愿意打仗。三国相安无事才是狄国最好的选择。于是商议派了两批使臣一同出使秦国与齐国，求亲议和。

这些消息在齐京中传得沸沸扬扬，狄国前来议和还是头一次。人人都道狄人野蛮

219

凶狠，杀起人来不眨眼，可是除了真正在西北一带与狄人交战过的将军与士兵外，很少有人亲眼见过。对于这一次议和龙越离也十分重视，吩咐了光禄寺去皇族宗亲中寻找适龄的郡主，若是愿意去狄国和亲，族中一门皆荣耀，只是应者寥寥。皇族中的宗亲郡主们谁愿意去那苦寒之地受苦呢。

这些消息被隔绝在了永宁宫的大门外。一重宫门，两重天地。周惜若每日抄女诫和佛经。一张张雪白宣纸慢慢写满了蝇头小字，每个字工工整整，秀美婉约。若说这禁足对她来说唯一的好处便是，字一日千里几乎成了大家。

只是这一日日的平静渐渐令人心慌意乱。她每日抄写的时辰渐渐拉长。直到她一连几日从清晨写到了掌烛时分依然毫不停歇。

晴秀不忍，劝道："娘娘不必心伤，皇上一定会重新宠爱娘娘的！"

周惜若头也不抬，冷冷道："他不会回头的，你可见当初在永巷，他何时曾眷顾过我？"

晴秀叹了一口气，道："娘娘说的是，如今皇上身边新欢众多，越卿卿这个妖孽更是肆无忌惮了，有人道她还在甘露殿中流连过夜。这事只怕定王南宫庆不知了，连太后都睁一只眼闭一只眼。"

周惜若手中的笔忽地顿住。她扫过一室的纸张，忽地道："你命人去给我端几盆水放在园子中。"

晴秀只觉得一头雾水。周惜若神色清冷："你按着吩咐做吧。我累了，先躺一会儿。"

晴秀于是命宫女打来几盆清水放在了院中。第二日一早天色蒙蒙亮，周惜若睡醒，素衣长发，走到园中，伸手轻探盆子里的水。

一旁的林嬷嬷不禁轻呼："娘娘仔细手凉。"

周惜若不答，手慢慢掠过水面，果然凉意沁骨。她一抬手只听得"哗啦"一声一盆水将她自己淋了半身。林嬷嬷一见失声叫道："娘娘！你这是做什么？"

周惜若不答，神色冰冷。她拿了水瓢舀了水从头将自己淋下。

"娘娘！你疯了！大清早的你……"林嬷嬷惊得上前去抢。

周惜若浑身已湿透，放了一夜的水冰凉刺骨，她脸色煞白得吓人，一双漆黑如黑宝石一样的眼却闪烁着出奇的光亮。

"要出永宁殿，我就要这么做！"她推开林嬷嬷的手，对一旁呆立的宫女冷冷道，"帮我泼，把这些水全部泼在我的身上！"

宫女被她浑身上下的水渍所惊，半天不敢挪动。林嬷嬷心疼无比，扑上前握住她的手，急急道："娘娘这是做什么？！千万不要拿自己的身子开玩笑。娘娘，皇上终究会放了娘娘的！"

周惜若因为寒冷浑身轻颤，她咬牙道："不，他不会的。只有用这个办法逼他放

220

了我。"她说着对一旁呆立的宫女厉声道："本宫说的话你没听见是吗？"

宫女被她一喝，回过神来只得拿了水将周惜若从头浇到脚。一盆盆冰凉刺骨的水把她身上打湿，周惜若已淋成了落汤鸡，暖暖的春风吹来却是寒意入体，地上一地的水渍。她在水洼中看见自己苍白如雪的面，似笑非笑地勾了勾唇角。

她，从来不会坐以待毙。

永宁宫的莲妃生病了。听说是日日抄了佛经着了风寒发了高热。永宁宫的人无法出来，求了内务府两趟，内务府的人不敢怠慢前去禀报龙越离。

彼时龙越离正在上林苑中听着凌瑶唱新填的一首小曲，闻言皱了精致的长眉，冷冷道："真病还是假病？该不会是拿了病当借口想要朕去看吧？"

内务府不敢轻易妄下断言，只得诺诺。一旁的袁紫儿听到了，轻轻依偎过去，吐气如兰："皇上，凌妹妹唱得真是好，皇上可要专心听。"龙越离遂不耐烦地挥了挥手："只不过是风寒而已，吃点药就行了。"

内务府讨了个没趣，悻悻回去。自此永宁宫中的事再也不愿搭理。周惜若病势汹汹，一连发了好几日的高热。她身如炭火，脑中却是清明无比。她辗转反复间听得殿外林嬷嬷与林公公两人焦急的说话声，苍白干裂的唇微微一勾，复又沉沉睡去。

药煎来，满满的一碗放在她的跟前，刺鼻辛辣的药味扑鼻，是治伤寒的良药。周惜若吃力睁开眼，看着晴秀红肿的眼，有气无力地问道："皇上是不是不愿来看我？"

晴秀点了点头，急急道："娘娘喝点药吧，皇上不会来的。他如今正被文容华和元婕妤缠着，每日酒肉歌舞，乐不思蜀的样子。娘娘为了他这样不值得！"

周惜若已病得昏昏沉沉，她听了这话，冷冷一笑，声音嘶哑："谁说我是为了他？"

晴秀见她倔强，忍不住哽咽道："娘娘到底是为了什么？"

周惜若凄然一笑："不为什么，欺我负我之人我必不会让他们如此得意。我也不会眼睁睁看着越卿卿得逞！"她看着眼前的一碗药，伸手一挥，狠狠将药碗打翻在地，厉声道："我不喝！退下！"

一地的药汁狼藉，晴秀抽噎收拾了一地的碎片这才悄然退下。周惜若烧得迷迷糊糊，她看着光影在眼前的金水砖上慢慢移动，刺目的光反射入她的眼中。她痴痴看着，干涸的眼窝缓缓流下一行清泪。

周惜若不肯服药，病势越发沉重。到了最后几乎两日不曾进半点米水。内务府派人前来查看，看着病得几乎脱形的周惜若吓了一跳，冒着触怒圣颜的危险飞报给了龙越离。莲花歌台，歌声袅袅。龙越离听得那一句"恐将不治"，手中的酒盏应声"哐当"一声落地，俊魅的面上煞白如纸。歌声骤歇，笙箫尽停。所有的人目光都看着他

第十九章　无情最是帝王心

的脸上。

他摸了摸手边的酒壶，强自镇定："莲妃到底怎么样了？"

内务府的总管面上不安："莲妃娘娘病危。"

龙越离猛地站起身来，一脚将他狠狠踢翻，怒吼道："不是前几日偶感风寒吗？怎么才过了几日她就病危了？！你胆敢骗了朕！"

内务府总管被他一脚踹在心窝上，滚了老远，想要爬起来却是呕出了一口血。再看时龙越离已匆匆离开向永宁宫而去。

莲花歌台，凌瑶一身雪白霓裳独立风中。袁紫儿走来，似笑非笑地看着她："凌妹妹这歌都白唱了。莲花歌台，一身雪白，本宫似乎记得当初皇上最爱的还是那一朵雪地白莲呢。"

她说罢冷笑离开。凌瑶轻笑一声，远远望着那匆匆远去的明黄身影，轻声道："娘娘，你好大的手笔，拿命来赌。"她说罢翩然离开。

永宁宫。

周惜若闭着眼躺在床榻上，沉沉浮浮。旁边已有了哭声，悲悲切切凄凄惨惨，她就如身在黄泉路上，四面阴气森森。可明明心口还这么热，灼热得仿佛要她周身都融化。这是不甘是愤恨，是绝望中开出的一朵迦罗花，妖娆中带着无穷无尽的怨气。忽地这一切的声音都安静下来。她在恍惚中闻见一股清幽的龙涎香气息，下一刻她已被一个熟悉的怀抱紧紧拥在怀中。

"惜若……"这声音仿佛逆了时光，溯游而上，来到最初的那一夜她被他拥在怀中，她看见他年轻面容下深藏的那一点真挚。龙越离看着怀中气若游丝的周惜若，几日来心中的愤懑终于无法抑制，对跪了一地的宫人怒吼。周惜若无力伏在他颤抖的怀中，勾起干裂的唇角，划过一抹清冷悠远的笑意。

她长叹一声："越离……"

周惜若的风寒之症在太医院一干太医的精心医治下渐渐好了，只是病后体弱，缠绵病榻，元气一直未恢复。龙越离日日前来探望，永宁宫莲妃的失宠复又得宠不过是一夜之间，帝王的恩宠越发盛隆。

夏季热烈而来，狄国的使臣们也终于跋山涉水来到齐京。前去迎接使臣的是右相兼廷尉——邵云和。他奉旨前去青谷岭相迎，而后温景安出城十里，红毯铺道。以首辅之臣前去迎接，这已是对这番邦敌国最高的礼遇。

他，并没有离开。周惜若把玩着手心的两枚美玉雕成的令牌，淡淡地想。她当时猜的没错，他还不到离开的最好时机。只是那时候她并没有猜到他为她做的最好安排：通过迎接狄国使臣，他原可以将她送出关外，从此离开齐国，离开这一切。这机会千载难逢，无法令人察觉，可是她却轻易放弃了。

谁都猜不透天意，不是吗？

宫中一如既往，莲妃的得宠盖过了关于龙越离与定王妃越卿卿的流言，越卿卿仿佛收敛了不少，一连好几日都不曾出现在宫中。周惜若日日陪伴圣驾，独宠无人可匹。

林公公这几日忙得脚不沾地，只因周惜若吩咐多选些机灵之人。偌大的永宁殿中，一批内侍正跪拜退下。周惜若看着眼前恢弘奢华的皇宫，忽地道："太后与皇后最近如何？"

林公公不禁眼露诧异："那两位依然如昔，娘娘为何问的是她们而不是元婕妤与文容华呢？"

周惜若微微一笑："她们不过是偶尔的得宠，在宫中屹立不倒的是永寿宫与中宫的两位。"

正在这时，有宫人道，皇后前来。周惜若面上掠过诧异，也不及多想迎上前去。

皇后就在永宁宫外，见周惜若前来，笑道："今日正好有一件事要与太后求教，正好许久不见莲妃，便前来相邀顺便去给太后请安。"

周惜若看着皇后眼中的笑意，心中掠过不安，面上却笑道："这是自然。"于是后妃两人同乘一辇前去永寿宫。

永寿宫中一如往昔，只是在周惜若看来似乎清冷点。想当初自己第一次前来永寿宫拜见太后接受羞辱，那富丽堂皇的宫殿曾是她望而却步的地方，如今看来宫门前冷落，隐约中有种暮色渐沉的颓废败落。除了往日的荣耀还在强撑着这一座宫殿，其余的所剩无几。而这里曾埋藏那个女人权势一生背后多少未能昭示世人的秘密，再也没有人可以说得清。

楚太后在殿中见了皇后与周惜若。皇后所谓的求教一事也不过是与狄国和亲的人选。楚太后三言两语，便定了下来。皇后领了懿旨前去找龙越离下旨。楚太后看着要告退的周惜若，眉尖一挑，不冷不热道："你，留下。"

周惜若遂留下。楚太后挥退宫女，轻轻拨着手中的茶盏。茶盏中的茶叶起起伏伏，她忽地失神地笑了笑："正所谓青出于蓝而胜于蓝。哀家越来越不懂你们年轻一辈人了。你告诉哀家，你的病是真的还是假的？"

周惜若微微一笑，慢慢道："自然是真的。"

楚太后目光如锥，看着她过于平静的面容，冷冷道："若是作假的，今后后宫无人能是你的对手。"

敢拿命来赌并不是人人都敢做的事。周惜若微微一笑，答道："太后娘娘谬赞了。"

第十九章　无情最是帝王心

223

楚太后站起身来，向她伸出手去，凤眸中眸色深深："可愿与哀家去花园中走一走？"

周惜若起身上前扶着她的手，似笑非笑道："臣妾莫敢不从。"于是她便扶着楚太后向花园中走去。

永寿宫的花园处处皆景，时至夏日，花朵盛开，姹紫嫣红煞是令人陶醉。楚太后一边走一边慢慢道："你总是能一次次让哀家刮目相看。哀家知道你心里一定是恨着哀家的，因为哀家曾经想置你于死地。"

周惜若听到这一句脚步不禁一顿。

楚太后回头，苍老的眼中神色变幻："哀家不在乎世人怎么看待哀家。如果在乎，哀家也不会一步步走到今日的位置。所以哀家也不会在乎你心里是怎么想的。在这个世上，哀家只相信无利不往，无利不从。"

周惜若看着眼前日渐苍老却越发坚定的深宫老妇人，明眸中渐渐流露自己也说不明白的怜悯。几十年权力之巅的沉浮早就让眼前的老妇人深深迷恋泥足深陷，不可自拔。

楚太后慢慢向前走，眼前曲廊曲曲折折，有一种怎么走都走不到尽头的感觉。她原本挺直的背已微微佝偻，可是却还倔强直起。周惜若等了很久可是却没有等到她想要继续说的话，只能跟上。楚太后一边走一边赏景，似乎忘了方才要与周惜若说什么。眼前的老妇人有着猎手一样很好的耐心，周惜若心中冷冷失笑。

楚太后走了很久这才回头看着她。她看到意料之外的安静神色，不骄不躁，沉稳端方。她不禁一眯眼，眼中掠过恍惚。透过眼前的周惜若她仿佛能看到曾经的自己。只不过那时的她多了几分睥睨世人的傲气，而眼前的周惜若却多了历经风霜后的从容。

"哀家带你见一个人。"楚太后道。

周惜若微微一笑："难道太后算到今日臣妾要来永寿宫吗？不然怎么会准备一份什么样的惊喜给臣妾？"

楚太后听出她言语中的嘲弄，笑了笑："不管你今日来还是不来，哀家总有一种感觉，你会再来永寿宫中与哀家重新长谈。择日不如撞日，你随哀家去见吧。"

周惜若嫣然一笑："好。"

楚太后随后吩咐宫女道："备车辇。"

周惜若看楚太后深沉的脸色，遂收起所有的心绪随着楚太后出了永寿宫。楚太后带着周惜若上了车辇。此次太后出行随行的宫人很少，只有寥寥几个，面目普通，而且异常沉默。楚太后弃了平日所乘的五凤鎏金凤华辇，换了一辆十分普通的车辇。这一行处处透着古怪。周惜若隐约嗅到了一丝不同寻常。

这次的行程比她所想象的还要久，车辇四面紧闭，周惜若想要张望都没有缝隙可供她探一眼。过了许久，车辇外内侍低声道："启禀太后娘娘，到了。"

周惜若下了马车，这才看见一座低矮的房子，房子很破旧，房子四周用篱笆围起，就似寻常贫寒人家。可按方才的脚程这分明还在宫中。周惜若没想到宫中还有这样的地方。楚太后站在房子前终于停下脚步。

周惜若向房中张望了一眼，不禁疑惑问道："太后娘娘要臣妾见的人就住在这里？"

楚太后点了点头，眸中神色复杂，冷淡道："确切地说，是关在这里。"

周惜若闻言心底一惊。

第二十章　惊闻秘辛明心志

　　楚太后看见她眼底的疑惑，走近那破败的小屋。周惜若凑近前去瞧了一眼，刚好那扇门在这个时候缓缓打开，走出一个衣衫褴褛佝偻着背的老妇人。她满头白发，乱糟糟的堆在脸庞，看不清面容。她吃力地把木盆中的水泼在了门旁边。周惜若只听得"叮当"几声，不禁再仔细看去。这一看不要紧，她惊得倒吸一口冷气，连连退后两三步。只见那白发老妇人手脚都锁着铁镣，腰间还系着一根细长的铁链由屋中引出。

　　那妇人听到了声响警惕地看向周惜若的方向。许是没料到有人来，她呆呆看了许久。忽地，她似乎认出了什么，嘶吼一声向她们的方向扑来。她突然爆发的力气很大，把腰间拇指粗的铁链一下子绷得紧紧的。周惜若看着她苍老煞白的面上狰狞，饶是她镇定也被惊得连连后退。

　　楚太后却冷冷一笑上前几步对那老妇人道："你认出哀家了？"

　　那老妇人面上狰狞，口中嘀嘀作响，像是竭力想要说出什么话来但是却说不出来的样子。她气得脸色通红，瘦削如鸡爪一样的双手竭力向着楚太后的方向抓去，可偏偏她无法再前进一步。周惜若听得那屋中的铁链咔哒咔哒作响，似乎这老妇人的活动范围只堪堪到了屋子外几步，再远却是再也到不了。

　　楚太后站在篱笆外，看着那老妇人深恨欲狂的样子，似乎很欣赏这一切。周惜若看着她眼底的冷意，不禁深深打了个寒颤。

　　"知道她是谁吗？"楚太后指着这张牙舞爪说不出话来的白发老妇，问道。

　　周惜若看着那白发老妇人恨意满满的眼睛，禁不住问道："她究竟是谁？"

楚太后扶了扶乌黑鬓边的金凤步摇，笑得阴沉："她的名字已被人遗忘，或者她的名字二十多年来从未被人记起过。你若想要知道你就去问她。如果你有办法问到算你聪明。问不到，今日就算你白走一趟了，你可愿意？"

周惜若秀眉深深拧紧，她张了张口正要拒绝这不合常理的要求，可是眼光忽地扫过那白发老妇人，只见她目光如箭，射向自己那模样……周惜若心中涌起一股自己也说不清楚的感觉。

周惜若点了点头，对楚太后道："太后娘娘是不是以此来考验臣妾？"

"当然，你是否够聪明就看这一日。"楚太后慢慢说道，"左右今日皇上国事繁忙你也不必伺候圣驾。给你两个时辰，日落前你若问不出来哀家便死了这一条心了。"

周惜若点了点头。楚太后最后深深看了那白发老妇人一眼，嘲讽道："当年你倾国倾城，如今你敢照镜子一眼看看自己的容貌吗？哈哈……"她说完狂笑着离去。

周惜若看着楚太后狂笑如癫地离去，回头在看那白发老妇人，竟在她苍老的眼中看到一抹深深的痛苦。周惜若看着她刺目的白发和手脚上冰冷的铁镣，心底不禁掠过同情。

她走到篱笆门前，问道："老婆婆，你是谁？"

老妇人一动不动地坐在地上恍若未闻。周惜若一连叫了十几声她都不应。天气炎热，周惜若身上宫装厚重，不禁出了一身的热汗。她心底不由泄气。看样子这老妇人已经被她囚禁了十几二十年的样子，而且楚太后似乎故意不让人与她说话，以至于她心中深恨却只能对着楚太后发出声音却说不出完整的一句话来。而楚太后临去的最后一句还深深地打击了这可怜的人。

周惜若想要就此放弃可是不知怎么的又顿住脚步。她大着胆子打开篱笆和生锈的门闩一步步靠近这老妇人。她身上似乎很久没有洗澡了，越走近越是闻到她身上的臭味熏天。周惜若不得不屏住呼吸悄悄上前推了她一把："老婆婆……"

她唤了两声，忽的那一动不动的老妇人猛地转过头，通红的眼底掠过一道凶狠的光，猛地向她扑去。她的样子犹如厉鬼，周惜若吓得连连后退。可是那老妇人的动作很快，一把抓住她长长的袖子，另一只手就要向她的脸上抓去。周惜若眼见得她五指如鸟爪，指甲又长又黑直扑自己的面门。她禁不住尖叫一声用手挡住自己的脸，脚下一个不稳就向后倒去。"嘶"的一声锦裂的响声传来，她的长袖竟被那疯子一样的老妇人抓破。周惜若只觉得手臂上一痛，等她站稳脚跟再看时，手臂上竟被那老妇人抓出了几道血痕，血珠子冒出，火辣辣地痛。

"你到底是谁？！"周惜若失去了耐心怒问道。

老妇人见她狼狈，桀桀笑了起来，样子丑陋而狰狞。周惜若气得连连冷笑："你不愿说便罢了！看样子你是太后的死敌，被一辈子关在这荒凉的地方最后就如蝼蚁一

227

样死在这里都没有人知道！"

老妇人只是笑，眼中的刻毒与怨恨混杂成一股深深的戾气，令周惜若觉得背后寒气冒起。好半天她平复了心绪，对她道："你若肯说出你是谁，以及你为什么会被关在这里，我有朝一日就想办法让你摆脱这里，你可愿意？"

老妇人笑了一会竟"噗"的一声向周惜若吐了一口浓痰，周惜若禁不住吓得又退后几步。老妇人看着她的狼狈不禁呵呵拍手笑了起来。

这个人是疯子！周惜若心中涌起一股挫败感。她恨恨跺了跺脚正要转身离开，忽地那老妇人怪叫一声，周惜若以为她要向自己扑来急忙向前跑去。她只听得身后铁镣叮当乱响，心中更惊怕。这老妇人状似疯魔力气也不小万一挣脱了锁链伤了自己那自己岂不是冤死了。她跑了几步回头看去，不禁大骇，只见那白发老妇人从地上捡起一块白皙温润的玉佩。她紧紧抓着那玉佩，脸上的神情忽喜忽悲，情难自禁，竟然浑身抽搐不停，样子骇人。

周惜若认出那玉佩，失声叫道："还给我！"

玉佩是方才那老妇人扑向她的时候不小心从贴身怀中掉下来的。老妇人抓着飞快向屋中缩去，口中嗬嗬作响，犹如一头兽在发出示威的声音。周惜若不敢上前，急得额上沁出汗珠。

她见那老妇人要向屋中躲去，咬牙拔下发上的长簪向她刺去，怒道："还给我！"

老妇人向后飞快缩去。周惜若刺了个空，怒道："你再不还我的东西，我就叫人一把火把这屋子烧了！"

周惜若此时与她距离不过三四尺，她看出那老妇人眼中的若有所思，报上自己的身份，道："我是皇上的莲妃，你拿的事物事关重大，快些还给我！"

那老妇人紧紧握住玉佩，没有一丝放开的意思。

周惜若急了，她正要再出声恐吓，那老妇人忽地吃力道："这……这……不是……你的……"她的声音沙哑难听，像是石头在沙上磨过一样。

可是周惜若却结结实实一怔。这个疯疯癫癫的老妇人竟然开口说话了！她心中一喜，连忙道："你说的是玉佩吗？那玉佩千真万确是我的！"

那老妇人吃力地比画，她想要说什么可是却不知该怎么表达。她急得满面通红，脸上纵横交错的皱纹也绽开，看样子可怜又可悲。周惜若看着她的样子，脑中一道灵光闪过，她问道："你的意思是不是这玉佩原来的主人不是我？"

老妇见她猜中急忙地点了点头。她拖着铁链颤颤巍巍走来，指着玉佩，神情急切。

周惜若看着她殷切期盼的神情，试探问道："你认识玉佩的主人？"

老妇人急忙点头，指着玉佩咿咿呀呀说着什么。周惜若听了半天，隐约听到一个人名。她越听越是心惊。她吃惊地看着面前的老妇人，问道："你方才叫的是谁？是……是离儿？"

老妇人听到她说出那两个字，两行泪从眼中滚落，一滴滴滴落在手中的玉佩上。周惜若捂着心口，连连退后一大步。她心口怦怦直跳，半晌，她问道："离儿？是不是……龙越离？"

老妇人泪水长流，捂着脸号啕大哭。她手中紧紧攥着玉佩捂在怀中，哭得摧心断肠。周惜若慢慢走近她，她拨开老妇人蓬乱纠结的苍苍白发，看着她脏污的脸上泪水纵横。苍老的眉眼，布满皱纹的老脸。半晌，她听到自己的声音颤抖不成调："你……你是……皇上的生母？越国进贡给齐国的那个舞姬？"

老妇人点了点头，继续恸哭。周惜若只觉得四肢百骸的热气顷刻消散。她呆呆坐在地上，再也无法顾及地上是否脏污不堪。

龙越离的生母没有死！她还活着！

难怪楚太后要把她关在皇宫最偏僻的所在；难怪她要这般折磨她，二十多年的囚禁，让她半死不活地活在自己亲生儿子的皇宫中，让她明知自己儿子近在咫尺却无法相见一面；难怪她临走之前要说那一句"当年你倾国倾城，如今你敢照镜子，看看自己的容貌吗？……"

这样歹毒的心肠，这样的恨意……周惜若不禁结结实实打了个寒颤。她看着眼前痛哭流涕的老妇人，拿出怀中洁白的帕子，一遍遍替她擦干脸上的泪痕。帕子很快被沾染成了黑色，老妇人羞愧地低着头不敢看她。与方才那癫狂粗俗的举动判若两人。周惜若抿紧唇，抬起她的脸仔细地擦着。渐渐地，老妇人的眉眼显露出来，即使受了二十多年的摧残，她往昔的倾国风采还是渐渐地一点点地在周惜若的手中显露出来。

周惜若手中的帕子捏得紧紧的。儿子肖母，老妇人满是皱纹的脸上与她熟悉的那张俊颜重叠，出奇惊人的相似。

老妇人看了她一眼，指了指手中的玉佩上的三个字，声音嘶哑："离儿……"

周惜若慢慢道："他很好，他如今是九五至尊，他长得很像……你。"

老妇人眼中的泪水簌簌滚落，满是欣慰。

周惜若握了她枯瘦的手，明眸看着她，声音坚定："无论你信不信，我不是太后的人。你告诉我一切，我可以帮你逃出这里！你要相信我。"

老妇人迟疑地看着她。

周惜若指了指她手中的玉佩，反问道："难道你不相信你儿子选择的女人？"

老妇人终是点了点头，艰难地一个字一个字地生涩说出一切。她已许多年不曾说话，如今已忘了怎么说。每一个字都要想半天，周惜若耐心极好，拿了一根木棍在地上写写画画，努力从她颠三倒四的话中寻出一点头绪。两人一个说一个教，终于周惜若明白了这埋葬了二十多年的皇室秘辛。

事情发生在二十多年前。老妇人名叫蓝玉烟。她其实是个孤儿，名字也不是真名，只不过是歌舞坊中教习歌舞的嬷嬷从"蓝田日暖玉生烟"中随意给她取的一个艺

229

名。她是越国人。越国地处齐国东南一隅，是齐国的属国，到了越最后一个皇帝已积弱许久。每年越国都要向齐国进贡大批的茶香料和珠宝。越女能歌善舞，又因山清水秀，越女肤色白皙，美貌非常，所以每一年越国都要向齐国进贡一批舞姬。

越女到了齐国一般是做了达官贵人的姬妾，或被买卖，或者被挑入艺坊中或以歌舞或以色侍人，境遇凄惨。就算偶尔碰到了好人将她们赎出，也因为越人在齐国地位低下而无法成为正妻只能一辈子为奴为婢。若幸运点的因为舞姿和姿色出众，便可以被挑选入宫中，为皇上和达官贵人献艺，可到年老色衰依然逃不过凄凉的命运。

正因为这样，在越国中被选为进贡的越女是一件极其悲惨的事，许多越人因此举家从越国逃出。蓝玉烟的美貌从小时候便落落出众，教习的嬷嬷见她容色一年年美丽，便越发细心教习歌舞。当她十五岁那一年便被越国使臣送入齐国。她的美貌很快令她脱颖而出，挑选入皇宫中。她的一曲"凤舞九天"技惊四座，也令当时齐国的皇帝深深迷恋。

他不顾她是越人，将她纳入后宫中。他不顾朝臣的反对，封她为灵婕妤居云水殿。云水殿虽小却处处用心建造。帝王的恩宠让她在宫中令人侧目也招来了众宫妃的嫉恨。特别是当时的皇后，也就是现在的楚太后的恨意。

当她怀胎十月诞下龙越离之后，楚太后便寻了个罪名将她软禁在了云水殿中。彼时齐国皇帝已病重，皇宫中楚太后只手遮天，他也无法庇护自己宠爱的女人和在后宫中波澜诡异的气氛中诞生下来的最小儿子。两年后，齐帝病逝，楚皇后为太后，立当时她的亲生儿子怀王为少帝。而在云水殿中孤寂长大的龙越离与蓝玉烟母子两人依然相依为命。本来他们也许能安然继续度过他们清贫却温馨的日子，可是没想到在龙越离六岁时，一拨凶神恶煞的人闯入了云水殿。

从此母子再也没有见过一面。龙越离被那些人夺走，奉到了楚太后身边，直到这时蓝玉烟才明白发生了什么事，原来少帝因水痘而死，帝位空虚。楚太后不愿立其余出了皇宫的几位皇子，于是她在这个时候想起了默默在云水殿长大的龙越离。蓝玉烟先是被软禁在了云水殿中，而龙越离则被奉为太子，成年之前皆由楚太后一人垂帘听政，安王为辅臣。此时朝中不甘楚太后一人独掌大权的朝臣们向楚太后发难。称龙越离生母还在，应奉为太后。楚太后一不做二不休，一碗假死药赐给了蓝玉烟。

那一夜，狂风大作，蓝玉烟从看守宫人异样紧张的表情中预感到了自己将大祸临头。她在情急之下用一种越国的特殊草汁将前因后果用越文写在了自己的衣服上。她在绝望中期待有一天龙越离能长大在某个因缘巧合下得知自己的死因，为母报仇。虽然她也知道这个愿望卑微渺小得近乎不可能完成。

那一夜，她被宫人抓住灌下毒药，毒发后身体僵硬，全无呼吸。楚太后先发制人对所有的人宣布她暴毙宫中而后急急发丧。针对楚太后的人再也没有借口阻扰楚太后垂帘听政，而龙越离一直在楚太后的身边教养，直到成年。

蓝玉烟醒转过来先是在各处辗转运送，楚太后不杀她却也不放了她。蓝玉烟试图逃了几次，可是每一次都被楚太后的人抓了回来。生性多疑的楚太后最终决定将她送回宫中，就放在自己的眼皮子底下日日看守着。她为了防蓝玉烟逃走，将她手脚都锁上锁链，腰间甚至也捆扎上锁链，待她如牲畜一样放在这最偏僻的角落中任由她自生自灭。每个月只给她少量的米面，让她仅维持不饿死而已。天长日久，蓝玉烟渐渐成了如今这个样子。

周惜若听完天色已近了暮色。眼前的蓝玉烟已哭红了双目，嗓子干哑得再也说不出一个字来。周惜若伸出手去，看着她苍老的眼睛，道："你把玉佩还给我，这对我很重要。"

蓝玉烟拼命摇头，她轻抚着手中的玉佩，看着那三个字，眼中又沁出泪来。龙越离，越离。反过来念就是离越。她来到齐国的时候风华正茂，倾国倾城，天真烂漫。可谁想到经年之后，她的命运却是如此坎坷悲惨。她的人生走过几十载寒冬，唯一最快乐的日子是在自己的故国。她生下龙越离的时候孤孤单单，无人给他取名，于是她就给了他这一份对故国永远的思念，而宗务府也懒得再去请示病重无力的皇帝，草草写在了族谱之上。

周惜若看着她的样子，心酸难耐，伸手握住她枯瘦的手道："这玉佩只是死物。我知道娘娘想见皇上。我相信将来有一天他一定会站在你的面前，让你看到他当皇帝的样子！"

蓝玉烟听了她的话慢慢松开了手。

周惜若看了看天色知道自己不宜再久留，她硬了心肠站起身来，对蓝玉烟道："太后不杀娘娘自然有她的用处，所以娘娘放心在这里住着。我先回去，等改日寻个时机再来。"

蓝玉烟点了点头，苍老的眼中流露依依不舍。周惜若看着她怯弱依恋的眼神，心中仿佛被刀割过一样。每个人都有母亲，可是谁曾想到天底下最尊贵的男人，他的母亲却过着比猪狗还不如的生活。

她咬了咬牙："娘娘好好照顾自己，我去了。"

她说着转身匆匆离开。她顺着来路转回去，在小路的尽头看到了那辆马车，楚太后已不在。守候的内侍们示意她上马车。周惜若坐在马车中心中，却是越发沉重。她就算记住了来路又能怎么样？楚太后完全可以在她离开的时候再把蓝玉烟转移离开这里。而且以她如今手中的权势让一个人无声无息消失实在是太过容易。所以这才是她放心让她前来的原因。

周惜若坐在马车中想起蓝玉烟的惨状，禁不住紧紧捏住了手中的玉佩。

过了许久，周惜若终于回到了永寿宫。楚太后端坐凤座，一旁是盛装打扮的越卿卿。楚太后看着眼前脸色发白的周惜若，缓缓地道："那个人，是蓝玉烟。"

周惜若心中一惊，冷汗涔涔而下，越卿卿与楚太后对视一眼。楚太后笑了笑，冷冷地道："她，是当今皇上的生母！"

"哐当"一声，周惜若适时打翻了手边的碗。这一番表现在楚太后与越卿卿看来是最合适不过的惊诧表情了。可是周惜若心中却是另一番滋味。她三分作给她们两人看，七分却是真正的愤怒。

楚太后满意地看着她的神情，得意笑道："今日你也看见了，她得罪了哀家就落得这个半疯半傻的样子。谁让哀家一时不痛快，哀家就让她一辈子不痛快！"她问："你想知道为何哀家要关她这么久？"

越卿卿看着周惜若煞白的脸色，使了个眼色给楚太后，郑重道："今日莲妃听到的话不可告诉宫中任何一个人。这蓝玉烟是越国人。她当初蒙受先帝的宠幸，世人都知道她怀了先帝的孩子。可是事实上，她怀的是孽种！"

孽种？！周惜若猛地看向越卿卿，越卿卿的意思竟然是说龙越离不是先帝的骨肉？！

楚太后冷冷一笑："别吃惊，哀家当年就查过了，先帝宠幸蓝玉烟的时候已是五十岁的高龄，太医诊过，说先帝的身体因为当时服了太多的药汤已无法再让后宫妃子怀龙嗣。所以哀家对当年先帝的一时荒唐就听之任之。而当时的蓝玉烟风华正茂，她哪来的种生下孩子？可恨先帝一直笃信这个孩子是他的，不肯听信哀家的话，总以为哀家说的话不过是因为嫉恨！"她眼中涌起怒意，冷笑道："可事实证明贱种就是贱种！"

楚太后见周惜若沉默不语，知道她在听着。于是她平了平心绪，冷冷道："后来哀家追查下去，原来这蓝玉烟与宫中一位年轻的侍卫有染，侍卫被她的美色所惑，所以与她苟合让她有了身孕。这些事蓝玉烟在先帝死后可是明明白白都交代了个清清楚楚的！"

周惜若心中的惊涛骇浪已无法用言语形容。她想反驳，但是楚太后言之凿凿的样子，这件事恐怕不是捕风捉影。这也就解释了为何楚太后还留着蓝玉烟的性命，原来是她想留下一个至关重要的证人。

楚太后叹了一口气："当今的皇上虽然不是先帝的亲生孩子，当时哀家却看着他可怜，而且也上了龙家族谱。当时朝中纷乱，少帝刚御驾西去，所以哀家将错就错让现在的皇上做了太子，稳住一干朝臣。"

周惜若终于问道："太后娘娘既然明白皇上不是先帝的骨血，为何至今才说？难道太后娘娘不怕将来的齐国皇家血统不够纯正？"

这一句话问得十分犀利。楚太后凤眸一眯，盯着她的面上，半晌才道："哀家当然想过，哀家当时想的是稳住朝局，然后再从宗室中再择贤人另立新君，可是这世间的事哪能如哀家所愿，一年一年地皇上就真的成了皇上。"

232

周惜若听了心中冷冷失笑，原来楚太后刚开始只是拿了龙越离当稳定朝局的棋子，只是她没想到小小年纪的龙越离为了苟全自己的性命，小心翼翼地活到了现在。他甚至为了让楚太后"满意"，不惜毁了自己的名声，成为风流昏庸的皇帝，让楚太后和安王放心。这些话自然不能说出口，周惜若却心如明镜，心中对楚太后的厌恶与鄙夷越发重了几分。

楚太后叹了一口气："这个天大的秘密本来要随着哀家进入棺材中，但是如今皇上越发不像皇上了，他肆意革除老臣，不把祖宗家法放在眼中，他不敬哀家，甚是恨极了哀家。"她眸中绽出冷冷的光，一字一顿地道："甚至，他派人下毒害死了安王！"

周惜若听得这一句大大吃了一惊，猛地回头看向一旁神色自若的越卿卿。

越卿卿迎上她的目光，幽幽叹息："莲妃也不相信吗？皇上趁安王伤势严重派人下了毒药，以至于安王无法痊愈，这些事都是臣妾在事后才从皇上口中探得。"

楚太后看着越卿卿眼中皆是怜惜："可怜了卿卿，她为了查出安王的死因，屈身皇上，皇上这才把这个秘密透露给了她。"

反了！反了！

周惜若若不是强自按捺住自己的愤怒，几乎要跳起来给越卿卿一巴掌！她如此颠倒黑白，原来这一切的一切竟是她从中作梗。她若不是知道安王是死在越卿卿勾引了龙越离之后，今日的她几乎相信了楚太后说的话。看样子楚太后在安王死的这件事上也被越卿卿蒙在了鼓里！

周惜若定定看着越卿卿美丽的面容，半晌才一字一句咬牙道："真的是委屈了定王妃！"

越卿卿叹了一口气，擦了擦眼角看不见的泪痕，对她道："皇上越发昏庸暴戾了，这也正是太后娘娘所担心的事。他若是好好地做皇帝，太后娘娘是一辈子都不会把这个秘密说出口的。可是如今不得不做一件事了。"

"什么事？"周惜若问道。

越卿卿眸光一闪，看向楚太后。楚太后轻咳一声，慢慢道："皇上不仁德，自然当废之！"

周惜若这次是真的惊跳起来。她倒吸一口冷气，看着楚太后阴冷的双眼，好半天才找到自己的声音："太后娘娘怎么能这样做？！"

楚太后眸光沉沉："他不是真正的龙家子孙，这个江山也不是他的，哀家只是在纠正二十几年前自己做下的错误决定！"

周惜若心中气得连连冷笑。好一个错误决定！楚太后如此精明怎么会有错误？就算龙越离真的不是先帝的骨肉，当年的楚太后完全有办法去另立别的有纯正齐国皇室骨血的皇子。可是她偏偏选择了龙越离！一个被世人视为卑贱越女生下的贱种！一个无依无靠只能靠苟且偷生才能生存下来的男孩！他好不容易有了今日今时的地位，却因为日复一日不听命楚太后而要被废掉！而这一切的始作俑者却把这一切简单地称为"错误"！

楚太后看着她诧异的神色，似笑非笑道："怎么？你害怕得一转头就要禀报了皇上说出哀家的计划？"

周惜若看着她眼底的杀意，急忙垂下过分明亮的眼睛，低头伏地道："臣妾怎敢把太后的话说给皇上听呢？"

楚太后看着她恭敬的神态，口气略松，傲然道："谅你也不敢。"

周惜若心绪难平，问道："臣妾今日得知了这么多的事，不知太后有何差遣？"

这才是她今日被楚太后拉住听着这些的目的。楚太后看了她一眼，示意越卿卿。越卿卿转身从屏风之后拿了一个漆盘，漆盘上放着一个小小的瓷瓶。

周惜若眼皮一跳。越卿卿已幽幽开口："其实太后想要莲妃做的事也很简单，这是蛉汁，从西南苗人那边花重金买来的迷药，无色无味。你只要每日想方设法给皇上用上一滴，几个月后他便昏昏沉沉，到时候太后就借口皇上龙体有恙，立太子，让朝堂回归正途。"

周惜若看着越卿卿一开一合的红唇，她忽地想起了她殷勤送去的人参鸡汤。原来如此！原来是越卿卿已无法对龙越离下毒，所以她们就合计让她做那下毒之人！

周惜若连连摆手："不！这可是毒害皇上，若是被皇上发现臣妾是要被砍头的！"

"这不是毒害皇上，只是让他昏昏沉沉的药而已。"楚太后眼中厉色掠过，一把拿起瓷瓶递到了她的手中，"好好拿着。你今后的荣华富贵就在你的手中。只看你愿意还是不愿意了！"

周惜若紧握手中的瓷瓶，心中恨得几乎要拧起来。一天一滴，这所谓的迷药到最后恐怕只是害人的毒药。以太后的打算龙越离中毒之后能不能最后清醒都无法保证。

楚太后仿佛看破了她的心思，声音放柔："哀家选中你来做这一件事，最后不会亏待你的。哀家命太医看过，过几个月庞明燕就会诞下龙子，到时候就放到你的膝下教养。你就是齐国第一位皇子的嫡母，到时候另立新君，你与皇后两人一起并列为东西太后，如何？"

好诱人的条件！

她抬头看向楚太后，慢慢道："太后娘娘的隆恩臣妾铭感五内，只是兹事体大，臣妾斗胆只提一个条件，等庞明燕的孩子过继在臣妾膝下教养的时候，臣妾才敢奉太后之命行事，不然的话……"接下来的话她不必说楚太后已心知肚明。

楚太后哈哈一笑，眼角的皱纹都舒展开来："好！一言为定！哀家等了二十几年也不怕多等这几个月。"

越卿卿在一旁笑得嫣然："臣妾就知道莲妃是个聪明人。"

234

周惜若笑了笑，不冷不热道："不是聪明人怎么会活到了现在。太后娘娘今日给臣妾的一切，臣妾很满意。"

楚太后真正高兴起来，她在两人面前各倒了一杯酒，笑得意味深长："满饮此杯，今日之盟就算定下了。"

周惜若端起酒杯咬牙一饮而尽。越卿卿看着她喝完，也饮尽杯中的酒水。

周惜若回到了永宁宫天已完全黑透，长袖暗袋中的瓷瓶冰冰凉凉碰着肌肤，令她时时刻刻都觉得毛骨悚然。这无色无味的毒药在庞明燕生下孩子之后就要一点点给了龙越离服下。从此他的眼神不再清亮如昔，心中所有的凌云之志都将化为乌有，而这齐国的盛世才刚刚开了个头却要夭折在深宫中那两个恶毒女人的手中。她脚步微微踉跄，身边有人适时扶着她。她一转头看见林公公平静的面容。

"娘娘没事吧？"林公公问道。

周惜若摇了摇头："没事。"她手中一转，把长袖中的瓷瓶暗自塞到了他的手中，道："找个地方，把这东西处理了。"

林公公顿时诧异。周惜若看着沉沉的黑夜，慢慢挺直了背脊。她吸了一口初夏夜中的冷风，问道："林公公，你在宫中多少年了？"

林公公沉默了一会，道："奴婢也记不清了，大概有二十多年了。"

周惜若怅然道："二十多年了，你一定看过很多人来来回回，得宠了，失宠了，最后消失了。"

林公公道："是的。"

"无论他们生前如何荣耀，最后他们被世人记住了吗？"周惜若又问。

"都记不清了，娘娘。"林公公缓缓摇头。

"是啊，都记不住了。"周惜若轻轻笑了起来，她指着眼前这个恢弘的宫殿，道，"看，这多像是一座坟墓，最后都被掩盖。我们这种人注定无法名垂青史，因为我们这么的卑微。"

"可是总是得做点什么，证明我们存在过。"她说着慢慢走入黑暗。林公公看着手中的瓷瓶，再看看她离去的身影，深深地叹了一口气。

炎炎夏日，狄国的使臣前来觐见龙越离。他们带来了不少狄国的特产，还送来一头从西域运来的狮子，凶猛异常。驯狮的是一位妙龄少女，高鼻深目，眼睛是碧绿色，肤色白皙十分美丽。她当着龙越离的面驯狮，野兽与美人，当真是别开生面又十分刺激。龙越离赐下许多赏赐。

狄国使臣们来齐京被奉为贵宾。楚太后特地向龙越离请旨，让定王南宫庆作陪。龙越离想到南宫庆无所事事于是便准了。南宫庆自小在齐京长大，年少时与京中一帮纨绔子弟厮混得极熟，走狗斗鸡，样样俱全。对这差使自然是驾轻就熟，一连两三天他都带着狄国使臣们在京中游玩。他们一行人浩浩荡荡，前呼后拥，扰民不断，害得京中百姓敢怒不敢言。龙越离听得来报，只是唇边勾起冷冷一笑，不予理会。

他私下对叶公公道："喜怒形于色，耽于享乐，这定王可比当年的安王差远了。"

叶公公听了，含笑道："皇上可放心了。定王在朝中不成气候，只是扶不起的一个阿斗而已。"

龙越离眉头依然不展，皱眉道："可是朕总觉得还是不安心，不知为什么。"

叶公公道："皇上还在担心那一位吗？"他比了比永寿宫的方向。

龙越离点了点头，深眸中带着一抹冷色，道："她太过安静，看样子像是认命了。但是以朕对她的了解，她怎么会这么轻易地放弃？"

叶公公听着想起一件事，试探问道："皇上……那定王妃呢？"

龙越离深眸中掠过一抹复杂之色，半晌才道："就这么着吧，派人紧看着她，有什么异动就禀报给朕便是。"

叶公公听得他的旨意，心中摇头，听龙越离的意思还是要与越卿卿继续，只是他不明白为何明明都不爱了还不肯放手？难道是以前的情分还在，所以不忍心对她绝情至此吗？他心中叹了一口气，不敢再问。

第二十一章　阴谋再起风云变

狄国使臣前来自然要大摆宫宴款待一番。周惜若身份尊贵，也一同陪了圣驾参与宫宴。到了宫宴那一日，周惜若正在寝殿中更衣梳洗，忽地有宫人禀报宁贵嫔郁可月前来相邀。周惜若心中觉得奇怪，命宫人领了郁可月前来。

郁可月上前笑道："臣妾冒昧前来，万望娘娘勿怪。"

周惜若笑了笑，道："无事不登三宝殿，宁贵嫔不仅仅是要相邀本宫赴宴这么简单吧？"

郁可月脸上一红，为难道："臣妾当真是有事要求莲妃娘娘帮忙。"

周惜若问道："是什么事？"

郁可月看了看四周，低声道："是关于臣妾哥哥的婚事。这次赴宴有臣妾父亲想要结交的世家——薛家。薛王爷家的郡主今年刚好十六，薛老将军是世家出身的，跟着先帝打了好几年的仗，后来因为不打仗了，年纪也大了，便卸了一身的兵权在家中静养。薛家的小姐也有一个哥哥。我父亲一直想给我哥哥定一门亲事，可惜臣妾无能，一直办不成这事，所以父亲让臣妾来请娘娘帮忙。"

周惜若一笑。薛老王爷她是听过的，听说他年轻时打仗伤了腿，所以一般不轻易出王府。有一年还因为他老是不出来走动，还有人盛传他已死了，后来才知道不过是谣言罢了。薛王也是京中的一大姓氏世族，要攀上他们家的亲事恐怕不是那么容易。毕竟老派的世家一方面怕人议论他们攀附新贵，一方面他们一般也只和几家大的世家通婚而已。

237

周惜若笑道："既然有中意的人选就好了，这次宫宴本宫替你与薛王府的人说说。"

郁可月一听欢喜道谢。周惜若美眸看定她，若有所指地笑道："这事又值得什么谢呢？说不定哪天本宫要老将军相帮的呢！"

周惜若打扮妥当，便挽着郁可月的手慢慢向中宫而去。路上远远的走来一队人，越卿卿眼一眨不眨地盯着周惜若的背影对身旁的人冷冷道："什么时候莲妃与宁贵嫔这么交好了？"

她身旁的淡黄色宫装美人想了想，回答道："这个臣妾也不知。"

"不知？"越卿卿回头冷冷看着她，面上掠过轻蔑，"你不是自诩智谋百出吗？好好一个宁贵嫔你竟然由着她亲近周惜若！"

她言语中皆是不满。那淡黄色宫装美人脸色一红，随后低了头。

越卿卿看着周惜若走远，把目光放在了她身边由宫女扶着的宁贵嫔，冷声道："这次我吩咐你的事你知道该怎么做了吗？"

淡黄色宫装的美人听了她的话，心中打了个哆嗦，犹豫道："当真要这样做吗？"

越卿卿听出她口气的犹豫，回头直视她的眼睛，带着深深的讥讽："怎么？你犹豫了？"

宫装美人看着她眼底的森冷，连忙摇头："臣妾不敢。"

"什么敢不敢的，只要这事做了，以后皇上身边没了花花草草只有你一人。至于我也不会跟你抢的，皇上对我有戒心，所以都看你的了。"越卿卿挑起她精致的脸，红唇吐出的话似带着蛊惑人心的诅咒。

那宫装美人终是点了点头。

周惜若穿着一身时新宫装前去赴宴。这宫装做得精致，为浅紫色，上身紧致，而裙裾下摆层层叠叠犹如波浪，令她的身段越发显得修长窈窕。她穿着这身大胆时新的宫装款款而过，一顾一鬶间颠倒众生的媚感之色流露无遗。皇后已借故身子不适并不赴宴。龙越离看着她前来，眼中掠过激赏，亲自下了御座握了她的手坐在御座旁边。她坐在龙越离身边，高高御座旁唯有她一人，年轻的帝妃二人，男的龙袍明黄刺眼，风华若妖，俊魅难匹，女的面容绝美，一举一动娇媚不可言，当真是神仙眷属一般令底下众人羡慕。

周惜若回头看着龙越离，轻声一叹："皇上对臣妾的宠爱当真是盛宠了。"长袖下，龙越离握紧了她的手，看着满殿的欢欣雀跃，眸光炯炯："朕说过会让你站在朕的身边看到这一切的。齐国的强盛和盛世。"周惜若嫣然一笑，轻声道："皇上果然还记得。"

龙越离看着她的神色平静，心中忽地觉得隐隐失落。她就在身边，可是却仿佛并不是真正的开心。周惜若坐在他身边，面上的笑容无可挑剔。只是她看见了人群中那一双深邃沉沉的眼眸，他眼中的神色变幻不定，隔空与她交汇。就在这一片万岁声中，她与他久久对视。

此次的宴饮甚至比过年时还热闹。周惜若在龙越离的身边，不少贵妇诰命纷纷上前向她敬酒。谁都知道，如今后宫中年轻的皇帝只盛宠她一人。周惜若脸上的笑容几乎都要僵了，手中的酒水也不知添了几回。脸上飞起两抹酒晕，越发显得人容光娇美。

她虽酒意上头却也留意前来敬酒之人。过了一会，果然有女官在她耳边提醒："贵妃娘娘，青国夫人前来向娘娘敬酒。"

周惜若揉了揉有些昏沉的额头，向前来的一位中年贵妇笑道："青国夫人真的是许久不见了。"

青国夫人大约四十多岁的年纪，面容严肃，但是一身打扮中规中矩，没有半分不妥。她闻言笑了笑，举了酒杯正要跪下。

周惜若笑道："青国夫人免礼，本宫是后辈怎么敢受夫人的大礼。"

青国夫人见她恭谨，含笑道："娘娘身为贵妃，自然应该受得了。"她说着向周惜若施礼。

周惜若连忙起身扶起她，口中道："青国夫人免礼。"她起身时，脚下一绊，踉跄了下，左右女官连忙把她扶住。

青国夫人见她脸色绯红，道："娘娘是不是不胜酒力？"

周惜若扶了额头，点了点头："今日皇上高兴，诸位也都十分欢喜，所以就多敬了本宫几杯。不知青国夫人可否陪着本宫下去歇息一会，这杯酒就饶了本宫吧。"

青国夫人一听这话，不禁笑了起来。于是她陪着周惜若来到坤元宫旁边的侧殿歇息。女官们殷勤倒茶送水，又拿了热水给两位净面洗手。周惜若洗了面上的妆容，又恢复了精神。青国夫人见她原本玉肤雪肌，面容清丽雅致，眼中流露赞赏："都说相由心生，娘娘这相貌看得出心地一定不错。"

周惜若微微一笑："可是很多人都觉得本宫媚惑六宫，独宠于皇上，是个十足十的坏女人。"

青国夫人吃惊于她的坦诚，诧异片刻后随即笑答："每个女子都希望夫君这一辈子只宠爱自己一个人，这是人之常情，并不是坏女人。"

周惜若听得她的言谈落落大方，心中的观点异于常人，不禁对她多了几分喜欢。她问道："敢问薛老王爷最近身子如何？"

青国夫人道："老王爷身子还行，就是年纪大了，腿疼经常发作。劳烦贵妃娘娘关心了。"

周惜若不禁叹道："这十几年来辛苦青国夫人了。"这青国夫人并不是薛老王爷

239

的妻妾。薛老王爷的原配薛王妃在十二年前去世，留下一对稚子，青国夫人是薛王妃的幺妹，她心怜两位侄子侄女无人照顾，便毅然入了薛王府中，这一照顾便是十二年。薛老王爷与薛王妃伉俪情深，在薛王妃死后不再娶。青国夫人没名没分，洁身自好也并不强求姻缘。于是薛老王爷感念她的仁惠，请奏圣旨封了她为青国夫人。周惜若打听过，青国夫人对府中的人宽和，深受薛王府上下的信任和敬爱，所以今日她才略施小计与她单独相处面谈，方才那么说，自是想要与青国夫人拉近距离。

青国夫人笑了笑："这是应该的，劳娘娘关心。"

周惜若向一旁的叶公公招手，叶公公拿来准备好的礼物奉上前去。周惜若笑道："这是虎骨药酒，用十年以上的老虎骨外加各种名贵药材浸泡二十年以上的药酒，是内务府从长白山那边的一户老猎户人家重金买到的。药酒不多，本宫也只讨得一瓶而已。这药酒想必对老王爷的腿上毛病有些用处，青国夫人收着吧。"

青国夫人一听，秀丽的面上掠过欢喜之色，谢道："贵妃娘娘如此有心，臣妾替薛老王爷拜谢。"

周惜若急忙扶了她起身，道："其实今日请青国夫人来是有件事想要与青国夫人商议商议。"

青国夫人看了看手中的药酒，放在了手边，问道："娘娘到底有什么事为难？"

周惜若抿嘴一笑："是喜事。只是本宫第一次代人说媒，所以有不妥之处还要麻烦青国夫人担待。就是郁家想与薛王府攀个亲家，不知青国夫人以为如何？"

青国夫人并不是孤陋寡闻之人，相反她对京中大小世家的消息十分灵通。她一听这话，微微皱了眉，问道："是被皇上封为左武侯的郁可鸣？"

周惜若看着她的神色并不喜欢，心中忧虑，面上道："是的，郁武侯如今可是皇上的左膀右臂，将来的前途更是不可限量，不知薛王府的薛小姐可否能看得上？"

青国夫人眉头不展，道："这事太突然了。而且在姐姐去世前，我曾答应过姐姐，她一双儿女今后，女不嫁从军之人，男不入行伍，这件事恐怕要让贵妃娘娘失望了。"

周惜若看着她面上的为难，失望道："不能更改吗？"

青国夫人叹了一口气，道："逝者为大，总要遵照我姐姐生前的遗愿。"

周惜若只觉得头疼，千挑万选，好不容易选到了一户好的世族之家居然不成。她叹道："可是郁小将军很中意薛王府的。"

青国夫人眸色微动，她看着周惜若惋惜的脸色，犹豫道："这事臣妾也做不得主，要不就问问老王爷的意思。"

周惜若只能道："如此麻烦青国夫人回王府中问问老王爷吧。"

青国夫人点头答应，她要退下，手边的药酒固辞不受。周惜若笑道："这药酒又不值得什么，青国夫人不要那可就真的把本宫的一片心意给浪费了。"

青国夫人这才接了。周惜若等她离开，皱眉对晴秀道："去请郁老将军来，本宫去凉亭中见他。"

晴秀点了点头，退了下去。不一会郁老将军前来，周惜若已等在了凉亭中。郁老将军面容虽苍老，但是一双老眼奕奕有神，看得出果然是征战沙场的老将。他看见周惜若端坐亭中，连忙跪下道："老臣叩谢娘娘对小儿的保媒之恩。"

周惜若闻言笑若春风："自从第一次见到郁老将军与郁家兄妹，本宫就预知到了有今日。没想到不过两年时光，果然印证了本宫的所想。"

从她第一面见到龙越离提起郁老将军和郁可鸣时起，她就留心上了郁家。后来龙越离看中了郁老将军征战经验丰富，也看中了郁可鸣的可锻造之才，她就知道郁家的崛起指日可待。她亲自去见郁老将军，言明龙越离身边缺乏能臣干将，让郁老将军不再韬光养晦要向龙越离尽忠。郁老将军并不是古板之人，当面也许下承诺将来若能重振郁家声誉定竭尽全力成为周惜若的后盾。

这件事她做得隐秘，只匆匆会了一面便不再提起。后来安王世子南宫庆畏战潜逃回京，青谷岭万分危急，正是周惜若暗中指点龙越离让他重用了郁家军。她不过寥寥几句话的事，却改变了整个战局。不过郁家军的军功却是实打实地拼杀出来的，这也是她敬佩之所在。

郁老将军道："一块美玉也要雕琢才可以成为绝世的和氏璧。一把宝剑未有机会出鞘也只是一块废铁而已。没有机会一样无法成才，娘娘这两年暗中帮忙了郁家许多，老臣感激不尽。"

周惜若道："郁小将军的婚事我已向薛王府提了，就看薛老王爷是怎么想的了，若不成郁老将军可不要太过失望。"

郁老将军感激道："娘娘的恩德老臣会铭记于心的。"

周惜若看着天色渐暗，若有所指地道："本宫能做的定会尽力去做，本宫也相信郁老将军言而有信，一心为齐国。将来定有用到郁老将军的时候，还望郁老将军相信本宫。"

郁老将军听出她语气的凝重，问道："娘娘有何难处吗？"

周惜若不欲再多说，站起身来慢慢道："一切终会显露出来的。"她说完向热闹的坤元宫而去。

郁老将军看着她窈窕的身影被夕阳拉得很长很长，不禁眯起老眼，叹道："是有什么大事要发生了吗？"

他活了大半辈子，识人甚多，人的好坏，心中所想他都能通过自己的经验辨别。当初周惜若找到他时，他看出她为自己在宫中无权无势的境况担忧，急需靠山，而郁家那时被安王多年来所打压，家道中落，说是家徒四壁，只剩祖宗给的一些好名声荫庇都不为过。他看着一双儿女日渐长大成人，内心焦急如焚，于是与周

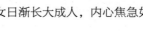

第二十一章　阴谋再起风云变

241

惜若一拍即合。那时候他知道两人皆是为了私心，可是如今，他却有点看不明白眼前集三千宠爱于一身的周惜若。她如今荣华富贵在身，隆宠不断，可是她的担心分明不是因为她自己。

她又是为了什么呢？

周惜若回到了坤元宫，此时歌台上换上了凌瑶献艺。她一展歌喉，热闹的坤元宫中顿时歌声缭绕，人人如痴如醉。周惜若悄悄进得殿中来，仔细听着。此时虞嫔见她前来，迎上前去。

"贵妃娘娘去了哪里？怎么去了这么久？"虞嫔问道。

周惜若看着御座上已不见了龙越离，不禁问道："皇上去了哪里？"

虞嫔道："皇上许是喝多了回寝殿中歇息醒酒吧。"

周惜若看见殿外天色已漆黑，宫人正给宫檐下点燃檐下的宫灯。她听着凌瑶动听的歌声，心神却已不在了殿中。不知为什么她只觉得有一种不太好的预感，但是是什么却说不出来。正在这时晴秀从殿中的侧门匆匆来到她身边，在她耳边耳语几句。

周惜若秀眉紧皱："你当真看清楚了？"

晴秀点头："奴婢看得很清楚，娘娘要不要去看看？"

周惜若见殿中众人宴饮已醺然欲醉，许多贵妇诰命都从席上退下了，只剩下一些善饮的朝臣还有狄国使臣们还在高声说笑拼酒。她无心在殿中待着，对虞嫔道："虞姐姐帮忙看着这里，本宫去去就来。"

她说着由晴秀带着出了坤元宫。殿外漆黑一片，内侍们打着宫灯为她照亮前路。周惜若由晴秀扶着，匆匆向着她方才与她禀报的方向而去。

坤元宫，凌瑶一曲唱罢下了歌台。她上得酒席，张望了一眼皱眉问虞嫔："虞嫔娘娘，敢问莲妃娘娘方才去了哪里呢？"

虞嫔抬头见是她，昂首冷眼看着她，不冷不热道："文容华可有事找莲妃娘娘吗？"

凌瑶皱眉问道："难道方才莲妃娘娘没告知去了哪里吗？"

虞嫔见她无视自己的话，心中气恼，冷笑一声："文容华是怎么跟本宫说话的？"

凌瑶看了她一眼，淡淡道："虞嫔娘娘不知道？不知道臣妾告退了。"她说着退了下去，也出了坤元宫。

她的态度令虞嫔气得脸色发白，虞嫔恨恨道："好个小蹄子！像那该死的锦容华一样不把本宫放在眼中！"

上林苑中。亭中灯火明亮。龙越离斜斜依在锦榻上，他已喝多面上红晕遍染，尽显风流俊魅。因天热他身上龙袍已脱下，只着一件雪白中衣，白衣如雪，他鸦色的长

242

发倾泻在肩头，领口微开，胸膛紧致的肌肉一览无余，越发魅惑难挡。袁紫儿靠在他身上，玲珑的胸脯紧贴着他身子。她身上衣衫半解，露出精致漂亮的锁骨和隐约看到春光的胸前。她面色微红，一双眸子仿佛盛了水光，引人垂怜。她看着眼前的龙越离，眼中流露出深深的痴迷。

她满了一杯酒，娇笑道："皇上，怎么才喝两杯您就醉了呢？"

龙越离薄唇一勾，只是吃笑："紫儿不是说要带着朕看好看的什么星子吗？怎么看不到一颗呢？"

他伸手轻抚她细腻的脸庞，来回轻轻摩挲，当真是醉卧美人膝，醒时掌天下权。人生最得意不过如此。

袁紫儿面上已布满红晕，她抬起他的手贴在自己红彤彤的脸颊上，眼中痴痴，低声道："皇上，你怎么总是看不到紫儿呢？"

她低低地说着，蜜吻向上一路吻上了他的唇。忽地，她脖间一紧，不知什么时候龙越离已睁开眼，似笑非笑地看着她。他的手正牢牢地卡着袁紫儿细嫩的脖子，令她无法再吻下。

"怎么了呢，皇上？"袁紫儿心中一惊，却连忙挤出笑容来。

"紫儿这么好的兴致，只是你给我说好看的星子在哪呢？……"他在她耳边声音低沉地问道。袁紫儿被他所撩动，禁不住浑身发热。她轻蹭着他的身躯，情不自禁地扭动起来。龙越离忽地推开她，冷冷道："退下吧，朕要睡一会。"

袁紫儿浑身灼热无法纾解，连忙膝行几步跪在他身边抬起头来，一双明眸大眼楚楚动人地看着仿佛入睡的龙越离，哀哀地道："皇上……"她说着又将自己几乎半裸的身体贴上他的身子。

龙越离缓缓睁开眼，看着眼前犹如水蛇一样妖娆的女子，微微地笑了笑，挑起她的下颌看着她异样的眼瞳，轻佻道："你很想要？……"

周惜若在晴秀的带路下一路向上林苑走去。夜风中吹来一阵一阵夜来香的香气，浓郁甜腻令人不适。越往上林苑走路上越是漆黑，宫灯也只能照见前面两尺见方的路。她走了一会皱眉问道："皇上这么晚了去上林苑做什么呢？"

晴秀皱了眉头道："奴婢也不知道，许是要去赏夜景吧，奴婢听说好像是这样的。"

周惜若心中疑惑。正走着，眼前忽地有一个黑影从一旁的小路走了过来挡在了她们跟前。她出现得突然令周惜若与晴秀都吓了一大跳。

"是谁啊？不声不响的简直是吓死人了！"晴秀拍了拍心口，忍不住道。

周惜若看着眼前的黑影，内侍照出那人的面容。周惜若眼神禁不住沉了沉，道："文容华怎么来了？"眼前来的人不是别人，是随着周惜若一起离席的凌瑶。

凌瑶看着周惜若形色匆匆，问道："莲妃娘娘要去哪里？"

周惜若反问道："文容华不在坤元宫，怎么来到这里？"

烛光昏暗，凌瑶的神色看不清楚，她沉默一会才道："臣妾劝莲妃娘娘还是不要去了。上林苑中此时天黑路滑，鬼神出没，谁知道这时候娘娘去会看见什么不该看的东西。"

周惜若心中一沉，对晴秀他们道："你们且退下，本宫要与文容华说几句话。"晴秀等悄然退后。

周惜若看了看四周没什么旁人，这才冷声问道："你到底知道了什么？"

昏暗的夜色下，凌瑶衣衫单薄，尖尖精巧的下颔在宫灯的映衬下有几分不似人间的清冷之气。她道："臣妾知道的不多，只是提醒娘娘这袁紫儿不简单，她暗中效忠了皇后面上又去与越卿卿交好。"

周惜若悠远的秀眉紧拧，只是沉默。

凌瑶淡淡道："臣妾曾听见皇上临走之前与袁紫儿说了几句话，袁紫儿带着皇上去了上林苑了。"

周惜若眸色变幻不定，沉默了一会问道："你的意思是袁紫儿是故意引本宫去上林苑的？"

凌瑶摇头："臣妾的意思是，不论是谁注意袁紫儿的行踪，她这次带皇上去上林苑绝不会只是赏夜景而已，娘娘确定要去吗？"

周惜若秀眉紧拧，问道："依你之见，本宫要怎么做才对？"

凌瑶却是摇头："臣妾也不知道。只是觉得袁紫儿今日的举止古怪，娘娘若贸然去了恐怕不妥而已。"

周惜若心中还是觉得有忧虑。于是她对凌瑶道："既然如此，本宫就悄悄过去看一眼便是。"

凌瑶清清冷冷笑了起来，忽地问道："娘娘还是担心皇上吗？即使皇上曾经这么对待娘娘，娘娘对皇上的忠心也一如既往吗？"

她问得犀利而胆大。周惜若心中一恸，慢慢道："是，本宫担心皇上，担心他被坏人蒙蔽，被人陷害，被所有别有居心的人利用。他是皇上，是齐国的根本。"

"愚忠。"凌瑶吐出两个字，转身走向前去，声音木然，"但愿今后皇上不会让娘娘再失望吧。"

她说着没入了黑暗中。周惜若犹豫了一会，对身后的晴秀和内侍们道："你们别跟来。本宫自己去。"她说着也跟着凌瑶离去的方向快步走去。

凉亭中，微风习习。烛火明亮，传来一声声暧昧之极的呻吟声。可是软榻上的龙越离却依旧笑容邪魅，他看着地上难受翻滚，几乎已全裸的袁紫儿，唇边勾起一抹冷

244

笑。他对左右站着面无表情的内侍道："再给她降降火。"

左右内侍应了一声，去上林苑的湖中打了水，泼在了袁紫儿的身上。袁紫儿哀哀叫了一声，她已躺在了一摊水中。外冷内热，她就像是身受酷刑一般万分难受。她看着龙越离冰冷的眼睛，哀哀地求道："皇上……饶了臣妾吧。"

龙越离对左右内侍冷冷道："再泼！"

袁紫儿一听急忙挣扎扑到他的脚下，苦苦哀求："皇上！是臣妾错了！饶了臣妾吧！"

龙越离收起脸上的笑容，面无表情地道："朕说了再泼！你们都聋了不成？"

左右内侍急忙上前把袁紫儿押了下来，一桶桶刚从湖中打起的水泼向袁紫儿。她抱着自己在从头淋下的水中羞愧地哭泣。龙越离等她哭得瘫软在地上时，上前一把钳制住她的下颌，冷笑道："你好大的胆子，居然在酒水中给朕下了合欢散！你以为朕是傻子吗？这下三滥的青楼中的伎俩朕早些年不知看过了多少次了，简直是愚蠢！"

袁紫儿挣扎跪下哭道："皇上饶了臣妾吧，是臣妾太想要皇上的宠爱了。皇上……皇上……"

龙越离眼中掠过厌恶之色，对左右内侍道："把她浸在湖水中，等她药力退了再说！朕要好好问一问，究竟是谁给了她这么一个天大的胆子让她给朕下药！"

左右内侍轰然答应。袁紫儿听得龙越离的命令惊叫一声拼命哀求。可是左右的御前内侍把她抬起丢入了湖水中，湖水"哗啦"溅起好大一团水花，袁紫儿在其中沉沉浮浮，拼命挣扎。不远处，两双眼睛把这一切都收入了眼底。周惜若缩回身子，慢慢道："袁紫儿竟然给皇上下药。"

凌瑶也从草丛中缩了回来。她道："一定有人给了袁紫儿这下三滥的药，让她勾引了皇上，一夜春宵之后，皇上定会对她改观。"

周惜若眉头紧锁："难道是越卿卿？还是皇后？"

凌瑶看了湖水中挣扎的袁紫儿，冷笑一声："不管是谁，都是一副坏心肠，活该！"

周惜若听着袁紫儿的呼救，叹道："走吧，不用再看了。"

她说罢起身悄悄离开了草丛向来时的路走去。凌瑶跟在她身后，不紧不慢。

周惜若见她亦步亦趋地跟着，神色转缓，对她道："你回去吧，今夜之事就当没发生过。"

凌瑶只是沉默。

周惜若叹了一口气："你今日实在是不必如此犯险来告诫本宫，万一被人发现了可怎么办呢？"

凌瑶抬起头来，道："臣妾怕今日又是一个陷阱而娘娘又中计被人陷害，在宫中像娘娘这样的好人不应该被恶人所害。"

周惜若笑了笑，慢慢道："不会的，本宫已不是当初。"

凌瑶了然一笑，道："好吧，臣妾告退。"她说罢翩然离开。

周惜若看着她离去的身影不禁深深叹了一口气。

周惜若按原路返回，她没有拿宫灯只能靠着依稀的路出了上林苑。晴秀等在坤元宫不远处见周惜若终于回来了不禁念了一声阿弥陀佛。她道："娘娘总算回来了，奴婢快要急死了！如今上林苑那边御林军堵得密密麻麻的，娘娘晚一刻就出不来了。"

周惜若见她如此惊慌，不禁问道："到底怎么了？"

晴秀脸色不好地道："娘娘有所不知，方才传来消息，那狄国进贡的狮子跑出来咬死了看守的两个内侍，太可怕了！"

周惜若惊了惊："怎么会这样？还有什么人受伤吗？"

晴秀摇头道："不知道。"

正在这时林公公也匆匆寻来，他见周惜若安好，松了一口气，他道："娘娘不知，那狮子伤人后就跑到了上林苑中，如今大批的御林军都去围捕这头狮子了。"

"什么？！"周惜若顿时脸色煞白。

"娘娘怎么了？"林公公问道。

周惜若捂着心口，半晌才道："皇上就在上林苑啊！"

怎么会这么巧龙越离在上林苑中时这狮子就跑了出来呢？而那狮子被狮女所驯，向来服服帖帖从来不曾伤人，就算是野性大发，但是平日都锁在了笼中怎么可能会轻易地逃了出来？

"不！本宫要去见温相大人！"周惜若想到此处厉声道。她说着匆匆向坤元宫中而去。

坤元宫中热闹非常，许多朝臣已喝得醉意陶然。唯独善饮烈酒的狄国使臣们敞开了领子还在与几位武将拼酒，邵云和就在其中。他白皙俊美的面上已绯红，一身暗红的廷尉服领口已敞开，露出白皙的胸膛。他正端了一海碗酒正与狄国使臣拼酒。坤元宫中已没有了朝臣内眷，一片杯盘狼藉。周惜若环视了一圈殿中都看不到温景安。

她再也不顾其他，上前分开众人，对邵云和道："右相大人，本宫有急事找你商议。"

邵云和正仰头喝下一碗酒，闻言"噗"的一声，大半碗刚入口的酒水又喷了出来。他一边咳一边斜眼看着她。周惜若对上他直直的眼神不禁吓了一大跳。他明显已是醉意朦胧。一旁拼酒的使臣见他将酒喷了出来，连声道："输了！输了！右相大人输了！"

一旁观战的狄国使臣们趁机连声呼喝。

邵云和摇摇晃晃地站起身来，看着他们，嘿嘿地笑："等着……等着本相再来与你们喝！今日不醉不休！"

　　他说着分开众人向周惜若走去。周惜若见他连脚步都不稳，跟跟跄跄地走来，心中万分后悔去唤了他。可还未等她后悔完，一股浓重的酒气迎面扑来。邵云和在她面前站定，深眸一眯，扶着额头问道："什么……什么事？"

　　周惜若看着他醉成了这个样子，皱眉退后一步："没什么，想问邵相大人可否看到温相大人？"

　　邵云和忽地一笑，声音低沉："你找温景安？"

　　他眼中讥讽的笑意带着一种深深的自嘲，周惜若听得他的话更是觉得自己找错了人。她不吭一声转身就要走。胳膊上一紧，邵云和已一把抓住了她。周惜若脸上一红，想要挣开却是半分也挣不开。她低声怒道："你放开我！这里这么多人，难道你敢犯上？！"

　　邵云和拉了她步履不稳地向殿外走去。出了殿外，周惜若一把推开他，怒道："你疯了！这是在坤元宫！"

　　邵云和忽地笑了起来："你可以大大方方找温景安，怎么就怕被人瞧见你和我在一起？"

　　周惜若看着他颓丧的样子，心中隐隐有一个地方不适。她硬起声音道："本宫找温相大人自然有急事！你到底知道他在哪里吗？"她说完看着他绯红的脸颊，烦躁道："算了，看你这个样子你也不知道。"

　　"等等。"身后传来邵云和的声音，"你要去哪里？"

　　"找温景安！"周惜若硬声道。

　　"他出宫回府了。"邵云和长吁一口气道。他坐在冰凉的地上，靠着坤元宫殿的墙，一身朝服皱巴巴的，再也看不出素日英姿。他慢慢道："你始终只信温景安，你始终不愿信我是不是？"

　　周惜若听着他的话，知道他已醉，可这一番话不知为何却令她觉得心里酸楚。她别过脸："你既然都决定要走了那就赶紧走吧！你若不走，终有一天我要向皇上告密！"她说完就要离开。

　　身后风动，周惜若还未走几步就被他牢牢钳制在怀中。他附在她的耳边，低声冷笑："你不会告密的！你在说谎！"

　　周惜若拼命挣扎可是却挣不开他的铁臂。她怒道："放开我，你要发疯不是这个时候。我有重要的事！放开我！"

　　邵云和看着她的神色不似作伪，这才放了她，撑着额头皱眉问道："到底什么事？"

　　周惜若整了整身上的衣衫，怒道："皇上有危险！狄国进贡的狮子逃出来伤了人，现在逃往上林苑中了！"她道："而皇上被人引入了上林苑，正好这个时候狮子

第二十一章　阴谋再起风云变

247

逃出来伤人还一路逃往上林苑，你不觉得这有蹊跷？"

邵云和眼中寒光一凛，酒意顿时清醒。他直起身子，皱眉问道："照你所说，这的确是有人故意为之？"

周惜若点头，她心中的阴云越发重了几分。事不宜迟，周惜若再也顾不得邵云和方才的冒犯，美眸中眸光炯炯，问道："你可愿意帮我去找皇上？"

邵云和眸色一沉，冷哼一声。

周惜若也不打算依靠他，冷笑一声："你不愿就算了，我去想办法。"

她说完匆匆转身离开。邵云和追上几步，一把抓住她，怒道："你要去上林苑？龙越离给了你什么好处你要这样为他出生入死？！"

周惜若狠狠甩开他，眼中喷出怒火："你何尝不是为了你的赤灼抛妻弃子。在我的心中，他就是齐国！"她说完转身就走。

邵云和几步追上她，在她身后冷冷道："好，我去，你回宫待着。"

周惜若心中略松，却放心不下固执地道："你一定要带我去！"

邵云和冷哼一声道："你追得上就来吧。"他说着迈着修长的腿很快没入了黑暗中。周惜若见他的身影消失得飞快，急忙追上前去。

第二十二章　御园狮口虚惊魂

　　上林苑中的凉亭里。袁紫儿捞上来的时候已奄奄一息。宫人探了探她的鼻息向龙越离禀报道："皇上，元婕妤还有气儿。"

　　龙越离眼中掠过厌恶之色："把她带回宫中的宫正司，严加看管，一定要问出是谁给了她这药。"他看着那酒壶，眼底的戾气掠过："居然敢给朕下药！简直是活腻了！"

　　叶公公见龙越离的气也消了不少，上前劝道："皇上，回宫吧，这里风大再待下去恐怕着凉了。"

　　龙越离点了点头，随意拢了身上敞开的白衣，出了亭子。一行人走在上林苑的小道上，宫人的宫灯昏黄，照出眼前青石铺就的蜿蜒小路。龙越离酒意已退，倦色笼来，不禁打了个哈欠。

　　正在这时，前面有宫人"哎呦"一声跌在了地上。叶公公上前，骂道："走路也不长点眼神……"

　　他话音还未落，那跌倒的宫人就惊叫起来。凄厉的叫声把身后一干人都吓了一跳，龙越离心中一沉，顿住脚步冷喝一声："到底怎么了？"

　　那跌在地上的宫人连滚带爬地跑来，跪下战战兢兢地道："皇上，死人啊！"

　　众人一惊，胆大的宫人执了宫灯照去，只见在小路上躺着一具血肉模糊的尸体。那人脸已没了，血糊糊的一片像是被什么利爪抓过一样。从他身上的服饰看得出是御前的内侍。众人纷纷惊恐尖叫起来，龙越离看到这死人的惨状也禁不住倒退一步。

正在这时，迎面吹来一股腥风，熏人欲呕。众人正在疑惑间，两边的树木忽地响起一股窸窸窣窣的声音，只见一只巨大的狮子咆哮着扑来。在前面的宫人被狮子扑倒在地，其余的被突然出现的狮子吓得丢了手中的宫灯哭喊着四散奔逃。龙越离身边的御前侍卫也被眼前剧变吓呆，还未拔出剑就被狮子扑倒几人。

龙越离连连退后，背后的冷汗涔涔而下。他看见那褐发碧瞳的狮女从树后走出，口中说着旁人听不懂的语言。那狮子受过她的训练，恐怕是饿了几天几夜，扑咬起人来分外凶狠。龙越离身边已只有寥寥几个侍卫，他一路退后，那狮子浑身的鬃毛张开，张大了口冲着他们咆哮，样子分外骇人。有侍卫拿了内侍们丢下的灯笼去吓唬狮子，可是这狮子平时跳惯了火圈根本不怕火，反而冲他们连连吼叫。

狮女看到龙越离，口中呼喝一声，指着龙越离叽里呱啦地说了一句什么。那狮子听到号令，一双碧油油的眼直直盯着龙越离。

龙越离一把夺过侍卫手中的剑。只听得"嗷"一声，那几百斤重的狮子咆哮着向龙越离冲去，它的去势太快带起一股劲风，龙越离仗剑刺去，那狮子却颇懂人性，狮头一低狠狠撞向龙越离。龙越离被它撞飞，狮子吼叫着便扑上前扑咬。御前侍卫只剩下不到三个，他们想要上前相助都无法。

龙越离几次险险被狮子咬伤，每次都在千钧一发之际避过。可他也躲得狼狈不堪，手臂上被狮爪划过留下深深一道血痕。血的气息更加刺激了狮子的疯狂，那狮女口中飞快地说着号令，狮子的攻击一波比一波更加凶猛。

龙越离心中惊怒交加，究竟是谁让这狮女带着狮子前来偷袭他？他还未想定，狮子的血盆大口就猛地到了眼前，狠狠地就要冲着他的脖子咬下。

龙越离深眸中戾气涌起，狠狠一掌成拳砸在了狮子的眼睛上。狮子吃痛怒吼一声滚了出去。可是不过一转眼狮子又扭了身子扑向他。几百斤的重量一下子迎面而来，龙越离被它推翻在地，眼看着这一下不死也恐怕要重伤。就在这紧要关头只听得空中有一声"嗖"的轻响，一支利箭飞快钉入了狮子的脖子。狮子吼叫一声倒地打滚。狮女见状尖叫一声扑上前去。她与这头狮子自幼相依为命，如今狮子受了伤她比自己伤了还痛苦。她怒视着在地上喘息的龙越离，口中尖利地叫了几声什么。

那狮子从地上翻滚而起，把龙越离踩在脚底。龙越离情急之下摸到剑，怒喝一声插入了狮子的腹中。狮子哀嚎一声倒在地上。狮女眼见得狮子不能活了悲愤痛呼一声从腰间拔起匕首扑向龙越离。龙越离手中已无兵刃，看着她气势汹汹而来，瞬间无法抵挡。正在这时另一支箭又顷刻而至，将她穿心透过，狮女脸色痛苦地倒下。龙越离这才长长吐出了一口气。

路的尽头传来焦急的呼唤："皇上！皇上！"

龙越离还未回神，周惜若已飞奔而至，看着他身上血迹斑斑，半晌才道："皇上，你没事吧？"

250

龙越离扶着手臂慢慢站起身来摇头："朕没事。"他说着看向箭来的方向，问道："方才是谁救了朕？"

邵云和走上前跪下道："皇上受惊了，微臣救驾来迟。"

龙越离看了他一眼，又情不自禁地看了周惜若一眼，这才道："不迟，邵爱卿来得刚刚好。"他说着忽地靠在了周惜若的肩头，哼哼道："痛死了！"

周惜若连忙扶起他道："皇上赶紧回宫吧。"

龙越离靠着她的香肩，另一手搭在她的腰间，仿佛是故意为之，紧紧地扣紧了她的纤腰深眸灼灼对邵云和道："邵爱卿务必要查出是谁指使了这狮女如此胆大妄为！"

邵云和看着他停留在周惜若腰间的手，低了头淡淡地应道："遵旨！"

一行人终于回到了宫中，而此时前去猎捕狮子的御林军这才赶来救驾。甘露殿中，药气弥漫。龙越离半裸着上身让太医上药，面色沉沉。御林军统领战战兢兢，原来是有人向御林军禀报错了皇上的行踪，所以救驾来迟。

龙越离眸色冰冷，挥了挥手命他们退下。

甘露殿中又恢复了安静，周惜若轻叹道："皇上没事就好，总算是佛祖庇佑。"

龙越离连连冷笑："佛祖再庇佑也庇佑不了恶人连二接三的设计。"

周惜若心中一沉，不由看着他。明亮的殿中驱散了方才在上林苑中的惊恐，他清冷俊魅的面容在灯光下显得那么地邪魅阴冷。灯火"扑"的一声炸开灯花，连空气中都带着令人不安的预兆。周惜若看着他，心亦是沉沉如这晦暗的夜。

比试宴请之夜，狮子逃出铁笼连伤了几名内侍的事被宫正司暗中勒令封口。这事似乎就这么云淡风轻而过。袁紫儿被押在了宫正司中，宫正司的人得了圣谕严刑拷打都不能让她供出到底是谁在背后指使了她向皇上下药，也不知她与这狮子伤人之事是不是有什么关联。

周惜若前往宫正司看她，只见袁紫儿浑身血迹斑斑，伤痕累累，身上只着一件宽大破烂的囚衣。她听到声音抬起头来。在狱中的微光中看见了站在光亮中那一抹清丽绝伦的身影。周惜若着一身雪色宫装长裙，长裙的裙摆曳地，在昏暗的微光中低垂在了地上，犹如一汪清澈的泉。她美得如仙，高洁清冷，令人仰慕。

"元婕妤，你可还好？"周惜若问道。

袁紫儿哧哧地笑，拨开披散在脸上的乱发，沙哑反问："莲贵妃娘娘觉得臣妾现在这样算是好吗？"

周惜若轻叹一声摇头："本宫来只是问你一句，你若肯说出背后唆使你之人，本宫可向皇上求情让皇上放了你。"

袁紫儿自嘲笑道："莲贵妃娘娘觉得臣妾若是真的说了还能活着看见明天的太

251

阳吗？"。

周惜若顿时无言。

袁紫儿见她无言，脸上的笑容越来越大。她笑道："臣妾若是不说还能留着一条命，真的说了就连命都保不住。所以无论宫正司的那群疯子怎么拷打我，我都不会说出一个字的！"

周惜若神色清冷，淡淡道："你不说本宫也知道是谁。你投靠了皇后又与定王妃越卿卿交好，不是皇后便是越卿卿，这并不难猜。"

袁紫儿却是不惧，吃吃地笑："可是娘娘找不到证据是不是？没有证据皇上也拿不了人。"

周惜若闻言秀眉紧拧："本宫没想到素日里你看着乖巧，却是最固执的人。"她顿了顿，转身离去，冷冷道："既然你不肯说出是谁，那你就在这里继续待下去吧。"

"我有话要问娘娘！"身后传来袁紫儿沙哑的喊声。

周惜若停住脚步，却并不回头，冷冷问道："你还有什么话可说？"

袁紫儿忽地问："娘娘为何不要臣妾的效忠？臣妾最先投靠的是娘娘，可是娘娘从不正眼看臣妾一眼，连皇上也是！难道我袁紫儿真的这么差吗？我不服！"

周惜若心中轻叹，慢慢地道："知道为什么本宫不愿意接受你所谓的效忠吗？"

她回眸看着铁栏之后那张即使脏污依然美丽的脸，道："因为你的野心太大，目的太强。你故作乖巧表面下的野心令人害怕，就像是那头狮子，表面上被人所驯服，可是猛兽依然是猛兽，无人不害怕。你可明白？"

袁紫儿一怔，忽地哈哈大笑起来。凄厉的笑声在阴森的牢中回荡。她指着周惜若，神色癫狂："难道你没有野心？难道这个宫中每个人都没有野心？我不过是想要自己应得的，我何罪之有？！"

周惜若看着她癫狂的神色，转身离开了这个阴森的所在，身后依然传来袁紫儿一声一声的不甘的尖叫："我不服！我不服……"

也许袁紫儿到死都不明白，野心并不是伤害别人的借口，从来都不能是。

袁紫儿的获罪在宫中并未掀起轩然大波，只是宫妃和宫人的议论声在暗地汹涌。这样沉默下隐藏的汹涌令人从心底觉得不安。周惜若又来到了云水殿。许久不来，这里一切如昔，殿中纤尘不染，箱笼摆放得整整齐齐，仿佛这殿中的主人还未曾离去。帷帐在过堂风的吹拂下，飘飘荡荡，一低头回首似还能听见帐间缠绵的低语和那偶尔回眸的会心一笑。

"你怎么来了这里？"她身后传来了一道悦耳的声音。

周惜若回头，看着缓步而来的龙越离，眸光复杂。他身披殿外灿烂的光辉，如一道光亮照亮了这殿中的昏暗角落，顿时这原本不甚宽敞的殿中也觉得狭小。他如沐浴

252

日光的龙，所过之处光华耀眼。

龙越离握了她的手，坐在了地席上，凉意很快驱散了从外面带来的燥热。他长长舒了一口气靠在了她的膝上，微微眯着眼看着她眼底的黯然，问道："怎么好好的会想起这里？是不是有什么话要告诉朕？"

周惜若沉默了一会，摇了摇头："没有，只是忽然想缅怀这里曾经住过的主人，想想她是怎么样过每一日，她的高兴、悲伤都在了这殿中。仿佛一伸手就能看见她。"

龙越离握紧了她的手，狭长的眸中水光隐隐，慢慢地道："朕来到这里总觉得母亲还未离开。"他抬头，目光在她的面上流连："若儿，再给朕跳一曲凤舞九天吧。以后朕不会再来这里了。"

周惜若看着他，轻声道："好。"

歌起，长袖一振，如祥云喷薄，旭日初升。她的身影如在云中穿行，舞袖翩翩如惊云，光影在日光穿过，仿佛撩动了一池碎金，光华万千，她身上被金光镀上了一层金辉，如欲火的凤凰在昂首而歌。祥云环绕，凤凰在云中昂首高歌，越往上云雾越浓，仿佛能看见万顷云海滚滚而来。碧空万里，风起云涌变幻万千，星若斗，银汉遥遥。九天碧落唯有她在天地间徜徉。

龙越离看着，心神已被她一举一动所牵。一曲舞罢，她伏在地上。他觉得眼中有什么灼热欲落，久久不语。

此时内侍匆匆而来，打破了这一片寂静。他跪下道："启禀皇上，元婕妤在宫正司中自尽而亡。"

这一句落下，周惜若身子微微一颤，龙越离淡淡道："朕知道了，退下吧。"

他上前扶起周惜若，擦干她脸上的汗珠，深深地看着她："惜若，母亲若在一定会为今日的我所高兴，你说是吗？"

周惜若眼前掠过那张疯癫而苍老的面容，眼中的泪渐渐滚落："是的。"

龙越离微微一笑，转身大步走出了云水殿。他说，他不再踏入这里。

周惜若看着那伏地的宫人，冷冷地问道："所谓自尽，是不是赐死？"

宫人一颤，不敢回答。

一切已不用再问。严刑拷打都不能让袁紫儿丧失求生意志，可为何偏偏这个时候死了？若不是龙越离要她死，还有谁能处置了袁紫儿？他要杀她，无非只是一个目的：稳住那幕后之人。

袁紫儿短暂而年轻的生命枯萎在了这个炎热的夏季，连一丝涟漪也无。

周惜若挥了挥手："退下吧，把这个秘密烂在了肚中，谁都不要提及。"

她说着头也不回地离开了云水殿，转身向着永宁宫缓缓而去。

第二十二章　御园狮口虚惊魂

再喧嚣的热闹也有尘埃落定的那一刻。与狄国的会盟有条不紊地进行着，温景安一如既往全权负责此类事宜，邵云和为辅。左膀右臂，令龙越离省却了不少麻烦之事。

七月炎热，永宁宫中因草木繁多而凉爽，周惜若除了拜见太后和皇后之外索性不再轻易出宫，只在自己的宫中消暑解乏。郁可月因袁紫儿的死而悲伤了好久。大腹便便即将临盆的庞明燕也时常随了她前来永宁宫中说话。

郁可月想起袁紫儿素日的乖巧，眼眶泛红，对周惜若道："娘娘你说说皇上怎么会这么狠心，紫儿妹妹不过是触怒圣颜怎么连个嫔也不封。不说别的，就是死了一只阿猫阿狗都得有点情意在的。"

庞明燕抚着圆滚滚的肚子，叹了一口气："不是臣妾说，紫儿妹妹还是很得人缘的。这么不清不楚地死了，臣妾真的也觉得心寒。"

周惜若正依着锦墩，用玉拨子挑了一片冰片放入沉水香中，她从前做过御前女官，负责龙越离身边的御物的熏香。这些日子不知怎么的，龙越离穿的戴的一应贴身衣物都让她不由分说接了手，一一亲自打理。她调制的香清新淡雅少了一股子熏烟火燎的味儿，龙越离十分喜欢，于是都放心交给她打理。她看样子是缩在永宁宫中无所作为，但是其实用晴秀的话说，那就是"比御前女官更忙"。

周惜若把薄薄一片冰片放入沉水香的当中看着两片香贴合齐整，这才慢慢道："袁紫儿的事你们都别再叨唠了，在宫中从来没有无缘无故获罪的人。你们都要成为娘的人，闲事还是少管。"

郁可月听得她的话于是闭了嘴不说。周惜若说完若有若无地扫过庞明燕过分隆起的肚子，问道："最近燕妹妹的肚子怎么样？怎么还未临盆？"

庞明燕一听到这个话题，叹了一口气，抚了自己的肚子叹道："太医说了，我这胎恐怕得满了十一个月才能出来。"

十一个月？周惜若心中长长舒了一口气，老天保佑，还有时间。

周惜若合上香炉的铜鼎盖子转手交给宫人细细吩咐如何做，这才转头看着两位嫔妃笑道道："来闻闻我调制的香吧。"

薛王府与郁府的亲事上报给了龙越离。龙越离圣心大悦，下了圣旨亲自赐婚，沉寂多年的薛王府似乎又重新让京中的人瞩目。龙越离喜欢薛钰之才，破格提拔他为左督军副统领，让他在京中开始历练。薛王府与郁府的婚事让这个炎热的夏日越发多了几分热闹喜气。

永寿宫中，楚太后坐在寝殿中，轻轻拨弄着手中的碗碟。最近从楚地那边传来一种胭脂，用最鲜妍的花瓣摘下晒干研磨成粉末，再调了香脂和香料这才能成。楚太后闲时便喜欢上了这种繁琐的调胭脂的做法，时常一整天都可以坐着摆弄，然后调出各种各样的颜色。

越卿卿坐在楚太后的眼前，看着楚太后手中明晃晃的镶宝石护甲掂了一点香料抖入小碗中与胭脂混合。

她眉间紧锁，欲言又止。楚太后屏息凝神，直到有个内侍匆匆而来，在她耳边耳语了几句。

楚太后神色不变，淡淡道："哀家知道了。"

越卿卿见她终于有空，不禁道："母后，你看薛王府怎么会与郁家结亲了呢？"

楚太后看了她一眼，幽幽问道："你在担心？"

越卿卿点了点头，皱眉反问道："难道太后娘娘不担心吗？这个周惜若可是忠于皇上的，她怎么可能保守这个秘密？太后娘娘，皇上要是知道了自己的生母被如此对待，一定会杀了我们的。"

楚太后冷笑一声，拿了手边一块干净雪白的帕子擦了擦手，方才护甲上挑起的殷红胭脂抹在帕上，犹如一道触目惊心的血痕。

她凤眸微眯，冷冷道："哀家还怕她不说呢。皇帝的性子哀家最是了解，她若真的说了那蓝玉烟还在世的秘密，皇帝早就反了，可是现在皇帝一点动静都没有，证明她还是很聪明地选择了不说。"她顿了顿，声音冰冷残酷："你以为哀家不这么对蓝玉烟他就不会杀了哀家吗？"

越卿卿被这一句反问噎得无话可说。

楚太后站起身来，冷冷道："哀家就是要逼着他反了哀家，他事起仓促哀家才有借口废了他。他越是鲁莽行事，哀家的胜算越大，可是如今皇帝一无所动，周惜若这个贱人居然真的守口如瓶！她到底是真的要与哀家合作呢，还是太过于隐忍了？"

楚太后说着深深地皱起了眉头。越卿卿亦是深思不语，她心中隐约觉得没有那么简单，但是周惜若再厉害也只是个无权无势的宫妃，她又能翻出什么天去？也许薛王府与郁家的结亲不过是巧合罢了。想着越卿卿心中略安。

楚太后沉吟一会问道："不过你说的也有道理。周惜若能活到今天不得不说她除了有三分运气在，还是有几分自己的小聪明的，我们不得不防。"她说着在越卿卿耳边如此这般说了几句。越卿卿听了连连点头。

楚太后说完傲然道："想要与哀家斗，他们都还没这个本事呢。"她顿了顿，问道："袁紫儿那件事怎么样？"

越卿卿皱眉道："听说是羞愤自尽。"

楚太后神色一冷，凝声问道："她可泄露了半句不该说的？"

"不曾。"越卿卿笃定地说道。

"那就好。"楚太后舒了一口气。她面上露出倦色，对越卿卿道，"时间已不多

255

了，该做之事要记得做。"

越卿卿美眸中掠过狠色，低声道："是，臣妾明白。"

楚太后看着她，语重心长地道："你是哀家一手养大的，哀家最相信的就是你。将来哀家重掌大权时你的好处不会少。"

越卿卿低着头，眼中掠过冷色道："臣妾明白。"

偌大的永宁宫中，郁可月正拿了册子与周惜若商议聘礼之事。她如今已有了五个月的身孕，面色红润，肚子滚圆，气色不错。

郁可月合上册子长吁一口气道："总算是都安排妥当了，就怕当中有什么疏漏，到时候失礼了可就不好了。"

周惜若看着她担忧的面色，微微一笑："哪会有什么疏漏，只要心意诚就好。"

郁可月释然笑道："是呢，瞧着青国夫人是个好相与的人。"

正在这时，有内侍匆匆进来禀报。周惜若听了几句，不禁站起来失声道："当真？"内侍点了点头。郁可月瞧着周惜若的脸色不好，不由问道："发生了什么事了吗？"

周惜若挥退了内侍，眼中神色变幻不定，半晌才道："听说贞嫔肚子有动静了。"

郁可月一听拍手喜道："太好了！这不就是要生了吗？"她说着一把拉着周惜若的手道："娘娘，我们去看看吧。"

她与庞明燕是同时进宫的秀女，这一份情分使她对她的事就分外上心。

周惜若心中千万思绪翻涌不息，炎炎夏日竟是手足冰冷无比，半晌道："不能去！"

郁可月茫然，却不敢违背。

到了半夜，永寿宫传来消息。贞嫔产下一子，但皇后私自对其下令用药过猛，力竭而死，死在了一团乱的云舒阁中。齐国第一位皇子抱来永宁宫的时候，随之而来的是两道旨意。一道是龙越离的旨意。圣旨中说"莲贵妃周氏兰贵之姿，贤良淑德，堪为后宫之典范……特教养大皇子为任"。

第二道旨意是楚太后的懿旨，亦是相同的话。两道旨意，一道明黄，一道暗红。都指明了她就要成为大皇子的嫡母。这是权力角逐妥协的最后结果，皇后在这节骨眼上犯事，更是两相折中的最好办法。那就是由她，成为这齐国第一位皇子的母亲。

周惜若手微颤，接过襁褓中的小小婴孩，小心翼翼，虽告诉自己不要哭，可是眼中的灼热却是一阵阵，令她无法抑制。

"恭喜贵妃娘娘喜得皇子！娘娘千岁，千岁，千千岁！"

"千岁，千岁，千千岁！"

在一片祝祷声中，襁褓中的孩子被声音所惊，哇哇地大哭起来，他挥舞着粉红的手脚，仿佛在哭着这一出世就与生母注定分离的结局。

周惜若抱着他，仿佛看见几年前第一眼看见阿宝的样子，她轻轻地道："这一次

256

我将护你，爱你，如我的儿。"

皇后犯了欺君之罪，又因下令催产使贞嫔身死而被囚禁在了中宫之中，无旨不得擅自出宫。朝中渐渐有人提议废后一说，但是龙越离对这一个提议只是沉默不提。永寿宫中出人意料地安静，似乎也默认了皇后被惩罚的下场。而失去永寿宫庇护的中宫顿时成了整个皇宫中最冷清的所在。

永宁宫中却恰恰相反。前来恭贺和看望皇子的宫妃、皇族贵戚们络绎不绝，周惜若无法应付，几次下来不堪其扰，只能让皇上下旨等满月之后宫眷贵戚们再行看望。

永宁宫中终于又恢复了素日的平静，周惜若每日在宫中打理大皇子的起居，十分忙碌。

龙越离前来看望。小小的一团粉红肉团放入他的臂弯。素日风流俊魅的年轻皇帝脸上浮起尴尬的红晕。他抱着他，手无足措，怀中的孩子不及他的一臂之长，一双小手也握不住他的一根指头。那么弱小绵软的孩子，他竟不知该说什么。周惜若在一旁含着笑看着他的窘样，伸手轻轻接过。龙越离长长舒了一口气，仿佛累着了一样坐在椅上。

"大皇子长得很像皇上。"周惜若笑着道。

龙越离连连摇头："朕可没这么丑。"

此话一出，旁边的奶娘和宫女们都偷偷捂着嘴窃笑起来。周惜若抱着孩子坐在他的身边，眉眼弯弯，笑得温柔："皇上再好好看看，这眉毛眼睛，长开了就很像皇上了。"

龙越离见她眼神殷切，勉强自己多看了两眼，这才觉得有点像。他失笑："真是神奇。"

周惜若笑了，轻拍襁褓，眼神渐渐恍惚，道："是啊，多神奇的一件事。生出来的孩子看着就如同在看着父亲。日日夜夜，爱着的人不在了也能从孩子脸上看出他身上的影子。"

龙越离没察觉她的异样，正在这时襁褓中的孩子睁开了眼。他大惊："惜若，他睁开眼睛了！他朝朕笑了！哈哈……"

周惜若看着身边高兴新奇得像是孩子一样的龙越离，眼中渐渐盈满了泪水。

贞嫔死后出葬，龙越离感念她生下大皇子，特赐封她为敏贞贵嫔以妃礼入皇陵。生前平凡，死后极尽哀荣，这在众人看来已是贞嫔庞明燕最好的结局。周惜若看着怀中睡得天地无欺的孩子，面上日渐恍惚。

"娘娘现在已达到了自己想要的结果了吗？"凌瑶坐在她的对面，看着怀抱孩子出神的周惜若，为她添了一杯清茶。

257

如今她已学得一手好茶艺，一举手一投足得了周惜若七八分真传。她的神色清淡，身影瘦削，两人静坐一起，相近的妆容打扮，相似的神色乍一眼看去就如双生姐妹花。

周惜若轻拍怀中的孩子，含笑："本宫不知道，只是这平静的日子恐怕不会过得太久。"

凌瑶轻叹一口气："宫中何时有过平静呢？不过是你方唱罢我登场，暂时的平静只会藏着更大的风浪。"

周惜若把怀中的孩子交给了晴秀，看着她带下去，这才看着面前淡然如菊的凌瑶。

"皇后最近还安稳吗？"周惜若问道。

凌瑶眼中掠过厌恶，冷冷道："怎么会安稳呢？她天天在中宫咒骂娘娘，前些日子有朝臣说要废后，她更是一口断定是娘娘指使，她这种人是永远不会看见自己的错误的。"

周惜若道："她这次也算是得到了惩罚。"

凌瑶闻言冷冷一笑："锦衣玉食，宫人围绕着她，只是不许她出中宫而已，这样与其说是惩罚，其实不过是太后要保了她！"

周惜若淡淡一笑："那又能如何？她有你我没有的家世。她是楚国的公主，当今楚国的皇帝是她的父皇，齐国的太后是她的姑母。有些人生来就是凌驾于众人之上。"

"我不服！"凌瑶眼中皆是恨色。

周惜若神色平静："本宫也不服，只是说的是事实而已。"

凌瑶平静下来，皱眉问道："接下来娘娘要怎么做呢？"

周惜若轻叹一声，道："走一步看一步吧。"她说着从怀中掏出一卷册子递给了凌瑶："这是凤舞九天之舞的宗卷，你回去好好练习吧。"

凌瑶眼中一亮，不禁笑道："当真是凤舞九天！这是前朝的一绝，听说只有一位舞姬能完整跳出来。娘娘从何拿来的？"

周惜若微微一笑："自然是本宫习得，所以才能画出来。"

凌瑶吃惊看着面前娴静美丽的女子，在那一双似水明眸中，她看到了她的一抹坚强。她虽不知这凤舞九天究竟是怎么跳的，但是她却知道要练成这一曲舞需要多少艰辛。而周惜若，据她所知根本不曾习过舞，也不曾听闻她如何多才多艺。她究竟是怎么样习得这一支舞蹈的？

周惜若轻抚过那卷册，眼底渐渐恍惚："本宫也只得了七八分，剩下最后一式跳不出来。本宫想你天资聪颖，应该能将这一曲舞完完整整地跳出来，到时候皇上一定会喜欢你。"

258

凌瑶眼中盈满了泪水，她深深伏地："娘娘待臣妾恩重如山，臣妾如何报答娘娘呢？"

　　周惜若扶起她，笑着看着她的泪眼，淡淡道："你有的是机会报答本宫，只是不是今日今时。"

　　"那是什么时候呢？"凌瑶问道。

　　周惜若微微笑道："终有一天的。"

　　正在这时，晴秀悄悄进来，低声道："启禀娘娘，定王妃求见。"

　　周惜若听了，一笑道："来得还真快。"

　　她挥了挥手，凌瑶便转入了屏风之中。不一会，越卿卿翩翩而来。她看着凉阁中的周惜若，笑道："贵妃娘娘好闲情逸致。居然还能偷得浮生半日闲，品茶养生。"

　　周惜若示意了对面的席子，微微一笑道："定王妃来了定要喝一杯清茶再走。"

　　越卿卿坐在了席上，美眸看定眼前平静如水的周惜若道："娘娘如今得偿所愿得到大皇子，是否到该践行自己诺言的时候了。"

　　周惜若忽地问道："你不亲自下手，是因为心中对他还有几分情意在吗？"

　　越卿卿脸色一变，冷冷看着面前的周惜若，道："我不懂莲贵妃在说什么。"

　　周惜若忽地失笑："本宫相信以你的美色和心机，你想要对他下手一定有办法得逞的，只是你不愿而已。我猜得对吗？"

　　越卿卿像是被什么刺痛，猛地站起身来，厉声道："周惜若，我和他的事你管不着！"

　　周惜若平静如昔："我是管不着，只是如今要图穷匕见，我总要替他问一句，你真的要他死吗？"

　　凉阁中寂静无声，可是凝重得仿佛如一座山沉沉压在心间。她盯着越卿卿的美眸，两人沉默对视，暗潮涌动。

　　越卿卿忽地笑了起来，款款坐下，轻扶了鬓边乱颤的珠花，道："没用的，周惜若，你以为我对他还有什么旧情吗？恐怕要让你失望了，我对他从来没有过。也就只有你这样傻傻的女人被他所迷惑，爱上他为他所伤。这个世上男人多薄情冷性，唯有你看不透而已。"

　　周惜若一笑："是啊，我若不傻，今日你能坐在我的面前嘲笑我吗？我若不傻，何以让自己陷入了这样的境地？当初我就不应该进宫。"

　　她眼中有萧索的笑意，令人觉得明明是炎夏却依然一地冰凉。

　　越卿卿哈哈一笑，声音陡然转冷："是啊，谁要你进宫来呢？若是当初我不进宫，我也不会走上这一条路。可惜都晚了！"

　　她从怀中掏出一个瓷瓶丢给了周惜若，冷冷道："这是药，先前给你的是假的。为的是怕你中途反悔向皇上告密。"

第二十二章　御园狮口虚惊魂

259

周惜若拿了药瓶，在指尖轻轻摩挲。她笑了笑："你们设下的计环环相扣，我若向皇上告密，你们反而可倒打一耙将我以欺君之罪除去。我若料得不错，蓝玉烟也被你们藏到别处去了是吗？"

这是计中计，从她见蓝玉烟的开始计就一环环设下。楚太后的城府和越卿卿的心机，二者合一，她行差踏错一步就决计没有翻身的余地。所幸，她还是安稳走到了现在。

越卿卿神色复杂，冷哼一声："算你聪明。"

她看着周惜若手中的瓷瓶，冷冷道："用法是一日半钱，看你怎么用了。你如今亲自为皇上熏衣整理衣饰，最有机会下手。"

周惜若不置可否。越卿卿交代完与她似乎再无话可说。

"不要试图反抗太后，太后手中的权势是你想象不到的强大。"越卿卿道。

周惜若抬头看着她。她从来都觉得越卿卿美。可是如今她说着这一番话却是如此丑陋，原来权力和野心可令一个美丽的女子面目全非。

"我明白了。"周惜若道，她推了推眼前的茶，道："定王妃不喝一杯我煮的清茶再走吗？"

越卿卿犹豫了一会，接过茶盏，抿了一口，笑道："莲贵妃的手艺果然不错，告辞了。"

她说着如来时一般翩然离开。凉阁中一片寂静。周惜若收起茶盏，把越卿卿喝过的那一杯随手丢了，惋惜道："可惜了一副上好的青瓷茶具。"

"娘娘！"屏风之后慢慢走出凌瑶，她脸色煞白地看着周惜若，眼中的震惊已无法用言语形容。

她缓缓跪下，看着周惜若，千言万语都不知该说哪一句。

周惜若看着她年轻美丽的脸，轻叹一声："都听明白了吗？你只需要听，不需要说出去。"

周惜若把瓷瓶打开，缓缓将药粉倒入燃烧中的茶炉中，一股异香冒起，满室的香气，甜腻得吓人。

"娘娘！"凌瑶看着她手中空空如也的瓷瓶，眼泪滚滚落下。

周惜若柔声道："回宫去吧，好好地练舞煮茶，后宫如何热闹，但愿你那还有一份平静。"

她说着站起身来转身要走，凌瑶不知哪来的力气一把拽住她长长的裙摆，周惜若顿住脚步。

凌瑶看着她平静的面容，哽咽道："娘娘为什么要这样做？"

周惜若低头看着她，微微一笑："我知道了太多的秘密，这一生已经走投无路。可是你还年轻，你还有很好的勇气去好好爱上一个人。好好替我爱他，他真的是一个

260

很好的男人。"

　　她说着挣开凌瑶的手，转身走入盛夏炎炎的日光中，长长华美的凤服在天光下金光闪烁，刺目非常。她就如日光下引吭高歌的凤凰，傲然而孤冷地翱翔天地间。

　　在许多年之后，凌瑶在每一个深夜都反反复复想起她的身影，那个美丽柔弱的女子，那承载了年轻气盛帝王的万千宠爱的奇女子，那一次次从绝境中爬起的女子，她的美在风雨中淬炼，无法磨灭，无人可匹敌。

第二十二章　御园狮口虚惊魂

第二十三章　风云初动天地惊

炎夏即将过去的时候，狄国使臣们也心满意足地走了，两国和亲热热闹闹地大肆操办。而在这个时候，宁贵嫔郁可月不小心动了胎气生下一个不足月的男孩。齐国第二个皇子终于也诞生下来。后宫中，皇后被软禁，莲妃教养大皇子，宁贵嫔郁可月晋升为宁妃，教养了二皇子。此时朝臣中有人提议立储，很快立储之意被朝臣们沸沸扬扬地不断提起，龙越离想要回避都无法。

一向对储君之议不置可否的温景安一反常态，率众人表态立储当立长，应立莲妃膝下的大皇子为太子，而皇后无能无德当应被废。御史台此时适时罗列了一堆皇后骄纵宫人行凶的罪行。消失许久的宦官钱禄被带到御前，说出如何为皇后索罗珍宝敛财欺压百姓之事。龙越离大怒，一道废后圣旨颁下，废了齐国第一位皇后楚香云。圣旨中细数皇后十大罪状，即日起关入永巷，无圣旨不得擅自放出。永寿宫的楚太后闻讯大怒，急赴御书房都无法阻止。

三日后，龙越离立莲妃周氏为皇后。朝中纷纷扰扰的局面渐渐开朗。从前忠于安王或暗自忠于楚太后的朝臣们或贬或调离京中，整个朝堂的变数令再迟钝的人也明白了其中的用意。这年轻的帝王已决意最后一扫，扫除安王旧部和楚太后把持二十多年的朝政，还齐国一个强大权力核心。

百废待兴。永宁宫中换了天地。虽然凤冠加冕的日子还未来到，但是殷勤的内务府已送来了十六幅宽大沉重的皇后凤服。周惜若轻抚过宫女恭敬奉上的漆盘，上面各色珠玉钗环，玉镯环铛，每一样都耀人眼目。金灿灿的明黄凤服上金丝银线，绣出美丽的凤凰与妖娆富贵的牡丹。

她听着内务府的总管絮絮叨叨，摆了摆手淡淡道："本宫都知道了，退下吧。"

宫女们连忙低着头鱼贯退下。内务府总管看着她清冷的面容，心中忐忑，问道："皇后娘娘对奴婢们的安排不满意吗？"

"不，很满意。"周惜若微微一笑，她拿起桌上放着的凤冠，上面珍珠美玉，沉重得几乎拿不起。

内务府总管一听这话放了心，笑道："如今中宫空置，等娘娘了凤印，举行了大礼之后就可入中宫了。"

周惜若眼中的神色忽地萧索："可以不住中宫吗？"

内务府总管一听这话，不禁笑道："皇后娘娘说的是什么话，这中宫才是皇后真正住的地方。中宫多好啊，多少妃子一辈子想住都没办法呢。"

周惜若失笑："是啊，多少女人想要住都住不了呢。"

正在这时，有宫女上前来："启禀皇后娘娘，右相大人前来恭贺娘娘。"

周惜若微微一怔，慢慢道："就跟他说，本宫事忙，让他放下贺礼就退下吧。"

宫女为难："可是右相大人说，有一件贺礼要亲自交给皇后娘娘。"

周惜若沉默许久，这才道："好吧，本宫去见他。"

在宽敞的侧殿中，周惜若看见了立在殿中的邵云和。许久不见，他似乎瘦了不少。暗红的廷尉服穿在他身上笔挺贴身。他果然还是最适合这种艳到了极处的颜色。

他听到声响缓缓转过头来，看着站在殿门边的周惜若。她面上妆容精致，身着正红凤服，长长的裙裾拖曳在了地上，犹如凤凰的尾翼，华美非常。

这一眼不过是寻常，却已是天上地下，隔世相望。

周惜若慢慢走到凤座上，端正地坐下，微微一笑："右相大人前来恭贺，本宫十分欢喜。"

邵云和坐在她的下首，细细打量她的容色，半晌才道："你瘦了。"

周惜若摸了摸单薄的脸颊，笑道："是啊，怎么能不瘦呢。宫中大大小小的事都要压在本宫身上，当真是不瘦也难。"

她絮絮叨叨地说，仿佛除了这些事她与他再也无话可说。周惜若说好一会，忽地渐渐沉默下来。两人间一片死寂，一股无处不在的悲伤渐渐弥漫。

邵云和缓缓开口："我当真要走了，不能再拖了。"

周惜若手微微一颤，半晌恍惚道："这很好。你终于可以学成回到赤灼，那边有你的家国，还有漂亮的未婚妻玫黛儿。替我转告她，这一剑将来可是要还我利息的，所以她好好待在赤灼不要轻易让我逮到。"

邵云和盯着她笑意嫣然的倾城面容，良久无言。他从怀中掏出一个盒子，递到了她面前的桌上："这是三个月一次的解药，我为你拿了五颗，你小心保管。"

263

周惜若看着眼前的盒子，伸出手要放入怀中。可她的手还未收回，他的手掌已覆在了她的手背上，牢牢地握住她的手。周惜若缓缓抬头看着他的眼睛。他的眼那么热那么亮。

"跟我走，惜若。"他慢慢开口，"不为别的，你愿意跟我走吗？我带你去赤灼，在那边我完颜云祈一生一世就只有你一个妻子。我们走了太多的错路，现在还来得及。你给我一次机会，我一辈子补偿你。"

他的掌心有刺刺的茧子，轻轻覆在了她的手背上，灼热的气息渗入她的手掌，慢慢向手臂蔓延，一直蔓延到了她的心脏。

她看着他，仿佛要看尽花开花落，一生一世。

她忽地笑了，轻轻推开他的手，微微扬起精致美丽的面容，红唇勾起嘲笑："不！你别做梦了。我不会跟你回你一无所有的赤灼！我现在已是齐国的皇后，你没有资格叫我惜若。论理，你要尊称我一声皇后娘娘！"

"龙越离给我的是你一辈子都无法给我的！赤灼就算复国又能如何？还不是贫穷之地！你们赤灼人生来是贱民，就算复国也永远是蛮夷，我不会跟你回去的！"

"我这一辈子最庆幸的是你休了我！我入了宫！"

安静的殿中回响着她骄傲的话。邵云和看着她美丽的脸，忽地笑了起来。他站起身，居高临下地看着她，深眸中恨意深深，一字一顿道："你当真是这么想的？赤灼人是贱民？"

周惜若傲然地道："难道不是吗？你别忘了百年前赤灼人是怎么让四国如牛羊一样驱赶！这不是贱民是什么？"

"啪"地一声，她面前的案几被他一掌拍下，震碎成四分五裂。

"你会后悔的，周惜若，你永远都会为今日的话所后悔！赤灼人不是贱民！永远不是！他们将来是最强大的民族！是北地最强大的国家！"邵云和冷冷地说完，转身就走。

天边的日光照在他的身上，一身背影孤寂如荒野上的狼。他忽地回头，盯着她的面容，一字一顿道："你最好祈祷龙越离好好地坐稳江山，这样才能让你的皇后梦做得更久一点！"他终于大步离开，头也不回地消失不见。

周惜若定定看着他消失的身影，两行清泪缓缓滑落脸庞。她捏紧手中的木盒，低声道："走吧，为了赤灼不要再回来，也不要再留恋。"

夜色寂寥，一轮明月挂在暗蓝的天际。龙越离来到永宁宫的寝殿，看见一抹雪影倚窗而立。淡淡的月华从她身上倾泻而下，长长的墨发垂下羸弱的肩头，如一匹上好的绸缎，在月下墨色流光。

"惜若。"他不由轻唤了她的名字。

264

月下那女子缓缓回头，对他嫣然一笑，从此满殿的烛光都不如她的笑容明亮。他禁不住将她搂入怀中，长吁一口气："朕方才还怕你就这样如嫦娥一样踏云离去。"

周惜若伏在他温热的怀中，鼻间是他身上淡淡的龙涎香，一如当年。

"臣妾怎么会离去呢？"她轻轻地道，"臣妾不是还在吗？"

龙越离默默抱了她一会，这才舒展了紧皱的眉头，拉着她倚在了凉榻上，神情慵懒："明日就是凤冠加冕，授你凤印让你入主中宫了。若儿你开心吗？"

周惜若淡淡一笑："自然是开心的，皇上为何要封臣妾为皇后呢？"

"那是因为你值得相信。"龙越离轻吻她的手，狭长深邃的眼看着她的面上，道，"把皇后之位给你，朕放心。"

"当真放心？"周惜若笑着反问。

龙越离眉角画出一个疑问的弧度，声音略沉："难道若儿你不能让朕相信吗？"

"不。"周惜若微微失笑，低头看着他的眼睛，嫣红的唇轻轻落在他的唇上。

天色还擦黑，却已是吉时到了。寝殿中，宫女们无声地一字排开，手中拿着各种各样的器物。林嬷嬷和几位内务府的老嬷嬷紧张地为她继续穿戴。最后沉重的凤冠工整地戴上她的头，众人们这才长吁一口气。

一番按品大妆，周惜若看着铜镜中的自己，微微一笑。昨夜的缠绵在她身上脖间留下青红的痕迹，所幸凤服严谨全部都遮掩住了。天渐明，一缕晨光射入了永宁殿中。照亮了她的面容。

林嬷嬷眼含热泪："奴婢就知道娘娘一定有这一天的！"她激动得几乎语无伦次。

周惜若握紧她的手："嬷嬷，别哭了。"她笑了笑，眼中的泪滚落："听说出嫁前要拜别父母，我早已无父无母，但我周惜若能有今日，嬷嬷居功至伟。"

她说着缓缓地向她拜下。林嬷嬷想笑，却又哭了起来，四周的宫人在惊诧之余感动唏嘘。

林嬷嬷扶起她来，哽咽道："如今娘娘是一国之母，以后不可轻易再说这种话了。"

周惜若轻声一叹，看着那轮即将而出的朝阳，轻声道："走吧。"

封后大典在太庙前举行，乌压压的一片文武百官。周惜若静静立在了龙越离的身侧。长袖下，帝后两手交握，听着礼官念着长长的祝祷之词。忽地，龙越离跟跄了一下，一旁的礼官们微微一惊。龙越离随即很快缓过神来，对礼官们摇了摇手示意没事。他一转头看见周惜若凤冠下的面色煞白，握了握她的手含笑示意。周惜若却紧紧盯着他，长袖下的手微微颤抖。

长长的祝祷之词依然有条不紊地念着，旭日渐渐升起，太庙的金顶反射着天光，

265

越发令人目眩神迷。礼官终于念完祝祷词。龙越离含笑转身，眼前所见天际湛蓝，广场宽阔，百官伏地。

他深吸了一口气正要说平身。忽地，眼前暗影覆下，他缓缓地倒地，周惜若低头，那握着她温热的手颓然地随之落地。

她飞快伏在他的耳边说了三个字："对不起。"冰凉的眼泪却滴在他的脸颊。

她身上很香，可是与昨夜抵死缠绵一夜的香气不同。昨夜的——香粉！她妖娆身躯上的香粉有毒！龙越离紧紧抓住她袖子，在刺眼的天光下想说什么，却只是无力地闭上了眼睛。

"来人！来人！皇上昏倒了！"楚太后扑上前喊道。

周惜若似乎什么都没听见，只抱着已昏过去的龙越离不愿放手。四周原本庄严肃穆的气氛顿时混乱一片……

永宁宫中黑漆漆的。四周没有宫人，也没有人点燃宫灯，昔日繁华似锦的永宁宫仿佛是一座巨大阴沉的坟墓。而她在这里已埋葬了自己的所有。

有人悄悄地走了进来，点燃了一盏烛。豆大的光点渐渐将光影扩散，可是怎么也照不透这个奢华殿中的黑暗角落。那人影迈着细碎的步子上前来。烛火照亮了枯坐在桌前的周惜若，那人不禁吓了一跳。

她浑身整整齐齐的，依然是白日里那一身华美凤服和金灿灿沉重的凤冠。只是一双漆黑幽深的美眸看着眼前的黑暗，一动不动，就如一具华丽的木偶。在黑暗中看见这样毫无生气的人偶是一件十分惊悚的事。所以林公公不由得倒退了好几步。

周惜若缓缓转头，木然地看着前来的林公公。

"娘娘？"林公公试探地问她道。

周惜若疲倦地挥了挥手，问道："都送出去了吗？"

林公公点了点头，擦了擦眼睛道："在宫门四闭前都安全送出京城了。林嬷嬷和晴秀哭得最厉害，晴秀说娘娘离了她们很多事都不好办。"

周惜若木然的眼神缓缓收回，她看着空荡荡的殿中，慢慢站起身来："走了就好，走了就没有顾虑了。"她看着眼前亦步亦趋的林公公，轻声一叹："就是对不住林公公了。"

林公公眼中一热，跪下道："奴婢不会走的。奴婢出了宫能做什么呢？只是废物一个。还不如就这样陪着娘娘，是生是死好歹有个归宿。"

周惜若看着他手中颤抖的烛火，轻轻接过，一一点燃殿中的宫灯。一盏盏华美的铜制宫灯被点燃，死寂沉沉的永宁宫又恢复了往日的生气。她一边点一边慢慢道："是啊，这也许就是本宫的归宿。"

林公公看着她孤寂萧索的背影，眼中的泪悄悄滚落。周惜若将满殿的宫灯都点燃，这才道："找来尚宫女官，为本宫更衣梳洗，本宫要去陪伴圣驾！"

她声音虽轻却含着一种不容置疑的威仪。林公公一怔，飞快地退下。

周惜若看着天边渐渐亮起的长庚星，微微眯起一双似水明眸，那双眼眸中再没有哀伤也没有懦弱，明澈如泉，坚硬如晶石。

甘露殿中太医们面色愁苦，殿外满是焦急等待的朝臣们。他们从清晨等到了日暮依然不肯散去，因为那么多太医诊断了那么久依然没有给出一个说法，随着时辰的一点点流逝，他们越发焦急不安。若龙越离病倒了，方兴未艾的齐国，孱弱幼小的皇子们又将要依靠谁呢？他们心中忐忑，三三两两聚在一起纷纷猜测。

正在这一片纷纷扰扰中，有一道响亮长长的声音传来："皇后娘娘驾到！"

众人看去，只见一副肩辇飞快而至，一股幽幽的暗香扑入众人的鼻间，就如一股清新的风吹散了众人心中的阴霾。肩辇很快在甘露殿中停下，一抹明黄的窈窕身影由宫人扶出。

她飞快下了肩辇，扫视了一圈众朝臣，脚步坚定地向御阶上走去。在一片死寂中，她长长华美的凤服裙裾在身后展开，头戴凤冠，妆容绝美。昂着头，神色清冷，目不斜视而过。朝臣们几百双眼睛只盯着她一个人，似被她的美所震慑，又似乎被她巍然不惧的气势所震慑。

忽地，有人道："她来做什么？"声音中带着愤怒。

周惜若恍若未闻，脚步不停地继续踏上玉阶，每一步都走得很稳。

"她就是妖女！皇上一定是因她中了邪气！"众人中有人爆发出这么一句。

众朝臣们纷纷哗然，夜幕下他们就如海潮渐渐向她而去，有的甚至拦在了她的去路上。周惜若冷冷地继续向前走，扶着她的林公公只觉得自己已被众人所包围，无法呼吸。可是她依然昂首而过，仿佛不曾看见渐渐逼迫而来的人潮。

终于到了殿前，周惜若冷声道："本宫是皇后！你们都给本宫滚开！"

守着甘露殿门的金甲武士们看了她一眼，神色不变。周惜若面色一沉径直向殿门走去。"铿"地一声，金甲武士的长剑出鞘，指向她的心口。

"太后有令，任何人不得进出甘露殿！"金甲武士的声音已隐隐有了杀气。

周惜若看着眼前寒光闪闪的长剑，纹丝未动。她冷笑一声，问道："如今皇上病重，本宫是皇后，自古以来帝后同尊，同为一体，你等不竭尽全力效忠本宫，反而将本宫拒之门外，这又是什么道理？"

金甲武士们冷然的表情终于裂开了丝丝的表情裂缝。周惜若看着紧闭的殿门，扬声说出令在场每一个人心中都发抖的一句话："本宫就在想，到底你们是效忠谁人？是皇上还是另有其人！"

"哐当"一声，在她最后一句落下的时候，紧闭的殿门忽然打开，从里面走出脸

267

色不善的越卿卿。她美眸幽冷地看着面前的周惜若，冷冷道："进来吧！可是只能你一人！"

周惜若深吸一口气，大步走入了那扇未知的门中。她一进去，甘露殿的门就迅速被关上。她还未来得及适应里面明亮的光线，胳膊上就传来一股大力，越卿卿已一把把她推了进去。周惜若不提防被她推得跟跄几步。她转头，果然看见越卿卿阴沉的脸。

周惜若见她的神色难看，反而笑了笑，不紧不慢地扶了扶鬓边的凤凰点翅金步摇，慢悠悠道："定王妃怎么了呢？脸色这么难看。"

越卿卿冷冷盯着周惜若，美眸中冷色如刀，咬牙低声道："你到底给他吃了什么东西？！为何现在他都醒不过来？"

周惜若轻声笑答："就是寻常的药罢了。顶多让他昏睡不醒而已，这不就是你们想要的结果？让皇上不能理事吗？"

越卿卿脸色一沉，一把狠狠扭住周惜若的手，怒道："周惜若！你好狡猾！你居然不用我给你的药！"她捏得那么紧，几乎把周惜若手腕上的肉都给拧出青紫。

周惜若神色一冷，狠狠地甩开她的手，讥讽笑道："我难道会这么蠢吗？你给什么我就给皇上吃什么吗？解药不在我手中我凭什么相信你们所说的话？"

越卿卿气极，抬起手来狠狠地就甩向周惜若，口中道："这一切都被你毁了！"

她的手指纤纤，上面明晃晃的护甲就要狠狠朝周惜若的脸落下。此时两人身后响起一声低沉苍老的声音："都给哀家住手！"

周惜若回头看去，果然看见楚太后手拄了凤头杖慢慢走了出来。她一双犀利的眼眸扫过两人的面上，这才看定眼前的周惜若。她慢慢走到她的身边，看着她许久。忽地，楚太后笑了，苍老的眼中神色沉沉，令人半分也不敢轻松。她道："你很好，很聪明。哀家本来还想你到底是真的愿意与哀家合作还是暗中向皇帝告密。可是哀家想了许多，唯一没有想到的是你居然什么都不做，只暗中换了一种哀家也解不了的药。"

周惜若慢条斯理地整了整凤服裙摆，面上隐隐带着一丝嘲弄："太后娘娘当真不要怪臣妾。臣妾好不容易才当上皇后，可不想一下子就从皇后宝座上滚下来打回原形。那永巷中的日子可是难熬，臣妾可不想再回去第二次。"

楚太后眸色一闪。越卿卿已厉声骂道："你想得美！别以为太后娘娘会改变主意让你这贱人得到一切便宜！"

周惜若轻叹一声，轻抚长袖上繁复的绣纹，柔声道："太后娘娘和定王妃是不是把我周惜若想得太笨了点？说什么大皇子给我教养，什么让我成为皇后，将来就是太后。唉，这种天大的好事怎么会落在臣妾这种本来一无所有的人身上呢？"她抬起头，美眸幽冷地看着楚太后，继续道："这些东西原本太后娘娘只是想给现在在永巷

268

中待着的那一位身份高贵的皇后罢了。臣妾不过是你们扯的一个障眼法。让皇上以为是给了臣妾，其实到头来不过是给了你们做嫁衣！"

楚太后凤眸微眯，重新打量眼前胸有成竹的周惜若。她千算万算，每一步都算好了，甚至只要周惜若有异动她都能先发制人。可就在这一切精心安排下，她唯一没想到的是还是让她抢得了先机。

龙越离的昏倒在她的意料之中，可是接下来的事却出乎她的意料之外。在她的计划中，龙越离只是头风发作不能理事，朝堂臣子们便不会乱。她能立一个风流昏庸的皇帝，也能废一个病快快不能理事的皇帝。可是周惜若这一招彻底打乱了她原来的计中计。龙越离昏迷不醒，太医们束手无策，在外面等了一天的朝臣们渐渐生疑，时间越久，对她越不利。她还来不及得到名正言顺的传位圣旨，也没有得到朝臣们的信任！

殿中气氛凝滞，空气仿佛都能凝固起来。周惜若神色泰然自若，甚至找了个椅子轻轻巧巧地坐了下来。她似笑非笑地看着殿中的楚太后与越卿卿，等着她们的决定。

楚太后神色变幻不定，许久，她沉声问道："你想要的不过是凤座，哀家可以给你。"

周惜若面上一笑，淡淡道："凤座？臣妾这不就是坐着吗？"

楚太后嘿嘿冷笑："可是没有哀家就怕你坐不稳呢。不要要把戏了，今夜过后一定要让皇上醒来，以养病为名拖一些时日。"

越卿卿在一旁听了，失声道："太后！你怎么可以答应她？！"

楚太后看了她一眼，叱道："你给哀家闭嘴！现在难道有更好的办法吗？外面几百双眼睛都看见皇上昏倒，明日若皇上还不醒来麻烦就大了！"

越卿卿这才闭上嘴，狠狠地瞪了周惜若一眼。

周惜若笑道："既然如此，只要太后娘娘遵守诺言，臣妾自然言听计从。"

楚太后冷冷看了她一眼，指了指甘露殿的寝殿，沉声道："去吧。明日哀家要见到一个可以睁眼的皇帝。至于他醒来后，你只需告诉他，太医说他头昏症发作，不管他信不信，总之事已做由不得他不接受！"她说完走出了甘露殿。

周惜若走入殿中，一股浓重的药味扑鼻而来。龙床上躺着一动不动的龙越离。她慢慢走了进去。

"妖妇！"一声断喝从她身后传来。周惜若猛地回头。叶公公不知从哪里蹿出来，手中拿着一个镇纸就要狠狠地向她砸去。可是两旁的内侍很快把他压在地上。叶公公脸涨得通红，拼命挣扎，愤怒地看着她，口中骂道："你这个妖妇！是你！是你下毒害皇上！亏得皇上这么相信你！呜呜……"

叶公公接下来的话被几个内侍七手八脚地用破布堵住，就要押解下去。

周惜若看着眼前这一切，淡淡开口道："等等，把他留下来。他是平日在皇上身

边伺候的人，若他不在恐会令朝臣们生疑。"

内侍们这才把五花大绑的叶公公丢在了一旁。周惜若看着叶公公愤怒的眼睛，轻声一叹，转身走向了龙榻。铺着明黄绸缎的床亮晃晃的，帷帐四垂飘洒。她静静看着床上昏睡不醒的龙越离，轻轻抚上他的脸颊。她眼中有什么一闪，慢慢道："皇上，你会恨臣妾的吧？你那么相信臣妾。"

可是那昏睡中的人一动不动，安静得像是死了一样。周惜若用身子遮挡了四面可能偷窥的视线，然后飞快从发边拔下一根簪子拧开簪子的头，里面竟是中空的，她倒了一点粉末放入他的口中。不一会，原本昏睡的龙越离慢慢睁开眼。他的目光从迷茫渐渐清明。缓缓转动呆滞的眼球，他看到了面前这一张清丽绝美的面容。

"皇上。"周惜若扶起他靠在了床榻边。

龙越离动了动手指，神色从迷茫渐渐变得阴沉。他转头盯着周惜若的眼睛，忽地笑了笑，声音嘶哑："很好，你果然很好！"

周惜若脸色一白，扶着他的手缓缓收回，低声道："皇上好好歇一歇吧。"

龙越离看着她清丽的侧面，眼神阴鸷得可怕。他问："她们给了你什么样的好处让你背叛了朕？！"

"好处？！"寝殿旁边响起越卿卿悠然悦耳的声音，她笑着走了进来，殿中的烛火照亮了她完美无缺的面容，她的笑美得无懈可击。

她环视了一圈，咯咯一笑："她是皇后，又是大皇子的嫡母，皇上难道还想不到她有什么好处吗？"

龙越离脸色一阵青白，想说什么猛地咳嗽起来，咳得弯下了腰。周惜若想要扶起他，他忽地一抬手，狠狠地甩了她一巴掌。"啪"的一声脆响，周惜若已被他这一巴掌打得跌在了地上。龙越离拼命喘息，方才那一巴掌让他好不容易聚集起来的力气又全部消散。现在他四肢百骸就如被灌了铅一样，连说话都没有办法。

周惜若从地上起身，白皙的面上巴掌印殷红如血，可见那一掌的怒气有多大。

越卿卿啧啧惋惜道："多可惜啊。皇上那么宠她，如今打坏了难道就不心疼吗？"

龙越离看着越卿卿，眸色冰冷得骇人，喘息道："越……卿卿……你这个贱人！你又一次要了朕！"他回头看着一语不发的周惜若，怒道："你……和她一样！"

越卿卿咯咯一笑，一双美眸在两人面前来回扫动，曼声笑道："皇上这时候才认清楚臣妾与她周惜若并没有什么不同吗？你以为她入宫是为了什么？报仇？还是为了报答皇上对她的大恩？皇上本来就不爱她，让她入宫也别有目的。皇上对她不真不忠，自然也怨不得她如今这样对皇上了！"

她走上前，手指轻轻一推就将龙越离推倒在了床上。她似笑非笑地看着龙越离阴沉的俊脸，手指轻抚过他的脸颊，柔声道："至于我，皇上一定不知道我为何要背叛你。"

她说着回头看向周惜若，从怀中拿出一柄匕首，匕首寒光闪闪，笑着问道："要不要我为你报方才一巴掌的仇？"

周惜若心头一跳，龙越离死死地盯着越卿卿的眼，那匕首已在他的胸口比画。周惜若忽地道："好啊，我胆子小见不得血，越姐姐替我在他身上画上几个血窟窿才算解恨。"

越卿卿笑了笑，看着龙越离神色妩媚道："越离，你瞧瞧，她一点都不爱你，还是我最爱你。"

话音刚落，她猛地举起手中的匕首，寒光一闪，周惜若只听得龙越离痛得闷哼一声，她心头大大一跳，强忍着自己不要转头。

"越卿卿！"龙越离痛得大叫。

周惜若猛地回头看着越卿卿的手，只见她的匕首已深深扎入了龙越离的手臂中，然后轻轻地在他的伤口中转动。每动一下，龙越离脸色煞白几分。越卿卿眼一眨不眨地看着周惜若，像是在欣赏她的诧异。周惜若看着她手中的动作，只觉得腹中翻江倒海地想要呕吐。

越卿卿冷笑着，红唇如血，她看也不看一眼已痛得满头大汗的龙越离，柔声对周惜若道："怎么样？心疼了吗？心疼就求我，求我放了你的心爱之人。"

床上的龙越离无力挣扎，疼得浑身冷汗涔涔，像是一条被突然抛上岸的鱼，正在垂死挣扎。

周惜若忽地道："我心爱之人从来不是他。"

"那是谁？"越卿卿看着她，再看着想要挣扎却无力挣扎的龙越离，眼中皆是得色，"告诉我，还有告诉可怜的皇上，不然他会死不瞑目呢！"

"邵云和。"周惜若木然地道，"我对他余情未了，入宫只是为了报复他。"

越卿卿手中动作停了下来。她一把拔起匕首，笑得畅快："好！我猜的果然没错！不然为何邵云和至今还不杀了你，原来是你们两人余情不断啊！"

周惜若看到龙越离那深恨的眼眸。他那么恨，恨不得立刻从床上蹿起来将她撕扯成千万片，让她永不超生。她淡淡垂下眼眸避开了他的眼神。

越卿卿收了匕首，满意地看着两人："好了，该问的都问清楚了。"

她说完，不轻不重地在龙越离的伤口按了一下，看着他脸色煞白如雪，这才柔声道："臣妾也是为了皇上好呢。这伤的痛恐怕不如方才皇上亲耳听到的真相更痛吧？"她说完咯咯娇笑，对周惜若道："接下来应该怎么做你应该明白，不然的话，你要知道皇宫上下都是太后的人，你插翅也难飞！"

越卿卿说完，带着一干内侍一边笑一边走出了寝殿。她走了，可也带走了龙越离与周惜若之间唯一残存的信任。没有什么比她用龙越离的命，逼着她说出诛心之言更

第二十三章　风云初动天地惊

271

残忍的事。

殿中又恢复死寂，静得只能听见龙越离粗重的喘息声。周惜若沉默地站着，床上已被血染红了一大片，龙越离的头上冒出涔涔冷汗，正冷冷盯着她。周惜若走到他的身边找到一块干净的布然后开始为他清理伤口。

"你滚！"龙越离冷冷地道，他想收回手臂，可是浑身上下连动一根手指的力气都没有。

周惜若慢慢道："臣妾对皇上说过了不可轻易动气，一动气药效就更强，让皇上四肢越发无力只能任人宰割。"

她为他褪下血衣，包扎伤口。刀口很深，看样子越卿卿一点都不手下留情。周惜若紧紧地为他扎上。龙越离痛哼一声。可她只埋头帮他处理包扎，一如当初她做过千百次一样。龙越离眸色复杂地看着低头忙碌的她，忽地看不明白她的心思。

"你这个贱人，你到底想要怎么样？！"龙越离怒道。

周惜若忙好了一切，轻叹一声道："臣妾是来劝皇上听从太后的安排，好好养病，朝政之事交给太后打理。"

龙越离气得连连冷笑："除非朕死了！不然你们是不能得逞的！"

周惜若看着他虚弱的面色，眼中掠过黯然："皇上何必固执呢？现在皇宫上下都是太后的人，朝臣们群龙无首，所有的秘密都被封在了这个甘露殿中，皇上若要活命别无选择。"

龙越离深眸中射出刻骨的憎恨，怒道："你背叛了朕！"

周惜若神色清冷，回道："皇上不也背叛了臣妾吗？越卿卿能到今日如此这样地步，难道不是皇上的纵容？"

龙越离一怔，这才看向她明澈的美眸。她的眼底有一股深深的悲凉，看得他心中一颤。

龙越离想到了什么，冷然转头避开她的目光，冷笑一声："朕做什么不需要和你解释！"

周惜若看着他冷傲的侧面，倦然道："罢了！"

夜色寂寂，积蓄了一个晚上的暴雨终于哗啦一声倾盆而下，狂风暴雨横扫过这片天地，巍峨的皇宫矗立在这暴风雨中，似有摇摇欲坠之感。京中百姓被这暴雨惊醒，所有的人心中隐约有种不安的感觉，这天，要变了吗？

相国府中，书房中的一盏明灯彻夜不熄。温景安伏案疾书，窗外的风雨吹开窗子，顷刻就把他身后淋湿了一大片。他毫无察觉，写好最后一封密信后飞快装入一个小小的火漆竹筒中，这才长长舒了一口气。

有一个黑影从满是风雨的窗外蹿来，跪地禀报："相国大人，属下打听到的消息，邵云和已于两日前出了京，一路向西北而去。"

温景安面色一沉，问道："他可带走了骁风骑？"

五千骁风骑与别的士兵不同，他们皆是流民散勇，家国大业于他们不过是云烟。他们是邵云和一手组建，若是他要带走恐怕也能拉走一大半效忠他的人。

黑影摇头道："据属下打听到的，邵云和带了几名随行的护卫而已。"

温景安听了这一句，心头的一块巨石落地，长吁一口气跌坐在了椅子上。邵云和终于走了，楚太后手中的王牌又少了一张！

小厮墨竹忽地跑了进来，手中托着一个包袱，一脸的汗，对温景安急急道："相国大人你看！方才有人敲了门给小的这个。"

温景安看着那包袱，沉吟一会，打开一看不禁结结实实地怔住。里面是一方右相印，一方廷尉印，还有一枚骁风骑的令牌！

邵云和把官印和骁风骑的令牌都给了他！温景安心绪翻涌如这暴雨狂乱，他能万分相信周惜若根本不曾向邵云和透露半句楚太后逼宫之事。可是他临去之前还是把这兵马大权的令牌给了他。

温景安转身把几个竹筒交给跪地的黑影，凝声道："这些交给谁你应该都明白。齐国的存亡就在你手中。你要向本相发誓，你能誓死做到！"

跪地的黑影接过，凝声道："誓死效忠皇上！"他说着把竹筒贴身放好，飞快地蹿入风雨之中。

温景安捧着包袱，看着那风雨飘洒的夜，不禁紧紧握住了那枚令牌，凝声道："备马！本相要出城！"

而门外的风雨似更大了，天地一片黑暗。

第二十四章　逼宫变乱佳人逝

楚太后终究不敢轻举妄动。在封后的第二日她便让群臣进宫好言安慰，只道皇上如今中了头风病重不能理事，请诸位大人多多辅助皇上。有重臣前去探病，见龙越离神色病恹恹，自是相信了楚太后的话。

楚太后趁机提拔了自己在朝中的心腹朝臣，并委以重任，令定王南宫庆为左将军，护卫京畿。她正要松一口气，忽地，她扫过满殿的重臣，凤眸中眼瞳一紧，问道："左相呢？"

朝臣们正在永成殿中三三两两各自议论，一听楚太后发话顿时都静了下来。

楚太后急目扫过他们之中，拔高声音再问了一遍："左相呢？"

所有的人都安静下来，一脸莫名地相互对视。楚太后心中猛地一沉，她忽然想起从昨日的封后大典上就似乎不见了温景安！

"温景安去了哪里？！"楚太后心中一种不祥的猜测掠过，她看着如无头苍蝇的朝臣们，狠狠一巴掌拍上桌案，怒道："温景安到底去了哪里？！他是你们的左相大人！你们居然不知道？！"

底下鸦雀无声。许久，有人怯怯地道："右相也不见了。"

楚太后气得脸上一阵煞白。回头怒问越卿卿："邵云和呢？"

越卿卿跪下："启禀太后娘娘，右相大人也许是出京去往骁风骑的军营了。素日里邵相大人经常出京整顿军务，是常有的事。"

楚太后咬牙低声道："你居然现在才告诉哀家！"邵云和不在京城中可是少了一

大助力。

越卿卿低着头："臣妾知错了。臣妾以为邵相大人出京并不稀奇，稀奇的是一向关心皇上的温相国居然不在宫中。"

最后一句道破了楚太后心中最不安的猜测。她猛地站起身来，怒道："来人，派人去左相府！看看左相为何不来宫中？还有！若他不在府中命人前去捉拿！"

底下的侍卫们轰然答应一声，飞快向外走去。殿中的朝臣们面上皆是诧异，灵敏之人心中隐隐有了晦涩阴暗的猜测。

楚太后看着朝臣们盯着自己探究闪烁的眼神，心中的烦躁不安越发重了。她脸色一凝，冷冷道："摆驾甘露殿！"

甘露殿中寂静一片。周惜若捧着一碗白米粥坐在龙榻边，看着紧闭双目的龙越离，温声道："皇上，该用膳了。"

龙越离看了她一眼，漆黑的深眸中皆是恨意。他冷冷道："现在朝臣们不在这里，你可以不用演戏了。滚！"

周惜若手中的碗微微一抖。

龙越离恶狠狠地盯着她，一字一句地道："当初朕就不应该救了你！当初就应该让你死在天牢中！"

他眼中的恨意这么深，犹如有形的刀一下下刺入她的心中。周惜若怔怔看着手中的碗，笑意恍惚："是啊，皇上当初就不应该救了臣妾。"

龙越离猛地坐起一把打翻她手中的碗，狠狠拽住她的手腕，再也忍不住怒问："你为什么背叛朕？！"

周惜若手中的碗被他扫得打翻在地，滚烫的白米粥倾倒在了她的裙裾上，滚热的米汤烫得生疼。她轻嘶一声不由一缩，可是龙越离不容她逃开逼近她的眼前。

周惜若平静下来，若无其事地扫掉身上的粥米残羹，重新打了一碗捧到了他的面前，淡淡道："皇上龙体为重。"

龙越离身上无力，只能盯着她冷冷道："从今天起你的脏手不要碰朕！"

周惜若沉默了一会，把手中的碗递给了一旁的叶公公，便走到了殿门边寻了个椅子坐着。她撩起裤腿收拾身上的狼藉，雪白的小腿上方才被滚烫的粥烫红了一大片。龙越离看着她一低头眼中的通红，心中不禁一颤，可他狠狠别过头去不再看她一眼。

正在这时，甘露殿中紧闭的殿门猛地被人撞开。龙越离看向殿门处。只见楚太后脸色沉沉地走了进来。

楚太后冷笑一声："好你个龙越离，你是怎么让温景安逃出京城的！"

龙越离一怔，旋即哈哈一笑。整个甘露殿中都是他肆意的笑声。楚太后脸色阴沉，走上前用手中的凤杖狠狠抽向他，怒问："他是不是知道了什么？"

龙越离被她手中沉重的凤杖一抽，痛得弯下腰。他从床上抬起头，狭长妖娆的深眸中绽出冰冷仇恨的光："我亲爱的母后，你离失败不远了！"

楚太后冷笑一声，揪起他的衣领，怒道："你这个贱人生下的杂种！你就算请到了千军万马来护驾都不可能再当皇帝了！你以为你是齐国龙家的血脉吗？你这个贱人母亲蓝玉烟和别人苟且偷生下来的杂种！到时候你的身世大白天下，就算温景安拼死护你，你以为齐国上下的百姓都会再拥护你吗？"

这话一出龙越离面色顿时煞白。他定定看着眼前眼底含着讥笑的楚太后，下意识的，他茫然看向缩在了殿门旁的周惜若。她脸色煞白，眼神黯然，那样子分明是早就知道了这个真相。

龙越离轻轻笑了起来。他此时四肢无力，形容狼狈，根本无力挣扎。他轻笑："贱种？你以为朕就会相信你的一面之词吗？"

"你不信哀家说的？"楚太后冷笑一声，从怀中掏出一卷已发黄的宗卷，"这是什么？这是你的生辰八字，还有你母亲蓝玉烟承恩时的彤书记载，你母亲在先帝宠幸之前就有了一个月的身孕，铁证如山。你若不信，哀家还可以给你看给先帝看诊把脉二十多年的御医笔记，里面清清楚楚写着先帝因常年服药，有不育之相。当时此御医因此事事关先帝声誉，所以未敢记入太医御史中，只有哀家一人知道。"

龙越离脸色随着她多说一句已苍白一分，直到楚太后说完他面色如雪，眼底的绝望愤恨令人看了都胆寒。殿中一片死寂，静得连呼吸声都可以听见。

龙越离忽然地轻笑："原来你早就知道我不是先帝的骨血。可是你还是立了我当皇帝！"他眼如深渊古井，一望无底："你就是为了今天能名正言顺地废掉我！从而把握齐国的朝政！"

楚太后被他一语道破心思，冷笑一声："人不为己天诛地灭！"

她说着厉声对跟随来的侍从喝道："另外派一队人去追查温景安的去向，找到立刻格杀勿论！"

侍卫们应了一声，飞快离开了甘露殿。如今皇宫上下都在她的掌握之中，她不信千算万算好的计谋会出了这个纰漏。温景安怎么会提前知道她要逼宫？她心中恨极，一转头对内侍道："给哀家狠狠地打！哀家不信他当真不知道温景安到底去了哪里！"

内侍们犹豫上前，楚太后厉目一瞪，催促道："还不动手？！"

有人拿来长鞭，鞭子乌黑，上面坚硬的结点密布，这一鞭子抽下去可是会抽掉半条命。殿中垂首恭立的宫女与内侍们纷纷低头发抖。

一旁的叶公公一见这阵势扑到了床榻边，跪下哭泣："太后娘娘，皇上就算不是太后亲生，但是好歹也在太后娘娘的膝下养了二十几年，太后娘娘饶了皇上这一回吧。皇上只是一时糊涂违逆了太后娘娘，以后再也不敢了！您若要消气就打奴才好了，奴婢一身贱骨，甘愿代皇上受惩！"

楚太后看着胖乎乎的叶公公哀号不断，怒道："你给哀家滚开！你这吃里扒外的东西！哀家叫你看着皇上，你却每每都庇护这个贱种。你的账以后哀家会跟你算的！来人！把皇帝吊起来打！狠狠地打！"

内侍们纷纷上前抓起龙越离就要吊在横梁上。

"是我。"殿中一角清清冷冷响起一道悦耳清雅的声音。

众人忽地安静下来。

楚太后凤眸一眯，看向声音的来处。周惜若从角落中站起身来，她整了整衣衫的下摆，淡淡地道："是我暗中告诉温景安让他逃出京城去搬兵马前来救驾，太后要罚就罚我吧。"

龙越离大吃一惊，不由睁大眼不敢置信地看着她。

周惜若走上前来，看着楚太后，淡淡道："太后要逼宫谋反，臣妾是万难从命的。温景安是左相，他有权调动四州十八郡县的兵马进京护驾。是我让他事先逃出京城，诛杀叛逆，此时大概温相已开始行动了。"

楚太后定定看了她许久，忽地哈哈一笑："哀家终于知道自己算错在什么地方，千错万错，哀家竟是算错了你！"

周惜若不看楚太后，回头看向龙越离，眸光温柔："不论皇上身上流着什么样的血，他是齐国的皇帝。他有雄心壮志，他能带着齐国打败秦国狄国，他能革除弊政，他能给百姓盛世繁华。这样的帝王才是齐国之福。"她看着楚太后沉怒的脸，轻叹："而太后娘娘，你不是。"

龙越离浑身一震。最后一句如一道鞭子狠狠抽向楚太后，楚太后脸色一青，脸上禁不住抖了一下。

周惜若转头看向越卿卿，神色冰冷："至于定王妃你欲壑难填，你利用了每一个可以利用的人，你的下场一定会比所有人更惨！"

越卿卿脸色一下子阴沉下来。她上前一步，对楚太后急急道："太后娘娘怎么办？！"

楚太后不回答她，而是一步步走向周惜若，她原本还残存几分美艳的面上已狰狞扭曲，仿佛恨不得将她立刻撕碎成一片片。

她冷冷道："周惜若，哀家没想到你这么不怕死！你隐忍到了现在才说出实情，你心中已不想活在这个世上了是吗？！"

周惜若轻轻地笑了笑，眸光平静，看向龙越离，淡淡道："在我知道蓝玉烟还活在这个世上的那一刻起我就知道我在劫难逃。这个秘密太过重大，皇上的身世和齐国的未来都在这个秘密中，我也知道太后是决计不会让我活太久了。与其都是死，还不如死得更有价值一点。"她看着龙越离，含笑道："皇上不须觉得卑贱，真正卑贱的

277

人是心中污秽的人，血统的高贵并不是以身份来定夺。皇上的母亲是这个世上最坚强美丽的女子。二十多年来忍受着非人的折磨只为看一眼皇上。皇上身上流着她的血，也一定要学着她好好地活下去。"

龙越离眼中忽地滚落两行热泪。

楚太后怔怔看着眼前的周惜若，忽地，她疯了一样叫道："来人！把她吊起来狠狠地打！哀家要看着她求饶！哀家要看着她死！"

内侍们呆愣过后一涌而上，把周惜若紧紧绑住双手，沉重繁复的凤服被他们扯落，露出里面雪白的中衣，他们将她吊上高高的房梁顶，皮鞭抽响，狠狠抽上她单薄的身躯。周惜若浑身颤了颤，可是一声不吭。鞭子如雨点一般落在了她的身上，雪白的衣上点点血迹点点渗透出来。沉闷的甘露殿中所有人的眼睛只看着那一抹渐渐变成血人的影子。

一下两下……再也数不清她身上落下多少皮鞭。殿中响起压抑的哭泣声，是叶公公伏在地上失声痛哭。地上已有了一摊血迹，点点滴滴汇成一摊刺目的血泊。

龙越离眼红如血，他紧紧盯着她，每一下都仿佛抽在他的身上。

往事在眼前浮光掠影而过，她温柔的笑靥；她握着他流血的手，低声而坚决地说："皇上，放手。"

她伏在他的胸前，柔柔地说："越离……"

他为她展开自己的梦想，她眼中流出静静欣喜的泪，她说，臣妾相信皇上。

她为他倾城一舞，她脆弱如蝶落在他的手心只为他偶尔赐予的温暖。她救他出险境，用命来偿还他的恩情。这一份情意，早就超过了他所给予的。

她说，皇上，你相信臣妾吗？

他说，相信。

其实他根本未曾信过她，他也从未去在意她的苦和痛，她的喜和悲。他伤她负她，她却一次次站在他的身边，相信他，爱着他。就如仰望阳光一般盲目地跟从他。

龙越离嘶吼一声，奋力向她爬去，可是却只能颓然滚落床榻。有内侍一把押着他，不让他前进半分，他向她伸出手，终于低声吼出最深的悔恨："惜若！——"

这一声嘶吼如重伤之后的野兽，走投无路发出最后不甘的悲鸣。楚太后一怔，越卿卿亦是后退一步。殿中死气沉沉，周惜若似乎已没有了声息，她就如一具毫无生气的人偶任由鞭子抽在身上。

"够了！"楚太后捂着口鼻厌恶地道，"把她放下来，反正看她的样子也活不过明天。"

楚太后似乎倦了，道："回宫。"于是一群人便随着她如潮水退去一样从甘露殿中离开。

叶公公看着他们离开，急忙把周惜若放了下来。她跌在血泊中，浑身上下已难辨

278

一块完整的衣衫。龙越离看着她，声音低哑痛苦："扶朕过去！"

叶公公忍着泪急忙把他扶到了她的身边。龙越离不知哪来的力气一把抱着她，他颤抖地伸出手抚开她面上的乱发，露出她苍白如雪的面容，她已昏死过去，因为忍着不呼痛已把下唇咬得血肉模糊。她身上到处都是血，一抹一把鲜红的血，顷刻就染红了他身上的衣衫。

"惜若！惜若！"他抱着她，一遍遍呼唤她的名字。他一遍遍抚摸她冰凉的手和脸，可是她似乎决心就这样睡着，不再看这个肮脏的宫殿一眼。

她说，臣妾本不应该进宫。

是的，是他的错。是他要她进宫，是他要把一朵绝世清雅的白莲种在这充满阴谋诡计，尔虞我诈的后宫中。是他固执地要她跟随在他的身边。从来是他需要她，却从未想过她要的是什么。

温景安曾经的质问此时一语成谶。若他多留点心思在她身上，换得她对他敞开心扉，而不是决意求死，现在一定会有更好的结局。

"惜若，你醒来！朕命你快点醒来！"他的声音颤抖如秋风簌簌，他茫然地看着她紧闭的眼，看着她沉静的面容。

一旁的叶公公悲伤难抑："皇后娘娘恐怕……"

"混账！不！她不会死的！"龙越离怒道，他用尽力气一把推开叶公公，怒吼，"去找点什么来！朕要她活着！活着！"

叶公公急忙去翻箱倒柜地找。终于找到了一瓶金创药，可是掀开她身上破碎的衣衫只见满眼的鞭痕，皮开肉绽，无从下手。

叶公公双手颤抖，哭道："皇上，这……"

龙越离抱着她，仿佛疯了。他吃力地拿起一旁的凤服为她小心包上。她浑身上下这么冷，为什么这么冷？！她为什么不再醒来？为什么不再看他一眼？是厌倦了他还是厌倦了这个世间？

热泪不知不觉滚落，滴在她的脸上。许久许久，怀中的她动了动，龙越离眼中一亮，急忙看向她。周惜若睁开了眼，她看着眼前模糊的人影，一如往昔，唇角勾起一抹浅浅温婉的笑容："皇上……"

苍天在上，全天下的山呼万岁都不如这一声更让他更高兴。

龙越离抱着她，颤抖地道："惜若……"

她看不清他的面容，吃力地抬起伤痕累累的手，轻抚他模糊的脸庞："皇上，你居然哭了。"

点点的热泪她即使昏沉中依然能感觉到灼热。龙越离紧紧握着她的手轻蹭着自己的脸颊，他看着她，笑道："没有。朕怎么会哭。"

"皇上一定要原谅臣妾。"她喘了一口气，"皇上要是知道了……母亲还在世一

第二十四章 逼宫变乱佳人逝

定会鲁莽行事……这就中了太后的计。"

龙越离心如刀绞，他握着她冰凉的手，再也说不出一个字。怀中的她，气息那么微弱。她是为了他挨了非人的鞭刑。从头到尾她宁可他恨她，误会她，都只是为了他。

"温大人已经暗中布置，一日之内定能调五万……精兵来京救驾。"她眼中的神色已恍惚，可仿佛在她这脆弱的身体中还有一股不屈的力气在支撑着。她挣开他的手，颤抖地拔下头上的金簪，放到了他的手中："这是解药。在簪头上。皇上在半夜亥时从密道……出……到京郊昀紫山庄去见云少。他……他是忠于皇上的。"

她忽地咳嗽起来，呕出一口口乌黑的血。龙越离惊慌起来，他看着她的痛苦，双手颤颤怎么都擦不干她唇边的血迹。

"不要说了，不要说了！"龙越离禁不住悲痛地吼道。他不要她的保护，他不要眼睁睁看着她在他眼前死去！

周惜若好不容易止住咳嗽，她竭力睁开眼看着他，唇边挂着一抹苍白的笑："不，臣妾要说，再不说就来不及了。邵云和……不是……真的邵云和，他叫完颜云祈，他是赤灼人……他要复国。秦国皇子被烧死……安王被刺都是他。臣妾一直不曾告诉皇上……是因为他若回到狄国，定会搅乱狄国局势。"

"狄国一乱，四国中再也不会有比齐国更强的国家。"她在他的怀中吃吃地笑，声音渐低，"皇上，高不高兴？除去楚太后之后，齐国的盛世……就要来……了……"

她终于毫无声息地伏在他的怀中，安静得像是睡去一般。

他呆呆地看着她，耳边回荡着她方才的话。她说，皇上，高不高兴。齐国的盛世……就要来……了。

她还记得他的梦想，她日日夜夜地把他的梦想当成了她的梦想从不放弃。龙越离紧紧抱着她。眼前碎光如羽，轻轻地覆在她的脸上，她安详得如一尊美丽的仙子，而她唇边笑意未褪仿佛只是小憩一会。

他颤抖的手摸向她的脸，冰凉一片。他的心也仿佛沉入了无底的深渊，再也不见一丝光亮。千言万语都堵在心口，汹涌不息。

叶公公颤抖地伸出手探向她的鼻息。半晌，他猛地往后退了几步，伏地重重磕下头，怆然悲呼一声："皇上！皇后娘娘宾天了！"

"不——"龙越离仰天长悲，那一声哀号穿过守卫重重的甘露殿，在皇宫上久久不绝……

天地间一片肃杀！

千里之外，疾驰的一队骑士，为首的那一人忽地闷哼了一声从马背上滚落。他身手极其敏捷，很快在地上就地一滚避开了身后飞驰跟随而来的几骑铁蹄。

"主上！主上！"身后的骑士赶紧勒马停下，向他奔去。

那人掀开面上蒙着的防沙面罩，露出一张冷峻而俊美的面容，赫然是离京的邵云和。

他捂着心口不住地喘息，就在方才心猛地抽痛，这种疼痛就如从他灵魂深处生生地抽出什么来，令他痛得几乎有种身体要撕扯成两半的错觉。一股很强烈的不安从心底蔓延上来，令他浑身颤抖。

到底是怎么了？为什么会这样痛？！他喘息地看着四周围拢而来的护卫，半天才嘶哑地问道："到了哪里了？"

"回主上，已经到了狄国的边界了。"护卫们有人回答。

邵云和吃力地从地上爬起，步履艰难地走向自己的坐骑。

"主上！已经四天三夜没有歇息了！主上歇一会吧。"身后的护卫劝道。他们黑瘦的脸上也皆是疲倦。

邵云和费力地翻身上马，心口依然怦怦直跳，那股不安痛苦的感觉依然挥之不去，想要竭力忽视都无法。他拿出水囊费力地喝了一大口，声音嘶哑木然："继续赶路！"

"主上！你的身体！"护卫们纷纷惊呼。他们偶尔还会轮流替换休息，只有他一人独骑，一路上沿途不歇，疯了一样赶路。

"我没事。"邵云和冷冷回眸，看向那烟尘漫漫的来路。那有繁华的齐国，有巍峨的宫殿，有富足的子民还有那皇宫中那个美丽而狠心的女人。这一切，他贫穷困苦的赤灼子民统统都没有！他从未这么热切地想要回到故土！他要给仰望他期盼他的子民一个盛世天下！他要给他们迟来百年的尊严和强盛。

他要向她证明。她，看错了他完颜云祈！

"走！"邵云和恨恨一抽身下的马儿，向夕阳坠落的地方奔去，风中传来他的冷厉的怒喝，"回到赤灼！复我之邦！"

长烟漫漫，湮了来时路。

"扑"火光耀起，燃亮了眼前的黑暗。

龙越离抱着周惜若静静地靠在了龙榻上。他看着眼前沉沉的夜，一双漆黑的眸仿佛比夜更加晦暗。

脚步声窸窸窣窣，一双精巧的宫鞋慢慢踏入了这血味未散的宫殿。越卿卿换了一身宫装，正红，绣了振翅欲飞的凤凰。这是皇后才能穿的凤服，华美而充满了威仪。她走到龙榻边，看了龙越离一眼，再看了他怀中那已气绝多时的周惜若。她似乎在睡着，除了脸上有骇人的青白外，看不出是个已死的人。

她轻抚长袖上那绣得栩栩如生的凤凰，曼声笑道："想必她应该是齐国最短命的皇后了，才刚封后不到三天就死了。"

龙越离缓缓转头，空洞的深眸看着她，目光的焦点却似永远也定不上她的身上。

她面上含笑，走到他面前，柔声问道："臣妾是卿卿。你最爱的卿卿。"

龙越离木然地看了她一眼，忽地低头看着怀中的周惜若，柔声道："不，朕最爱的是若儿，不是你。"

越卿卿一怔。

龙越离低头，为怀中的周惜若轻轻理顺长发。她的发这么长这么柔顺，就如墨绸一样。她的美是没有人可以匹敌的，连死亡都不能夺去她的一分美貌。

他的无视令越卿卿眼底涌起深深的恨意。她冷笑吩咐："来人！把这贱人的尸体扔出去喂狗！"

守候在外面的内侍应了一声就要进来。

"你如果敢动她一根头发，玉玺和遗诏你们就永远也别想得到了。"龙越离头也不抬地道。声音虽轻却令越卿卿眼眸一紧。她挥了挥手阻止了内侍上前。

"龙越离，你既然没疯搂着个死人你想要证明什么？"越卿卿娇笑着，她欺近前看着他木然的眼睛，"证明你很爱她吗？"

龙越离眼一眨不眨地看着近在咫尺的面容，打量她穿着一身华美凤服，忽地笑了："越卿卿你为什么不去照照镜子，你偷偷穿上她的衣服，丑得朕看你一眼都想要吐！你以为朕还爱着你吗？在你怀上南宫庆那窝囊废的种的时候，朕已厌烦透了你！你在朕面前脱光衣服，朕都是忍着恶心跟你上床的！朕不过是为了利用你杀了安王！"

"啪"越卿卿一巴掌狠狠甩上他的脸颊，殷红的五指印很快在他的脸上浮起。一条血线顺着他破了的唇角缓缓流下。可是这一巴掌并没有打掉他脸上冰冷讥讽的笑意，反而让他笑得越发畅快。

"很好！"越卿卿轻抚自己胀痛的手掌，笑得阴冷，"龙越离你的嘴果然厉害，字字戳心呢！这该是伤了多少女人的心才能练成的绝活啊。"

龙越离拥紧了怀中的周惜若，似笑非笑地问越卿卿："你生气了？你以为天下间所有的男人都围着你越卿卿一个人转吗？你别做梦了。你心里想要的东西别以为朕猜不出来。"

"那我想要什么？"越卿卿靠近他，吐气如兰，柔声问道。

龙越离哈哈一笑，眸中冰冷如雪："你要的是权力！连朕都给不了你的权力！你当年要离开朕嫁给南宫庆，你早就算准自己要一步步往上爬。"

越卿卿笑靥如花："果然最了解我的还是越离你呢。"

她伸展手臂，展开身上的凤服婷婷袅袅地转了一圈，美眸却是不满足："这凤服虽美，但是却也只是个皇后而已，我要的可不只是皇后！"

龙越离看着她眼底为了权力而疯狂的神色，眼底皆是厌恶。

越卿卿正要说什么但一低头猛地看见周惜若的脸，禁不住退后几步，厌恶地道："你就继续抱着这个死人吧！明日你要活命就要听太后的话，下圣旨让太后代为理政。至于她……就写她暴毙了！"

她说着匆匆走出了甘露殿。龙越离等她离开，飞快地从手中拿出那根握得要发烫的簪子，拧开簪子的头把里面的药粉统统倒入口中，叶公公悄悄上前来。

龙越离等着药力见效，对他冷声道："今夜就走！"

叶公公点了点头。他看着他怀中的周惜若，忍着悲痛，问道："皇上，那皇后娘娘呢？"

龙越离看着她沉静的面容，一滴泪从眼中滚落。他抱紧她，慢慢地道："朕要带着她一起走。生不能同寝，死也要同穴。她生死不弃我，我亦要回报她这一份情意。"

叶公公喟然长叹。

夜，渐渐深了。亥时一过，甘露殿冒起浓烟，一股巨大的火光冲天而起。沉寂的皇宫顿时被惊醒，楚太后从睡梦中被惊醒，她看着那火光的方向，失声道："怎么会这样？！"

她话音刚落，越卿卿脸色发白地冲了进来，惊道："太后娘娘，不好了，甘露殿起火了！"

楚太后气得一巴掌狠狠地甩向她："哀家还没瞎！能看见甘露殿起火了。哀家只问你叫你好好看着皇帝，你到哪里去了？"

越卿卿捂着脸，心中恨得几乎要拧起来了。

楚太后这个时候不想与她多费口舌，转头对宫人厉声道："从这一刻开始宫门四闭！没有哀家的旨意不许放任何人进来！"

宫人们急匆匆地退下。楚太后披上外衣，急急向外走去，一出永寿宫的寝殿，被眼前的冲天火光所惊呆。

她喃喃地道："还是被他逃出去了！"

漆黑的密道，弯弯曲曲仿佛走不到尽头。龙越离身上背着周惜若，深一脚浅一脚地走着。身后的空气越来越灼热，仿佛是一匹怪兽在追赶着他想要撕咬着他。他托了托身上的周惜若，仿佛觉得她从未离去。

她长长的发就轻轻地垂在他脸庞，淡淡的清香萦绕，就如他常常犯懒依在了她的身边，低头轻嗅就能闻见她身上特有的芬芳。在急促的喘息中，他仿佛听见她的声音在前面指引。

第二十四章 逼宫变乱佳人逝

她说，皇上，亥时从密道逃出……去往昀紫山庄……

不知走了多久，也不知走了几个时辰。渐渐地，眼前的路终于走到尽头。他用尽全力挪开镇住机关的石狮，一扇沉重的石门缓缓在他眼前打开。宫外清新的气息迎面吹来。他小心翼翼地抱起周惜若。

在黎明前的一点微光中，他看着她再也不会绽放笑靥的面容，轻声道："若儿，我要为你夺回属于我们的盛世江山！"

齐，圣武年八月三十。甘露殿大火，宫门四闭。两万京畿护卫军出动将皇宫四周团团围住，太后下懿旨缉拿乱党。各大朝臣与将军们被勒令待在家中，无诏不得出门。京中人心惶惶，各家各户门户紧闭，大街小巷商铺紧闭，行人寥寥。宽阔的大街上只有来来往往飞驰而过的重甲骑兵，他们面色冷凝，充满杀气，有的疾驰出京，有的则是冲入朱门中缉拿所谓的"乱党"。

相国府首当其冲，紧接着是郁府、薛王府、林府……人们发现被抄家捉拿叛党的是最近两年名声鹊起的朝中年轻臣子和备受龙越离重用德高望重的朝臣等。一种看不见的恐怖气息在偌大的齐京中蔓延。烧了一夜的甘露殿的废墟上青烟犹自袅袅，而一场风云涌动的变乱却正拉开血的序幕！隐隐有消息传来，楚国调动十万大军越境而来！而四方州军的兵力却开始连夜向齐京进发，目的不明。

九月初一，楚国十万大军被齐国冯飞将军带着五万疾驰而至的精兵堵在了晖州城前，冯将军捧出一份明黄圣旨，指明楚太后逼宫谋反，通敌等十大罪状，誓言剿灭前来相犯的楚国大军。

这一消息传出，齐国举国皆惊。与此同时，龙越离亲领三万精兵挥师京城，沿路上命各州郡火速调集兵力进京剿灭太后与定王乱党。龙越离御驾亲征，甲胄不离身，身先士卒。士气大振。

九月初二，左相温景安领一万精兵三千骁风骑直插京城西侧与乱军激战。激战中，温景安肩头中箭，落入敌阵，骁风骑三百骑悍不畏死，冲入敌阵救出温景安。激战两日战事互有胜负，僵持难下。

九月初三，龙越离御至齐京三十里处，安营扎寨，下圣旨，随楚太后叛逆者缴械不杀，不祸及三族。

九月初四，十万楚国大军全面进攻晖州城，晖州告急。

九月初五，圣旨下令抽调三万精兵日夜不停驰援晖州……

九月初六……

……

战事纷纷，整个齐国的中心——齐京四周狼烟四起，安享百年无战事的繁华帝都

284

终是难以逃过战争的洗礼，京城四周百姓们纷纷逃散，往南往北，无论何方只要离开这里便是安稳。而此时离京城五十里孤零零的一座昀紫山庄却分外安静平和。

山庄中亮着几盏昏黄的灯火，随风摇曳，山中清凉的风吹来，似隐隐有了秋的萧索。在廊下，静静站着一抹水蓝修长的身影。他看着那被阴云遮住的月，长长叹了一口气。

晴秀走来。他转身，面目被檐下的灯照亮，赫然是面色俊雅的云思泽。

"怎么样了？"他涩然问道。

晴秀摇了摇头，低头轻声抽泣："方才送走号称神医的严大夫，他说……娘娘已经……去了。"

云思泽微微踉跄了一步，不由扶住了身边的阑干。

晴秀索性放声大哭："公子要杀了那太后和越卿卿！是她们害死了娘娘！"

凄凉的哭声在黑夜中传得很远，云思泽看着悲泣的晴秀，忽地道："要替她报仇这件事，谁也没办法和他抢。"

晴秀回头，看见在花园拱门边大步走来的一抹身影，一身金黄锁扣铠甲下是略带烟尘的龙袍。他面上也染了烟尘，脏兮兮的看不出原本白皙俊魅的面容，只有一双狭长的深眸在夜色下看起来亮得出奇。他走到云思泽的跟前。云思泽黯然摇了摇头。他浑身一震，整个人犹如被突然捅漏的沙袋，缓缓地坐在了一旁的石凳上。

"皇上，也许我们都该放手。"云思泽艰涩地开口，"毕竟入土为安。"

"不。"龙越离把脸埋入手中，手掌上的皮革护甲犹带着凝固的血迹，他声音嘶哑低沉，"朕不想看不见她。"

云思泽费力地劝慰："已经七天了，皇后娘娘应该得到平静。"

"不。"龙越离抹了一把脸，猛地站起身来，冷声道，"你把她安置在哪里？朕要去看看。"

云思泽沉默半晌，黯然道："在冰室中。这些天天气炎热，我怕……"

他忍住不再往下说，越过龙越离在前面带路。他走了一会，一回头果然看见龙越离跟上。他的脚步沉重，素日挺秀的身影也微微坍塌了几分，仿佛不能承受这份沉重。云思泽咬了咬牙，向着冰室而去。

冰室到了，寒气袭来。云思泽为了不让冰室中的冰融化，在冰室中升起了数十个夜明珠。每一颗夜明珠犹如孩儿拳头大小，每一颗价值连城。他云家向来不愿以财示人前，可是这一次，他无所谓了。江山失去可以再夺来，千金散尽还可以赚回来。唯有人，死了便不能复生。他从看见一身狼狈的龙越离抱着再也不会醒来的周惜若，悲愤欲绝地站在山庄门口的那一刻起，彻底地明白了这个道理。

夜明珠幽幽地泛出碧光，在冰室的正中央有个石台，软衾铺面，鲜花簇拥。一身雪白素雅宫装的周惜若就躺在上面。她面色青白，可是已被人小心擦去身上血迹，长

第二十四章 逼宫变乱佳人逝

285

长的发也整整齐齐梳好，她十指扣着安放在了腰间，清丽的面上神色平和从容，像是只是在安睡而已。

龙越离慢慢一步步走向她。云思泽站在冰室的台阶上，黯然转身，把一室的静谧留给了他们两人。冰室的门关上，把尘世的喧嚣都关在了外面。

龙越离缓缓走到石台前，伸手轻抚她冰凉的脸颊，一颗颗灼热的泪猝不及防地滚落。他握着她冰凉的手，放在了干裂的唇边，泪簌簌落下，却再也洗不尽心中无数悔恨。

"若儿，太后她早就和楚皇串通，调了十万大军，要来进攻京城，京畿护卫军原来都是她的人，难怪她如此有恃无恐。"

"若儿，太后已失去了先机，全天下都知道她逼宫谋反，她再也不能拿朕的身世做文章了。"

他絮絮叨叨地说，紧握着她的手，似乎要把身上所有的暖意都传到她的身上。可是她依然静静地闭着眼睛，安然祥和，天翻地覆都再也惊扰不了她一分。静静的冰室中，他握着她的手，久久凝望……

两日之后，楚军展开强攻。九月初十，晖州城破。十万楚军气势汹汹地向齐京而去。晖州离齐京不过七八日的路程。龙越离调来的三万援军与且战且退的冯飞冯将军的部下汇聚在了青州。青州大战，因背后是齐京再也无路可退，所以齐军打得十分惨烈。青州之战打了两天两夜，不分胜负。齐京还在楚太后的控制之下守得固若金汤。两相不下竟成了僵持之势。

三日之后，楚太后细数龙越离不忠不孝不仁不义十大罪状，废帝，立大皇子为帝，皇后楚香云为太后，自尊为太皇太后垂帘听政。龙越离大怒，令围住京城三万精兵昼夜攻打京城，誓言定要活捉楚太后。

齐国局势纷乱。龙越离是胜是败就看宫变之时从京中逃出的郁可鸣从青谷岭调来的十万大军能否及时而至。可是这一来一回青谷岭距齐京有千里之遥，大军辎重起码要来回半个多月。战事走向如何，无人可知。

第二十五章　九死一生恩怨消

夜，缓缓地降临在这片不安的土地上。中宫烛火通明。凌瑶跪坐在凤座旁看着在殿中来回不安走动的皇后。殿中安静，只听得她的脚步窸窸窣窣，带着紧张。

凌瑶道："皇后娘娘还是歇一歇吧。"

皇后咬着下唇，停了脚步，神色不安地道："你可以跟本宫保证万无一失？"

凌瑶看了看四周，低声道："皇后娘娘放心，这一路出宫臣妾都能保证。此时不走就来不及了，皇上已攻入了京城，再耗下去楚军难以救援，一切都晚了！"

正在这时宫女匆匆前来，低声道："娘娘，人带来了。"

皇后急忙道："快去请！"

这时殿外走来了一位面目普通的侍卫模样的人。他跪地低声道："参见皇后娘娘。"

皇后连忙问道："都探听清楚了吗？"

"是的，属下从青州连夜而来，那边的战事很激烈。还有属下也探听到了皇上的大军已逼近京城。"他说得又快又稳。

皇后一惊，怔怔坐下。

凌瑶上前道："皇后娘娘，如今形势危急，皇后娘娘应该早下决断。"

皇后怔怔点了点头，忽地回头狐疑地看着凌瑶，问道："你为什么要帮本宫？"

凌瑶连忙道："其实臣妾不是帮皇后娘娘，是帮自己。"

皇后看着她怯怯的脸庞，冷笑一声："你怕被太后连累？"

凌瑶连忙跪下，颤声道："臣妾不敢。但是臣妾这次真的是……害怕，所以皇后娘娘这次一定要带臣妾走。"

皇后点了点头："好吧。看在你忠心耿耿的分上，就带着你一起吧。"

正在这时，宫女匆匆上来，眼中流露不安，道："启禀皇后娘娘，定王妃来了。"

皇后面色一惊，连忙道："赶紧跟她说，本宫不见她！"

"为什么不见臣妾呢？明明这里这么热闹。"一道娇俏悦耳的声音从殿门外传了进来。凌瑶与楚香云一看，只见一个翩翩的美人款款而来。

越卿卿美眸流光，掠过面色紧张的两人，嫣然一笑："臣妾竟不知道什么时候成了中宫不受欢迎的人了。"她走到凌瑶的跟前，似笑非笑地道："臣妾竟也不知道什么时候文容华竟与皇后这么亲近。"

凌瑶掩下眼底的冷色，低头道："臣妾只是看皇后娘娘寂寞所以前来陪伴。"

皇后哼了一声，挺直了背，冷冷道："定王妃夜深了来这里做什么？"

越卿卿抿嘴一笑，曼声道："也没什么，只是看最近中宫的人来来往往的，所以好奇想来看一眼。"

皇后心中一惊，冷声道："本宫要干什么难不成还要向定王妃禀报不成？"

越卿卿笑了笑："自然不是，只是臣妾提醒娘娘，现在的娘娘可是太后了呢！"

皇后不由愣住，下了逐客令："定王妃回去吧！本宫要歇息了。"

越卿卿听了冷冷一笑，上前看着皇后的眼睛："太后娘娘好好安歇，在这个节骨眼上可不要做了什么蠢事！"她说完转身出了中宫。

凌瑶等她离开，连忙上前对皇后道："定王妃实在是欺人太甚了！若是太后真的成事了，有定王妃在宫中，皇后娘娘只是个摆设而已。皇后娘娘如今上上策就是离开这里，回到楚国。"

皇后闻言依然犹豫不决，问道："越卿卿是不是发现了什么？"

凌瑶眸色一闪，沉声道："不会的！定王妃要是发现了什么一定不会来警告娘娘的，现在的她不过是虚张声势。"

皇后长长舒了一口气。她扶着隐隐涨痛的额头道："越卿卿实在是逼人太甚，你说得对，不走也讨不了什么好处。"

凌瑶上前温声劝慰："皇后娘娘做的决定是对的，定王妃早就凌驾在了皇后娘娘之上，她的野心不会只是这么一点，将来娘娘是没办法与她抗衡的。"

皇后看了她许久，缓缓道："好！今夜就走！"

凌瑶长吁一口气，深深伏地："皇后娘娘圣明！"

齐京皇宫，漆黑一片。一辆马车和几个人鬼鬼祟祟地从中宫而出直奔宣武门。四周夜色漆黑如墨不见人影。马车中皇后紧紧握住车厢两旁的凸出扶手，她对面是沉默的凌瑶。两人缩在了马车中，仿佛她们身后有一只猛兽追逐。两人看不清对方的脸庞，可却能感觉到对方同样不安的呼吸声。

"能出宫吗？"皇后紧张地问道。

"可以。"凌瑶声音沉静。楚香云在一刹那似觉得对面是周惜若，那一张清丽幽冷的面容正冷笑地看着她。她想着不禁打了个冷战，拼命安慰自己不过是因惊惧暗魅丛生。皇后忽地开口道："听说她死了。"

凌瑶沉默一会，淡淡道："是的，死了，莲娘娘被太后下令鞭打至死了。"

皇后咽了咽唾沫，耳边是车辙急促的骨碌声，可是不知为何，她忽然一直想起那个清丽无双的女子，那个总是隐忍安静的周惜若。

"皇后娘娘想说什么？"凌瑶问道。不仔细听是听不出她话中隐藏的深深讥讽的。

"我想说，其实我并不恨她。"皇后颤颤道。

在黑暗中的凌瑶忽地笑了一声，声音清冷。

"她不该进宫来。"皇后低声道，"你不知道，名门世族最恨这种寒门女子。在我们眼中，她是异类，是不知廉耻的女子，更何况她嫁过人这是皇家的耻辱。"

凌瑶轻笑："是啊，门第之见那么深。"黑暗中，她的眼泪忽地流出，怎么也停不了："皇上也一定知道吧？"

"什么？"皇后一怔。

凌瑶看着车帘卷起，身后起伏的宫阙高台渐渐变小，泪一直不停地流下："皇上也一定知道莲娘娘进宫日子一定会十分难过。皇上让她进宫之后，太后娘娘就让皇上大婚，也让皇上亲政了，她便是皇上利用的一颗棋子。"

皇后陡然沉默，许久慢慢道："是。"

凌瑶轻轻一笑，泪落在指尖，冰冷，"这样冷漠无情的男人却是我们的丈夫呢。"她低语，"为何还要我爱这样的男人呢？"

皇后听不清她最后说的两句，想要再问宣武门却已到了。侍卫上前。皇后心中一紧，凌瑶掀开车帘拿出一枚令牌晃了一下："我们是定王妃的贴身奴婢，要出宫一趟拿点东西。"

侍卫用手中的灯笼晃了一下，果然看见里面的两人是宫女打扮。他遂点头放行。宫门打开，马车缓缓驶出了皇宫。皇后心中一松，看着凌瑶，疑惑问道："你怎么有越卿卿的令牌？"

凌瑶淡淡道："自然是偷来的。"

皇后想要再问她已是不愿回答。皇后借着微光看着她眼底的泪痕，心中不知怎么的涌起一股深深的不安。马车疾驰一路奔向京城城西城门，他们走的是最偏僻的小巷，一路上十分顺遂，顺遂得皇后也起了疑心。她紧张问道："我们怎么出京城？"

289

凌瑶声音沉沉，冷冷道："自然有办法出京城，娘娘放心。"

皇后渐渐不安，追问道："你难道有太后的手谕？我听说没有太后的手谕是无法出京城的！"

凌瑶冷冷道："娘娘放心，臣妾自然有办法。"

她的声音低沉冰冷，皇后越发不安，她仿佛看见眼前静静坐着的就是周惜若，那个总是对她微笑恭敬的女人。她无数次想要置她于死地，可是她却一次次坚强地站起来。

"不！本宫不出京城了！"皇后忽地害怕起来，叫道，"我不要出京城了！你快让马车回皇宫。这样贸然出京城太危险了！"

凌瑶一声不吭，马车摇晃，没人愿意听她的号令。

皇后惊叫起来，拼命拍打车厢，叫道："快给本宫停下！"

"皇后娘娘这个时候才发现不觉得太晚了吗？"凌瑶忽地笑了起来。皇后在惊恐中仿佛看见周惜若在冲着她笑。她惊恐地拼命往后缩，失声惊叫道："周惜若！你没死！"

凌瑶冷冷一笑："莲娘娘死了！被你们害死了！"她猛地从长袖中拔出一把闪亮的匕首，扑上前抵住楚香云的脖子，眼中皆是浓浓的恨意，"皇后娘娘是不是觉得臣妾很像莲娘娘？！这不也是当初皇后娘娘挑臣妾送到皇上跟前的理由吗？怎么如今看着臣妾竟怕成了这个样子了？"

"为什么？"皇后吓得一动也不敢动，只能哭道。那寒光如水的匕首就在自己的脖子上，只要轻轻一划她就死定了。

凌瑶冷冷道："因为就是你纵仆行凶！钱禄害得我凌家家破人亡就只为讨娘娘欢心！我的父亲疯了！母亲因病死了！一切都是因为你！而只有莲娘娘才是这后宫中最善良的人，可是你们也把她害死了！"

皇后惊喘半晌才挤出一句："你忠于周惜若！这一切……难道都是她？"

"是的！"凌瑶一把狠狠揪住皇后的双手反剪在身后，猛地一推，道，"皇后娘娘这个时候想明白也不算晚。莲娘娘算准了你怯弱易变，让我哄了你出宫！她让我做完这一切隐忍避祸他处，可是这送皇后娘娘最后一程的只能由我来！"

城西的城门越来越近，上面的守卫已经看到了这一辆可疑的马车。城门上呼喝一声，根根火把点燃，把城西的一片天空几乎燃亮。城门上弓箭林立，有人高喊道："来者何人！再不停下来就要放箭了！"

"停下！"城门上弓弩齐备，随着马车的前进而移动。

凌瑶看着通红的天空，笑了。她附在皇后耳边，轻声道："皇后娘娘不是问臣妾怎么出京城吗？臣妾就是要借用皇后娘娘出京城！"

她猛地把她一推，楚香云半个身体就露在了马车外，她吓得哭叫连连。

凌瑶用匕首抵着她的后心，一把捞起哭叫的皇后，让她的面容显露在了火把的光下。她迎风冷笑："看清楚！这是皇后楚香云！她是太后的亲侄女！楚国的公主！再不打开城门让我们出去，我就一刀把她杀了！同归于尽！"

城门上顿时惊慌起来。马车离城门越来越近最后慢慢停下。赶马车的车夫摘下斗笠，赫然是林公公。他看着凌瑶，不禁潸然泪下："容华娘娘，你不应该来的。"

凌瑶轻声道："林公公，莲娘娘为了齐国殚精竭虑，最后一步我就替她完成吧。"

她说着一把拽住哭叫不已的楚香云跳下马车，慢慢向城门走去。四面密密麻麻的弓箭都对准了她，她紧紧揪住皇后的衣领，厉声道："快开城门！放我们出城！不然的话，皇后就要死在我的手中。"

四周万籁俱静，无人敢动，也无人敢打开城门。

"快点！"凌瑶单薄的声音在黑暗四周回荡，"你们这些叛贼投靠太后背叛皇上！背叛齐国不就是为了荣华富贵吗？皇后要是死了，我看你们去哪里邀功请赏！"她扫过头顶一众士兵，忽地哈哈一笑："怎么？现在倒是有胆了吗？你们身为齐国的子民，效忠的却是楚国的两个卑鄙女人！楚国就要攻进我们的家国了！你们却把皇上的大军挡在了外面！等到那一天你们就算荣华富贵满身，可是却永远只能做楚国的贱奴！"

她的声音清冷犀利，一字一句都戳进头上每个士兵的心中。有的犹豫放下了弓箭，有的羞愧地别过头去。

凌瑶冷笑道："你们不打开城门是吗？"她说罢猛地把手中的匕首狠狠刺向楚香云的肩头。一声凄厉的叫声顿时响彻了城西城门。

"开城门！下一刀就是她的心口了！"凌瑶满手是血，最后厉声喝道。

终于，那沉重的城门缓缓打开。

凌瑶低声道："娘娘，这一次皇上但愿不要让你再失望。"

她说完，咬牙从怀中掏出一个黑漆漆的竹管，拼尽全力向头顶的天空掷去。

"啪"的一声，一朵绚烂的银花在天空中绽放。城门上的士兵被这突然的烟花惊得有些发愣。

忽地远远的喊杀声四起，城西城门上的士兵们纷纷惊慌回望，只见在眼前的黑夜中震动起来，四面八方传来一阵如暴雨般密集的声音，眼前火把猛地燃亮如天上银河的繁星，逐一快速地燃亮，远远望去一望无际。

"快关城门！快关城门！皇上来了！"城门上的士兵们纷纷呼喊，沉重的城门被几个士兵缓缓地就要关上。

凌瑶瞪大眼睛看着那疾驰而来的骑兵，大叫："皇上！快！"

地在震动，夜在颤抖。如潮水一般疯狂涌来的骁风骑狠狠撞开即将关上的城门，城西的城门内外一片火海。潮水涌来的骁风骑与城门中的叛军们混战在一起。血战拉

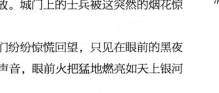

第二十五章　九死一生恩怨消

开帷幕，刀剑相加，箭如雨下，嘶吼声、喊杀声震耳欲聋。

当先一人龙袍金甲有如天降神祇。他怒喝道："诛杀逆党，捉拿太后！"

城门一片火海，到处是厮杀，到处是血腥喷洒。骁风骑犹如风卷残云一般令人恐惧。他们身着玄衣，黑巾蒙面，与夜色融为一体。身下的坐骑也用黑色披风挡住它们马鞍上的闪闪铁钉，他们骑术精湛，马上功夫了得。长枪使得犹如游龙，一瞬间已把面前乌压压的叛军杀开一条血路来。

凌瑶躲在城墙根上，看见龙越离手起剑落，毫不容情。头盔下是他冰冷的俊颜，他身下的骏马高大，颇有灵性，在乱军中竟懂得躲闪跳跃，甚至还能以脚踢开挥舞着刀剑而来的叛军。眼前血花喷洒，顷刻间就染红了他一身龙袍。

龙越离看着渐渐四起的火光，怒吼道："杀！——"

杀！杀出一条血路，杀进皇宫！

凌瑶蜷缩在城墙下，看着眼前犹如人间炼狱一样的战场，不禁仰头看着漆黑的夜空，喃喃自语："娘娘，你看到了吗？皇上来了！"一行泪缓缓落下。在泪光模糊中，她仿佛看见那清丽无双的面容微微含笑。

她说，齐国百年都城，易守难攻，唯有有人设计冒死打开城门，而皇后楚氏出京之时，便是皇上攻城之刻。

圣武年九月十五，齐京城西，有一女挟皇后胁令叛军开城门，佯出城奔逃，叛军开城门。帝趁隙袭之，城门陷。九月十六，齐京尽在帝之手。楚太后困守皇宫，不出。三万精兵与三万的叛军厮杀了一夜，直到破晓叛军这才感觉大势已去，降的降逃的逃，被活捉的也有好几千人。繁华的齐京一夜之间处处狼烟滚滚，尸横遍地，成了一处活生生的屠戮之地。

龙越离看着在清晨天光下耸立的皇宫久久不语。他身上血迹斑斑，面上脏污，手中的宝剑也砍豁了几口子，血水缓缓随着他的剑滴在地上，一滴一滴，煞气未退。

身后马蹄声起，温景安疲惫虚弱的声音传来："皇上，齐京已拿下了。"

龙越离目光缓缓移动，落在他煞白的脸上，动了动干裂的唇，半晌才道："景安，真的胜了吗？"

温景安看着他血战之后疲倦的脸，安慰道："皇上放心，不出两日定能攻破皇宫，捉拿太后等一干乱党！"

龙越离木然地看着他，许久迈着沉重的脚步向远处走去，尘烟滚滚中传来他的声音："景安，齐国的盛世江山若没有她，朕该怎么办呢……"

温景安一怔，再看时龙越离已慢慢地走远了。

夜，掩盖了白日的一切，也掩盖了从宫门外冒出的滚滚浓烟。楚太后木然地看着眼前一片狼藉的永寿宫，怔怔出神。

她，败了！困守皇宫等于自寻死路。在龙越离攻破齐京的时候皇宫就已经大乱了。要不是她身边还有誓死效忠的护卫斩杀带头奔逃的惊恐宫人，局势不可预料。

可是，还是败了，一败涂地。她用尽了自己几十年来的心血精力，算尽了一切，还是败了。败给了岁月，败给了自己，也败给了那个柔弱的女人。也许在周惜若进宫的那一日起就注定了她今日的结局。她在高处太久，早已看不到那卑微女子从困境中爬起的坚韧与决心，她也看错了她的本心，以为世间所有的人都在她的掌握之中。她算错了一个人，却输尽自己最后的余生。

"太后，准备好了。"不知什么时候越卿卿已前来。她手中拿着包袱，身上也换了一身轻便的宫装。

楚太后木然地看着她，看了看天色，倦然道："什么时候出宫？"

"亥时三刻，从太贞门出。一路从水路向晖州而去到楚国。"越卿卿道。

楚太后看着她，忽地一笑："卿卿，没想到到了最后哀家身边只剩下你一个人。"

越卿卿看了看自己的穿着，亦是一笑："臣妾也没想到竟会败了。"她脸上有一种很怪异的平静。楚太后看着她，轻叹一声："哀家要是有你这么年轻，也许会不一样。"

越卿卿上前扶起楚太后，柔声道："太后娘娘为何要缅怀过去呢？人总是要向前看的。"

"太后娘娘，我们还是能东山再起的。只要到了楚国一切也许就不一样了。"她笑得娇然。倾城的面容，慑人的笑容，楚太后忽地生生打了个冷战。越卿卿见她恍惚出神，垂下眼帘，掩下眼底一抹怪异的光，低声问道："太后娘娘，怎么了呢？"

楚太后摇了摇头，回神道："没什么，走吧。"

楚太后一行人匆匆出了永寿宫，一路到了太贞门，守候多时的定王南宫庆已在那边焦急等待。他上前看了她们两人正要说什么。越卿卿已越过他，拉着楚太后上了马车，冷声道："走吧！"

南宫庆急忙上前问道："那接下来怎么办？"

越卿卿顿了顿，冷冷道："一把火把皇宫烧了！"

马车中的楚太后一听，禁不住一怔。马车外的南宫庆亦是惊讶得说不出话来。

越卿卿看到楚太后的神色，勉强道："太后娘娘，这个时候火势也许能帮我们引开皇上的兵力。"

楚太后闻言，疲倦地闭上眼睛，淡淡道："烧吧，如今哀家是再也管不着了。"

越卿卿遂回头对南宫庆冷冷道："太后说的话你也听见了，一把火烧了皇宫吧。"

南宫庆看着她冷然的面色，心中憋了一股说不出的闷气，闷闷地扭头去吩咐了。

马车缓缓动了起来，悄悄出了太贞门……

　　九月十七日，夜，楚太后趁夜色从太贞门仓皇逃离皇宫。是夜，皇宫大火，火势冲天。龙越离率两万人马攻破皇宫，一路追击叛党余孽，楚太后如丧家之犬一路逃往晖州，半路定王南宫庆断后，设计阻龙越离追兵。不敌，被生擒。定王残部遂追随楚太后而去。龙越离亲自追击，一夜疾驰百里。在靠近晖州的定河追上定王残部三千，几千人马血战定河。

　　喊杀声阵阵传来，定河边已是血流遍地，身后的士兵们一个个哀号倒下。乱军中越卿卿发髻已散乱，她拉着楚太后深一脚浅一脚匆匆向着定河边那艘大船逃去。楚太后年老体弱，平日养尊处优，从未这么慌不择路地逃命过。她早就力竭，多走一步几乎要了她的命似的。"扑通"一声，她又重重摔在了地上。

　　越卿卿看着倒地不起的楚太后，再看看身后的追兵，咬牙冷声道："太后娘娘，对不住了！臣妾要自去了！"

　　楚太后发髻散乱，喘息不已。她一听越卿卿这话不知哪来的力气一把抓住越卿卿的长袖，断断续续道："不！……你不可以丢下哀家一个人！哀家要回楚国！"

　　越卿卿死命挣扎却挣不开楚太后手中的力道，她恨极怒道："你要回楚国，可是你这个样子回楚国一样是没用。你放手！再不放手休怪我不客气！"

　　身后喊杀声越来越近，四面刀光剑影，溃逃的南宫庆残部有的已经爬上了大船，开始解开缆绳。越卿卿看着这情形自己再不走就真的走不了了。她心中一横，从头上拔下发簪狠狠刺入楚太后的手臂，逼她放手。

　　楚太后痛得惊呼一声，可是她不知哪来的力气依然不肯放手。

　　越卿卿怒道："你放手！"

　　楚太后脸上汗如雨下，她忽地哈哈大笑："好！好你个越卿卿，你在哀家身边十几年，哀家竟不知道你是这么一个忘恩负义的贱人！"

　　越卿卿挣脱不了她，怒极反笑，道："贱人？彼此彼此！你以为你就不贱了吗？你与安王有染，狼狈为奸，你别以为全天下的人都被你蒙在鼓里！宫中上下，包括龙越离早就知道了！那个翎月就是龙越离在你身边的眼线！"

　　"还有我的父亲和母亲！你别以为你养我十几年我就呆头呆脑地把你当成了什么恩人了！我的父亲就是被你设计害死的！因为他功高震主，因为他的功劳比安王还大！当初其实你看中的不是安王，是我的父亲是不是？就是因为我的父亲与我母亲恩爱，所以你无从插足是不是！"

　　越卿卿此时已不顾一切，眼中有了骇人的癫狂。

　　楚太后惊得说不出话来，她指着她，结结巴巴地道："你！"

　　越卿卿眼中掠过深深的厌恶，她一把抓起楚太后的领子，看着她在自己的手中喘

294

不过气来，不禁笑得畅快："我怎么会不知道呢？你别忘了，我越卿卿那么聪明，在你身边那么多年，够我查清当年的一切了！我父亲的战死都是你和安王设计好的！可是你终究对我父亲有点情意，所以我就成了你假仁假义的借口，你把我从我母亲身边夺走养在身边，暗中逼她殉情自尽。难道你以为我都不知道吗？！"

身边的士兵越来越多地涌来，纷纷向河岸边逃去。越卿卿再也无所顾忌，她盯着楚太后惊骇的眼，笑得怨毒："这十几年苟且偷生的我知道了一个道理，只有掌握权力才能任意操纵别人的生死，没有权力只能任人宰割。所以我才会选择南宫庆，因为我不想成为你手中的傀儡。可是谁想到南宫庆这么窝囊，安王这么不堪一击。最后还要逼得我让你与龙越离反目成仇！"

"杀死安王是我一个人做的！"越卿卿笑得冰冷。

"是你！"楚太后吐出这两个字，再也无力再说什么。

"现在你可以死而瞑目了吧！因为你已经无用了！"越卿卿眼中掠过杀意，从怀中拔出防身匕首狠狠地刺向楚太后。

"铿"的一声，不知哪来的一支箭射中了她的手腕。越卿卿痛得丢了匕首，哀叫一声连连退后。远远的一道黑影站立。即使隔了这么远越卿卿依然能感觉到他身上的杀气。她捂着手臂，不敢再耽搁，咬牙转身逃往那艘大船。

正在这时，龙越离飞驰而至，他一眼看到了在乱军中的楚太后，厉声喝道："活捉太后！"

骑兵们听到号令疾驰上前，分开乱军把楚太后牢牢捆住。楚太后被押到了龙越离的跟前，龙越离看着狼狈不堪的楚太后，冷冷问道："越卿卿呢？"

楚太后已说不出话来。龙越离扫过眼前绞杀在一起的士兵们，眸光一紧，看向那一艘缓缓驶离岸边的大船。他薄唇微启，冷冷道："备火箭！"

号令很快传下去。弓箭手密密麻麻一字排开，劲弩上被放上了正燃烧的劲箭。正在厮杀中的两队人马也被这突如其来的凝重杀气逼得纷纷各自退后。大船上爬满了叛军，他们神色惶惶，一个个就如失了巢穴的蚂蚁正在逃命。越卿卿坐在船上还未歇一口气就被士兵们的惊呼吓了一跳。她猛地转过头，只见岸上那一排排拉着的劲弩上火点密密麻麻。她睁大眼睛，呆呆看着岸上的龙越离。

两相对望中，她看到他眼底深深的恨意与厌恶。她张了张口想要呼唤什么。可是就在这时，所有的人只听得一声冰冷的声音："放箭！"

万箭齐发，一支支劲箭带着燃烧着的火头钉入了船上。船上顿时哀号声四起，火光在江中熊熊燃烧。叛军们一个个跳入水中逃命，可是依然无法逃过一死。他们被岸上的弓箭手纷纷射死在了水中。燃着大火的船随水飘去，越来越远。船头上有一道着了火的人影在拼命挣扎，凄厉的喊声不绝于耳。

龙越离搭上弓箭，低声道："卿卿，朕送你一程。"

第二十五章　九死一生恩怨消

手中的箭飞离，深深地扎入了那着了火疯狂扭动的人影。渐渐地，着了大火的船沉入了江中。远远地，有一道黑影把这一切看在了眼中，他冷冷盯着龙越离的所在，悄悄离去。

战尘纷起，昀紫山庄在这风暴的中心却显得格外平静。守卫森严的重兵里里外外把守，闲杂人等不可靠近半分。似乎这里有很重要的人值得保护，可分明那牵动着齐国安危的皇帝龙越离已驰在京中扫荡余孽。

"公子！"一声清脆的声音打破了山庄的平静。

云思泽在书房中从沉思中惊醒过来。他一身白衣如雪，发簪也换成了白玉长簪。虽周惜若的死讯秘而不宣，但是他除了这已再别的办法寄托哀思。

"公子！"晴秀气喘吁吁地从外面闯了进来，连声道，"公子！外面士兵抓到一个人，他说他懂医术，可以看看娘娘的重病！"

云思泽眼中亮了亮，随即黯淡下去："让他走吧。皇后娘娘她……早就宾天了。"

晴秀上前抓着他的袖子急道："公子，就让那个人试一试。他说有的人看样子是死了，其实只是在龟息。只要他用他的独传的手法有七八成的希望能让人死而复生！"

云思泽苦笑了下，他看着晴秀焦急的面色，不忍心责备，耐心道："有的人会突然昏死过去，状似假死。但是也只是需要在三天之内施以手法才可以让那假死之人复生，可是……娘娘已过了那么久。给点银子让那人走，就说我们不想惊扰了逝者的安稳。"

晴秀失魂落魄地走了。可是过了半盏茶功夫，她忽地疯了一样又闯了进来。她又哭又笑，一把抓起云思泽的手，道："那人说按一下娘娘的心口，若是心口未僵就还有救！奴婢刚才去看了！娘娘的心口没有僵硬！"

云思泽甩开晴秀的手，飞掠出书房向山庄门口飞奔而去。山庄门口有几个士兵正抓着一位身材瘦削高大的男子。那人一身江湖游医的打扮，长袍空空，面容清俊，看样子四五十岁的样子，下颔留着几缕清须。

云思泽飞奔至庄门口，颤声问道："阁下怎么称呼？"

那人微微一笑："在下无名无姓，只医天下不可医之人。"

云思泽打量了那人浑身上下，除了他过分瘦削和异于常人的高大外，看不出别的什么异样。他想了想，沉声问道："你当真可以起死回生？"

"不能。"那人毫不犹豫地道，"除非在下是神仙，不然这个世上是没有起死回生这一说的。"

"那你如何能救一个已死了十日的人？"云思泽凝声问道。

"这一要靠运气，二是要看病人是不是真的死了。"那人摸着下颌的清须含笑道："方才贵庄的丫鬟说，贵庄的夫人好像心口还有暖意。只要心口不僵人就不会死，最起码有五六分的希望能救回来。"

云思泽看了他许久，一振长袖，躬身示意恭敬地道："先生请！"

那人微微一笑道，"云少可以叫在下鬼郎中。"

云思泽连忙道："不敢。"

云思泽带着他一路到了冰室。那人走到石台边上，眼眸一眯，伸手探了探她的脉搏。他探了很久，石室冰冷连云思泽这身上带点武功的人待久了都觉得有点不适，他竟能恍若无事。

时辰一刻刻过去，云思泽屏息凝神地紧紧盯着他。终于鬼郎中收回手，只说了两个字："有救！"

云思泽眼中流露狂喜，要不是自持身份早就惊跳起来。他声音颤抖："当真？"

"自然是真的。"鬼郎中伸手撩开周惜若的长袖，露出纵横交错的鞭痕："云少难道没发现她的伤口在慢慢愈合结痂吗？虽然极慢但是她的身体的确在恢复。"

云思泽急忙上前，仔细看着周惜若的手臂，果然看见已变黑的伤口下的确有丝丝鲜红的血丝。

"她曾经一定服了一种奇药。"鬼郎中在周惜若身上疾点了几处大穴，他的手法十分怪异，但是似乎有了作用。云思泽仿佛觉得周惜若的脸色好像不那么惨白得吓人了。

"是！她服过长生丸！"此时此刻云思泽再也掩饰不住内心的狂喜。

鬼郎中哈哈一笑道："这个世上从来没有长生不死之药，不过长生丸老夫听过，治外伤十分有奇效，这位运气很好，身体内有这种药在命就保了五成了。"他继续道："看她的样子受了很重的鞭刑，身体承载不了伤害从而昏厥假死。不过还好你们算是聪明，把她的身体藏在这里，总算不至于让她的伤口溃烂，她的伤口要是溃烂了，就算是大罗金仙都救不回来。"

云思泽脑中已被"她能活过来"的念头所充斥，根本不在乎鬼郎中说了什么。

"云少若是不介意就先出去，我要给她医治了。"鬼郎中下了逐客令。

云思泽犹豫不决，最后他握紧了周惜若冰冷的手，低声道："惜若，活过来。"他对鬼郎中道："先生若救了她，就算是倾云家之力都在所不惜！"

鬼郎中眼中一眯，忽地笑问："她是什么人？你独对她这样？"

云思泽深深看了石台上神色平静的周惜若一眼，慢慢道："她是一个很值得人爱的女人。"他说完一步一回头地离开了冰室。

鬼郎中低头似笑非笑地看着毫无声息的周惜若，从怀中掏出一个瓷瓶，低声道："周惜若，他们不知道你假死的缘由还有一点，因为你中了毒，而解药就在这里。"

297

他说着掰开周惜若的唇，将瓷瓶中的药汁缓缓地倒入她的口中。

夜幕又降临，一道在黑暗中疾驰而至的身影如旋风一样在昀紫山庄的门口停下。马背上的人还未等马停稳就从马上翻身而下冲入了山庄中。山庄的下人正在房中忙碌着，一块块冰被搬入房中，只因担心突然的热气让她那脆弱如丝的身体受不了。房中每一个人都蹑手蹑脚，周惜若被放到了床上，薄衾盖着，嫣红的脸颊显示出她还有生命的迹象，可是探了她的鼻息依然探不出什么来。

一道人影撞开房门。他疾步冲到了床边，因为走得急而跟跄了一下。他看着一动不动的周惜若，抬起战尘未洗的脸，声音颤抖嘶哑："她……真的能活过来？"

云思泽犹豫了一会，点了点头。龙越离大大喘息了一口气，软软靠在床边，握紧了周惜若冰凉的手，喃喃自语："朕就知道她不会死的！不会死的！"

他眼中热泪滚落在她的手心，低着头深深地吻上她的手，肩头微颤。再也没有比失而复得的心情更令人喜极而泣。

云思泽看着缩在床边的龙越离，轻轻叹了一口气让房中的人离开，把一室的宁静只留给他一人。

龙越离痴痴看着她的面容，低声道："惜若，这一次朕不会再负了你。"

到了夜里，外出的鬼郎中终于出现在山庄中。他神色冷凝，不知是喜是怒。他吩咐山庄中的奴仆把周惜若房中的冰块一一抬走，又把众人赶开，龙越离不肯离去。

鬼郎中看了他一眼，冷冷道："皇上要留在这里也行，只要不要在一旁添乱。"

龙越离看着他，沉声道："先生只管医治，只要她能活过来，加官晋爵随先生挑。"

鬼郎中嘿嘿笑了笑，忽地道："医治好她的代价，皇上要付得起才行。"他说着凝神开始调配药汁。

龙越离眼眸一眯，不禁多看了他一眼。云思泽悄悄上前，领了他出房门这才在他耳边低声道："皇上，此人有些古怪。"

龙越离退后几步，低声问道："他是什么来历？"

云思泽摇了摇头："他说他无名无姓，可是以他的武功不该是江湖上籍籍无名之辈，就是还没查到他的来历。"

龙越离心中沉了沉，冷冷道："好好注意他一下。"云思泽不动声色点了点头。

房中，鬼郎中把调制好的药汁缓缓倒入周惜若的口中，她面上的嫣红慢慢消退，容色如生。鬼郎中看着她，附耳在她耳边低声道："醒来！你还有大用处呢！"

他说着猛地一掌击在了她的心口。在房外紧张盯着这一切的龙越离与云思泽大惊，这一掌下去岂不是把周惜若的心脉都切断了吗？他们两人纷纷抢进房中，怒喝道："你干什么！"

鬼郎中不理他们两人，推起周惜若，往她的后背又猛地连连击出好几掌。周惜若如毫无知觉的人偶任由他一掌掌拍在身上，龙越离与云思泽此时心如火焚，想要阻止却知道此时是最关键的时候。鬼郎中脸色涨红，大喝一声最后一掌猛地拍上了周惜若的后脑。她忽地"扑"的一声吐出一口黑血。黑血如墨，顷刻就染上了她身上雪白的宫装。

龙越离惊呼一声，上前抱住周惜若紧张地看着她。可是她依然未睁开眼。

"她……她到底怎么样了？"龙越离颤声问道。

鬼郎中收了掌，吐出一口气缓缓道："皇上探探她的鼻息。"

龙越离伸出颤抖的手放在了她的鼻下，忽地他眼中热泪盈满，转头对云思泽道："她有呼吸了！"

云思泽大大松了一口气，跟跄几步几乎瘫软在了地上。龙越离紧紧抱着周惜若，泪水长流。鬼郎中看着两人，眼中掠过冷光，悄悄走出了房中。

夜寂静无声。周惜若仿佛在黑暗中走，漫无目的，不知自己身在何处，只觉得冷意无处不在。似有人在黑暗中牵起她的手，慢慢地走出眼前这片重重迷雾。她缓缓睁开眼睛，眼前烛光摇曳，点点如金粉遍洒，那么绚烂。她身边靠着的是温热的胸膛。

她动了动，身下一颤，一道熟悉而颤抖的声音传来："惜若……"

她动了动唇却说不出一句话，竭力看向头顶，终于在迷迷糊糊的视线中看到了那张俊魅憔悴的面容。

"惜若！"龙越离握住她的手放在自己的脸颊，烛火下，他眼眸中熠熠闪亮，眼神那么灼热，几乎要把她燃烧。

周惜若手指轻动，拂过他流泪的眼，终于低声叹道："越离……"

他笑了，却又深深低头伏在她的手心，微微颤抖。灼热的泪落入她的手心。这一次，是真正欣喜的泪水。

太好了，她没死。她活过来了！

长夜寂静，烛火泛出温柔的光，花好月圆，唯愿年年如今夜。

楚太后兵败被囚，押入冷宫中严加看守。皇宫中的大火所幸被及时扑灭，只烧了几个大殿，金銮殿与皇宫主殿都未波及。远在晖州的楚军见楚太后大势已去便停止进攻。此时郁可鸣带着六万精兵前来驰援，齐京危机已除，大局牢牢握在龙越离的手中。楚太后把持朝政二十年，一干忠于她的朝臣与暗处隐藏有异心的人都被连根拔起。这一场逼宫变乱更像是在清除齐国的毒瘤，只有深挖入肉才能让血脉重建。

周惜若才清醒之后身体极度虚弱，每日只能醒一会便又沉沉沉入漫长的睡梦中。可这清醒的时刻亦是弥足珍贵。她几乎一睁开眼就能看见龙越离的脸。她无力起身，

299

他便用狐裘将她小心包好，带着她出房门看看繁花碧树，看池塘游鱼。秋已渐渐至，他会带着她去昀紫山庄后看麦田千顷，麦浪滚滚，一片金黄。一切只要换她一个开心的笑靥，他便能一日都欢喜。

秋风渐起，十月金秋至。周惜若终于能半靠在床头，亦能说话。温景安前来的时候，看见她，半晌才道："娘娘。"

彼时周惜若身披雪白狐裘，巴掌大的小脸几乎要没在衣领中。一双乌黑的明眸如宝石一般，熠熠有光。她看见他前来，微微含笑："温相，别来无恙？"

温景安定定看了她许久，眸光涌动，道："娘娘以后不可这样吓唬微臣。"

周惜若微微一笑："我的命硬得很，阎王都收不走。"

两人相视无言良久，只短短一个月不见，两人再见心情已是天翻地覆。温景安看着她苍白虚弱的脸，良久才道："邵云和走了。"

周惜若苍白的脸上神色平静："我知道。"

"可是他留下骁风骑，以他的为人是决计不会把骁风骑这样的利刃平白留在齐国的。"温景安慢慢地道，"这次他留下骁风骑也许是为了娘娘。"

周惜若淡淡道："的确是承了他一个天大的人情，这次骁风骑立下奇功，皇上才能如此顺遂夺回京城。"

温景安看了她一眼，眸色温和："恩怨已了，娘娘一定会有后福的。"

周惜若微微一笑，笑靥绚烂如花。此时房门边吹来一阵清风，两人抬头看去，龙越离已大步走了进来，他一身明黄龙袍，门外的秋光将他周身映得金光灿烂。

他看着床上的周惜若，大步走来，恍若未见温景安，一把紧紧把她拥在怀中。

熟悉的龙涎香扑面而来，她低声道："皇上，还有旁人呢。"

龙越离放开她，再回头时温景安不知何时已悄然离开。他看着她的笑脸，不禁深深地吻上了她的唇。

温景安走了几步回头看去，房中两人相拥，低头对视的那一刹那，他终于看见了她真心的笑靥……

（第一册完）

300

媚乱六宫

【下】

冰蓝纱 著

重庆出版集团
重庆出版社

目 录

第一章　前事因果心茫茫..................................1

第二章　荒漠重逢故人见..................................12

第三章　心结难解两相恨..................................23

第四章　风云齐聚云冈城..................................36

第五章　雪原求生剧毒发..................................46

第六章　身陷囹圄难自救..................................58

第七章　救人如火巧施计..................................70

第八章　一家团圆恩怨了..................................81

第九章　千军易发为红颜..................................93

第十章　情意深深盼安德..................................105

第十一章　血染城池为佳人..................................116

第十二章　芳心凋零归故地..................................128

第十三章　爱恨两难苦煎熬 141

第十四章　君王盛宠妾心难 153

第十五章　天罗地网请君入 164

第十六章　一跃两别君王怒 172

第十七章　筹谋两全为北归 183

第十八章　情义难全争执起 194

第十九章　龙困浅滩誓相决 207

第二十章　两败俱伤心成灰 218

第二十一章　力撑朝堂千斤担 230

第二十二章　相思相念不相见 243

第二十三章　血染山寺恨意决 255

第二十四章　天南地北鸳鸯苦 269

尾声　两不离 280

第一章　前事因果心茫茫

秋风渐起，齐国的十一月已是金秋时节，在青州和晖州的战事依旧在继续，可是已没了一个月之前的剑拔弩张之感。齐京迅速从变乱中恢复过来，不过几日间街上已打扫得干干净净，除了被铁蹄踏坏的青石板路和沿街商铺面上偶见被刀剑砍过的痕迹，再也看不见九月时那一场地动山摇的逼宫变乱。

楚太后被严严实实地囚禁在了冷宫，既没有交给刑部也没有交给宗务府，只是单独囚禁着。谁也不知道龙越离要如何发落，也无法窥知他心中的半点圣意。跟随楚太后变乱的一干朝臣和将军都被严厉问罪，祸及三族，每天京中的百姓都能看见一队禁卫军赶着一大队的囚车轰隆隆驶过街道，直奔京城的西郊岗而去。去时囚车上载满了人，回来的时候空空如也。

一朝天子一朝臣，这是千古不变的真理。只是这秋风一阵阵紧了起来，令人觉得冬也不远了。

昀紫山庄外麦浪滚滚，不少佃农正在田间劳作，收割着今年最后一茬丰收的麦穗。田间佃农们干活干得热火朝天，在远远的一丛草甸之上，静静站着一抹清瘦而窈窕的身影。她身披雪色狐裘披风，长长的裙裾随着秋风飘洒，不过静静站着就成了一道风景。

"娘娘回去吧。"身后的晴秀上前劝道，"仔细着了凉。"

周惜若回头微微一笑道："看着他们割麦子总想起从前在曲州老家的时候。"

晴秀见她心情甚好，扶着她笑道："娘娘怎么又想起从前了？难道娘娘割过麦子？"

周惜若看着眼前一片收获的情形，良久才道："割过，只是我不争气，割了一天就累昏过去，从此就没下过麦田了。"

晴秀心中一紧，她已转身向山庄中慢慢走去。秋风撩起她的衣袂，不经意的背影竟令人觉得萧索惆怅。

远远迎面走来一位长袍老者，他面容清隽，手捻一络清须，看起来竟有几分仙风道骨。周惜若见他来，微微躬身施礼："先生。"

来的人是鬼郎中。他打量了她上下一眼，淡淡道："看样子娘娘康复得还不错。"

周惜若道："这还是先生的妙手起死回生之功，不然我现在恐怕已到了黄泉地府报到了。"

鬼郎中捻了清须，道："娘娘的体内有长生丸的药效，自然比旁人多一分活的机会。"

周惜若沉默了一会儿，忽地问道："当真是长生丸的药效护了我？"

鬼郎中眸色一闪，淡淡道："当然还有娘娘的几分运气。"

周惜若笑了笑，不愿再深究，道："本宫运气一直很错，只是这运气不知能庇护到了几时。"

一旁的晴秀听出她话中的消沉，连忙打岔道："娘娘回庄吧。"

周惜若笑了笑，向山庄中走去。鬼郎中看着她的背影，忽地问道："娘娘身子已康复不少，为何还不回宫呢？"

周惜若顿住脚步，半晌才道："会的，过几日便进宫。"她说着回头最后看一眼一望无际的麦田，慢慢走回了山庄。

为何还不回宫呢？……她也不知道。

五日后，凤驾回宫，帝亲迎之。周惜若回宫后却不并住中宫依然住在永宁宫。不过居住中宫与否都已不是再是很大的问题。她是皇后，年轻帝王唯一最珍爱的妻子，这已是毋庸置疑。

周惜若重伤初愈身体极弱，一应事务都交给了虞嫔。晋封她为贵嫔，虞氏分外感激，跪下泣道："臣妾多谢皇后娘娘的眷顾之恩。"

周惜若斜斜靠在凤座上，看着她哭泣的面容，轻叹道："锦容华的事本宫很早就知道了。只是今日给你提个醒：你不是那心狠手辣之人，不要再做那心狠手辣之事。往事本宫已不愿再计较，你素有才干，这后宫的大小事务就归你掌管，年老了也许会有个安身立命的所在。"

虞氏一听，越发惭愧。

凌瑶立了奇功，被封为文妃。她前来探望周惜若，唏嘘不已："老天还是眷顾皇后娘娘的。"

　　周惜若看着她脸上的擦伤，黯然轻叹："为什么要亲自去做那么危险的事？本宫已安排好了一切，你本来可以置身之外，但是你却依然要亲自前去。你是想求一死是吗？"

　　凌瑶沉默许久才道："成为娘娘的影子，与一个不爱自己，自己也不爱的男人过一辈子。臣妾的确不想这样，还不如一死了之。"

　　周惜若闻言长叹："是我的错，我以为你会爱上皇上。"

　　凌瑶摇头："就算臣妾会爱上皇上，但是皇上也不会再爱上娘娘之后的任何女人了，特别是在娘娘救了皇上之后。"

　　周惜若看着眼前的剔透玲珑的女子，终是无言以对。

　　正在说话间，御驾前来永宁宫。龙越离脸色苍白，拉了她的手半晌才道："惜若，你随朕去看看。"他的手微微在颤抖，脸色也十分不好看。

　　周惜若问道："看什么？"

　　"一个人。"龙越离道。他说完便拉着她离开永宁宫。

　　周惜若走不快，他一把将她抱在怀中，吩咐宫人带上保暖的披风。周惜若似习惯了他的独断专行，柔顺地依在了他的怀中。凌瑶看着两人离去，轻轻叹息转身走了。

　　龙越离带着她来到宫中一处僻静的宫殿，殿门前有宫人守候，四周隐隐约约有侍卫的身影，看样子这里守卫森严，不是一般的所在。龙越离抱着她下了龙辇，大步走了进去。周惜若见他脸色紧张，不禁猜到了几分。他带着她走到了殿门前，里面有人在惊呼什么，紧跟着噼里啪啦地一堆东西都丢了出来。

　　宫女哭着从里面跑了出来。她们猛地见到龙越离与周惜若，慌忙跪下，拼命磕头："皇上饶了奴婢们吧，她……她……"

　　龙越离眸色一紧，大步走了进去。周惜若跟在他身后。只见殿中一地狼藉，宫女内侍都跑得不见踪影，在帷帐的一角抖抖索索地蜷缩着一个老妇人，她身上穿着锦缎宫装，锦缎簇新，可是披在她干瘦的身上尤其显得可笑，她一头花白长发披散在脸上犹如疯妇。

　　龙越离走近几步，那妇人惊叫一声，拼命往后缩去。龙越离伸出的手又颓然落下。

　　周惜若上前，握了他的手，他茫然地回头看着她："她……她疯了，她不愿见朕。"

　　周惜若眼中掠过痛惜，握了他的手道："她没疯，她只是害怕。"

　　她说着慢慢向着那个蜷缩的人走去，柔声道："是我。娘娘好好看看，是我。"

　　披头散发的老妇人缓缓抬起头，她从散发的间隙茫然地看着她，终于认出了周惜

3

若，不再颤抖。周惜若走到她的身边握住了她粗糙的手，低声道："是我。娘娘，你的离儿就在你的眼前，你不认得他了吗？"

蓝玉烟木然地转动浑浊的眼，看向龙越离。良久她的唇微微颤抖，木然的眼中渐渐有了神采。她喃喃道："离儿……我的离儿……"

周惜若不禁回头，龙越离已缓缓跪下，面上泪水横流。他伏地重重向她磕了头，哽咽道："母亲……"

一番梳洗，周惜若扶出了焕然一新的蓝玉烟。她神情还是十分怯弱，缩在周惜若的身后惊慌地看着四周，可已没了先前疯癫的脏乱样子。一张脸洗得干干净净，花白的长发也都整整齐齐挽在了脑后，用一根簪子固定住。她的面容经受岁月的摧残，早就失了本来的美貌，可是还是能看出当年倾国倾城的些许风采。烛火下，她的面容与眼前百感交集的龙越离有七八分的相似。

周惜若扶着她坐在了软席上，对面便是激动难抑的龙越离。他看着蓝玉烟，再看看一旁的周惜若，千万感激都在这一眼深深的凝望中。

他缓缓问道："母亲，到底我的父亲是谁？"

偌大宽敞的殿中只有他们三人，龙越离这一声问话显得十分清晰。蓝玉烟微微一抖，缩在了周惜若的身后，眼中皆是羞愧。

周惜若眼中掠过不忍，道："皇上可以过几日再问。"

龙越离薄唇紧抿，一眨不眨地看着蓝玉烟，只是不语。

蓝玉烟躲闪了一会儿，终于费力开口："你……你的父亲是……楚齐王。"她话音刚落，龙越离与周惜若都惊得回不了神。

楚齐王？就是楚国国君的胞弟，那俊美似宋玉，惹下无数风流债，后来不知怎么的被楚国皇宫中一场大火毁去他傲然的容貌。于是他自暴自弃，暴戾无度。最后楚帝忍不了他的胡闹，一纸圣旨将他远远踢出京城去封地待着。至今他是怎么样一个情形再也没人提及。

蓝玉烟低着头喃喃道："那一年我被送到齐国……"她费力慢慢地说。因是二十多年的事，加上她这二十多年来无人与她说话，所以断断续续，语焉不详，不过最后龙越离与周惜若还是理出了个头绪。

原来二十多年前蓝玉烟被送到了齐国。因为她貌美，舞技精湛，所以被进贡到了宫中的歌舞坊中。那一年刚好楚齐王带着楚王献给当时还是楚皇后的贡品来到了齐国。在一场歌舞筵上，看中了蓝玉烟的美貌的不仅仅是齐皇，还有同席的楚齐王。

楚齐王生性风流，如蓝玉烟这样的绝色美人怎么可能放过。于是他私下偷偷见了蓝玉烟，一番花言巧语骗得了蓝玉烟的身心。几夜缠绵之后蓝玉烟怀了他的孩子——龙越离。而此时楚齐王事毕要回到楚国，蓝玉烟本想让他带自己离开，可偏偏齐皇十分钟爱她，日夜守候在她的身边让她无法脱身。楚齐王对蓝玉烟不过是贪图一时鱼水

4

之欢，于是两人各自离散。蓝玉烟便留在了齐国。而知晓龙越离身世的，除了楚太后便只有当时与蓝玉烟一起在歌舞坊中的舞姬郑十三娘。

郑十三娘与蓝玉烟交好，手中有楚齐王与蓝玉烟的亲笔情信，里面有当时蓝玉烟怀着骨肉的真实身世和两人密议偷偷出齐国之事。后来蓝玉烟被楚太后囚禁，楚太后怀疑郑十三娘知晓内情，但是郑十三娘为了保住性命坚决不承认。于是她受到了牵连，被贬入浣洗局一洗就是二十多年。

楚太后所谓的他生父是侍卫一说只不过是欺骗周惜若等人。她早就知道了其中的内情，而龙越离身上流着的楚国血脉这才是她最后选择他当齐国皇帝的原因。可想而知，一个身上流着楚国血脉的皇帝更容易令她放心。

蓝玉烟结结巴巴地说完了往事，倦极了就伏在了周惜若身上沉沉睡去。年过四旬的她容色苍老，可是眉眼间却还有少女的天真和无邪。周惜若看着她的睡颜，心中唏嘘不止。她只是一个美丽天真的女人，可是因为美丽却注定了无法得到自己想要的幸福。无论是钟爱她的齐帝，还是风流成性的楚齐王，都不曾真心对她。

周惜若抬头看着心情沉重的龙越离，安慰道："皇上总算是了结了心中的一个心结。"

龙越离自嘲一笑："朕曾发誓不让楚太后这个楚国女人掌握了齐国的朝政，没想到自己偏偏是楚国人。"

周惜若叹道："皇上不要太过苛责自己。"

龙越离看着沉睡中的蓝玉烟，如今他不再是无父无母的孩子。他思念的母亲就在眼前，而生父还活在世上，这种感觉太过奇妙。

"皇上要如何处置太后？"周惜若终于问出盘恒在心中许久的疑问。

龙越离眸色一沉，淡淡道："那个女人知道了朕太多的秘密。"

周惜若缓缓放开了手。夜寂静无声，一旁的烛火跳跃不定，恍恍映出三人不一样的面容……

周惜若的身子渐渐好转。也许她的身上有长生丸的药效，所以伤处也比旁人多了痊愈的机会。鬼郎中如今已是皇宫中的贵宾，来去自如，无需令牌。他每日前来永宁宫中为周惜若诊脉开方。他相貌清隽，虽已年过五旬可是却依然精神矍铄，目光如电，有一种居高临下的威仪。他开的药苦涩难喝，从里到外都透着一股邪气。周惜若知道他来历定不简单，但无论温家安还是云思泽都无法查到他的来历。

鬼郎中为周惜若探完脉象，手捻清须淡淡道："皇后娘娘的外伤已全好了，只是五脏六腑都还虚弱，我再为娘娘开几剂汤药调理一下。"他说着挥笔写下药方。

周惜若看着他的清隽的侧面，忽地道："先生有点像本宫一位故人。"

鬼郎中的手微微一顿，抬起头来似笑非笑地问道："皇后娘娘觉得我像谁呢？"

周惜若摇了摇头："只觉得眼熟。"

鬼郎中哈哈一笑："皇后娘娘千万别思虑过重，不然小心病又反复。"他说罢把方子交给了宫女，转身要走。

"等等。"周惜若轻声唤住他，"先生为何要救本宫？相信以先生的风骨一定不把荣华富贵看在眼中。"

鬼郎中定定看了她半晌，微微一笑："皇后娘娘为什么要追根究底呢？也许到了最后谜底终究会揭开。"说完转身翩然离开了永宁宫。

周惜若看着他离去的身影微微皱起了眉头。晴秀上前问道："娘娘，这个鬼郎中看着古里古怪的，也不知道他要做什么。"

周惜若拧起眉头："本宫也不知道，总觉得他别有所图。"

晴秀哎呀一声："那他开的药方娘娘还能吃吗？"

周惜若道："他还不至于置本宫于死地，若他要本宫死又何必救了本宫呢？"

楚太后处置的秘密旨意下来了。一条白绫，一杯毒酒，还有一柄匕首。这已是帝王对她最宽宏大量的处置：赐死。就在今夜月阴最盛之时。周惜若喝着宫女端上来的苦药，听着林公公禀报来的消息，手中微微一顿，口中的苦药越发苦涩难以下咽。

她问道："没有任何商榷的余地了吗？"

林公公看着她的神色，挥退宫女上前低声道："太后娘娘逼宫变乱，还曾置娘娘死地。最重要的是她还知道皇上的身世，这一桩桩一件件都是非死不可的死罪呢。"

周惜若垂下眼帘，幽幽道："这本宫知道，只是毕竟太后曾经养育过皇上，虽然母子情分淡薄但是终究是有母子之缘。"而且以蓝玉烟所说的，楚太后还是龙越离的姑母，有极亲的血缘关系。

林公公叹息："在天子家中连兄弟都能相残，父子都能相杀，这点母子之缘算得上什么呢？"

周惜若闻言失笑，是啊，这点母子之缘算得了什么呢？楚太后知道了太多的秘密，非死不可。赐死已是体面的恩赐了，再多已是不能了。

周惜若轻叹一声，缓缓起身，神色清冷道："去告诉皇上，本宫想去送太后娘娘最后一程。"她说完起身翩翩离去。

夜深，一轮明月就在天上缓缓随云而走。阴森的永巷中寂静无声，重重寒气笼罩在这阴森之地，没有一点活气。故地重游没有怀念只有黯然神伤，曾经的爱与恨早就随着天翻地覆的惊变而消逝。那曾经被践踏入土不甘不忿不屈的倔强女子现已一人之下万人之上，坐拥后宫，与帝同尊。她看着眼前满地的萧索，忽地眼前掠过那个人冷峻的眉眼，一片茫茫雪地上，他缓步走来。

6

"惜若，我不值得你留在宫中。"

这是他唯一对她说过最真的话，寒风吹起，过往烟消云散，人亦已无影无踪。

"娘娘，走吧。"身边的林公公低声催促。

周惜若从恍惚中回过神来，她失笑，怎么会想到了他呢？最不该想的人却日复一日悄悄出现在她的脑海中，挥之不去。她看着茫茫夜色，拢了拢身上的狐裘披风，淡淡道："走吧，时辰到了。"

宫人在前面带路，幽幽的灯笼光照亮了眼前的路，身后的宫人屏息不语，气氛凝重得犹如在每个人心中压着一块大石。越往永巷深处走，便能看见不少影影绰绰的侍卫，他们隐在黑暗中，重重把守着齐国中最深的秘密和最放不得的人。

周惜若慢慢地走，终于看见被囚禁在永巷最深处的楚太后。

一方院子，一盏烛台，楚太后手脚被人用白绫牢牢缚住枯坐在房中。她一头乌发已发白，往日保养极好的面上皱纹纵横交错，神情疲惫倦怠，没有了盛气凌人的傲然。不过一个多月，她已苍老成了这个样子，曾经她还嘲笑过蓝玉烟的老迈肮脏，如今的她比半疯癫的蓝玉烟还不如。

她听到脚步声，她缓缓抬起头来，浑浊的老眼看了一眼立在烛火下的周惜若，吃吃笑了起来："你来做什么？来看哀家是怎么死的吗？"

周惜若看着桌上漆盘上的事物，坐在了她的面前，道："臣妾是来送太后一程的。"

楚太后哈哈一笑，像是听到了什么好笑的话。她举了举手，让她看清自己手上的束缚，冷冷讥讽："这样叫做赐死？龙越离有种就来一刀杀死哀家！他是不敢还是怕背上弑母的罪名？"

周惜若轻声一叹："太后非死不可，因为太后知道了太多的秘密。"

楚太后冷笑一声："是啊，想必他现在知道了他自己的真实身世了。楚齐王的私生子，他是楚国人呢！哈哈……"她笑得欢畅得意，二十多年前她布下的万无一失的棋子，今日依然令知晓这个秘密的人不安惶恐。

周惜若看着她狂笑如癫，眸中流露出淡淡的悲悯。楚太后的一生步步为营，机关算尽，本以为一定可以执掌权柄，可是却得到了今日这样的下场。是聪明反被聪明误还是冥冥之中自有定数？谁也不知道。

"我有一件事想要让太后知道。"周惜若忽地开口道。

楚太后停了笑，吃力抬起手拂了一下乱发，昂着脸冷笑道："现在还有什么事是需要哀家知道的吗？"

周惜若看着她傲然的面色，吐出冰冷的一句话："太后娘娘难道从未想过自己的儿子吗？"

楚太后怔了怔，随即冷冷道："哀家的儿子早就夭折死了。"

周惜若心中忽地觉得失望，她冷冷道："是另一个儿子！"

楚太后一怔，正在这时一道凌厉的剑光破开屋顶，夹杂着千军万马之势扑面而来。周惜若只觉得眼前剑光亮得无法睁开眼睛。她失声惊呼一声，胳膊上一紧人已被猛的拉起。周惜若只觉得拉着自己的人手劲奇大。屋外的侍卫们纷纷呼喝想要抢进来，那人手中的剑光猛的大涨，扑进来的侍卫们被他的剑气一震，纷纷飞了出去。

这一招在瞬息之间，凌厉得无人可挡。周惜若被那人扣在身前，她只听得他的声音桀桀而笑："想要你们皇后活着吗？想的话就告诉龙越离，今夜我要带一个人走！"

周惜若听得他的声音，不禁失声惊呼："鬼郎中！"

鬼郎中手中紧扣着她的脖子，冷冷一笑："不错，就是我。我说过皇后娘娘的命还有大用处！"

周惜若被他的手劲一扣说不出话来。鬼郎中手中剑光一闪，楚太后手中缚着的白绫尽数断开。此时这院中已涌来数不清的禁卫军，密密麻麻地挤满了院子。

鬼郎中看向楚太后，喝道："想要活着就紧跟着我。"

楚太后从地上爬起，瞪大眼睛看了他许久，不敢置信地捂住嘴，惊道："是你！你还活着！"

鬼郎中冷哼一声："我自然活着。"

楚太后震惊之后急忙跟在他的身后。鬼郎中钳制着周惜若慢慢走出了屋子。屋外刀箭林立，所有的人都不敢轻举妄动。鬼郎中喝道："告诉龙越离，备好车马送我们离开，不然的话她就没命了！"

他手中一紧，周惜若面上流露痛色。四周的禁卫军纷纷皆惊，两边僵持不下。过了一会儿，龙越离闻讯而来，他看着鬼郎中，怒道："你到底是什么人？"

鬼郎中冷笑："我是什么人皇上以后便会知道，今夜我要带着太后离开。"

龙越离看着他手中的周惜若，犹豫不决。

鬼郎中嘿嘿冷笑："皇上对她不是情深义重吗？不是宁愿散尽千金也要让她复生吗？还是这一切不过是虚情假意，皇上终究害怕太后会泄露你的秘密，想把我们一起赶尽杀绝？"

龙越离脸色铁青，怒喝道："够了！朕放你们走！"他说着对侍卫喝道："去备马车！"

院子中的气氛凝重非常，针落可闻。周惜若一动也不能动只能定定看着龙越离。他亦是一眨不眨地看着她。两两相望，她看到他眼底的焦急之色。马车终于送来，鬼郎中在众目睽睽之下押着周惜若上了马车。

"等等！"龙越离忽地冷声道。

鬼郎中回头，讥讽笑道："怎么？后悔了？"

龙越离放下手中的剑上前一步，声音低沉："朕跟着你们一起。"此话一落，他身边的禁卫军统领变色道："皇上，不可！"

龙越离却不理会他，一双深眸只盯紧了鬼郎中，一字一顿地道："朕怎么知道你离开皇宫之后会放皇后回来？万一你食言呢？"

鬼郎中哼了一声："她是我的护身符，没用了自然会放她回来！不然带着她就是个累赘。皇上难道想要以身犯险吗？"

"朕信不过你！"龙越离冷冷道。他走到他跟前，厉声道："要么你带着朕一起，要么你们今日统统把命留下！"

鬼郎中冷冷地与他对峙，终于，他道："好吧。那就不得不让皇上屈尊了！"

龙越离遂头也不回地上了马车，鬼郎中押着周惜若上车，楚太后亦是爬了上去。马车动了动，缓缓地向宫门而去……

夜，漆黑如墨，马车在黑暗中疾驰，一路上车厢中的人沉默着，鬼郎中扣着周惜若的喉咙，在摇晃的马车中与龙越离冷冷对峙着。周惜若呼吸困难，但是却不敢叫苦。马车看样子是向西而去，越走越是荒凉。周惜若体弱，不知不觉地就昏昏沉沉地靠着马车睡了过去。等她醒来的时候已是天色大亮，马车依然还在走着，龙越离与鬼郎中的姿势却毫无改变。鬼郎中见周惜若醒来，吩咐车夫停下。

他下了马车唤醒楚太后，对她耳语了几句。楚太后看着他，神色变幻不定。最后楚太后点了点头对他说了几句什么便沉默下来。此时已到了京郊，这马车一路出城那么顺遂想必是因为龙越离在的缘故。过了一盏茶的功夫，有人前来接走了楚太后。龙越离站在不远处冷眼看着这一切，只等鬼郎中交出周惜若。

鬼郎中看着楚太后离开之后，这才看向龙越离，冷哼一声："皇上果然信守承诺。"

龙越离脸色阴沉，声音冰冷道："朕已做到这个份上，先生应该要遵守诺言把皇后交出来吧！"

鬼郎中看着手中的周惜若，忽地嘿嘿冷笑："交出来？你可知她身上中了老夫的秋水寒，三月不解就只能七窍流血，四肢无力溃烂致死吗？"

龙越离心中一惊，怒道："你卑鄙无耻！"

鬼郎中笑得阴冷："我卑鄙？你别以为老夫不知道你沿路布下杀手，只等老夫交出她而已。"

龙越离气极反笑："朕这么做难道有错吗？太后罪大恶极，她若不死天理难容！"

鬼郎中一提手中不能言语的周惜若，冷冷道："她是该死，可是她纵有千百个该死的理由，老夫说要救便要救她。不好意思，你的皇后还是得借老夫用一用，等甩开你布下的尾巴，老夫再考虑是不是要将她完璧归赵！"

他说着一把将周惜若甩上了马车，轻喝一声，人已如烟掠上车辕狠狠一抽马匹，疾驰离开。身后传来龙越离的怒喝，四面八方好像有许多人从不知名的暗处掠来，空气中杀气重重。周惜若扑向马车的边缘，只见身后龙越离向她扑去，可是他快鬼郎中的长鞭更快，他后脑勺仿佛带了眼睛一般，狠狠抽向龙越离的手。

"啪"地一声，龙越离整个人被鞭子卷了丢了出去。

"越离！"周惜若一声惊呼，龙越离已狠狠地被摔在了地上，四面护卫纷纷抢上前去把他扶起来。有的飞奔上前要截住鬼郎中的马车，可是鬼郎中已驾车飞快向前方而去。龙越离起身再追时，马车已在远处路的拐角处一晃而过，消失不见。

龙越离气急，怒道："备马！叫骁风骑！快去！一定要把这乱党逆贼给拦下来！"

鬼郎中驾着马车全力疾驰，两旁的草木一晃而过。周惜若在颠簸的马车中几乎无法稳住身形，只能勉强抓牢车厢才不至于被甩出车外，但剧烈的颠簸还是将她颠得七荤八素的。鬼郎中驾着马车疾驰了许久才停下。他下了马车一把抓起周惜若放在了车辕上，冷笑一声："等会他们追来的时候你要自己坐好，不然的话摔死了我可不管。"

周惜若又惊又怒："你为何还不放了我！"

鬼郎中冷笑道："放了你？！要知道我得罪的可是齐国的皇帝，没有出齐国之前你都得乖乖地待在我身边，好好当挡箭牌！"

周惜若问道："太后与你是什么关系，你竟拼死也要救她出宫？"鬼郎中冷冷看了她一眼，只是冷笑，径直站在山路旁的高处四处瞭望。

周惜若看着他有恃无恐的样子，忽地道："你早就算好了是不是？你根本不是什么江湖游医。你根本早就盘算好拿我换出太后的是不是？你把太后放回了楚国，现在你拿我引开皇上的追兵？！"

鬼郎中从高处跃下，走到她跟前，盯着她冷冷道："女人太过聪明不好。"

周惜若见他的神色知道自己猜对了一大半，可心中又升起新的疑惑："你怎么知道我可以救回来？当时我都已经死了快十日！"

鬼郎中冷笑一声并不回答。周惜若正要再问，他已跃身上马，对她喝道："他们追来了！"他说着狠狠抽了一下马匹。马儿吃痛飞快向前奔去。周惜若冷不丁一震几乎被甩了出去，鬼郎中眼疾手快一把拉着她伏在车辕上。果然身后传来阵阵隆隆的马蹄声。

龙越离追来了！

周惜若心中一喜，可还未喜上眉梢就被眼前的情形吓得一跳，只见眼前的山路猛的开阔，一旁是峭壁，另一旁是悬崖深谷。马车几乎贴着山壁在疾驰。一个不小心就会连人带马车一起摔下山谷，跌个粉身碎骨。她背上惊出一身冷汗，只能紧紧攀住车辕。鬼郎中就在她身边，一下下抽着马儿，神情阴冷。

这样的神色……周惜若被心中一个念头惊得几乎要失手掉下马车。正在这时，身后传来龙越离的声音："若儿！——"

周惜若回头，只见龙越离和一大批骁风骑紧追不舍。

"你逃不了的！"周惜若大声对鬼郎中道。鬼郎中对身后的追兵一眼不看，只专心致志地驾着马车。

周惜若频频回头，只盼着龙越离再快一点就能追上鬼郎中。越来越近了！越来越近了……

周惜若看着他们一点点靠近，心中的希望也越来越大。没想到正在这时鬼郎中忽地从腰间拔起长剑，手中剑光一闪，砍向身后的马车，这一下砍断了车辕。周惜若只觉得身后一轻，惊叫一声人向地上跌去。可是他大掌一抓如老鹰捉兔子一般把她抓上了马背。两人共乘一骑向前方飞蹿而去。这一下电闪火石间，惊险万分。她惊魂未定，等看清楚眼前的情形时又吓得尖叫一声。只见在他们不远处有一处断崖。断崖上的木桥已断，而鬼郎中正带着她向断崖奔去。

"放开我！"周惜若几乎魂飞魄散。若是到了近前她就要与鬼郎中一起跌入悬崖深谷中了！

风中传来鬼郎中嘿嘿的冷笑："皇后娘娘坐稳了！"他说着狠狠抽打身下的马儿，马儿已累得口吐白沫，可是在他的马鞭之下也只能拼尽全力奔跑，眼前的断崖渐渐近了。周惜若只听得他断喝一声，身下仿佛腾云驾雾一般向断崖冲去。

她眼前一黑，终于昏了过去。

龙越离策马奔到了断崖边，看着那鬼郎中拎着昏过去的周惜若没入了密林中，彻底消失了身影。

"惜若！——"断崖边回荡着他深深不甘的怒吼，可是群山无声，再也找不到她的踪迹。

第二章　荒漠重逢故人见

　　周惜若醒来的时候已是天黑。一天一夜的奔逃使她的身心都疲惫到了极点。她起了身，迷茫地打量着四周。一点火光就在不远处，鬼郎中正席地而坐在为火堆添柴火。周惜若缩了缩，他仿佛后脑长了眼睛似的，冷冷道："你醒了？"

　　周惜若揉了揉身上的痛处，问道："这里是哪里？"

　　"还在齐国。"鬼郎中冷冷地回答。

　　周惜若闻言沉默了一会儿，问道："你的意思是要出了齐国？"

　　鬼郎中不置可否，等火烧旺了了从怀中掏出一个瓷瓶丢给了她，冷淡道："这是你身上秋水寒的解药，三个月一次。"

　　周惜若捡起瓷瓶吞下了一丸，她看着手中的瓷瓶，忽的笑了笑。

　　"你笑什么？"鬼郎中皱眉问道。

　　周惜若缓缓地道："我在笑，我终于知道你要去的地方是赤灼！你是邵云和的义父！我还知道你为什么要救太后，我更知道你到底是谁！"

　　"哦？"鬼郎中似笑非笑地看着她，道："你说说看。"

　　"因为太后就是邵云和的生母！而你，就是他一直以来言听计从以为是义父的亲生父亲！"周惜若一字一顿地道。

　　这下她统统想通了。为什么他甘冒了奇险都要去救楚太后；为什么他在她问楚太后另一个儿子的事他会突然出手阻止；为什么他的容貌和邵云和有三四分的相似！这一切都有了答案。甚至自己的"死"都跟他脱不了干系！

当时她受了楚太后的鞭刑之后，身体内血气激荡提前促发了体内的毒发作，所以才会假死。而他的出现只需要给自己解药就行，再加上推宫活血，就能让她奇迹般地起死回生。

四周静得出奇。鬼郎中眯了眯眼盯着周惜若许久。他眼底的杀气渐渐弥漫，周惜若不由往后缩去。忽的，她眼前人影一闪，脖子处传来一股大力。鬼郎中已狠狠捏住了她细嫩的脖子。周惜若拼命挣扎可是却挣脱不了他的手掌。

鬼郎中冷冷看着她的眼，嗤笑："没有人告诉你一件事吗？知道越多死得越快！"

周惜若怒视着他，断断续续地道："杀吧！……杀了我最好……我不会跟你去赤灼！"

鬼郎中看着她眼底的决心，逼近她恶狠狠地道："偏偏不如你的愿，到了赤灼有一个人很想见你呢！"他说着甩开她，转身走到火堆旁看着明灭的火光，平心静气地开始闭目养神。

周惜若在一旁拼命咳嗽了半天，她怒道："我不会让你再利用了我！"她说着起身向林外奔去。

鬼郎中回头看着她踉跄奔逃的身影，唇边勾起一抹冷笑，缓缓闭上了眼睛竟是理也不理。

周惜若拼命地逃，可等逃出了几里地后这才发现自己大错特错了。这是山林！黑夜里根本不知东西南北，而且越走越是漆黑，不知林中藏了什么野兽会随时扑出来咬人。

该死的！难怪这鬼郎中根本不追她而来，原来他早就笃定了她逃不出去！

四周一片漆黑，林中的夜枭怪叫着从头顶飞过，周惜若这时才觉得心底害怕。她抱紧自己慢慢缩在了树底下，就这样冷饿交加地过了一夜。

第二天，她迷迷糊糊醒来，眼前就站着鬼郎中。鬼郎中冷冷看了她一眼，道："你觉得你能逃出我的掌心吗？"

周惜若咬了咬牙，问道："你当真不放过我？"

"自然不能放你走。"鬼郎中向前走去，声音冰冷，"你若再逃，不必说你逃不出这个深山老林，就是让你侥幸逃出去，你别忘了你身上还中有秋水寒的毒。秋水寒发作时的痛苦你还没经历过，等你毒发的时候你就会问自己为什么还活在这个世上。"

他说完向前走去。周惜若看着他冰冷高大的身影，只能咬牙踉跄跟上。

两人在这山林中走了两天，周惜若大病初愈，体弱无力，时常走着走着就昏了过去。可她生性坚忍，即使如此依然不开口求他。鬼郎中也不理会她，就在旁边等她醒

13

来，或者生火烤着猎来的野味径直吃喝休息。周惜若又饿又累，手脚都被山林中的荆棘划得鲜血淋淋，他便丢了伤药给她，让她自行处理。

鬼郎中性子阴沉，不爱说话。周惜若暗忖，难怪她当时被他救活之后只觉得他眼熟，原来不仅两人相貌有几分相似，竟是连脾气都有几分相似。如此行了两天之后终于走出了山林。鬼郎中看着周惜若身上繁复华丽的宫装已被划得破破烂烂，对她道："你等一会儿，我去去就来。"

过了一炷香的时辰，鬼郎中前来，手中拿了两套衣服。周惜若看了一眼是寻常人家的衣服。她脸色微变："你杀了人？"

鬼郎中丢了一套农妇衣服给她冷哼一声："这等愚民我还不屑动手，是拿银子换的。"

周惜若放下心来。她转入树丛之后换好衣服，问道："出了京城就要去赤灼了，还不知道要如何称呼你？"

鬼郎中闻言眼中含着讥讽道："怎么，现在懂得要合作了？这般客气？还是你心中又想着要怎么逃走？"

周惜若道："既然逃不过你的掌心总要想着以后怎么相处。毕竟你救了我一命，论理你还是我的救命恩人。"

鬼郎中冷淡道："在赤灼他们尊称我国师。不过你既然猜中了我的身份也不防告诉你，我的真名叫完颜霍图，是赤灼完颜家第二十七代皇室子弟。邵云和是我唯一的儿子，他将来是要继承赤灼复国大业。"

周惜若听了忽的又问："可是看他的样子不知道国师是他的亲生父亲，国师为何要瞒着他？"

完颜霍图沉默了一会儿，随即冷冷道："他知道与不知道都一样，我养育他成人，传授他武功，他并未比别的孩子差多少。"

周惜若顿时无语。她语带讽刺："看起来并未差多少，只是恐怕他到现在日日夜夜都会想着同一个问题：我的父亲是谁，母亲是谁？我是不是无父无母的孤儿？"

完颜霍图一听脸色顿时沉了下来，怒道："他肩负复国使命，哪容得他儿女情长？我是为了他好！"

周惜若冷冷道："所以你宁可编了个故事骗他，见他时还怕他心中怀疑所以故意蒙面相见，改变嗓音。你不是为了他好，你是为了把他培养成无情无义的复国工具！"

完颜霍图一听脸色越发铁青可怕。他手指捏得咯咯作响，几乎要将她立毙掌下。周惜若与他傲然对视。她冷笑道："他总算如你所愿，为了混进齐京搅乱这天下之势，他冒名顶替真正的邵云和进京赶考，甚至抛弃妻子。这一切都是你传授的是吧？"

14

她心中对完颜霍图的厌憎已到了极点。自己一生坎坷说到底都是他一手造成，可分明看他到现在依然不知悔改，甚至不以为然。在他的心中为了那复国虚无缥缈的梦想已疯狂。这样的人才是真正的疯子！

完颜霍图看着周惜若恨意满满的眼，忽地冷静下来，道："是又如何？如今他已不是一无所知的愣小子。他心有韬略计谋，手段凌厉，不论是治国还是行军布阵他都熟知于心。他在齐国的四年之中该学的都学到了。他将来定是赤灼历史上最伟大的皇帝。"他眼中都是说不出的骄傲。周惜若却带着怜悯看着他。

完颜霍图瞥了她一眼，冷哼道："你把这个身世秘密告诉他也好，现在也没有什么必要隐瞒了。他如今已在狄国之中，你难道不想见他一面吗？"

周惜若心中一颤，别过脸，硬声道："我说不见你就会让我回去吗？"

完颜霍图哼了一声向前面走去："自然是不能让你走。且不论你曾经是完颜家的女人，就是你的身份将来说不定还有大用处呢！"他说完向前面走去。

周惜若心中气极，却心知自己暂时是决计逃不出他的手掌心，只能咬牙慢慢跟上。完颜霍图带着周惜若出了京城之后，雇了一辆马车向西北而行。周惜若以为他一定是向狄国而去。没想到过了五天他忽地又南下折返。周惜若见他行事越发心灰意冷。这样出人意料目的就是甩掉身后的追兵，饶是龙越离再聪明再紧追不舍也不会料到他会这样走。

完颜霍图带着周惜若南下之后走水路，晖州之后便是密密麻麻，复综错杂的水路，想要再追踪两人的踪迹更是无从追起。两人扮成父女，完颜霍图用一种特别的泥巴把将她乔装改扮，遮去她面上明媚过人之处，又怕她说话中泄露来历，索性点了她的哑穴，对人只说她是他的哑巴女儿。对于这一切周惜若逆来顺受。只是每当夜半无眠，听着船边流水淙淙，想起渐远的齐京，想起焦急的龙越离，还有对着那即将去往神秘的赤灼之地，她心中渐渐惶惶迷茫。

两人在路上行了大半个月，除了睡觉吃饭便是不停地赶路。周惜若先前还能试着记着是怎么走的，可是到最后已是记不得。关山万重，千里迢迢恐怕也只能形容她走过的一半路而已。路上的景色也从江南水乡渐渐走到了赤壁荒漠，荒芜人烟。

当她不知第几次累极从马上跌下，身下触到滚烫炽热的沙漠时，终于听见完颜霍图长吁一口气："到赤灼了。"

完颜霍图所谓的到了居然还要再骑马走了一天。沙漠中昼夜温差极大，到了傍晚狂风呼啸，寒气遍体。周惜若在马背上冻得几乎昏过去。终于在落日的余晖中看到一处绿洲之地。她疲惫地竭力睁开眼，被眼前的情景所惊呆。只见眼前的绿洲中矗立一座座小小的帐篷，牛羊成群，马匹在四处悠闲吃草，有装束奇异的牧羊人在来回走动。

完颜霍图指着眼前这一片绿洲，淡淡道："这便是赤灼。"

第二章　荒漠重逢故人见

他说着从怀中掏出一根笛子，吹响了一声奇怪的哨音。那帐篷中有人欢呼着向哨音的来处奔去，有的妇人孩童钻出帐篷怯怯看着来人。几位彪形大汉飞快上前，朝完颜霍图跪下，用一种奇怪的语言大声说了一句什么。

周惜若听得他们的话偏向狄国地区，据她所知，赤灼这一支也是从狄国分化出来的游牧民族，狄国中部族众多，打打杀杀，分分合合几百年，样貌和习俗都相近，那几个大汉说的想必是"恭迎国师"之类的祝祷词。他们与完颜霍图说了几句，完颜霍图亦是回他们几句。完颜霍图说完，指着周惜若说了几句，便戴上风帽随那几个大汉走了。周惜若被留在原地正手足无措的时候，来了两个面色黝黑的妇人拉着她向帐篷而去。

周惜若与她们方言不通又累极，只能任由她们将她拖去。那两个妇人将她带到一座小小的帐篷，丢给她一个水囊和几块硬得干裂的面饼就走了。周惜若喝了几口水，看着帐外茫茫戈壁，顿时欲哭无泪。这下别说逃了，就是这个念头想一想都觉得可笑。她一介弱女子怎么可能在这茫茫沙漠中逃走呢？

远远的，夕阳如火轮，沉入了西边，寒风吹起，她不禁打了个寒颤。这一刻她心中升起一种孤苦无依的绝望。

周惜若第二天一早就被人叫醒。依然是昨天将她带到帐篷的两个妇人，他们冲着她叽里呱啦说了一会儿就要拉着她出去。周惜若不明所以，只得跟着她们走出帐篷。她们带着周惜若来到一处大帐子，里面坐着一位头发苍白，满面都是皱纹的老妇人。她身上挂满了稀奇古怪的骨头和羽毛串成的饰品，身上穿着一件乌黑的长袍，袍子上用各色粗线绣着稀奇古怪的花纹。她满头长发结成辫子盘在头顶，一双苍老浑浊的老眼上下打量着周惜若。

她看了周惜若许久，用赤灼话吩咐了旁边的几位妇人几句，她们纷纷退下，神色十分恭敬。周惜若只觉得眼前这个老妇人那双浑浊的眼睛有种奇异的睿智神采，看久了心底会生起由衷的敬畏。

许久，那老妇人开了口："你便是云儿的女人？"她说的竟是字正腔圆的齐国话。

周惜若一怔，吃惊看向她，问道："邵云和？"

老妇人皱起稀疏的眉头，道："他叫完颜云祈。"她说着再仔仔细细再看了她一眼，不满地道："你太瘦了，不容易生养。"

周惜若顿时语塞。老妇人看着她，指了指身边的位置："坐吧，吃饭完我让耶茶带着你去干活，在这里不干活是没饭吃的。"

周惜若看着她沧桑的脸，问道："老嬷嬷怎么称呼？"

老妇人淡淡道："你跟她们一样叫我阿姆。"

16

她说完示意周惜若吃面前的饭食。周惜若看着碗中黑乎乎的不知什么东西，皱起了秀眉。这些东西看起来也不比昨日那两妇人丢给她的面饼好吃多少。可是再不吃也许在这里就没有别的可吃的。于是她拿了碗慢慢吃了起来。等她吃完，来了两个妇人，她们看见她坐在阿姆身边面上皆是惊讶，指着她激烈地说着什么。阿姆回了几句，她们这才不吭声。

阿姆指着其中一位红脸膛的妇人道："她就是耶荼，另一位是卓儿，她们带你下去干活。"

那两位妇人带着她下去来到帐篷后的一处林间空地，那边已有不少人在席地干活。他们面色健康，笑容肆无忌惮，身上穿着左衽袍子，头发有的编成发辫，有的披散在脑后。他们五官深邃，眼瞳各异，大多是褐色，有的是琥珀色。看样子与狄人无异。空地中大多是妇女和孩子，她们围拢在一起，用一种干草和皮革搓着绳索或者在缝制皮革。小孩子三三两两在一起玩，他们拿着小弓箭一起比划着射箭。叫做耶荼的妇人丢给她一把柴刀，指着面前的一堆柴火示意她砍柴。

周惜若看着手中沉重的柴刀不由苦笑。三四年之后她又回到原来的生活，是天意的嘲弄吗？嘲弄她这个贫寒人家的女儿终究不是衣来伸手饭来张口的命。

卓儿见她发呆，叽里呱啦说了一句什么。周惜若听不懂，可是看她眼底的轻蔑想来也不是什么好话。四面干活和高声谈笑的妇人听到卓儿的声音都纷纷转头好奇地看着她。有的还捂着嘴窃窃笑了起来。

周惜若心中叹了一口气，开始砍柴，这一砍就是一整天。她本十分体弱又长途跋涉来到这里早已虚弱不堪，昨夜虽睡了一夜但是根本没恢复元气，砍了一整天的柴已是她身体的极限。到了夜晚，她晚饭也没吃就躺在帐篷中昏睡过去。

第二天亦是如此，早早就被耶荼叫来吃饭干活。许是看她昨天砍柴辛苦，耶荼第二天让她随着妇人搓皮绳子。所谓搓皮绳子，先要把干草揉烂然后再和皮革搓成绳子。周惜若搓了几下手就被干草划出一道道血口子。旁边的妇人看她皮肉娇嫩的模样都在一旁讥笑。她们知道她不懂赤灼话，就肆无忌惮地在一旁大声地议论她。一道道带着讥讽的异样眼神刺得她神情木然。

她知道狄国和秦国人都瞧不起南齐人，当然南齐人也瞧不起这些北方的"蛮子"。左右都是互相看不起，她来这里的境遇可想而知。如此做了三四天的活计，到了第四天，当耶荼掀开她帐篷的时候，周惜若已昏昏沉沉地发起了高热。耶荼想要拉她起身，可是一摸就吓了一跳，急匆匆前去告诉阿姆。

阿姆前来摸了她额头一把，皱眉道："你身子怎么这么弱？早知道不让你去干活了。"

周惜若已病得迷迷糊糊，她浑身犹如在火炉中，三魂六魄似乎都要逃出身体外。阿姆叹了一口气，对四周围观的人说了几句。过了不久一碗很苦的药汁顺着她的口中灌下。周惜若脾胃虚弱，一转眼又吐了个干净。

阿姆又端来一碗药，坐在她身边叹道："你自己若不努力求活，没有人能帮你，这是赤灼，没医没药都要靠你自己呢。"

周惜若迷迷蒙蒙睁开眼，终是忍着难受把药汁再喝下去。

阿姆看着她脏污的脸，拿了湿面巾为她擦干面上。几日了，周惜若还是第一次在她们面前露出真容。阿姆看到她清丽无双的面容，长吁一口气："南齐人说过一句俗话，红颜命薄，看你的面相果然是多灾多难的命。"

周惜若心中轻叹一声，又陷入了昏迷中。

几日过去了，她已不知日夜变幻，只知道自己的身体一阵热一阵冷，源源不断的苦涩药汁落肚又变成汗水蒸腾出身体。她真希望自己就这样昏死过去，再不用受这种折磨。可是她的病反反复复，始终不肯好起来。阿姆来看了她几次，见她已瘦骨如柴，叹了一口气又走了。周惜若躺在毛毡上看着她们脸上的神色，心中不禁失笑。果然是要死了，不然为何她们看着她的眼神这么悲悯。

死了也好，这命运多舛的一生也似没有别的留念了。她想着又沉入了漫长的睡梦之中。

周惜若病了五六日，绿洲上的赤灼人日升而出，日落而息，普通平凡得就如一群逐水而居的游牧子民。可是在一个漆黑的深夜，正当周惜若又烧得昏昏沉沉的时候，身下的土地忽地传来一阵阵如雷鸣般的闷响。这声音破开漆黑寒冷的夜，如风卷残云向这里席卷而来。周惜若不安的翻了一个身。那声音却越来越大，似万马奔腾呼啸着卷来。

整个绿洲就如茫茫沧海中的一艘小船，眼看着这暴风骤雨就要倾盆而至而簌簌发抖。周惜若只听得人们纷纷冲出帐篷，用呼喝声欢迎着什么。她竭力想要睁开眼可是却没有力气。

轰隆声终于停歇，四面八方都是喧哗的人声、马嘶鸣的声音，还有急速飞快的赤灼语正热烈地说着什么。欢笑声震耳欲聋，火把的光照亮了黑暗晃得她帐中影影绰绰。周惜若只觉得口渴，高热几日她已脱水得几乎剩下一副皮囊。她恹恹的伸出手想要勾着离自己不远的水囊。就在这时帐前传来一声喧哗声，有人猛地撩起了她的帐子。她想要抬头看却是无力地垂下头。

一股清新冰凉的风吹来，有一道高大的黑影站在她的床前。那黑影一动不动，她看不清楚来人，只是伸出手低喃道："水……水……"

她冰凉的手被一双修长而略带粗糙的手捉住。她心中微微一惊，睁开迷蒙的眼想要看清楚眼前的人，可是下一刻她已落入了一个温热的怀抱。那个怀抱似曾相识，带着刺鼻的皮革气息和隐隐约约好闻的气息。

她听见他的声音在耳边响起，带着恨意："惜若，你终于还是来到赤灼了。"她只听见心中有一根弦咔嚓崩断，眼前一黑，人已昏了过去。

她又陷入了漫长的睡眠，耳边似有人在激烈地争辩着什么，然后又有人掰开她的嘴，灌入浓而苦涩的药汁和马奶。她在梦中辗转反复，想要挣开却总有一双有力的臂膀把她搂在怀中，用她听不懂的话在耳边喃喃说着什么，像是在念咒又像是在安慰。

她终于在一日清晨中彻底清醒过来。

她记得那一日清晨。日光透过帐子的缝隙打在她的床前，床前矮几前一道笔挺的身影正在伏案疾书。他发髻高束，身上穿着赤灼人惯常穿的左衽灰黑色骑装，腰间系着一条宽大的皮腰带，腰带上镶嵌着各色宝石，赤红、鲜绿、海蓝……五彩斑斓中有种野性的奢华。宽肩窄腰，匀称修长的身材很好地让腰带勾勒出来。

周惜若怔怔看着他。他仿佛察觉到了她的目光，缓缓回过头来。眼前的他俊颜上玄眸深邃，飞扬修长的剑眉没入鬓角，眉眼冷峻，薄唇微抿着划出一道威严的弧度。往昔在南齐白皙的肤色因赤灼之地的烈日变成了蜜蜡色，可是即使如此依然未损他面容的半分俊美。

两道视线交汇，她只觉得心口窒了窒，无言地看着他。眼前的他从里到外不再是当初南齐的邵云和，而是真真正正的赤灼完颜云祈了。

"你醒了？"他冷冷淡淡地道，从桌边拿了个瓷瓶丢到了她的面前，"这是治你身上体虚气弱之症的合气丸，一天一颗。"

瓷瓶在她跟前的毡垫上滴溜溜地滚着，周惜若伸手拿起，踌躇半晌才低声道："多谢。"

"你不必谢我。"邵云和冷冰冰地道，"我只是不想你死在这里，引起不必要的麻烦。你现在可是齐国的皇后，龙越离疯了一样在齐国找你的行踪，不达目的不罢休的架势。"

周惜若想起龙越离心中黯然，他还不知道她已被完颜霍图带到了这偏远的赤灼沙漠呢。邵云和说完那一番话后继续埋头写着什么，他写好后小心折起一张写得密密麻麻的纸张，然后放入一个中空的羊角中，唤来士兵递给他们，吩咐几句这才放他们离开。

帐中寂静，周惜若看着他忙碌的身影，忽地觉得两人之间有一道看不见的、陌生的墙隔开，再也无法靠近半分。

她，终究是狠狠伤了他。

"有件事想要告诉你。"周惜若犹豫许久才开口道。

邵云和不转身，冷冷问道："什么事？"

"楚太后……她是……"周惜若结结巴巴地开口。

"她是我的生母，我已经知道了。"邵云和冷冷地道，"从拿到那个木盒那一天起我就知道了。"

他说着转过身来，眸色冰冷看着她："可是问题是，你是怎么知道这件事？"

周惜若被他深眸中阴冷的眼神吓了一跳，半晌才坦白道："我也看过木盒中的东西。"

邵云和眼微微一眯，眼神变得越发凌厉如刀。周惜若一惊，连忙遮掩道："我就只是看看而已，我什么都没动。"

邵云和眸色这才和缓些许。周惜若心中暗自长吁一口气，可是随即又忐忑不安起来，因为她又对他说了谎。

邵云和处理完案几上的事，起身离开帐篷。临走前他丢下硬邦邦的一句话："你要是敢轻易离开这个帐子，左脚先走就砍左脚，右脚先走就砍右脚。"

周惜若不禁苦笑，她如今大病初愈，别说逃走了，就是别人扶着她走几步都气喘吁吁。可他的话这么说当真是不让她出了赤灼半步了，而自己留在这里又是能做什么呢？周惜若想着又沉沉陷入了睡梦中。

她这一觉一直睡到晚间才又被耶荼叫醒。她醒来以为自己又要去干活急忙起了身。耶荼连忙示意她吃饭，一旁的卓儿哼了一声把饭食放在她的跟前。周惜若看着热腾腾的白粥诧异得说不出话来。在赤灼，稻米是极其难得的，看到一碗粥简直比看见眼前的沙土冒出泉眼更加令人惊奇。

耶荼见她诧异，连忙比划着指向案几上的一堆文牒，意思是邵云和命人做的。周惜若心中微暖，低声道："谢谢。"

耶荼与卓儿退了下去，周惜若松了一口气慢慢吃了起来。不知为何，来到赤灼这么多天直到此时她才有真实的感觉。从起死回生到被掳带到这赤灼之地，她三魂六魄仿佛现在才真正归位。不然总是觉得眼前一切都是虚幻，心中飘忽不定。

她正出神，却不知什么时候帐帘一撩，邵云和走了进来。赤灼夜里十分寒冷，他走来带来一股寒气，周惜若被冷风吹拂惊醒过来。

她抬眸看去，对上了他漆黑的深眸，不禁怔住。

邵云和走到案几边，恍若她未在眼前，只拿了一卷羊皮卷看了起来。他似乎连一句话都不想和她多说，冷淡疏离，直把她当成空气。周惜若本要谢他，可是看到他那冷冰冰的样子满肚子的话都咽了回去。邵云和看了一会儿羊皮卷，又拿了几本书册看了起来。周惜若渐渐觉得尴尬，她不怕他对她冷言冷语，就怕眼前这般难堪。

她想继续躺下来睡觉，可是白日早就睡饱了到了夜里分外精神。她无事可做只能盯着他瞧。烛光如豆大，帐外寒风呼呼，越发显得帐中静谧。邵云和拿着手中的书册看了一会儿终于头一歪靠在了毡垫上睡着了。周惜若见他居然睡着，顿时觉得哭笑不得。

难道自己就要这样日日夜夜与他共处一个帐篷？可是看他的样子根本没有机会让她提出异议。周惜若想了想只能叹了一口气，拿了自己身上的被衾悄悄上前为他盖上。

　　可她俯下身的时候，原本闭目的邵云和忽地冷冷睁开了眼。

　　"你想干什么？"他冷冷问道。

　　周惜若拿着手中的被衾顿时有些不知所措："我……我只是……"

　　他一把夺过她手中的薄被一甩手，被子就被他丢在了床上。邵云和冷笑："我这等贱民不需要皇后娘娘关心。"

　　周惜若脸一白，退后几步，许久才慢慢道："是我多事。"

　　邵云和看着她，眼底掠过恨意，冷声道："你别以为我会待你若上宾，等你病好了一样得跟着她们去干活。在赤灼，我们不养没用的人。"

　　他的声音冷冷如冰刀，一下下划过她的心里。周惜若苦笑了下，道："阿姆跟我说过，我明白。"

　　"你见过阿姆？"邵云和忽地问道，声音微紧。

　　周惜若点了点头："阿姆对我不错。"

　　邵云和仔细看了她一眼，眼中紧张的神色这才松泛些许。他冷哼一声："什么叫做不错？不错你会生病？"

　　他说完又自觉自己失言，冷然道："你自己好好管好你自己，别的事不要多管，自然不会有事。"他说完披上披风转身就要走出帐子。

　　周惜若见他又要离开，急忙问道："你要我留在这里多久？"

　　邵云和猛的顿住脚步，猛的回头怒视着她。周惜若不提防他听到这一句脸色这么可怕，吓得往后缩了一下。邵云和冷冷瞪着她，忽地欺近她的跟前，冷笑："你想要回齐国吗？"周惜若看着近在咫尺的他，吓得有些发怔，只下意识地点头又摇头。

　　"别做梦了！"他咬牙一字一顿冷冷道，"龙越离是永远都找不到这个地方的！"

　　他说完头也不回地大步走出帐子，帐帘轻晃，一阵阵冷风从帐帘的缝隙中钻了进来，她看着帐外的茫茫黑夜，第一次觉得自己的前路当真是没有一点希望了……

　　邵云和果然说道做到，周惜若病好之后他便命耶荼带着她继续去干活。周惜若出了帐子被眼前的情景所惊呆，原本安详寂静的绿洲一下子凭空多了好多人，不再是孤零零只有一大堆妇人和儿童。他们大多五官深邃，脸庞黝黑。一个个年轻力壮，精壮强悍。看样子他们是那一夜邵云和带来的属于赤灼人的骑兵。他们的到来仿佛为这片安详的绿洲注入了一股新鲜的血液，让这沙漠中的绿洲充满了无穷无尽的生机。

　　周惜若由耶荼领着去干活，四周人看着她的眼神便有些古怪，有的还特地在她身边转悠，好奇地打量她，用她听不懂的赤灼话议论她。她如绿洲中突然来的一种奇异动物任人观赏，走到哪都有人盯着。周惜若虽心中不适，但也咬牙忍了下来。耶荼见她体弱，便让她去打水喂马。于是每日周惜若便卷起袖子提着笨重的木桶去河边打水，然后再到牧马处喂马。

周惜若适应了这里的水土之后身体便渐渐好转起来。干活时从初时的气喘吁吁到后来一个人也能干好耶荼吩咐的活计。她的坚韧渐渐赢得了耶荼和其他几位妇人的友谊。她们会在她累的时候送来马奶，与她说一些她听不懂的话。耶荼是个三十多岁的女人，比起带有敌意的卓儿，她更像是一个善良的大姐。

耶荼见她不懂赤灼话每日便教她说，周惜若聪敏好学，很快便能说两三句赤灼话，甚至也能听懂耶荼跟她说话的意思。周惜若每日早早出去干活，到了夜里便回帐子休息，邵云和自从那一夜出去之后便没有再回来。她不知道他去了哪里，也不知道他究竟要怎么处置她。总之自己在这里的日子辛苦而乏味，思念齐国的思绪会在夜半被寒风吵醒的时候悄悄钻出心底。可是随着寒风凌厉和越发难熬的冬天来临，她心中那一点点希冀也渐渐泯灭在心底。

就这样，半个月之后的夜里，绿洲的营地中又传来一声喧哗声。有人呼喝着，声音十分紧张。周惜若被惊醒，她初时以为是有人在喝酒打架，但是听了一会儿却不像是这样。她此时已略懂一些赤灼话，隐隐约约听到有人道"箭伤……流血很多……"

她悄悄探出头去，却见一大帮人抬着一个浑身是血的人急急忙忙地往自己的帐子走来。周惜若吓了一跳，等她披上外衣，那些人已抬着那人急急走进帐篷。周惜若想要看清那受伤的人是谁，却被人狠狠推了一把跌在了地上。

众人围着那人闹哄哄说着什么，声音大声得周惜若只觉得帐子立刻就要被掀翻一般。直到脸色严肃的阿姆走了进来用赤灼话呼喝了几声，帐中的人这才纷纷噤声退了出去，直到这时周惜若这才看清楚那浑身是血的人竟是许多日不见的邵云和！

22

第三章　心结难解两相恨

他一身玄黑劲装，一只羽箭从他肩头射入直透肩胛。他伤势虽重可看样子神色还算是清醒。周惜若看着鲜血几乎浸透了他浑身上下，吓得脸微微发白。

阿姆上前看了他的箭伤一眼，沉声道："不碍事，死不了。"

邵云和捂着伤处，低声道："惊扰了阿姆的休息了。"

阿姆哼了一声："谁叫你不知死活去惹了占木族？他们族人一个个向来不是什么善茬，你只带五百人前去不是找死吗？"

她的话虽是责备，但还是飞快为邵云和治箭伤。阿姆的手脚很娴熟，丝毫看不出是个年迈的老妇人。她剪开邵云和上身的衣服露出血肉翻出的伤处，不禁皱了眉头。

邵云和道："阿姆动手吧，我忍得住。"

阿姆看了他一眼，转头对缩在帐角的周惜若皱眉道："你不来帮忙吗？难道要眼睁睁看着你的男人死？"

周惜若顿时语塞。邵云和看了她苍白的脸色，低声道："阿姆，不用她来。"

阿姆哼了一声，一掌拍了他的脑门："她不来谁来？难道叫外面粗手笨脚的男人？还是别的女人？"邵云和似十分敬畏她，遂闭了嘴。

周惜若上前，看着邵云和道："我来吧。"

邵云和闻言冷冷看了她一眼，别过脸去。

阿姆拿了一块干净的布，上面涂了刺鼻的草药，对周惜若道："你先弄断箭头再把箭拔出来，我再上药时就行。"

23

周惜若看着他上身血流一身，手不禁微微发抖。这箭要拔出那可是剧痛难忍，她想一想都觉得害怕。阿姆见她犹豫，连声催促："快点！"

周惜若只能深吸一口气跪坐在邵云和跟前，颤声道："我要拔箭了，你忍着点。"

邵云和冷哼一声："拔吧，你这么恨我，这个时候怎么又手软了？"

周惜若听了这话脸色越发苍白，不过不知为何手忽地不抖了。她依言拗断箭头，然后握住箭身一咬牙用力拔出。灼热的鲜血也随箭身的拔出喷溅了她一身。邵云和闷哼一声，几乎痛昏过去。阿姆眼疾手快，将手中的膏药贴上了伤口，并为他包扎起来。周惜若看着手中染满了鲜血的箭，怔了半晌这才赶紧丢掉。

阿姆已帮邵云和包扎好伤处，丢给她一块干净的布，略带疲倦地道："剩下的就你收拾了。"她说完走出帐篷。

周惜若看着手中的布，再看看眼前满面痛色却硬忍不吭声的邵云和，顿时头疼起来。帐中寂静，这却是他们两人在赤灼第三次相对。周惜若怔忪了一会儿，走出帐篷拿了一盆清水走进来要为他清理身上的血迹。

邵云和冷冷看着她，一把夺过她手中的布巾冷声道："你可以滚了。"

周惜若见他到了这个时候还在逞强，脸色微沉，道："你既然不喜欢看见我就把我远远赶走算了，何必让我住在这里？"

邵云和冷冷瞪了她一眼，道："你以为我不想让你滚出这里吗？只是义父恰好把你丢在这里而已。"

周惜若气极反笑："是，我都忘了你还有一个好义父。你义父是不是吩咐你把我好好关着，哪一天可以拿我来威胁龙越离？我不过是你们可以利用的工具，没有资格在你面前出现。既然如此我离开这帐子总行了吧！"她说着转身要离开帐子。

"你敢走出帐子一步我就杀了你！"身后传来他沉怒的声音。

周惜若顿住脚步折返回来坐在他面前。邵云和额上汗水涔涔，青筋暴出，箭伤的痛楚因为拔出羽剑而越发难以忍受。两人对视，恨意在他眼底翻涌，奔腾不息。

周惜若咬牙盯了他良久，一把抢过他手中的布巾，冷冷道："你不是恨我吗？恨我也要你有命活着才行。阿姆让我帮你，你难不成你怕我暗中杀了你？"

邵云和冷哼一声："你杀不了我。"

周惜若看着他阴沉的眼，忽地觉得心中涌起一股疲惫，黯然道："我杀不了你，我一直都没有办法杀了你。"

邵云和眸色一闪，眼底的怒意渐渐消散。周惜若说完拧干了布为他擦拭身上的血迹。她的手势轻而细致，冰凉的水擦拭过他满身是血渍的身上，仿佛也浇熄了他的怒气。邵云和不再抗拒她的碰触，等一切整理妥当，他已疲倦地躺在毡床上沉沉入睡。

周惜若为他盖上被子，看着他沉静的睡颜，心绪复杂，不禁深深地叹了一口气。

他恨她。这样也好，恨比爱更容易，她支离破碎的心已承载不了太多太多了。她想着，靠着毡床沉沉地睡去。

第二天清晨，周惜若醒来的时候床上已没有了邵云和的身影。她走出帐子，眯着眼睛看见邵云和肩束着绷带正与几位赤灼男人说话。他们看样子是他的手下，与他说话时神色恭敬。邵云和吩咐了一会儿，一转头看见周惜若正皱着秀眉看着自己。他脸色微凝，转身走入了帐中

周惜若看他进了帐篷，道："你的箭伤很重，不要到处乱跑。"

邵云和看了她一眼，冷冷道："不要你操心。"

周惜若习惯了他的冷言冷语，对他道："我去给你拿点吃的。"她说着走出了帐子去找耶荼。邵云和放下手中的册子，看着她窈窕的身影，眸色复杂。

周惜若找到耶荼，耶荼见她来了急忙叽里呱啦地问着话。周惜若勉强听懂她在问邵云和的伤势，连忙比划道："他很好。"

耶荼松了一口气，对她说了一堆话，周惜若勉强听懂她的意思。她的意思是邵云和是赤灼人的救星，是什么神赐给他们族人的领路人。总之说起邵云和耶荼都是誉美之词。周惜若心中轻叹，难怪邵云和心心念念的都是复国，这样被族人敬仰着期盼着，再难他也要实现这个复国之梦。可是看着贫瘠的赤灼之地，看着一群彪悍有余、人数却并不众多的赤灼骑兵，想要打败统治了百余年的狄族人，恐怕不是一件简单的事。

周惜若正陷入沉思中，忽的远远走来一群小孩。领头的一个小男孩身量修长，面目黝黑脏污，看起来是赤灼族的孩子。他身后背着一张弓，腰间悬着一个箭囊。他小小年纪背着一张大弓看着都觉得弓箭比他还大。周惜若听得他远远地用赤灼话呼唤耶荼。

他叫："耶荼姆妈，哈赤怎样了？"

周惜若知道哈赤是赤灼人对尊者和头人的称呼。那孩子问哈赤大概是在问候邵云和的伤势。耶荼用赤灼话回了他一句，想必大概意思是邵云和箭伤并无大碍。那小男孩于是点了点头，转身向邵云和的帐子走去。

周惜若只觉得那个小男孩年纪虽小但是却有一种不属于他那年纪的沉稳。她于是问耶荼那小男孩叫什么名字。

耶荼笑了笑，比划着道"雅查"周惜若听不懂。耶荼便在比了个飞的姿势，周惜若这才恍然大悟，原来雅查是雄鹰的意思。赤灼人崇拜各种凶禽野兽，鹰就是其中一种。看来这个小男孩被父母亲寄予厚望。

她拿了饭食就往邵云和的帐篷中走去。到了帐篷中，那叫雅查的小男孩正兴高采烈地与邵云和说着什么。两人说的都是赤灼话，语速飞快听不清楚。周惜若看见邵云和冷峻的脸上露出笑容，笑容虽然淡但是却是她从未见过由衷的高兴。她在一旁看着

25

两人一大一小对话，竟呆呆看了许久。

那小男孩一转头看见周惜若，不禁问了邵云和一句。邵云和微微一怔不由看向周惜若。周惜若这才发现自己竟发呆了这么久，于是端了饭食放在他的跟前道："吃点吧。"

邵云和看着她低头布置饭菜，忽地道："惜若……"

周惜若抬起头来望着他，等着他示下。邵云和定定看了她许久，眸色一闪，低了头道："没什么，你可以退下了。"

一旁的雅查忽地开口："哈赤，她是谁？"

周惜若见他问，转头对上他忽闪忽闪如黑葡萄一样的眼，心中涌起一股亲近感。她对他微微一笑正要开口回答。邵云和已打断她，冷硬道："我说了，你可以退下了！"他脸色已阴沉铁青。

周惜若不明白他为什么突然翻脸，只能对那小男孩歉意地笑了笑转身走出帐子。

邵云和神色复杂地看着她的身影，身边的小男孩也静静看着她离开。他忽地问道："哈赤，她是谁？"

邵云和把他搂入怀中，一下下抚摸他长长披散的发。他看着他乌黑灵动的眼睛，眸色涌动，慢慢道："你不必知道她是谁，你只要记住你叫雅查，是天上的雄鹰，是将来赤灼人追随的首领。"

小男孩似懂非懂地点了点头。

到了夜间，周惜若帮忙耶荼做完活儿，呵着手向邵云和的帐篷走去。她才刚走了一段路，忽地眼前晃来两条黑影。周惜若定睛一看不不禁暗自叫糟糕。原来是两个喝得烂醉的赤灼士兵。他们正喝得醉醺醺的相互搭伴回去，一抬头却正好看见眼前走来一位极美的女子。他们想也不想地拦住了她的去路。

周惜若心中一惊，想要返回去叫耶荼，那两个醉汉已一把抓住了她。周惜若心底涌起深深的恐惧，她不禁尖叫耶荼。可是茫茫黑夜一时半会根本无人听见她的呼救。两个醉汉口中说着她听不懂的赤灼话，一边拉扯着她的衣袖。

正在这时，两人身后响起一声厉色的叱责："住手！"

周惜若急忙回头，只见邵云和正撑着一支火把冷冷站在夜风中。那两个醉汉一见是他立刻惊得酒醒扑通一声跪下。

邵云和看了一眼周惜若，她脸色已煞白如纸正在一旁簌簌发抖。他冷冷说了一两句，那两个醉汉一听脸色剧变纷纷磕头痛哭流涕。邵云和脸色沉沉又说了一句什么，他们急忙扑到了周惜若的脚下拼命求饶。

周惜若惊得连连后退，邵云和对她道："我对他们说无缘无故欺凌妇人便不再是赤灼的勇士，若要恢复勇士的名誉只能求你原谅他们。"

周惜若看着地上两人面上的悔恨，半天才颤声道："好，我原谅他们。"

邵云和对两个醉汉说了一句，他们听了之后千恩万谢地走了。

四周寂静荒凉，寒风一阵阵劲吹而来。周惜若被方才的惊吓吓得浑身打着寒颤，邵云和脱下身上的狐裘披风递到了她的跟前，冷然道："你其实可以不必原谅他们，这是他们应得的。"

周惜若却并不接过，只看着他如黑曜石一般漆黑深邃的眼眸，冷冷道："我甚至都可以原谅你，这世上又有什么人是我不能原谅的。"她说着越过他走向帐篷。

邵云和看着手中孤零零的狐裘披风，眸色一黯，慢慢跟在她身后走到了帐篷中。周惜若在外帐中打好地铺，脱了外衣蜷缩在上面蒙头而睡。邵云和看着她蜷缩成一团，忽地走上前一把掀开她面前的帘子。周惜若吓了一跳，急忙往后缩去。

他盯着她的眼，若无其事地道："该换药了，帮我换药。"

周惜若拢着被子奇怪道："中午不是阿姆帮你换过了吗？"

"我说换药就换药，哪儿那么多废话！"邵云和不由分说把药罐塞到了她的手中。周惜若只得硬着头皮起身为他更衣换药。帐中烛火昏黄，她冰凉的手指触碰上他温热的胸膛，令他禁不住跟着打了寒颤。

周惜若脸上通红，低声道："我的手太冷了，你忍一忍。"

邵云和冷冷应了一声。周惜若为他上了草药，穿上中衣才长吁一口气缩在一旁。方才的不安已渐渐从心底褪去，可是两人如今相处却是越发尴尬。

邵云和并不马上离开，他犹豫许久才道："过两日我等伤好一点要去云冈城，你一起随我去。"

周惜若一听微微诧异："云冈城是哪里？"她来到赤灼就以为这赤灼人只是散居在沙漠中贫瘠的绿洲，没想到赤灼人居然还居住在城里。

邵云和仿佛看破她所想，耐心解释道："云冈城是狄国的一座边城。赤灼人并不是都住在这里，往沙漠深处还有别的赤灼族人，百年来赤灼人许多已混居在了狄人中。云冈城就是其中赤灼人占多数的一座城。"

"对狄人来说，所谓赤灼其实只是一块很远的土地名字罢了。他们不知道真正的赤灼人已经散居狄国各处，人数众多。"

周惜若恍然大悟。北地的游牧民族几百年来打来打去，胜者一方会掳走败者的人充作族中之劳力，久而久之，其实赤灼人与狄人已没有什么区别。

邵云和顿了顿，又冷冷道："这几日就不要走太远，那占木族的报复心极强，我担心过几日他们会来偷袭。"

周惜若听过阿姆提起占木族，而且听她的意思邵云和貌似领了几百人前去与他们谈结盟之事，没想到不但谈不拢反而被伤。这箭伤就是占木族留给他的一个"见面礼"。

两人说完又陷入了沉默中。周惜若忙了一天困意袭来，忍不住对他低声道："夜深了，我要睡了。"她话出口这才觉得这句话更像是一种变相的邀约。她的脸不禁一红，连忙补了一句："你也赶紧去歇息。"

邵云和深深地看着她。帐中烛火昏黄，映得她的面容越发朦胧明媚。她因为大病初愈而面容显得苍白明晰，五官如描似画一样美丽。她是这贫瘠之地盛开的一朵白花，纯净无暇，娇美慑人。

他忽地道："雅查他……"

周惜若抬起头来等着他继续说完，正在这时帐外忽地响起一声声急促的号角声，三短一长，带着不安。

邵云和一怔立刻从地上跃起，怒道："居然这么快就来了！"

"你快去找阿姆！"他说着抓起帐上挂着的剑如烟一般跃了出去，周惜若怔了怔，连忙跟着冲出去看。只见整个营地顷刻间火把点点，从睡梦中惊醒的赤灼族战士们抓起长刀跳上战马就向着号角方向冲了过去。耶荼也从帐篷中冲了过来，抓住周惜若拼命往林子跑去。周惜若被她拉得踉跄，她频频回头只见不少老幼都跟着往林中跑去。

耶荼对她身后的人频频大声喊，周惜若果然听得她的话中重复说着："占木……占木族来了！"

占木族来了！

周惜若被耶荼拉着跟跟跄跄地逃入林中。耶荼把她带到林中的一处隐蔽所在，拉开地上的一处杂草盖子，底下竟是一处深深的地窖。耶荼对她飞快说了几句意思是让她藏着。

周惜若连忙道："快去找阿姆和雅查……"她话说出口这才觉得奇怪，自己与雅查不过见了一面怎么这么上心？难道是方才邵云和提到了他的缘故？她还来不及多想，耶荼点了点了头，把她藏好飞快地走了。

周惜若下了地窖躲着，只觉得心口砰砰地跳着，她实在按耐不住撑起草盖子向外张望，只见远远的营地中火光冲天，有几处帐篷已燃起了火，火光汹汹在黑夜中张牙舞爪十分骇人。营地中有两队人马在厮杀，来犯的是身着黑色长袍的人，他们黑巾蒙面，拿着弯刀样子十分彪悍。隔得远，周惜若看不清他们长什么样子，但是看样子这一次偷袭的确是杀得赤灼族人措不及防，不过幸好邵云和的几百个赤灼骑兵都在，不至于落败。

她紧张地看着，不一会儿耶荼带来了阿姆和几位妇女和孩子前来。阿姆下了地窖，借着地窖中的火光扫了一眼众人，忽地道："雅查呢？！"

众人面面相觑。耶荼说了几句。阿姆厉色吩咐几句，耶荼无奈只能再次出了地窖。周惜若见她还要走，急忙拉着她，对阿姆道："阿姆，是不是要去找雅查？"

阿姆看了她一眼，点头道："雅查很重要，一定要找回来。"

28

周惜若不知怎么的脱口而出："我也去找。"

耶茶居然听懂了她的话，对阿姆飞快说了几句示意要拒绝了她的请求。阿姆对周惜若道："你好好在这里待着，耶茶知道哪里找，你出去只是帮倒忙而已。"

她刚说完，耶茶就出了地窖向营地跑去。周惜若看着她远去的身影，心中只觉得涌起深深的不安。耶茶对她不错，这一个月她都已耶茶成了好朋友，虽然两人语言不通，但是说什么做什么对方都能理解，这份珍贵的情谊在这异国他乡更弥足珍贵。

她转头对阿姆毅然道："不行，我要帮耶茶找雅查。"她说着打开地窖的盖子飞快没入了黑暗中。阿姆看着她消失的身影，长长叹了一口气。

周惜若出了地窖，辨认了方向向着营地跑去。耶茶的身影已看不到，这一路上地上散乱着各种各样的杂物，看样子竟是占木族的边打边抢劫。

果然是一群无耻之徒！在沙漠中财物极其匮乏，粮食更是比金子还珍贵，赤灼族人辛辛苦苦采集来、打猎来的东西若是被别的族洗劫一空，那这个冬天又将要怎么过下去？她心中又气又急，终于跑到了营地中。营地中还有三三两两的骑兵在搏杀，方才看见的大批来犯的占族人已不见了踪影。周惜若长长舒了一口气，看样子邵云和把占族人都赶跑了。地上残留着横七竖八的占族人的尸体，她边走还得边留意脚下以防被尸体绊倒。经历血战之后的营地弥漫着一股血腥味。

周惜若忍着恶心和惊恐，四下寻找耶茶和雅查。正当她边走边摸索的时候，不远处的马厩边响起耶茶的呼喊声。周惜若心中一紧，急忙循声而去。她跑到马厩边果然看见耶茶正被一个占木族的男人捆着正要往马上放。那占木族的男人人高马大，口中骂着什么。周惜若眼看着耶茶就要被他拖上马，情急之下从地上摸了一把短刀向他后背挥去。

那占木族的男人听到风声转身一把抓住周惜若的手。他的手劲奇大，一抓之下周惜若只觉得手腕剧痛入骨，手中的短刀不禁落地。那男人一照面看见周惜若的面容，眼中顿时掠过贪婪的光。他狞笑着抓起她的手腕叽里呱啦地飞快说着什么。

周惜若死命挣扎都挣扎不过他。那男人一把拽起周惜若就要绑在马背上。周惜若看到他腰间的短匕首，银牙一咬，狠狠的拔出匕首刺入他的腰间。那占木族的男人不提防她这一招，哀嚎一声放开了她。周惜若急忙扑到耶茶身边割开她手上的绳索。耶茶拉着她就要跑，可是还未跑几步身后的占木族的男人就扑了过来将她拖住。

那占木族的男人在剧痛之下被激发了野性，一把推开她拔出匕首狠狠就要朝着她后心刺下。周惜若看着他手中滴着的血滴的匕首心底一片发寒。她此时已吓得浑身发软，被他捉着根本无法挣脱。

正在这时，"笃"的一声响，占木族的男人缓缓地倒下，在他的眼睛上插着一根小小的羽箭。周惜若回头看去，只见雅查小小的身影就在不远处，他手中拿着弓，面上神色冰冷，眼神中充满了不属于他这个年纪的刚毅。她被眼前的变故所惊，一时间竟呆呆看着他。此时耶荼从地上而起，欢呼一声拉起雅查和周惜若离开了这里。

一切终于在天亮时分结束。邵云和归来时营地中老老少少已开始在打扫战场。死去的占木族战士被丢入一个土坑中焚烧掩埋。周惜若寻了一处泉眼开始清洗身上的血迹。流水淙淙，手中的血迹一点点被洗去，可是她却看着流水静静发呆。

不知为何昨夜雅查的眼神总是在她眼前来回晃动。这么小的孩子竟然毫不犹豫地杀了人，她想着不禁打了个寒颤。

"你躲在这里做什么？"身后传来一道冰冷的声音。

周惜若回头，看见邵云和从马上翻身下来。他一只手臂还缠着绷带，只是如今绷带松开，提了一把血迹斑斑的剑。周惜若看着他脸色上杀气未退，不禁向后缩了缩。

邵云和看见她身上的血迹，眸色一紧，问道："你受伤了？"

周惜若摇了摇头，道："不是我的血。"

邵云和闻言眸色放松，坐在她身边，淡淡道："阿姆都跟我说了，你昨夜救了耶荼和雅查。"

周惜若摇了摇头："不，昨夜其实是雅查救了我。"

她遂把昨夜的情形简单说了一遍。邵云和听到她说起雅查一箭将那占木族来犯的男人毙命箭下，面上忽地掠过了傲然的笑意："雅查的箭法越来越好了。"

周惜若想起昨夜的一切不禁打了个寒颤，道："可是这么小的年纪就杀人……"

"他杀的是敌人，对敌人从来不能手下留情。"邵云和冷冷地道。

周惜若心中不知怎么涌起一股不适，明眸微沉，冷声道："可是他是孩子！他才那么小，怎么能让他觉得杀人是一件很寻常的事？"

邵云和冷眼看着她，反问道："若昨夜他没射出那一箭，你和耶荼还有他今天都会变成尸体。到时候你还会觉得对敌人手下留情是一件好事吗？"

周惜若看着他眼底的冷意，不由怒道："可是那是一条人命。你有想过他以后长大会怎么对待别人？什么样才是敌人？没有人生来就是敌人！"

邵云和见她动怒，不愿与她多说，站起身来冷笑道："你就是因为抱着这样不该有的念头才会到了今天这个地步。"

这一句深深地刺痛了周惜若的心。她看着他冷然的背影，怒道："我是没用，可是你当初为什么不杀了我？我也是你的敌人！"

邵云和顿住脚步回头冷冷看着她，他眼底的怒火翻涌几乎要把她生生吞噬。周惜若昂起头与他冷然对视，丝毫不让。

邵云和气极反笑，上前几步狠狠拽住她的胳膊，咬牙道："你说得对，我不该对敌人仁慈。特别是你这个不知好歹，又狠心的女人！现在我就让你看看赤灼人是怎么对待敌人的！"

他说着一把将她从泉水边拖向帐篷，周惜若被他的铁掌箍得很紧，觉得自己的手臂几乎要断了似的。她不停挣扎，可始终敌不过他的力气，被他硬生生拖到了帐篷中。

到了帐篷中，邵云和一甩，将她甩到了床上。周惜若拼命往后缩，看着他阴沉沉的面容，颤声道："你想要干什么？！"

邵云和拉下帐帘走到她的身边，开始脱掉自己的外衣。周惜若惊得瞪大了明眸。她终于反应过来他要做什么，惊叫一声夺门逃去。可她还未跑出几步就被他拦腰抱住，甩在床上。周惜若被丢得五脏六腑仿佛都要被震碎了一样，头云目眩难以起身。眼前阴影覆来他已将她压在身下。周惜若睁开眼看着尽在咫尺充满戾气的俊颜，心中无比失望和愤怒。

她涨红了脸，拼命想要推开他，怒道："你……你无耻！"

邵云和一把抓住她胡乱挥舞的手，逼近她的面前，冷声道："无耻？！你知道狄人还有那些占木族是怎么对待掳掠来的女人吗？就是如我眼前这样凌辱你，让你生不如死，等你有了孩子再逼着你生下敌人的孩子。你要知道昨夜若是雅查没有射出那一箭，现在的你还不知道在哪个占木族男人的床上做着跟我要你做的一样的事情！"

他说着冷冷一把扯开她身上的外衣，痛吻下去。他的唇舌搅乱她清醒的思绪，令她脑中满满当当都是他刚才说的冷酷话语。他的灵舌探入她的口中强势与她纠缠，令她无法呼吸。他的手掌扯落她的外衣，伸入她的衣中感受着她轻颤的娇躯。她的腰肢很纤细，不盈一握，有种楚楚可怜的感觉。他的手掌在她腰间处处流连，游离在她光滑的美背上。周惜若欲哭无泪，身上的他将她压制在床上令她无法妄动一分。肩膀的伤似乎也并不能阻碍他的动作，也许疼痛更能激起他心中对她的征服欲望。他的俊脸冰冷得就如千年寒冰一样，他眼底沉沉的决心令她开始觉得由衷的害怕。

周惜若心中涌起一股巨大的绝望，她的一辈子已毁了，被他毁得支离破碎。从见到他的第一面开始她就应该知道这样的男人是她永远也度不了的劫难。她看着他过分俊美的面容，不知哪来的力气猛的一把推开他，向帐外冲了出去。邵云和看着她衣衫不整地冲了出去，愤愤咒骂了一句，也跟着追了出去。

帐外马声嘶叫，周惜若已爬上马疯了一样冲出绿洲。有人发现她，举起羽箭就要射向她。邵云和冲哨兵怒喝一声，跃上一匹马而追了出去。

耳边的风声呼呼，灼热的沙漠热气随着她跑出绿洲而扑面而来，刮在她泪流满面的面上刺刺剌剌的痛。邵云和很轻易地就追上了她，他要牵住她的缰绳，她手上的马鞭便狠狠地抽向他的手腕。

邵云和一伸手握住她手中的马鞭，怒道："跟我回去！"

周惜若恍若未闻只拼命与他抢夺马鞭，在疾驰中不善骑射的她这样做无异于自杀。邵云和只能放开手任由她抢了过去。

"你跟我回去！"他再次警告。

周惜若抿紧苍白的唇一声不吭。猎猎疾驰的风声中，邵云和怒道："你到底想要去哪？外面方圆百里都是沙漠！你想要逃到哪里？"

周惜若的样子分明已把一切置之度外。

邵云和追了一阵子，怒道："你要走就走吧！我看你要怎么走出这片沙漠！"他说着竟掉头回转。再转头时，周惜若的身影已消失在茫茫的沙海中……

热，炽热的太阳烤着这片红彤彤的沙漠，就如天火倾覆转眼就要在这燃烧起来。赤灼之地，顾名思义便是火红如赤的沙地。这里贫瘠荒芜，有时候行至百里都没有办法看到一股泉眼看到一点人烟。过往的商旅就因为时常迷路和饮水不足而被生生困死在了这片沙漠中。周惜若伏在马背上，后背已被炽热烤得滚烫。她不知自己要去哪里，也不知自己走的方向是哪里。心中只有一个念头，离开赤灼，离开他！

眼前迷迷蒙蒙，昏昏沉沉地她竭力睁开眼，眼前奇迹一般出现了青山和绿水。她这是做梦吧，不然为什么会一下子到了齐国呢？这山水这么熟悉，好像是她的老家曲州。她伸出手想要碰触，可是这美景遥不可及，怎么都够不着。身后随着灼热的热风吹来呼唤声。她却不知只是固执地伸手向前……

终于眼前的黑暗覆来，她轻轻一叹，彻底昏了过去。

当周惜若醒来的时候已身在阿姆的帐篷中。年老的阿姆正用一根木勺搅拌着锅里面的马奶，她身边规规矩矩坐着邵云和。周惜若动了动，阿姆见她醒来，拿了一碗马奶喂她喝了下去，道："以后你就住阿姆这里，在阿姆这里没有人会伤害你。"

一旁有道熟悉的声音传来，不满道："阿姆！"

周惜若回头，不期然看到那张此时不想看到的面容。

阿姆扶起周惜若，冷哼一声："强按牛头不喝水。我让她照顾你，不是让你借机去耍男人威风的。她救了耶荼和雅查，她就是赤灼人的恩人，更何况她还是你的女人。你就这么对她吗？"

周惜若低了头，一声不吭。邵云和看了她一眼，不自然地别过头去冷声道："反正过两天我要把她带到云冈城中去。"

阿姆冷哼一声："你就是把她带到天涯海角阿姆都管不了你。只要在这里一天，阿姆就不能让你碰她！"

邵云和脸色忽青忽红，起身冷冷走出了阿姆的帐篷。周惜若等着他走了才咬了咬下唇，对阿姆道谢。

阿姆看着她被烈日晒日晒蜕皮的脸，轻抚叹道："你本是一朵南齐来的娇花，怎么可能在这荒蛮之地扎根呢？有机会让云儿带着你去帝都，那边才是你能生活的地方。"

周惜若轻轻笑了笑，道："我与他心中怨恨已久，不能在一起的。在一起只能越

32

发厌憎对方。"

阿姆苍老的眼看着她，仿佛能洞悉所有的世事。她道："南齐人说过，不是冤家不聚头。上一辈子互相欠了对方的情，这一辈子才会做夫妻。云儿性子是古怪阴沉了点，但是他心地是好的。你千万要顺着他，不要逆着他。"

周惜若疲倦地闭上眼，道："阿姆，你不懂。"

恩怨纠缠，她和他一路行至此岂是一句顺着他就能解决了所有的事？她是齐国的皇后，早就与他断绝了夫妻情缘。被掳至此，一切逆来顺受也只是因为同情和可怜这贫瘠之地上的赤灼子民。她可怜他被亲生母亲抛弃，可怜他被所谓的义父训练成了复国的工具，可怜他被复国梦逼着不停去设计厮杀。

她对所有的人仁慈对他仁慈，唯独忘了自己。

邵云和说得对，她沦落到了如今的地步只是因为她自己。眼泪滚滚落下，她心中的孤苦与绝望终于化成眼泪簌簌。阿姆看着她无声地悲泣，长叹一声转过头去。

长夜寂寥，她一夜无眠到天明。

一连两三天周惜若在阿姆的帐中休息，邵云和在整理行装，准备去往云冈城。占木族这一次偷袭被打得十分惨，死伤一百多人。一百多人对一个不大不小的族人来说不是个小数目。周惜若听阿姆说邵云和亲自去占木族，达成了一项盟约，具体是什么阿姆没告诉她。周惜若心中猜想大概是互不相犯之类的，但是到了第三天，事实证明她错了。占木族的人领着一两百人战士浩浩荡荡来到赤灼族的营地，领队的是一位面色黝黑，五官深邃严厉的男人，大概三十多岁左右。邵云和与他在帐中密议了很久。占木族的战士一个个精装彪悍，表情阴冷，看样子果然不是善茬。

周惜若看着头顶朗朗的天空，深深皱起了秀眉。直觉告诉她，这一片看似贫瘠的赤灼之地即将风云再起了。

占木族的战士在赤灼营地中暂时住了下来。原本不算大的绿洲一下子住了这么多人都有些吃不消。周惜若看他们的样子是即将去往云冈城的，就是不知邵云和还在等着什么。如此过了一两天，她心中的疑惑忽地解开。因为邵云和等的不是别人，正是他的义父完颜霍图，还有一位是她许久不见的冤家对头——玫黛儿！

两人的到来令原本就人声马沸的赤灼越发热闹起来。完颜霍图依然是黑袍加身，面上严严实实裹着黑巾，他看到阿姆帐中的周惜若，眼中掠过不自然之色。

周惜若心中冷笑。曾经还觉得他是个很厉害很神秘的人物，如今看来不过是一个不敢认亲生儿子的懦夫罢了。至于玫黛儿，周惜若与她相见时，她那双大而美丽的褐色眼中看着她的神色依然是毫不掩饰的厌恶与憎恨。周惜若对她的恨意恍若不察，玫黛儿已伤了她一次，她不会再掉以轻心了。

赤灼人与占木族达成盟约之后气氛怪异地同住一个营地，他们都紧张忙碌地准备着什么。周惜若如今在阿姆的帐中照料着阿姆的饮食起居，阿姆无事的时候便教她说赤灼话，顺便跟她聊一聊这里的风土人情。周惜若直到这时候才知道原来阿姆是赤灼族中的尊者，是很受族人尊敬的长者。如她这样年长又令人尊敬的老者在赤灼中还有很多，只是他们都散居在这片沙漠中的各个绿洲中。

而赤灼人也不是她想象的那么少，邵云和曾说过在狄国中也有不少隐居和与狄族人混居的赤灼人。经过几代的延续那便是一个不小的数目。还有在这片茫茫沙漠中也有十几支大大小小的赤灼人的部族，只是因为绿洲林地有限，所以无法一起群居在一起。不过平日他们互通消息，十分团结。

占木族其实先祖也是赤灼人，因为族中矛盾所以到最后变成了赤灼人部族的一支异数，百年间占木族与赤灼族打打杀杀，恩怨越发难解。这次邵云和几次去谈判未果，最后他中箭那次便是设计伏击了占木族中的一位不愿意结盟的首领。杀了他之后，恼羞成怒的占木族便前来报仇偷袭，可没想到偷袭反而受了重创，这才被迫坐下来与邵云和继续谈结盟之事。

至于玫黛儿的库叶部族则是一支较大的赤灼分支，他们占据着沙漠中最大的绿洲，兵强马壮，族人繁盛。与库叶部族的公主联姻结亲则是完颜部族和库叶布族有力的结盟手段。

邵云和因为有赤灼皇室的血统而从小在阿姆的照顾下长大，地位尊崇。传授他武艺和一些生存本领的是完颜霍图。完颜霍图是国师，是带领族人保护本族的守护者，也是深受赤灼族战士们敬畏的人。便是他与库叶部族的族人首领库叶什察达成这联姻之事。

周惜若听了阿姆说了这些，沉默一会儿："他们必须完婚的是吗？"

阿姆看了她一眼，叹了一口气："现在狄国乱七八糟的，二皇子和三皇子各自打打杀杀，霍图说这是我们赤灼人的机会。他们完颜家一直想要复国，所以几大部落联盟这是必须的。"

周惜若看着眼前的火堆，丢了一根柴火，问道："阿姆觉得赤灼复国能有几分胜算呢？"

阿姆眯了老眼，想了许久道："若是只有霍图只有三分胜算，可是若是云儿带领，可能有五分胜算吧。"

周惜若抬起明眸，道："不，阿姆。若是完颜云祈来带领你们，胜算是十分。"

阿姆浑身一震，不禁看向她。周惜若心中掠过一种荒谬的感觉。即使如阿姆这样从小将他带大的人，甚至传授他一身武功和计谋的完颜霍图都不如她了解邵云和。他若没有十成的把握根本不会轻易地回到赤灼来。

想起完颜霍图，周惜若不禁拧紧了眉头，她抬头看向阿姆问出她心中疑惑已久的话："阿姆，你知道完颜霍图是他的父亲吗？"

阿姆呵呵笑了笑道："怎么不知道。二十多年前当他带着云儿来到这里的时候，我一眼就看出他是他的亲生父亲。人的嘴巴可以说谎，但是长相没办法说谎。小时候的云儿和霍图长得几乎一模一样。"

周惜若心口一窒，不由问道："那阿姆为什么不告诉他呢？"

阿姆叹了一口气："后来是霍图主动找到我，他说云儿的母亲不是赤灼人，怕将来对他继承大业是一个阻碍。所以他不能说，可是他又担心云儿长大后对自己的身世有疑问，所以索性告诉他他的父母是完颜家皇室后裔的一对夫妇，在他出生时便被狄族人杀死了。这样云儿就不会再问，也会更努力去做复国这件事。"

周惜若听得瞠目结舌。阴狠冷酷如完颜霍图也有为儿女的一番苦心，虽然这份苦心不见得是对的。

阿姆说完又道："霍图说完这个秘密之后，从此就蒙住自己的脸不让云儿看见。他心里有一个心魔住着，做事就越发偏激。我老了，也只能让他带着云儿四处流浪四处历练。唉……再后来，他有一次回来很兴奋地告诉我。他想到一个办法可以复国了，就是搅乱天下局势。所以他就让云儿去了齐国。"

阿姆苍老浑浊的眼看向周惜若，问道："你就是云儿在齐国认识的女人吗？"她的眼中有慈爱，还有淡淡的怜惜。她轻抚周惜若柔顺的发，微微含笑："云儿的眼光不错，你是个善良勇敢的女人。"

第四章　风云齐聚云冈城

周惜若听了阿姆的话低了头涩然道："阿姆不要再说这种话，我与他已没有任何关系了。"

阿姆眼中掠过疑惑。正在这时帐外传来一声清脆娇俏的声音："她当然与祈哥哥没有任何关系了，因为我才是祈哥哥的妻子。"

帐帘一撩，玫黛儿走了进来。她走向阿姆跟前，恭敬地磕了头请安，脆生生道："阿姆，我又来看你了！"

阿姆淡淡应了一声，指了指旁边的位置："坐吧。"

玫黛儿瞪了周惜若一眼，哼了一声坐在她的对面。她看着周惜若清丽的面容，一双褐色的眼中掠过妒色，傲然道："总算你还有几分自知之明，等过些日子事成之后祈哥哥要跟我成婚了。"

周惜若看了她一眼，冷淡道："那就先祝你们白头到老了。"

玫黛儿听得她如此说，美艳的面上掠过红晕，哼了一声道："那是当然。"

周惜若不愿见她，对阿姆道："阿姆你们聊，我先出去。"

阿姆点了点头。一旁的玫黛儿见她要走，不由讥讽道："这么快就要走了？本来还想告诉你，明日祈哥哥要带着我们去云冈城了，真可惜你不能一起去。"

阿姆皱眉："云儿也要把她带去的。黛儿，别得理不饶人。"

玫黛儿一听惊得瞪大一双美眸，怒道："怎么可能！祈哥哥为什么要带她一起去？！"

阿姆道："云儿身上还有伤，她是去照顾云儿的。"

玫黛儿一听更是气得几乎跳起来，怒道："祈哥哥身上有伤就我来照顾，凭什么让她去照顾？"

阿姆看了她一眼，不冷不热地道："玫黛儿公主身娇肉贵，自己都需要旁人照顾，怎么去照顾云儿？"

玫黛儿被阿姆的话一堵只气得几乎要呕血。可是阿姆身份尊贵她不敢叱责，只能一跺脚扭身出了帐篷，边走边道："我不信！我要去问问祈哥哥！"她说完人影一晃就不见了。

周惜若看着她消失的身影，看了好一会儿这才冷冷收回目光，她一回头却看见阿姆担忧的目光。

阿姆摇头："玫黛儿性子不好，云儿一直不喜欢她。"

周惜若忽地想起南宫菁，忽地失笑："再脾气不好的女人他都能应付。"不但能应付，还能如鱼得水地得到他想要的东西。

阿姆此时已倦了，躺在毛毡上闭上眼缓缓道："夫妻之间若是用应付必不能长久，天长日久心中必定有怨。"她说完沉沉睡去。

周惜若为她盖上暖和毯子这才出了帐篷。帐外寒风凌厉，她正缩了缩要去打水，忽地看见不远处邵云和的帐篷跟前玫黛儿正拉着邵云和激烈地说着什么。邵云和面色平静，听着她叽里呱啦地飞快说着，只一声不吭。玫黛儿许是见他无动于衷气得不停拍打他。邵云和脸色微沉正要回她几句，忽地一转头看见周惜若清清冷冷地立在不远处。他深深看了她一眼，丢下玫黛儿转身进了帐篷中。玫黛儿想要跟着进去却被帐前的侍卫拦住，她气得一顿骂，等骂累了，她一回头看见周惜若。

她大步走过来，劈头就恨声道："你这个从南齐来的女人别做梦了！他是不会跟你在一起的！"

周惜若看着她美艳的小脸，冷淡道："这正如我所愿。"

她说完要走，玫黛儿却拦住了她的去路，看着她冷冷道："你肯对刚才说的话发誓吗？"

周惜若这时才明阿姆说"玫黛儿性子不好"是指什么。她太过咄咄逼人，非要争个是非曲直。她冷冷看着玫黛儿道："我为什么要发誓？"

玫黛儿美眸中一沉，冷笑道："你不发誓证明你心里还想着他！"

简直是无理取闹！

周惜若丢下一句话："你不觉得守住自己的男人是你这个做为未婚妻应该做的事吗？"她说完径直走了，只留下玫黛儿一人站在原地气得脸色发白。

第二日赤灼和占木族的几百人果然开拔了。经过休整战士们一个个精神抖擞，周惜若在阿姆的帐中慢慢做着她吩咐的刺绣活计。

第四章 风云齐聚云冈城

阿姆看着她平静的面色，问道："你当真不跟他去？"

周惜若低头道："在这里挺好的。"

阿姆叹了一口气："云儿说一不二，你还是去收拾收拾，他一会儿就回来了。"

果然过了一会儿，邵云和走入了阿姆的帐篷中。今日他穿一件雪白的袍子，外披锦貂缀毛领披风。腰间束着一条宝石腰带，面容俊美干净看起来分外精神。他恭敬地朝阿姆跪下，磕头道："阿姆，我要走了。"

阿姆眼中掠过慈爱，点了点头："是雄鹰就应该在苍穹中翱翔，你学得一身本领，阿姆很欣慰，雅查我会帮你好好照顾的。"

周惜若心中一动，不由看向邵云和。雅查自从那次占木族偷袭之后就不见了影子，听耶荼说是跟着族中一位师傅去学射箭了，再问也问不出什么来了。听耶荼说在赤灼小男孩五岁以后就要跟着族中的大人四处历练，为的是以后培养成为保护族人的勇士。周惜若想到这里不禁在心里深深地叹了一口气，可怜了那么小的孩子。她想起与雅查仅有的几次见面，心中不知为何空落落的。

邵云和看了一旁的周惜若，眸色沉沉："阿姆，我要带她一起去云冈城。"

周惜若手中颤了颤别过脸去。阿姆看着周惜若，叹道："你要答应阿姆不要欺负她，阿姆才会把她交给你。"

邵云和沉默了一会儿，道："不会欺负她了。"

周惜若听了只觉得脸上火烧火燎地红了起来。怎么听怎么就觉得自己是离家负气的媳妇，即将被丈夫接走。一旁的阿姆笑得脸上的皱纹都绽成了一朵菊花，看样子她对邵云和低头认错的态度十分欢喜。

她对周惜若道："跟他去云冈城吧，那边是个好地方。不会像这里这么穷，什么都没有。"

周惜若忽地哽咽，她被完颜霍图带到这贫瘠的赤灼之地，本以为这是绝境，可是没想到这里能碰到如阿姆和耶荼这样淳朴善良的人，这里虽穷可是却比富丽堂皇的齐宫更令她觉得心里踏实，如今真的要走了却忽地舍不得了。

邵云和看着她眼中的泪，眸色一闪，沉默地走了出去，道："给你一刻钟准备，大家都要走了可不能等太久。"

阿姆等他离开，这才呵呵笑着对周惜若低声道："云儿若不是喜欢你是不会带着你的。去吧，好好照顾他。"

周惜若想要纠正她的说法，可看着阿姆慈祥的笑脸却什么都说不出。她只能回帐子匆匆收拾一下，就随着邵云和的大队人马向云冈城而去。天气寒冷，她穿得单薄，耶荼见她要走几乎把自己漂亮的保暖毛皮衣服都给了她，直把她打扮成了一个地地道道的赤灼女人这才让她上马。

大队人马见时辰到了，呼喝一声告别了这片绿洲向着云冈城而去。周惜若在马背上，掀开头上的面巾回头望去，远远的，那片绿洲就如她来时一样渐渐恢复了平静……

　　几百人马走走歇歇，走了两天一夜，终于在第二日傍晚来到云冈城。周惜若被强劲的寒风吹得瑟缩，可是看到云冈城耸立在眼前的时候还是被这巍峨的边塞之城深深震撼了。红色高大的石头砌成城墙，城中房屋林立，热闹非凡，行人都是高鼻深目，眸色各异的各种部族的人。邵云和的到来令云冈城的城首带着大大小小的官员出城相迎，城首叫鲁炽。

　　鲁炽与他热情拥抱，然后又一一见过占木族的领头人，最后才是玫黛儿。他见玫黛儿容色美丽，哈哈笑道："都听闻库叶族有一朵沙漠玫瑰，如今看来比玫瑰还娇艳三分。"

　　玫黛儿哼了一声，把脸上的纱巾复又蒙上，由云冈城首派来的人领着去驿馆休息了。邵云和附在鲁炽耳边低声问道："二皇子什么时候到云冈城？"

　　鲁炽看了看四周的人，把他拉到一旁低声道："如今帝都有消息传来，说三皇子最近也在招兵买马，所以二皇子也急于想要扩充军队，老弟，你们占木族和库叶族正是及时雨呢，二皇子一定会很快来到云冈城的。"

　　邵云和眸色一闪，笑了笑："依附二皇子可有什么好处？"

　　鲁炽连忙道："怎么会没好处？先前秦国为了与我们结盟，送了好多东西。这批东西如今都在二皇子手中。"他眼露贪婪，"还有不少秦国美人！"

　　邵云和微微一笑，对鲁炽道："美人归大人，我们只要兵器。"

　　鲁炽连忙道："这是自然，这是自然！"

　　周惜若站在不远处看着邵云和与鲁炽低声密议，不禁皱起了秀眉。看他们神秘的样子恐怕邵云和来到云冈城别有目的。只恨她听不懂也不会说狄国话，也无法找人探问，只能在一旁瞎猜。

　　邵云和一行被鲁炽安排到了一座装饰华丽的驿馆中，看他的样子已是把邵云和当成了贵宾。周惜若也随着他住在了驿馆中的一处小院中，与她同住的是玫黛儿的贴身侍女。在她们看来周惜若不过是伺候邵云和的侍女而已，与她并无差别。想必驿馆中的人也是这么想的，所以才会把她一起安排在这个院中。

　　周惜若打量了这驿馆，果然如阿姆所说的云冈城当真是富庶，吃的穿的什么都有。大街上形形色色往来各部族的客商、商贩挨挨挤挤，各种各样的吃食货物都能看见。最远有从西域运来的宝石，最南的有从齐国和楚国运来的各种干货特产，当然最多的是各部族自己土地上的特产、毛皮等等。这一座沙漠边缘的城池因为独特的地理位置成了各部族之间交换东西的场所。

　　驿馆因为突然来了被城首鲁炽大人奉为贵宾的贵客而变得十分热闹。周惜若来到

第四章　风云齐聚云冈城

39

这里总算是能舒舒服服洗个热水澡，躺在真正的床上睡了一觉。一觉醒来已是第二天的天亮。她起了身，院子中已有女孩子在叽叽喳喳地高声谈话。她走了出去一看，原来是玫黛儿的侍女早起在院中梳头洗脸。她们见了她，打招呼问候，周惜若也学着打招呼回礼。

其中一位侍女见她不懂说狄国话，于是便用生硬的齐国话问道："你怎么不去伺候你们的主上？"

周惜若一怔，这才想起来自己是邵云和的"侍女"。她勉强道："我是新来的。"

那侍女笑眯眯地道："你可真有福气，可以伺候哈赤。"

其余几个一听在旁边暧昧地笑了起来。周惜若顿时尴尬不已，她道："你们也是一样，将来也是要伺候他的。"

那侍女叹了一口气，把她的话转述给其余的侍女听。其余几个侍女面上纷纷不以为然。那侍女道："这是做梦呢，我们公主是不会让我们伺候哈赤的。"

周惜若想起玫黛儿的醋劲，也不由笑了笑。她见这侍女能说齐国话，连忙抓住机会问道："你们公主和他……哈赤来这里是做什么？"

侍女睁大眼睛反问道："难道你不知道吗？"

周惜若摇了摇头。侍女连忙道："你居然不知道，我们是送玫黛儿公主和狄国的二皇子和亲的！"

什么？！周惜若几乎失声叫了起来。她连忙问："你们公主不是和哈赤……他……成亲吗？"

侍女一听笑咪咪地道："本来是订亲了，可是我们库叶哈赤说要让公主嫁给二皇子，听说二皇子也是个俊俏男人，我们公主真幸福。"她说完就与其余几位侍女叽叽喳喳地议论起来。

周惜若听了哭笑不得。这是真的吗？邵云和竟是送玫黛儿来和二皇子和亲的？！

难怪他在赤灼绿洲时盘恒许多日等了玫黛儿。但若是真的和亲也就罢了，他还千辛万苦地去与占木族立盟，难道和亲还关占木族什么事？想到这里周惜若嗅出不寻常的意味。她想了想，转身走出院子直奔邵云和歇息的所在。邵云和住在了西边院子。这里精致典雅，甚至有花园和流水游鱼，看起来竟有几分酷似齐国的府邸。

周惜若向侍卫通报了下就走进了院中。院中空地上，邵云和正在练剑。这还是她第一次看见他在晨起练剑。他上身着雪白中衣，下身穿着一条玄色长裤，腰间用带子束紧。手中的长剑寒光闪闪，划过一道道虹光。他身姿笔挺如剑，一招一式快得犹如惊鸿游龙。飞跃腾挪，人似被裹在了剑光中，幻影重重。晨光遍洒，为他周身染上了一层金光，一举一动刺目得令人睁不开眼。他额上冒出细密的汗水，俊脸一如既往地冷峻肃然，手中的长剑越舞越快，剑身也隐隐泛起森然的杀气。

周惜若在院门边都感觉到脸上剑风掠过，激起身上的寒气。他舞得正起劲，忽地轻嘶一声骤然停了手中的剑。

周惜若看见他脸上的痛色，上前道："你的伤还没好全，不可以妄动的。"

邵云和收了剑皱眉看着她："你来做什么？"

周惜若想起来意却顿时为难说不出话来。

邵云和上下打量了她一眼，冷冷道："既然来了就一起用膳吧，省得阿姆说我又欺负了你。"他说着大步走进了屋中。

周惜若踌躇半天才跟着他进了屋子。邵云和自去打水洗脸更衣把她又当成了空气。周惜若想起之前两人的怨怼，便在一旁尴尬站着。邵云和脱下上衣露出赤裸精壮的上身，周惜若脸一红，连忙转身。

邵云和看了她一眼，冷冷道："你不是来照顾我的吗？过来，帮我上药。"

周惜若闻言咬了咬牙上前为他递伤药。她粗粗一看果然看见他的肩胛上的箭伤又崩裂开来，鲜血流出。她不禁道："明知道身上有伤还练剑。"

邵云和听了她的话，冷淡道："这点小伤又算得了什么。"

周惜若看着他坚毅冷凝的面色无言以对，她知道他隐忍功夫了得，这点伤对他来说当真不算是什么。邵云和看了她一眼，递给她绷带："帮我缠上。"

周惜若只能上前为他身上缠上绷带。两人靠得这么近，几乎鼻息相闻。他的胸膛很结实，肌肉匀称，宽肩窄腰，充满了男子的气息。她算是女子中身材修长的人，也只到了他的下巴处。他居高临下地看着她认真地为他包扎，眸中一抹复杂神色掠过。周惜若替他包扎好肩头的伤，又拿了衣衫让他穿上。看他穿戴得整整齐齐，翩翩俊朗一如在齐国时，这才长吁一口气。

邵云和坐在桌边，深眸一眯，问道："你今天来是什么事？"他说着示意她坐下一起用早膳。

周惜若心道，果然什么都瞒不了他。她坐在他的对面，问道："这次来云冈城当真是来送亲的？"

邵云和冷冷地应了一声，埋头吃饭。周惜若见他不爱搭理自己，知道自己再问太多恐怕还是会碰了个冷钉子。她想了想，忍不住道："可是玫黛儿不是你的……未婚妻吗？"

邵云和冷冷抬起头来，指着米粥示意她多吃少说，冷冰冰地道："你自身都难保了，你管这么多事做什么？"

周惜若听得他口气不善，心中隐约有了恼意，也冷声道："若要我不管不问把我丢在阿姆身边就好了，何必非要我跟着来？"

邵云和抬起眼，眼中含着讥讽："为何听到玫黛儿要嫁给别人你这么紧张？你是在意她是不是嫁给我吗？"

周惜若一听想好的话都被他这一句堵在了喉咙中，脸也涨得通红。她向来自持冷静，但是不知为何在他面前总是被他三言两语击得丢盔弃甲。这个男人一定是她前世的克星！周惜若恼火地想道。

邵云和见她吃瘪，面上不禁掠过一抹笑意。但是他很快又冷了脸色，指了指她眼前的碗，冷冷道："吃饭吧，若是你闲得慌给我做几套衣服，这几日都要见重要的人，我没有衣服可以穿出去应酬了。"

他那样子就像是丈夫跟妻子抱怨。周惜若看了他一眼，冷声道："你没有衣服自己可以去找人做，顶不济还有那玫黛儿公主，她手下有那多侍女，我又不是你的什么人！"

邵云和忽地轻笑，似笑非笑地看着她："是，你的确不是我什么人。哦，我想起来了，你是我的阶下囚，所以我命令你给我做几套衣服好应酬这云冈城中的大人物。"

周惜若心中气急，想起自己的处境更是无奈，一顿早膳就在她自讨没趣中吃完。邵云和吃完早膳匆匆走了，他吩咐侍卫好好看着她，丢了几两银子当真就要她为他添置衣衫。周惜若看着一前一后寸步不离的高大侍卫，只觉得头更痛了。

周惜若在院中待了一会儿只觉得没趣，整个驿馆中空荡荡的，人人都出去办事或者游玩，唯有她一个人躲在院中为做不做邵云和的衣衫纠结、生气。她想了想，咬了咬牙吩咐侍卫随着她出门。

云冈城十分热闹，每条大街上都人来人往、摊贩成群。她在城中漫无目的地乱逛，先前的闷气因为突然烟火世俗的生活而烟消云散。她东走走西看看，这异域风光令她暂时忘了自己的处境。她在街上胡乱走着，忽的一抬头看见有个布庄商铺，上面挂着一个旗子。

她眼中一亮，对身后的侍卫道："我要去那里。"

两个侍卫点了点头随着她走到商铺中。周惜若心中紧张得微微渗出汗来，卖布匹的商铺中有伙计上前招呼。周惜若清了清喉咙，问道："有没有蜀天青色的杭绸？"

伙计笑道："这位夫人眼光真好，这里的人都不怎么爱穿杭绸呢，因为不耐脏。"

周惜若道："我要一匹蜀山天青的杭绸，一匹雪花蜀锦，外加一匹茜素红的锦缎，一定要十二股织的。"

伙计眼中一亮，连忙道："这位夫人稍等，小的让掌柜的前来招呼。"

周惜若笑了笑点头答应。过了一会儿，掌柜的出来，他恭敬地笑道："这位夫人要的都是上好的绸缎，这些都没有摆在这里，请随老朽进去挑选。"

周惜若点了点头，让掌柜的对那两个侍卫用狄国话解释了一遍。掌柜常年在这里照料生意，学得一口流利的方言土语。很快那两个侍卫点头同意，守在了店铺外面。

周惜若进了内堂，对掌柜的低声道："凤翔云际起祥瑞。"

掌柜的结结实实一怔，看了她半晌才道："龙游四海布雨露。"

周惜若心中一热，眼中顿时亮了起来。掌柜的上上下下打量了她许久，忽地恍然大悟，失声道："娘娘！"他说着急忙要跪下来。

周惜若忙一把将他扶起，感叹道："没想到云少的云记商铺开到狄国中了。"

掌柜十分激动，他张望了堂外守着的两个侍卫，连忙将周惜若请到了偏僻的花厅中这才急忙问道："娘娘怎么会在狄国呢？是不是被人掳了来？"

周惜若点了点头："这事很复杂，皇上现在怎么样了？"

掌柜道："娘娘不知，皇上找了娘娘好久，可是又不敢大肆声张。这里是边城，小的也不知道齐国到底怎么样了。不过大少爷也拼命在找娘娘呢！只是大家都没想到娘娘在这里啊。"他说着从屋中拿出一个盒子，盒子中是她的一张画像。画得栩栩如生，难怪方才这掌柜很快就认出了她来。

周惜若看着自己的画像，笔触细腻，惟妙惟肖，看落款竟是云思泽亲笔所画。云家商铺不知有千千万万，他难不成画了几千张？周惜若想着心绪复杂，怔怔出神。

掌柜的姓李，人都叫他李头。李头道："娘娘现在在哪里住着？要小的地方尽管开口。大少爷说了，无论如何也要找到娘娘，让娘娘平安回到齐国。"

周惜若沉默了一会儿，道："你先告诉你们家大少爷说我一切平安，至于怎么回去还得慢慢计议。"

李头见她神色郑重，想起方才她身后那两个明显不是齐国人的侍卫，自然知道其中也许有不可明说的重大机密，于是点了点头道："这小的自然知道。"

周惜若又问起齐国的一些情况，李头把知道的都告诉了她，可惜因为这是边城，消息到这里已是大半月之后的旧闻。周惜若问也问不出什么新的消息，只知道如今龙越离一直在齐国兜兜转转地找寻她的踪迹，京中和宫中对楚太后的出逃谣言四起，却无人知道真正发生了什么。周惜若知道不能多待，便匆匆拿了布匹出了布庄。

她回到了驿馆中心口犹自砰砰直跳。她也没想到在这边城居然能看到云记的布庄，幸好她平日联系过云思泽，知道他们云记的堂口切口，切口是类似一种传递消息的办法，以确认可信任的人。云思泽就是用堂口切口向齐国各地的云记商铺派人联系互通消息。

可是她联系上了云思泽之后呢？等着云思泽和龙越离派人来救她吗？她怔怔发了一阵子呆，看着手中的布匹，美眸沉了沉。不管怎么样，眼下似乎就只能这样了。

邵云和到了深夜才归来。他面色绯红，身上带着浓重的酒气。当他推开房门的时候却不由怔忪了下，只见昏黄的烛火下周惜若正伏在桌上沉沉睡去。她的手边放着量尺、针线，还有几匹颜色极好的绸布。

她在为他裁剪新衣。

第四章 风云齐聚云冈城

他走到她身边。烛火下的周惜若睡得踏实，发髻上的发滑落脸颊，她清丽的五官在烛火下美得越发迷离，长长卷翘的睫毛覆在眼睑上，有淡淡的阴影。睡梦中的她不知梦见什么，秀眉轻蹙充满了不安。他忽地伸手轻抚她清丽白皙的脸颊，手下的肌肤嫩滑如绸，浅浅的悸动仿佛要随着他的手臂延伸入心底。

邵云和深眸中眸光微动，缓缓俯身。忽的，周惜若猛的睁开眼，惊叫一声直起身来。她看见是他长长吐出了一口气，倦然地道："你回来了。"

邵云和也急忙侧头，佯装轻捻桌上的绸布，道："你其实不必这么赶着做这衣服。"

周惜若将了鬓边的散发，道："你不是说急着穿吗，左右我没事，只是我的房中没有桌子所以来这里做着做着就睡了。"她解释着，抬头看见他眸中的若有所思的神色，连忙又道，"我收拾一下就走。"她说着匆匆收了绸布和针线，转身要走出房。

邵云和忽地道："玫黛儿的事你不要再问，对你没有好处。"

周惜若猛的顿住脚步，回头看着他自嘲笑了笑："是，你的复国大计从来我都不懂。"

邵云和看着她匆匆离开的身影，看了许久。

一连三四天，邵云和都忙随鲁炽大人见城中一些有名望的人。狄国人善饮，即使如邵云和这般不轻易醉的人也时常醉醺醺地回到驿馆。周惜若每日借口买针线布匹便时常去在云冈城中的云记布庄。布庄的掌柜李头对她言道云思泽已从齐京匆匆前来这里，只是因为不知道她在这里的消息是真是假，所以未轻易报给龙越离知道。

这样也好，周惜若心中的担忧总算放下。如今齐国方定，她可不愿意龙越离因为她一怒之下再生枝节。

周惜若在院中无事就与玫黛儿的侍女们聊天，其中那位会齐国话的侍女十分健谈，时常说起狄国和他们库叶部族的事。周惜若一边听一边记在心中，顺便也与她学说狄国话。幸好赤灼和其余的沙漠中住着的部族一样都是与狄国同样的语言，只是偶尔口音不一样罢了。只要学会一种，其余的就算不会说，也会听个八九分。

周惜若在驿馆中安静地忙碌着，却不知如今狄国早就动荡不安。二皇子和三皇子早就势同水火，明面上平静其实各自招兵买马，剑拔弩张，战火一触即发。二皇子占据狄国的帝都，三皇子则占据靠秦国的东北一带。整个狄国实则早就一分为二。云冈城只是狄国的一处边城要塞，对于这狄国中的风云暗涌恍若未觉。

就在等待二皇子亲迎库叶部族最美丽的公主——玫黛儿的日子里，纷纷扬扬的鹅毛大雪终于铺天盖地而来。一夜之间边城皆白，寒冬顷刻而至。这是一场迟来许久的大雪，可是暴雪这么一来下了两天一夜。周惜若是南齐人不耐寒，半夜睡在几乎是冰窟的屋中彻夜难眠，即使整夜整夜炭火烧得旺也无法驱除寒气。她只能起床挑灯，一边做针线活一边烤火，生怕自己就这么给冻僵了。

一夜，她正在绣衣袖上的纹路，忽地前面传来一阵喧闹声。周惜若侧耳听了一会儿像是从邵云和的院中传出。她犹豫了一会儿，披上披风悄悄前去。到了邵云和的院中，邵云和正与几位大人高声谈笑。他身上的袍子被他们拽得皱巴巴的，那几个大人是狄国人，满脸络腮胡子，说的狄国话又快又响亮，几人都带着醉意，唠唠叨叨没完没了。

周惜若正犹豫怎么上前拉他们离开。门外走来玫黛儿。玫黛儿上前一把拉住邵云和，对他们道："各位大人都回去吧，这么冷的天在这里聊天难不成都不怕被冻着了？"

那几个大人见是她这才醉笑着各自让跟来的奴仆扶着出了院子。玫黛儿搭着邵云和的胳膊转身就走。她一转头看见周惜若躲在门边，微挑了精致的下巴挑衅地看了她一眼。周惜若看着醉意朦胧的邵云和，心中不由一突，再看时，玫黛儿已扶着他向屋中走去。她怔怔看着两人相扶，那想要脱口唤出声的一句话却始终堵在口中。

她忽地自嘲一笑，转身就走。

"等等，你回去。"她还未走出院子，忽地听见身后传来邵云和的不耐烦的声音，紧接着玫黛儿不平的声音响起："祈哥哥，你醉了我来照顾你！"

邵云和声音转冷："我说让你回去，我不要你照顾。"

周惜若回头看去，只见他已一把推开了玫黛儿，踉跄走入屋中。玫黛儿不死心跟上前拉扯着他，声音娇软："祈哥哥……"

"公主请回去吧。"不知什么时候周惜若已走到他的身边，劝道。

玫黛儿冷笑一声，一把将她推开，大而滚圆的美眸中皆是怒意："你是什么东西，来跟我争？你不是齐国皇帝的老婆吗？怎么现在又要来勾引了祈哥哥？"

周惜若被她推得跌在了雪地上。她起了身，被玫黛儿的一番话气得簌簌发抖。

"公主放尊重一点。"她面色冷凝，"他不想要你照顾，公主难道没听见吗？"

玫黛儿冷笑着走到她跟前，扬起秀眉，鄙夷地看着周惜若："他醉了，而我是他的女人！该走的人是你！"

周惜若看着醉意醺然的邵云和，心中一窒，慢慢道："好，我走，只是公主难道不是要和二皇子成亲吗？不该出现在这里的才是公主！"

玫黛儿闻言眼中微闪，转头冷哼一声："这不需要你来管。"她说着径直扶了邵云和进了房中。

"砰"地一声房门在她眼前关上。周惜若怔怔站了一会儿这才回到了自己的院中。雪簌簌的下着，像是春蚕在啃噬桑叶。

茫茫的夜，茫茫的雪，前路茫茫，人也茫茫，只是她眸中茫然的神色渐渐退去。她在这里做什么呢？在这里又到底留恋什么呢？关山万重，离家千万里，是该归去了。

45

第五章　雪原求生剧毒发

　　第二天一早，周惜若捧着连夜做好的几身衣衫推开了邵云和的房门。他听到声响从榻上起了身，许是宿醉未醒他揉着额角靠在床头，神情迷茫。周惜若看见他赤裸精壮的上身，连忙低了头。

　　她把衣衫放在他的桌上，道："新衣衫做好了，你试试，看要不要再改一改。"

　　邵云和起身拿了一件穿在身上，果然处处合身，针脚细密妥帖，衣袖上还绣了不少精美的纹路。他看着她眸色微动，问道："做得很合身，你是怎么知道我的衣长的？"

　　周惜若淡淡地道："我一直记得的，这几年来你身材也没变多少。"

　　她说的随意，仿若不过是寻常之事。邵云和回过味来心中一震，不禁盯着她的面上。他记得她也曾经为他量体裁衣的，就在两人成亲后的第二天。可未等她为他做好衣服，他就已匆匆上了京城。周惜若说完已弯腰帮他收拾屋子，她打扫得专心，正要捡起散落在地上的衣衫，她的手忽地被他握住。

　　周惜若抬头对上了他若有所思的深眸，他问道："昨夜是你照顾我一夜？"

　　周惜若挣开他的手，淡淡道："不，是玫黛儿公主，是她照顾了你。"

　　她收拾好屋中，拿了他要换洗的衣衫转身走出了屋子。她忽地笑了笑，扭头看着他问道："玫黛儿不会嫁给二皇子的，这是个局是不是？"

　　邵云和看着她，只是沉默不语。

　　周惜若轻叹一声："云和，你为什么不放我走呢。"她说完，再也不看他一眼，走出了屋子。

姗姗来迟的大雪没有停止的迹象，二皇子迎亲的队伍被这一场大雪延迟了几日，终于等到雪后初晴，二皇子的车队才到了云冈城，云冈城因为要迎接二皇子处处欢腾。周惜若在自己的小院中看着玫黛儿的侍女们忙进忙出，唯有她一人闲极无事，正绣着手中的衣衫。

还差最后一件。这几日她日夜做衣衫，给阿姆和耶荼，甚至雅查各做好一套新衣。雅查，他长大后也一定是个赤灼的小勇士。周惜若想起他来心中不知怎么的竟是又爱又怜。她总是记得他与邵云和两人说话的样子，亲密无间，令人觉得心生温暖。她也记得他射出那一箭小小人儿眼中的坚毅。

而这最后一件是给邵云和的。暗红的绸缎，精美的刺绣，她依着脑海中的样子飞针走线地缝着。她犹记得他最爱穿廷尉服，隆重的暗红，朝服穿在他身上笔挺修长，翩翩如神仙。马背上的廷尉大人邵云和，曾是多少齐京少女的深闺梦中人。

恩怨爱恨都已烟消云散，她是时候走了。

周惜若绣着领口最后几针，边绣边怔怔出神，忽地指尖一痛，一颗豆大的血珠冒了出来。她看着血色在自己的眼前蔓延，心头一股不祥渐渐弥漫心头。

到了傍晚，迎接二皇子的盛大晚宴开始了。整个云冈城几乎都沸腾了，处处张灯结彩，城首府邸中更是热闹非常，周惜若也被唤过去帮忙。严寒仿佛也不能抵挡这一片喜气洋洋。一拨拨歌姬舞姬在鲁炽大人的歌台上热闹地唱歌跳舞，欢快热辣的舞蹈仿佛能把人带到了春天。

周惜若在送菜肴的间隙看到了狄国的二皇子，他果然是个面目英俊的男子，只是鹰目高鼻，令人觉得不善。他穿着狄国皇子的衣衫，明红加上明黄交织，尊贵无比。城首鲁炽大人频频向他敬酒，肥胖的脸上皆是谄媚的笑容。邵云和在一旁作陪，亦是与四周的人高声谈笑，从容自若。

筵席从下午一直到了夜里，正当所有人都已醉醺醺的时候，一身盛装的玫黛儿被请了出来。她身着一身大红长裙，裙上缀满了各色宝石，在烛光下熠熠生辉。玫黛儿的美是热辣的、直接的，就如一道阳光刺入所有人的眼里，让人震惊也会灼伤了眼睛。她那双会勾魂的眼睛直视着坐在上首的二皇子，开始围着他跳起了舞。

周惜若躲在帘后看着她的舞蹈。她是见识过玫黛儿的舞姿，摄人心魄，是男人都会被她所吸引。果然二皇子的眼神越发火热。周惜若转眸坐在一旁的邵云和，他正低头看着手中的酒杯，从她的角度刚好看到他的薄唇边勾起一抹冷冷的笑意。周惜若最后看了他一眼，悄悄地退了下去。她避开喝得醉醺醺的人，从厨房穿过，飞快从侧门离开，没入了茫茫的黑夜中。

夜很寒冷，天上的孤星寂静地闪烁着。她低着头飞快地顺着走了许多次的路径，

47

很快找到了云记布庄。布庄的李头正焦急等着，见她来急忙上前道："娘娘，你终于来了。"

周惜若点了点头："走吧，这时候趁着城门还未关，他们都喝得醉醺醺的赶紧出城。"

李头不敢耽搁，把她领到了内堂中。在内堂中有一辆装满了毛皮货物的马车。李头把毛皮推开，马车板底下有个只能容一个人的暗格。他道："只能委屈娘娘了。"

周惜若道："没事，只要能离开这里。"她说完亦是一怔，只要能离开这里。是当真要离开了。

李头正要说什么，店铺中的伙计忽地前来，脸色剧变："掌柜的，不好了，城门关了！"

李头一听失声道："不可能！平日都是还要一个时辰后才关城门的！"

伙计摇头："今天早早就关了，小的出去打听缘由可那狄蛮子的官兵凶得很，不是我们日常见的那些人。"

李头与周惜若面面相觑。周惜若心中冰凉如雪，她怔怔坐在椅上，问道："该怎么办？"

李头神色也不好看，他看了看天色道："娘娘既然出来了就不要回去了，躲个一个晚上明日一早就出城。"

周惜若心中突突直跳，现在陷入了两难的境地，要是待在布庄晚上说不定邵云和就发现她不见了，明日一早就更加出不了城。可是若是回去的话明日不能出来又该怎么办？

周惜若犹豫了良久，咬牙道："我还是回去吧，明日一早我再寻机会出来。不然万一连累了你们就不好了。"

李头正要再劝，忽地布庄前有人在说了什么话。李头一震，对周惜若道："娘娘赶紧藏起来！"

周惜若心中一紧，急忙随着他躲入了房中。正当他们要寻躲藏之处的时候，刚才的伙计疯了一样冲了进来。他抑制不住惊喜，连声叫道："掌柜的！大少爷来了！"

周惜若一怔，李头亦是惊讶得说不出话来。从齐国到这云冈城千里迢迢，他竟这七八日就赶到了？！周惜若还未回神，只见一道人影疾步走来，他穿着一件狐领大衣，俊朗秀气的面上胡子拉渣，满面的风霜之色，分外憔悴。他看见周惜若，大步走到她跟前，忽地一把紧紧地将她拥在了怀中。周惜若怔怔地由他抱着，他下颌抵在了她额上，刺刺的疼，可是他身上皮革和风雪尘土交杂的气息却一阵阵扑入她的鼻间。

她想挣开却舍不得这温暖，鼻尖一酸，低声叹道："云少。"

云思泽放开她，上上下下几乎是用眼神将她灼烧了一遍，这才眸光暗涌涌动，声音嘶哑："娘娘果然没事。"

周惜若擦去眼角的泪，含笑道："我没事。"

两人对视竟一时不知要说什么。良久云思泽回过神来才放开她的手。李头与伙计早就识趣地离开，等到他传唤的时候捧着热水和食物上前。周惜若看着云思泽换下一身重裘，狼吞虎咽地吃着饭菜，心中不由又是酸楚又是感动。为了她，他竟这般千里迢迢前来狄国。

云思泽用完饭，梳洗过这才恢复了精神。两人围炉而坐，茶在茶鼎中咕噜噜地冒着热气，但是两人都没心思煮茶聊天。

云思泽听了李头的禀报，皱眉道："这么看来，今夜无法离开云冈城了。"

周惜若点了点头："只能期待明天一早了。"

云思泽看着她消瘦的面容，道："照娘娘说来，邵云和竟是赤灼的皇子？他想要复国？"

云思泽知道的并不多，也不知道邵云和的身份。她当初瞒着他是为了让他置身事外，而如今已没有了隐瞒的必要了。

周惜若看着明灭的炉火，慢慢道："他正要做一件极其重要极其秘密的事，我虽不知道是什么，但是却觉得他已经开始了。"

云思泽长长叹了一口气，眉眼间皆是忧虑："邵云和在齐国时就已是极厉害极有手段的一个人，如今他到了狄国想要复国那些人怎么是他的对手？"他郑重对周惜若道，"娘娘不要再回去了，今夜就宿在这里吧。"

周惜若看着漆黑的夜色，忧色重重地点了点头。

城首府邸中歌舞声慢慢停歇。邵云和跟跟跄跄地由侍卫扶着上了马车。上了马车之后，他一改方才眼中的醉意朦胧，对车夫冷声道："回驿馆！"

车夫不敢耽搁，匆匆驾着马车向驿馆而去。邵云和回到了驿馆中，已有了不少人在等着。他们神情凝重，慢慢擦拭着手中的兵器。完颜霍图正坐在上首，见他前来，问道："可顺利？"

邵云和点了点头，直视他的眼睛，一字一顿地道："成败就在今天夜里。"

占木族的领头人吐布鲁哼了一声，道："只要完颜哈赤你能遵守我们之间的盟约，今夜定能成功！"

邵云和深深看着他，眉间皆是坚定："这是自然，别忘了你们占木族也是赤灼人！"

吐布鲁站起身来，饮尽手边的酒，对厅中的人大喝一声："这一碗酒敬赤灼最伟大最尊贵的哈赤首领！今夜我们就要在他的带领下洗刷我们赤灼百年的耻辱了！干！"

众人纷纷站起身来，大声道："哈赤万岁！"纷纷饮尽碗中的酒。

邵云和也一口饮尽碗中的酒，声音低沉坚定："复我之邦！兴复赤灼！"

49

邵云和回到房中，忽地想起了什么，唤来侍卫沉声问道："她呢？"

侍卫们面面相觑，邵云和脸色一沉，猛的起身冲入了周惜若的房中。房门打开，里面空空如也。只有几套簇新的衣衫整整齐齐放在床上，最上面的是她为他做的新衣。他定定看着手中的衣衫，暗红如血的衣衫，一针一线，仿佛能看见她坐在灯前埋头穿针引线，眸色温柔。

手中一颤，衣中一张纸条落下，他拿起，一行秀丽的小字深深刺痛他的眼："与君长别，山穷水尽，恩怨两消。"心猛地一恸，他捏紧手中的纸条，捻过手中细滑的绸布，眸色阴沉如山雨欲来，咬牙一字一顿地道："周惜若！"

夜沉沉的，周惜若躺在床上辗转反复，一旁的地上躺着云思泽。他坚持打了地铺一定要在她身边守着。周惜若不得不忍受布庄掌柜李头和伙计的异样眼神与他共处一室。云思泽睡得沉沉的，面上倦色重重，周惜若睡不着，索性起身穿戴好衣衫。她见云思泽身上的被衾滑落，悄悄上前为他盖好。

云思泽不知梦见了什么忽的转身一把捉住她的手，喃喃道："惜若，不要走……娘娘……"

周惜若一惊，他睡梦中的手劲很大，令她挣脱不得。她看着他紧皱的眉头，美眸中水光莹然，低声道："云少，你何必呢？"

她悄悄收回手，正要走出房门，忽地整个地面被轰隆隆的马蹄声踏响，就如一声惊雷狠狠在地底炸开。正在沉睡的云思泽一跃而起，惊道："不好！邵云和追来了！"

周惜若心中一紧，云思泽已拿起一旁外衣匆匆披上，然后拿起早已收拾好的包袱，拉着周惜若冲出了屋子。正在守夜的李头急忙前来，他神色惊慌："大少爷，不好了！街上很多狄蛮子啊！"

云思泽拉着周惜若，勉强定住心神，问道："去准备两匹马，上好马鞍等着。李头，你找个可以躲藏的地窖。"

李头道："地窖有一个，但是在隔壁街上的铺中，那边不容易被人发现。"

云思泽点头，令他领路。周惜若心口砰砰直跳，难道这真的是邵云和前来抓她吗？可还未让她多想，云思泽已拉着她跟着李头出了布庄。三人一出，顿时吃了一惊，只见西北边天际一片火光。火光冲天，许多人在高声呼喊着什么。越来越多的人涌向那火光之处。

周惜若脸色顿时煞白，她一把拉住云思泽，惊得说不出话来："我……我知道了！……"云思泽正被眼前的情形惊得不知是要去躲藏还是硬逃走，一听她这话问道："娘娘知道什么了？"

周惜若指着那火光的方向，道："那是城首的府邸，二皇子也在其中。这些人不是来抓我们的！"

云思泽正要再说什么，城门那边传来一声巨响，大批大批的骑着马挥舞着马刀和弯刀的骑兵冲了进来，他们见了城中的守军劈头就砍，一路犹如风卷残云向这边冲来。云思泽见情势不好，急忙拉着周惜若又退回了布庄中。外面天翻地覆，喊杀声与哀嚎声四起，往昔平静繁荣的云冈城一夜之间变成了人间炼狱。周惜若与云思泽躲在布庄的密室中，听着外面的响声，两相相视皆是惨白的面色。

他们再蠢也明白这一场变乱与邵云和脱不了干系。邵云和假借狄国大皇子与二皇子相争，各自拉拢部族人马时带来占木族与库叶两族投靠二皇子。以兵马诱之，以结盟联姻取信骗得二皇子前来云冈城。而等到二皇子一到再行刺杀！而二皇子带来的赏赐金银和兵器统统都成了邵云和的囊中之物。

好计！好毒的计！

这一夜就在地窖外的惨呼与马蹄之声艰难熬过。第二日李头出去打探消息，带回来的消息令周惜若心中越发沉默。

昨夜一场欢筵，美丽的占木族的玫黛儿便随着二皇子一起回房。这难得消受的美人恩到头来竟然是一场精心设计好的美人计。玫黛儿趁二皇子酒醉之时一刀把他杀了，然后埋伏在城首府邸四周的邵云和带来的占木族和赤灼族战士冲破府邸，将二皇子带来的侍卫和城首鲁炽一起斩杀。城首府邸火光冲天，前来赶来救火的云冈城守军就被请君入瓮。

邵云和带来的三百骑兵与守军混战，与此同时，邵云和这几日买通策划叛变的狄国守军打开城门，把埋伏在城外的赤灼骑兵放入城中。整个云冈城里外夹击，顿时陷入了一片混战之中。

和亲是假，归顺是假，邵云和真正想要的便是夺取云冈城！杀了二皇子！

云冈城之变，狄国举国震惊！可怜二皇子远道而来，本以为能一举娶得美人归还能让游离在边塞的几支大族纳入自己的麾下，没想到最后却成了身首异处的结果！布庄的密室中，气氛凝重。火把静静燃烧，密室中充斥着刺鼻的气息。

云思泽长叹一声："我早就应该猜到邵云和会这样做。"

周惜若忽地轻笑："他的确是会这么做，夺取了云冈城之后，他的力量已不容小觑。"

不过几个月，他来到赤灼在最短的时间游说几个各怀心思的部族连盟。然后借助狄国大乱的局势假意归顺二皇子，骗了兵器马匹。此次云冈城之变，他手中迅速崛起一支足可以扫荡狄国的骑兵。他的复国不再是梦，才踏出第一步就已令世人震惊。

一人之力，借势搅乱天下大局，当今天下有这等计谋的除了邵云和还有谁能做

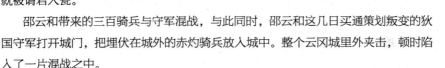

到？她忽地觉得前途一片晦暗。

"我们逃得出去吗？"寂静中，周惜若忽地问道。

云思泽握住了她的手，密室中他清朗的眉目有种安定人心的力量。他看着她惶惶无措的眼睛，一字一顿地道："娘娘，我一定会带你出去的！"正在这时，李头在外面声音颤抖："大少爷快走，有一队狄蛮子冲这边来了！"

云思泽与周惜若脸色一白，周惜若怔怔道："他发现我逃了！"云思泽一把拉起她，咬牙道："娘娘，我带你离开！"

他说着拉着她出了密室，匆匆从后门牵了马逃出。天光惨白，眼前所见皆是尸横遍地，死的都是云冈城的守军。云思泽担心她不善骑射，把她放在自己的身前，道了一声得罪，咬牙向城门疾驰而去。

风声呼呼，如刀一般割过脸颊。周惜若眼前恍恍惚惚，一夜之间热闹繁华的云冈城成了一处死地。街上再也不见商贩和行人，只有面目阴冷的占木族和赤灼族的精壮战士，他们脸上都是激战过后的狠戾，令人生畏。有人发现了云思泽，在身后呼喝起来，云思泽冷凝着脸色拼命打马。

越来越近了，城门越来越近了！

云思泽欢喜道："娘娘，快出城了！"

正在这时他们两人身后一道劲风破空而来，周惜若心中一惊想要躲闪都来不及。云思泽心中一凉，那劲箭来势汹汹迅捷万分，根本来不及躲闪。"铿"的一声，那枝羽箭擦过两人手臂射在了他们的马前。云思泽身下的马儿受惊长嘶一声扬起前蹄。云思泽抱紧周惜若，勒住马儿怒而转头。只见不远处冷冷立着一抹玄黑身影，他身下骑着一匹高大的黑色骏马，俊眉深目，正是邵云和。

越来越多的士兵慢慢围上前来。周惜若坐在云思泽身前看着邵云和冰冷的脸色，不禁脸色发白。

"原来是云少。"邵云和冷笑一声道，"我就想什么时候这偏僻的云冈城居然有蜀锦杭绸，料子还是上乘的，原来是云少的布庄。"

周惜若闻言心中一惊，难怪邵云和能这么快就找到了她，原来是在她留下的衣衫上发现了这个秘密。

云思泽看着他似笑非笑的脸色，冷然怒道："邵云和，你别忘了是皇上栽培你，供你官职！你居然忘恩负义掳走娘娘！"

邵云和冷冷看了他一眼，道："她本来就是我的妻子！"此话一出四周的士兵们纷纷皆惊。无数双眼睛盯着周惜若，各种揣测和疑惑的眼神令她犹如在火上炙烤。

云思泽不愿和他废话，拔出腰间的宝剑，冷冷道："今天无论如何我要带着娘娘走！"

他说罢策马向几步之遥的城门冲去，两旁待命的士兵纷纷骑马扑上前阻拦。周惜若看着迎面的刀光剑影忍不住惊呼一声。云思泽把周惜若按在马鞍上，狠狠一夹马腹冲过人墙。周惜若紧紧闭着眼听得耳边刀剑之声不绝，吓得连气都不敢出。

云家代代从商，但对子弟的要求也十分严格。云思泽身为云家长子更是培养的重中之重。他从小就由名师教导，一身武艺亦是十分了得。很快眼前的人墙被他砍杀出了一个缺口。云思泽狠狠一抽下的马，竟硬生生冲出重围到了城门边。周惜若回头只见邵云和冷冷立在不远处，没有一丝一毫打算追击的意思。

她心中涌起一股不安的感觉，可是此时云思泽已冲进人墙向云冈城外而去。耳边的风声呼呼，陡然展开他们眼前的是一望无际的戈壁雪地。寒风猎猎地刮着，周惜若由云思泽带着向着茫茫雪原的深处疾驰而去，身后隐隐传来追击的呼喝声，被风一吹也渐渐消失了踪迹。

两人一骑，一直疾驰到了马儿几乎力竭这才停了下来。云思泽与周惜若下了马。他看着身前身后空茫茫的空阔雪地，不禁深深拧紧了眉头。此时天已近傍晚，两人一路逃命疾驰又累又渴，只能找一处光秃秃的小山丘喝水休息。

周惜若看着前前后后的荒芜，拢了身上单薄的衣衫，声音干哑："云少，你不觉得我们逃出云冈城太过容易了吗？"

云思泽喝了一口水，恨声道："邵云和太可恶了，他笃定了我们逃不远。"

周惜若苦笑："是啊，所以他连追都懒得追了。"她打量了一下天色，眉间忧色重重："若是再下一场大雪就真的走不了了。"

不消说下一场大雪，就是今夜在雪地中过夜都十分危险。到了夜里雪地酷寒，没有御寒的衣物也没有吃的食物，到了夜间还有在雪地中出没的雪狼……邵云和不追并不代表他不想捉她回去，他只是要耗尽他们的精气神，等他们频临绝地了再从从容容把他们捉回云冈城。这是一种冷酷的震慑，让她轻易不敢再离开他的身边。

云思泽看了看天色，咬牙道："不管怎么样，他要我们乖乖回去，我们偏不能遂了他的愿！"

他说着开始四处寻找避风的所在，周惜若也帮忙寻找可以燃烧的枯树枝。不知是不是苍天不负有心人，云思泽终于在山丘的另一面找到一处半凹进的山洞，山洞很浅，但也算是有了一处可供歇息的所在。两人升起火堆，开始准备度过这迅速暗下来的茫茫黑夜。

苦寒之地果然十分寒冷，太阳刚一落山，四面八方的寒风吹得呼啦啦直响。周惜若与云思泽两人蜷缩在洞中，又饿又冷几乎要冻僵过去。地上的火堆也渐渐熄灭，眼前唯一的光与热再也消失不见。

周惜若睁开眼，觉着自己周身仿佛要冻成了冰坨，她忽地轻笑："云少，你不应该来这里的。"黑暗中伸来一双有力的臂膀，周惜若已被他牢牢抱在怀中，他身上的裘衣早就披在她的身上，两人相拥只为了汲取那一点点温暖。

第五章　雪原求生剧毒发

"我若不来，还有谁能来呢？"

云思泽低沉的声音在她耳边响起。她抬起头来看着黑暗中无法看清的面容，眼中缓缓落下泪来。这两年唯有他不离不弃在暗中助她，若说是云家想要依附了宫中的宠妃权贵，但是这份情早就超过了她应得的。

她低声问道："云少，我们会死在这里吗？"

黑暗中，他的目光映着天穹的微光熠熠如星子，一字一顿地道："娘娘能回到齐国的。"

周惜若默默流泪，眼泪才刚流出就冻成了冰凌，贴在脸上刺拉拉地疼。她黯然道："但愿能撑过这一夜吧。"

云思泽握紧她的手，漆黑的眼眸中流露坚定，道："一定会的。"

到了半夜，正当两人半昏半沉的时候，忽地远远地传来一声声嚎叫声。云思泽连忙推醒周惜若，急忙道："娘娘快醒来！有狼！"

周惜若惊醒心中一寒，祸不单行，暴风雪过后饥饿的雪狼就出来觅食了。云思泽急忙起身，收拾了东西拉着周惜若上马。周惜若上了马看见远远的雪地上有几个绿幽幽的光点正朝着他们的方向悄悄走来。

云思泽咒骂一声，道："一定是雪狼闻到了马匹气味追来的。"

周惜若心中害怕，问道："那我们怎么办？"

云思泽辨认了一下方位，咬牙道："只能连夜赶路了，看不能熬过今夜，在三百多里外有一个城池，叫做风城，到了风城就可以进入狄国人烟多的地方了，那边我们也许就能回到齐国了。"

他说完带着周惜若向东西方向走去。夜里的寒风迎面吹来令人无法呼吸，周惜若蒙着面巾，把自己严严实实地包住，可是严寒中人几乎快要冻僵。云思泽不停地与她说话，催促她不能闭上眼睡去，周惜若不得不咬牙忍住。两人走了几里地，雪狼渐渐缀在了他们身后，越来越近，伺机而动。周惜若频频回头看着那一双双碧幽幽的狼眼，心底冒起寒气。云思泽拔出腰间的长剑警惕后顾，雪狼的性子多疑且凶猛，就这样一路走，一路缀着。

终于，雪狼群越来越多，渐渐有雪狼试探着跑到了马前阻拦他们的去路。

云思泽咒骂一声："该死狡猾的畜生！"他手中剑光一闪，一条靠得近的雪狼就被他立毙剑下。突然的血腥味激起了雪狼的野性，它们仿佛得到了什么命令嚎叫着扑了上来。周惜若惊叫一声，只见四面八方不知有多少匹雪狼纷纷合围将他们两人一马围困在其中。

云思泽连连催动马儿，可是雪地上的积雪有一尺多深，马儿根本跑不快，雪狼已扑到了跟前，云思泽索性下了马，手中长剑挥舞刺向扑来的狼。一条条雪狼喉中的嚎

54

叫声在空旷的雪地上听起来格外骇人。云思泽一边砍一边拉着马儿向前走，可是雪狼越来越多，杀了一条还有十条二十条纷纷扑来。

云思泽见势不妙，一把将周惜若从马上拖下来，厉声道："快跑，马就不要管了！"

他说着拉着她向前跑去，身后的马儿被落下，几只雪狼纷纷扑上去。周惜若听着身后马的惊嘶声从心底冒起一股寒气。她再回头的时候，那马已被雪狼扑倒在地，几十条狼一起上前撕扯。周惜若惊得几乎软倒在雪地上，云思泽一把将她拖起来，吃力地向前跑去。

两人跑了许久，身后又传来窸窸窣窣的声音。云思泽一回头，怒道："这群畜生又来了！"

周惜若一回头只见雪狼碧幽幽的光又在身后闪闪烁烁。此时她已没有了力气再走，她看着同样精疲力尽的云思泽，断断续续道："云少，你走吧……你放开我，一个人走吧。"

云思泽的手中握得更紧，怒道："不！就算是死我也不会丢下娘娘的。"

周惜若苦笑："何必呢……我只是个不祥的人，云少……"

云思泽一把将她拽紧在跟前，低声一字一句地道："这个时候我不许你放弃！就算是死，我也不能丢下你！"他说着回头看着渐渐逼近的狼群，冷声道："这狡猾的畜生想要逼着我们力气耗尽才扑而上，我偏偏不上这个当！"

他在雪地上手拿着剑与狼群对峙。周惜若靠在他身上看着四面打转的雪狼只觉得长夜漫漫，似乎永远也没有尽头。漆黑的夜色中狼群渐渐多了，许是他们方才吃了一匹马不再那么饥饿，又或许它们畏惧云思泽手中的剑，于是打了几个圈之后就在原地趴着看着雪地中走投无路的两人。

周惜若看着一眨不眨紧紧盯着狼群的云思泽，低声道："是我连累了你。"

云思泽神色渐和缓，握了她的手，温声道："娘娘，我们一定会熬到天亮的。"

夜渐渐无声而过，寒风一阵阵紧似一阵，雪地时不时传来雪狼的嗥叫，凄凉荒蛮。天，渐渐亮了。当那东边一轮红日破开云雾跃出地面的时候，雪地上的狼群不知什么时候已无影无踪。一夜的酷寒和狼口求生，两人竟然熬过去了。

云思泽几乎冻成了雪人，他抹了一把脸上的霜雪，转头对昏昏沉沉的周惜若道："娘娘，天亮了！狼群走了！"

他唤了几声周惜若都未回应。正当他心中焦急拼命晃着她的时候，周惜若忽地"呕"的一声吐出一口黑色的血，她脸上青紫，神色痛苦。云思泽吓了一跳，他一把将她抱在怀中，急忙问道："娘娘！你怎么了？"

周惜若缓缓睁开眼，她只觉得五脏六腑仿佛都要拧起来，剧痛从身体的深处向四肢百骸蔓延，她目光涣散，看着云思泽喃喃地道："秋水寒……我中的是秋水寒

55

的毒……"

三个月之期！从她被完颜霍图掳到赤灼至今，三个月期限到了！而且刚刚好就在她逃出云冈城的第二天。难怪邵云和不追来，原来他早就知道她是逃不了的。就算她逃走了，手中无解药的云思泽也会把毒发的她亲手送到他的跟前！

周惜若痛得蜷缩起来，哀叫一声又呕出一口黑血。突如其来的变故令云思泽惊呆。他回过神来看着她痛苦的神色，大声怒道："是不是他给你下了毒？是不是？！"

周惜若已昏昏沉沉不能回答，五脏六腑剧痛过后仿佛在烈火上灼烧，痛得恨不得剖开肚子将心肺都扯出来。她想回答云思泽，可剧痛令眼前一阵阵发黑，再也不知身在何地。

云思泽眼中赤红，面上一片铁青，他抱着已人事不知的周惜若心急如焚。茫茫雪地上没有人烟没有马匹，更没有大夫和草药，甚至吃的喝的都没有。他活了二十多年，云家财大势大，金银珠宝、绫罗绸缎取之不尽用之不竭，天下奇珍，价值连城在他眼中也只是寻常，可是今天他生平第一次觉得自己那么没用。

"惜若，我不会让你死的。"他附在她耳边低声道，"惜若，一定要撑下去。千辛万苦你都活过来，千万不要不明不白死在这里，我带你走！"他说着抱起她，吃力地往前走去。

风雪漫漫，天上又渐渐飘起了雪花。邵云和找到两人的时候已是暮色沉沉的傍晚，他身后皆是兵强马壮的战士，他一身玄黑狐裘披风，身上赫然是周惜若亲手为他缝制的暗红长袍，风雪下他冷峻的眉眼比雪还冰冷。

他居高临下地看着雪地上相拥的两人。云思泽缓缓抬起头看着他，忽地，他笑了起来："你若爱她，怎么舍得让她如此辛苦？她就差那么一点就要死了，你知不知道？！"

"把她给我！"邵云和在马背上冷冷伸出手。

云思泽看着怀中昏死过去的周惜若，终于颓然开了手。

邵云和下马一把将她抱在怀中，吩咐道："把他绑起来，带回云冈城。"

士兵们应了一声把云思泽捆了起来。

邵云和看着怀中脸色乌紫的周惜若，伸手轻抚她眉眼上的雪沫，低声道："我说过，你再也逃不了我的掌心。"

周惜若再次醒来的时候已是两日后的清晨，身下是厚实温暖的被褥，房中炭火烧得很旺，令人如置身在春天之中。她睁开迷蒙的眼茫然地打量着四周，当她目光落在床边搁着的一件熟悉衣裳的时候忽地惊得坐起身子。

"你醒了？"房中一角响起一声冷淡的声音。周惜若循声望去，只见邵云和正坐在书案边冷冷看着她。周惜若脸色变了几变，问道："云少呢？你把他怎么样？"

邵云和薄唇微勾，似笑非笑地吐出两个字："杀了！"

第五章　雪原求生剧毒发

第六章　身陷囹圄难自救

周惜若一怔，不知哪来的力气从床上跳起扑到了他的跟前怒道："你怎么可以杀了他！你这个疯子！你卑鄙无耻！"她不停拍打他，眼中泛起血丝，恨意满满几乎就要把他撕碎。邵云和一只手把就把她胡乱挥舞的拳头给压制住，可是周惜若如疯了一样拼命挣扎。

"你这样闹下去，我真的要把他给杀了！"邵云和忍不住出声呵斥道。

周惜若停止了挣扎怔怔看着她。她一张素白的小脸因为冻红而红彤彤的，分外娇媚。长发披散在肩头，一身雪白的中衣能看见隐约露出里面窈窕的曲线，一双细足是没有穿鞋，裸足如雪。眼前的她楚楚动人，慑人心魄。

邵云和不自然地别过头，冷哼一声："要不是我你们两个都得死在雪原上！"

周惜若冷笑讥讽："若不是你，我和云少也不会在这里！"她话音刚落禁不住打了喷嚏。她这才看到自己衣衫不整，急忙抱住了自己。

邵云和眸光一闪，一把将她抱起丢在了床上，冷冷道："你的毒药暂时解了，可是真正的解药还在我义父手中，你若想活命就乖乖待在我身边。"

周惜若想起什么，扬起脸，冷笑连连："义父？！你恐怕还被你的好义父蒙在鼓里吧？他是你亲生父亲！所以他才会千里迢迢去齐国救出太后！果然如他这样卑鄙无耻的人只能养出像你这样只会拿别人性命威胁的卑鄙无耻的儿子！"

她话刚说出口心中就涌起后悔，果然邵云和脸色一变，跟跄退后两步。周惜若看着他凌厉迫人的目光，不禁往后缩去。房中寂静得可怕。邵云和深眸中神色变幻不

58

定，只直直盯着她的脸上。

周惜若被他骇人的目光给定在床上，不知如何是好。她结结巴巴道："阿姆也知道……阿姆说……"

"她说什么？！"邵云和一把拽起她。他的眼中带着笑，可是眼底的骇人的寒意却如刀一般直刺她的心底。周惜若知道他是真的发怒了，这滔天的怒意甚至比他看着她逃走更加震怒。

她想起他的手段禁不住簌簌发抖。她颤声道："阿姆说，你的义父……他说你的母亲不是赤灼人，怕你的身世被族人知道会对你继承大业不利……"她看着他越来越铁青的脸色，努力鼓起最后一点勇气，反问道："难道你自己就没察觉吗？"

邵云和放开她缓缓坐在了床边。周惜若解了钳制急忙往后缩去。她心中禁不住阵阵后悔，她无意戳中他心中最痛的所在，可是两人每次都会陷入这样的境地：她伤他一分，他还以颜色，无休无止。

许久，邵云和冷冷站起身来转身走出了房中。周惜若看着他笔挺的身姿，久久无言。

一盆分辨不出到底里面是什么东西的饭食放在牢门前，而铁栅栏之后便是一身血污狼狈的云思泽。周惜若看到他的时候心中紧了紧，疾步上前，厉声对身边的侍卫道："快打开牢门！快点！"

侍卫对视了一眼，走了出去，用狄国话说了一句，大概意思是不能超过半个时辰。周惜怒视着他们离开，这才赶紧推了推躺在冰冷地上的云思泽。

云思泽幽幽地醒了过来，他见是她，扶着额角的伤长吁一口气："娘娘没事就好。"

周惜若看着他狼狈的样子，愧疚道："他命人打你了？"

云思泽笑了笑，靠坐在墙边，指了指脸颊上的伤："不，他亲自过来狠狠揍了我一顿。"

周惜若心中越发难受，低声道："是我的错，我不应该把你牵连进来的，如果不是我，云少也不会来到这里。"

云思泽看着她，面上脏污掩不住他俊朗，笑道："娘娘说什么话呢，我若不来还有谁能来呢？皇上很是着急娘娘的下落的。"

周惜若明眸黯然："皇上怎样了？"三个多月过去了，她与龙越离隔了千万里不得相见。赤灼这贫瘠苦寒之地，她在辛苦劳作中渐渐忘了齐京的奢华与富贵，还有那尔虞我诈的宫廷。如今再提起齐国和龙越离，竟觉得已是上辈子的事。

云思泽道："皇上封锁了皇后娘娘被劫的消息，只说娘娘去了行宫养病，皇上憔悴了很多。"

第六章　身陷囹圄难自救

周惜若心中一悸，越发沉默，云思泽小心地打量她的神色，犹豫许久才问道："娘娘和邵云和……"

"没有。"周惜若惊觉回神，连忙道，"我和他没有……"

云思泽连忙道："娘娘不必担心，我相信娘娘的清白，只是看样子邵云和打定主意不让娘娘回去了。"

周惜若苦笑道："他不放我走，也许只是想让我亲眼看着他怎么复国吧，他想报复我对他从前的嘲弄和不屑。"

云思泽眼中皆是不信，道："娘娘怎么会是这种人呢？娘娘是不是故意的？"

周惜若正要回答，忽地监牢的大门出被打开，一队人走了进来。当先一人黑袍加身，黑巾蒙面，正是完颜霍图，跟在他身后的是一身宝石装饰的玫黛儿。完颜霍图走到云思泽的牢房跟前，冷声吩咐道："把他拉出来。"

两个士兵上前把云思泽拖出来。周惜若眼皮一跳，急忙拉着云思泽，怒道："你们到底要做什么？"

完颜霍图桀桀冷笑："听说他可是齐国第一皇商云家的大少爷，云家的生意遍布齐国上下，甚至生意做到了四国之中，财大气粗，老夫也只是稍微拿来用一用罢了。"

周惜若心中一惊，云思泽已冷笑起来："没想到你们狄蛮子还干起来劫人赎票的勾当，不嫌下贱吗？"

完颜霍图露在面巾外的眸色一沉，上前一步狠狠拎起云思泽的领子冷冷道："我们可不是狄国人！"

云思泽眼中皆是轻蔑："那就是比狄国人还更不如！"

完颜霍图一听，眼中恨色掠过，一掌狠狠地打上他的胸口。云思泽被打得连连退后几步，呕出一口鲜血。周惜若惊呼一声急忙扑到他的身上，怒道："你为什么要打他？！完颜霍图你别欺人太甚！"

玫黛儿见她那焦急的样子，咯咯笑了起来，道："周惜若，怎么心疼了？！你的裙下之臣还真多，这云家的少爷都死心塌地来救你。"她说完脸色一冷，道："还不把他押走！"

她话音刚落，几个士兵就把云思泽带走了。

周惜若上前拦住完颜霍图，惊怒交加："你们到底想要什么？"

"粮食。"完颜霍图冷冷道，"十万石的粮食，给了就放人。"

周惜若倒吸一口冷气，怒道："你们太狠了！齐国大乱刚定，秦楚两国今年的收成也不好，你要云家去筹这十万石的粮食？"

完颜霍图冷冷道："那就是云家的事了，齐国第一皇商有的是银子！"他说完冷冷地走了。

60

周惜若看着他们离开，一咬牙匆匆出了监牢直奔邵云和的书房。鲁炽穷奢极欲，府邸建造得曲折回环，十分精美。周惜若费了好大一番工夫这才找到邵云和平日议事的书房。邵云和正与几个人正在议事，周惜若冲了进来，书房中所有人的眼睛都只看着她一人。

邵云和皱眉吩咐他们离开，这才看着周惜若问道："到底是什么事？"

周惜若美眸中皆是怒火："你为什么要扣着云少还威逼与云家付十万石的粮食来赎？你居然做这么卑鄙无耻的事！"

邵云和眸中掠过诧异，但随即掩下眼底的神色，淡淡道："如今兵器有了，粮食短缺，自然要四处找粮食。"

周惜若气极："若是云家交不出粮食呢？你明明知道齐国大乱方定，四国中今年的收成也不好，大冬天的你让云家去哪里筹措粮食？"

邵云和冷冷看了她一眼，冷淡道："我明白你的意思，你下去吧。"

周惜若看着他冷若冰山的脸，一口恶气堵在心口，闷闷离开了书房。她一天心神都不宁。十万石，若是放在丰收之年云家凑一凑勉强还能给，可是如今齐国刚平定楚太后的逼宫变乱，人心惶惶，市面上的粮食水涨船高，人人只盼能多藏几斗度过乱世，怎么肯拿余粮去换钱？而且云家身为第一皇商，自己庄上收起来的粮食早就给龙越离征用了。如今楚国来犯的十万大军虽未有动静，但是还在齐国的边界上徘徊，要从楚国运粮更是奢望，秦国更不用说了，秦国向来不是鱼米之乡。世道维艰，要凑够这十万石真的是难上加难。

周惜若忧心忡忡，一直到了晚间都没有胃口吃饭。她想了许久，命侍卫出府找到云记布庄的李头，把事情来龙去脉说了一遍。

李头一听脸色煞白，他连忙跪下泣道："娘娘一定要救我们家少爷，不说别的，就是真的能凑够十万石的粮食也没办法运来啊，皇上一定不会让我们云家做这种通敌之事的！"

周惜若脸色越发灰败。她只能勉强安慰了李头几句，命李头去想个办法把消息递给远在齐国的云家的家主。她还记得那个睿智从容的云老，只盼着他能有什么主意。

到了深夜邵云和归来。他看见周惜若还在等着他，眸色一闪，皱眉问道："为何还不睡？"

周惜若上前，低声问道："云少那件事如何了？"

邵云和眉头越发皱得更深："这事你不要管了，义父决定的事没有人可以更改。"

周惜若顿时心灰意冷，她怔忪许久问道："如果云家交不出粮食呢？"

邵云和冷冷道："义父自然有主意。"

周惜若定定看着他犹如陌生人。邵云和不理她，转身走入内间。周惜若走到外间径直躺下来。窗外黑夜沉沉，茫茫的寒夜中寒风遍起，而她再也了无睡意。她不知，坐在里间的邵云和看着她沉默蜷缩的身影看了许久。

第二天一早，周惜若起床时里间的邵云和已不见了身影，床榻上的被褥叠得整整齐齐。她正收拾屋子，玫黛儿领了两个侍女走了进来。

她见周惜若在，一抬精致的下巴冷冷吩咐道："把她的东西收拾好了，丢出去！"

侍女们不敢违背她的意思，收拾好了周惜若的被褥和衣衫丢出了门外。周惜若冷眼看着她的举动，默不作声。她被邵云和追回的时候，邵云和许是担心她再逃跑，所以命她住在了他的房间。这房中仿了南齐的屋子形制，里外两间，里间是主人房，外间是奴仆睡的，可以半夜伺候起身伺候。玫黛儿把她的东西丢出去，自然是不让她再与邵云和一个房间。

玫黛儿叉着小蛮腰，看着面前面容清丽的周惜若，冷笑道："你是齐国的皇后，国师说你将来还有大用处，所以我不杀你。但是既然是阶下囚就要有阶下囚的样子，从今天起你只能住在监牢里面！"

周惜若看着她美艳的小脸，看到她眼底毫不掩饰的妒忌，微微一笑："求之不得！"

玫黛儿见她不以为然，气得冷笑一声，一把抓起她的胳膊，冷冷盯着她的眼睛："你信不信我能让你生不如死。"

周惜若昂然看着她："信！可公主别忘了你还欠我半条命呢！总有一天我会讨回来的！"

玫黛儿美眸一沉，转头吩咐侍女把她押入了牢房。

周惜若被关入了一间阴冷的牢房中。牢房中关押的都是犯了罪的女犯，一个个日夜哀嚎，犹如鬼哭。牢房中刺鼻的臭味熏来，令人作呕。她找了个干净的地方坐着，眼中神色沉沉，只是等着，果然到了夜里，牢房的门被打开，邵云和挺拔的身影出现在走道的火把光下，他道："随我回去。"

周惜若冷笑道："回去做什么？回去了还是会被玫黛儿公主赶回来。"

邵云和顿了顿，道："她不会再胡来了。"

周惜若走到他跟前，盯着他的眼睛，慢慢道："我真不明白你，云和。"她说完越过他走出了牢房。

第二天果然玫黛儿天不亮就来到邵云和的房中。她指着周惜若，怒气冲冲："祈哥哥，你到底要庇护这个女人多久？我才是你的妻子！"

邵云和看了她一眼，冷冷道："没有人可以逼迫我做不愿做的事。"

玫黛儿气极反笑："不愿做的事？难不成你以为我们两族的联姻是闹着玩的？要不是我们库叶族还有我那个二皇子会来送死？如今三皇子借口二皇子之死正要来兴兵

62

讨伐你，你敢当众说不愿与我成亲，不愿与库叶族联姻吗？"

邵云和披上外衣，大步走到她跟前，盯着她的眼睛，笑得阴冷："这句话应该反过来我来问你才是。若是我不和你成亲，不和你们库叶族联姻，你以为二皇子的大军要怎么对付你们库叶族！我们赤灼可以抽身事外，可杀了二皇子的是你！三皇子要剿灭的也是你们库叶族！我尊贵的玫黛儿公主！"

玫黛儿气得扬起手狠狠地就要给他一巴掌，怒道："完颜云祈！你这个卑鄙小人！"

邵云和把她的手一把抓住，冷冷甩开："这个时候谁也离不了谁，所以不要再拿联姻结盟的事来威胁我！另外也不要轻易插手我的私事！"他看向一旁沉默的周惜若，一字一顿地道："我不许你动她一根寒毛！"

玫黛儿气得哭着走了，周惜若轻叹一声："你何必为了我与她争执？"

邵云和看着她盈盈的美眸，眸光微闪，冷淡道："我不是为了你，我是讨厌她动不动拿联盟来威胁我。"

周惜若美眸看定他："若是为了我呢？为了我你能不能放了云思泽？"

他眸色一紧盯着她期盼的面上。许久，他冷冷道："云思泽死不了，他还有大用处。"他说完越过她大步走出了房间。

周惜若自嘲地笑了笑，眸色渐冷。

过了两天，周惜若费了不少工夫才又重新找到了关押云思泽的牢房。看来完颜霍图十分重视他，里里外外都派了不少人看守，周惜若与李头使了不少银子这才得以见他一面。云思泽身上的伤只是皮外伤，上了药又擦洗过，气色显得比周惜若初见他之时好多了。他听了周惜若所说的，凝神沉思许久。

"有机会娘娘还是赶紧离开这里吧。"他道，"如今二皇子被刺身死，三皇子又借口二皇子的死兴兵而来，到时候兵灾一起，娘娘的安危没办法顾及。"

周惜若摇头："狄国之变是意料中的事，邵云和的赤灼人早就想要复国，如今他联合了边塞不少部族一起打到了狄国中就是为了这一天。你不知这几日前来投奔他的大大小小的部族不下数百个，人数聚集起来恐怕有两三万。"

云思泽惊异非常："当真？！"

周惜若认真地点了点头。

邵云和这一步棋下得精妙。边塞各族被狄族人压迫驱赶到了荒蛮之地，最大的草原和最肥沃的土地都被狄族占领，狄国拓跋族横征暴敛，边塞各族敢怒不敢言。如今狄国老皇帝病死，底下的子孙各自为战，有异心的部族纷纷骚动，邵云和则是把握了这个时机。他先是设计杀了二皇子又占了云冈城这易守难攻的边塞，进可攻退可守。若是胜了可乘胜追击攻入狄国的中心，若是败了那就可退入沙漠中化整为零保存实力。二皇子身死短短这几日，云冈城就如一块吸铁石将四周对狄族有异心的部族一一吸引过来。邵云和的实力顷刻间暴涨，难怪他对玫黛儿不假辞色。

云思泽沉思许久，问道："娘娘觉得邵云和的成事有几分胜算？"

周惜若叹了一口气，幽幽道："没有十成的胜算他是不会举事的，赤灼的复国看样子真的就在眼前了。"

云思泽闻言亦是长叹，两人沉默下来。战争就意味着有死伤，正所谓一将功成万骨枯。此时又是狄国的寒冬时节，兵乱一起，狄国百姓四处流离失所，到时候引起的饥荒还不知道要饿死多少人，而粮食也是战争中最必不可少的物资，更是邵云和麾下突然增多士兵眼前最迫在眉睫的大事。

周惜若看着云思泽一字一顿地道："我一定会让你回到齐国的。"云思泽要问，她已匆匆带着李头走出了牢房。

周惜若回府邸时正巧玫黛儿要出府门，她恶狠狠盯了周惜若一眼，冷哼一声走了出府中。周惜若看着她窈窕的身影，眼中若有所思。她回头对李头吩咐几句这才进了城守府中。过了两日，果然完颜霍图将云思泽被囚的消息传给了云家。周惜若听李头说，过几日云家家主云老会来云冈城，半个月之内定会筹措几万石粮食运来云冈城。

周惜若秀眉微皱问道："完颜霍图可有把我的消息告诉皇上？"

李头道："国师哪里敢呢！如今三皇子要攻打云冈城，说是誓言给兄长报仇，若是传出娘娘在这云冈城，恐怕到时候皇上也会派兵前来。这事关重大，这个时候国师是不会这么傻的。"他不过是云家的一个小小的布庄掌柜没想到竟也看得这么明白。

周惜若眸色复杂，龙越离不知道也好，万一知道了兴师动众对刚稳定下来的齐国也不妙。回齐国这事看来得暂时搁置下来了，现在最重要的是怎么把云思泽救出来。

她问道："吩咐你找到的东西你可拿到了？"

李头连忙从怀中掏出一小方包袱，低声道："娘娘要小心一点，这东西厉害得紧。"

周惜若看了包袱中的东西，点头道："为今之计只有这个办法也许能救得云少一命。"

李头感激道："娘娘大恩大德，我们云家感激不尽。"

周惜若黯然叹道："若不是我，云少也不会受这等苦头了。"两人又商量了一会儿，周惜若这才让他离开。

云冈城中的士兵越来越多，邵云和收编和接纳了各方来投的士兵，势力渐渐壮大。不出一个月已达到了重甲精骑兵一万，其余各种步兵三万余人，整个云冈城内外密密麻麻都是士兵。他每天天不亮就起身处理军务，夜深了才回房歇息。周惜若每夜睡得迷迷糊糊时，时常感觉到一股冷风吹来，等睁眼再看时他已躺在床上沉沉睡去。两人同处一室却是井水不犯河水。他向阿姆许诺过不欺负她，当真就不再强逼了她。

云冈城士兵众多，粮草渐渐捉襟见肘。云家果然神通广大，半个月的时间第一批粮食二万石不知从何筹措来，竟在云老前来的时候一起运来。当这一车车粮食运来，云冈城中就如过了节一般欢腾起来。周惜若看着完颜霍图那双老眼熠熠有神，心中的不安越发强烈。

云老与邵云和密议良久，周惜若找了个时机，偷偷见了他。

云老见到周惜若时，长叹一声："皇后娘娘原来在这里，难怪我家泽儿会来到这里。"

周惜若惭愧道："都是我的错，若不是我，云少也不会被囚禁在完颜霍图的手中。"

云老摇头："皇后娘娘言重了，明知娘娘在此地他若不来便是无义，虽然我们云家历代从商，但是无义之事是不会做的。"

周惜若问道："云老，完颜霍图说要十万石的粮食，云家能够给吗？"

云老竖起两个手指比了个手势，淡淡道："就在老朽运来二万石的时候完颜霍图又提高了赎金，他要二十万石！"

周惜若一听又惊又怒道："岂有此理！"

云老神色不变，淡淡道："皇后娘娘没做过生意自然不知道什么叫做奇货可居，云家银钱无数，可是却只有一个泽儿，自然得倾尽全力。完颜霍图就是看到了这一点所以索要无度。云家即使能出得起二十万石的粮食，完颜霍图还要更多，除非是当真出不起了他才肯放过我们云家。"他顿了顿，又说道，"不过邵大人向老朽保证，无论如何都不会伤害泽儿。"

周惜若听完心中酸楚。云思泽是云老从小培养起来的长孙，他这么说自然是做好了倾家荡产的准备。可是自己怎么能眼睁睁看着他云家被完颜霍图一而再、再而三地讹诈呢？

她想定，慢慢道："云老先行回去，我一定会护得云少平安的。"

云老听得她如此说道已是许下承诺，他面上神色动容，千言万语只说了一句："皇后娘娘保重。"

他说完随着李头匆匆走了。周惜若看着他离开，秀眉紧紧蹙起。

云家的二万石粮食解了邵云和的燃眉之急，在他的打理下整个云冈城的士兵渐渐有模有样起来，编制、军衔等一应军中事务都仿了齐国的军制。周惜若冷眼看着，虽心知他智谋非常，但是却也不得不惊讶他治军方面的才能。难怪当初龙越离会让他建了一支可威震四方的骁风骑，原来他不仅精通内政更懂军中事务。云冈城外松内紧，加紧备战，而三皇子的八万骑兵如这寒冬的风雪一般向云冈城席卷而来。

在离云冈城二百多里的地方，三皇子的骑兵与邵云和的精兵短兵相接，各有损

第六章 身陷囹圄难自救

65

伤。三皇子拓跋宛褚坐镇风城，调集四方的兵马前来剿灭邵云和这一支异军突起的力量。西北苦寒之地雪向来是不吝啬的，一阵阵下着让战事异常艰辛。周惜若在城首府中看着大大小小的首领来，领了军令而去，也感觉到了战事的艰苦。仗打打停停，因为天降大雪，所以两边都无法展开大规模的进攻，所以在临近年关的时候战事暂时停歇。

周惜若已适应了狄国的严寒，她在府中与人为善自然得了不少人心，奴仆们若是有什么事都喜欢找她，因为他们知道住在哈赤房中有一位漂亮又肯帮助人的南齐女子。一来二去，周惜若也渐渐学会了狄国话。她每日伺候邵云和一日三餐、日常起居，俨然是他的奴婢。只是两人似乎有一种奇怪的默契，不再轻易起了冲突。

年关一日日近了，战事的停歇让云冈城中扫去了阴霾，日渐有了过年的喜气。周惜若买了几张红艳艳的红纸，剪成各种各样精巧的窗花然后糊在窗上，夜里烛光一照，红彤彤的各色吉祥图案十分喜气。府中的奴仆们见了十分喜欢，纷纷央求了她剪了送给他们。周惜若一一应了，不过一两日，整个府邸的窗户上处处可见精美的窗花，喜气洋洋。

玫黛儿来到府邸中，见了侍女们围着周惜若叽叽喳喳地说着要剪什么样式，也禁不住上前看。她见一把小剪刀在周惜若手中活了一样，咔嚓几下就剪成栩栩如生各种各样动物，眼中不禁流露喜欢之色。

周惜若见她期盼的神色，把手中刚剪成的小兔子递给她道："送给公主。"

玫黛儿眼中一亮，随后想到了什么，冷哼一声丢掉："我不稀罕你的东西！"她说完傲然地走了。

周惜若无所谓地笑了笑，顷刻间又被侍女们团团围住。到了第二日，玫黛儿过来，怀中捧着一堆红纸丢给周惜若道："你会耍剪刀，我命令你剪一百只兔子给我！"

周惜若知她终究是小孩子心性，点头道："一百只可以，但是得等。"

玫黛儿哼了一声："等就等。"她说完就坐在周惜若的身边看着她剪。

周惜若边剪窗花边与她攀谈。玫黛儿起初不屑与她说话，但是终究是耐不住无聊与周惜若聊了起来。一百只兔子剪完，两人也在房中坐了大半天，玫黛儿欢欢喜喜地拿着一百只兔子爱不释手。

周惜若微微一笑："公主喜欢小鸟吗？我还能剪出各种各样的小鸟。"

玫黛儿惊喜道："真的？"

周惜若点了点头。玫黛儿终究是少女心性，闻言拍手欢喜道："那明日你再剪一百只小鸟给我！"

周惜若含笑答应。玫黛儿看着她的笑容，忽地意识到自己对她太过友好了，立刻板了脸哼了一声："虽然你会剪兔子和小鸟但是我依然很讨厌你！"

周惜若笑了笑："这是自然，我也对公主没什么好感，特别是公主刺了我一刀之后，更是铭记于心。"

玖黛儿想起那次在齐国一怒之下刺伤周惜若的事，神色变得不自然，冷哼道："我最受不了祈哥哥对我凶，他是因为你才对我这么凶。那一刀是你活该。"

周惜若淡淡道："他本来就是这个样子，他对我也很凶。"

玖黛儿一听这话仿佛遇到了知音，委屈道："祈哥哥的脾气真的不好，真想拿鞭子抽他。"

周惜若微微一笑："公主拿鞭子抽他的时候记得替我多抽几下。"

玖黛儿哈哈一笑，连连点头，周惜若看着她的笑容，唇边溢出一抹冷淡的笑意。

正在这时，房门边传来一声似笑非笑的声音："你们拿鞭子要抽谁呢？"

周惜若回头，只见邵云和不知什么时候已站在房门边。他今日穿着一身云水青长袍，外披玄色狐裘大氅，头上沾了屋外的白雪，眉眼明晰，鸦色的眉，乌黑的发，令他面容显得越发俊美。他薄唇边挂着一抹轻松的笑意，看来今日他心情甚好。

玖黛儿见自己背后说他坏话被听到，悻悻道："还能抽谁呢？谁对本公主不好，本公主就抽谁！"她说着抱着红彤彤的剪纸要走。

邵云和见她怀中的剪纸，笑了笑道："黛儿长这么大还是喜欢兔子。"

玖黛儿本来对他一肚子怨气，听得他这一句眼眶微红："祈哥哥还记得？"

"自然记得。"邵云和眸色复杂地看着她美艳的脸庞，忽的叹道，"这么多年过了，黛儿长这么大了。"

玖黛儿看了他一眼，低声道："祈哥哥没忘了我就好，以后不许对我那么凶。"她说着匆匆走了。

房中恢复安静。周惜若把这一幕收入眼中，转身收拾着一地的纸屑狼藉，邵云和看着她忙碌的背影，忽地道："你这手剪窗花倒是收了府中不少人心。"

周惜若头也不抬，道："什么人心不人心，过年了就是讨个吉利。"

邵云和沉默了一会儿，忽地道："过年了，我想把雅查接过来一起过年。"

周惜若想起雅查，不禁回头看着他问道："当真？"

邵云和点了点头，周惜若忽地欢喜，问道："那阿姆呢？还有耶茶也一起接过来吗？"

邵云和见她美眸亮晶晶的，冷峻的面上露出久违的笑意，淡淡道："若你喜欢都接过来一起过年。"

周惜若欢喜不尽，面上满是笑容，连声问他们什么时候来，阿姆喜欢吃什么，雅查喜欢吃什么，还有上次送给耶茶的衣衫他们可收到了没有。邵云和耐着性子一一回答。周惜若在屋中团团转，突然的喜讯令她不知该做什么，在她心中阿姆和耶茶都已是她的亲人，是这个苦寒之地唯一对她怀有善意的人。

"惜若，你喜欢他们是吗？"邵云和忽地开口问道。

周惜若眸色晶亮，点头道："喜欢。"

邵云和深眸中忽地掠过一道复杂的光，他慢慢开口问道："在齐国你说的那一番话……是骗我的是不是？"他看着她，深眸如海，仿佛要把她心神都吸引进："你是故意激怒我，让我回到赤灼的是不是？因为……楚太后要逼宫变乱，你怕我无法脱身是不是？"

周惜若连连后退。他伸手轻抚过她的眉眼，停留在她的脸颊上，冰凉柔嫩的触感如丝一般从他的手指蔓延到了心底，他的眼神渐渐变得深邃灼热，仿佛要直刺入她的心底揭开最深处的秘密。

周惜若猛别开头道："是，我是骗你的，但是……我却是为了皇上！逼宫变乱，你若在，五千骁风骑可是一把对付皇上的利刃。"

邵云和轻笑一声，收回手看着她道："惜若，你别狡辩了。"

周惜若心乱如麻，道："就算我是为了你好，你我恩怨两消……"

她还未说完就被邵云和冷冷打断："你我恩怨从来没有两消过，所以省省你的口舌，我不会放你回去齐国的。"

邵云和说完深深看了她一眼转身走出了房中。周惜若缓缓坐在椅上，他的话还在耳边一遍遍回荡。他不放她回齐国，难道他要一辈子将她留在身边？

第二日果然玫黛儿又来了。周惜若做完事就为她剪各种各样的窗花，她心神不宁，时不时怔怔出神，剪坏了不少红纸，玫黛儿连呼可惜。

她见周惜若脸色不好，问道："是不是昨天祈哥哥又凶了你？"

周惜若摇了摇头。她想了半天，忽地开口问道："公主，你是不是很喜欢你的祈哥哥。"

玫黛儿点了点头，道："从小我就想嫁给他啦。"她说完狐疑地看着周惜若，问道："你问这个做什么？"

周惜若勉强笑了笑道："我想我在哈赤身边对你也不好，所以……"

玫黛儿挑了秀眉看着她，忽地笑了："你想让我把你放走？"

周惜若见她看透自己的心思，连忙道："若公主能放我回齐国，你的祈哥哥就永远见不到我，天长日久，他就会爱上你。……"她顿了顿，慢慢道："这样难道不好吗？"

玫黛儿想了想，笑道："这个办法是挺好的。"她美艳的面上流露狡黠，似笑非笑道："可是国师说过了你还有用处，这个时候可不能放你走。"

周惜若看着她眼底嘲弄的笑意，心中顿时一片晦暗。玫黛儿聪明，不上当。

玫黛儿见她颓丧，安慰似地道："放心吧，等国师说不需要用你的时候，我自

68

然会把你送得远远的让你不再见了祈哥哥。"她说完拿了窗花，哼着歌儿一蹦一跳地走了。

　　周惜若看着她离去的倩影，美眸幽幽，紧紧捏紧了手边锋利的剪刀……

第六章　身陷囹圄难自救

第七章　救人如火巧施计

年关将近，战事停歇，城中的人也有了宴饮的心情。一连几日城首府中处处可见几位首领聚在一起喝酒笑闹。虽然云冈城中粮食短缺的问题还未解决，但是年照旧是要过的，邵云和偶尔也和他们一起喝酒。每到这个时候玫黛儿便会与几位能歌善舞的侍女前去跳舞助兴，她的美艳动人让整个城首府中仿佛感觉到了春天的来到。歌舞热辣，她一颦一笑皆是风情，引得在座的人纷纷呼喝。而她也每每趁这个时候以舞传情，向邵云和传递她一腔少女情意。

周惜若在一旁看着，只见邵云和神色不变，偶尔看到她在一旁，总是似笑非笑地看着她，深眸中犀利的目光几乎令她落荒而逃。

不知不觉到了除夕前夜，府中上下的人都忙碌着准备过年。周惜若来到西院中，正巧看见玫黛儿与侍女们发脾气，侍女们被她怒吼着纷纷战战兢兢不敢吭声。

周惜若眸色一动，上前柔声问道："到底怎么了？"

玫黛儿指着扯破一个洞的舞衣，怒气未消："一群笨手笨脚的丫头！把本公主的衣服都弄坏了，今天晚上让我怎么上去献舞？"

周惜若看了一眼，笑道："公主生什么气呢？交给我补一补就好了。"

玫黛儿看了她一眼，冷哼一声："你补得来吗？这是孔雀毛织成的舞衣，断了一根线整件衣服都会慢慢松散，根本补不起来。"

周惜若仔细一看，果然如此。她看了破损之处的纹路，这才道："公主若是信我，到今天晚上我会给公主一件好好的舞衣。"

玫黛儿知道她心灵手巧，连一张普通的纸都能剪出各种各样精美的窗花，犹豫了许久才答应道："好吧，你就留在我这边补衣服吧。"

周惜若含笑应了下来。到了夜间，府中热闹非常，大大小小的族人首领把城首府挤得水泄不通。周惜若补好了玫黛儿的舞衣，果然乍眼看去一点瑕疵都没有。

玫黛儿自是欢喜，满意道："今夜你就在这里帮我整妆，今夜可是大日子。"

周惜若犹豫道："可是哈赤那边没人可怎么办呢。"

玫黛儿秀眉一挑，不悦道："他自然有人伺候，不要你事事操心。"

周惜若于是点头应了下来。宴席热闹，玫黛儿俨然是歌舞中的主角，她跳起热情奔放的舞蹈，令气氛更加热闹。周惜若与她的侍女们在一起，为玫黛儿整妆打扮，一直忙到了深夜。她的侍女们已忙碌了好几天，到了宴席末已支撑不住，便央了周惜若帮忙伺候，一个个跑了回去歇息。玫黛儿一曲舞罢，回到房中见只剩周惜若一人，不禁大怒："她们呢？"

周惜若笑了笑，为她奉上面巾道："我见她们都累了，所以让她们都回去了。"

玫黛儿不疑有他，坐在妆台前连声催促："快帮我擦擦汗，梳头。"

周惜若看着铜镜中的玫黛儿脸颊红彤彤的，娇艳似玫瑰，问道："夜这么深了，难道玫黛儿公主还要去献舞吗？"

玫黛儿忽地一笑，从铜镜中看着周惜若，慢慢道："自然不是，只是前几日你提醒了我，可要好好抓住祈哥哥的心。"

周惜若心中一动，不由多看了她一眼，玫黛儿回头嫣然一笑道："今夜祈哥哥一定会喜欢我的。"

周惜若忽地明白了她要做什么，轻笑一声淡淡道："不，公主这样做只会让他更加厌恶，他不是一个轻易可以让人逼迫的人。"

玫黛儿闻言美眸中掠过犹豫，但是很快她便傲然道："我不信！祈哥哥知道我的好一定会爱上我的！"她手中捏着一个红色的瓷瓶，眼中射出笃定的光："今夜一定会的！"

周惜若看到她手中的瓷瓶，美眸一沉："你要给他下药？"

玫黛儿哼了一声飞快藏起来，眼中流露敌意："不要你管！你也别妄想去阻止我！"

她说着在一旁换上一件烟霞色的舞裙，周惜若在一旁静静看着，玫黛儿心中堵着一口气，似乎要故意炫耀在一旁精心地打扮自己。妆成她又是美艳无比的玫黛儿公主了。

她一回头看着周惜若冷幽幽的眼神，心中顿时不适，冷哼一声："虽然你会做很多小玩意讨我欢心，但是祈哥哥还是不能让给你，是我的一定要抢过来！"

周惜若清冷一笑："是，只是公主不觉得自己的手段卑鄙了点吗？先是用盟约逼迫了他与你订亲，然后又要下药让他就范，这样的爱情是真心的吗？"

玫黛儿脸上掠过潮红，冷声道："我说过了，不论任何手段我都要把祈哥哥抢回来。"她冷眼看着周惜若，道："至于你，你一定会消失在我的眼前的。"

周惜若闻言只清清冷冷地笑，她的笑容看得玫黛儿眉头大皱，她问道："你在笑什么？"

周惜若轻声一叹："我在笑，你一直把我当成敌人，可是却如此轻敌。"

玫黛儿正要问眼前忽地一阵阵发黑，她扶着额头指着周惜若怒道："你对我做了什么？"

周惜若看着她红艳艳的唇，淡淡道："公主十指不沾阳春水，竟连自己贴身的胭脂水粉被换了都不知道。胭脂中有蒙汗药。公主跳了一整夜的舞，吃下的胭脂足够让公主睡上好一阵子了。"她话音刚落，玫黛儿就缓缓倒地。

周惜若上前眸色复杂地看着她紧闭的双目，轻叹一声："你要你的祈哥哥，我会成全你的，可是我也要保护我想保护的人，对不住了。"

周惜若说完走出门，轻唤守候在门边的两个侍卫，对他们道："公主醉了，我送公主出府。"

侍卫不疑有他，由着她扶着玫黛儿走出府去。周惜若出了府门，身后的喧闹声一阵阵传来，她眸色涌动，低声道："对不住了，我一定要救云少。"她说完扶着玫黛儿匆匆没入了黑暗中。

在门口停着一辆马车，周惜若把玫黛儿送上马车，对驾车的人道："玫黛儿身上有令牌，你拿着令牌就可以顺利把她出城外去，时辰一到若我不来就立刻走！"

驾车的车夫顶开毡帽赫然是布庄掌柜李头。他低声道："娘娘保重！"说完他驾着马车飞快驶离了城首府。

周惜若注视着他们离开，这才走入府中前厅。此时已是夜深，到处是喝多了酒醉的首领，他们或伏在桌上，或相扶着笑着离开。周惜若一边走一边找，终于找到了一位大约五十多岁，满脸络腮胡子的首领模样的人。

她拦在他跟前，微微一笑，用狄国话轻声问道："这位可是库叶什察哈赤？"

眼前的络腮胡子的首领正是玫黛儿的父亲库叶什察。他见眼前一位女子美若仙子，眼中一亮，踉跄一步上前就要挽着她。周惜若轻巧一退避开了他的手。她淡淡道："小女子有几句话要与库叶哈赤说，不知库叶首领有没有空？"

库叶什察哈哈一笑："有空！有空！美人想说什么？"

周惜若看了看他身后几步远的侍卫，以身挡住他们的视线，从袖中慢慢掏出一条精美的宝石项链，笑意温柔如毒："小女子要与库叶首领说一说玫黛儿公主的下落。"

艳丽的宝石项链在她的手中闪闪烁烁，她的手白皙秀美，十指纤纤如莲，看去美不可盛收。可是却令库叶什察脸色剧变。

"小女子要库叶首领做一件事，若是做不到，玫黛儿公主可就永远回不来了。"她含笑看着面前脸色剧变的库叶什察："库叶首领这么喜欢唯一的女儿，也一定不想看到这样的结果。"

两辆雪车在黑暗茫茫的雪原上疾，用的是上好的雪原上的马儿。周惜若看着在身边的云思泽，静静听着车外的风声。云思泽一眨不眨地看着她，沉默无言。

周惜若转头看向他，微微一笑："云少想说什么？"

云思泽慢慢道："什么都改变不了娘娘决定的事了吗？"

周惜若美眸掠过他的面上，轻叹一声："云少回齐国吧，若再不回去整个云家都会因为你而被完颜霍图掏空。"

他忽的握住她的手，周惜若手中一颤，定定看着他，云思泽眸光复杂，良久才道："娘娘保重。"

周惜若眼中水光掠过，微微含笑："我会保重的，云少千里迢迢而来为了救我，惜若一辈子都会记得这份恩德。"

云思泽看着她的泪眼，猛的紧紧的抱住她，离别在即，从此天南地北关山万重，他不知何时再能见了她，曾经的埋藏心底的敬与爱慕都化成了浓浓的离别愁绪。这样美好的女子，他也许再也无法见到，更无法得到了。

周惜若听见自己的心在叹息，她闭上眼，泪水滚落低声道："云少，保重。"

雪原茫茫，风雪弥漫了眼前。送君千里，终需一别。她看着云思泽踏上云家前来迎接的雪车。云思泽看着她身披长长的雪色披风迎风猎猎，孤冷的身影在一望无际的雪原中定成了一道他永生难忘的风景……

周惜若被库叶什察押着回了云冈城时天已欲明，而玫黛儿依她所说在第二日一早就送了过来。库叶什察震怒不已，将她丢入监牢狠狠地抽了十几鞭才怒而向完颜霍图和邵云和禀报。周惜若在监牢中听着监牢外库叶什察愤怒的话，慢慢擦了擦脸颊边的血渍。不知什么时候，一双玄色长靴出现在她的面前，她抬头看着邵云和似笑非笑的眼只是无言。

他蹲下身，与她平静的眼神对视，笑了笑："你总是学不会教训是不是？"

周惜若微微一笑："你要复国不就是为了保护你的族人吗？你有你想保护的人，我也有我想保护的人，有些事是不得不做的。"

邵云和定定看了她许久，冷然走出阴冷的牢房。牢房外库叶什察激烈地说着，大意是这个恶毒的女人理应鞭打十日再一刀刀砍了，完颜霍图只是沉默。

许久，她听见邵云和冷冷道："她是我的妻子，谁动她就是与我为敌，与赤灼为

73

敌。"

周惜若心中一颤，不由看向外面。

库叶什察跳了起来，怒道："那黛儿呢？她怎么办？"

邵云和道："从来我都只把她当成我的妹妹，当初盟约只是你们一厢情愿，我是不会娶她做为赤灼的王后的！"

完颜霍图沉声喝问道："云儿，你知道你在说什么吗？"

邵云和声音清晰："我知道我在说什么。父亲曾经钟情一个女子，即使她被天下人唾弃，野心勃勃，手段卑劣到连我这个做儿子的都不屑她，但是父亲还是千里迢迢去救了她。父亲，你若明白你的心意，自然会明白我的心意。"

完颜霍图似乎被震住，一语不发。库叶什察还要说什么，邵云和已转身离去了。

周惜若靠在牢房冰冷的墙壁缓缓地坐在地上。心已乱，情之一字，此时此刻却是一剂蚀心的毒。

一连两日她都被关在监牢中做为放走云思泽的惩罚。玫黛儿曾几次来监牢为难她，但总被守在监牢外的侍卫请了回去。等到周惜若被放出去已是大年初一，她回到城首府中，看到堂中几个熟悉的面孔时不禁怔住。

阿姆呵呵笑上前打量了她一眼，笑道："阿姆竟不知道你这么有胆量，敢绑了库叶族的野辣椒去赎人。"

一旁的耶荼欢呼一声，拉着周惜若叽里呱啦地说了一堆。周惜若这才回过神来，原来邵云和把阿姆、耶荼还有雅查接到了云冈城过年。周惜若看着她们的笑脸，这才觉得身上的热气游走起来。

"阿姆！阿姆！哈赤呢？"一道清脆的声音从门边传来。

周惜若含笑回头，不由深深愣住。只见一位面容白皙的小男孩走了进来。他穿着她为他做的新衣，一张小脸如一块美玉一样干净白嫩，小小的五官明晰，已隐隐有了将来俊美的轮廓，她呆呆看着他走到跟前。

雅查看见是她，眉眼弯弯上前道："阿姆说是你给我做的衣衫。谢谢你！"他忽闪忽闪的大眼有孩童的清澈，再也不见当日她看见的不属于他这个年纪的坚毅与早熟。

周惜若只觉得自己梦游一样，她蹲下身仔仔细细地看着他，她听见自己说："喜欢就好。"

雅查自然地依在她的身边，拿起手中的木制的匕首，递给她："送你。"他面上带着笑容，那一笑脸上还有一点她再熟悉不过的酒窝。

周惜若眼中的泪陡然滚落，她惶惶看着阿姆，口中张了张却无法说出一个字。她方才说的是齐国话，带着曲州那边的口音，雅查回答她的也是齐国话，稚嫩的嗓音中带着她熟悉不过的曲州口音。

阿姆眼中含着慈祥的笑意："雅查的汉名叫做完颜沐霖，他是云儿的儿子。"

周惜若倒吸一口冷气，不敢置信地看着眼前的雅查。雅查看着她的泪眼，眼中流露迷茫，他禁不住后退一步。可是下一刻就被周惜若紧紧地抱在怀中像是疯了一样又哭又笑。

阿宝没死！阿宝真的没死！这是她的阿宝！日日夜夜令她从噩梦中哭醒的影子！她抱着他痛哭失声，雅查不知所措求助地看着阿姆。

阿姆一叹道："雅查，她就是你的娘亲，你不是一直在问你的娘亲在哪里吗？阿姆没有骗你，哈赤把你的娘带回来了。"

雅查呆呆看着她，许久，他小小的手伸手试探轻抚周惜若哭红的双目，低声道："娘……"

迟了三四年的呼唤令她心底压抑已久的痛苦与悲凉都倾泻而出，周惜若抱着他哭泣不已。阿姆含笑看着。而远远的，一道默默的眸光把这一切看在眼中，沉默无声。

周惜若不知哭了多久，直到眼前阴影覆下，她抬起红肿的眼，看着面前的人。他还未开口，"啪"的一声脆响，周惜若已一巴掌狠狠地扇上了他的脸。这一巴掌扇得很重，邵云和白皙的脸上立刻浮出殷红的五指印，所有的人都惊呆了，只定定看着满面愤怒的周惜若。

雅查最先回过神来。他一把狠狠推开周惜若，小脸涨得通红，眼中闪着怒火质问道："你为什么打哈赤？！"

周惜若怔怔看着他愤怒的小脸，心痛如绞："我……"这几年的恩怨重重她如何能对年纪小小的他解释清楚？

"她是你的娘亲。"邵云和蹲下身对雅查轻声说道。

"不！我的娘亲怎么会打哈赤？！"雅查小小的眼中皆是爱憎分明的神色，"师傅告诉我，任何人都不能欺负我们赤灼人！"

周惜若眼中的泪又滚落，眼前的阿宝已不是阿宝。他不再认得她，也不再会依在她的身边一声声道"阿宝不要爹爹了，阿宝只要娘亲。"他已是赤灼沙漠中即将长成的雏鹰，有锐利的眉眼，也有一颗充满了争斗的心！

她捂住唇，转身踉跄跑出令她窒息的花厅。厅中几人对她的离去无能为力。阿姆一掌拍上邵云和，恼道："还不赶紧去追！"邵云和这才恍然大悟，疾步追去。

他在一处偏僻的花园中看到泪流满面的她。她白皙的脸上泪水纵横交错，无声地簌簌落下，她看见他来，通红的眼中皆是深深的恨意，单薄的娇躯簌簌发抖。

"当初我不得不瞒着你。"邵云和上前一步，说出这几年潜藏心底的话，"义父当时命我除去你们母子以绝后患，可是我不会亲手杀了自己的孩子。"

周惜若听了，连连冷笑："你以为阿宝在就能让我留在你身边吗？邵云和，我不会原谅你的！永远都不会原谅你的！"她逼近他，笑得泪水纷纷："什么义父之命！

75

说到底你只为了你的赤灼，为了赤灼你可以抛弃妻子，杀人灭口，你可以攀附权贵另娶郡主。一句为了赤灼就可以让你撇清做过的恶事了吗？邵云和，我是瞎了眼为了你苦等三年，想了三年！"

她手指颤抖："你还把阿宝藏起来让我以为阿宝已死。你没想到我会心死入宫，你以为我就只会默默离开京城吗？！要不是我一步步走到今日，你什么时候才打算告诉我阿宝还活着？！"

"我受的苦难都是因为你！我恨你！"她一字一顿地咬牙说完，毅然转身走了。

一连两三日周惜若都住在了耶荼的房中。阿姆每次要开解周惜若都被她冰冷的眼神制止。她每日躲在房中不出门也不说不笑，仿若木人一般，耶荼拉着雅查前来她都无动于衷。

"他不是我的阿宝。"周惜若冷冷道，"我的阿宝已经死了。"

耶荼是个单纯的妇人，一听这话急了："周妹子这是说什么话呢，你的阿宝只是不认得你了，母子连心，他一定会知道你才是他的娘亲，也会听你的话的。"

周惜若自嘲笑了，眼中的泪滚落，看着耶荼轻声道："耶荼，你不知，他是赤灼的孩子，他将来也会走上他父亲的路，那条充满了血与仇恨的路。"

她轻声而坚决道："我不要这样的阿宝，他不是我周惜若的孩子！"

房外雪纷纷扬扬，一道挺直的背影被风雪吹得满身的雪白，他久久伫立，沉默无言……

年已过完，风雪初定，三皇子率兵攻打云冈城。两队人马积蓄已久，此时再战必是一场恶战。两队人马在茫茫雪原上展开激烈的战事，互有胜负，源源不断的伤员被抬下，缺衣少药的云冈城根本没有办法医治这些人。天寒地冻，被冻死冻伤不少人，正当云冈城中所有人为前途担心的时候，三皇子的营地中有官兵哗变，这一场哗变突起，三皇子在睡梦中被人砍了一刀，负伤而走。邵云和趁机攻打风城，风城陷落他之手。

一整个冬季，邵云和都在联合狄国中的各种势力，大举展开进攻，一路向狄国的帝都而去，势不可挡。周惜若随着茫茫的大军开拔进发。他依然不放她走，征战到哪都带着她，只是她不愿再见他。她宁可睡狭小寒冷的帐篷，随着众人吃着最冷硬的饭食都不愿住进他那张宽敞温暖的牛皮帐篷。

铁甲寒光，一座座城池陷落，狄国战事燎原，茫茫雪地下很有可能就覆着一具具不知名的尸体。周惜若冷眼旁观，不知邵云和给心怀各异的各边势力许下什么样的承诺，前来投靠的部族者众多，他的实力一日日壮大。

"赤灼兴复在望，你将来会为你现在的选择后悔。"完颜霍图冷冷看着随着低微军中烧火煮饭妇人们一起劳作的周惜若，傲然道。

周惜若擦了脸上的脏污，面无表情地提起一桶冰水泼在旁边的地上，她不为所动的神色惹恼了完颜霍图。

完颜霍图一把抓住她的胳膊，冷冷道："你是我见过最不识趣的女人！真不知道云儿到底喜欢你什么！"

"放开她！"一声比冰雪还冷的声音传来。周惜若循声望去，一身戎装的邵云和正冷冷站在不远处。他身上铁甲护胸，脚穿马靴，原本白皙光洁的下颌留了一小撮胡子，眉眼越发凌厉冰冷，胡子不损他的俊美更添了几分威严。

完颜霍图放开周惜若，冷哼一声转身走了。周惜若冷冷看了邵云和一眼，提了沉重的木桶往营地走去。

"惜若。"他唤了她的名字。

周惜若顿住脚步，冷冷道："哈赤有什么吩咐？"

邵云和看着她疏离的背影，半晌才道："雅查来了，他想见见你。"

周惜若冷冷笑了笑，道："哈赤叫他来见我的不是吗？我不需要哈赤施舍这几分母子情。他要重新成为我的阿宝可以，跟我回齐国永远不再见了你！"她说完提着木桶，头也不回地走回营地中。

邵云和抿紧薄唇，看着她冷冷离开的身影，终是沉默离开。

邵云和的军队终于攻打了狄国的燕州。燕州靠近狄国帝都，是狄国中为数不多的富庶之地。一连两三个月节节败退的三皇子已退无可退，纠集了十万大军屯兵在了燕州关口，邵云和兵力八万，两军厉兵秣马，正准备展开最后一次决战。正在这时，西北的齐国十万大军忽地有了异动，龙越离下旨，诏令左骠骑将军郁可鸣领西北十万兵力越过青谷岭直奔狄国边界燕云山。齐国十万精兵皆是兵强马壮的精骑兵，龙越离此举意欲何为，无人可知。

此时已是三月初春，西北依然是寒风猎猎，一道明黄身影站在青谷岭上的高大城墙遥遥北望。他伸手举起搭在眼上，微眯着眼，看着眼前黄土茫茫，神色冰冷。有传令兵匆匆前来递上一纸密信，他拆开看了一眼，慢慢撕碎了手中的密信。

纸片翩翩随风飞舞，犹如她在云水殿中为他倾尽一舞，柔若白蝶。他低声道："惜若，我来了。"

夜，茫茫无尽。周惜若猛的从梦中惊醒。四周一片寂静，黑呼呼的伸手不见五指，她竭力平息心中翻腾的不安。她摸索着寻找手边的水壶。水壶被她的手一碰"哗啦"一声掉在地上，碎裂成了千百片。她怔忪在床上，身下是冰冷的被窝。窗外是呼呼凌厉的风声，只有这种声音才能提醒她是在狄国而不是在连风声都轻柔的齐国。

"越离……"她喃喃自语。在梦中她看见他为她而来，身后千军万马，尸横遍野，这到底是梦境还是不祥的预兆？

她扶着砰砰乱跳的心口，心中思绪万千，偏偏抓不住一点头绪。窗外有杂乱的脚步声传来，一声声凌乱而有力，有人砰砰敲响了她房门。周惜若穿上外衣，打开房门。一队士兵拿着火把站在她的门外，寒风灌进来令她打了个寒颤。

领头的士兵冷冷道："周氏，国师要见你！"他说完不容分说命人将她押住拖向漆黑的夜幕中。

周惜若被士兵推着来到一处空荡荡的房中。房中除了一张桌椅再也没有其他的摆设。完颜霍图正坐在椅上，看着手中的几卷羊皮卷册。房中的烛火幽幽，看来这是完颜霍图平日处理事务的地方。

完颜霍图放下手中的卷册，淡淡道："你也见过雅查了，他就是你的孩子，你为什么不认他？"

周惜若心中一紧，冷笑一声："他是你们赤灼人的孩子，不是我善良的阿宝！"

完颜霍图笑了笑，声音转冷："你倒是想得很清楚，这也正是我不愿让他在你身边的缘故，若你来养育他，他只是一个会日夜哭哭啼啼的娘娘腔，永远成不了赤灼勇士！"

周惜若心中的怒火猛的升腾而起，她看着面前的完颜霍图，咬牙怒道："你已经毁了你自己的儿子，你还想毁掉你的孙子吗？！真正的勇士不是只会杀戮和仇恨，他会明辨是非，会懂得什么才是仁慈！而你只会灌输给他无穷无尽的仇恨！我不容许你毁掉我的阿宝！"她眼中的泪滚落："若是阿宝成了你想要他成为的人，我宁可当他已经死了！"

完颜霍图看着泪流满面的周惜若顿时沉默。许久，他回过神，冷冷道："那你就当他死了吧。完颜云祈不是你的丈夫，完颜沐霖也不是你的儿子！我已经给过你最后一次机会，是你不愿意回头。"他在她面前丢下一张纸，道："龙越离为了你已亲自到了青谷岭，他得不到你是不会罢休的，这十万精骑兵要用你来换！"

周惜若看完睁大美眸，声音发紧："你……你要他里外合击三皇子？！"

"是的！"完颜霍图的声音冰冷生硬，"若龙越离不肯，我要把你丢在阵前，千军万马踏过你的身体，让他亲眼看着心爱的皇后尸骨无存！"

周惜若定定看着他。这个人是个疯子，他的心中已经没有了骨肉亲情，也没有了天理人伦，为了赤灼的复国他已经病入膏肓，无药可医。完颜霍图挥了挥手，士兵们又把周惜若拽了下去。

完颜霍图把周惜若关入了房中，不再让她轻易出了门。日夜都有士兵看守，也不让她接触了外人，除了一日三餐，周惜若再也见不到旁人。到了第二日，送进去的饭菜都被周惜若丢了出来。她不吃不喝，幽深的眼中有坚决的神色。

一日，两日……四天过去了，周惜若已没有力气从床上起身，脸色蜡黄，嘴唇干裂，只是闭着眼等着最后时刻的召唤。牢房的门紧锁着，就如一扇她面前永远也无法打开的门。有人在她房外激烈争执，声音忽远忽近，渐渐的，声音远去，一切又消失不见。

她长叹一口气，喃喃道："越离……"

"哐"的一声巨响，门被撞开。一股冷风吹了进来，吹散了房中憋闷的空气。周惜若想要睁开眼可是眼皮却沉重得如栓了铅一般。她身下一轻，已被人打横抱起。她听得头顶一道沉怒的声音："都统统给我滚开！我要带她走！"

熟悉温热的气息扑鼻而来。她眼角的泪滚落，顷刻就被寒风吹干。

周惜若醒来的时候已是傍晚时分，耶荼正在为她喂米粥，她睁开眼，一把推开她，声音嘶哑："我不吃！"

耶荼见她醒来，欢喜唤道："她醒了！"

周惜若吃力地起身，四天未进食，她早就饿得浑身无力，挣扎了一下又跌在了床上。一道阴影覆来，她看着面前的人，凄然笑了笑："你救我做什么？"

邵云和接过耶荼手中的碗，看定她："你为什么要绝食？"

周惜若嗤笑："难道你的好义父没有告诉你吗？他要拿我来换齐国的十万精骑兵。他不辞辛苦地把我从齐国捉到这里，难道不是为了今天吗？"她面色蜡白，一双美眸幽冷地看着他，一字一顿地道："我就算死了也不会让他得逞的。"

邵云和眼瞳猛的一紧，手缓缓垂落，许久，他慢慢道："不管你信不信，这主意我根本不知道。"

周惜若抱紧自己往后缩去，冷冷道："你给我滚！我不信你！"

邵云和脸色铁青，额上青筋隐隐跳动，他看着她的抗拒和疏离，冷冷道："你觉得我是那种人吗？"

周惜若只是不语，邵云和猛的走出房门，过了一会儿，他带来阿宝，沉声怒道："你好好看看阿宝，你觉得我卑鄙无耻也好，无情无义也好，但是你看看他，为了他你忍心就这样一走了之吗？"

周惜若睁开眼，看了一眼躲在邵云和身后的阿宝，干枯的眼中缓缓流下泪来。不知过了多久，她脸上有一双小小的手为她擦干眼泪。周惜若睁开眼，是阿宝充满稚气的面容。他看见她睁开眼，不禁退后一步。周惜若默默看着他，四年了，她的阿宝长大了，长得她都不认得了。

阿宝漆黑的眼中闪着光，低声道："哈赤说，你是我的娘。"

周惜若张了张口，眼泪却更急地落下来。阿宝见她又哭，递上手中的帕子，低声道："阿宝错了，不该对娘亲那么凶。"

一声娘亲顿时融化了她这几年的思子之情。她伸出手紧紧地抱着阿宝，失声痛哭，她该怎么对他说明白这分别多年来她心中的苦，她又该怎么对他说，这仇恨不能吞噬了他小小的心。她曾期许她的孩子顶天立地，做一个伟岸的男子汉，而不是只会复仇杀人的冰冷的人。这一切又该怎么让他明白呢？

邵云和看着她终于肯认了阿宝，眸色渐渐和缓，他上前对周惜若道："你恨我没有关系，但是阿宝他是无辜的，如果你不要让他成为像我这样的人，你就好好养育他，让他成为不一样的人。"

周惜若抬起泪眼，看着邵云和认真的眼，许久，她才哽咽道："好。"他终于把阿宝还给她了，她看着怀中阿宝稚嫩的面庞，禁不住破涕为笑。

一连几日阿宝都跟着周惜若住一起，周惜若也慢慢进食恢复体力。完颜霍图前来几次抓人，都被邵云和的近身侍卫不冷不热地堵在院门外。完颜霍图不能抓周惜若，那离去前怨毒的眼神令人心寒，周惜若只当不知。与阿宝相处两日，周惜若这才知道原来当初阿宝不在赤灼的绿原是因为被完颜霍图命人带着去沙漠中历练了。可怜小小的阿宝在赤灼沙漠中受了不少苦头。残酷的环境让他渐渐养成了狼崽子一样的性格，那个懂事、从未离开过她身边的阿宝已渐渐蜕变成了沙漠的小勇士。

他会射箭，还会寻找水源，甚至还会与狼群周旋搏斗。周惜若越是了解他经历了什么越是心疼。阿宝离开齐国太久，齐国话都已不太会说了，说着说着就夹杂着狄国话。幸好周惜若也听得懂狄国话。她为他缝制衣服，为他唱齐国的歌谣。短短几天她恨不得将这几年没在他身边的宠爱都补偿给他。

阿宝渐渐接受了她，时不时流露孩童本应该有的天真无邪，整日只围绕着她转。外面战事渐渐紧张，大战一触即发，可是在这小小的府邸中，却俨然成了她这几年来最快乐的天堂。

此时已是初春，冰雪消融，太阳露出头来，树枝也抽出了嫩芽。小小的庭院中，阿宝正在院中玩耍，周惜若在一旁为他缝制初春的新衣。阿宝长得很快，不过一个月，新年做好的新衣服已短了一截，周惜若见他玩得满头大汗，连忙招呼他为他擦汗。

阿宝抬头问道："娘，我想哈赤了。哈赤去了哪里呢？为什么不来看我们？"

周惜若心中一紧，终究是父子天性。阿宝再喜欢她也会想念父亲。她不自然地道："哈赤去打仗了，打了胜仗回来就一定会回来看你的。"

正在这时端着茶水走来的耶荼笑眯眯地道："过两天哈赤就回来了，到时候你们一家团聚，应该好好庆贺。"

阿宝欢呼一声，围着耶荼叫道："哈赤一定会给我带来很多很多好玩的！"他与邵云和酷似的一张小脸上红彤彤的，黑葡萄一样的眼眸中闪闪发亮。周惜若心绪复杂难言，阿宝已快乐地一溜烟地跑了。

到了晚间，周惜若为他洗澡梳头。阿宝看着她神思不属，忽地靠上前问道："娘亲想爹爹吗？"

第八章　一家团圆恩怨了

周惜若回过神来，心中一震，手中的梳子掉在地上。她连忙掩饰道："我怎么会想他呢，阿宝想爹爹就好了。"

阿宝赖在她身边，一双乌黑的大眼看着她，低声道："爹爹说娘亲打爹爹是因为太爱阿宝了，所以生气爹爹把阿宝藏起来。"

周惜若看着他人小鬼大的样子，禁不住笑出声："是他说的？"

阿宝认真地点了点头。周惜若想起邵云和脸上殷红的巴掌印，哼了一声："他活该！"说完却觉得凄然，若是世间事如孩童眼中看到这般简单就好了。黑的是黑的，白的是白的，对与错一清二楚。

阿宝听得她说的话知道她心中已不生气了，便腻在她身边撒娇。周惜若抱着他，想起这几年的艰辛心中涩然，她与他的恩怨情仇因为阿宝越发难解了。窗外风声呼呼，她怀抱着雅查看着漆黑的夜色，忽地想到邵云和，征战四方的他又在哪里？若是他不用兴复赤灼，如果邵云和只是真的邵云和……

战事紧张，邵云和说好的日子并未归来。周惜若听说三皇子突然提前进攻，看来在耐心方面他俨然不是邵云和的对手。邵云和占据了燕州十三郡中的六郡，此时冰雪消融，没了风雪的阻碍，两边打仗起来分外惨烈。邵云和亲自领兵从中路插入敌军腹地，切断了敌军的首尾，深深重创了三皇子的先锋部队。这一仗赢得险而奇，可是也付出了惨重的代价。五千精兵折损了三千有余，两边各有伤亡，都退回继续修整。

周惜若听着耶荼打听来的消息，心中滋味复杂。邵云和用的是从齐国学来的兵法战术。只擅快攻快守的狄国军队自然不是他的对手，即使三皇子手中军队多于他依然讨不到便宜。只是，她现在担心的却是守在青谷岭的龙越离。完颜霍图对她说，他为她而来。可这十万精骑兵到底在等待什么呢？是等着完颜霍图把她交出去，还是等待螳螂捕蝉黄雀在后的那一只聪明的黄雀呢？

就这样忐忑不安地等了五六日，阿宝每日念叨着哈赤、爹爹……喋喋不休。每次院门打开他眼中都会晶亮一闪，飞奔出去，可是每次都是失望而归，直到终于院门前响起疾驰的马蹄声，一队骑兵在府邸门前勒住马儿。

领头的一人身着一身暗红战袍，肩甲护胸，脚蹬长靴，俊美的面上有一双如鹰一样锐利的双眼，顾盼间有隐隐战场的杀伐果断之气。他飞快下了马，大步走向府门，他推开门，只见院中一位素衣美妇正坐在开满鲜花的藤蔓架下含笑看着院中一个小男孩在踢着蹴鞠。她清丽的面上笑意温柔恬淡，长长如云的三千青丝整整齐齐挽成发髻，有鬓发垂落脸颊边，随风飘动。她美得如梦似幻，一方庭院，盛载了他这一世所有的梦想。

阿宝一抬头看见他，眼中一亮，欢呼一声："娘！爹爹回来了！"他说完向邵云和冲了过去。

周惜若循声望去。她看见他紧紧地抱住阿宝，一双带了战尘之色的深眸深深看着她。她脸上的笑意来不及褪去，就这样含笑看着他。两道目光隔空相望，迷蒙了时光，含糊了爱恨在重逢的惊喜中久久对视。

"爹爹！"阿宝摇晃着他，"爹爹打了胜仗了吗？"

邵云和这才回过神，摸了摸他的头，薄唇微勾："自然是打了胜仗才回来看雅查。"

他抱着他上前，周惜若美眸悠悠地看着他，两人竟是不知要说什么。

"阿宝又长高了。"他轻咳一声说道。

周惜若看着他怀中的阿宝，不由含笑道："他一直在念着你，每天都要在门口等着你来。"

邵云和笑了，他甚少如此开怀地笑，脸上的笑意消融了素日的冷峻，笑容朗朗，隐隐有为人父的骄傲。周惜若看着心中忽地觉得满满的，仿佛要溢出来的满，她看着他们父子两人，悄悄地退了下去。

到了晚间，周惜若做了很多菜。雅查缠着邵云和讲打仗的故事，邵云和被缠不过，只捡打仗中的趣事。春夜寂寂，只听得雅查的笑声一阵阵，到了夜深，雅查在他怀中沉沉睡去，桌上的饭菜也只剩下狼藉。周惜若端坐在席上看着他怀中的雅查，久久沉思不语。

邵云和察觉到了她的沉默，把阿宝放在一旁软榻上小心用被衾盖好，这才看着她。

周惜若看着他，慢慢道："阿宝很崇敬你。"

邵云和看了她一眼，道："父亲是儿子顶天立地的榜样，为了赤灼为了他，我不会输的。"

周惜若轻笑一声，道："你怎么会输呢，你可是右相邵云和，还是廷尉大人，更是骁风骑的统领。你怎么会输呢？"

邵云和陡然无言，许久他一口饮尽杯中的残酒，淡淡道："过往不能更改，若我重回一次，我依然会这样做。"

周惜若闻言垂下眼帘："我知道。"

在他心中国大于家，她只是他一往无前的小小插曲，牵引他的心神，却不能左右他要做的事，她早就知道了。

"龙越离在青谷岭。"她斟酌开口，"你又该怎么办？"

邵云和看了她一眼，反问道："你想回去吗？"

周惜若一怔，下意识看向雅查，许久才道："我不能丢下阿宝。"她自嘲一笑："你做到了，我根本无法离开阿宝，我可以让天下人唾骂，我可以不要当齐国的皇后，可我只要阿宝。"

一滴滴的泪水悄然滚落。不知什么时候他已把她搂在怀中，一声低沉的叹息从他胸口中溢出："对不起。"

周惜若眼中的泪越发急地落下，四年的分别，四年的风刀霜剑，这一段长长的无尽头的折磨，她只要他一句对不起。她伏在他的怀中失声痛哭，原谅他很容易，可谁来原谅她辜负龙越离的那一番生死情意……左右都不是，却似已在冥冥之中注定了她这一生的情路坎坷。

他紧紧搂着她，眸中涌动着深深的情愫，她终于原谅了他。他低声道："惜若，我这一辈子最后悔的便是离开你和阿宝。"

"对不起。"他一遍遍地说着，轻吻她的发，眼中灼热的泪水不知不觉滑落。

春夜寂寂，她在他怀中哭着睡着。睡梦中她仿佛在曲州老家，带着阿宝依靠门边，期盼着他归来。远远的，他走来，对着他们微微一笑。再美的梦境也不过如此，于是她真的笑了。一夜海棠花开，花香满园，良辰美景月圆人亦团圆……

第二天周惜若醒来时已在床上，身上妥帖盖着一层被衾。她睁开眼，刺目的日光穿过窗棂在地上打下斑驳的光影，房中安静非常。她能听到院中传来雅查的笑声。还有时不时邵云和的声音，悦耳清扬，卸去素日他的威严与冷峻，她竟不知他笑起来这么令人觉得愉悦。她静静听了一会儿忍不住起床依在门边含笑望去看着。邵云和回头，含笑的俊眼对上她的笑眼，两人皆是脸上一红。

阿宝飞奔上前，抱住周惜若，举起手中小小的宝剑，高兴道："娘，你看这是爹爹给我的剑。"

83

周惜若蹲下身，认真看着他兴奋的大眼，慢慢道："这剑只能杀敌人和恶人，不能任意用自己的武艺去欺凌弱小，也不能滥杀无辜，完颜沐霖，你可明白？"

阿宝似懂非懂地点了点头，大声道："娘说的话我都记住了。"

周惜若满意笑了。她轻抚他的发看着邵云和。邵云和深深看着她，两相对望，他眼中灼热的目光令她面上红晕遍染。他朝她走来，问道："昨夜睡得可好？"

周惜若脸上越红，低声道："很好。"就匆匆走了。

邵云和看着她匆忙离去的身影，不禁微微一笑。阿宝在一旁问道："娘为什么会脸红啊！"

邵云和轻抚他稚气的脸，深眸中涌动着光："因为爹爹和娘亲要重新开始。"

"什么是重新开始？"阿宝似懂非懂问道。

"重新开始就是忘记过去，重新认识对方，一直到爱上为止。"他笑得有深意。

阿宝睁着乌黑的眼睛，不明所以地看着自己的父亲，不明白为什么爹爹和娘亲要重新开始，他们不是已经认识了对方了吗？院中花儿随风飘散花香，天上日光眩迷，似乎一切重新有了一片新天地。

到了正午，周惜若照例烧了一桌的菜，样样精致可口，她看着阿宝吃得开心，不禁微微一笑。

"给。"她碗中一沉，身旁的邵云和为她夹了一筷的菜。

周惜若脸上一红，不自然道："我自己会夹菜。"

他看着她的羞涩，不由笑了起来，笑意中隐约有说不出的得逞，周惜若脸越红，只得假装没看见安静地吃起来。

"我也要爹爹夹菜。"阿宝在一旁指着自己碗，撒娇道。

邵云和道："阿宝自己长大了，要自己夹菜。"

"那为什么爹爹要给娘亲夹菜？"阿宝不满地撅嘴。自从跟了周惜若后，他撒娇的次数明显多了不少。邵云和顿时语塞。

周惜若不由笑着给阿宝夹了一筷子菜，嗔道："好好吃饭。"

阿宝指着邵云和的碗，眨了眨乌黑的眼，狡黠道："爹爹没人夹菜，娘给爹爹夹菜。"

周惜若一听，顿时脸红耳赤，叱责道："吃个饭哪这么多的事？"

"不公平！"阿宝道，"娘亲给阿宝夹菜，娘亲也要给爹爹夹菜才对。"

周惜若闻言看了一眼身旁似笑非笑的邵云和，果然看见他的碗正若有若无地向她这边伸着，好像在等着什么。周惜若看着一大一小两双目光炯炯的眼神盯着自己，只得急忙夹了一筷子菜放到他的碗中，道："好了，都好好吃饭。"

邵云和看着碗中可怜的两根青菜，哭笑不得。阿宝冲他眨了眨眼，眼中是他方才一模一样得逞的笑意。两人不约而同地笑了起来，只有周惜若一人莫名地脸上越

84

烧越红。

正在三人吃饭的时候，忽地院门被叩响，砰砰急促的声音仿佛在心口震响。周惜若心头不禁一跳。邵云和眸色一沉，站起身来前去打开门。周惜若看向门外，只见几个士兵正在门外，神色凝重。邵云和看着他们的脸色，一反手将院门关上。周惜若只听得他们在门外含糊说着什么，想要仔细听却听不清楚。胳膊上一紧，她一回头对上阿宝忽闪忽闪的眼睛。

"娘，哈赤是不是要去打仗了？"他说起了狄国话，稚嫩的面上隐约有警惕之色。那眼中的精光与她在赤灼绿洲看到他时一般无二。

周惜若心中一颤，搂住他，安慰道："没事的，哈赤打完胜仗就回回来看雅查的。"

阿宝无声的缩在了她的怀中，闷闷地道："阿宝不愿意哈赤再去打仗，阿宝要永远和娘还有哈赤住在一起。"

周惜若闻言心中酸楚，敏感如阿宝也感觉到了什么。她柔声安慰道："不会的，哈赤不会舍得离开阿宝的，就算是离开也只是暂时的。"

"那娘亲呢？"阿宝抬起头来，像是要得到什么保证似的，问道："娘亲也不会离开雅查的是吗？"

周惜若看着他眼底极不安稳的光芒。这四年来母子别离，再加上完颜霍图对他的苛刻训练虽然强壮了他的身体，可却令阿宝比同龄人更多了几分对父母亲失去的不安。她轻抚他的小脸，慢慢地道："不，娘亲永远不会离开阿宝。"

阿宝欢呼一声钻入了她的怀中。周惜若抱紧了他，转头看着那扇紧闭的院门，美眸中渐渐流露强烈的不安。邵云和在门外与士兵们密议了许久，他一进门就看见周惜若清冷的身影站在门边。

她一双美眸幽幽看着他，问道："你要走了是吗？"

邵云和看着她平静明澈的眼，慢慢道："是的，三皇子拓跋宛褚不甘心之前之败，所以纠集兵力进攻，燕州失了一郡。"

周惜若看着他脸上的冷肃，轻叹一声："一郡之失也许在战局上并不是那么严重，你是怕失去士气是吗？"

邵云和点头道："狄国是苦寒之地，经不起长久之战，最好是春末之前就夺下帝都，顶多在夏季，再拖就真的必败无疑。"

周惜若看着他眉宇间的沉重，忽地道："就算你胜了，龙越离那边……"她还未说完就噤了声，邵云和眸光一动，亦是沉默。

龙越离，这三个字如今是他心头最沉重的阴霾。强大的齐国，源源不断的粮草物资。朝中济济一堂的文武百官。他如一颗初升的骄阳，正是最炫目最有力量的时候。他会不会在狄国内乱之时横插一脚？不管他是要支持三皇子拓跋宛褚还是被邵云和千

第八章　一家团圆恩怨了

方百计说动与他达成盟约，他都可以得到巨大的好处。而目前看起来，邵云和身为齐国的叛臣，外加完颜霍图掳了他的皇后，龙越离应该更愿意坐山观虎斗，最后再荡平邵云和千辛万苦建立起来属于赤灼人的大军。

而她与他，真的决定要从此一刀两断了吗？周惜若心中苦涩难言，若她随龙越离走了，阿宝又怎么办？……

"别想太多。"邵云和打破沉默，深眸中已是比宝石还坚毅的神色，"我不会让赤灼的复国梦想落空，也不会让你再离开阿宝……和我。"

周惜若深深地看着他，眸色复杂，他这一句像是承诺又像是一种无法达到的愿望。她苦涩一笑，转身淡淡道："不要再说了，谁也不知道命运要怎么安排。"她说完转身慢慢地走远。

他伸出手，却已抓不住她。三月春光纷纷，美景如幻，她的身影融入翠绿的春景中，却看到一身踏遍沧桑的落寞与孤寂。她不是不信他，她信不过的是命运。

燕州的战事消息一点点传来，先前都是坏消息。无外乎三皇子如何猛烈进攻，赤灼人的大军如何节节败退，沉重的消息令这三月春光都似乎不再明媚。耶荼每次打听来都惶惶不安。

她握住周惜若的手，不安道："周妹妹我们离开这里吧，回到赤灼，这里太不安全了，哈赤万一打不赢拓跋族的人呢！他们会屠城，会杀光每一个赤灼人的！"

百年来赤灼人失败太久了太多，百年的屈辱与贫苦已令他们在危机跟前习惯了选择退缩。

周惜若微微一笑："耶荼，你听到的消息才是好消息，哈赤一定会赢的。"

耶荼看着她平静的面色，摇头不信："可是，拓跋族的力量太强了。"

周惜若耐心道："耶荼，每到冬日你烧火时有两种火炭。一种是很旺的火炭，另一种是被木灰压住火势的木炭，你觉得这两样的木炭最后烧得最久的是哪一种？"

周惜若悠悠道："这便是了，你们的哈赤充满了智慧，他在保存实力，拖着拓跋的军队四处奔跑呢，然后等到拓跋军队最疲惫的时候给予重重的一击。"

耶荼恍然大悟，欢喜地走了。周惜若看着她轻松的背影，淡淡看着窗外明媚春光。她知道邵云和一定会赢了拓跋宛褚的。可是赢了拓跋宛褚之后呢？他又要用什么样的实力去面对龙越离？还有自己到那个时候该怎么办？……

"娘亲，哈赤一定会赢是吗？"不知什么时候阿宝走到她跟前，乌黑的眼中满是期盼。

周惜若道："是的。"

"娘亲为什么能看出哈赤会赢？"他眼中皆是疑惑。

周惜若微微一笑："因为娘亲读过很多书也包括兵法，记得要成为一位胸有韬略的人，一定要读很多书知道很多事。这样才可以和你的哈赤一样充满智慧，无往不胜。"

阿宝懂事地点了点头。

"说得很好。"门被砰然打开，完颜霍图那道阴冷的身影出现在他们面前，周惜若一惊，下意识护在了阿宝跟前，小小的院子顿时被鱼贯涌来的士兵挤得满满的。周惜若心头砰砰直跳，特别是看到完颜霍图身后跟着的一脸阴沉的玫黛儿。邵云和才刚离开不到三天，完颜霍图就前来，这样的意味已经十分明显。

"你们想要干什么？"周惜若怒问道。

完颜霍图看着她身后的阿宝，点了点头："不得不承认你把雅查照顾得很好。"

周惜若抿紧唇，紧紧把雅查搂在了怀中。阿宝也感觉到不安，脑袋埋入母亲的怀中却时不时打量着眼前一群面目严肃的陌生人。他虽认得完颜霍图，可是也不知他的身份，更没有人与他提起。在他眼中，完颜霍图只是族中威严又神秘的国师罢了。

"阿宝是我的孩子，我自然要好好照顾他。"周惜若看着面前一群来意不善的人，冷然道，"你们不知道哈赤不容许这里不可有生人踏进来吗？国师请回吧！"

完颜霍图桀桀笑了一声，冷笑道："你以为云儿会庇护你一辈子吗？真不巧，是时候让你为赤灼牺牲一点点了！"他说着对士兵吩咐道："把她绑起来带走！"

周惜若心底一凉，士兵上前拉住她将她拖走。阿宝见她要被人带走，扑上前，如一头发怒的小豹子拍打她身边的士兵，怒道："放开我的娘亲！放开！"

周惜若死命挣扎都挣扎不过士兵的力气，她惶惶回头，只见阿宝已被完颜霍图一把抱起来，丢给闻声前来的耶荼。耶荼接过雅查只能死死抱着他，不让他靠前。

周惜若听着阿宝哭喊起来，心痛如绞，她连忙喊道："雅查，娘会很快回来的……"她还未说完就被士兵丢上马车，疾驰地离开了这里。

完颜霍图把周惜若带到了一处偏僻的地牢中，冷冰冰道："云儿如今在和拓跋宛褚打仗，他是没有办法抽身回来救你的，你好自为之！"

周惜若怒道："你到底想要我做什么？难道你不怕他回来之后亲手废了你这个子虚乌有的国师吗？"

完颜霍图冷笑一声："你别忘了，我是他的亲生父亲，他再生气都没有办法。你也别忘了，云儿是我一手培养起来的，他是绝对不会因为我做了对赤灼有利的事而责怪我！"

周惜若看着眼前自信满满的完颜霍图，面上顿时一片晦暗。完颜霍图说得对，他是邵云和的父亲，就算他现在立刻杀了自己，邵云和都不可能杀了自己的父亲。

完颜霍图见她的神色，眼中冷色一掠而过："你就乖乖等着，等到那一天用到你的时候，你如果乖乖合作，还能保你一条小命。"

周惜若盯着他，断然回答："我不会让你如愿的！"

完颜霍图眼一眯，冷笑："不由得你不答应！"他说完转身就走。

周惜若颓然坐在地上的干草堆上。她早就有预感自己和雅查的相聚不会那么顺利，如今果然预感成了真，居心叵测的完颜霍图才是她最大的威胁。牢房的门又"砰"地一声打开。周惜若抬头，只见玫黛儿走了进来。她美眸中喷着怒火，对士兵道："打开牢门！"

士兵依言打开，玫黛儿走了进来，走到周惜若面前，狠狠一巴掌扇上了她的脸。

周惜若被她扇了一巴掌，脸上殷红的五指印立刻浮现，她皱眉看着眼前的玫黛儿，捂着脸冷冷盯着她。

玫黛儿冷笑："这一巴掌是我赏给你的，赏给你对我下了蒙汗药，放走你云家那个相好！"

周惜若盯着她的面，忽地一笑："其实公主这一巴掌只是在生气，因为你的祈哥哥终究是选择了我和雅查。"

玫黛儿脸色一白，手又扬起。周惜若一把抓住她的手腕，用力甩开，冷冷道："你再打我一下就休想我为你们办任何事！"

玫黛儿被她甩得踉跄几步，等她稳住身形，不由破口大骂："你这个贱人，你到底和使了什么媚惑手段让祈哥哥选了你！你明明是齐国的皇帝老婆居然和我抢祈哥哥！我要杀了你！"

周惜若坐在地上，任由玫黛儿骂着。玫黛儿骂累了见她无动于衷，禁不住上前看着她的眼睛，咬牙道："这一次你别做梦了，祈哥哥是救不了你的！你只能滚回你的齐国！"

周惜若此时不怒反笑。她微微一笑，眼中媚色丛生，柔声道："你不是说我是贱人吗？我偏偏就不走，我偏偏就喜欢呆在这狄国，然后带着雅查跟在你的祈哥哥身边！"

玫黛儿气得俏脸发白，她想要再打却被周惜若眼底的冷意生生骇住。

周惜若见她愣住，冷然道："这里是地牢我就不招待公主了，你可以送走我，甚至可以杀了我，但是提醒公主一句，等到你的祈哥哥发现我消失了，他是不能责怪国师，但是不意味着他不会迁怒你们库叶族！"

玫黛儿一听，想起邵云和动真怒的后果，从心底冒起一股深深的寒意。她咬牙怒而离开了牢房，一切又恢复安静。周惜若摸着脸上的红肿，皱紧秀眉深深地长吁一口气。

过了两日，完颜霍图前来，他看着牢房中不哭不闹的周惜若，眼中流露惊异，不禁冷哼一声："你倒是随遇而安。"

周惜若看了他一眼，冷冷道："你到底要怎么样才可以放我出去和阿宝在一起？"

88

完颜霍图闻言嗤笑："你不是不想认他了吗？怎么现在又后悔了？"

周惜若目光如刀，盯着他的面上，一字一顿道："正因为是你这种人我才更要在阿宝的身边。你几乎已经毁了邵云和，我不能让你再毁了他！"

完颜霍站在她的面前傲然道："我没有毁了他，他如今的成就都是归功于我！"

与这种偏执的人说话无疑是很累而且没有任何用处，周惜若索性闭了嘴。

完颜霍图命人抬来一张桌子，放了笔墨纸砚，对她道："我念你写！"

周惜若看着空白的一张纸，问道："写什么？写给谁？"

"当然是写给你的皇上，龙越离！"完颜霍图一双犀利的眼中流露似笑非笑，"让他知道你在我的手上。"

周惜若脸色一白，失声道："你疯了！"

"我没有疯，龙越离知道你在我的手上，所以他才不敢轻举妄动。"完颜霍图道，"不然你以为他为什么会按兵不动？"

周惜若一听倒吸一口冷气："你一直在和龙越离通消息？！"

她和邵云和都被完颜霍图蒙骗了。完颜霍图早就背着他们把她作为筹码要送到齐国了，可笑的是，她和邵云和居然还在为龙越离按兵不动的十万精骑兵忧心忡忡，愁肠百结。

"你跟龙越离说了什么？！"周惜若只觉得心中的压抑的怒气一阵阵冲上脑门，几乎克制不住。

"没什么，只是拿你借了五万兵马，打败拓跋宛褚。"完颜霍图轻描淡写地道。

五万？！周惜若笑了。原来她还能值五万的兵马，五万条齐国士兵的命！她怒视着完颜霍图，满心满眼的怒火几乎要把他生生点燃。他不疯，从齐国救出楚太后之后他就意识到了她的奇货可居，他早就料到终有一天可以用她来为赤灼的复国大业添上重重的一笔。

可是五万！这是五万条的人命，难道要因为自己一个人，这五万的齐国大好儿郎就要到狄国加入这场战事吗？！

她听见自己问："龙越离答应了？"声音飘渺，颤抖。

完颜霍图点了点头，周惜若心中一震，跟跄退后几步靠在了墙上。

完颜霍图看着她失魂落魄的样子，冷哼一声："怎么你没想到？说实话我也没想到龙越离肯为了你借兵五万。"他不愿再与她多费唇舌，一把抓起她按在了桌边，冷声道："快写！写让龙越离安心的话！"

周惜若忽地笑了。她伏在桌上笑得连眼泪都流出来。刺耳的笑声令完颜霍图皱起了眉头。周惜若擦着眼角笑出的泪水，看着面前的完颜霍图，道："完颜云祈是你的儿子，完颜沐霖可是你的孙子！而我，是他们至亲的人也是国师你的亲人，你为了复国竟然让我去写这样一封信？！"

第八章 一家团圆恩怨了

89

完颜霍图眼神一紧，冷笑道："你早就不是完颜家的女人了，要不是看在云儿看重你，阿宝是你生的，你早就不知死过了千百回了。"

周惜若停了笑，抓起桌上的白纸，一点点撕碎，吐出一句话："让我写信，你做梦！"

完颜霍图眼中狠色顿起，一巴掌狠狠扇上了她的脸。周惜若被他打得跌在了地上，唇角被打破，一缕血线缓缓地蜿蜒在唇边，她抬起头冷冷盯着他，眼中无声的恨意令他知道了她的倔强不屈。

他冷笑道："你不写也可以，记得你身上的秋水寒吗？"

周惜若心猛的一缩，秋水寒！是她身上一直未曾真正解的毒。

"你信不信我可以让秋水寒提前发作？等你尝遍了秋水寒发作时候的痛苦时，你就知道你真不应该活在这个世上。"完颜霍图看着地上的周惜若，眼中流露阴狠，"再给你一日期限，明日你若不写就别怪我不客气了。"他说完吩咐士兵看守好周惜若，走出了监牢。

牢房中又恢复了安静。周惜若抱紧自己缩在了一旁，脸上火辣辣地痛，可是却不及她现在心中的煎熬。完颜霍图要她的亲笔信给了龙越离，目的是催促他尽快借兵，而自己若是不写恐怕真的会生不如死了。

她想起完颜霍图的手段心底不住冒起寒气，可是若让她写……她幽幽看着那一方小窗户漏进的光，久久不语。

青谷岭，锦城郡守府邸中歌舞声声，水榭歌台上歌姬舞姬正使劲浑身解数正为对面那一道明黄身影展尽风姿。那人眯着一双狭长妖娆的眼，面上已有了几分醉意醺然，因白日天热他一边听着歌姬的歌声，一边随意解了领口的扣子，随意一扯露出几许邪妄，水榭歌台上的歌舞姬见他已有了醉意越发抛了媚眼流波。他看着俊魅的面上渐渐流露一抹恍然的笑意。远远走来的温景安看着他，不禁摇了摇头。

他上前请安道："皇上怎么白日饮酒呢？龙体为重才是。"

龙越离回头见是他，笑了笑，眉间一点风流倜傥更是摄人心魄，他挥退了歌舞伎，自嘲笑道："那朕除了等还能怎么样呢？可有消息传来？"

温景安黯然摇头。

龙越离站起身来哈哈大笑，他笑声越来越冷，笑声未落他猛的狠狠地将手中的酒杯砸到了地上。酒杯碎成了千万片，乍然的响声令他旁边的宫人纷纷颤颤噤声。

他怒道："好个邵云和！好个完颜霍图！朕不将他们千刀万剐不足以消了心头之恨！"

温景安见他暴怒，连忙道："皇上息怒，再等等几日，完颜霍图不敢拿现在的形势来愚弄皇上。他一定是在等最好的时机才会向皇上索要这五万精骑兵，我们才能换回皇后娘娘。"

龙越离气极反笑，问道："还要等到什么时候？朕等不了了！再等下去惜若怎么办？！她已经在那老贼的手中好几个月了！"

温景安见他额上暴跳的青筋，心中涩然。她现在可好？是否吃尽了苦头？是不是也在日夜期盼回到齐国？还是那个人就这样把她留在身边，让她无法再归来……他在痛，而面前年轻的帝王除了痛更有震怒。他在怒为何她之前从不告诉她邵云和的秘密，为何她选择了牺牲自己换得他如今齐国的四海清晏，政清人和！

他更恨，为曾经的不堪回首，追悔不已！他比下落不明的她更痛上百倍，煎熬百倍。

龙越离俊颜冰冷，冷冷道："传令郁将军，越过燕云山，直奔燕州十三郡！朕要看看这完颜霍图老匹夫还要憋多久才肯把人交出来！"

温景安一惊，道："皇上万一此举激怒了完颜霍图怎么办？"

龙越离俊魅的眼中是可怕的冷静。他冷然道："朕不能一味等下去，完颜霍图不是想要借兵打败狄国的三皇子拓跋宛褚吗？朕就替他先打败他，若他要狄国这半片河山，朕就有资本跟他谈，而若是他敢动惜若一根寒毛，朕要踏平整个狄国，让他们赤灼人再一次滚回赤灼之地！"

温景安看着龙越离面上的神色，心中一团不祥的乌云悄悄聚拢而来，再也挥之不去。

完颜霍图果然又来了，他指着桌上一碗黑漆漆的汤药，冷冷逼近她："最后一次的机会已经给了你了，你写还是不写？"

周惜若嗤笑一声，秀眉挑起，冷笑道："堂堂国师也就只能这样欺凌弱女子罢了，我不会写的。"

"就连秋水寒毒发你也不怕？"完颜霍图眯了眼问道。

周惜若别过脸不愿再与他说一个字，完颜霍图眸色一闪，冷冷道："来人！"

痛，无穷无尽的痛从她四肢百骸延伸，一直到了她的心口。完颜霍图怕她经受不住，还特地"好心"地封住了她心脉边的穴道让她不至伤了心脉。只是这样更令她痛苦，清醒地感觉着身体深处抽筋敲髓似的痛苦，更是一种折磨。她蜷缩在地上，秋水寒的剧毒发作起来令她面无人色，连哀嚎都找不到声音。她痛得浑身汗水淙淙，犹如从水中捞起来的一样。一旁的完颜霍图皱眉看着她的坚韧，眉间的不悦越来越重。

从清晨到日暮，她已被秋水寒的剧毒折磨了整整六个时辰，可是却还未开口讨饶。

完颜霍图一把抓起她，沉怒在他的眼底翻涌。他狞笑："好你个周惜若，我竟低估了你的忍耐力！不过你别以为你不写我就拿你没办法了，亲自抓你送到龙越离跟前

第八章　一家团圆恩怨了

91

也是一样！"

　　周惜若竭力睁开被冷汗模糊的眼，声音嘶哑，嘲弄笑道："你敢带我去龙越离面前吗？你就不怕他的兵马杀光了你带去的人！你只不过是想要逼着他打败拓跋三皇子罢了！若是龙越离不答应，你也无损失不是吗？顶多就是把我利用到底！"

　　完颜霍图脸色一变，再也忍不住愤怒道："把她带走！我要好好看看她到底还敢怎么样嘴硬！"

　　周惜若被他一推，跌在地上昏了过去。当她再次醒来的时候已是三日后，她正被绑在颠簸的马上，完颜霍图已带着她向东南而行。周惜若身上的秋水寒剧毒已不再发作，看样子完颜霍图已给她吃了暂时的解药。她看着一行人骑着马向着燕云山的方向而行，缓缓地闭上了干涩的眼。天光刺眼，眼帘上红彤彤一片像是血色蔓延。

　　她知道，她终究再一次落入命运的手中。

第九章　千军易发为红颜

　　龙越离命令郁可鸣越过燕云山果然立刻引起了邵云和和拓跋宛褚的注意。拓跋宛褚再傻也不会在这个时候贸然得罪了龙越离，轻易向他挑衅。于是他派出了使臣想要与龙越离一起订立盟约剿灭邵云和这支赤灼人的大军。龙越离收到拓跋宛褚沉甸甸的烫金国书，不置可否，此时齐国十万大军渐渐深入了狄国的腹地。正在紧张对峙的两队人马顿时不约而同地停下战事，因为谁也不明白龙越离心中到底是怎么盘算的。就在拓跋宛褚马不停蹄送来国书和各种贵重礼物前来讨好龙越离的时候，邵云和的一纸密信也被呈到了龙越离的龙案上。

　　上面只有邵云和亲笔所写的一行字："吾生平所愿，唯与陛下逐鹿中原也。"短短一行字，笔力刚劲，凌厉如刀，透过这行字仿佛能看见邵云和一身暗红战袍，临风猎猎，眉眼傲然。

　　龙越离冷冷撕碎了这一封薄薄的密信，对一旁的温景安冷冷道："传令郁将军，全力进攻燕州十三郡，一定要在邵云和之前夺下狄国帝都！"

　　温景安闻言诧异非常，龙越离已起身离座，冷笑："好一个狂妄的邵云和！朕倒要看看这个天下到底鹿死谁手！"

　　狼烟再起，龙越离兴兵十万猛烈进攻燕州其余各郡，郁可鸣领兵有方，迅速攻下了三皇子拓跋宛褚手中仅剩的燕州郡县。与此同时，邵云和也不再隐藏实力，带五万精兵一路东进，向狄国的帝都而去。战事十分激烈，两队人马仿佛心有灵犀一样各自为战却又互不相犯，只可怜了三皇子拓跋宛褚不明所以，被两边猛烈夹击节节败退。

狄国陷入了一片混战中，邵云和一边攻城一边收编溃逃的狄国军队以补充军力。而龙越离则攻城掠地，毫不含糊。狄国上空连白云都染了灰黑色的战尘，天际间灰蒙蒙的，大军过境，寸草不生。可以预见，不论谁胜谁败，狄国没有三年无法恢复元气。

这就是战争。

马车吱吱呀呀，周惜若睁着幽深的大眼看着沿路上的荒芜。前边逃难下来的狄国流民三三两两，面容憔悴肮脏，一个个犹如草原上会动的腐败草堆，早已看不出本来的面目。烈日当空，天渐渐炎热，空气中干热的气息中仿佛还夹杂着血腥味，说不出的难闻。

周惜若长长吐了一口气。她被完颜霍图抓走之后就一路向燕云山而去，可是到了燕云山之后完颜霍图却扑了个空，龙越离早就挥师北上攻打燕州。完颜霍图无奈只能再此折转往东，这一路上完颜霍图不再威胁她，可是对她也并无多少优待，只日夜派人严加看守。

正在这时前边有人骂骂咧咧，说的是狄国话，周惜若听了一会儿，隐约是谁阻拦了去路被士兵呵斥。士兵要赶那人离开，那人却抱住车轮。过了一会儿，车厢的车门打开，士兵把一个面目肮脏的女人丢了进来。周惜若不禁吓了一跳。那女人长发纠结，身上的衣衫破破烂烂，早就看不出原本的颜色。

"水……水……"那女子闭着眼喃喃道。

周惜若见她唇上干裂得起了泡，连忙拿了身边的水囊喂了她喝水。那女子一碰触到水，就如抓着救命稻草一般一把夺过水囊拼命喝了起来。好不容易她解了渴，靠在车厢中歇息了好一会儿。她这才幽幽地睁开眼，打量四周，她对上了周惜若一眨不眨的美眸，不禁深深怔忪住。

周惜若见她眼中有警惕之色，遂用狄国话问道："你叫什么名字？怎么会被士兵抓了起来。"

那女子听得周惜若的问话，眼中警觉之色未消半分，她往车厢中缩去，抱着双臂冷冷打量眼前的周惜若。

周惜若见她如此以为她是害怕，伸手要搭上她的肩头，柔声道："你不要怕，我也是被他们捉来的。你……"

"放开我！"那女子怒喝一声，说的竟是齐国话。

周惜若一愣，心中顿喜，连忙用齐国话道："你是齐国人？我也是。"

那女子冷冷看着她，眼中的神色并未因为周惜若说了齐国话而缓和几分。她闭上眼，冷冷道："我不是齐国人，我累了要睡一会儿。"她说完当真躺在马车上就沉沉睡着了。

周惜若看着她拒人千里之外的疏离，不禁深深皱起了秀眉。车队又继续前行，一直到了中午才停下来歇息，看守周惜若的士兵示意周惜若可以下车吃饭活动筋骨。周惜若看着马车中依然沉睡的女子，犹豫了一会儿还是上前拍醒她。

她的手刚触到了那女子的肩头，那女子的眼睛猛地睁开，冷声道："你要做什么？"

周惜若被她那一双即使脏污都不掩美丽的眼盯着，心头一震，只觉得她十分眼熟。她正要开口询问，那女子已一把推开她径直下了马车。她手力道不小，周惜若被她推得跌在了一旁。而那女子自顾自下了马车，见到士兵在发干粮，就上前讨要。

周惜若下了马车，拿了干粮慢慢地啃着。她一边吃一边偷眼看着那女子。不知为何她总觉得这半路突然出现的女子十分眼熟，可是就是想不起她是谁。那女子两下三下吃完干粮喝了水，也不随别人去溪水边洗手洗脸，而是就这么脏兮兮地靠在马车边等着继续上路。

周惜若打量了她半天都猜不透她的来历，索性不再猜，去溪边打了水，又洗净了面上的尘土和汗水这才向马车走来。那女子飞快看了她一眼，冷冷别头去。周惜若看她的样子是打定主意不与自己有半分牵扯。

她轻声一叹："这车队要走的方向是狄国的帝都，路上漫漫，姑娘难道要装聋作哑一路？"

那女子恶狠狠地盯着她，一字一顿地道："我生平最恨齐国人，你若不想死就闭嘴！"

周惜若失笑："你既不是齐国人，看样子也不是狄国人，你到底是哪里人？"

那女子不再回答，冷冷盯了她一眼继续闭目养神。

真是个古怪之极的女人！周惜若心中道。此时车队还未启程，她趁这个机会在四周寻了野果，他们一路上吃的东西很少，除了干硬的馍馍就没有别的了。士兵有时候会去打猎，有时候打不到野物一连几日都只能吃馍馍充饥。周惜若找了许久，只找到了几个看起来青涩的野果，她小心用手帕包好了走来。

那女子听到脚步声睁开眼，她看了一眼周惜若手中的果子，忽地开口："那些丢了，不能吃！"

周惜若微微诧异，低头看向手中的野果，灰扑扑的，不像是有毒的样子。

那女子见她犹豫，冷冷道："你手中的果子叫做蛇果，吃着很甜，但是吃多了人就中了毒，半天不能说话，你不信你吃两个试试。"

周惜若一听毛骨悚然，连忙把手中的野果丢了。

那女子见她害怕的样子，禁不住哈哈笑了起来。周惜若看着她突然展现的笑靥，脑中灵光一闪，忽地失声道："原来是你！"

眼前脏兮兮的女人竟是秦国的公主耶律筝儿！

她急忙问道："公主你怎么会来到这里？"

耶律筝儿见她认出了自己，于是不再伪装，狠狠瞪了她一眼，径直去溪边打水洗去脸上的尘土和污垢。周惜若追上前去。耶律筝儿洗完，露出往昔娇艳的面容。可是周惜若看着她还是她，却觉得今日今时的耶律筝儿已经不是她所熟悉的耶律筝儿，她的眼中神色冰冷木然，不再是从前在齐国皇宫中见到傲气凛然，集三千宠爱于一身的明月公主。

耶律筝儿一回头对上周惜若探寻的眼神，她心中不由冒起一股恼火，冷哼一声："我还没问你怎么会在这狄国呢！"

周惜若叹了一口气："我是被完颜霍图抓来的。"

耶律筝儿看她的待遇也不像是被请来的贵宾，眼中的冷色渐渐和缓。她冷冷道："我是来投靠完颜云祈的，听说他不就是你曾经的夫君邵云和吗！果然男人没一个好东西，只会利用女人！"

她眼中的戾气深重，美艳的面上都是愤世嫉俗的神色。周惜若想起邵云和心中思绪复杂万千，想解释的话却不知该怎么对耶律筝儿说起。她与邵云和恩怨纠缠，不要说旁人了，就是她自己都弄不明白。

耶律筝儿擦了把脸，看着她，问道："完颜霍图抓你干什么？"

周惜若道："借兵，不过看样子皇上并不买他的帐，所以完颜霍图只能带着我继续走。"

耶律筝儿想了想，忽的咯咯笑了起来，她媚眼如丝，似笑非笑地道："原来龙越离更爱江山不爱美人呢。如今狄国乱成了一锅粥，龙越离不乘着这个时候分一杯羹真的说不过去。"

周惜若张了张口想辩解什么可是却也只能沉默。

耶律筝儿见她垂头丧气，心中有种得逞后的欢喜。她故意道："看来你也是命苦，被一个个男人利用完又抛弃，只能在这苦寒之地无家可归。"

周惜若不愿和她计较，这时候士兵呼喝着她们上马车，周惜若知道又要赶路了，于是与耶律筝儿上了马车。

耶律筝儿神情自若，随遇而安的样子令周惜若不由问道："你投靠邵云和做什么？"

耶律筝儿看了她一眼冷冷道："一是为了活命，二是为了打败你们齐国报仇！"她眼中的恨意深深，俨然早已入骨入心。

周惜若顿时语塞。现在的耶律筝儿早就性情大变，她为了报兄长之仇嫁给狄国的老皇帝，发十万骑兵攻打齐国，狄国老皇帝死后她又嫁给狄国的大皇子，摄政掌权。可是到了最后狄国拓跋皇室内讧，大皇子在变乱中身首异处而她在乱军中失踪。从一介天之娇女到现在一无所有的女子，耶律筝儿的经历可谓不坎坷。她可怜她，可是她又怎么能告诉她：当年秦国二皇子在驿馆中被烧死却是邵云和暗地的杰作？！

耶律筝儿见周惜若怔怔盯着自己，恼道："你看着我干什么？！"

周惜若明眸黯然，轻叹："一定要报仇吗？"

耶律筝儿咯咯一笑，冷冰冰道："不报仇我会落到这样的地步吗？如今龙越离已来到狄国，他一定会和邵云和打一仗的，到时候邵云和一定需要用到我的。"

周惜若看着她眼底的狂热，越发觉得她可怜。

　

龙越离的十万精骑兵果然十分勇猛，一路攻城掠地，直指狄国帝都。邵云和紧随其后，从西线攻到了帝都脚下。三皇子被逼逃入帝都中，龟缩不出，三皇子败局已定，是降是杀只是时间的问题，只是这屯兵几乎有二十万的两批军队又该是如何分出胜负，无人得知。

　

狄国的空气中带着从沙漠吹来的热风，炎热、干燥，令人难以忍受，车队行进得并不快。周惜若在马车中与耶律筝儿井水不犯河水。耶律筝儿不知和完颜霍图达成了什么秘密的协定，完颜霍图对她态度犹如上宾。耶律筝儿不但穿上了美丽的衣衫，吃的食物都与旁人不一样。周惜若冷眼看着却不置一词。一行人朝东而行，渐渐明显繁华不少，周惜若知道，完颜霍图带着她已经踏入了狄国帝都旁边的州县。

到了夜间，完颜霍图不愿宿在城镇中，于是在城郊外搭起简易的帐篷，升起篝火烧水煮饭。周惜若知道他向来心思缜密，不愿带着她招摇过市，心中遂冷冷一笑。耶律筝儿坐在他身边就着火光打理她的一头长发。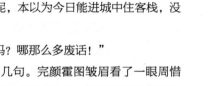

周惜若看着她长发纠结，忽地道："在一里地之外有条溪水，水十分清澈。"

耶律筝儿一听，浑身不知怎的就觉得痒痒的。她回头看了周惜若一眼，皱眉道："当真？"

"自然是真的。"周惜若悠悠道，"傍晚的时候我瞧见了，"

耶律筝儿踌躇许久，对她道："你带我去。"

周惜若点了点头："走吧，我也正想洗一洗呢，本以为今日能进城中住客栈，没想到还是到了这荒野中露宿。"

耶律筝儿嗤笑："你以为你是来游山玩水的吗？哪那么多废话！"

她说着起身向完颜霍图走去，在他跟前说了几句。完颜霍图皱眉看了一眼周惜若。耶律筝儿一拍腰间的匕首，意思是周惜若逃不出她的手掌心。周惜若把他们两人的神情都收入眼底，心中冷冷一笑。耶律筝儿请示完颜霍图的许可之后，拿了衣衫就有些迫不及待地带着周惜若骑马前去寻找溪水。两人分乘两骑，很快到了溪水边，耶律筝儿下马，果然看见溪水淙淙，星光洒在其上，犹如黑夜中闪烁的宝石。她欢呼一声脱了衣衫就跳入水中，周惜若在一旁看了一会儿，也脱了衣衫在水中擦洗起来。这一路上风尘仆仆，两人都是爱洁之人自然早就期望着能痛痛快快洗一次澡。

过了小半个时辰。两人洗得尽兴。周惜若擦干长发，穿上衣衫，拿了水囊喝了一口水，递给耶律筝儿道："完颜霍图要带着我们去哪里？"

耶律筝儿哼了一声，接过水囊喝了一口，道："当然是带着你去找龙越离。"

周惜若淡淡道："如今龙越离破城在望，完颜霍图还能拿我做什么筹码吗？"

耶律筝儿不自然地道："这就要看你在龙越离的心中到底值多少了。"

"若我不愿回去呢？"周惜若忽地道。

耶律筝儿咯咯一笑，美眸中带着嘲弄："这可不是你能说了算的。"她说完忽地一晃，人站不稳跟跄一下。她扶着额头，只觉得一阵阵眩晕袭上脑海，她摸了摸自己的额头，有些迷茫："我这是怎么了？"

可她一抬头就看见周惜若正似笑非笑地看着自己。她猛的醒悟指着周惜若，惊怒交加："你给我喝了什么东西？！"

月色下，周惜若长发飘飘，面色幽冷："也没什么，只是蒙汗药而已，我等着这个时机已等了很久了，你以为我真的只能乖乖跟着完颜霍图，让他把我当成筹码胁迫了皇上吗？"

耶律筝儿撑着最后清醒的理智，怒道："你……你……送你回齐国难道不好吗？"

"当然不好！"周惜若上前盯着她的眼，冷然道，"因为阿宝不在齐国。"

耶律筝儿看着眼前素白清丽的面容，眼前黑暗袭来，缓缓昏倒在地。周惜若见状急忙将她拖上了马鞍，然后翻身上马带着已昏迷的耶律筝儿向着另一个方向疾驰离开。她被完颜霍图擒住之后，日夜都想如何才能神不知鬼不觉地逃了出来，但是完颜霍图看她很紧，她走到哪里都有士兵跟随。可是自从耶律筝儿来了之后便不一样了，耶律筝儿不知与完颜霍图说了什么话，完颜霍图便完全信任了她，她与耶律筝儿朝夕相处，暗地观察她的习惯，果然被她找到了软肋。

她哄诱耶律筝儿随着她离开完颜霍图的视线来到溪边洗澡，然后在水囊中下了蒙汗药。她为了取信耶律筝儿先是假装喝了一口，让耶律筝儿也跟着喝下。耶律筝儿果然中计，而药倒耶律筝儿的蒙汗药正是她曾经央布庄的掌柜李头弄来的"胭脂水粉"。上好的蒙汗药参杂在胭脂粉中，一指甲盖的药粉就能令一个人人事不知。

完颜霍图当时擒走她时曾命人搜她全身上下，拿走了她身上每一件锋利的发簪发饰，却唯独留下了这一盒与普通胭脂无异的假胭脂。草原上的风猎猎吹来，带来夹杂着热气的草腥味。周惜若辨认了方向狠狠抽打下的马匹，耶律筝儿在颠簸中慢慢苏醒过来，她刚想要动却发现自己早就被捆在马鞍上。

"周惜若，你根本逃不了的！完颜霍图会追上你的！到时候他会让你生不如死！"耶律筝儿又惊又怒。

周惜若见她醒来，勒住马，跳下来一把拔出耶律筝儿腰间的匕首收到自己的身上，然后拿了她马上干净的水囊和干粮，冷冷道："完颜霍图是很厉害，估计一个时辰就能找到我们，所以就要麻烦公主帮忙了！"

她在耶律筝儿的马鞍下放了一个尖利的东西。耶律筝儿一见大怒："周惜若你太卑鄙了！"这尖利的东西会随着马儿的奔跑而一下下刺痛马身，让马儿一直保持奔跑状态，不至于停下来。

周惜若冷冷道："彼此彼此。"她做完这一切狠狠一抽耶律筝儿身下的马，扬声道："公主就替我引开完颜霍图吧！"

耶律筝儿的马儿吃痛，长嘶一声向另一个方向疾驰而去。周惜若幽幽看着她离去的方向，上了马，用纱巾蒙住面目，辨认了方向向茫茫草原深处疾驰而去……

狄国都城死寂无声，若有人从高高的城墙上往外望去，定能看见城南和城西两边一望无际的营帐。帝都已被围困了五日，这才刚刚开始，却已是败局已定的结局。城西营帐中，万籁寂静，除了值守的士兵走动的声音，只有听见风声呼呼。当中一顶结实漆黑的牛皮帐篷在黑夜的遮掩下看不出轮廓，只有一盏灯火从里面漏出，隐约看见有一道挺拔高大的身影在里面端坐。

烛光照在他的面上，映出他如刀刻一般冷峻的面目，他正聚精会神地看着手中的军行图，沉思不语。夜很深，他揉了揉酸涩的眼睛，下意识看着外面黑漆漆的夜色。

他的八万精兵屯兵城西，龙越离则是十万兵力驻扎在城南方向。一纸战书，燎起了龙越离好胜的怒火，终于破了他与拓跋宛褚可能的结盟，可是也无形中让他的复国多了一道难过的坎。

可是无论怎么样，他终究是要与他一战。为了那张清丽无双的容颜，为了那一世的美梦。他揉了揉额角，唇角不禁勾起了一抹淡淡的笑意。

正在这时有传令兵匆匆前来，禀报道："主上！有人抓到了齐国的探子！"

邵云和剑眉微挑，问道："这个时候竟有齐国的探子？"两军近在咫尺，龙越离难道还需要探子才能知道他的一举一动吗？

传令兵道："不过这探子是女的。"

邵云和面色微凝，心中涌起一股说不清的奇怪感觉。他问道："那探子可说了什么？"

传令兵不敢隐瞒，他道："她说，她主上一定会见了她，她的儿子是赤灼之鹰。"

邵云和身子一僵，猛的掠出帐篷，传令兵只觉得眼前人影一晃，再抬头看时邵云和已不见了踪影。

周惜若伏在地上，四周火把光照得通明，她双手被缚，唇也干裂得裂开了一道血口。她在路上日夜不停地已经走了四天三夜，带来的少量干粮也已吃完，要不是她懂得狄国话，路上从好心人手中讨得一点清水也支撑不到现在。她眼前渐渐模糊，要不是还有一点理智支撑，饥饿和疲惫早就令她昏倒。

不，她不能昏过去。她要找到他，她不能就这样被完颜霍图送回齐国，因为她已不能离开阿宝。正当她神智魂游之际，士兵们忽地哗啦一声跪下。她竭力抬头，一道人影飞快地走到她跟前。他一把将她搂入怀中，声音微颤："惜若，你怎么来了？"

熟悉的气息扑鼻而来，她朝他绽开苍白的笑靥，终于支持不住昏了过去。一整夜周惜若都昏昏沉沉，有人打来热水为她洗去脸上的尘土，擦拭磨出水泡的纤纤素手，小心翼翼。她想睁开眼却又滑落了睡梦中，只知道有人拥着她，一夜未曾离去。

第二日周惜若醒来天已大亮，帐外有士兵在呼喝练操。她一侧头身边已空荡荡的。她起了身却浑身酸痛不由得轻呼一声跌在了床上。帐外帘子一撩，一道高大挺拔的身影已走了进来。他几步走到内帐中来到她的跟前。

昨夜模糊俊颜与跟前的他重叠。原来竟是他。周惜若撑起身子，他手一探已贴在她的额头，贴了贴，松了一口气道："还好没有着凉发烧。"

周惜若的脸微微一红往后缩了回去，道："我怎么可能这么脆弱。"

他看着她单薄的身体，眸光微动，慢慢道："你经了几次生死，自然不比旁人。"

周惜若苦笑，随口道："我的命贱，阎王都不收。"她话音刚落就看见他眸色一沉，带着不悦。周惜若看着他的眼神忽地心虚，不禁喏喏。

邵云和见她不自然，岔开话题问道："你怎么寻来了？出了什么事？"

周惜若道："国师要拿我去与龙越离订立盟约。"

帐中气氛顿时凝结，邵云和脸色慢慢沉了下来。周惜若心中了然如明镜，她知道他当真不知情。她看着他陡然阴沉的眉眼，慢慢问道："若是龙越离以狄国半壁江山威胁你，你可愿意将我交出去？"

邵云和淡淡道："狄国是属于赤灼人的，从来没有半壁江山这一说。"

他声音虽清淡却带着与生俱来强大自信。周惜若心中一松，面上情不自禁露出笑靥，她面色苍白，容色憔悴，可是不知怎么的眉眼的欢喜若夜空一点烟花，顷刻点染了一世的风华。

他忽地笑了，伸手轻抚她的脸慢慢靠近，声音沉郁低沉："惜若，你不会再回齐国了是吗？"

周惜若看着他眼底的晶亮笑意，微微一笑，眼角溢出柔光："不回去了，我还给了他盛世江山，而你欠我的还未还给我。"

她轻抚他的脸颊，眼中是笑的，泪水却簌簌滚下。他看着她，眼中笑意融化了阴冷的神情。她伸手轻抚过他的眼、他挺直的鼻梁、伸手轻颤掠过他的薄唇。他一低眉，有什么灼热的液体落在她的掌心。

100

他低头吻上她纤细的手指，轻叹："惜若……"

狄国的帝都就在眼前。山雨欲来的阴云密布在上空，久久不散，随着一日日时间的流逝，这厚厚铅云也沉沉压在每一个人的心中。周惜若站在草甸上迎着猎猎的风，看着那道看不见的一方。

那一边，有龙越离和他的十万大军，是她的故乡和故国。这一边，是她不能割舍的一切。她该何去何从，从不眷顾她的命运仿佛又一次沉默等着她的抉择。

"小心着凉了。"她肩头微微一沉，披上了一件玄色锦面披风。周惜若回头，对上邵云和深邃的眼，她含笑回应。

"在想什么？"他淡淡问道。

周惜若看着一望无际的翠绿草原，微微恍惚道："我在想，真的要兵戎相见吗？"

他的手微微一紧，举目看着那一边，声音随风传来，清冷沉郁："终究要一个了结的。"

周惜若心中轻叹，黯然垂下眼帘。

正在这时，远远有一骑士兵策马而来，他跪下道："启禀主上，齐国的使臣到了。"

邵云和与周惜若面上一紧，两人对视，均看出对方眼底的诧异。

"来的使臣是谁？"邵云和问道。长袖下，他慢慢握紧了她的手。

士兵连忙道："齐国的使臣是相国温大人。"

草原风声呼呼，周惜若忽地抬头，她仿佛能看见茫茫草原走来长衣儒雅的温景安，她听见自己的声音慢慢道："我要见他。"

邵云和看着她眼底的痛色，良久才道："好。"

一顶特地迎接贵宾雪白的帐篷中，周惜若见到了许久不曾见过的温景安。他安然地坐在当中的席上，眉眼淡然，他一身重紫色朝服，宽袖缓带，干干净净，整整齐齐，一如画中走出的翩翩书生。

他看见一身雪衣，款款而来的周惜若，深深伏地叩头："娘娘。"

周惜若眼中的热泪陡然滚落："温大人请起，我已不是他的皇后。"

温景安慢慢抬起头，看着眼前的周惜若，轻叹一声："微臣早就预见到了今日的情形，可是却未想到竟是今日这样的相见。"

周惜若眼中的泪一点点滴落地上，她道："是我对不起皇上。"

温景安摇头，眼中带着沉淀过后的宁静，淡淡道："娘娘没有对不起皇上，娘娘应该有自己想要的生活。宫中的日子里娘娘并不开心，起码今日今时，微臣终于看见

第九章　千军易发为红颜

101

娘娘眼中的平静欢喜。"

周惜若闻言眼中的泪越发落得急了。

温景安见她哭得不能自己，从怀中掏出一方帕子，含笑递到了她的眼前："娘娘应该高兴，从前的周小娘子又回来了。"

周惜若握紧他的帕子，失声痛哭。不知什么时候邵云和已走了进来，他轻抚她的背，一下一下是无言的安慰，周惜若渐渐停了痛哭。

他看着眼前的温景安，问道："龙越离要温相带来什么样的条件？"

温景安从怀中掏出国书，在他面前展开，不急不缓地道："攻下帝都之后若要齐国退兵，皇上有三个条件：一，安然无恙地交还皇后娘娘；二，狄国面南称臣；三，岁岁进贡。"

他过分平静的眼看着眼前的邵云和，微微一笑："这三个条件你一条都不会答应，不是吗？"

邵云和笑了笑，眼底的冷意仿佛利剑射穿了眼前薄薄的一张纸。他淡淡道："知我者，唯有温景安。"

温景安闻言并不诧异，他收起国书纳入怀中，道："你我同僚一场，有一句话虽知无用，但是还要奉劝主上，齐国的兵力和实力两倍于你，这是一场不公平的仗。赤灼人百年的屈辱与痛今日终于有了出头之日，主上实在不该拿着千百族人的性命来赌这一场。"

他的话刚落，帐中的气息顿时凝结。邵云和一眨不眨地看着眼前淡然从容的温景安，他知道他说的都是真的。

周惜若心中一阵阵发紧，她张了张口："景安……"她还未说完就被邵云和冷冷打断："正因为赤灼人百年屈辱痛苦，所以我完颜云祈今日不能就这样屈服。赤灼人需要的是一位可以带领他们真正复国的哈赤，不是一位只会卑躬屈膝的懦夫。"

他的话落地有声，周惜若忽地想起赤灼荒漠中那一张张被烈日和艰苦劳作折磨的黝黑脸颊。她想到了阿姆还有善良辛勤的耶荼，还有那一骑骑精壮彪悍的赤灼战士。她还想到雅查眼中如鹰一样晶亮的眼神。这样百折不挠的民族是不会屈服的，也许他们凶狠如狼，狡猾如狐，可是至始至终他们心中还有一根世世代代都折不断的傲骨。

温景安看着眼前的邵云和，忽地笑了笑，道："谁曾想过为达目的不折手段的邵云和会说出这一番令我都汗颜的话。"

邵云和淡淡道："当日的邵云和也许做过很多不得已做的事，可是心中却始终有一条不能越过的线。"

"那就是赤灼。"

温景安长长一叹："如此再也无法谈，与你为敌是温某生平最不愿做的一件事。"

邵云和定定看着面前的温景安，慢慢道："我亦如是。"

温景安站起身来对周惜若深深施礼："娘娘，我回去了，保重。"他说完不待她反应过来，转身走出了帐子。

周惜若眼睁睁看着他的身影消失，怔怔地跌坐在席上。邵云和扶起她，眯了眼看着远远的风云涌动，忽地道："要变天了。"

草原盛夏充沛的雨季终于来了，积蓄已久的暴雨终于下了下来。龟缩在帝都中的拓跋宛褚走投无路，在一个暴雨夜中从城北带着一万兵马突围而出，邵云和亲率三万兵马追击。龙越离闻风而动，从城南破，一举占领狄国帝都。邵云和率领三万兵马追上拓跋宛褚，将他立斩剑下，跟随拓跋宛褚的军队尽数归降。至此，拓跋族皇室尽数或被杀或被废，其余狄国贵族部落尽归顺邵云和。

邵云和带着大军占据从狄国帝都西北的半壁江山，广袤富足的草原和日益兵强马壮的军力，令他当之无愧成为新一代狄国受人敬畏的哈赤首领。另一面，龙越离则占领了狄国帝都以南，与邵云和分庭抗礼，他的存在就如一根长长的刺刺入邵云和的心中，想要拔出却是十分棘手。

狄国战事才刚结束，可是如今看来只不过是另一场开始而已。

邵云和并不轻易惊动龙越离的军队，他带着军队游离在帝都的四周，仿佛有意无意地探着龙越离的虚实。周惜若看着他的布局，忽的想起雪原上那个随着云思泽逃离的夜晚，紧跟在他们身后的雪狼也是如此。从不轻易出击，只若远若近地跟在他们身后，只等着敌人最后的弱点显现出来。

若说龙越离是一条龙，邵云和就是草原上的一匹雪狼。

战事要怎么个走向，她已完全猜不透也看不明白。只是知道自己在等着那一日全面展开的生死决战，可是无论谁胜谁败，面对可能的结果她都无法安心。

"娘亲，你在想什么？"耳边传来阿宝的呼唤声，周惜若回神，掩饰笑道，"没什么。"

邵云和派人将阿宝接了过来，他让他们母子待在他的庇护下，随着他征战四方，随着他收复心有不满的部族。无论是住在高门大院中，还是搭起帐篷逐水而居，他都不会再让他们远离了他的视线。颠簸流离的生活虽苦，却令一日日令他们越发成了一家人。

周惜若看着阿宝小脸上满是汗水，掏出手中的帕子为他仔细擦干，随口问道："雅查方才去了哪里玩了？"

阿宝举起手中的弓箭，小脸上满是兴奋："方才我随哈赤身边的千夫长去练习射箭了。"他对周惜若道："娘亲，如果还有坏人抓走娘亲，我一定一箭射死他！"

周惜若心中一动，问道："若是国师还要抓走娘亲呢？"

阿宝毫不犹豫道："那我也会一箭射死他！"

周惜若心中一紧，连忙道："不可以！他是你哈赤的父亲，虽然你不能像敬仰哈赤一样敬仰他，但是却不能杀死他。"她顿了顿："国师心中其实也很苦。"

自从完颜霍图掳走她要与龙越离私下订立盟约的事败，他便与邵云和便大大吵了一架。完颜霍图争不过邵云和，第二天就消失了踪迹，谁也不知道他到底去了哪，只知道他终于留下一丸药丸，便是秋水寒的解药。周惜若知道，完颜霍图是真的对邵云和失望了，他所作一切都是为了赤灼的复国大业，他筹谋了一辈子，牺牲了一辈子，如今事事却都脱离了他的掌控，心高气傲的他怎么会忍下这口气呢。

"那既然如此我不射死他了，不过他若是还要带走娘亲，我一定要让他瞧瞧我的厉害！"阿宝道。

童言无忌，周惜若笑了笑心中却黯然。在这弱肉强食的环境中，阿宝的性子一日日变得更加坚毅，而她也竭力想要消除完颜霍图对他小小心中施加的一些仇恨与嗜血的影响，只能来日方长了。

一双小小的手摸上周惜若白皙的脸颊，阿宝乌黑的眼中有孩童的迷茫："娘亲不高兴了，是不是阿宝说错话了。"

周惜若看着他小心翼翼的神色，心中一酸，紧紧抱着他道："娘亲不是不高兴，娘亲是在担心哈赤。"她看着一望无际的蔚蓝天际，轻声道："娘亲在担心，这片天地要怎么变幻，这仗还要打多久。"

第十章　情意深深盼安稳

她正在沉思间，外面忽地响起一阵疾驰而来的马蹄声，阿宝忽地欢呼一声："是爹爹！"

周惜若回过神，果然看见一骑火红身影如电疾驰到了院门边。马背上的他眉眼俊美明晰，薄唇微抿，朝她而来。他对上她的眼，眼角的冷厉纷纷化成了春水柔光。

他归来了。周惜若微微一笑，心中的一块巨石也渐渐落了地。

邵云和下了马，一把将阿宝高高抱起，父子两人哈哈笑了起来。周惜若含笑看着他们两人，只觉得天地间顷刻就圆满了，再也融入不了其他。

她上前问道："这次要待几天？"这些日子邵云和虽把他们母子带在身边可是却来去匆匆，不知不觉中她也习惯了他的骤然而至，突然而去。

邵云和放下怀中的阿宝，由着他去寻自己带来的小玩意，他看定她，微微一笑："大概要好几日。"

他是说着握住了她的手。周惜若心中一颤，不由抬头看向他深邃的眉眼，她在他的眼中看到涌动的情愫，脸不禁一红，低声道："那挺好的。"不知为何她说完心口砰砰直跳。这些日子随着大战的即将展开她忧心忡忡，从未真正好好与他相处过。如今看他眼底深深的笑意她这才恍然回神，他和她如今已互许了承诺。

"走吧。"邵云和看出她的羞怯，一把握住她的手，带着她走入了院中。

在房中，她为他打水梳洗，问道："今日什么事这么高兴？"

邵云和脱下盔甲，解开战袍，露出雪白的中衣。他正要穿上长衫，闻言修长的剑眉一挑，眉眼间的魅色不经意流出。他笑道："自然是好消息。"

周惜若见他眼中带着戏谑的笑意，再看着他眉眼间的魅惑，陡然脸红转身丢了面巾道："不说算了，谁稀罕听。"

她话音未落，他忽地低低一笑道："龙越离有可能会知难而退，齐国朝已有不少朝臣上奏折劝龙越离回齐国。"

周惜若一听心中猛的一松，不战而和是她最期待的结果，谁也不用死，也不用再打仗。她猛的转过身，牢牢盯着邵云和，问道："当真？"

邵云和认真点了点头。

周惜若美眸熠熠，半晌，她忽的秀眉一挑，问道："是你做的手脚？"

邵云和眸光一闪，道："你说什么？我听不懂。"

周惜若似笑非笑地看着他的眼，问道："难道你敢说，齐国的朝臣们纷纷上奏表不是你暗中派人煽动的？我可是记得齐国御史台那帮人你可是熟得很。"

邵云和俊听她提起旧事脸上掠过一抹尴尬的红晕，轻咳一声，含糊道："也不是很熟。"

周惜若不语，只牢牢盯着他的眼。邵云和看了她一眼，再看一眼，眼中流露无奈只得道："好吧，什么都瞒不过你，是我命人偷偷煽动那帮老迂腐给龙越离谏言归国。"

周惜若不由流露了然的微笑。邵云和见她并不生气，含笑以额低着她的额，看着她眼底的光彩，慢慢道："这不是你希望的结果吗？龙越离若是肯回到齐国，这件事还有商榷的余地，也许就真的不用打仗了。"

周惜若心中一震，深深地看着他。他眉眼间的认真看得她怦然心动。

她伏在他的胸前，轻叹一声："当真什么都瞒不过你。"

原来她的忧心忡忡他都看在眼中，记在心中。他也不愿意与龙越离正面决战，毕竟事关千千万万的狄国百姓，还有无数热血忠诚的赤灼战士。

两人一时静默无言。屋外的天光透过窗棂斑驳地落在地上，雅查欢笑声随着前来的耶荼的带走而离去。小院中安静得令人不忍打破。

不用战争，不要流血。他正为了她渐渐改变，他不再是从前冷血残酷的邵云和，也不是为达目的不折手段如完颜霍图这样的人，他用自己的行动证明他可以成为不一样的人，成为了她期望的男人，这比说了千万句情话都令她欢喜。值得的，这一切都是值得。爱他，在他身边，即使抛弃了荣华富贵，一世安稳，甚至为了他辜负了世间的一切都是值得的。周惜若心中涌动着一股温暖的暖流，流过心田，简直要将她溺毙。

她抬头看着他，眉眼弯弯，盛满了璀璨的笑意。

邵云和所说的齐国朝堂有动静果然是真的，周惜若看着往来的谍探送来的消息中都纷纷说了齐国朝臣们如何联合谏言，哀求龙越离归国。毕竟齐国才是根本，而狄国太过遥远，既然占了狄国半壁江山就应该见好收手，堂堂天子实在不宜征战在外久久不归，再不归来齐国国中无主，日久恐生变。

周惜若看着邵云和日夜处理犹如雪片飞来的密报和军务，百废待兴，他并不轻松。周惜若担心他的身体太过劳累，便在一旁替他处理一些无关紧要的小事，邵云和知她聪慧，心有智谋，遂渐渐将一些日常政事放于她手。一方小庭院，俨然已是指引赤灼族人继续前进的指明灯。

狄国帝都。放眼所见皆是灰扑扑的高大石砌的房子，龙越离站在高高的碧鸾台上举目望着这一片北国雄伟的帝都风貌。风猎猎吹过，即使是盛夏时节依然凌厉干脆。

他看着眼前的一切，低低道："惜若，你在哪里？你答应过朕，要与朕一起并肩看朕的盛世江山，为何你不在？"

他夺下了这百年前齐国先祖连做梦都不曾梦过的土地，驯服了齐国西北的野狼之国。如今的齐国之地政通人和、兵强马壮、威震四方，人都道当今世上最伟大最年轻的帝王唯有他龙越离。

龙越离，他不再是碌碌无为的傀儡皇帝，他犹如一条刚刚从浅滩中一飞冲天的蛟龙，昂首天际。

只是为何，为何现在他看着眼前的伟岸功绩，却觉得无法展颜。风吹过他宽大的长袖，明黄刺目的龙袍在天光照耀下比太阳更加明亮。她不在，眼前宏伟的宫殿都显得败落；她不在，即使有千万人同呼万岁，他亦看不到她温柔的笑靥便不会心安；她不在，他忽地觉得好孤独。他没有料到当万万人之上，他当真便成了孤家寡人。

再也没有人宁愿舍去了性命，只对他道："皇上，你高兴不高兴，从此四国之中再也没比齐国更强大的国家，皇上，盛世江山……"眼中隐隐有水光，被风一吹又顷刻消散。

"皇上。"身后传来温景安的声音。

龙越离深吸一口气，冷冷回头问道："温相有什么事？"

温景安从长袖中掏出几本册子默默递到了他的跟前，道："这是朝中首辅王大人和几位大人的奏折，恳请皇上御览。"

龙越离看着他手中一叠册子，一挥手，冷声怒道："朕不会回去的！"

册子从温景安手中飞出，纷纷扬扬地从高台跌落，温景安神色未变，只是看着眼前暴怒的年轻帝王眼中渐渐有同情。他跪下道："皇上若否不归国，定要早下决断。"

龙越离胸脯剧烈的起伏，他看着一地纷乱的奏章，冷冷地笑了起来："决断？！朕还要什么决断？"

他一把抓起温景安的领子，眼底有深深的暴戾："除非你告诉朕，她为何不能回来？你见了完颜云祈他到底跟你说了什么？"

温景安几乎被他提起，他平静地看着面前的龙越离，平静地道："微臣说了，完颜云祈不答应皇上的要求。他心志高远，怎么可能成为人下之臣！当初他写的逐鹿中原只不过是激将法！他要的就是激起皇上的好胜之心，与他一起攻下狄国的帝都，皇上怎么还不明白？"

龙越离慢慢放开他。温景安低下头，道："皇上，回齐国吧，就当忘了皇后娘娘。"

龙越离扶着高台的玉阑干，茫然看着眼前空荡荡的皇宫，喃喃道："怎么可能忘了她，她是朕的皇后，她是朕的妻子。她还未接受万民朝贺，朕不能就这样回去。"他眼中碎光缭乱，紧紧盯着温景安，厉声问道："传朕的旨意给完颜云祈，告诉他，朕不要他称臣，只要他把惜若还给朕。"

温景安跪下地上，慢慢低下头。

"你为什么还不去？"龙越离深眸中已有了狂乱，他思念她，思念她一颦一笑，思念她温婉的笑意，思念她欲狂。相思是毒，一日日，他已无药可医。

"你为什么还不去传旨！"龙越离怒道。

温景安微微发抖，良久，他抬起头来看着龙越离，慢慢道："娘娘不会再回来了，她已决意和完颜云祈一生一世。"

"不……"龙越离心中仿佛被人猛击一下，他看着自己最信任的臣子，不敢相信地看着他。

一定是玩笑，她那么恨他，为什么会在他身边不愿回来呢？

"皇上，是真的，微臣之所以不能说，只盼皇上忘了皇后娘娘。"温景安不忍心地道，每一字每一句说出来都是残忍的诛心之刀。

"皇上，皇后娘娘至始至终只爱邵云和，她在皇上身边，为的是报答皇上之恩，如今她恩怨两消，阿宝又在了赤灼，所以她决意跟随邵云和。"

高台上唯有风声呼呼，撕扯着流云往南而去，他身边空荡荡，连灵魂都仿佛空了。南边，那是他和她的故国，可是如今她已不愿和他一起回去，他曾以为一切还来得及，一切还不是那么糟糕。可是他却忘了当她从漫长的沉睡中苏醒的时候，她眼中不是欢喜而是淡淡的落寞。她愿为他决意赴死，可是他却忘了，她的赴死不过是因为她对这个齐国的宫殿早就没有了眷恋。

他眼中热辣辣的，却流不出一滴泪来。

"皇上，忘了皇后娘娘吧。"温景安看着怔怔临风而立的龙越离，眼中的黯然再也遮掩不住，"微臣也不愿意让皇后娘娘留在这苦寒之地，可是娘娘心意已决。"他大声谢罪："微臣该死！微臣死罪！微臣擅自瞒了皇上这件事，微臣只是……只是想让皇上不要责怪皇后娘娘。"

"不。"龙越离忽地道，眉眼渐渐冰封，冷冷道，"朕不会忘了她，她是朕的皇后，只要朕没有废了她，她永远都是朕的妻子！"他慢慢步下高台，风中传来一句飘渺的声音："三日后，朕回京。"

温景安一愣，许久才回过神来竟是龙越离答应了回齐国。他追到了玉阶之上，看着那抹明黄的身影孤独地走向高大恢弘的宫阙之中，一步一步萧索凄凉……

龙越离终于要归齐国，这一切顺遂得令人不敢置信。有人谏言邵云和派出使臣趁这个时机前去议和。邵云和不同意，道："从来只有败者去议和，从未见过未分胜负却主动屈膝议和。"

提出这条谏言的将军闻言不禁羞得满脸通红，另有几位将军也提出自己的主意，可邵云和似有决意，不为所动。周惜若听得邵云和这般说之后，寻了个四下无人之时问道："你是不是还心中有疑虑？"

邵云和看了她一眼，冷峻的眉眼微微舒展，含笑道："果然唯有你懂我心中所想。"

周惜若猜中了他的心思后眉间并不轻松，她皱眉道："皇上他到底怎么想的呢？"顿了顿，她眼底掠过黯然："他终究会恨我的。"

"别想了。"邵云和搂住她，看着窗外的风云，道，"终究是要一决胜负的，就看这一日是何时来到。"

周惜若伏在他的怀中长长叹了一口气。

过了两日，齐国派人送来国书，言下之意是请邵云和前去商议议和结盟之事。地点定得十分公允，就在燕云十三郡中的望谷郡中。望谷郡一半是归齐军占领，另一半则是归邵云和。周惜若听得龙越离下国书，不禁欢喜，她询问是谁前来商议议和。

邵云和朝她展开国书，微微一笑："是温景安。"

周惜若放下心来，道："果然是他，若有他在，议和和订立盟约就会十分顺利。"

邵云和看了国书几眼，忽地道："龙越离当真就走了。"他这一句没头没脑的，令人拎不清他想说的意思，周惜若以目光询问。邵云和看着国书眼底掠过狐疑，半晌才勉强笑道："没什么，总觉得没那么容易。"

周惜若知他向来多疑，微微一笑："你总是太过多心了。"

邵云和不以为然，淡淡道："有时候做事缜密一点就多了几分活命的机会。"

周惜若想起他的身世，心中只觉得涩然，看着他的深眸，安慰道："不会的，这次一定能够成功的。"

邵云和唇角微勾，道："但愿吧。"

龙越离国书中的议和日子并不紧迫，他的御驾在送来国书之时开始向南归齐地。周惜若虽未亲见，但是从帝都传来的消息中说齐帝御驾仪仗如何盛大，宫娥内侍如何开道行列。有的还道，齐帝的龙辇之后还有一驾凤辇，亦步亦趋跟随，偏偏未得见齐后是如何风华绝代。

周惜若听了只是默默。耶茶陪伴在她身边见她神色，低声问道："这齐国的皇帝可不是疯了吗？周妹妹明明在这里。"

周惜若闻言收回思绪，淡淡道："他没疯，他心中还期盼着我能与他一起回齐国。"话虽如此，但是她心底情不自禁地浮起忧虑，龙越离带着凤辇随行到底是什么意思呢？难道他心中还笃定她能回到齐国吗？

她想着怔怔出了神，耶茶担心地看着她，欲言又止。

周惜若朝她安慰一笑道："耶茶姐姐放心，我不会回去的，哈赤走到哪里，哪里就是我的家，更何况还有阿宝呢。"

耶茶叹了一口气："周妹妹若是与齐国皇帝一起回去也是好的。听哈赤说过，他之前要哈赤称臣，第一条就是要周妹妹回去呢。齐国好啊，处处是良田，处处风光好。哪里像赤灼什么都没有，饭也吃不饱。"

周惜若听得她唠叨，微微一笑："终有一天狄国也会如齐国一样处处良田，百姓安居乐业，会有那么一天的。"

耶茶见她信心满满，不由感动道："周妹妹是个好女人。"

周惜若嫣然一笑，明媚的面上笑靥如花。

乱世纷纷，时局似乎渐渐安定下来。天下终是男人的天下，插手不得。周惜若安心地在燕州楚郡的一处小院中生活，闲时教雅查读书，邵云和归来的时候便帮他打理普通的政事。过了两日，邵云和带来一个女人。

他指着那女人，对周惜若道："这是秦国明月公主耶律筝儿，也是曾经的皇后，她的身份特殊，你帮她寻一个地方安置下。"

他所说的皇后自然是狄国的皇后。周惜若看着被士兵带上前来的耶律筝儿，心中轻叹。

邵云和见耶律筝儿眉间皆是戾气，冷冷道："你乖乖呆着，如今出去说你就是耶律筝儿会招来杀身之祸，多少狄国的百姓把你当成了祸水，要知道若不是你，狄国也不必和和齐国打仗。"

耶律筝儿怒视邵云和，呸了一声冷笑道："他们要杀我，是因为他们都是一群蠢人，只会把失败归罪于女人。可是你完颜云祈难道不应该感谢我吗？要不是我，狄国那个老皇帝也不会死得这么早！"

周惜若一听这话心中不禁倒吸一口冷气，她果然听见邵云和冷淡道："拓跋族的老皇帝果然是你杀的。"

耶律筝儿冷哼一声，挑了秀眉道，傲然道："是又怎么样？！他不愿替我报仇，我自然不能让他活在这个世上。"

邵云和不愿与她多说，只冷冷丢下一句话："最毒莫过妇人心。"说完转身走了。

耶律筝儿见邵云和走了，转头看向周惜若，美眸中浮起冷冷的讥笑道："难怪你当初会逃跑，原来你早就和邵云和这个赤灼的杂种有一腿了！"

周惜若听得她言语粗鄙，不愿与她多说，转头淡淡对耶荼吩咐了几句，耶荼带着耶律筝儿下去安置在别处。

耶律筝儿心不甘情不愿地频频回头，哈哈笑道："周惜若，你别得意太久，我一定会找龙越离报仇的！不过我怎么报仇你都无所谓了不是吗？你现在跟着的可是赤灼之皇啊，哈哈……"她边走边骂，言语污秽不堪，满心的怨恨已经扭曲了曾经高傲却纯真的明月公主。

耶律筝儿被带走，周惜若吩咐把她安置在一处城中偏僻的一处小院中，派人日夜严加看守。到了夜间，邵云和归来。可是他来之时却无人迎接，房中也找不到周惜若。他眸色一沉正要唤人，一转头却发现花园中凉阁的烛火依然明亮。他释然一笑，转身大步朝着凉阁走去。

深夜寂静，处处飘着夏日花开的香气。他来到凉阁，看见了正在专心致志煮茶的周惜若。烛火摇曳，茶炉中火舌轻舔着茶鼎，她的面容被火光映得嫣红。一袭长衣披在身上，长发未盘成发髻，只懒洋洋散落肩头。她的美如一幅宁静的山水画，每一笔都意蕴悠长，令人百看不厌。

她守着炉火却怔怔出神，连他到了跟前都未曾察觉。

他轻触她的脸颊，低声问道："在想什么呢，连茶煮沸了三遍都不知？"

周惜若恍然回神，她一转头就跌入了一双含笑而深邃的眼眸中。她道："我方才想的是皇上。"

邵云和手微一紧，半晌他忽的道："他又有什么好想的？"

周惜若听出他话中的不悦，抬头看着他眼底，似笑非笑道："为何不能想？"

邵云和看了她一眼，冷冷道："不许你想他！"

周惜若见他果然真的生气了，轻笑一声靠在他的怀中，低声道："怎么能不想呢，他是齐国的皇帝，齐国千千万万的百姓都只靠着他呢，好不容易来的齐国太平，他一个人走到如今其实也很不容易。"

邵云和冷哼一声："若不是我设计除去安王，他能如此顺遂？说道不容易，你不觉得我才是那个最不容易的人吗？"

他的话虽冰冷，周惜若却听出他心中的不甘。她失笑："我只是就事论事罢了。"

111

邵云和脸色却依然冰冷，道："我也是就事论事。"

周惜若看着他沉沉的脸色，不由笑叹："你的脾气真坏。"

邵云和看着她明媚的笑靥，眸色稍稍缓和，似笑非笑道："我脾气是很差，只能让娘子你多担待一点了。"

周惜若听着他唤那一声娘子，心中一震，明眸看定他慢慢道："许久不曾听见你这样唤我了。"

邵云和手指一顿，细细想了想，恍惚一笑："是啊，许久不曾这样唤你了。"他低头看着她晶亮的眼，笑意终于冲淡了眉眼间的不悦，缓缓道："若你喜欢我每日都这样唤你。娘子，娘子……"

一声声沉郁悦耳的娘子令她眼中的笑意越发璀璨，她靠在他的肩头，柔柔道："总觉得这样的好时候会很快溜走，云和……"

"叫相公。"他打断她的话，在她耳边低声道，"若想这样的好时候不走，就永远把我放在心里谁也不要想。"

他的声音引得她心中一阵阵悸动。周惜若赶紧抓住最后一点清醒的理智，岔开话题道："我瞧耶律筝儿前来应是别有目的。"

邵云和闻言修长的剑眉拧起，他细细想了想，声音转冷："应该是义父派她来的？"

周惜若心中松了一口气，聪明如邵云和也猜到了。

邵云和冷然道："不必太过理会她，她只是我义父的一颗棋子。如今义父手中的权力已被我卸了，不再有什么威胁。不过义父在狄国经营二三十年，根基深厚，不是我能轻易拔除的，要天长日久徐徐图之。"

周惜若看着他眼中的冷色，不禁心中觉得酸楚。时至今日，邵云和依然不肯唤完颜霍图为父亲，听他所说如今他正在做的竟是想方设法拔除完颜霍图的势力。他待完颜霍图近乎无情冷酷，正如他得知自己的生母是楚太后之后一样冷漠无觉。不过也不能怪他，他渴望过亲情，可偏偏他的父母亲都不是他所期待的人，也不曾给过他温暖，难怪他对他们犹如路人。

周惜若看着他眉间的冷色，轻叹一声："耶律筝儿的确成不了什么大事，她心气浮躁，智谋不足。我唯一担心的是她会突然做一些令人意料不到的事。"

邵云和道："那就将她远远送走，不让她在眼前。"

周惜若沉吟一会儿才道："只能这样了。"

她眉头紧锁。邵云和见她又丢了他自顾自沉浸在自己的思绪中，不禁一把将她搂在怀中，深深地吻上她的唇。缠绵的吻令人心中一阵阵悸动，良久，她抬头看着他眉眼处明亮的笑意，不由得砰然心动。自从两人互许了心意，他分明很快乐，不再是齐国那时阴沉冰冷的邵云和。

112

她笑叹着靠在他的怀中，听着他的心跳一声声有力地传来。这一切的一切都告诉她：这不是梦，真的不是梦。为了这样的幸福即使随着他颠沛流离，随着他逐水而居，放马牧羊，随着他踏遍赤灼每一寸贫瘠的土地，随着他征战四方一点点建起属于赤灼人的国家。任凭风吹雨打，任由岁月苍老了彼此的容颜都是值得的。

　　她靠在他的肩头，埋在他的颈窝，看着天上明月光华流转，此生此夜，这么温柔。

　　龙辇在黑夜中疾驰，前面是漫漫的归路，两旁铁甲骑兵开道，龙越离依在龙辇中静静闭目养神。龙辇外的风灯随着马车的颠簸而摇摇晃晃，映出他年轻俊魅的面容。他缓缓睁开眼，方才他沉入梦境，看见眼前的宫阙重楼层层叠叠似能直通天际，可是他找遍了每一处都找不到她的情影。这是上天给他永世的惩罚，惩罚他不小心弄丢了她，惩罚他从不曾回头好好看看她究竟想要的是什么。

　　有一骑疾驰而来，隔着车厢低声道："皇上，已到了燕山边界了。"燕山再过去就是青谷岭了。

　　龙越离眼不抬，冷冷道："立刻改道折返燕州，同时令郁将军和骁风骑江副统领即刻前来见朕！另外，此次行军路上不得过官道，昼不行军夜不行宿，路上发现有狄国的探子立刻斩杀不赦！"

　　士兵利落应了一声，调转马头飞快下去传旨。龙越离看着车帘外沉沉的黑夜，一双深眸比黑夜更加漆黑无边，远远的天边，一片阴云悄悄遮掩了天上的明月，天地间顿时一片晦暗……

　　龙越离的御驾到了燕山的消息到了邵云和的手中。他算了算时间，剑眉微拧。有什么不对，可是却说不上什么。周惜若见他沉思，悄悄上前为他换了一盏清茶。邵云和见她前来，瞧瞧地把手中的密信捏在了掌心。

　　周惜若见他面色不豫，问道："有什么事为难吗？"

　　邵云和一笑，安慰道："没事，只是想着前去望谷郡议和，留你一人和阿宝在实在是不放心。"

　　周惜若含笑道："有什么不放心的呢，过几天就能回来了。"

　　邵云和见她温柔的笑靥，握了紧她的手。阿宝跑进来，抱着邵云和的胳膊摇晃道："爹爹，我也要去！我也要去！"

　　周惜若见他挂在邵云和身上撒娇，不由得叱责："你怎么可以去呢？哈赤去是谈政事，你去了就是添乱了。"

　　阿宝只是不依，邵云和摸了摸他小小的脑袋，深眸中掠过笑意："终究阿宝也要见见世面的，再者这是赤灼人第一次与齐国签订盟约，他若在，将来也是个见证。"

周惜若见他决定也不好反驳。她蹲下身看着阿宝尚童稚的小脸，含笑道："若随哈赤去了一定要好好听话。齐国是母亲的故国，那边有阿宝的家乡呢，你也可以见到温叔叔了，以后一定要像温叔叔一样饱读诗书。"

阿宝高兴地点了点头。他乌黑的眼睛看着周惜若，问道："娘亲不去吗？"

周惜若摇头："不去了。"她眼底掠过黯然，再次见了温景安只会心中更痛，越发令她觉得自己亏欠龙越离更多。

此事便这么定了，第二日邵云和便整装向望谷郡而去。周惜若想起耶律筝儿，询问邵云和的意思。

邵云和皱眉："她？不能带她去。她可是狄国前朝的皇后，刚归顺的狄国部族中有不少人对她心怀愤恨，要是带她前去会横生枝节。"

周惜若一想也是，遂不再提。

风烟漫漫，百骑精壮骑兵随着邵云和疾驰向望谷郡而去。周惜若依在门边凝望了许久许久。她不知，剧变只在一夕之间，快得令人事后回想之时犹觉得只是一场梦，梦醒了一切如故。可沧海已变成桑田，心在残酷的岁月中渐渐不复当日的模样……

七月十五，望谷郡议盟。邵云和与齐国国相温景安正在就盟约条约激烈争辩的时候，本该过了燕山到了齐国境内的龙越离突然发难。他不知从何而出，三万精兵直袭燕州十三郡中的坎城郡，坎城郡陷落，一夜之间，燕州诸郡危矣。龙越离的三万精兵就如一把尖刀狠狠捅向狄国的腹部，邵云和千算万算都没想到龙越离竟能如此隐忍不发，最后一刻给他狠狠一击。

消息传来，他正与温景安共议盟约，他听着传令兵气喘吁吁地说完，顿时怔怔跌坐在椅上。

温景安亦是大惊，他一把抓起传令兵的领子怒道："不可能！皇上已回齐国了！皇上他……"

可是帐外的喧闹声和怒喝声传来，外面纷纷涌来赤灼战士，阿宝跑在最前面，扑到邵云和怀中大哭："爹爹！他们说齐人要去抓娘亲了！"

邵云和定定看着一旁的同样震惊的温景安，两相对视都看对方脸色的震惊。帐中闹哄哄的，赤灼战士愤怒地飞快说着什么，一切凌乱得不像是真实。忽他众人只听得"哗啦"一声，邵云和已一把把眼前的桌子掀翻，他拔出长剑，只见一道寒光朝温景安刺去，帐中有人惊呼，温景安头上的帽冠忽地一分为二，发髻上的发簪被震碎，长发纷纷落下。邵云和手中的剑直指温景安的面门，眼中是骇人杀气，一缕血线从温景安的额上缓缓滑落。

温景安一字一顿地道："无论你信与不信，这不是我的主意。"

邵云和眼中杀气未退，只是心已空如被人生生挖去。他设计煽动齐国朝中劝谏龙

114

越离归国，龙越离将计就计当真御驾南归。他要骗邵云和相信他有诚意议盟，不惜派了温景安犯险前来望谷郡，而后他突然从燕山折返突袭坎城。

坎城！周惜若就在坎城！

尔虞我诈，你来我往并不稀奇。计不如人也不是多丢人的事。只是为什么是周惜若？为什么争来夺去龙越离只要周惜若？！为什么命运将她送还给他又生生将她夺走？为什么？为什么？！……心中千百个疑问却找不到答案，也无法从心口发泄。他怒视着眼前满脸披血的温景安，心中悲愤欲绝，怒发欲狂却一个字都说不出来。

帐外温景安带来的护卫纷纷抽出长剑，紧张地看着帐中情形，若是一个不好便只能奋勇杀出一条血路南奔回齐国，因为他们都知道他们和敬仰的相国大人一样，都是被皇上用过丢弃的棋子，只能自求多福了。

温景安看着面前犹如杀神的邵云和，缓缓地道："我们都被他瞒过，皇上说过，皇后娘娘永远是他的妻子。"

邵云和手中的剑缓缓放下，他抿紧薄唇，额头青筋隐隐跳动，他半天才吐出一个字："滚！"

温景安一怔，等回过神来邵云和已收起长剑，一把撕碎方才握在手中的盟约。纸片纷纷落下，他冰冷的眉眼令人胆寒。他抱起阿宝大步走出了军帐。外面传来马嘶声呼喝声，顷刻间营地中震动起来，千军万马即将启程。温景安看去，只见邵云和抱着阿宝，怒喝一声："杀向坎城！护我赤灼！"

赤灼战士纷纷举刀狂喝，千军万马几乎同时向远方疾驰，地在颤抖，天上的炎阳也被这陡然的杀气震慑黯淡几分。跟随邵云和前来的赤灼战士都是百里挑一，精壮凶悍，士气被陡然点燃，纷纷提刀上马，连营帐都并不拔。他们脸上是与邵云和同样嗜血的杀意，放眼看去，利刃上寒光似秋水正等待血的洗礼。

一场可预见的血战渐渐呼啸而来，令人胆寒。

温景安定定看着，他猛的一抹脸上的血，大喝道："备马！快备马！本相要去坎城！"

他要去坎城，他要阻止这一切！他冲出帐子飞快上了马，左右两边护卫见状冲上前死死揪住缰绳，哀求道："相国大人，不能去啊！方才赤灼的哈赤才饶了我们，如今追去一定会被他们杀了泄愤的！"

温景安怒道："那就从另一条路走，避开邵云和！放开！我一定要去坎城郡！"他手中的马鞭狠狠抽向阻拦他的护卫，疾驰而去。

第十章　情意深深盼安稳

115

第十一章　血染城池为佳人

龙越离行军速度奇快，又趁着结盟时赤灼士兵们松懈之时突袭一次成功。三万精兵在一个深夜团团将小小的坎城围得密不透风。城墙被撞开，轰隆隆的战车打破了夜的静谧，铁骑踏破坎城中人们的美梦。坎城内外火把通明，一场实力悬殊的厮杀才方结束。城中的守军根本不敌这顷刻而至的铁骑纷纷惨烈就戮。整座城仿佛还在震惊中未回过神来，四下一片死寂。

龙辇上沉重的帘子缓缓掀开，龙越离靠在车中，他冷冷看着眼前不堪一击的小城，冷冷道："搜！挖地三尺也要把她给朕搜出来！"

左右士兵轰然答应一声，顷刻间两旁的房屋被撞开，凄厉的哭号声掀开了这个城中噩梦的开始。

周惜若正睡得沉，忽地听见隐隐有雷鸣的声音从地底传来。她以为自己做梦正翻个身要睡，忽地房门被猛烈敲响，院中做杂役的侍女惊慌的声音传来。他们说着狄国话，说得飞快而焦急。周惜若从睡梦中惊醒，她打开房门正要问出什么事，忽地看见城门西北边有明亮的火光。

她心中一惊，连忙问道："到底是怎么了？"

"齐人！是齐人！"几个侍女惊慌地哭了起来。

周惜若听得"齐人"这两个字以为自己听错了，她惊道："怎么可能？！"

"真的是齐人！齐国皇帝打来了！哈赤输了！"侍女们抱成一团簌簌发抖，哭着道。

周惜若顿时愣住，她喃喃道："不可能！不可能！齐国不是与云和议和了吗？他……不是回齐国了吗？"她说着猛的推开侍女，衣衫也不披跟跄冲了出去。

她打开大门，被眼前的情形惊呆了。只见家家户户都哭着喊着从家门中被赶了出来，那拿着刀剑凶神恶煞的士兵，真的是——齐国人！他们沿街挨家挨户地赶人，像是在驱赶着一批批的牲口。周惜若心头大大一跳。她猛的关上大门脑中一片空白。

不可能！龙越离不是回齐国了吗？邵云和都笃定了他会议和，甚至龙越离还派了温景安作为使臣，这一切怎么可能有假？！

"快逃吧！快逃吧！"侍女们纷纷上前，她们脸色煞白，拉着周惜若说道，"齐国人一定会杀了我们赤灼人的。走吧！快走！"

周惜若被侍女们拽着回了房中收拾逃命的东西。可是收拾什么呢？她捡起一样手一抖就丢了一样。收了几件，她发现自己根本没有力气去收拾，身体仿佛被脑中的惊惧控制住，无法听从理智的声音。

心底一个声音疯狂地喊"走！快走！不能让龙越离找到！"另一个声音则冷冷地道："你逃不了的，他是来找你的。回去又有什么不好吗？你是他的皇后！是齐国的皇后！"

"不！——"周惜若惊叫一声，把这两个声音统统挤出脑海。她匆匆穿好衣服，从侧门冲进了夜色中。她刚踏出门就听见大门被士兵重重撞开，来不及逃走的侍女们纷纷惊叫，喝骂声、哭泣声、齐国话，狄国话夹杂在一起从她身后逼来，周惜若不敢回头，她匆匆沿着府门后的巷子跑去。可是到处是火光，到处是捉人的齐国士兵，她就如林中被惊飞的鸟雀飞到哪都不对，飞到哪都有一张猎网在等着她。她拐过一个巷子的拐角，忽地迎面火光一闪，几个齐国的士兵出现了在她不远处。

她几乎吓得惊叫出声，前面无路，往后又不是安全的所在。她急得一时不知如何是好。正当她不知所措的时候，一只手飞快将她一拉，拉到了墙角的阴影处。周惜若被突如其来的人影吓了一跳，几乎失声尖叫。那人飞快捂住她的唇，低声道："是我！"

周惜若就着微光看清了那人的面容，她失声道："耶律筝儿！"

耶律筝儿贴在墙角阴影处，悄悄向外张望，她示意周惜若跟着照做。周惜若心口砰砰直跳，她想要继续逃可是那几个齐国士兵渐渐朝着她们藏身的地方来了。她不得不屏息凝神，劲力地向墙角阴影处缩去。杂乱的脚步声传来，举着火把搜人的齐国士兵从她们身边走了过去。周惜若看着他们离开，顿时顺着墙根跌坐在地上。

"打来的是齐国人。"耶律筝儿见危险远离，坐在周惜若身边，冷笑道，"你这下相信我说的话了吧？龙越离是不会甘心就这样议和的。"

周惜若此时心中乱成一团，她无力理会耶律筝儿的讥笑，良久才道："我要逃出去。"

第十一章　血染城池为佳人

耶律筝儿哼了一声，冷冷道："逃不出去的，迟早会被龙越离捉住的。"

周惜若看了她一眼，不知哪来的力气一把推开耶律筝儿，怒道："我一定会逃走的！我不能回齐国！"

周惜若喊完心中一怔，这一句不知是对耶律筝儿说的，还是……根本就是她对她自己说的！

耶律筝儿被她推得踉跄几步这才站稳。她冷冷看着周惜若，拔出腰间的匕首逼近她："太晚了！你是逃不走的！"

周惜若看着她手中匕首的寒光心中惊怒交加，她怒问道："耶律筝儿你疯了？你到底要干什么？"

耶律筝儿冷笑着道："我要干什么？我就是要找到你亲手交给龙越离！"

周惜若心中大骇。她指着耶律筝儿不敢置信地问道："你……你到底做了什么？"

"你不是问为何我要回来吗？因为是我告诉了龙越离你在这坎城郡！不然你以为他有什么本事在邵云和瞒着你的行踪瞒得密不透风的情况下还能找上门来？"耶律筝儿手中的匕首在她的眼前比划，眼底俱是得意，"我一路为了找到你，我费了多少功夫！"

周惜若盯着耶律筝儿，心中的惊骇已令她无法说出一个字。

"我说过，我要报仇！"耶律筝儿眼皆是疯狂，原本美艳的脸也狰狞起来，"我要杀了齐国人为我的哥哥报仇！"

周惜若步步后退，身后已贴在了冰冷的墙上。她看着眼前几乎疯癫的耶律筝儿，从未觉得她这么令自己厌恶。亏得自己还曾经觉得她可怜，如今看来她早就走上复仇的毁灭之路。

周惜若看着她脸上怨气深深，急中生智，一脚狠狠踹中了耶律筝儿的小腹。小腹是人身体中最脆弱的所在，耶律筝儿受了这一脚，捂住小腹痛得直不起腰来。周惜若转身还未走出几步，耶律筝儿已扑上来抱住了她的腿，叫道："快来！她在这里！周惜若在这里！"

她听得耶律筝儿唤人，心中怒气再也忍不住，一转身拔出防身的匕首狠狠刺入她的肩头。耶律筝儿痛呼一声放开了她。周惜若只觉得手中被血溅了满手滑腻。她怔怔看着捂着肩头痛呼的耶律筝儿，这才发现自己伤了她。

"你逼我的！"周惜若美眸睁大，喃喃道，"不……我不会再离开阿宝，不……"她说着推开满身是血的耶律筝儿没入了黑暗之中。

周惜若跑出巷子，只见到处是火光，处处是齐国士兵，她怔怔看着眼前的一切缓缓跌坐在地上。逃不出去的，龙越离已把整个坎城围困住，没人可以逃出。

118

耶律筝儿追了出来，捂着肩头的伤口看着她喘息冷笑："我早就说过了，你逃不了的。"

周惜若看着她狰狞的笑脸，痛苦地闭上了眼，两行灼热的泪滚落。不知道过了多久，耳边的呼喊声渐渐消失，她眼前有阴影覆来。周惜若怔怔抬起头，四周的火光将黑夜照得犹如白昼，在火光中她看见那一张风华若妖的俊脸，他冰冷的面上神色木然。

"皇上……"她涩然开口。

他向她伸出手，冷冷道："只要随朕回齐国，你依然是朕的皇后。"

周惜若怔怔看着他眼底木然，伸到眼前修长白皙的手一动不动，不容她再逃。

"臣妾……"她动了动干涩的唇，轻声道，"臣妾不愿回去。"她抬起头，眼中是哀哀的祈求："我不走。越离，我不能再离开阿宝。"

"那朕怎么办呢？"他忽地笑了，"难道朕要用余生守着皇宫，等着一个变了心的永远也不会来的皇后？"他猛的一把将她从尘土中狠狠拽起，他的力气那么大，仿佛要把她狠狠撕碎。他看着她面上破碎的泪痕，怒吼道："你来告诉朕要怎么办？"

四周一片死寂，他犹如受伤的兽发出不甘的吼叫令人心中凄然。他坐拥天下，万民归一，什么都有，可唯一没有她可以继续再爱他的心。周惜若痛苦闭上眼，缓缓道："臣妾不知……"

"给你最后一个选择，留下，还是跟朕回宫！"他看着她流泪的双眼，笑得冷酷。

周惜若深深伏地："臣妾死罪。"

龙越离眼中的笑意不改，声音冰冷："你愿意留下来？好，朕成全你。"他转身大步就走，周惜若看着他骤然离去的身影几乎不敢相信自己的眼睛。

"皇后既然不归，屠城三日！"他丢下一句冰冷的话，在漆黑寂冷的夜空中听起来格外清晰。

四周被齐国士兵押着的坎城百姓一听顿时纷纷哭喊起来。四周的齐国士兵轰然应了一声，刀剑拔出，眼中是嗜血兴奋的光，有的已回身一刀砍向无辜的坎城百姓。哀叫声顿起，巨大的惊恐随着刀剑想向而笼罩在上空。周惜若大惊失色，她踉跄追上前，可有士兵将她死死拦下不让她靠近。她看着那道明黄冰冷的身影渐渐远去，心中一股慌乱怎么也平息不了。

"皇上，不可以！皇上！……"她凄厉的呼声在随着他渐行渐远渐渐微弱。

他看着夜幕下四面破败的城，轻轻地笑了。这破败的城怎么可能入了她的眼她的心，让她久久不肯归来故国，不肯回到他的身边？他究竟是哪里错了，让她如此轻易变了心？还是她其实根本没爱过他？

不，她分明还是曾经的周惜若，爱他从不迟疑。一定是这座城的罪过，一定

119

是……

整个坎城成了一片真正的火海。艳丽的火舌是从地狱来的业火，焚尽了这平静的小城。人们如无头苍蝇四处奔逃，可是下一刻就有沾满血的刀剑加身。血喷溅出来，激起屠戮者心中藏着的怪兽。杀人者愈痛快，被杀者的濒死哀嚎交织成地狱中最妖靡的乐章。

屠城，没有人可以从重重重围中逃出生天，没有一个人。帝王之怒，兴兵千里，流血漂橹。她忘了，他是皇帝，这是他给她的惩罚，让她亲眼看着这一座城因为她一个人成为罪的殉葬。

周惜若走在空无一人的长街，遍地的血汇流成河从她脚下淌过。灼热的火光在黑夜中极力伸展着贪婪的肢体。她睁大眼，眼中已从痛苦愤怒成了最后的麻木。不知哪里冲出一个妇人，披头散发狠狠抓住她的衣领，用飞快的狄国话朝着她怒喊着什么。她犹如人偶一般任由她拼命摇晃。她想开口解释什么，可是下一刻那妇人口中的话猛的一顿，缓缓地倒在她的脚底。周惜若只见一柄长剑无情地穿过她的身体。身后的士兵拔出剑，木然地看了一眼周惜若，转眼就投入另一场杀戮。

周惜若看着那妇人不甘闭目的眼睛，她身上的血流到她的脚下，刺鼻的血腥气息中还带着热气。她这才恍然想起那妇人方才说的话，她用狄国话说：你怎么不死？！你怎么可以不死？！我的孩子我的男人都因为你而死了，你为何还不去死！？

是啊，她怎么不死，为何还不死？早就在多年前的雪夜她就该去死。在天牢中，在宫中的日日夜夜她为何不死？她是个不祥的人，却奢望着爱情守着爱与恨贪恋着这个世间。果然这才是她应得的惩罚，她选错了路，便永不超生。

她一步步走，眼前一驾明黄的龙辇拦住了她的去路。龙越离靠在龙辇锦墩上，以手支着额头，冷冷地看着一身是血的她。血不是她身上所流，沾染的却是别人无辜的性命，她的长发披散在身后，苍白的脸是他曾经的朝思暮想的美丽，瘦而清冷的身体，此时此刻却仿佛被什么抽干了灵魂，楚楚依旧却空茫得令人不忍触目。

她茫然与他隔空相视。四年的朝夕相对，四年的爱与痛苦，她忽然看不明白他。曾经年轻气盛的皇帝，心有天下的年轻帝王，那个会拉着她看着一片大好河山诉说他的宏伟志向的龙越离，如今一夜之间成了魔。

她慢慢走到龙辇前，缓缓跪下。

"臣妾，请皇上收回圣命。"她伏在地上，听着自己沙哑的声音一字一顿地说出最卑微的祈求。

"迟了。"他的薄唇微启，笑得冰冷，"朕给过你选择，是你不愿回宫。"

周惜若缓缓抬头，空洞的眼中映着四面的火光，亮得不像是真人。她定定看着他，长街两边的灼热的热气扑向她的面上，她身后的长发因为灼热轻轻卷曲，随着空气中窒息的热风而飘舞。

"皇上要怎么样才可以饶了他们？"她问。悲到了极处，心中的一口血生生被压在胸臆中。

龙越离默默看着她长跪不起的清冷身影，冷然道："朕要好好想一想。"

她笑了，颤抖的手指着他："皇上是得好好想一想，想一想什么是明君什么是昏君！"

她的指责并不能让他勃然变色，龙越离亦是冷冷回之邪妄的笑容，说出的话残酷得令她浑身发抖："朕为了你将踏破狄国每一寸土地，杀光每一个赤灼人！如果这一世都朕都无法期许你在朕的身边，朕何必管这天下人将何去何从？！"

周惜若定定看着他，心口的剧痛再也无法忍住，"扑"的一声，她呕出了一口血，剧痛嗜心，五脏六腑都要翻搅起来。在这一刻往事翻然而过那么清晰，是她的错！她爱他敬他怜他，从未指责过他。是她生生地把他养成了魔！

龙越离微眯着眼看着她跪在他的眼前痛苦，眼角的青筋隐隐在跳动，长袖下的手掌一次次捏紧，可是他还要再等，等着她彻底臣服在他的面前。

周惜若抬起头，看着龙辇中冷情得不像真人的龙越离。她慢慢地道："臣妾，求皇上饶了他们。"眼底的泪流入心中，汇聚成海，她听见自己的声音飘忽："今生今世臣妾跟随皇上。不再忤逆了皇上，不再背叛皇上，以此立誓……"

"你的誓言不值钱。"龙越离冷冷打断她的话，"朕不再相信你的话。"

他慢慢步下龙辇，在火光中朝她走来。他伸手轻抬她的下颌，看着她空洞的美眸，忽地轻笑："朕相信的是实力。"

周惜若与他对视，眼前一阵阵模糊，他的面容时而清晰，时而模糊。他的声音在耳边说着，可是她的心神早就魂游四方，她仿佛看见有一双冷峻的眉眼对着她笑意纷纷。

他眼底的柔光盛载了她这一世的梦想，他说，娘子……黑暗袭来，她终于昏了过去。

周惜若醒来的时候已身在了摇晃的龙辇中，天光刺眼，透过明黄的车厢顶蓬射在了她的眼帘上，金光璀璨。她想要睁开眼却是无力。耳边传来窸窸窣窣的说话声。

龙越离与什么人正在说话。他轻声问道："皇后如何了？"

"启禀皇上，皇后只是气急攻心，血气逆转所以才会吐血，只要用安神汤好好调养便可以了。"太医的声音忽远忽近，听起来十分不真实。

周惜若有那么一刹那觉得自己还是在皇宫中，不曾到过赤灼，也不曾有后来发生的一切。一切只是她发的一场梦，梦醒了，一切如昔，她动了动，身边的纱帘一撩，一只温热修长的手轻轻覆在了她的额头，轻轻的温柔的。

她听见龙越离清越的声音传来："皇后觉得如何了？"

周惜若睁开眼，对上他平静的深眸，没有意料之中愤怒。许久，她道："臣妾好多了，只是口渴了。"

龙越离一转眼看向纱帘外的太医，太医磕了头悄然从龙辇中退下。他拿起一旁的茶壶倒了一杯清茶，起身将她抱在怀中喂她喝水。他的姿势很娴熟，仿佛已做过千万遍。

周惜若依在他的怀中，淡淡的龙涎香扑来，她忽地想起曾经他也这般照顾从十几日假死中苏醒的自己。那时她虚弱至极，吃饭喝水都无法亲自动手，他当时亦是忙着剿灭楚太后的乱党和楚国前来相犯的大军，可每次他若归来定要亲自喂她吃饭喝水。那时的他与眼前的是一模一样。

她果然是个不长教训的女人，一点点好就想起从前的诸多好。她心中自嘲一笑，淡淡抬眼看着龙越离的面色。他面色平静，唯有深眸深邃如许，再也看不到他的眼底所思所想。

"多谢皇上。"她道。

"太医说了你要静心休养，不然以后会落下心口疼的毛病。"龙越离放下茶盏说道。他看着她眼底隐约有若释重负的笑意。

周惜若忽地觉得恍惚。他似乎忘了昨夜的一切，那昨夜雷霆震怒得想要一夜之间屠尽满城的帝王如今却抱着她深情款款。她当真越来越不明白他，她低下眼帘，躲开他的眼，问道："我们到了哪呢？"

龙越离漫不经心地道："出了坎城了，正要往燕山走，过了燕山就到了齐国境内了。到了齐国境内就很快要回宫了，惜若，你喜欢吗？"

周惜若心中一口浊气涌上，忍不住捂着胸口咳嗽起来，心肺都随着疼起来，剧痛入心蚀骨。心中有一个声音道：就要回齐国了，你喜欢吗？喜欢吗？……

"惜若，又疼了吗？"龙越离搂着她，俊魅的眉眼间是真切的忧色。

周惜若喘息着蜷缩起来，她声音嘶哑："臣妾累了，想歇一会儿。"

龙越离抱着她久久不愿放手，他道："那就在朕怀中好好睡一会儿吧。"

周惜若心中一叹，只能闭上眼。正在这时龙辇外传来喧哗声，士兵仿佛在阻拦着什么人不让他靠前。龙越离修长的眉一皱，不悦问道："到底是谁在外面喧哗，不知道皇后在歇息吗？"

士兵上前来，连忙道："启禀皇上，温相国回来了，他要见皇上。"

周惜若闻言心中一震，她支撑起身子来眼中有了焦急，龙越离按住她的肩头，转头淡淡吩咐："那就让他上来见朕吧。"

过了一会儿，龙辇的车帘掀开。温景安闯了进来，他神色憔悴，白玉样的额上有一道还未愈合的剑伤，邵云和终究是在千钧一发之际饶了他一命。温景安看着龙辇中龙越离怀中脸色同样苍白憔悴的周惜若，慢慢颓然跌坐在一旁。

龙越离终究是带走了她。

122

周惜若看着温景安苍白如雪的脸色，眼中有灼热的泪水涌，她想说什么却是一句话也说不出来。

龙越离淡淡道："温相一路辛苦了，下去歇息吧。"

温景安怔怔看着面前面色平静的龙越离，问："为什么？"

龙越离看了一眼怀中的周惜若，神色清冷："朕又不是傻子，难道会不知道朝中劝朕回去是邵云和要的诡计吗？朕不过是将计就计罢了。"

温景安无言以对，一句将计就计彻底寒了他的心。三千将士随着他深入燕州望谷郡，三千齐国士兵！不是三百，也不是三人！他跟随着他多年君臣，却也只值得他的一句将计就计。

龙越离看着他脸色的灰败，继续道："这一次能平安接回皇后，温相居功至伟，回齐国朕会重重赏赐温相的。"

温景安定定看着龙越离，周惜若只听见他清越好听的声音格外柔和："若无事都跪安吧，皇后要歇息了，朕也累了。"至始至终，他始终牢牢把控着局面，分毫不差。

温景安黯然垂下眼帘，他深深伏地："谢主隆恩。"他说完飞快退下。

龙辇摇摇晃晃继续前进，周惜若听着外面整齐划一的铁甲铿锵，一步步离狄国更远，离赤灼更远，一步步，齐国的秀丽河山在眼前渐渐展开，似乎那座恢弘富丽的宫殿就在烟尘弥漫深处，闪着金光。

"皇后怎么了？是不是饿了？"龙越离低声问道。

周惜若无言地看着他，慢慢道："不怕寒了温相的心？"

"什么心？"他问，眉眼间有昨夜未褪的倦然。

"忠君之心！"她凄然一笑，"为了臣妾，皇上这样值得吗？"

龙越离眸光沉沉，片刻之后，他对她微微一笑，他的面容本就十分俊魅，如今笑开犹如春风拂面，江山万顷秀丽若画。他慢慢道："值得吗？朕也不知道。"

他抱着她躺在车辇中的软垫上，长舒一口气："惜若，你回来真好，总有一天你会明白在朕的身边才是最好的。"他靠着她的肩，当真就这样沉沉睡去。周惜若看着他过分俊美的面容，眼中眸光涌动，想说什么可最后化成长长的无尽的叹息……

龙越离突袭坎城郡，一击得手便走，毫不眷恋。左骠骑将军郁可鸣带着五万精兵在御驾归齐的路上严阵以待。邵云和昼夜不停赶路到了坎城郡后才发现那早就成了一座空城。他想要追击，却已被将领誓死阻拦。众将言：齐帝龙越离沿路设下重兵，敌我悬殊不可做殊死一搏。

齐文初六年，齐帝北归，得狄国十四郡，占狄帝都，半数狄国之地尽归南齐，凤驾随行回宫。同年，赤灼复国，完颜云祈升龙庭，北面称帝，史称赤灼元帝。元者，初也，万物之始。至此，狄国一分为二，赤灼占据狄国西北，西至赤灼荒原，东至燕山一带，北至北地滨海，南至燕州六郡。

北国万里江山重握在赤灼人手中，千千万万流亡四国中的赤灼后人在这一日纷纷向北而哭，他们的热泪洗去了百年屈辱，从此流亡的他们终于不再是无国无家的贱民。元帝颁下圣旨，诏令四国中的赤灼后人归国，一起守护赤灼。于是千千万万的赤灼人拖家带口，历经千难万险，千里跋涉也要回到故国。渐渐的，北国开始人丁兴旺，一派欣欣向荣。

春去秋来，热热闹闹的夏季过去，金秋短暂，一晃眼也过了。转眼间又到了冬天，一天天冷了，却不见下雪。一抹欣长清冷的身影久久伫立在廊下，看着廊下昨夜的积水面上结了一层薄冰。她看着，那薄冰随着日头的出来而渐渐地消失无影无踪，她明眸中渐渐流露失望之色，长长叹了一口气。

"皇后娘娘，仔细着凉了。"林公公上前为她披上雪白的锦面狐裘披风。

她转头，眉间一点嫣红的梅花花钿点染了万千风华，只是素白清丽的面上有深深的落寞。

她叹息："这天为何还不下雪呢？"

林公公看着她眉间一点哀愁，眼中一黯，连忙安慰道："过些日子就下雪了，皇后娘娘若是急，奴婢派人去钦天监问问。"

她轻轻摇头："不过是小事何必惊动朝臣呢？"

她说着轻轻咳嗽起来，林公公连忙扶着她走进殿中，他心中道，如今整个齐宫上下都知道，齐国无大事唯有皇后娘娘的事才是大事。她要晴天恐怕天都不敢下一滴雨来，不然皇上的心情会比天下下刀子更令人害怕。四国中最年轻最强大的帝王把她捧在手心，日日夜夜守着她，生怕一阵风就把她吹走了，万千宠爱也不过如此。

他为她建了一座更大的宫殿，名曰未央。夜未央，人未央。他等宫殿建成要与她朝夕厮守，不在这个陈旧的皇宫中，即使这皇宫中依然金碧辉煌。他为她买来楚国的鲛人珠，只为制成价值连城的珠钗，为她多添几分颜色，他派人千里从漠北带来百年难得一见雪狐毛皮，只为做成精致的手笼，温暖她冰凉的纤纤玉手。

只是她依然不得欢颜，日日遥望远方，不知在想什么。这几日天冷了，她便一早起来站在寒风四起的廊下痴痴等着下雪，可是日夜期盼都盼不到一朵雪花。

难道她还不能忘怀在北国那冰封千里的大雪？还是在思念北方那一个人……林公公想到此处深深打了个寒颤，收回不应有的思绪。

一主一仆慢慢走回宽敞的殿中，暖意袭来，殿中早已升起了炭火。龙越离怕她天寒血气不顺，咳嗽又犯了，早早命宫人拿来最好的银炭用上。他待她当真是事无巨细一应都照顾到了。

124

周惜若刚坐下，就有宫人悄悄上前来禀报："虞贵嫔娘娘前来看望皇后娘娘。"

周惜若摆了摆手："就说本宫身子不适，让她改日再来。"

过了一会儿，宫人又前来，低声道："凌妃前来拜见皇后娘娘。"

周惜若想了想，她想起那张素净坚强的脸，轻声一叹："让她进来吧，本宫当真是很久不曾见到她了。"

宫人见她终于肯见了嫔妃，欢喜地退下了。林公公见她眉间的病色，不禁相劝："皇后娘娘今日精神不佳，要不改日？"

周惜若拢了拢身上的狐裘披风，垂下眼帘淡淡道："不必了，本宫死不了的。"

林公公听得她话中的萧索，不敢再劝。

过了一会儿凌瑶翩然前来。她眉眼如昔，点染了胭脂水粉的面上秀丽端庄，越来越有妃嫔的贵气与威仪。她上前深深拜下，声音微微哽咽："皇后娘娘终于肯见了臣妾。"

周惜若看着她眼中真诚的关切，苍白一笑："见本宫做什么呢？本宫好好的。"

凌瑶看着周惜若苍白的面上憔悴，黯然道："皇后娘娘当真决意不再管后宫之事了吗？"

周惜若斜斜依在凤座上，倦然道："本宫不在后宫之时后宫都挺好的，本宫不想管不需要管也不必管了。"

凌瑶见她心灰意冷的样子禁不住膝行几步上前，拽住她长长的凤袍下摆，禁不住道："皇后娘娘！……"

周惜若明眸扫过她清丽的眉眼，黯然道："我没事，只是满宫中的人我唯有对不住你。是我的错，想让你效仿了我，可没想到会终究害了你一生。"

凌瑶听得她如此说，长叹一声："皇后娘娘没有害了臣妾，皇后娘娘想错了，在皇上心中皇后娘娘独一无二，无人可取代。臣妾……还是臣妾罢了。"

周惜若听了恍惚一笑："是吗？"

正在这时，宫门外传来内侍长长的唱和声。龙越离来了。凌瑶惶惶地退到一旁跪地俯身，周惜若依然坐在凤座上，微微蜷缩着身子，恍若未闻。

一道明黄的身影翩然而至，宫殿外的寒气将他脸色冻得越发明晰。墨色的发用龙簪固定住，修长入鬓的长眉斜斜挑起，勾起一抹嗜人心魄的魅惑，狭长的深眸中笑意深深，一张俊脸越发生动。

他走到殿中，眼中只看到她，含笑唤道："惜若。"

周惜若恍然回神，看见他来，淡淡垂下眼帘："臣妾未迎圣驾，还望皇上恕罪。"

她话还未说完，他已越过伏跪一地的宫人走到她的跟前。仔细看着她的脸色，微微皱眉："今日早上没睡好吗？"

周惜若淡淡一笑："是臣妾不好，兴起突然想看雪没想到扑了个空，在廊下站得太久了。"

龙越离看着她脸上淡得看不见的笑意，眸中微微一亮。他抱起她，在她耳边低声道："若要看雪还不简单，明日朕带着你出宫，听说灵山寺的山上一夜白头，何必在廊下吹了那么久的冷风。"

周惜若微微一怔，问道："当真？"

"自然是真的。"他抱着她絮絮叨叨地说着走入内殿中，竟忘了殿中一干跪地不起的宫人。

凌瑶抬起头，明眸中黯然，她何止在他心中是独一无二，如今看来分明是举世无双的珍宝啊……

龙越离当真说到做到，第二日一早待周惜若起身梳洗完毕便撇下一干朝臣和国事带着她御驾前往灵山寺。灵山寺在京郊，背靠着一座高山，便是灵山。灵山雄奇秀美，高耸入云，每年在齐国还未下雪时，时常它山顶就会一夜白头，飞雪纷纷。每到这个时候齐京人就知道再过不久一场冬日的大雪就要下来，又到了千里冰封万里雪飘的日子了。

有山便有寺。灵山寺在山腰中，山寺虽小，香火却还算是旺盛。如今要迎了御驾自然是一早就将山阶打扫得干干净净，把所有的香客都赶下了山。若不是山阶太长，恐怕还要铺上红毯以示郑重。龙越离带着周惜若前来。周惜若站在山寺中一处凸出的巨大山石上，远远看着那群山起伏，奇形怪状，眼前风光无限，松涛万顷，秀丽美景尽在眼底。

"仔细风大。"身后传来龙越离的声音，他上前为她拢了拢披风。

周惜若回头微微一笑："多谢皇上。"

灵山上果然白雪冰封，只是到了这里她依然只能远远看着，无法企及那么高的山峰。

"只是山中太冷，过两日就要回京，不然你身子受不了。"龙越离握住她冰冷的手道。

山风呼呼，吹过他俊魅的眉眼，自从回了宫之后，无论何时何地他都对她这么温柔。周惜若收回手，看着脚底的万丈深谷怔怔出神。等她回过神，忽地对上龙越离的深眸，他的眼底有她不曾见过的惊恐不安。

"皇上怎么了？"周惜若问道。

"没什么。"龙越离忽地握紧她的手，声音微颤，"不知为什么朕方才有一种错觉，觉得你会当着朕的面跳下去。"

周惜若心中一震，她淡淡垂下眼眸："皇上说笑了，臣妾怎么会有轻生的念头？"

龙越离握住她的手，温热的掌心有些微的潮湿。他当真在害怕。他的声音因为山风而飘忽不定："惜若，若是你真的跳下去朕说不定也会跟着你一起跳下去。"

周惜若心中重重一恸。方才她是真的想要这样轻轻一跃，一了百了，就此归去。

"答应朕，不要离开。"龙越离握住她的肩头，逼着她看着他的眼睛，一字一顿地道，"若你死了，朕也不要这个江山了。惜若，你不能这么残忍！"

周惜若眼中的泪簌簌滚落，随着山风吹拂胡乱地在脸上横流。她看着他眼中滚烫的期冀，终于点头答应："臣妾……不会轻生。"

龙越离大大松了一口气，把她紧紧抱在怀中。只要她不会那么轻易地用死来惩罚他，那这一辈子他还有机会让她好好地看着自己，重新爱上。这一辈子那么长，他一定会让她重绽笑颜的。

第十一章 血染城池为佳人

第十二章　芳心凋零归故地

　　周惜若在灵山寺中住下，不知是山寺的暮鼓晨钟带来的平静宁和，还是那一日龙越离说的话终于解开了她一点心结。一连几日周惜若心口疼痛渐渐好多了，斋饭虽然清淡，却一日日滋养着她虚弱的身体，令她脸上焕发往昔的光彩。龙越离大喜过望，颁下圣旨赐灵山寺为护国寺，世代享皇家香火供奉。

　　周惜若在山寺中无事便随着僧人前去诵经念佛，平静的梵文唱和就如同彼岸而来的天籁纶音，渐渐平息了她心中的伤痛。周惜若看不懂高深的佛经，便时不时宣高僧前来讲义经文。灵山寺中哪有如此的高僧，龙越离见她寄情佛义，便下了圣旨宣来齐国寺中有名望的高僧前来灵山寺为皇后讲解经文。如此一来二去周惜若与各大寺中的高僧都有了交情。他们盛赞皇后礼佛的诚心，怜惜她坎坷的身世，更期盼她为齐国百姓多造福祉。

　　在灵山寺中住的日子是她到齐国之后最平静安稳的日子，不再有噩梦缠身，病也渐渐好了不少。山寺平静，只是潜藏的人心依然不平。

　　到了第十日。周惜若正在与高僧辩解小乘佛经中的禅意。忽地林公公前来，低声道："皇后娘娘，虞贵嫔娘娘前来灵山寺了。"

　　周惜若微微拧起秀眉，问道："她来这里又为了什么？"

　　林公公道："虞贵嫔娘娘说是来探望皇后娘娘。"

　　周惜若轻叹一声："你告诉她，本宫好多了，让她无事便回宫吧。"她说罢继续看手中的佛经，林公公有些踌躇，犹豫片刻才道："可是虞贵嫔娘娘还把大皇子带来了。"

周惜若手中一顿，明眸掠过恍惚："大皇子……"

她面前的高僧微微一笑："今日娘娘俗事缠身已没了参禅的心情，还是改日再让贫僧给皇后娘娘讲解吧。"

周惜若歉然一笑，恭送了高僧离开，禅室中恢复安静。周惜若心绪翻涌，久久不得安宁。自从楚太后逼宫变乱之后一直到她如今归齐，大皇子无母可倚，龙越离便让虞贵嫔照料，如今算起来大皇子也一岁多了。

她沉默良久道："让她母子来见本宫吧。"

过了一会儿，许久不见的虞贵嫔抱着大皇子匆匆而来。她还未到了禅室门口就跪下痛哭道："皇后娘娘终于肯见了臣妾，臣妾以为皇后娘娘责怪臣妾，再也不会见臣妾一面了。"

周惜若看着她怀中粉嫩玉琢的小男孩，眉间展开，对宫人道："把虞贵嫔扶起来吧，小心别吓着大皇子。"

虞贵嫔见她终于发话，连忙止了哭声，抱着大皇子恭谨地跪坐在她下首，对怀中的大皇子道："快叫母后，这是你的母后。"

周惜若看向大皇子，他不过是一岁多的年纪，养得十分好，白白嫩嫩，眉眼间有五六分酷似龙越离，亦有几分像了故去的庞明燕。她看着他黑葡萄似的大眼中无知无辜的眼神，不禁深深叹了一口气。

她伸出手，对他道："让母后抱抱。"

大皇子缩了缩，虞贵嫔连忙把他抱给了周惜若。周惜若抱着他，忽地想起阿宝，眼中一红眼泪滚落。大皇子见她哭，怔怔看着她似在回忆她到底是谁。

虞贵嫔见周惜若流泪，连忙擦着眼道："皇后娘娘不知，自从您被贼子所害之后，大皇子闹了好一阵子，天天要母后，如今真的见了皇后娘娘却不认得了，是臣妾的错。"

周惜若擦了眼角的泪，淡淡道："小孩子哪有那么长的记性呢，虞姐姐把他养得十分好，这功劳是你的。"

虞贵嫔一听，眼中一亮，连忙伏地磕头道："臣妾不敢领功，皇后娘娘严重了，臣妾只等着皇后娘娘凤体康健了，就把大皇子还给皇后娘娘亲自教养。"

周惜若轻拍怀中大皇子的背，仔细想了想才道："不必了，大皇子跟着虞姐姐本宫也放心。只要你尽心尽力教导他，相信将来也是个人才。本宫……"她顿了顿，道："让本宫教养，本宫实在是精力不济。"

虞贵嫔听了心中欢喜但是面上却忧色重重，她伏地为难道："可是……皇后娘娘全天下都知道皇上把大皇子给了皇后娘娘教养，臣妾只是代为教养而已。"

周惜若淡淡道："这容易，本宫让皇上再颁一道圣旨便是。"

129

虞贵嫔面上却依然不欢喜，她眼中含着泪道："难道皇后娘娘再也不要教导大皇子了吗？要知道大皇子出生之后都是皇后娘娘辛辛苦苦养育的，臣妾只是捡了个便宜。母子情深，皇后娘娘当真就要舍弃了吗？"

周惜若心中微微一动，看着怀中乖巧的大皇子。良久，她轻叹一声，明眸看定虞贵嫔，问道："虞姐姐想要说什么就直说吧，你我这么多年的宫中姐妹，你心里想什么本宫也懒得再猜了。"

虞贵嫔见她面色淡然，放了心，膝行几步上前低声道："皇后娘娘如今已回宫了，大皇子本就是皇后娘娘膝下教养的，如今臣妾愿意把大皇子给了皇后娘娘，若是皇后娘娘凤体违和，臣妾愿担平日琐碎之事。"

她说了这一段话，无非是想让周惜若重新审视大皇子，大皇子在她身边，即使她不愿意教养，看一眼就好，其余琐碎的事都由虞贵嫔她自己一人承担了。

周惜若恍惚笑了笑："本宫竟忘了这一茬，虞姐姐，你费尽口舌不过就是想让本宫再次接受大皇子罢了。本宫不得不承认，你想的很长远。"她美眸看定虞贵嫔，淡淡道："今日你若不是抱着大皇子前来，光是你方才说的那些话本宫就可以让宫正司地把你拉下去寻个罪名打死。如今皇上正当盛年，皇子还年幼无知，你如此费劲心思难道不是别有所图吗？！"

虞贵嫔心中一惊，连忙颤颤伏地："臣妾……有罪，可是臣妾都是为了皇后娘娘！"

周惜若恹恹摆了摆手："本宫知道你是为了本宫好，可是你也是为了你自己的将来筹谋。罢了，你跪安吧，本宫累了。"

虞贵嫔只得抱着大皇子战战兢兢地退下。周惜若看着他们远去，对一旁的林公公道："山寺深夜寒凉，让宫人给他们多准备些炭火和被褥，山中的水也比京中的冷，一定要烧过两遍才能给大皇子饮用。"

林公公见她吩咐得仔细，不禁感叹："皇后娘娘仁德，如虞贵嫔这样别有用心的妃子恐怕不懂娘娘的好意。"

周惜若无所谓一笑，道："她心中怎么想本宫也不愿再理会了，只盼着她不要再多出了什么别的心思。如今皇上还在盛年，不能因为皇储之事乱了朝堂，朝堂稳定才是齐国的百姓之福。"

林公公点头。

周惜若看着窗外寒山重重，美眸中黯然，就算是躲在了深山寺中她依然躲不过纷乱的世事。帝王宠于她不单单只是宠爱，更多的是预示着她手中无形的权力，一种可以左右齐国的权力。

她眼中皆是倦然，叹道："再过三日就回宫吧。"

林公公愕然，可看着她的面色不忍再问，叹息着退了下去。

周惜若回到宫中，虞贵嫔日日抱大皇子前来请安。周惜若对她道："虞姐姐心中所想本宫已知道，但是过于招摇会给自己惹来祸事，虞姐姐还是要明白什么才是惜福。"

虞贵嫔连忙道："这个臣妾自然懂得，只是臣妾怕将来大皇子对皇后不亲近。"

周惜若看着大皇子天真无邪的眼睛，无奈笑道："他如今已在你的教养下自然认你为母，既然你怕他将来对本宫不亲近，以后有空便抱来吧。"

虞贵嫔听明白了她的意思，欢喜地走了。果然不再轻易抱了大皇子前来打扰，不过总有隔着两三日会抱来大皇子前来中宫中拜见。她的举动令宫中的人有了猜测的流言，过了些日子，宁妃郁可月也带着二皇子前来。

周惜若见她怀中年幼的二皇子，清丽的面上流露淡淡欢喜："许久不见二皇子竟这么大了，可见宁妃十分用心。"

许久不见，龙越离的皇子们也长得这么大了，一个个眉眼酷似了他。她心绪复杂。他有这么多小心翼翼讨好他的嫔妃，有漂亮的孩子可以继承他的帝业，还有这无垠的秀丽江山。可偏偏他就只要她在他身边，这是执念，更是一种无法责备的痴。

郁可月见她神游，小心翼翼地道："皇后娘娘的精神十分好了，臣妾不知竟迟来拜见了，还望皇后娘娘恕罪。"

周惜若回过神来微微一笑："有什么恕罪不恕罪的，左右是本宫病中意懒不愿见人罢了。"

郁可月见她心情甚好，对自己也不算是疏远，这才放下心来。她与周惜若说了好一会儿话，等见到周惜若脸上显出倦意才告退。周惜若看着她离去的身影，轻轻叹了一口气。

殿中寂静，人走茶凉。她斜斜坐在凤座上面上掠过落寞。林公公上前，温声劝道："皇后娘娘去廊下走一走吧，坐久了会着凉的。"

周惜若点了点头，扶着他的手臂慢慢地向花园中走去。寒冬到来花园中也没什么花可赏，唯有不会凋零的松木葱翠依旧。她慢慢地走，长长精美的凤服逶迤拖在地上，犹如她甩也甩不开的凝重心事，瘦削窈窕的纤影在这寒冷的花园中越发显得萧索。

林公公看着她眉间的郁色，知道她又在想着伤心事，连忙找了话头分了她的心。林公公道："宁妃看样子也十分担心皇后娘娘亲近虞贵嫔娘娘呢。"

周惜若看了他一眼，轻叹道："担心又能如何，她的皇子将来也顶多当个亲王罢了，再多已是不能了。她今日来只是想安安自己的心罢了，生怕本宫会在皇上跟前说了什么，让皇上不再疼爱了二皇子。"

她虽不再管了后宫之事可也有耳闻。比起大皇子的乖巧，龙越离似更喜欢二皇子的活泼可爱，也许是要用到郁家，所以平日恩宠便向着二皇子倾斜。这也难怪虞贵嫔

131

要迫不及待地抱着大皇子前来中宫寻求她的荫庇。她的出现和深受龙越离的宠爱俨然成了后宫中最想要攀附的一道捷径，一条通向叫做"皇恩"的捷径。

林公公听得周惜若的话，心头一跳，问道："难道皇后娘娘心中有了计较？"

周惜若美眸中带着一丝倦色，淡淡道："不是本宫的计较，你觉得皇上会让宁妃的孩子做储君吗？郁家已军权在握，皇上是不会再让郁家成了第二个安王的。"

"若是将来二皇子做了储君，等于将来的朝政与军权都在了郁家，对将来皇上的后世江山社稷大大不利。"她声音虽轻，却字字句句皆令人心神一震。

"娘娘，那您的意思是将来要选择的是大皇子……"林公公禁不住想要问个清楚。

周惜若看着满园的萧索，美眸清冷，淡淡道："若要立储君的话，大皇子是最好的人选。生母不算是很好的家世，可也不算很差，虞贵嫔也不算是本质很坏的宫妃，中规中矩，算是很好的选择。"

"若是虞贵嫔将来得意忘形呢？"林公公皱眉道，"虞贵嫔不像是没有野心的宫妃。"

周惜若眸色微微一闪，她走到廊下，看着枯黄的枝桠伸到了眼前，沉吟许久，忽地伸手捏着枯枝，轻轻一折只听得"啪嗒"一声，枯枝应声而落。枝干上光秃秃的，在寒冬中等待着来年焕发新枝。

她眉眼倦然，冷冷道："那也只能让皇上赐她一死，为储君另择一位母妃，这是最坏的打算，可是却万无一失的保证，齐国的盛世才刚开始不容有失。"

林公公看着她眼底的冷色，深深打了个寒颤。什么时候她成了这样生杀予夺丝毫不眨眼的女子，是因为倦了还是因为累了，所以不愿周旋在这复杂诡异的宫中风波中。

"惜若……"一道发紧的声音从他们身后传来。周惜若回头，看着不知什么时候走到他们身后不远处的龙越离。

他定定看着她，深邃的眼中隐隐有光在涌动，一阵阵，像是心中有什么要从他眼中欲破而出。林公公见是他，吓得面无人色连讨饶都不敢只能跪下拼命磕头。要知道方才周惜若与他所说的可是未来的齐国兴衰！

周惜若倦了一般依在廊柱边，美眸幽幽看着眼前不知是喜是怒的龙越离。看他的样子已把她的话全部听到了。

龙越离许久才挥了挥手，声音沙哑："林公公退下吧。"

林公公连忙仓皇退下，廊下无声，她静静看着眼前的龙越离不知他要如何发落。毕竟她妄自揣测的是他的朝局，想要起的杀心是要杀他的妃嫔。

龙越离看着她，忽地她恍然听见耳边的风声轻柔。他已一把她搂在怀中，他搂得这么紧，似乎要把她揉入自己的身体中。她听见他的声音颤抖中带着无比的欣喜：

"你还记得！原来你还记得我们的盛世江山的梦。惜若，你是在乎朕的是不是？是不是？！"

周惜若眼中的泪忽地滚落在他的肩头，是的，她还记得的。她怎么不记得呢？她拼尽性命都要完成他的梦想，她宁愿自己死了也要护着他这一片秀丽河山的，她怎么会不记得呢。

他拥着她，似拥着生命中最珍贵的珍宝。

"惜若，原谅朕，你都可以原谅邵云和为何不能原谅朕呢？"他在她耳边低声说，近似哀求，"朕知道你是为了阿宝所以才留在赤灼，朕把他接过来，朕封他为王，朕给他一世无忧的荣华富贵。惜若……"

他的眼中是灼热的希翼，他要把她留在身边，这个皇宫中人来人往，每一张的面孔却都是一模一样。他们窥视着他手中的权力，言不由衷的万岁声中是无穷贪婪的心机。唯有她，即使他伤了一千次一万次依然站在他的一边，不曾改变。

周惜若猛的挣开他的怀抱，苍白的脸上泪水横溢，浑身颤抖："皇上不要逼我，不要逼我……"

她说着转身如惊鸟一般向殿中飞奔而去，可是腰间一紧龙越离已一把死死抱着她。他把她按在怀中，声音惶急："朕不逼你，朕不再逼你，惜若……"

他把她搂在怀中，不顾她的死命挣扎一遍遍地喃喃地说着。

"朕会等着你心甘情愿留在朕的身边，与朕一统天下，看着朕君临四方。"

"朕还要与你生下属于我们的孩子，他将来会是齐国最伟大最英明的皇帝，朕会与你一生一世，葬在皇陵，画像也要一起放在太庙供后人瞻仰。"

"你若不喜欢朕的女人太多，朕为你散尽六宫，只有你一人。"

"邵云和能做到的，朕也能做到！"

"不要说了！不要再说了！"周惜若痛苦地捂住耳朵，哭得不能自己。她要怎么跟他说，这一番倾世情意，她要不起，也还不上。

她哭得委顿在地上。平静的表象被撕碎，揭开伤疤才知道原来两人心中的伤痛早就溃烂入骨，无药可医。龙越离看着她，目如赤血，他要怎么才能让她明白，他是真的爱她，爱她几乎发了疯，成了魔，他不怕她恨他怨他，他害怕的是她一日日耗损了心神，再也不会痛也不会再爱了。

她睁开泪眼哀哀看着他，想要说什么却被他捂住颤抖的唇。

"不要说了，朕不想听。"他眼中那么悲伤，"朕不要听你说你不爱朕，你爱的是邵云和，朕不要听。"

周惜若颓然闭上眼，泪水滴落在他的掌中，无法停止。

"就这样就好，你在朕的身边，永远也不会离开。"

寒风忽起，一朵雪花从半空中飘落，如梦似幻，轻盈灵动。它飘落在枝头，渐渐

第十二章　芳心凋零归故地

化成了一滴雪水，从枝头悄然滚落，就如斑驳的泪痕。

齐国的雪，终于下了。

雪纷纷扬扬地下了一整个夜晚。周惜若第二天一早醒来园中一片雪白，细心的宫人知皇后喜欢雪，特地不敢打扫，只留着一地粉白让她一眼就能看见。周惜若拢着雪袭，靠在窗边的软榻上怔怔出神。雪下了，冬天来了，只是这一年的冬天似乎更加格外漫长难熬。昨夜龙越离照例守了她一整夜，她在床上看着他伏案批阅奏章，累了他便会掀开帷帐悄悄看着她。她闭着眼都能感觉到他流连的目光，直到天快亮了他才合衣在她身边睡了一会儿。

这一切她都知道，不眠的人何曾只有他一人。他的煎熬与痛苦，她亦同样如是。爱恨两难，只是不知走到最后是怎么样一种结局，也不知到了那时是否心情依旧？

"皇后娘娘，下雪了，娘娘可要出去走走？"林公公欢喜地前来，打破了她的沉思。

周惜若撑起笑容，淡淡含笑："下雪了，扶本宫出去瞧瞧。"

林公公见她脸色虽苍白但是精神还好，连忙命宫女前来帮她梳洗打扮。梳洗完毕，有宫女前来禀报几位宫妃都已到了中宫前来向皇后娘娘请安。

林公公连忙道："皇后娘娘今日身子不适，要不改日再让各宫的嫔妃前来向皇后娘娘请安？"

周惜若笑了笑，笑意苍白："不必了，天天身子不适，这借口恐怕别人听了都要腻烦了，本宫去见她们。"

林公公微微诧异，周惜若吩咐宫女为她上妆，胭脂水粉敷上，遮掩了苍白的容颜，果然多了几分生气。

周惜若穿上沉重繁琐的凤服，看着那一轮朝阳淡淡道："起驾吧。"

身旁的林公公看着她眼底的萧索，心中一酸，连忙转头吩咐道："皇后娘娘起驾——"

因为是周惜若病后第一次在中宫见了各位嫔妃。今日的中宫中分外热闹，各宫嫔妃们面上欢欢喜喜。周惜若斜斜依在凤座上，含笑看着她们。虞贵嫔还特地带来大皇子，大皇子正是好玩的时候，挣开宫女的搀扶，围着四周走，最后看到周惜若裙裾上的鱼形玉佩忍不住摇摇晃晃走到周惜若跟前把玩。

周惜若看着四周各种揣测的目光，慢慢俯下身把他抱在怀中，含笑道："吾儿越来越得母后喜欢了。"

虞贵嫔面上猛的一喜，激动得不知如何是好，宁妃郁可月面上一黯，长袖下纤手紧紧捏着帕子。

周惜若抱着大皇子，转眸含笑看定虞贵嫔，道："在本宫出宫养病的日子里，虞

134

贵嫔恭顺贤良，教养大皇子有功，代管后宫亦是十分用心，即日起，本宫擢升虞贵嫔为德妃，一应规制从贵妃制。"

此话一出，各宫嫔妃纷纷诧异。虞贵嫔一听惊喜得不知如何是好。身后的宫女悄悄提醒她，她这才赶紧跪下，哽咽谢恩："臣妾多谢皇后娘娘恩典！"

周惜若微微一笑："起来吧，从今日起你就是德妃了。本宫身子不好，宫中事务还是你来掌管，切记以德服人，这样宫中才会对你心服口服。"

德妃虞氏连忙道："臣妾谨记皇后娘娘教诲！"

她擦着欣喜的眼泪站起身来。熬了近十年，她终于站在四妃行列中，辛酸苦辣纷纷涌入心间，此时此刻不知该说什么。各宫妃嫔们纷纷上前恭贺，宁妃郁可月也收了脸上的惊诧上前恭喜。凌妃凌瑶看了歪在凤座上含笑的周惜若，心中叹了一口气。

德妃虞氏平复了心中的激动，她上前恭敬道："曾听闻皇后娘娘喜欢赏雪，臣妾听闻钦天监说过两日还会有一场大雪，所以臣妾想宫中很久不曾热闹了，何不办一场赏雪宴，也让皇后娘娘开开心？"

周惜若点头含笑："德妃有心了。"

如此便是同意了。德妃虞氏自是欢喜，与诸位宫妃商议宴席上如何布置事宜，说了许久这才各自跪安散去。周惜若看着她们离去，面上掠过淡淡的倦色。

凌瑶上前告退，周惜若看着她秀丽的面容，淡淡道："凌妃若是不忙陪本宫去御花园中走一走。"

凌瑶低头道："皇后娘娘有差遣，臣妾自然是莫敢不从。"

周惜若微微一笑，搭着她的手向御花园走去。昨夜没睡好，她起身微微一阵眩晕。凌瑶见她脸上的苍白连胭脂都遮掩不了，不禁道："皇后娘娘理应养好身子，怎么还强撑病体出来处理后宫事务呢？"

周惜若定了定神，淡笑道："本宫没有病，只是昨夜没睡好罢了，走吧。不去赏雪雪就要化了。"

她遂与凌瑶出了中宫，两人身高相近，气质相仿，相携而出，若不是周惜若身上的凤服太过华美，两人瞧着就如一对姐妹花。御花园中积雪在琉璃瓦上越发莹白可爱，融化了的雪水叮咚，整个御花园中处处皆景，别有另一番景致。

凌瑶看着周惜若眼底还是浓得化不开的哀愁。她有心想让她开心颜，连忙笑道："皇后娘娘觉得御花园中景致如何？"

周惜若回过神来，随口道："很好。"

凌瑶笑道："娘娘不知，皇上为娘娘建的未央宫有一座花园更加大更加美呢！听说那边引了西山的温泉之水，终年花园中四季如春，烟雾飘渺如在仙境中。等过些时日娘娘就能搬进去呢！"

周惜若恍惚一笑："当真吗？"

第十二章　芳心凋零归故地

凌瑶笑道："当真的。臣妾偷偷去看了一眼，当真很大很美丽的宫殿。曲廊小桥，宫阙重楼无一不是齐国能工巧匠集大成。娘娘……"

她忽地顿了下来，看着默默的周惜若，脸上强装的笑容也渐渐隐没。她轻叹："可是皇后娘娘依然不开心是吗？"

周惜若抬起头来，看着眼前年轻的女子，自嘲一笑："你也觉得本宫很不识抬举是吗？"

凌瑶无言看着她，良久才问："皇后娘娘既然心已不在这里，为何还要为皇上筹谋将来呢？"

公然在众人面前显示她对大皇子的喜爱，擢升了虞氏为德妃。可以预见再过了不久先前因二皇子受宠的宁妃将被打压下来。

周惜若看着御花园中熟悉不过的景色，慢慢道："我也不知道，我只知道他对我一分好，我总要还给了他，这样我和他才干干净净，清清楚楚。虽然在天下人眼中我周惜若早就已是水性杨花的女子，可是我终要为他做一点什么心中才安稳。"

她明澈的目光掠过凌瑶年轻的面容，眼中带着和煦的笑意："你还这么年轻，在你的眼中黑的是黑的，白的是白的，爱憎分明。爱便努力去爱，恨便恨之老死不相往来，可是你不知，有一种怨恨却要用爱来回报才不会心中生了魔。"

"我心已苍老，再也没力气去回报他的深爱。"

凌瑶看着她苍白的笑靥，眼中的泪忽地滚落。她拉着她凤服的下摆，跪下潸然泪下："可是皇后娘娘你该怎么办呢？你分明那么痛苦。"

周惜若轻叹一声，看定她："我也不知道呢，我只盼着你即使不爱皇上也要为了齐国百姓在这个宫中撑下，也许哪天我没有办法继续了，还有你替本宫撑下去。"

凌瑶心中一痛，膝行几步紧紧揪住周惜若的凤服，急问道："皇后娘娘想要做什么呢？皇后娘娘千万不要做傻事啊！"

周惜若微微一笑，声音恍惚："不会的，我怎会做傻事呢。皇上还要与本宫君临天下，一生一世呢。"她顿了顿，眸光流转，道："带着本宫去瞧瞧未央宫吧，他的心意总是要看一眼的。"

凌瑶迟疑地看着她，见周惜若面色淡然平静，这才在前面领路。有宫人抬来肩辇，两人一起往未建成的未央宫而去。

她终于见了那还在建的未央宫，果然如凌瑶所说是个很大很美的宫殿，虽还未成形，但是从工匠们抬来的巨大石基就能看出即将建成的恢弘宫殿是多么的震撼人心。她站在未央宫前，渐渐泪水盈满眼眶，他当真是要与她一生一世，困守在这华美的宫殿中。

寒风吹起，天上又飘来了雪花，凌瑶看着她孤冷的身影，心中酸楚久久无言。宫殿再美只是佳人已无心，他为何还不明白……

过了两日果然如德妃虞氏所说的那样大雪纷纷而下，顷刻间京城皆白。赏雪的宫宴也在德妃虞氏的张罗下有条不紊地准备着。周惜若打点起精神看着德妃虞氏送来的宾客名单。两人正在说话，忽地殿前宫人跪拜的声音。

周惜若一回头便看见龙越离明黄的身影出现在了殿门边。他撩开帷帐，走入温暖的殿中。他今日穿一身紫金常服，重紫服色将他俊魅的面容衬得越发英俊犀利。常服领上皆缀了一圈玄狐毛，既保暖又不显臃肿，精致的宝石腰带缚在他劲腰间。当真是人如一树玉树琼花，翩翩王孙之姿。他走来，殿中的暖意为他面上熏染了一层朦胧的潮湿，令他眉眼越发明晰俊美。

他上前握住周惜若的手，不等她开口便道："朕带你去见一个人。"

周惜若被他拉起身。她看着他眼中的欢喜，问道："是谁？"

龙越离朝她一笑，低声道："你见了就知道了。"

周惜若被他带出殿外，龙越离早就命人备了龙辇。他带着周惜若上了龙辇，禁不住含笑看着她。周惜若见他面上是素日不曾见的别样温柔笑意。

她想了想，慢慢道："皇上想带臣妾去见的是太后吗？"

龙越离一怔，不由笑了笑，握着她的手轻吻道："你怎么知道？"

周惜若怔忪许久才道："因为臣妾在皇上眼中看到了依恋之情。"这熟悉的眼神她也曾在阿宝眼中看过。是一个孩子对母亲天生的依恋，全身心的欢喜。

阿宝，她心中一痛面色顿时煞白。

龙越离没察觉她的异样，搂着她，在她耳边低声道："这几日朕见你精神也好了，刚好今日有空就带着你去见她。"

龙辇一动，慢慢驶离了中宫。周惜若看着远方的重重宫阙，努力平息心中的翻涌，轻声道："刚好，臣妾也正想寻一个日子觐见了太后娘娘。"

龙越离没听清楚她说的话，问道："惜若，你说什么？"

周惜若垂下眼帘，道："没什么。"她安静下来，看着龙辇外的景致，心魂又似飞走了。

龙越离见她又沉静下来，眸色微黯。他抱紧她，道："朕以为你终于原谅了朕，这两天朕见你终于肯见了外人，也肯办了宫宴，朕还知道你去了未央宫中。惜若，你告诉朕，我们没事了吗？"

周惜若看着他紧握着她的手，慢慢道："臣妾不能死，自然要好好活着。"

"说什么死呢！"龙越离深眸中一沉，隐隐的怒意在眼底翻涌，"以后不许你这么说！"

周惜若微微一笑，不置可否，转头看向车帘外。龙越离见她清冷的背影，心中一窒。她依然没有改变心意，即使他想尽办法，用尽所有温柔。不过她还在，她依然还

137

在，这便是他最安心最温暖的所在。

过了小半个时辰，龙辇在一座无名的宫殿前停了下来。因蓝玉烟的身份特殊，所以龙越离不曾把她放入这偏僻的宫中，宫人只知道这里关着一位特殊的疯妇。龙越离带着她走进殿中。殿中温暖，熏着好闻的豆蔻香，在当中坐着一位面容和蔼的老妇人。周惜若看了她一眼，不禁走到她的跟前。

那老妇人抬起头来，眼中含着温暖的微笑："你终于来了。"

周惜若坐在她面前的软席上，许久才叹道："太后娘娘真的好了。"

那老妇人便是蓝玉烟。只是今日的蓝玉烟已不是从前那个疯疯癫癫，语无伦次疯妇。她面容干净洁白，因这些日子把身体调养好，原本苍老的疲态已一扫而空。她面上显露出往昔倾国倾城的几分美貌来。龙越离的相貌本就是八九分秉承了她的容貌，可见当初她的确是有让风流不羁的楚齐王神魂颠倒的姿色，也有让齐国已故的先帝年老之时宠冠六宫的资本。

她与龙越离酷似的眼眸扫过周惜若清丽的面容，感叹道："若不是你，我哪有今日与离儿再相见的一日呢？你所做的事离儿都告诉了我，是你救了他，救了齐国，更救了我的命。"

殿中寂静温暖，没有很多奢华的装饰，可是却令人觉得浑身舒适。就如当初的云水殿，虽小可是却有家的感觉。

周惜若听得蓝玉烟口齿清楚，知她已完全恢复了，长舒了一口气："太后娘娘没事就好。"

龙越离坐在她的身边，看着眼前的母亲，握紧了周惜若的手，道："娘亲，我肚子饿了。"

周惜若一怔。蓝玉烟似知她所想，道："在这里没有君臣没有皇帝，他是我的儿子，自然要叫我娘亲。"她顿了顿，深深看着周惜若道："若你不嫌弃也随着离儿叫我一声娘吧。"

周惜若怔怔看着面前含笑的蓝玉烟，半晌回神道："臣妾不敢，还是尊称太后为母后吧。"

蓝玉烟也不责怪，唤来宫女唤来宫女拿来一碟糕点，转头对龙越离道："惜若都未讨要吃的，就你馋的紧。"

龙越离眼角皆是笑意："娘亲该不会是看见儿媳就不心疼了儿子吧？不带这么偏心的。"

蓝玉烟无可奈何地瞪了他一眼，终是笑了起来。周惜若看着他们母子其乐融融，淡淡垂下眼帘。

蓝玉烟留着两人一起用了晚膳，等她端上一碗长寿面的时候，周惜若这才恍然大悟："原来今日是母后的大寿？"

蓝玉烟轻笑摇头，温和道："哪是我的呢？我是个被弃的孤女，连生母生父是谁都不知道，今日是离儿的生辰。"

　　周惜若一怔，一回头，果然对上龙越离含笑的俊眼。他斜斜依在软垫的锦墩上，道："楚太后为了遮掩朕的身世，所以报给内务府中朕的生辰八字都不对，朕也是问过了母亲后才知道原来今日是朕的生辰。"

　　周惜若想起那逃得无影无踪的楚太后，心绪起伏复杂。龙越离还不知道，楚太后是邵云和的生母，而劫走自己的人却是邵云和的生父。

　　她忽的想起那一双冷峻的眉眼，心中大大一恸，仓皇别过脸去，低声道："臣妾竟不知，皇上……"

　　她的手被龙越离握住，温柔而不容他抗拒。他深眸定定看着她，慢慢道："世人所知的龙越离并不是只是皇帝，你所知的龙越离才是真的龙越离。惜若，今日朕带你来便是要让你知道这一句。"

　　周惜若张了张口，心中滋味越发复杂。

　　蓝玉烟轻叹，声音柔和："若儿，我知道离儿有时候是任性了点，他若做错了什么事，你告诉我，我来责罚他。夫妻两人能相守那是上辈子修来的福分呢，千万不要放弃了。"

　　周惜若看着眼前殷殷期盼的蓝玉烟，再看看身边眉眼深邃的龙越离。她觉得心中顿时闷痛起来。是啊，她上辈子一定是惹了不该惹的情债，所以这辈子注定与他们两人纠缠不清，无法解脱。

　　她苍白一笑："是，母后说得极是。"

　　蓝玉烟看着她眼底的凄然，暗自摇了摇头，一顿饭在各怀心思中安静吃完。龙越离喝了酒，酒意上涌便下去歇息。

　　"若儿，听离儿说你泡得一手好茶，若是不介意可为老身露一手吗？"身后传来蓝玉烟轻声的问话。

　　周惜若回头，淡淡一笑："也正好，臣妾正有些话想要找机会问问母后。"

　　蓝玉烟眼露诧异。周惜若已向暖阁中走去。

　　茶炉烧得正旺，周惜若素手一动，茶饼碾碎了撒入，一沸，二沸，她熟练的摆弄茶勺，撇去茶沫，趁着第三沸刚泛起水花为蓝玉烟斟了一杯清茶。

　　蓝玉烟看着她优雅的动作，不禁感叹："难怪离儿喜欢你，原来你不但人美，心也娴静，只有心静的人才会深悟了茶之道。"

　　周惜若端起茶盏，轻抿了一口，摇头叹息："母后说错了，我如今心已静不下来。这茶，废了。"她手一泼，刚斟的茶泼到了茶炉中，顷刻间青烟袅袅，好好的茶也毁了。

　　蓝玉烟并不惊讶，她看定周惜若，道："你的事我也有零星听离儿说过。不瞒你

第十二章　芳心凋零归故地

说，今日你来，离儿是想让我劝得你回心转意的。"

周惜若面色平静，道："我知道。"

蓝玉烟摇头："不，你不知道。他已没有办法了，他是没有办法了才来求我劝得你回心转意。"她仔仔细细看着面前的周惜若，良久失望道："可是你也决定了是吗？"

周惜若明眸看着面前历经沧桑的老妇人，眼中水光飞快隐没。她道："若是让母后再一次离了皇上，母后会愿意吗？"

"当然不愿意。"蓝玉烟摇头，"母亲是不会轻易离开孩子的。"

周惜若慢慢道："我也是。"

蓝玉烟恍然大悟："你的孩子……在赤灼！"

周惜若点了点头，她自嘲一笑："他也在赤灼，笑我疯也罢，笑我痴也罢，这么多年我才发现原来当初进宫当真是错的一步。"

蓝玉烟轻声叹息。她道："也许这是命运的安排。"

往事已不能更改，是是非非谁又能说清楚？周惜若只是沉默。她想起来意，抬起头来看着面前的蓝玉烟，缓缓问道："今日我来，其实是要求教母后一件事。"

140

第十三章　爱恨两难苦煎熬

蓝玉烟问道："是什么事？"

周惜若美眸幽冷，问道："楚太后当年为何不杀了你呢？你到底有什么把柄是楚太后畏惧的呢？"

蓝玉烟一震，眸光躲闪："她不是说过了吗？她要留着我一条命威胁皇上。"

周惜若摇头："本来我也以为是如此，但是最后我发现我想错了。楚太后有太医的诊断，还有郑十三娘捏在手中的皇上的生辰八字，出生时接生几个接生婆留下的证据。她完全只要靠这些就能揭穿皇上不是先帝的亲生皇子。以她狠绝的性子，她怎么会留着一个无用的人活那么久呢？"

蓝玉烟平静的脸上渐渐有表情裂缝，她睁大眼看着面前沉静的周惜若，结结巴巴："她留着我，是因为……她恨我……"

"若是恨，她有一百种一千种办法让你生不如死，折磨了再慢慢杀掉。"周惜若美眸中皆是不信，她盯着蓝玉烟，目光如刀："到底是什么？是什么让楚太后不杀了你？到底是什么秘密！"

蓝玉烟猛的往后一缩，她眼底皆是惊恐，喘息道："你不要问了！"

周惜若一把牢牢抓住她的手，美眸幽冷："你若不说，你可知道万一楚太后哪天又卷土重来，你又该如何是好？皇上又该怎么办？"

蓝玉烟定定看着她，许久才重重吐出一口气："你最好不要知道，这个秘密藏了太久了我都要忘了，你为什么还要把它挖出来？"

"到底是什么！"周惜若眼中已有了厉色。

蓝玉烟一哆嗦，终于由平静崩溃。她捂住脸，浑身颤抖："是一道密诏！先帝的密诏！"

周惜若心中一紧，她急忙起身关严了暖阁的门，问道："密诏中说了什么？！"

蓝玉烟面色苍白，她陷入往事中，许久才恍惚道："先帝不是病死的，他是被楚太后毒死的。"

周惜若一惊，可是转念一想楚太后的手段，齐国老皇帝不是天命而终也不是什么稀奇的事。

蓝玉烟许是想起了往事的血腥，打了寒颤，慢慢道："当时先帝宠爱我，还十分喜欢离儿，而楚太后的皇子已夭折两年多，她生怕先帝被我所惑立了离儿为太子。所以她就急不可耐地想要对先帝下手。我记得好几次先帝险遭毒手，后来先帝心中也警觉了，便把我们母子迁入了云水殿，想让楚太后消了对我们母子的戒心。可是，还是逃不过，有一天先帝最后吃了楚太后送来的年糕就吐血不止。"

"当时我什么主意也没有，只知道守着他不停地哭。先帝吐血之后就知道他自己不成了。他生怕他死在云水殿拖累我，就让太医下了重药拖延自己的毒发，连夜回了甘露殿。先帝……当时对我们母子真的很好……"

蓝玉烟说着捂着脸痛哭起来。周惜若听着蓝玉烟寥寥几句话顿时心中酸楚，当时的齐国皇帝当真是十分喜欢这天真美丽的蓝玉烟，他待她当真已是一个皇帝对嫔妃最好的爱情了。

蓝玉烟痛哭了一阵子，收了泪水，继续道："我见先帝这样做，心中又是痛又是悔，当夜我就追到了甘露殿中。先帝见我来了，大惊失色厉声叫我回云水殿中，假装什么事都没有。可是我当时真的好后悔。于是……于是我就对他说，他不值得对我这样好。"

周惜若看着眼前的蓝玉烟，轻叹："于是你就告诉先帝说，皇上不是他亲生的。"

蓝玉烟惭愧地点了点头。

周惜若轻声一叹，问道："于是先帝就写了这份密诏吗？"

蓝玉烟点了点头："他听了我说的实情，气得大骂我，然后他就赶我离开。我哭着离开甘露殿，可是我走了一会儿还是觉得要让他原谅我，不然我这辈子都不安。"

周惜若一听顿时越发无言以对。这事也就只有蓝玉烟这么个天真无邪的女子能做得出了。先帝当时大限将至，陡然得知自己万般宠爱的妾侍偷人还生下不属于自己的孩子。她竟还天真以为他会原谅她，他当场没让宫人将她杖责死就不错了。

蓝玉烟说到这里，叹了一声："我偷偷回了甘露殿，就听见他在吩咐内侍说，他要写遗诏。我当时吓坏了，我以为他要赐死我和离儿，于是我就躲在梁上。"

142

周惜若看着眼前的蓝玉烟，苦笑不已。当时甘露殿守卫重重，也就只有习过舞身轻如燕的她能神不知鬼不觉地来去自如，还能藏在甘露殿的高高房梁上。

蓝玉烟道："此事事关我和离儿的命运，我当真是豁出去了。先帝写完遗诏，他就又吐了血。甘露殿中的人乱成一团，我就偷偷把先帝写好的遗诏偷走了。"

"密诏中写了什么？"周惜若问道。

蓝玉烟摇头道："我当时不懂齐国字，也没学过。后来是郑儿告诉我，里面写的对我和离儿非常不好，她也不敢多说只叫我赶紧把这密诏烧了。"

她所说的郑儿便是郑十三娘。看来郑十三娘也知道了前朝的旧事。

"密诏你烧了吗？"周惜若急忙问道。

蓝玉烟擦干眼泪道："我把密诏藏起来了，后来楚太后知道了密诏的事，她怀疑是我藏起来了，于是百般来问我。我先是拿了话骗她，后来还是骗不过，她千方百计要拿了那密诏，但是我怎么可以把密诏给她！那里面可是写了对离儿不好的东西，她以为密诏中还写了先帝中毒一事，所以她迟迟不敢杀我。"

周惜若长长吐出一口气，原来来龙去脉是这般曲折。总算是蓝玉烟不算傻到了家，誓死不把密诏的下落说出来，不然以楚太后的性子蓝玉烟不会只是被囚二十多年，而是早就杀了蓝玉烟了。

蓝玉烟把这一大段话说完，面上露出疲惫，道："我把该说的都说了。"

周惜若追问道："密诏现在还在否？"

蓝玉烟点了点头："还在。"她看了周惜若一眼，犹豫问："你当真会帮离儿，不会害他？"

周惜若心绪复杂，半晌才慢慢道："会的。"

蓝玉烟面上露出轻松的笑意，她上前握住周惜若的手，眼中殷殷期盼："原谅离儿吧，他当真很爱你的，我从未见他这么挂心一个女子。在找不到你的时候，他几乎每次来我这里都说起你，惜若，你一定要和离儿好好的。"

蓝玉烟的手很温暖，带着妇人的粗糙和慈祥，那慈祥的样子犹如赤灼的阿姆。周惜若猛地挣开她的手，匆匆走了。

蓝玉烟见她走了，眼露疑惑："怎么就走了呢，密诏在哪里我都没说呢。"

周惜若匆匆出了殿中，这才跟跄扶着宫檐下的廊柱大口喘气。她刚才是想做什么？她怎么可以有这样可怕的念头？！

密诏！若有了密诏她就可以逼着他放她远走高飞了。到底是什么牵绊着她，到底又是什么？！她眼中的泪滚滚而下，再也无法撑起伪装的平静坚强……

北风从浩瀚灰黑的天穹席卷着向南而去，一抹火红身影站在高台上面南凝望，眉眼的冷峻中是比火还浓烈的思念与哀伤。在那边有一座高耸的燕山，跨过燕山是延绵

第十三章　爱恨两难苦煎熬

千里的青山，重关就在这群山关口中叫做青谷岭，再向南，就是万里沃野，山清水秀，名曰齐国。

她就在千山万水的那一头，看不见，望不还。

赤灼国成立之初，百废待兴，所谓的皇宫不过是狄国留下的行宫。后世的史书记载，这行宫中宫殿寥寥，唯有一座高台是元帝处处流连的所在。谁也不知他日日站在高台遥遥向南是在想着什么，只知在他每日处理完繁重的政务之后，都会来这里。无论谁都能在这高台看见他英挺的身影。长风猎猎，吹起火红的衣袍，轻轻拍打他紧紧按住长剑的手。

"皇上。"有侍卫匆匆上了高台，跪下禀报道，"库叶大公求见皇上。"

他回眸，冷淡道："有什么重要的事吗？"

侍卫欲言又止，半晌终是在他冷厉的眼神中败下阵来，连忙道："库叶大公还带来玫黛儿公主。"

他眸色一沉，冷然随着侍卫下了高台。殿中，库叶族的大公——库叶什察已等在殿中。他身边是艳光依旧的玫黛儿。他走进殿中，众人只见灰暗天地中一道红影走来，这一身红色犹如一道光破开大漠风沙，洗净了眼前天地的晦暗。所有的人心中一凛，自然而然地跪下。

眼前的眉眼俊美冷峻的男人便是开创了赤灼百年帝业的帝王——完颜云祈。他看着跪地的库叶什察，轻轻抬手，声音清冷："库叶大公为何还不回库叶封地呢？"

库叶什察看了一眼身边的玫黛儿，努力拔高声音："皇上还忘了一件事，这件事未做成，小王不能回去。"

完颜云祈坐在上首，闻言忽地轻笑，问道："还有什么事是朕忘记做的？"

库叶什察一推身旁的玫黛儿，责问道："当初哈赤与小王结盟，议联盟之事，还与小女订了婚约。如今哈赤已是赤灼的皇上，君临天下之后难道还不想履行当初的约定吗？"

完颜云的祈看了一眼玫黛儿，久久不语。

玫黛儿看着他冷峻的眉眼，不禁心中失望，她跪下道，哀哀地看着他："祈哥哥，你当真那么狠心吗？你当真不要黛儿了吗？赤灼百族都知道了黛儿许配给了赤灼的皇上，皇上若不要了黛儿，叫黛儿将来要怎么办呢？"

完颜云祈看着她的泪眼，挥了挥手："你们都退下，朕与黛儿妹妹说几句话。"

库叶什察一怔，可是看着完颜云祈眉眼间的神色不像是要发怒，连忙退下。

殿中恢复安静，他端坐在龙座上，目光扫过空荡荡的大殿，声音空茫："你要朕娶你，是不是要与朕夫妻恩爱，百子千孙，白头到老？"

玫黛儿急忙点了点头，她眼中皆是恳切："我无时不刻都这般梦想着与祈哥哥成亲，成为祈哥哥的妻子。"

144

他忽地轻笑一声，捂住眼睛，道："曾经的完颜云祈是答应过你我的婚事，只是，今日的完颜云祈已不是当初不择手段的男人。"

"若朕娶你，只会把你当成摆设，放在后宫中任由你容颜老去，枯萎了生命，他会日日夜夜思念着一个叫做周惜若的温柔女子，他做的梦，说的梦话都是她。他还会日日夜夜想着如何把她找回来。"他抬头看着眼前呆呆的玫黛儿，轻声问道，"这样的男人你要他作为你的丈夫吗？"

玫黛儿面色如土，她颓然跌坐在地上，看着眼前沉静中有着无限哀恸的男人，缓缓问道："当真是无法忘记了她吗？即使她在南齐，即使她成为南齐的皇后你也无法忘记她是吗？"

"她是我完颜云祈的妻子。"他眼中有乍现的温柔，这道光如三月脉脉春光化开严冬的冰封千里。玫黛儿从未见过这么温柔的他。

"一生一世，完颜云祈的妻子。"他站起身来，看着远处天穹掠过的大块大块铅云，一字一顿道。

"那我怎么办？"玫黛儿上前揪住他衣衫的下摆，哀哀问道。

他看着她，良久才道："我不知道，大概会有很好的男人懂得珍惜你，我视你为妹妹，与你没有夫妻的情意，你若执着嫁给我，将来一定会后悔的。"

玫黛儿怔怔看着他冷峻的面容，忽地轻笑："原来祈哥哥这么爱她，即使分隔千山万水，即使她是别人的妻子也一定要把她找回来是吗？"

他祈点头。他眸光坚定："终一天我会把她找回来。"

玫黛儿站起身来，笑意冰冷："既然祈哥哥都说到了这个份上，我玫黛儿也不会再哭着哀求祈哥哥娶我。"她看着眼前的完颜云祈，一字一顿道："但愿皇上能找到她，从此长长久久，生死都在一起。"她说完遽然离开了殿中。

他看着玫黛儿离去的身影，久久不语。

"哈赤，"一道轻轻稚嫩的声音从殿中偏僻的一角传来。邵云和一怔，大步走到一处帷帐，帐帘一撩，他看见蹲在帷帐深处的阿宝。小小的阿宝躲在当中，白皙的小脸上一双乌黑的大眼睛盯着他看，他眼中皆是天真无邪的笑意："哈赤刚才说的是真的？"

邵云和一愣，随即一把抱起他来却不知该说什么。阿宝看着自己的父亲，眼底有不属于他这个年纪的懂事："哈赤说的是真的吗？哈赤不娶别的女人，只和娘亲一辈子在一起吗？"

邵云和深眸中眸色涌动，他看着与她酷似的漆黑双眼，心头一窒，声音沙哑："你都听见了？"

"都听见了。"阿宝勾着他的脖子，黑眸忽闪忽闪，流露狡黠，"我一听库叶族的大公来见哈赤就知道他要把玫黛儿公主嫁给哈赤。"

145

邵云和抱着他，捏了捏他的小脸，眼中有为人父的慈爱："你这个小鬼头！"

阿宝咯咯一笑，眼中是孩童被人夸赞的得意："我就知道哈赤是不会忘了娘亲的，哈赤也不会娶别的女人。"

"不会的。"邵云和冷眸中终于流露出许久不曾见过的笑意。他紧紧抱着阿宝，眸光悠远，慢慢道："这一辈子，我们一家三口一定会团圆的。"

"那哈赤怎么还不去救娘亲？"阿宝问道，"娘亲一定在盼着哈赤救她回来，阿宝想娘亲了！"

阿宝眼中有泪水滚动。邵云和眸色一紧，抱着他的手紧了紧。

良久，他慢慢道："快了！你让哈赤安排好国事就去救你的娘亲回来。"他顿了顿，加了一句："很快！"

阿宝一听，欢呼一声，紧紧抱着邵云和，用崇敬的目光看着自己的父亲。自己的父亲是赤灼最英明伟大的哈赤，是整个天下间最厉害的人！他一定会去救娘亲回来，从此一家人快快乐乐地生活在一起。

邵云和抱着阿宝，冰冷的眉眼渐渐柔和，他看着殿外的风云涌动，低声道："惜若，等我。"

今年的齐国冬季格外地平静，雪簌簌下了几天又放了晴。上林苑的寒梅已开放，一大片殷红或粉白的分外美丽。周惜若病好了便与凌瑶前去赏梅。德妃也时常带了大皇子前去雪地玩耍。周惜若见他胖乎乎的身子在雪地里滚来滚去，眼中流露赞赏。

她道："皇子不娇生惯养将来才能堪当大任。"

德妃虞氏听得她如此说道面上欢喜，连忙边走边殷勤道："皇后娘娘所言极是，臣妾担了教养大皇子之责，自然是千万小心，丝毫不敢有负皇上与皇后娘娘的重托。"

周惜若美眸看定她恭谨的神色，微微一笑："虞姐姐是个惜福之人，将来若是一心为国，本宫是不会亏待了虞姐姐的。"

德妃虞氏大喜，连连道谢。

凌瑶见德妃虞氏带着大皇子走远了，上前低声道："皇后娘娘为何只防了虞氏而不防了宁妃郁氏？"

周惜若笑了笑，道："宁妃有父兄撑腰又有了子嗣傍身，不到万不得以她不会铤而走险。本宫现在只担心虞氏的野心，所以本宫与她说话都是安抚了她，但愿她不会让本宫失望。"

凌瑶这才点头以示了然。正在这时，远远逶迤走来一队宫人，当先一人是身着明黄龙袍的龙越离。他远远看见周惜若在这便向她走来，周惜若避开他的目光掉头就走。

146

凌瑶一把拉住她，含笑道："皇后娘娘要去哪里呢？明明还有一大片梅林没赏。"

周惜若忍不住叹了一口气："你不明白……"

"原来皇后也在这里，朕竟一猜就中了。"她还未说完，龙越离已走到了她的跟前。

凌瑶抿嘴一笑，明眸中眸光流转，带着捉狭："臣妾不打扰皇上与皇后娘娘赏梅了。"

周惜若一抬头，却对上了龙越离笑意深深的玄眸。他眼底的笑意热烈，似能把坚冰都融化。

"朕听说这上林苑中的红梅开了煞是好看，皇后与朕一起去瞧瞧吧。"龙越离握了她的手，自管自顾地向前走去。

周惜若挣脱不得，只得由他拉着向上林苑深处走去。宫人见帝后二人前去赏花都远远跟着，白茫茫的雪地上只有他与她两人亦步亦趋地走着。

周惜若走了几步，回头看了一眼凌瑶离去的身影，忽地轻声道："皇上何苦如此？凌瑶当真是个很好的女子。"

凌瑶在楚太后逼宫之时挟持皇后楚香云打开京城城门，龙越离才能在最短的时间内攻破京城，平定叛乱。她有勇有谋，心地善良当真是个很好的女子。

龙越离顿住脚步，回头深深地看着她。他的眼中褪去方才的调笑，看起来竟有几分肃色："以后这种话不必再说了，朕不愿意听。"

周惜若心中一叹，低了头。

"朕只喜欢你一个人，难道还不够吗？"他抬起她精巧的下颌，眼中皆是伤，"你为何要一次次将朕推开？"

周惜若陡然无语。龙越离看着她依然不为所动，眼底一黯，岔开话题："随朕去赏梅吧。"他说着就拉着她向梅林走去。

梅林中果然红梅花开，一片天地雪白中皆是红艳艳的花海。周惜若饶是心中郁结难解，可是看了眼前的美景也禁不住惊叹。龙越离见她喜欢，折下一枝梅花在她头上比划。

周惜若不禁笑道："难不成皇上要为臣妾簪花？"

龙越离见她终于展了笑靥，手中一动，一枝梅花便簪在了她的发髻上。雪地中，她面容清丽绝美，梅花一衬更是清雅难言。他深深看着她，忽的道："若能年年为你簪花，摘尽满园梅花也算是值了。"

周惜若看着他眼底的如海深情，黯然别过了头。长袖下忽动，他已紧紧握住了她的手。天地浩茫，比起这满园的花色，他一身风华若妖比花色更美。他靠得这么近，眼底盛满了情意，往日缠绵情景一一翩然而过，她心口一窒，急忙转了头。

有内侍见帝后二人喜欢这梅花，上前献言道："皇上，往上林苑深处再走几步路听说有绿梅呢。"

龙越离一听诧异道："听说绿梅十分珍贵，怎么上林苑有这梅种？"

内侍连忙道："奴婢不敢欺瞒了皇上，有人在上林苑深处的梅林中亲眼见过，只是此时积雪封路恐怕不好找到而已。"

上林苑深处的确还有一处梅林，只是每年大雪封山，人迹罕至，这梅林年复一年，也许当真开出了罕见的绿梅也说不定。

龙越离见周惜若脸上有神往的神色，忽地问道："皇后喜欢绿梅吗？"

周惜若微微踌躇了下，道："臣妾痴长了这么多年绿梅还未见过，可是如今雪路难行，改日等天晴了再去吧。"

龙越离轻笑一声，握了她的手道："你若喜欢朕去为你摘来。"

周惜若还未回答，他已吩咐侍从备马。周惜若见他当真要去摘什么绿梅，连忙阻止："皇上万万不可！这上林苑深处雪路难行，万一……"

"朕多带几个侍卫就行了。"龙越离满不在乎地笑道，"在上林苑而已，难不成还有什么危险不成？"

周惜若忽地想起初时龙越离在上林苑中的遇险，面上忧色更重："皇上难道忘了吗？"

此时内侍已牵来马匹，御前侍卫们准备好了。龙越离一笑，对她道："皇后放心，凡事哪有这么凑巧的事？朕就不信了，那些有反心的贼人还能再藏在了这深山之中。"

周惜若见他意思甚是坚决只得放了他离开。龙越离正要上马，忽地一回头在她耳边低语道："惜若你这么担心朕，朕真的很高兴。"

周惜若一怔，龙越离已哈哈一笑翻身上了马向上林苑深处疾驰而去。御前侍卫们呼喝一声，顿时上林苑中人声马嘶，马蹄踏雪，雪粉纷纷扬起一片，迷蒙了他们疾驰而去的身影。

周惜若看着他远去的身影，不禁深深叹了一口气。叶公公见她神色，上前笑道："古有一骑红尘妃子笑，今有皇上为博皇后一笑，孤身深山寻梅。"

叶公公说得夸张，周惜若摇头道："叶公公什么时候竟会打趣了本宫。"

叶公公见她今日开心颜，拿了好话奉承道："皇后娘娘应该多笑笑，皇上为了博皇后一笑当真是费尽心思。"

周惜若闻言微微恍惚，半晌，她才道："可是我记得他分明不是肯屈尊讨好女人的男人。这样做只会让我更加愧疚。"

叶公公叹道："当然值得，皇后娘娘为了皇上所作的一切，皇上自然是记在心中的。"

148

周惜若明眸一片黯然，她看着叶公公，许久才道："那皇上是为了恩情还是因为别的所以才要这般千方百计地讨我欢喜？"

叶公公并没有想太久，他笑道："当然只是为了皇后娘娘才这样做，若是为了恩情，大可珍珠美玉绫罗绸缎一赏便是，何必这样费尽心思呢？"

周惜若心中一震，久久无言。她回头看去，只见连绵青山上雪色茫茫，早已将龙越离的身影湮没了其中。

龙越离一时兴起进了上林苑的深山中。本来去之时天色还算晴朗，可是不知怎么的过了一个时辰天就猛的阴沉了下来，狂风呼啸，飞雪漫天。周惜若在梅林中再也等不下去只得匆匆回到了中宫中。她放心不下，唤来御前侍卫统领周统领命他带人进林中搜寻。周统领领命而去。周惜若看着这天色越发暗了，一场可见的暴风雪就要到来心中更是懊悔。早知道当时就力劝龙越离不要进了上林苑的深处为她寻什么绿梅了。

她正焦急间，叶公公前来，道："启禀皇后娘娘，宁妃求见。"

周惜若美眸一闪，皱了秀眉问道："她来做什么？！"

叶公公想了想，上前道："许是听说了皇上进了上林苑的梅林中，所以想来探听消息吧。"

周惜若定了定神，点头道："让她进来吧。"

不一会儿宁妃郁可月前来，她进了中宫只见周惜若端坐凤座，一身艳红色凤服宝光潋滟，面色绝美，神色平静。她一晃神，等到周惜若抬起一双乌黑的明眸看来，这才回过神来。她连忙跪下："臣妾拜见皇后娘娘。"

周惜若微微一笑，上前扶起她，问道："天黑下雪，宁妃怎么到了中宫来了呢？"

郁可月见周惜若面笑意深深，不禁犹豫了下。她问道："听说皇上今日中午去了上林苑的后山至今未归，可是真的吗？"

周惜若笑了笑："皇上是去了，但是已回来了，只是还未到了宫中，许还在路上吧。"

郁可月"哦"了一声道："这就好，臣妾还以为皇上未归呢，白白担心了大半天。"

周惜若仔细看着她的面色不似作伪，便笑道："宫里的人就是喜欢大惊小怪的，皇上去的时候带了不少侍卫，这雪下得突然又大，路难走了些罢了，皇上正在回来的路上呢。"

郁可月见周惜若说得笃定，连忙道："皇上平安便好。"

她说着便要告退。周惜若忽地不冷不热地问道："是谁告诉了宁妃皇上去了上林苑未归呢？这等胡乱传谣言的人得赐下几板子让他记得教训。"

她说得不轻不重，郁可月却听得心头一震。她连忙撑起笑容道："皇后娘娘多虑

149

了，还能有谁特地来告诉臣妾呢，只是臣妾偶尔听见宫人这么说罢了。"

周惜若看了她一眼，笑了笑："原来如此，既然无事宁妃跪安吧。"

郁可月见她面上不像是责备的意思，连忙退了下去。周惜若见她的身影离开，脸上的笑意陡然褪去，面上神色沉沉。

叶公公上前来，焦急道："娘娘，暴风雪来了，看样子皇上他真的是困在了山林中了。"

周惜若眼中掠过忧色，道："这可怎么办呢？如今这三宫六院都盯着皇上的行踪呢，一点消息想瞒都瞒不住。"

叶公公问明了情形，怒道："宁妃娘娘分明是派了眼线在皇上身边，所以才知道得这么一清二楚！其心可诛！其心可诛啊！"

周惜若面上忧色未褪，沉吟半晌道："为今之计皇上行踪不明，叶公公恐怕得回甘露殿中遮掩一下，千万不要让有心的人暗自揣测了。"

叶公公连忙应了一声，他走了几步又返回，恳切地看着周惜若道："奴婢知道皇后娘娘一定会主持大局的。"他说罢深深施了一礼，转身走了。

周惜若看着他远去的身影，不由扶着额头，深深叹了一口气："越离，你这是让我如何是好呢……"

一夜未眠。一整夜周惜若听着窗外寒风呼啸，心中的焦急与忧虑纷纷浮现脑海，好不容易辗转到了天明，才刚眯了眼，林公公就匆匆进了殿中。

周惜若惊醒，问道："皇上可有消息？"

林公公摇头："皇上还未找到，不过周统领回来了。"

周惜若心中烦乱，怒道："找不到皇上他回来做什么？！"

林公公见她发怒，不由怔忪。周惜若按耐住心中的不安，扶了额头无力地挥了挥手："再去找！务必要找到皇上的行踪。"

林公公见她脸色苍白，知道她昨夜担心了一整夜，安慰道："皇后娘娘不必担心，皇上是真龙之身定会逢凶化吉，更何况昨天跟着去的御前侍卫们都带了水囊干粮的，准备周全，不会那么容易出事的。"

周惜若面上倦色深深，她看着林公公，轻叹一声："林公公你不懂，我不能再欠了他。"

林公公知她心中煎熬，不忍再劝，悄然退下。一直到了中午，眼看着还未有消息传来，周惜若在中宫中越发坐立不安。

德妃虞氏前来请安。她见周惜若面上的忧色重重，试探问道："皇后娘娘是为了什么事担心？"

周惜若只是不语。

虞氏道："皇后娘娘不必这么担心，皇上一定会平安归来的。"

周惜若抬起美眸幽幽地看着她，心中冷笑，又是一个消息灵通的人！敢情这个后宫上下，每个宫都有自己的消息渠道。龙越离的一举一动都在了她们的掌握之中。她笑了笑，淡淡道："这是自然，皇上一定会平安归来的。"

　　虞氏见她神色平静，大着胆子上前，低声道："臣妾有几句话不知当讲不当讲。"

　　周惜若神色转冷，道："既然觉得不当讲就别说了。"

　　虞氏被她一堵，悻悻道："其实臣妾也是为了皇后娘娘着想。"

　　周惜若眼中渐冷，似笑非笑道："德妃不妨说说是什么为了本宫着想？"

　　虞氏看了看四周，见宫女们都在殿外候着，这才低声道："其实皇后娘娘若有空可以劝一劝皇上立储，大皇子他聪明伶俐，又是嫡子，自然是众望所归的储君之选。皇后……"

　　她还未说完，只听得"啪"的一声，虞氏的脸上就重重挨了一巴掌。她吃惊地捂着脸看着面前怒气沉沉的周惜若，吓得一句话也说不出来。

　　周惜若手微微颤抖，指着德妃虞氏冷笑连连："怎么？本宫打的不对了吗？皇上才几岁！三十不到的盛年，你居然就敢这样提出立储！别说皇上平日好端端的在宫中，就是如今困在山中生死不知，都轮不到你来自做聪明，指手画脚！"

　　"立储？！你可知道立储是怎么立的？一旦立储就是朝堂中各派各自为营，党争不断！齐国方才大定，你一介妇人就起了歪心思想要搅乱朝堂不成？！"

　　德妃虞氏从未见过周惜若如此震怒，吓得捂着脸呜呜地哭了起来。殿外的宫女们见到这情形纷纷吓得跪下，纷纷请皇后息怒。

　　周惜若脸色铁青骇人，她冷声道："本宫要不是看在你平日循规蹈矩，也不会将大皇子给了你教养，你以为有大皇子在手中就可以妄想将来的荣华富贵不成？！若你还敢这样，本宫第一个就杀了你！"

　　德妃虞氏吓得连连磕头，她哭道："臣妾不敢了，皇后娘娘看在往日的情分上饶了臣妾这一次胡言乱语吧。"

　　周惜若只觉得额头突突地跳，昨夜一夜未眠，忧心纠结，思虑过重，新病旧病如今一并发作。她扶着额头冷笑："滚！滚出中宫！回去好好想想你错在哪里！本宫若不是看在大皇子的份上，你今天杖责定是逃不过！给本宫滚！"

　　德妃虞氏听得周惜若呵斥，捂着脸狼狈地退了下去。

　　林公公见周惜若脸色青得骇人，急忙上前扶着她道："皇后娘娘息怒，千万不能被德妃气坏了身子！"

　　周惜若只觉得心口突突地跳，疼痛一阵阵在心中飞蹿。她竭力平息胸臆间的怒气，缓缓道："再派人找！皇上一定要找到，千万不能出了什么岔子！"

　　林公公连忙领命退下。

151

周惜若坐在凤座上，看着宽敞的殿中，只觉得遍体生寒。她不知坐了多久，有宫人禀报："温相大人求见。"

不一会儿，温景安顶着殿外的风雪匆匆前来。周惜若见了他，心头一酸，半晌才道："相国大人终于来了。"

温景安看见她眼底的泪意，安慰道："皇后娘娘不必担心，皇上一定会平安的，只是这风雪太大了，恐怕被困在山中一时半会迷了路也是常事。"

周惜若此时才觉得心中千斤重压稍稍释缓，她捂着心口，凄然一笑："总之老天不能这样，让我独独欠了他的情还不了。"

温景安眸色温和，轻叹一声："皇后娘娘把自己逼得太累了。"

周惜若自嘲一笑："能不累么？走也走不了，留也留不下。千万人都说了他的好，说多了竟觉得一日日我欠了他的。可是……"她面上两行清泪滚落，道："可是在赤灼分明我已和云和许下了心意，这让我如何是好？"

温景安眼中皆是怜惜，半晌他才道："一切随缘吧，邵云和不会轻易放弃娘娘的，但我又担心将来有一日皇上与他不得不决一死战。"

周惜若张了张口却只能默然，这也正是她日夜担心的事。两人相视无言，心头沉沉。

正在这时，林公公快步前来，欢喜道："皇后娘娘！皇上平安归来了！"

第十四章　君王盛宠妾心难

　　周惜若心中一震，温景安亦是惊喜交加，两人急忙走出了殿中，远远的，一抹明黄疾步而来。漫天的风雪中，他眉目被霜雪沾染，脸也冻得青紫，唯有一双深眸熠熠有神。他见到周惜若大步走来，从怀中掏出一枝翠绿寒梅。周惜若定定看着他，他的眉眼展开，眉宇间的欢喜生动如许，在这一刹那间她仿佛看到了寒冬中一抹刺目暖阳。

　　他笑道："惜若，朕为你寻来了这绿梅了。"

　　一支绿梅插在了美人瓠中，枝头的花朵有好看淡淡的翠色，薄薄的花瓣犹如蝉翼，美得令人不忍触碰。周惜若怔怔看着，出神良久。

　　"惜若，喜欢吗？"一道悦耳慵懒的声音在她身旁响起。

　　周惜若回头看着斜斜躺在床上的龙越离。他上身穿着雪白中衣，墨发流泻在肩头，如上好的墨绸，墨色流光，令人错不开眼。他容色本就俊魅，如今长发未束越发雌雄难辨，一片妖娆魅惑令人窒息。

　　周惜若看着他含笑的深眸，心头一窒，可目光落在了他微微敞开的胸膛，不禁皱眉道："皇上怎么又起来了？仔细着了凉。"

　　她说着上前为他盖上被衾，龙越离看着她娴静的面容，忽地一把握住了她的手。周惜若一顿，似水明眸静静看着他。

　　"惜若，你喜欢吗？"龙越离问道。

周惜若挣开他的手，道："皇上是一国之君，以后这种事就不要做了。皇上不知道自己牵一发动全身，多少人窥视着皇上手中的权力，盼着皇上有了意外。"她说着别过了头，不愿看他。

龙越离眼底掠过失望，他自嘲一笑："你也觉得朕很傻吗？"

周惜若心中一痛，傻，怎么不傻呢？他为了她兴兵千里来到赤灼，为了她屠城泄愤逼她回宫，他为了她雪地寻梅只为看她的笑颜。可是，她怎么有资格说他傻？这一切都是为了她！

她低低道："皇上不傻，是臣妾太傻。"

龙越离看着她眼底抹不去的哀伤，忽地萧索一笑："你心中难道已有了决定？朕怎么做都挽回不了你了是吗？"

他忽地冷笑，猛的下了床，径直走去一掌把那案几上的美人觚打翻，周惜若只听得"哗啦"一声巨响，美人觚碎成一片片，清水和着那支来之不易的绿梅也被打翻在了地上。清水流过金水砖，一道道水渍蔓延过，破碎斑驳，犹如泪痕。

她呆呆看着眼前的龙越离，他只穿着单薄的中衣，一头墨发披散，身上白衣如雪，他眼神戾气深重，冷笑道："既然你心中已有了决定，朕怎么说怎么做都挽回不了，那就此一刀两断，干干净净，你以后也别替朕操心国事朝堂，更别来管了朕！"他说完衣服也不穿，径直怒气冲冲走出了殿外。

周惜若怔怔站着，目光触到了地上一点点血印时才惊起回神。她急忙跟上前一把拉住龙越离，急道："皇上你的脚！"

龙越离低头一看，这才发现自己的脚上方才踩了碎瓷，脚底的伤口汩汩流着血，一走一步都是血印，煞是骇人。他冷笑一声，一把推开周惜若，冷冷道："你不必管朕死活，给朕滚！"他说着径直走出了温暖的中宫殿中。

寝殿外侯立的宫女和内侍们见龙越离一身单薄中衣连鞋都不穿就怒气冲冲地走了出来，不禁大惊失色，纷纷跪下哀求阻拦。

叶公公想拦也拦不住，急忙跑到了周惜若跟前，哀求道："娘娘，这个时候怎么跟皇上置气了呢！快去劝劝皇上吧！"

周惜若追了出去，果然看见龙越离推开众宫人，打开殿门走了出去。殿外冰天雪地，漫天飞雪，他竟这样不管不顾地走了出去。

周惜若心中气苦，一跺脚追上前拉住龙越离，眼中泪水滚落："皇上回去吧！"

龙越离在寒风中簌簌发抖，单薄的白衣中灌满了寒风，薄唇顷刻冻得乌紫，他却犹自冷笑道："回去做什么？"

周惜若也被寒风吹得浑身打颤，牙关轻磕。她看着面前倔强的龙越离，颤声道："越离，随我回去吧，你……给我时间。"

龙越离狐疑地看着她，她声音在风中颤抖，缓缓泪落："让我……忘记他。"

龙越离眼中猛的一亮，他声音发紧，问道："当真？"

周惜若心中如千万把刀在一下下戳着，她木然看着眼前的漫天风雪，听见自己的声音慢慢道："当真……"

龙越离看着面色黯然的她，忽地紧紧抱着她，眼中掠过痛色，道："你若无法再爱上朕，朕只要你陪着就好，这样天长日久地陪着。"

周惜若看着他眼中的痛楚，缓缓依在了他的怀中，低声道："臣妾会陪着皇上。"

他注定是她心中永远也不能割舍的痛。时至今日她才知道，原来情之一字竟这么苦，苦得左右不是，苦得连说都无从说起。他的情意明明白白，一日日令她无处可逃。而今，似乎再也无法再逃避。

风雪漫漫，一队十几人的马队打破了山路上的寂静。当先一人玄黑长袍，面罩面巾，只露出一双深邃的深褐色俊眸。面巾罩得他面容严严实实，可是依稀可见他五官深刻俊美，气质斐然。他身着深衣狐裘大氅，头上带着一顶玄狐帽，帽上用金铆和宝石镶嵌，若不是他身上的气息太过冷肃，俨然是往来边界贩卖皮毛的富商寻常打扮。

他身后十几骑皆是玄黑长袍，面上为了防风雪皆带着面巾，身下马儿高大，四肢修长，一看皆不是凡品。他们紧紧跟着他，不敢或离。一行十几骑在风雪中疾驰了一个时辰，远远的，风雪尽头出现了一座延绵的高山。当先那人猛的勒紧身下的马，马儿在疾驰中被勒住马头，禁不住扬蹄长嘶。

他身后的骑士纷纷勒住马儿，望着他。他缓缓拉下面罩，露出一张冷峻的俊颜。他长长吐出一口气，气息在眼前袅袅成雾，弥漫了眼前熟悉的景色，千山万水，原来也会到了尽头。

"主上，前面便是燕山了。"身后的跟随的骑士上前低声道。

他扫过远远起伏的山脉，眸光有那么一刹那微微恍惚，十年前，曾经有一个少年背负着对狄族的恨意和族人的血仇，孤身一人踏过这风雪弥漫的山路向着群山中的那片关口而去。那边是鸟语花香的国度，那边有他渴望学习的治国方略，治军韬略。可当时他不知，那边还有他这一辈子无法再忘记的温柔女子……

燕山。燕山过后便是齐国！他眼中陡然灼热起来，她的倩影化成点点光影纷纷掠过眼前。他猛的深吸一口气，狠狠一抽身下的马，向前疾驰而去。

到了青谷岭的关口，他们一行人很快在青谷镇中的一家客栈稍事休息。邵云和下了马，煞是醒目的俊美面容还是被街上的行人驻足议论。他眸色一闪，拉上面罩匆匆进了客栈。客栈中的热水和食物解了他们一行人的疲乏。邵云和看着茶盏中的茶叶起起伏伏，微微晃神，熟悉的茶香袅袅，犹如她静静坐在他的面前，手势娴熟地为他煮茶。

155

"主上，人来了。"随从的低语打破了他的出神。

邵云和回头看去，只见一位身材高大的男人走进房中。他见到邵云和，虎目微红，猛的跪下道："属下参见廷尉大人！"

廷尉，是他曾经的官职。邵云和扶起他，冷眸中微光掠过，道："我已不是齐国的邵云和，更不是廷尉大人，难为你们还记得我。"

那男子哽咽道："不管廷尉大人到底是谁，我们一干兄弟的前程都是廷尉大人所赐，廷尉大人要做什么，属下等誓死效忠！"

邵云和眉间的冷色渐和缓，他伸手，淡淡道："既然如此，给我你的令牌。"

男子连忙掏出腰间的军牌恭敬地递给了他。邵云和掂量了那沉甸甸的令牌，半晌，薄唇微勾："从今日起，我便是骁风骑的千夫长周雷虎了，而你便是来往齐国与秦国的贩卖毛皮的富商耶律怀机。"

那男子跪地低声道："是！"说完他随着邵云和的随从退下。

邵云和握紧手中的令牌，看着窗外已停歇的风雪，边塞小镇，风雪仿佛也被雄关挡在了外面，镇子看起来分外安静祥和，谁曾想到这么个小镇却是百年来齐国与狄国的兵家必争之地呢。

他眸中柔光一掠而过，轻声道："惜若，我当真来了。"

"咔嚓"一声，周惜若手中的梅枝应声而落。她手指一痛，一颗豆大的血珠从雪白的指尖冒出。一旁的林公公见她还在晃神，连忙提醒道："皇后娘娘，您的手伤着了。"

周惜若回过神来看着指尖的血珠，心中掠过不安。不知为什么这几日她总是会心神不宁，仿佛有什么事要发生，可却不知是什么。

林公公急忙唤来医女为周惜若包扎伤处。医女包扎妥当退下，周惜若神色依然落寞寡欢。

他温声劝解："皇后娘娘有什么不顺心的事可以说出来，可别闷坏了身子。"

周惜若轻声一叹："能有什么不顺心呢？"

还有谁如她这般顺心呢。龙越离宠她爱她如珍如宝，为她修筑华美的未央宫，为她弃了六宫不顾，守着她一人，日日只为她欢喜愿意倾尽一切。若还有什么不顺她未免也太不知好歹了，周惜若心中自嘲一笑。

林公公见她眉间郁色难解，含笑劝道："皇后娘娘要不与凌妃娘娘喝茶畅聊，排解心中烦闷？"

周惜若摇了摇头，正在这时，有内侍匆匆前来，跪下道："启禀皇后娘娘，宁妃派人前来，说二皇子发了高热，如今太医院的几位太医都匆匆赶去了。"

周惜若闻言一怔："莫不是着了风寒了？本宫去看看。"

她说着匆匆前去宁妃郁可月的宫中。郁可月的宫中果然人来人往，几位太医神色匆匆前来，他们见周惜若在，连忙上前拜见。

周惜若问道："二皇子的病到底是怎么一回事？"

几位太医道："二皇子的病并不严重，只是长了乳牙，又因嬷嬷照顾不当所以着了风寒，内热外寒，病症一时发了出来。"

周惜若放下心来。进了宁妃的宫中，却听见郁可月正在大声叱责宫女和嬷嬷。一地跪着的宫人面有苦色，战战兢兢。周惜若见他们可怜，上前道："宁妃就饶了他们吧，也许只是无心之过。"

郁可月却并不领情，冷笑一声："孩子不是他们亲生的自然会有懒惰之心，皇后娘娘也别插手了，这次一定要他们记牢了教训。"

周惜若见她一意要责罚宫人，遂提醒道："皇上也不喜欢宫中有嫔妃肆意责罚宫人，郁妹妹还是手下留情吧。"

郁可月看了她一眼，冷冷道："皇后娘娘这一句可错了，如今皇上哪还会去管得了后宫？"

周惜若一怔，不由看定她。

郁可月冷哼一声，转头厉声对宫人道："都下去领个二十大板，以后小皇子若还有个头疼脑热的，你们自是知道怎么做！"

宫人们被带了下去，周惜若看着郁可月冷然的面色，心中一叹走了出来，在殿外却碰见了刚好进宫前来探望的郁可鸣。郁可鸣也刚好听见了方才郁可月的呵斥声，对周惜若行了个礼，歉然笑了笑，转身走了进去。郁可鸣身边是一位美貌玲珑的娇小妇人。她上前来见礼，周惜若打量她的面容恍惚想起了她的身份。

"原来是薛王府的薛小姐。如今要称呼一声郁少夫人了。"周惜若笑道，此人正是郁可鸣的妻子，当初周惜若前往百计为之牵线搭桥的薛王府的小姐。

薛小姐含笑道："成亲之后一直未能得见皇后娘娘，也未曾向皇后娘娘谢恩，今日碰巧一定要受臣妾一拜。"她说着当真拜了下去。

周惜若想起前事，心绪复杂。当初她为了拉拢郁家和薛家，千万百计凑成两家的姻缘，后来果然如她所料郁家和薛家在宫变之时堪称为齐国的中流砥。可是如今郁家功高震主，她又不得不防了宁妃，真的是世易时移，令人感慨。

她心中如此想着，面上含笑看着薛小姐道："美满的姻缘天造地设，本宫也只是牵线而已。"

薛小姐见她笑意温和，上前道："方才宁妃娘娘爱子心切，皇后娘娘不必和她一般见识。"

果然是世家闺秀，言语得体，识大局顾大体。周惜若含笑道，"这个本宫明白，有空郁少夫人也要多多开解了宁妃。"

正在这时，有御前的宫人匆匆前来，周惜若看去，只见龙越离由宫人领着前来。

郁可月听闻皇上前来，面上含了委屈，走了出去跪下迎驾。龙越离见周惜若在这里，拧紧了长眉："二皇子是得了什么病，竟也要朕与皇后一起前来看望？"

郁可月一听，眼中含着的泪滚落，似含了无限委屈。

周惜若心中一叹，对龙越离道："是臣妾放心不下所以前来看望而已，皇上去看看小皇子吧。"

她说着转身要走，龙越离忽地一把握住她的手，道："既然来了就一起吧，左右等等朕随皇后一起到中宫用膳。"

他说得自然，郁可月本是想借着二皇子的病多留龙越离片刻，如今看来这心愿已是泡汤了。

周惜若在众目睽睽之下也不好轻易推拒了龙越离的意思，只能歉然与薛小姐对视一眼，随着龙越离进殿中看望二皇子。

回到中宫，周惜若坐在龙辇中皱眉凝思，龙越离见她神思不属，忽地弹了她的额头，问道："在想什么？"

周惜若勉强一笑："没什么。"

龙越离长眉拧紧，眼中含着不悦道："若有事不必瞒着朕。"

周惜若看着他俊魅的眉眼，轻叹一声："臣妾是在想，有什么法子让宁妃不心中怨怼，今日看来她心中已是有满腹的怨气。"

龙越离忽地一笑，斜斜靠在了龙辇的锦墩之上，长眉一挑："朕有个好法子。"

周惜若不由看向他，以目光询问。

龙越离深眸中含着笑意，慢慢道："皇后怀上一个，到时候朕宠你就名正言顺，谁也怨恨不了。"

周惜若一听，脸一红随即又转煞白。她怔忪半晌，却不知该怎么回答他。龙越离眼中一安，只能越发沉默。

京城大街上人来人往，两三骑风尘仆仆的军士骑着马缓缓进入了街道中。当中一人，身量挺拔如剑，周身气势冷然，可面目却甚是普通。街道两旁商铺林立，来往行人熙熙攘攘，熟悉之极的风土人情扑面而来。

"周大人，到了，我们去歇歇脚吧。"身边的随从建议。

他点了点头，几人挑了个酒楼，小儿殷勤相迎。当他踏上二楼，忽地听到左边座中有人压低声音道："你们不知道吗？赤灼国的皇帝就是当初的右相大人，也是几年前闹得沸沸扬扬轰动京城的周氏告御状一案的负心郎邵云和啊！"

他眸色一闪，身旁的随从低声道："大人，要不要换一家？"

"不必了，就这一家。"他声音沉郁悦耳，但是却像是故意压低一般，令人轻易

158

听不清楚。他坐在了方才那酒客身旁一桌。

酒客见自己这一番话起了效果，洋洋得意："这下知道皇上为何要攻打狄国燕州了吧？都是为了这皇后周氏呢！"

"正所谓冲冠一怒为红颜，皇后周氏可真的是红颜祸水啊！"

"我看这皇后周氏不但是红颜祸水，还是贱人！"一道尖利的声音从右边的一桌上传来。

她的声音很尖刻，令人听了不舒服。那人冷冷看去，却是微微一怔。只见那说话的女子，鬓发散乱，一身桃红裙子已十分脏污。她面上化了浓浓的妆，掩盖了本来的面目，可是眉眼间的刁蛮却是那么地熟悉。他决计没料到在这里的第一日见到的竟是故人。

敏仪郡主——南宫菁。

南宫菁的话引得四周的酒客们纷纷侧目。方才出声的酒客脸一黑，眼中带着厌恶看着她："你是哪里个歌舞坊中跑出的疯婆娘来这里胡说八道，要不是皇后娘娘救了皇上，如今的齐国可是楚太后的天下！"

南宫菁嘿嘿冷笑："我怎么说不得她？她当年就是个残花败柳的女人，这种女人怎么不去死了算了，还活在这个世上丢人现眼！"

酒客看见她妆容艳俗，忽地问道："你这个疯婆娘跟皇后娘娘有什么深仇大恨不成？"

南宫菁眼中流露深深的怨毒："我和她的仇恨可深呢！"

旁边一桌静静听着的那男人眸色一闪，随即飞快看了她一眼。

酒客见南宫菁这么说，哼了一声："原来是对皇后娘娘心怀愤恨的疯婆子，要不然怎么会满口喷粪呢？皇后娘娘当年也是被那个完颜云祈骗了，这才无奈进了宫。我瞧你这种女人当真奇怪的紧，心眼小得很，却是见不得别的女人再嫁。按我说，估摸是心里嫉妒得疯了吧？哈哈，你这种疯婆娘送给老子，老子也得想一想。"

他说着和一桌子的酒客都肆无忌惮地嘲笑起来了。大意是乌鸦何必说猪黑，明明是歌舞坊中的歌舞姬非要骂别的女人是残花败柳。他们皆是市井俗人，骂的话难听又令人辩驳不得。南宫菁再泼辣也是大家闺秀，平日刁蛮也就算了，这嘴上功夫可是半点都比不上他们一群喝了几杯酒的粗鲁汉子。

她气得脸色煞白，正要冲过去给他们几分颜色瞧瞧，正在这时，有一队人冲了上来，领头的一个老嬷嬷指着南宫菁，骂道："这个贱人又跑出来了，赶紧给老娘把她抓回去！这次非要好好给她点颜色瞧瞧！不过就是一个叛党逆贼之后，皇上没杀了她都是给她恩典了！赶紧的！"

老嬷嬷身后的随从喝了一声冲上前。南宫菁见他们的架势吓得尖叫一声，想要逃却被他们一把捉住。

南宫菁挣扎喊叫："放开我！你们这些该死的！放开本郡主！"

那老嬷嬷见她乱喊乱叫，上前狠狠一巴掌扇向她的脸，呸了一声道："还郡主呢！安王可是与楚太后一伙的逆贼，你这个敏仪郡主今日可别想要什么威风！"

南宫菁被她这一巴掌打得满嘴是血，脸上的妆容也花了，样子分外骇人。四周的酒客听见方才老嬷嬷说的话，都纷纷恍然大悟，原来是安王的女儿敏仪郡主，当年威风凛凛的敏仪郡主，如今因受到楚太后叛乱的牵连而被一道圣旨没了京中的歌舞坊中充作陪酒说笑的歌舞姬了。

南宫菁挣扎地被歌舞坊中的人带走，坐在临窗旁的那男子看着她被带离的身影，慢慢饮下手中的酒水。

南宫菁被拖出酒楼，一路被人扛在肩上，那老嬷嬷满脸凶相，一路走一路骂。南宫菁也甚是倔强，趁扛着自己的人不备狠狠顶了他一脚，那随从被她一顶，鼻子顿时流出鲜红的鼻血。南宫菁趁机从他手中挣脱，踉踉跄跄向小巷中跑去。

老嬷嬷见她跑了，呼天喊地地令随从去抓。南宫菁慌不择路专门挑最僻静的巷子跑去。她犹如一只无头苍蝇，拐进了一条死胡同，身后老嬷嬷的骂骂咧咧的声音传来，她眼中皆是绝望。

"南宫菁？"一道冰冷的声音从她身后传来。

南宫菁一惊，猛地回头，只见一位相貌普通的男人正抱着胳膊冷淡地看着她。他的声音低沉带着沙哑，身穿的也只是普通的藏青色军士袍，唯有一双深眸冷冽如寒冰，看起来竟有几分熟悉。

南宫菁惊慌莫名："你……你怎么知道我的名字？"

男人不愿多说，冷冷问道："你竟没死。"

南宫菁一怔，哈哈笑了起来："都盼着我死是吗？"她眼中皆是怨毒："我父王死了，大哥也死了，就连越卿卿这个贱人也死了，可是我偏不死！"

"你有心愿未了？"他问。

"当然了！我要找到邵云和这个狼子野心的家伙问他到底是谁！竟然利用我！骗我！"她说得声嘶力竭，面容狰狞。

那男人眼望着天，淡淡道："他是利用你，你不也是心甘情愿的吗？你明明知道他的出身还知道他家中有妻子，非要与他成亲，你如今这个下场该怪的是你的父亲，何必这个时候还在找借口恨了他？"

南宫菁眼中闪动着不甘。她见自己左右也逃不了，索性靠在墙上，冷笑道："我不甘心！我死也不甘心！"

那男人嗤笑一声，深眸看着她肮脏的脸，冷冷道："看在故人一场的份上，我这一次救你，以后你我再不相欠了。"

南宫菁心中一震，正要问。那男人一把抓起她，飞身一跃带着她离开了这个死胡同。南宫菁被他带着犹如腾云驾雾一般，那男子带着一连越过了好几条巷子，等到身后不见追来的歌舞坊中的人，将她一推，冷冷道："你走吧。"

南宫菁踉跄几步站稳，她看到不远处就是京城的西门，只要出了这道门，她就可以自由自在地逃离这里了。

她回头狐疑地看着他，问道："你到底是谁？"

那男人冷冷道："一个故人。"他说着转身要走。

南宫菁看着他熟悉的身影，忽地，她眼猛地睁大，急忙扑上前死死地抓住他的袖子："云和！你是云和！"

那男人一顿，缓缓转头，依然是面目普通的军士。可是他的眼中却带着她所熟悉的冷色。南宫菁复杂之极地看着他，想破口大骂却不知该骂什么。

他是邵云和！不！他是完颜云祈！他打败了狄国建了赤灼国，成为北方帝王的完颜云祈！

南宫菁看着他，牙齿咬得咯咯作响。良久，她迸出一句话："邵云和，你利用了我！"她疯了一样拍打他："你说！你到底做了多少坏事！你这个天杀的！"

邵云和看着她疯了一样的神色，等她哭得筋疲力竭这才淡淡道："你本就知道我娶你不过是别有用心，可你总觉得你是郡主，一切尽在掌控，如今这结果你应该知道是必然的。"

南宫菁咬牙狠狠盯着他："我不管，你是我的夫君，我要随你回赤灼！"她说着眼中流露贪婪。她实在是受够了低贱的生活，从堂堂的敏仪郡主一下子跌下云端，成了人人可轻贱的歌舞姬，一辈子都无法摆脱这种罪臣之后的身份，她不能再放过他。不管他到底是邵云和还是完颜云祈。

邵云和一把将她紧紧拽着的手掰开，冷冷笑了起来："你的父王是我杀的，你难道要和杀父仇人共处一辈子？还是你根本就是贪恋富贵，忘了父仇？"

南宫菁一怔，呆呆看着他。

"行刺安王的刺客就是我。"邵云和冷冷地道，戴了人皮面具都遮掩不住他脸上的残酷。

南宫菁尖叫一声，扑上前疯了一样拍打他。

邵云和一把推开她，冷冷道："你要报仇就来找我，若是杀不了我就滚出京城，远远地离开这里。"他说完丢下南宫菁飞快地消失。

南宫菁跌在地上，眼中的恨意渐渐茫然，她杀不了他，一辈子都杀不了他……许久，她踉跄地走出了京城，消失在了茫茫的人海中。

年关将近，宫中热热闹闹起来，内务府得了旨意，一定要将这一年的新年过得不同寻常。周惜若在中宫总虽诸事不理，但是祭祖等大事亦是要请示了她。她独自坐在

161

宽敞的殿中，看着来来往往的笑脸，仿佛觉得自己不过是做了一场梦，梦中自己走了千山万水见了他，恩爱缠绵，就如还了前世的孽缘一般。梦醒了，身依旧。

时光匆匆，不知不觉从赤灼归来已半年多了。她一颗心从痛苦灼热等到渐渐沉寂。时间是一剂猛药，让人从痛苦中平复，让人在漫长的岁月中渐渐将希冀亲手埋葬。要等多久？要等什么样的结果？她心中渐渐迷茫。

"皇后娘娘，皇上来了。"有宫女在她耳边打断她的神游，轻声提醒。

周惜若恍惚看去，殿门明黄的袍角一闪，龙越离含笑大步而来。殿外的日光照着他俊魅的面容，一身风华如她初见一般无二，风华若妖，魅惑众生。

他笑道："惜若。"他的笑容仿佛如日光刺破了中宫殿中的阴霾。周惜若连忙收回思绪，上前迎驾。

"在等朕？"龙越离握了她的手，问道。

周惜若看着他眼底的笑意，掩下心中的惶然失落，岔开话题道："今日皇上在高兴什么呢。"

龙越离看着两人交握的手，若有所指地道："许是除旧迎新，让朕觉得一切都可以重新开始。惜若，你说是吗？"

周惜若看着他晶亮的眸光，忽的不知该说什么。

龙越离见她神色怔忪，不禁加重了手中的力道，眼中一紧，问道："惜若，你在想什么？"

"没什么。"周惜若强打起笑容，笑道，"除旧岁迎新年自然是一切重新开始。"

龙越离见她如此说，眉间的不豫之色这才舒展开，他目光灼热盯着她的面上："记住，惜若，你我是拜过天地，拜过列祖列宗的帝后，皇后与帝王同尊，所以你定要随朕君临天下。"

周惜若定定看着他，帝后二字如山重重压来，竟让她觉得喘不气来。

龙越离还要说什么，忽地殿门匆匆走来胖乎乎的叶公公。他神色凝重，也不跪拜，匆匆走到龙越离身边，递上一封盖了朱漆金泥的密信。

龙越离眼中皆是疑惑，叶公公低声道："那边回信了。"

龙越离面上猛地肃然凝重，他飞快把密信纳入了长袖中，对周惜若道："皇后好生歇息，朕要处理一些急事。"

周惜若见他面色紧张，心中也跟着紧张起来。她勉强笑道："皇上不必理会臣妾，国事要紧。"

龙越离冲她一笑，转身随着叶公公走了。

周惜若等他离开这才坐在凤座上。林公公上得殿中来见她神色恍惚，问道："皇后娘娘是不是身子不适？"

周惜若摇头道："方才皇上接了一封密信，本宫总觉得这密信一定很重要。"

她心中七上八下的，脑中思绪纷纷而过，她知道自己不该胡思乱想的，但是总是禁不住会想，那密信中到底是写了什么？是关于邵云和的吗？是不是……他来了？

林公公见她脸色忽白忽青，安慰道："皇后娘娘若担心，奴婢前去探听一下。"

周惜若沉思良久，这才道："去吧，只是不要被皇上察觉了。"

林公公悄悄点了点头退了下去。周惜若看着冬日暖阳在琉璃瓦上映出一片灿烂金光，长长叹了一口气。

过了两日，林公公果然探听到了密信所来何方。他在周惜若耳边道："皇后娘娘，那密信是来自楚国。"

周惜若惊诧得站起身："楚国？！"

林公公连忙看了看四周，低声道："那封信上写的是楚文，是伺御前茶水的一个小内侍眼尖看到的。"

周惜若心中惊涛骇浪，久久不能平息，她怎么忘了龙越离会偷偷联系楚国的一个人。

那就是他的生父——楚齐王！

难怪叶公公会说"那边回信了"。那边就是楚国啊！龙越离的身世之谜，那本该埋藏在往事深渊之中，万分都掀不得的秘密，他竟去寻根究底！

她在殿中来回踱步，长长的凤服裙摆在金水砖上急促拖曳而过，窸窸窣窣，令人心中不安。她猛地定住脚步道："备凤辇！"

林公公连忙问道："皇后娘娘要去哪里？"

周惜若眸光幽幽，道："去见太后！"

第十五章　天罗地网请君入

凤辇很快到了蓝玉烟的宫中。蓝玉烟见她匆匆前来，面上神色凝重下意识瑟缩了下。周惜若看定她，一字一顿问道："母后怎么可以让皇上去寻楚齐王？！"

蓝玉烟眼中流露迷茫："我没有。"

周惜若仔仔细细地看了她许久，颓然坐在席上，长叹一声："那一定是皇上亲自去寻亲了。"

蓝玉烟这才明白她到底说的是什么，她自嘲一笑道："寻亲又如何？楚齐王风流成性，姬妾无数，他早就忘了我。"

周惜若冷笑一声："会忘了吗？恐怕皇上亲笔信一去，楚齐王再昏庸，再记不起你与皇上，统统都会想起来的！"

蓝玉烟只是不信，连连摇头。

周惜若知道蓝玉烟虽然饱经磨难，但心思依旧很单纯，想不通这其中曲曲折折的厉害关系。她叹道："母后不知，楚齐王给皇上回信了，虽然我不知上面写了什么，但是一定不会有好事。"

蓝玉烟疑惑问道："怎么会是不好的事？父子若相认也是一件天大的好事啊，按理说离儿应该去认自己的生父的。"

周惜若闻言心中气闷，冷冷笑了下："可是母后别忘了，皇上是齐国的皇帝！有一个身为楚国人的生父，这让齐国人怎么想？！"

蓝玉烟这才想明白，焦急问道："那该怎么办呢？"

"为今之计，只有母后能知道那封信中写了什么。"周惜若断然道。

蓝玉烟有些踌躇，周惜若握住她的手，恳切道："母后一定要知道这封信中说了什么，千万不要让皇上冲动之下做了错事，母后别忘了，楚太后逃到了楚国，她是不会轻易就认输的。"

蓝玉烟见周惜若说得笃定，犹豫地点了点头。周惜若见她答应，心中的一块巨石才落下。

周惜若回到宫中见御前内侍们侯在殿外，不禁一怔。她进了殿中，只见龙越离已慵懒靠在她平日躺的美人榻上，正拿着她素日看的书饶有兴致地看起来。他身上龙袍已除，穿着他惯常喜欢穿的银白色常服，神色慵懒。周惜若神色复杂地看着他，竟定定站在寝殿门边看了他许久。

龙越离见她回来，含笑问道："你去了哪？"

周惜若掩下眼底的复杂之色，随意笑道："臣妾去看望了母后。"

龙越离眼中掠过微光，看着她道："母后一个人是寂寞了点，难为你还想着她。"

"皇上那密信是从何而来的？这密信让臣妾觉得不安。"她忽地问道。

龙越离顿了顿，别过头淡淡道："密信的事你就不要问了。"

周惜若心中寒凉彻骨，有种说不出的疲惫在心底蔓延。不要问，是不能问还是他不愿她问？兜兜转转这么久，他依然还是曾经固执的龙越离，一点未变。她沉默良久，忽地道："臣妾想去礼佛。"

龙越离定定看着她清丽绝美的面上，久久才道："为什么要去礼佛。"

周惜若轻声道："因为臣妾有许多事想不明白。"

龙越离缓缓问道："有什么事想不明白？"

"想不明白皇上要臣妾回齐国，更想不明白为何皇上要一意孤行。臣妾只不过是一介妇人，皇上若要臣妾回来为何还是如从前一般。"周惜若声音轻得恍惚。

龙越离顿时心中掠过一阵烦恼，半天才道："朕难道对你不好吗？"

"好，皇上对臣妾很好，怎么不好呢？"周惜若轻笑，眉眼间的凄色渐渐成了嘲弄。

怎么不好呢？他宠她如天地的珍宝，他要她陪伴在身边看着他君临天下，看着繁华盛世，唯独他不愿听她的良言忠告。在他心中，她只是他的妃嫔，不是他的妻。

龙越离看着她眉眼间的神色，心中一紧，半晌才道："惜若，你还在怪朕吗？"

周惜若摇了摇头。龙越离看定她，握紧她的手，慢慢道："既然不怪朕，那为何还不肯与朕在一起？惜若，你要知道朕不可能容忍你逃太久。"

周惜若缓缓道："臣妾知道，皇上不是说除旧迎新吗？年后臣妾就会给皇上答案。"

龙越离眸光深深，看着她清冷的神情，轻声道："好。"

过了两日，雪后初晴，周惜若一驾凤辇逶迤出了皇宫，随行的是一千御林军，宫娥内侍无数，浩浩荡荡。而一抹明黄远远站在高高的玉阶上，久久凝望。

叶公公躬身前来。龙越离久久收回眸光，冷冷道："派人好好看着，邵云和一来，格杀勿论！传朕的密旨：杀邵云和者，官至一品，赏良田千顷，金玉无数！"

叶公公心中一惊，诧异地看着他。

龙越离薄唇一勾，眼中掠过重重杀气，他冷冷地笑："你以为邵云和就这样放弃了她了吗？他不会放弃的，正如朕一样至死不会放手！所以惜若也在等，她在苦苦等着他来，朕绝不容许他再把她带走！"

叶公公面上一抖，低头应声而下。

龙越离看着周惜若的凤辇在宣武门处渐渐消失，寒风吹过他渐渐隐起慵懒笑意的眼，竟比这寒风更冷。他低声道："惜若，你不能决断，朕就替你决断。"

周惜若到了京中的白马寺。白马寺虽小却是在京畿重地，享皇家香火。白马寺后有一大片幽静的别院，因往来礼佛的都是达官贵人，所以别院建得十分华美，还有专门给皇帝与皇后歇息的小小行宫，一应俱全，周惜若看着白马寺中清静的周遭长长松了一口气。

林公公上前压低声音道："如皇后所料，皇上当真在白马寺四周布下了天罗地网。听闻皇上还下了密旨，杀邵云和者，官至一品，赏赐无数。"

周惜若一顿，满心的酸涩无从言说。良久，她淡淡道："本宫知道了，退下吧。"

林公公看着她眉眼间的黯然，安慰道："皇后娘娘此时回宫还来得及，在一切无法收拾之前。"

周惜若轻轻摇了摇头；"林公公错了，佛祖会替我决断。"

她看着面前金身佛像，两行泪轻轻滑落："云和若要来，千难万险都无法阻止他来，越离若要杀，千山万水他都不会放过他。"她缓缓闭上眼，淡淡道："所以必须有一个终结。"

林公公轻叹一声，悄然退下。

第三天，林公公从宫中拿了一封密信。周惜若看了随手慢慢撕掉。林公公问道："皇后娘娘的担心是否已经成了真？"

周惜把碎纸屑放入一旁的炭盆，眉间显露忧色："这是太后给本宫的消息，她说她已看到了皇上从楚国带来的密信，信中没有叙父子人伦，只邀皇上年后秘密去楚国一趟。"她顿了顿又道："这恐怕是个陷阱，楚太后还在楚国蛰伏，她又熟知楚齐王与皇上之间的瓜葛，她怎么会轻易放弃这个把柄呢？"

林公公一惊："皇上会不会真的去了呢？"

周惜若心中倦然，却打起精神道："这才是本宫疑惑的所在，皇上不会轻易去赴约，这必定要一个很好的时机。"

一个可以让龙越离名正言顺前去赴约的时机。

而这楚齐王也不知到底是怎么样一个人，只听闻他风流无度，天天醉生梦死。可是这若是表面虚象，他内里到底是怎么样一个人呢？是被楚太后牢牢握在手中的最后一颗棋子，还是别有用心？只是她现在眼前纷乱，看不清这一封从楚国来交到龙越离手中的密信到底意味着什么，只隐隐觉得也许已平静了半年的天下大势也许会再起波澜。可如今真的好倦，走也不能走，留下亦是满心的痛……

林公公看着她眉眼间的疲倦，不禁劝道："皇后娘娘思虑太重了，何不放下这一切呢？"

周惜若淡淡一笑："我留在齐国，一则是无法脱身离开，二则，我是不会放任别有用心的人再一次毁了我誓死守护的齐国，这与皇上待我如何无关，所以我无法放下。"

她声音虽淡却含着一股说不出的坚定，林公公喟然长叹。

周惜若在白马寺中静修，每日早早与僧人一同在佛殿中诵经礼佛，夜里早早就寝。白马寺外松内紧，重兵把守，只等某个不速之客自投罗网。周惜若一日日面色越发沉静，林公公深知她的处境，却无能为力，只能黯然长叹。

白马寺虽是皇家寺院，但是也供八方善男信女膜拜，皇室宗亲若要来礼佛自是不与普通百姓都在一个佛殿中礼佛。于是在白马寺后的山中另辟了一处清静的佛堂，供皇室宗亲们清静礼佛。

周惜若在山中佛堂看着千山暮雪，白茫茫一片，晨起暮落皆在山寺中清修。一日她照例由宫女领着前去，山路崎岖，石阶千级，她一步步行去。两旁是山林覆雪，山石俊秀，看久了仿佛也能洗去一身凡尘俗世的烦恼。若是没有两旁面色凝肃的侍卫，恐怕会更加悦目。周惜若心中轻叹，忽地脚下一滑，不由地向前扑去。

"娘娘小心！"宫女适扶住。周惜若惊出了背后一身冷汗，再看脚背上脏污了一大块，有宫女解开她的鞋袜查看只见白皙的脚背上磕红了一片，没有磕破皮，一按却是疼得钻心。前面有人听到这边声响，匆匆而来。周惜若一抬头，只见几个面容紧张的侍卫迎面而来。

"皇后娘娘怎么了？"侍卫连忙上前询问。

周惜若道："没什么，只是雪天路滑，滑了一下，不碍事。"

"怎么会不碍事？娘娘的脚上定是已伤到了。"其中一个高大的侍卫忽地皱眉开口道。

他说得突兀，周惜若不由看看向他。四目相对，她猛地心中一震，不由定定看着他。那侍卫看了她一眼，急忙低了头道："是属下失礼了。"

167

周惜若见方才出声的那侍卫身材高大挺拔，有种说不出的内敛凛然气势，这气势令她有种说不出的熟悉，只是面容却甚是陌生，除了方才那一眼对视的眼神，找不到任何她脑中可以印证的轮廓。她见他穿着藏青色军士服，与御林军的服色不一样，看样子是别处护卫。那侍卫见她在打量自己，连忙缩了缩身子，这一缩，身形佝偻瑟缩，越发看不出什么来。周惜若心中失望，暗自嘲笑自己看错了人。

她道："没事，这位说得对，本宫脚是伤了，只能慢慢走上去礼佛了。"

左右侍卫见只是虚惊一场，都纷纷让开了山道。周惜若越过侍卫的身边，忽地在那人面前停下。她问道："看你的衣饰不是御林军，你们是？"

他低了头，声音含糊："属下是骁风骑，皇上调了属下等前来护凤驾。"

周惜若微微一顿，良久才道："皇上果然有心了。"

她说着扶着宫女的手慢慢向山道上走去。凤服逶迤，她纤柔的身影渐渐隐没在了金光灿烂中，再也看不见。一道深深的目光追随着她的身影，久久不语。

周惜若上了山，这才觉得心口方才的剧烈跳动久久不能平息。是他吗？若不是他，为何眼神那么像，可是若真的是他，也宁愿此时此地不是他，要知道这是一个为他设下的陷阱。她压下心头的烦躁闭目诵经。

不知过了多久，有个小沙弥悄悄进了殿中，递给周惜若一张字条，低声道："皇后娘娘，有人要见您。"

周惜若打开一看，心头猛地一震，只见上面写着"朝朝暮暮暮暮朝朝忆思情"缠缠绵绵的情意，纸上的笔力却一如既往刚劲凌厉，熟悉的字迹扑入眼中，令她眼中的热泪滚滚而下。

她一把抓住那小沙弥，声音颤抖："他在哪？"

小沙弥不过是十一二岁，见她猛地抓住自己，有些害怕道："那人说……午后在松林那边的一处望天崖相见。"他说完匆匆走了。

周惜若紧紧捏着手中的字条，心中如惊涛骇浪，无法平息。她眼睁睁看着佛堂外的日头渐渐升高到了头顶，急忙弃了手中的佛经匆匆出了佛堂。

林公公见她出来，上前道："娘娘今日这么早礼佛完毕了吗？"

周惜若竭力平息心中的激荡，勉强笑道："本宫今日累了，所以想去四周走走。"

林公公见她要散心，连忙吩咐宫人与侍卫跟着。周惜若道："本宫想自己清静一下，你们都退下吧。"

侍卫们闻言为难地面面相觑。周惜若秀眉一挑，不悦道："难不成怕本宫跑了吗？这里荒山野岭的，哪还有反贼乱党？"

侍卫们见她发怒只能退下。周惜若便由林公公扶着向佛堂外走去，她早上伤了脚，一瘸一拐走得甚是艰难。林公公几次想要劝她歇歇，她亦是不肯终于到了望天涯。她一眼看去光秃秃的巨大岩石上空无一人。她颓然靠在树干边，美眸中掠过浓浓的失望。

林公公见她眼中的神色，忍不住问道："皇后娘娘在等谁呢？"他说着猛地醒悟，一惊道："难道是……"

周惜若半晌才慢慢道："我盼他来，又怕他来。"她痛苦地道："来了就是杀身之祸，不来……"

忽地，林公公紧张得声音都变了，他道："皇后娘娘，他……来了！"

周惜若猛地眼中一亮，急忙抬头，只见林中雪地中缓步走来的一个人。藏青色的身影看起来这么熟悉。她张了张口，想说什么却是热泪滚滚落下。那人走到她面前，飞快看了四周一眼，轻声道："属下奉哈赤之命前来见娘娘。"

周惜若大大喘了一口气，她定定地看着他，声音颤抖："你不是……云和？"

那人就是方才出声的骁风骑的军士。他眸色一闪，淡淡道："属下不是，皇后娘娘认错人了。"

周惜若上上下下将他打量，半晌深深失望道："你真的不是他。"

林公公安慰道："娘娘这也许才是最好的。"

周惜若勉强掩下眼底的失望，怔怔自言自语道："是啊，他不来更好。"

那人眼中一松，压低声音道："哈赤让属下告诉皇后娘娘，龙越离在京城四周还有此去北面赤灼路上都埋下天罗地网，实在难以带娘娘离开，要再静等时机。不过只要皇后娘娘设计让龙越离离开京城，哈赤也许就能顺利将娘娘救走。"

周惜若苦笑自语道："我就知道皇上是决计不会轻易放了我，他说要让我决择，其实早已没给我半点退路。"她看向那人，眸色柔和："这位大人贵姓？"

那人略一踌躇道："属下姓周，在骁风骑营中任千夫长，现在刚擢升为郎将。"

周惜若点了点头，她从怀中拿出一块帕子，想了想，拔下头上的簪子刺破指尖，在帕上写上一行血字，交给他。她恳切地道："告诉他，我现在还不能就这样随他走。"

他眸色一闪，皱眉问道："为什么？"

周惜若心中千头万绪却不知要怎么与他说，只道："周郎将就这般与他说便是。"

那人还想再问，林公公已催促："皇后娘娘快走吧，御前侍卫们前来寻娘娘了。"

周惜若连忙对那人道："周郎将赶紧走吧。"

那人走了几步忽地顿住脚步，回头问道："到底是什么牵绊了娘娘？"

周惜若怔了怔，半晌说不出话来。那人看着她的神色，冷笑一声，转身飞快消失在了林中。周惜若看着他离去的身影，心中苦涩难当。

169

回到了山寺中,她仿佛虚脱一般。脚上的疼痛的提醒着她今日发生的一切不是梦。她紧紧握着那小小的字条——朝朝暮暮暮朝朝忆思情,她何尝不是如此。只是现在的她能走得了吗?她看了许久许久才缓缓撕碎,点点纸屑在指尖颓然落下,一点点的泪也随之滚落。

她低声道:"云和……"

第二日一早,周惜若奏请皇上请旨回宫。龙越离来到白马寺,他笑意飘忽,看着清静的山寺,问道:"皇后为何要这么早回宫呢?朕还以为皇后会多多流连。"

周惜若看着他冷然的眼神,知道他心中一定十分震怒。他费了那么多的心思却依然找不到邵云和的半分踪迹。她低了头,道:"年关将近,臣妾再偷懒也要回宫中坐镇。"

龙越离抬起她精致优雅的下颌,深眸一眯,笑道:"难道说佛祖终于让你领悟了深奥的禅意?让你知道了你是朕最心爱的皇后了。"

周惜若抬起头看着他,美眸中水光掠过,眼底有一抹说不出的倔强:"佛祖给臣妾的禅意是,三思后行。"

龙越离看着她,深深皱起眉头。

周惜若道:"皇上收到楚国的密信为何要瞒着臣妾?"

龙越离松开她,冷哼一声:"是母后告诉你的?"

周惜若看着他,神情恳切:"皇上千万不要去楚国!这分明是个陷阱。"

龙越离冷哼一声:"这事与皇后无关,是不是陷阱朕还有几分脑子。"

周惜若一怔,心中自嘲一笑便不再接口。龙越离见她神情默默,面色清冷,心中越发气闷,手一挥将手边的茶盏狠狠摔在了地上,冷硬地道:"既然皇后要回宫就回吧!"

他说完怒气冲冲地走了,周惜若木然地看着满地的茶渍和狼藉,久久不语。

林公公进来见她神情还算是平静,劝道:"皇后娘娘何必拿密信的事激怒了皇上?父子人伦是人之常情,皇上只要有合适的时机一定是会去楚国的,而且所谓忠言逆耳,皇上是听不进去的,反而累得娘娘不讨好。"

周惜若轻笑一声:"有人曾跟本宫说过,本宫是一个永远也学不会教训的女人。"

她轻叹一声:"回宫吧。"

周惜若回到中宫中,不再轻言要出了宫。她的沉默一日更甚一日,整个中宫气氛冷凝,有种暮气沉沉的感觉。德妃虞氏前来小心探望,顺便禀报了后宫年关的用度。周惜若只淡淡吩咐由她做主便是。凌瑶前探望都不见她有什么开心颜,她耳闻了白马寺中龙越离怒而摔茶盏的事,也只能轻叹一声。

周惜若看着窗外的雪花纷纷，忽地说了一句："这一场雪下了就到了春天了吧。"

凌瑶连忙道："是呢，这一过完年就是来年的春天了。"

周惜若看着窗外的白雪纷纷，不知想到了什么忽地露出了温柔笑靥来。

第十六章　一跃两别君王怒

除夕那一日终于到来。一大早周惜若便按品大妆，着最隆重的明黄凤服与龙越离去了太庙中祭祖。旭日东升，金光耀眼，祭完太庙之后天气出奇得晴朗，天空一碧如洗，钦天监上报此乃吉兆，预示着大齐国国运昌盛。逢喜从来不嫌多，龙越离大喜，下令天下大赦三日，以示皇恩浩荡。这一日，文武百官齐聚金銮殿前三跪九叩，同拜大齐国最年轻英武的皇帝。

这一日，四方来贺，东至番邦，西至滨海小国，南至百越，北至秦国使臣，贺礼鱼贯入京。

这一日，齐京人人兴奋沸腾，龙越离的赏赐惠及全京百姓，宣旨要与民同乐。

周惜若穿着华美沉重的凤服端坐在他身边，她看着他头上的玉冕飞扬，十二明珠帘之后是他傲然含笑年轻的脸庞。长袖下，他紧握着她的手，片刻不离。三呼万岁声中，他微微侧头看向她，那双妖娆的俊眼映出了她化了浓妆的美丽脸庞，美得犹如人偶。

他轻启薄唇，用旁人听不见的声音，低声道："惜若，朕的皇后。"

她对他恍惚一笑，眼前日光灿烂，宽广的金銮殿前文武百官跪拜依旧，她端坐在他的身侧，听着风声从北面呼呼而来，一声一声，伴着他们山呼海啸一般的祝祷声。

"吾皇万岁，万岁，万万岁！"

"皇后千岁，千岁，千千岁！"

……

君临天下，帝后同尊，与日月齐辉，与山河永长。浩浩荡荡的仪仗，朝官济济，天下尽伏在脚下，她唇边溢出恍惚的笑靥。这一日宫中上下喜气洋洋，热热闹闹。龙越离颁下圣旨此次过年一定要大办特办，所以早在半个月前内务府便找来了各地有名的百戏与有名的歌舞伎到了宫中助兴。祭祖之后，帝后二人回到宫中主持宫宴。

坤元宫前众朝官与皇族宗亲、诰命贵妇纷纷前来。周惜若端坐在凤座上，只觉得自己已成了一具任由礼官摆弄的人偶。繁琐的礼节数不胜数，前来拜见的人络绎不绝，赏赐如流水赏下，佳肴美酒不断，歌舞声声，热闹非常。

周惜若一直坐到了傍晚终于倦然回了偏殿暖阁中歇息。左右女官见她面色郁郁，纷纷上前拿了有趣的话逗着她。周惜若见她们煞费苦心，心中苦笑，敷衍了她们离开。前殿中歌舞声间杂着百戏依依呀呀的唱声传到这僻静的暖阁中不绝于耳，这一切繁华似梦，那么不真实。她靠在美人榻上，渐渐沉入睡梦中。

她做了一个很长很长的梦，梦见自己仿佛回到了曲州老家，和煦的风吹着发梢，她背着阿宝在田间劳作，麦田的清香扑鼻，眼前的金黄灿灿犹如金子。她看着，那金灿灿的麦穗忽地变成了金光大道，眼前光影浮动，穿着明黄龙袍的龙越离在她的跟前。

他向她含笑伸出手，低声道："惜若，朕的皇后。"她恍然伸出手，可是他的手一紧，冷冷道："惜若，丢掉他！"

她心中一惊，龙越离的手已猛地伸来，一把拉走她背上的阿宝，冷冷道："惜若，你只是朕的皇后。朕只要你！……"

阿宝的哭声在身后渐行渐远，她急得直冒冷汗，频频拼命回头，想说什么却一个字都说不出口……

周惜若猛地从睡梦中惊醒，暖阁中一片漆黑，原来已经是到了夜晚。四周寂静无声，她捂着心口喘息不已，背后冷汗涔涔湿透了重衣。她茫然地听着外面喧闹的歌舞声，心怦怦直跳。噩梦中龙越离面目狰狞，似极了自私的魔鬼，这是梦还是将来的预示？她心中越发不安惶惶。

她起了身想要唤人前来，脚上一软跌在了地上。剧痛从脚上传来，她忍不住轻呼一声。有女官听到声音匆匆掌烛上前来。她们正要扶起她，暖阁的门猛地被打开。龙越离的身影忽的出现在她的眼前。他见一室忙乱微微一怔，连忙上前抱起在地上一时不能起身的她。

周惜若伏在他的怀中，轻叹一声："皇上怎么来了？"

龙越离道："朕见你久久未回席上，便过来看看。"

周惜若无言地看着他的眼，看到他眼底的忧虑与不安，她轻轻自嘲一笑："是怕臣妾走了吗？"

龙越离陡然沉默，女官们识趣退下。周惜若眸光复杂地看着沉默的他，如今的他

173

什么都有了，盛世之初，疆域之广，万民归心，甚至连她都在他的身边，为何他还是这么担忧。

龙越离看着她明澈的美眸，忽的一把搂住她，轻声道："若你不在，朕的今日这一切都是空，所以朕担心你离开。"

周惜若无言地伏在他的怀中，许久才道："臣妾有什么好呢，臣妾只是一介弃妇，残柳败柳之姿，皇上为什么一定要臣妾留下呢？皇上的盛世之梦都已圆满了。"

那个梦境那么真实而可怕，仿佛在提醒着她是谁。周惜若看着自己十指纤纤，蔻丹鲜红，每一根美得如玉琢而成。可是再怎么白皙美艳，再戴上无数的美玉宝石，她依然是那多年前的周惜若，生长在已清贫的官宦家中，带着阿宝每日劳作。

龙越离深眸中眸光涌动，他忽地笑了："你若留下，朕的梦才能圆满。"他深深地看着眼前脸色苍白得连浓妆都遮掩不住的容颜，轻声而坚决地道："朕的一切都有你的存在，答应朕，忘记邵云和，与朕一起。"

周惜若沉默地看着他许久，正要说什么，忽地天边一亮，一道极其炫目的光陡然照亮了漆黑的天际。两人的目光都被吸引过去。

龙越离忽地笑了，他握紧她的手，眼中皆是明亮的笑意："宣武门开始放烟花了，惜若随朕去瞧瞧。"

他眼中的笑意比方才烟花还更灿烂，周惜若仿佛被蛊惑。她起了身，扶着他的手随着他走出暖阁。

"轰隆"一声巨响，仿佛天边有一条龙呼啸着扑向大地而来，她不禁抬头看去，只见一朵硕大美丽的烟花在夜空中绽放。

龙越离握紧她的手，看着她，轻声道："皇后，随朕去接受万民朝贺吧！"周惜若手上一紧，已被他拉着跟跄奔向宣武门而去……

天上烟火一阵阵燃放，看去犹如一朵朵瑰丽的银花在夜幕中绽放盛开，他走得很快，周惜若被他拉着身不由己地前行。身后的宫女内侍连忙跟随，一行人浩浩荡荡地向着皇宫的宣武门而去。寒风呼呼吹过，干爽寒冷的空气令人精神一震。她与龙越离上了宣武门，不由惊呆，只见宣武门下一片明亮。她吃惊看着眼前的一切，轻呼一声。

龙越离指着眼前熙熙攘攘的人群，笑道："朕说过要与民同乐，所以很多百姓都到了皇宫的外城中看烟火。"

底下百姓密密麻麻，宣武门城墙上林立的火把光把底下众人的面目照得清晰可见。他们眼中有狂热的崇敬，他们看见帝后二人出现，高声欢呼起来。汹涌的人潮向宣武门的内城城门涌来，一朵烟花在头顶又轰然绽开，散开美丽的银花。周惜若借着明亮的光，不由含笑看向底下的百姓。忽的，她看到了一抹清冷阴郁的身影藏在了偏僻之处，她心口仿佛被什么猛地一撞，惊得呆住。

头顶的烟花却在这一刻忽的熄灭，她急忙极目搜寻，可是目力所及只能看见方才那个地方只有一个模糊的影子。她睁大眼定定看着他的方向，此时，头顶的烟花又轰然炸开。

她终于看见了他。千万人中，她终于见到了他。眼泪在刹那间决堤，簌簌滚落。他就站在墙角阴影处，眸光清冷，面色冷峻，薄唇紧抿，他穿着寻常百姓穿的粗衣短打，混迹在人群之中。千万人沸腾的人群中，唯独他沉默地看着她。

她重重哽咽一声扑到城墙近前。他真的来了，千山万水，他终于寻她而来了！

头顶的烟花明明灭灭，她站在高高的城墙上泪流满面，百姓的三呼万岁千岁声如海涛一般滚滚而来，人头攒动中，唯有他与她默默对视。身边的龙越离说了什么她全然听不见，也再也看不见眼前的浮华盛世。

她悄悄伸出手紧紧攀附着城墙粗粝的城砖，心中的惊涛骇浪迭起，久久不能泯灭，她看见他分开众人朝城门走来，他向她走来。她听见自心有一个声音在呐喊，不停地呐喊。泪落的更急。两人相隔那么远却又那么近，只要一个动作她就可以摆脱身后的虚妄从此与他相知相守。底下密密麻麻皆是伏跪的百姓，他毫不迟疑地分开他们向她而来。她定定看着他越走越近，越来越近……

龙越离终于察觉到了她的异样，他想要握住她的手，可是一伸手却抓了个空。他看着她面上泪痕蜿蜒，疑惑地问道："惜若！……"

周惜若惶然回头，明灭的烟花照亮了她清丽无双的面容，她流着泪，轻声道："越离，对不起，真的对不起……"

龙越离心中猛地一震，仿佛意识到了什么，他失声叫道："不！——"

可是来不及了，他的手中擦过她长长的凤服裙裾，她从城墙上飞身跳下，宽大华美的凤服在寒风中猎猎绽开，犹如凌空的飞天。

"惜若！——"龙越离厉声喊道，她的身影如陨落的烟花向地面急坠，他睁大眼，眼睁睁看着她决然跳下，心在这一刻突然停止了跳动。

正在这时，地上一道黑影飞快迎上前，向着她下坠的方向如鹰扑去。他一把搂住急速落下的周惜若。两人的重量令下坠势头越发快。他眼中冷色掠过，清啸一声，手中寒光一闪，从腰间拔出匕首狠狠刺入城墙上，"咔哒"一声脆响，匕首也被崩裂，可是这一顿给了他们两人生机，他断然丢了匕首一掌拍上城墙，向外横斜飞去。

底下密密麻麻的众人被这突然的变故惊得无法回神，邵云和抱着周惜若跌在了人群中，离得近的几人顿时成了他的垫脚石，他们哀呼一声被撞得飞去。邵云和这才堪堪落地，虽不至于让他受了重伤，但是十几丈高下坠的力道依然震得他心中血气翻涌。他紧紧抱着已昏过去的周惜若，踉跄几步这才稳住身形。

"邵云和！"龙越离目光充满了赤红的血，邵云和抱着周惜若，冷冷看了他一眼，慢慢站起身来。四周的众人惊呆地看着他与怀中着明黄凤服周惜若，久久不能回神。

邵云和低头看着那张已然昏阙的苍白面容，低声道："惜若……"

龙越离猛地回神，指着宣武门下的两人，怒吼道："给朕射箭！射死邵云和！快！"

叶公公急忙扑上前，提醒道："可是皇后娘娘也在啊！"

龙越离一惊，正要说什么，忽地耳边只听得一声巨大的炸响声，身下的城楼剧烈地一颤。龙越离措不及防被震得跌在地上。

有人惊呼道："火炮！火炮！"

龙越离急忙起身，只见方才那燃放烟火的火炮乌洞洞对着自己的方向。他心中一凉，果然，那炮口喷出一股巨大的热浪，接连的轰然炸响声令底下的百姓们纷纷哭叫起来。他们抱着头纷纷逃离宣武门的城楼下，向外城的城门涌去，汹涌的人群冲开一条道。龙越离再看时，底下的邵云和和周惜若已不见了踪影。

耳边的轰然炸响声一声接着一声，方才热热闹闹的万民朝贺成了一团混乱，四面的宫门纷纷紧闭。内外城禁卫军纷纷出动，龙越离被重重侍卫护着向宫中而去。他惶然回头，高高的城墙上空空如也，四周的众人在他耳边急促惊慌地说着什么都听不见了。

他耳边唯有听见她低声道："越离，对不起，真的对不起……"一声一声，清晰如在耳边低语。

她是真的走了，十几丈高的城墙，众目睽睽之下，决然地一跃而下。

她，是真的走了。

夜，沉沉如晦。喧闹声早已散去，这恐怕是齐国立朝一百年来最冷清的大年初一，没有早朝，没有朝贺，唯有无穷无尽的搜捕。京城四道城门紧闭，禁卫军、御林军、京畿护卫军，甚至出动了骁风骑重重团团围住京城。每一寸京城之地都被挖地三尺地搜过，街头巷尾一夜之间贴满了一个面目俊美阴冷的男人画像。所有的巷口都有士兵盘查，每个人都要经过严厉的盘问，过年喜气洋洋的气息荡然无存。而那一夜宣武门的那一道飞跃而下的人影是京城每个人最深的忌讳，谁也不敢提起。

甘露殿中气氛冷凝如冰，艳红的灯笼一夜之间蒙上了尘，灰扑扑的，令人觉得这里犹如死地。一天一夜，龙越离反锁在里面，除了丢出的一张张无比严厉的圣旨，他不见任何人。凌瑶踏入这里的时候被满殿呛人的酒气给惊得退后一步，甘露殿中四面帘幕低垂，没有光透进。她小心翼翼地向前踏了一步，却踢翻了一个空了的酒壶。

清脆的哐当声在殿中回荡，她心中一寒，急忙跪下。

"她走了，"一声低哑的声音在墙角处响起，凌瑶心中一颤，更低地伏地，"皇上……"

"她走了。"他的声音低沉沙哑，"她与朕说，对不起，于是……就这样跳下去了。"

凌瑶浑身颤抖，脚步声在她跟前轻轻响起。她不安抬头，看见了一张苍白如厉鬼的面容。

她惊呼一声："皇上，你……"

龙越离蹲下身，捏着她的下颌，让她看着他的眼睛。凌瑶看清楚了他的面容，惊得不知该说什么。他鬓发散乱，发髻更是凌乱，俊魅的面上苍白得如敷了一层厚粉，唯有双目如赤，犹如地底不甘的厉鬼。

她心中一恸，无力安慰道："皇上，皇后娘娘她一定不是这样想的。"

龙越离吃吃笑了起来，像是听到了什么好笑的笑话，不可抑制地狂笑起来。他捏着她的下颌，笑着反问："那她是怎么想的？你来告诉朕，她心里到底是怎么想的？"

凌瑶陡然无话可说。她该怎么说眼前伤心愤怒到了极点的男人才会明白，她的离开不是意料之外。

"你与她情同姐妹，你来告诉朕，她到底是怎么想的？为何一夕之间都变了！"他厉声问道，陡然的怒喝声令凌瑶浑身一颤。

"她说对不起，朕不要她的对不起！朕要她回来！"他的眼神已癫狂，一声声质问令她无言以对。

"皇上……"凌瑶眼中的泪陡然滑落，"可为什么皇上不放了她？"

"放了？"龙越离忽地冷笑一声，狠狠一把掐紧她的脖子，额上青筋暴跳而出，一字一顿地道："朕不会放了她！这一辈子和下一辈子下下辈子都不可能！上穷碧下黄泉，朕都不准她离开！"

"说！她会去哪里！？你告诉朕她到底在哪里！？"

他狰狞的面色如地底而来的修罗魅罗，冷酷得令人心寒。凌瑶痛苦地想要掰开他的铁掌可是却撼动不了他一分一毫。她睁大眼睛看着眼前为爱成狂的男子，费力挤出一句话："臣妾不知道，皇上……放了皇后娘娘吧……她已经够苦了……她想要的……皇上给不了……所以她才要走……"

龙越离缓缓放开她，凌瑶颓然跌在了地上。

"朕给不了吗？"他狂笑如癫，"朕给不了难道邵云和给得了？"他停了笑，冷冷地看着凌瑶："你滚吧！朕挖地三尺都要把她找回来，朕不惜一切代价都要邵云和死！"

凌瑶一震，看着他没入帷帐深处，久久不语。

晨光初绽，窗外有鸟雀的鸣叫。周惜若睁开眼，一缕光影在眼前飞舞，她撑起身子却发现周遭的房间摆设全然陌生。她怔怔看了一会儿，不知自己身在何处。

"娘娘醒了？"一道清朗悦耳的声音在房门处响起。

周惜若看着来人的面容一怔："景安，我这是在哪里？"

温景安含笑走来，放下手中的饭食，轻叹一声："娘娘很安全，这是……"

他还未说完，周惜若已猛地醒悟过来，飞快下了床向外奔去："云和呢？他去了哪里？"

温景安想要抓住她，可是她已经冲出房中，单薄的素衣急促掠过他的眼角，她竟这般赤着脚冲了出去。她冲出房门，惊诧地看着四周，半晌才回头定定看着温景安："这是……"

"这是昀紫山庄。"温景安上前，道，"他把娘娘连夜带到了这里，自从昨夜娘娘跳下城楼，邵云和拼尽全力摆脱重围求助于温某，温某这才连夜将娘娘安置在了云少的山庄中。"

周惜若眼中的泪簌簌滚落。她捂着心口，看着温景安哽咽道："不是梦！真的不是梦！"

温景安看着她又哭又笑的样子，眼中掠过深深的怜惜，安慰道："不是梦，他当真来寻娘娘了。"

周惜若忽地一把抓紧他的手，急急问道："他人呢？"

温景安摇了摇头："他来去匆匆，不知去了哪里，但是一定会来接娘娘走的。"

周惜若面上一松，坐在床沿上，久久才回神。一夕一夜间，世事已是两重天。

温景安轻叹一声："微臣没想到娘娘当真如此大胆。"

周惜若脸上一红，自嘲一笑："当真是昏了头了。"

昨夜她脑中一片混乱，只看见他来就毫不犹豫地纵身一跳。身后龙越离的惊呼，底下迎面而来的那张冷峻面容，最后都统统卷入了黑暗之中……她以为她一定是死定了，只是死之前心头郁结许久的重负顷刻松懈。

此时回想起来，她知道，她，不悔。

温景安含笑道："人的一辈子总是要做一件傻事的，情之所钟本来就无法清醒，这件事无论如何是该有个终结，微臣也不愿看娘娘在皇宫中郁郁一生。"

周惜若面上动容，温景安却已不愿再与她多说这些，只催促她用膳。

周惜若便在昀紫山庄中的这一处偏僻的别院中住下。地方虽然极其偏僻但是却也令她感觉到了从四面八方传来的无形重压。她终日不得出别苑的院子，就连踏出房门都有侍女提醒她最好不要露面。过了两日，前来伺候她的丫鬟换成了晴秀。主仆相见，自然是抱头哭了一场。晴秀自从周惜若被完颜霍图劫走之后就一直跟随在云思泽身边，如今秘密听得她又逃出宫的消息就赶了回来，离情别绪自是不用再表。

晴秀擦了擦眼泪道："娘娘吓死奴婢了，京中到处都在传皇后娘娘从城楼上被奸人推了下来，受了重伤正在宫中救治。”

推？周惜若苦笑。龙越离当真是费劲心思为她遮掩。

晴秀见她怔怔出神，低声道："如今京城中不知道有多可怕，里三层外三层的士兵，围得密密麻麻。"

周惜若忽地想到了什么，心头一惊，急忙问道："我要见温相！我有事要问他！"

晴秀见她突然惊慌失措，以为她在担心出路，连忙安慰道："娘娘不要担心，我家公子正赶过来呢，他一定有办法送娘娘走的！"

周惜若连连摇头，面色苍白："我知道云和为什么不在这里了，他被困京城了是不是？！"

她的四肢陡然冰冷，心口的一点闷痛越发拧痛起来。她竟然忘了邵云和一定不是一个人单枪匹马地前来，若无周全的计划，他怎么可能只身犯险？他原本也许是要趁乱救她离开，可没想到她却在人群中认出他来，一跃而下，把他的计划生生打乱。仓促之下邵云和抱住跳下城楼的她，趁乱离开宣武门，转而求助温景安，让温景安将她送到昀紫山庄。而他再返回接应其他人。温景安是把她送到了昀紫山庄中，可是他却困在了京城之中。

周惜若想到这已是如坐针毡，心中百般难安。

晴秀见她面色煞白，安慰道："娘娘，也许邵大人在赶来的路上呢。"

周惜若唇微微颤抖，神色茫然无措："不会的，他若能来早就来了，怎么会这么迟？"

一声轻叹声在房门边响起，周惜若猛地看去，只见温景安不知什么时候到来，他儒雅的面上带着复杂之色，看着她久久不语。周惜若疾步走到他跟前，抓着他的手臂，厉声问道："景安你快告诉我，他到底是在哪里？"

温景安眼中微黯，良久才道："娘娘应该相信他一定会出得京城的！"

周惜若颓然放开了他的手臂，终是无言。

京中气氛越发凝重，随着搜捕的时日越久京中人心惶惶，群臣纷纷进宫劝诫皇上收回成命，以安民心。龙越离连驳十几道朝臣谏言，胆敢直言的谏官或被贬或被谪，一一发落。

他端坐了高高御座，狭长的深眸中戾气深深，看着群臣冷然道："不找出逆贼，誓不罢休！"

龙越离不但不顾朝臣劝诫，还再发圣旨，圣旨谕令大将军郁可鸣发兵十万屯兵赤灼国边界，西从燕山东至落霞岭，原本因战事停歇的边关重镇又纷纷绷紧神经。一场大战眼看着就要展开，齐国才刚稳定不到半年又陷入了大战前的阴霾。

179

龙越离再发圣旨，征十万民夫四个月之内修筑好未央宫，怠慢者斩。此时正值春耕农忙，十万民夫若当真进京，一场可见的大荒年就要到来。温景安率百官连夜进宫求见龙越离。龙越离避而不见，生生让他一介相国大人跪在雪地一个时辰，直到几乎冻僵这才令人抬下。

人人都私下言道，皇上疯了。

可不是疯了吗？这样的不顾一切的戾气深重。

昀紫山庄中，周惜若手中的密信颓然落在地上。龙越离果然震怒了，天子之怒兴兵千里，流血漂橹，他的暴戾之气因她的离开而被点燃，全然不顾大局肆意发泄心中的愤怒。

晴秀看着她灰败的面色，禁不住问道："娘娘，这信中到底说了什么？"

周惜若手中轻颤，半晌轻笑："他是故意的，他是在逼着我现身。"

晴秀一颤："那皇后娘娘要怎么办？"

周惜若看着外面阴沉的天色，轻声道："若要我回去我也要见了他最后一面。"

晴秀喃喃自语："若是公子来了就好了，他一定有办法的救娘娘的！"

这话才刚说过了一日，果然云思泽匆匆赶到了昀紫山庄中。他风尘未洗就前去见了周惜若。昀紫山庄中一如往昔安静祥和。他匆匆而行，赶往她住的别苑，才拐过一道花园拱门就见一抹孤影孑然站在院中池塘边。

小桥流水，池塘下是荷叶凋零的满池残荷。她披着一件雪白狐裘披风，头上不簪金玉朱钗长长三千青丝只用一根木簪随意挽起。沉静的侧面清丽绝美，清清冷冷惹人怜惜。她静静看着融化的雪水在脚边的流水潺潺，婷婷玉立的身影就如一抹绝美的仕女画。

"娘娘！"云思泽心中一热，疾走几步。

周惜若身子一颤，缓缓回头。两人相视恍若隔世相望。赤灼边城是他孤身北上冒死救她，雪原中也是他击退凶狼的雪狼誓死守护，护她周全。天上地下，除了温景安之外，待她始终如一的便是他，云思泽。

周惜若心中激动，想说什么泪却悄然滚落。

云思泽上前，眼中掠过深深的怜惜，半晌勉强笑道："这不就是天意吗？当初娘娘要逃出赤灼，今日娘娘要逃离齐京，看来云某还是得护在娘娘周围才放心。"

周惜若听得他说得轻松，想要笑却泪落得更急。她道："是我让云少失望了吗？"

云思泽轻叹一声道："娘娘从来没有让人失望过，只是娘娘当真要跟着邵云和吗？他可以托付吗？"

周惜若明眸中柔光掠过，她眼前掠过一跃他毫不迟疑迎上的身影，慢慢道："是的。"

云思泽看着她，郑重道："那我定会竭力相助娘娘！"

周惜若破涕为笑，那笑靥纯真美丽，令他一世难忘。

俗话说钱能通鬼神，在京中城门四闭的严密之下还能弄到两张通关文牒。云思泽进了京中，可是却如石沉大海一般令人心中不安。过了三日有消息传来，信上字迹潦草，词义含糊，却没说到如何接邵云和出京。

再过了两日，晴秀探听前来，震惊非常："娘娘，京中民夫暴乱，整个京城中都乱套了，听说京城中的兵杀了好多犯上作乱的民夫呢……"

周惜若心中一紧，脸色煞白。

晴秀忧心云思泽，问道："娘娘，你说公子会不会有事？"

周惜若茫然摇了摇头："我不知道。"她说着猛地转身，匆匆回了房。

这一夜春雨淅淅沥沥地下了起来，无处不在的湿冷寒意钻入骨髓令人难受。周惜若在床上辗转反侧，迷迷糊糊中听得有一声轰然的炸响在耳边。她猛地惊醒，这一声炸响如除夕那一夜的烟花火炮，她仔细听了半天才发现是天上的春雷轰隆。

原来是虚惊一场。她抹了额上的虚汗躺下又迷蒙入了梦中，可是过了不久一道急促轰隆声传来，她沉在梦中四肢酸软以为还是自己做梦。

忽地，晴秀冲了进来，欢喜叫道："娘娘！娘娘！公子回来了！还带来人！"

周惜若猛地从床上起身，黑暗中她寻不到烛火干脆就拽起裙摆冲了出去。屋外雨下得很大，纷纷织就了一张细密的雨帘，她听得身后的晴秀惊呼："娘娘拿着伞！"

她顿了顿一咬牙就冲入了雨中，寒雨打在身上寒意刺骨，她才穿过了庭院就看见了他。

廊下的风灯幽幽暗暗，随风摇曳，他穿着一身玄黑长袍疾步向她走来。满脸的雨水顺着他的脸颊上滚落，汇聚成一条条的水线。他埋头疾走，忽地感觉到了什么猛地顿住脚步。

就在他前面，孤零零站着一身单薄素衣的她。

"云和……"周惜若低呼一声，眼中热泪陡然滚落。

他定定看着她，下一刻，周惜若只觉得一道黑影飞掠而来，紧紧地将她抱在怀中。

天上雨如丝，缠缠绵绵绵绵密密，细密地落在脸上身上，廊下昏黄的风灯照在两人的面上，分不清脸上的水痕是泪还是雨水。两人的发已湿透，身上的衣衫亦是贴在身上。她仿佛痴了一样定定看着雨中的他，颤抖的手轻抚过他凌厉的眉眼。

他握住她的手按在自己的眼上，灼热的液体流过她的指缝，他声音沙哑："惜若，我回来了。"

她咧开嘴无声地笑，可是眼中的热泪却滚滚落下。他从她手中抬起冷峻的眼，也

181

随着她笑了起来。

　　晴秀追来，手中的伞却缓缓放下。雨幕中相拥的两人如傻子一样笑着，周遭凄风苦雨顷刻间成了暖暖的春夜春雨，细细密密、缠缠绵绵。

　　失去她的朝朝暮暮暮暮朝朝，唯有此刻心中最充实圆满。江山万里，如何比得过你一张笑靥？在君临天下之时他唯有觉得空，从灵魂深处的空虚蔓延而上，无法止息。

　　"惜若，以后不要再做了傻事。"邵云和皱眉，认真地看着她的眼睛说道。

　　周惜若嫣然一笑，眼中水光掠过，轻声道："都怪那一夜的烟花太过美丽……"

　　她眼中的笑意璀璨得如那一夜漫天的银花绽放。邵云和深眸定定看着她，无声地搂她入怀……

第十七章　筹谋两全为北归

连日来的春雨缠绵终于过去，天上骄阳露出了头，寒气仿佛一夜之间褪去，四周所见皆是点点翠色，一派生机勃勃。庭院中一道翩翩白影正在舞剑，一柄上好的宝剑在他手中如游龙般激荡出隐隐的剑气。他长身玉立，清朗的眉眼间皆是坦荡磊落。

剑锋闪耀，庭院中激荡起阵阵杀气，终于他舞完最后一招收起了长剑。

清秀的婢女上前为他递上温热的巾帕，他随意擦了擦额头正要转身，忽地从院门口传来一声清冷沉郁的嗓音："没想到云家大少爷武功也是不错的。"

云思泽回头看到出声的那人面孔，眼中神色冷了下来。他冷冷讥讽："赤灼的堂堂皇帝都要来恭维了我这一介不入流的商贩小人，看来我云思泽果然是武功不错。"他说着冷着脸越过一身玄色劲装的邵云和。

邵云和眸色一闪，淡淡道："我是来谢谢你的，谢谢你肯收留惜若也肯救我出京城，民夫生变，这一招的确是为难了你。收留我们若是让龙越离知晓，恐怕对你们云家是灭族之祸。"

云思泽声音冷硬："不必谢我，收留娘娘是我应该做的事，至于你，我只是不想让她一辈子伤心难过罢了。"

邵云和闻言沉默下来。

云思泽越过他走了几步，忽地回头盯着邵云和，冷冷问道："你当真会善待她？"他眼中皆是深深的怀疑。

邵云和转身看着他，微微挑了剑眉，似在等着他的下文。

云思泽看着邵云和一副冷淡漠然的样子，心头火起，冷笑道："我可不是脾气好的温相大人，他相信你我可不相信你！别忘了在赤灼边城，你竟任她带毒逃离，生死不顾！"

"我没有，我只是算准了你们逃不了茫茫雪原罢了。"邵云和冷淡道，"我怎么知道她会突然毒发？那毒又不是我下的。"他说完猛地一顿，半晌才道："你把这帐算在我头上也不算冤枉了我。"

完颜霍图是他的父亲，完颜霍图做下的恶事云思泽责怪他也不算是冤枉了他。

云思泽冷哼一声："在我看来，她是太过心善才会原谅了你！将来你若负了她，我云思泽发誓不会放过你！"

邵云和盯着云思泽良久，忽地面色一肃道："我完颜云祈做事向来不用跟旁人解释，但是你待她情深意重，就是我完颜云祈的恩人。我已立誓这一世只有她一人，所以云少可以放心将她交给我。"

云思泽没想到他这么说，顿时愣了愣，重新打量面前的邵云和。天光下邵云和稳稳站着任由他打量，坦坦荡荡，毫无隐瞒。

云思泽良久才长叹一声，眼中掠过黯然："罢了，只要她欢喜便好，为了你她放弃的可不只是一个皇后之位。"

邵云和俊颜上露出微笑，他轻声道："她经受过的苦难我最明白。"

云思泽不是那等啰嗦之人，心中愤懑解开神色便和缓下来，更何况当务之急也不是计较前事的好时机。他皱眉问道："如今京畿四周都重兵把守，京城周边的郡县都贴满了你的画像，你要怎么带她离开？"

邵云和微微眯了眯眼看着眼前的灿烂天光，深吸一口气，慢慢道："我有一个办法，只是风险也不小。"

一桌的酒菜色香味俱全，热气腾腾，席中坐着邵云和和云思泽。两人方和解各自面上还有一些不轻易察觉的不自然之色。

周惜若含笑对云思泽道："此次都亏了云少，这一杯一定要先敬了云少。"

云思泽看着她红扑扑的面颊灿若桃李，心中一悸，别过头，端起酒杯道："娘娘欢喜就好。"

周惜若轻叹一声："以后不用再叫我娘娘。"

云思泽看了一眼邵云和，良久才道："也许将来还是得称呼娘娘为娘娘的。"

周惜若哑然。邵云和轻握了她的手，深眸中眸光璀璨，慢慢道："这倒也是，你若随我回赤灼就是赤灼人唯一的娘娘。"

周惜若不禁动容，她想说什么却是面上飞起红晕不知该怎么接口。

云思泽看了他一眼，哼了一声："你当真做得到？"

184

邵云和轻轻摩挲酒杯，淡淡道："你信也好不信也罢，我做到了你自然会看见。"

云思泽勉强哼了一声才道："姑且信你一回。"

周惜若看着他们两人意气相争，想笑却眼中的泪又滑落。

邵云和见她又哭正要说什么，忽地一道冷冷的声音从房门处传来："这一顿团圆饭怎么能少得了老夫？"

众人循声望去，只见门外走来了穿着一身玄黑锦袍的完颜霍图。他做齐人打扮，发髻簪一根乌木长簪。虽上了年纪，但是依然可以看出年轻时的俊美，与邵云和酷似的长相如今在灯下细看起来更加相似。只是他身材略粗犷，眼瞳是褐色，五官带着明显的赤灼人的特点，而邵云和的五官与身材偏齐楚一带，虽也一样英挺勃发但更显精致柔和一点。

完颜霍图厉目扫了一桌众人，大大方方坐在了席中，似笑非笑道："难道诸位不欢迎老夫？"

周惜若看向邵云和，只见他剑眉一皱想说什么却眸色沉沉并不开口。

座中唯有云思泽不明白完颜霍图与邵云和的关系，但是他是知晓完颜霍图的本事的。完颜霍图在周惜若假死之时扮成江湖中人鬼郎中寻机劫走周惜若，又以周惜若的性命逼着龙越离放了楚太后，这其中复杂关系想来也必另有故事。

他眸光一转看着一座沉默的人，微微一笑："国师言重了，既然云某把国师从京中救出来自然是一视同仁。"

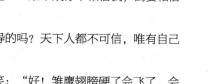

完颜霍图自顾自倒了一杯酒，举起酒杯示意云思泽，道："这一杯就敬云少，多谢云少救命之恩。"

云思泽含笑受了这一杯。

完颜霍图抿了一口酒，忽地看向邵云和，问道："你要如何逃出齐国？"

邵云和冷冷看了他一眼："这事就不劳国师挂心了，我自有办法。"

完颜霍图见他不肯明示，嘿嘿冷笑，讥讽笑道："难不成你不相信我，倒要相信外人？"

邵云和深眸一眯，反讽道："这不是国师教导的吗？天下人都不可信，唯有自己才可相信。"

完颜霍图一怔，眼底掠过怒意，忽地哈哈一笑："好！雏鹰翅膀硬了会飞了，会啄人了！"

他笑声中真气激荡，整个厅中都回荡着他含着怒意的笑声，周惜若知完颜霍图是真的怒了，她被完颜霍图掳走，在去往赤灼的路上走了近两个月，对他的脾性也算是了若指掌了。完颜霍图平时不爱说话，偶尔说话也是含了刺人的字眼，如果真怒了反而会笑，令人毛骨悚然，如今他这一笑满桌的人都静了下来。

邵云和等他笑完，慢慢道："国师不必如此大动肝火，总之我自有办法离开齐国，国师静等安排便是。"

完颜霍图站起身来冷冷道："养你还不如养一头狼崽子，狼崽子还会对我忠心耿耿！你这分明是不信我！你若不信我，何不在齐京中救把我丢给齐国人？！"

周惜若心头一跳，看向邵云和，果然他脸色一沉，捏着酒杯的手指也渐渐发白。

周惜若在桌下握住他紧握的拳头，示意他不可失态发怒。她抬头看定完颜霍图，淡淡道："今日这顿饭只谈高兴事，不谈烦心事，国师大人若是担心能不能出齐国，明日再与云和商量吧。"

完颜霍图丢了酒杯，冷笑一声："这顿饭本也不欢迎我，只是我自讨没趣罢了。"

他说完骤然离席大步离开了厅中。经此完颜霍图一搅和，席中的众人看着满桌的佳肴都没了胃口，草草用了饭菜便散了。

夜色寂静，周惜若看着站在廊下负手凝思的邵云和，柔声劝道："国师就是那样的人，你不必与他计较，毕竟他也是你的父亲。"

邵云和回头，似笑非笑道："你以为他是真的是在生气我不信他吗？其实他心中早有了别的什么计谋却苦于被我困在这里施展不得，所以今夜故意在众人面前给我难堪，好让我以为他当真是生气了，想要分道扬镳了。"

周惜若心中一突，问道："他想要做什么？难道他不想回赤灼还要在齐国做什么事不成？"

邵云和剑眉紧拧，摇头道："这我就不知道了，国师做事从来不让我知道。他说我不信他，其实真正绝情绝义的人是他，在他心中谁都不可信，唯有利益才是最可靠的盟友。"

周惜若无言地望着他，轻声一叹靠在了他的怀中。

弦月当空，银辉遍洒人间。此时此刻他就在她的身边，触手可及，靠着也会心生温暖。

邵云和眸光复杂地看着怀中的周惜若，静静道："你不必为我担心，我不会再让他伤害了你和阿宝。"

曾经的他苦于被完颜霍图控制，遵照他的命令，不敢轻举妄动，可是如今的他已可以反制完颜霍图，让他轻易不敢再动手肆意伤害他想保护的人。

"我知道。"周惜若眉间忧色重重，明眸看着他，眸光柔和，"可是我知道你心中一定很难过，毕竟他是你的父亲。"

邵云和微微一震，良久，他轻抚她的长发，淡淡道："我没有父亲也没有母亲，在我心中，他们都已经死了。"

周惜若一怔，他冲她微微一笑，道："我真的没事，只要你和阿宝在就好了。"

186

周惜若无言地紧紧搂着他。月夜静谧，只是这静谧的时刻丝毫不知将来还有什么风雨在等着。

第二天一早完颜霍图果然不辞而别。云思泽自是不好阻拦，邵云和知晓后冷冷道："不必管他，他在反而是我们的累赘。"他说着摊开一副匆匆绘成的地图与云思泽道："如今北去之路都被龙越离封死了，沿路上重兵把守，实在是难以安然无恙地通过。为今之计只有南下去晖州，从楚国乘船出海绕行北上，再从秦境入赤灼。"

他在地图上画了一个大大圈。云思泽与一旁的周惜若看了纷纷拧紧了眉头。按照邵云和所说的起码要多走一至两个月，而晖州又因为齐楚两国正在交战不容易穿过。这计划看起来并不是万全之策。

邵云和仿佛看出了他们的顾虑，他道："走水路会更容易躲开龙越离的眼线，而且路上也不会太过劳累。"

周惜若忽地开口道："当初完颜霍图也是这么带着我去赤灼，只是当时他折而南下又由水路绕行北上并没有经过楚国。"

而如今邵云和的计划则是要完全甩开龙越离的追兵再回赤灼。这样虽然行程更长一点，但是却是最没有风险的。

云思泽问道："所以娘娘的意思是这条路行得通？"

周惜若摇头："不是完全有把握，但是起码会风险小一点。"

邵云和对云思泽道："这次就要借用云少的几艘运绸布匹的商船了。"

云思泽仔细想了想，咬牙道："好吧，只能这么办了。"

三人计定很快准备起来。云思泽调来几艘商船，花了重金买了几张通关文牒便与邵云和和周惜若一路南下。邵云和和周惜若扮成新婚夫妻，云思泽则大大方方依然还是云家的大少趁南下送货的时机，游山玩水的架势。在船上周惜若一身浅紫长裙，头戴纱帽，遮住了面容，活脱脱就是新嫁娘回娘家省亲。邵云和亦是乔装改办，用简易的易容术遮掩了面上过人之处，看去也不过是寻常面容俊美的富家子弟罢了。

三人一行连同晴秀悄悄从昀紫山庄中而出，走水路南下而去。

初春的江水上雾气迷漫，寒风吹来，却带着春的气息。邵云和负手立在船头看着眼前的浩浩淼淼的江水翻起浑浊的白浪，眼底神色翻涌，延绵不息。

"要离开了。"他握紧了身边周惜若的素手。

周惜若隔着眼前的纱帘，无言地久久凝望着烟波浩渺处的齐京，那是四国中最繁华浮世的齐国京城，那有恢弘华美皇宫，那边亦有她留下的爱与恨，痛苦与泪水，而那边还有一个因她骤然离去而恨意不绝的龙越离。

"云和，将来的世人要怎么评判我这样的皇后呢？"她忽地问道。

邵云和深深地看着她，慢慢道："世人不会明白的，也不需要明白。"

周惜若轻声一叹靠在他的怀中看着滚滚江水久久无言。

第十七章 筹谋两全为北归

坤德宫中歌舞声声，美艳的歌舞姬们媚眼如丝，精致的妆容下是令人怦然心动的挑逗笑容，身上紧致的霓裳舞衣随着舞蹈旋出一圈圈漂亮的波纹。殿中的酒水与菜肴流水似地呈上，坐在两旁的朝臣们已醺然欲醉。龙越离斜斜靠在御座上，发髻已散、龙袍凌乱，在他身侧还有一位身材曼妙、面容美艳的歌舞姬殷勤劝酒。满殿的酒气与胭脂香气混杂在一起，成了最淫靡的气息。

凌瑶站在殿外静静看着，深深皱起了秀眉。御座上龙越离已然醉了，面上嫣红飞霞，容色越发邪魅无匹。她忍不住上了前，不顾殿中众人的目光扶着他低声道："皇上喝多了。"

龙越离睁开眼，眼中的迷芒猛地一亮，一把紧紧抓住她的手道："惜若！你回来了！"

凌瑶眼中涌起黯然，她刚想说什么，龙越离已抓着她紧紧地搂在怀中："惜若，朕就知道你会回来的！惜若……"

满殿的歌舞声中，她听得他已醉话连篇一声一声只唤着那去之不归的女子。凌瑶心中越发拧痛，不顾满殿的众人把他扶起，低声道："是臣妾来了，皇上随臣妾回宫吧。"

龙越离迷蒙地看着她，似乎在用最后一点神智来辨认眼前的人，他忽地笑了，道："惜若，当真是你！朕不是在做梦！"

凌瑶心中酸楚，连忙扶着他离开了坤德宫。

到了甘露殿，叶公公千恩万谢，叹道："如今宫中没有主事之人，唯有凌妃娘娘可以劝得了皇上了。"

凌瑶苦笑："本宫哪劝得了皇上呢。"

正说着德妃虞氏匆匆前来，她听说了龙越离喝醉赶着前来伺候，她冷眼看了一眼凌瑶，冷冷道："皇后不在宫中，哪由得你来做主？"

凌瑶听得她的话不客气，微微皱眉并不接口。

德妃虞氏见她不说话，越发得意，道："伺候皇上的事就由本宫来吧。"

她说着要进殿中伺候，叶公公本要阻止，后转念一想打着哈哈笑道："既然德妃娘娘要照顾皇上奴婢自然不敢阻拦，德妃娘娘请——"

德妃虞氏看了一眼凌瑶，冷哼一声："别以为你与皇后娘娘交好，还故意装扮似极了皇后娘娘你就可以得了圣心了。你是你！永远不是她！"

凌瑶闻言脸色顿时煞白。德妃虞氏冷笑着走了进去。叶公公安慰道："凌妃娘娘别生气了，谁能得圣心过一会儿便有分晓。"

凌瑶不解，过了一会儿果然殿中传来一声巨响像是砸了什么东西，紧接着殿中传来德妃的嘤嘤的哭声。

"滚！——"龙越离的怒喝声响遍了殿中。

叶公公朝凌瑶挤了挤眼，这才摇着胖乎乎的腰身打开殿门疾步走了进去。他声音惶恐，道："皇上息怒！德妃娘娘也是一片好心！"

"哗啦"一声，凌瑶心中又是一颤。伴随而来的是龙越离酒气浓重的声音："让这个女人滚！朕要惜若！朕什么人不要！你把惜若给朕找回来！……"

凌瑶听到此处心中一叹低头走了进去。

一地的狼藉，龙越离正靠在床边的地上闭着眼喃喃地念着什么。德妃虞氏一身的茶水残渣，哭得万分委屈，叶公公上前扶着德妃虞氏退下。

凌瑶走到龙越离身边，他犹自喃喃自语。他身上一样狼狈万分，往日意气风华的年轻帝王早已不见只剩下一个为爱疯狂颓废的男人

"皇上，皇后娘娘不会回来了。"她涩然道，"皇上为什么不放她离开呢？放了她就是放过皇上自己，皇上既然爱她为什么要让她在这里一辈子不快乐呢？"

龙越离缓缓睁开眼，他吃吃地笑："是朕让她一次次失望了，朕早就知道她想要的是什么。她想要一生一世一双人，可是朕给不了，朕利用了她，伤了她的心，朕逼着她回来。"

他踉踉跄跄地站起身，直瞪瞪看着眼前的凌瑶，一字一顿地道："可是若没有了她，朕怎么办？"

他仰头大笑，笑声如癫，令她胆寒："天大地大哪里再有一个周惜若，为了我的欢喜而欢喜，为了我的悲伤而悲伤？哪还有一个女子如她，为我生为我死？"

他猛地停住笑，眸色冰冷："所以她不可以离开朕。"

凌瑶心寒如冰，在他心中已将那个她视为禁脔，无法放开。

正在这时有内侍匆匆进得殿中来，在龙越离耳边低语几句。凌瑶看着他面容普通，可是神情谨慎小心不像是普通的内侍。

龙越离听着眼中的醉意猛地褪去，他一把拽住那人，厉声问道："当真？"

那内侍点了点头，龙越离放开他，冷然笑道："朕就知道他们跑不远的。"

他说完转身要走，凌瑶几步上前抓着他的龙袍下摆，苦苦哀求："皇上，放了娘娘吧。"

她的话还未说完，龙越离狠狠推开她，冷笑道："别做梦了！就算她是恨着，一辈子也是朕的皇后！"

凌瑶被重重推开，怔怔跌坐在了冰冷的地上。

江风拂面，越往南楚地的湿热夹杂着新鲜的草木气息时时扑面而来，令人精神一震。人都道，烟花三月下扬州，果然是两岸绿意盎然，看了令人心中欢喜。

为了掩人耳目，云思泽的商船载满了各色绫罗绸缎行起来并不快。到了沿途郡

第十七章 筹谋两全为北归

县，还要装模做样卸下布匹再继续前行。商船两艘，还有一艘是寻常船舫，供他们三人平日日常起居歇息所在。船上雇了一些拳脚功夫不错的保镖，名为押货实则是暗地保护。

船悠悠晃晃少了舟车劳顿，反而像是真的在游山玩水。周惜若闲时与云思泽对弈，黑子白子，在纵横的棋盘上你来我往厮杀，煞是能消磨时光。

一局终了，云思泽摇头笑道："娘娘的棋艺甚是高明，云某实在不是娘娘的对手。"

这一局周惜若精心布局令他防不胜防，更令他惊异的是，她棋风隐隐有大开大合的气势，不像弱小女子所为，倒似极了跟一位心有谋略的男子在下棋。

周惜若收了白子，嫣然一笑："云少输了，今日就罚你做一道名菜给大家尝一尝。"

云思泽看着她笑靥如花，笑道："要吃云某做的菜还不简单，只消再下一盘，娘娘若再赢了，今日保准饭桌上保准道道都是云某的拿手绝活。"

周惜若抿嘴一笑，她回头看了看端坐在船头钓鱼的那一抹冷峻身影，道："我去瞧瞧。"

她说着向他走去。云思泽看着她离去的身影，摇头苦笑收起棋子。喜欢便是情不自禁会向他靠近，说什么做什么眼里都有那人的存在。

江风呼呼，周惜若看着半天一动不动的邵云和，不禁问道："你钓到鱼了吗？"

邵云和冲她比了比手势，周惜若连忙噤声。她果然看见那鱼钩上用叶子做的浮标沉沉浮浮，看样子是有鱼儿上钩了，于是她坐在他身边静心等待。果然过了一会儿，那浮在水面上的叶子猛烈地抖了抖。邵云和轻喝一声，手中一甩，一条一尺来长的大鱼就从水面上拉了出来。鱼儿甚是有力，在半空中拼命挣扎扭动，鱼钩上的线被扯得绷直。

邵云和道"糟糕"周惜若再看，只见鱼线竟被鱼儿扯断，眼看着那鱼儿就要再落入江中。邵云和轻喝一声，脚点上甲板，整个人探出船舷外，一伸手稳稳地从鱼鳃穿过，把它丢入了船舱内。

"好俊的功夫！"云思泽从船舱中拿起那条还在乱扭的大鱼，笑道，"今天的第一道菜就叫做清蒸江鱼。"

周惜若禁不住笑了："还以为云少会收拾出什么好菜来，原来只是在逛我，清蒸我也会就不劳烦云大少亲自动手了。"

她说着接过扑腾的鱼儿走入了船舱，径直去吩咐船后头的船夫杀鱼，待到吃饭之时再来蒸煮。

邵云和立在船头，轻轻抖去了方才喷溅在身上的江水，状似随意地道："我们被跟踪了。"

190

云思泽浑身一震，不禁诧异地望着他。

邵云和稍稍压低头上的斗笠，一双深眸看定面色剧变的云思泽："只是不知道跟踪我们的是些江湖屑小还是龙越离的人。"

云思泽忍不住往四周看了看，但见江水翻浪，这条水路上唯有他们的船在江面上行走哪来的旁人踪迹。邵云和说完转身走进了船舱。云思泽急忙也跟着进去。邵云和摘下头上的斗笠，坐在桌边倒了一杯清茶喝了一口，这才道："方才我钓鱼之时留意了下，一共从我们船边走过三条小船，那三条小船虽然竭力掩饰，但是还是让我看出了破绽。你可见渔网下藏着兵器的渔家吗？而且那渔船上的汉子也不似常年走船的渔夫，目露凶光更加可疑。"

云思泽皱眉道："难道是云家的布匹惹了人眼？若是如此等到了青龙县就把所有的布匹都卸了。他们若是一路跟踪我们，自然知道我们船上再也没有贵重的货物，也许就会放弃了。"

邵云和轻轻摇了摇头："这次恐怕不是那么简单，我总有感觉我们出了昀紫山庄之后就被人跟着了。"

他说着心中一沉，若是他想的那个人就麻烦了，但愿不是。

云思泽怵然而惊。他自小随着云家商船和商队行走各地，也算是经验丰富，这一路上他倒是没看出什么来。可是邵云和亦是多年来走在刀尖上之人，他说感觉不对自然有他的道理。可是他自认为已把保密功夫做到了极致，自从将邵云和等救出京城之后，他做什么都是派了心腹之人前去，用的更是云家最严密传递消息的密语。原本以为这一路上定是万无一失，可如今看来当真是麻烦缠上身了。

"到底是谁会跟着我们？"云思泽眉心拧成了川字。

邵云和想了想，摇头道："我也不知，不过还是小心为妙，实在不行的话你我只能分道而行，楚国云少就不要冒险去了，就此打回。"

云思泽面上一黯，半晌才道："总以为能再送你们一程，可是却没想分别竟这么快。"

邵云和看了他一眼，想说什么却终是道："云少还是以云家上下为重，不可轻易惹祸上身。"

云思泽苦笑了一声，看着两岸青山隐隐，江水淙淙，平淡欢喜的时光总是如此容易过。他半晌才道："如今说这个为时已晚了。"

两人正在说话间，周惜若已笑着擦着手前来，她看两人面色凝重，不禁笑问道："怎么了呢？可是饿了？"

"没什么。"邵云和面上浮起笑容，转头看向云思泽，道，"正说道今日要与云少一醉方休。"

云思泽掩下眼底的忧色，含笑道："还未知邵兄的酒量如何，今日要好好喝一杯。"

周惜若嫣然一笑："那我再吩咐下人再加几道下酒菜。"她说着又回头去张罗酒菜。

邵云和看着她离开，回头对上了云思泽的目光，两人眼底皆是同样的忧虑与黯然。送君千里终有一别，这几日朝夕相处胜却了往日多年的相交。

云思泽倒了一杯清茶，举起茶盏，郑重道："保重！"

邵云和看定他，道："云少亦是保重！"

云思泽的商船一到青龙县就雇来了挑夫把布匹全部卸了。两艘商船稍事休整就全部按道遣回了齐京。而他们一行人继续前行，一路到了云州的贵城这才又停了下来。贵城已靠近楚国边界，水路四通八达历来是鱼米之乡，百姓富庶、商贩众多，十分繁华热闹。云思泽的船行到了贵城中，唤来当地的几艘花舫，令歌舞姬轮番唱遍了当地的小曲小调，水面上清甜婉约的歌声荡漾开来别有一番滋味。

如此热闹引得四周的船舫也前来凑趣张望。直到夜深了歌舞依然不休。正当云思泽吩咐赏下赏银彩头之时，黑漆漆的水面上突然飞快驶来十几艘箭船。箭船，顾名思义船形如箭，在水面上两人一组摇橹划水行得飞快。箭船上站满了手握长剑，黑衣劲装的人影。只见顷刻间十几艘的箭船已将云思泽的船舫包围得密密麻麻，两旁围看歌舞的船家纷纷惊恐四散而逃。

那些箭船上有人呼喝一声，箭船一字排开将他们统统拦下。

端坐在船舱中的云思泽冷冷一笑，撑了手中的酒杯，对眼前战战兢兢的歌姬柔声道："继续唱，本少定重重有赏。"

歌姬看见上甲板上已有人跳上了船。她吓得一哆嗦，丢了牙板惊叫缩在了一旁。

云思泽淡淡抬头，看着船上四周林立的黑衣人，嗤笑一声："要打劫云家的东西，谅你们还不够资格。"

眼前竹帘一撩，冷冷走进一道英挺的人影。他穿一身暗紫长衫，头簪紫金龙簪，面色苍白冷然，一张脸在红艳艳的灯笼下显得分外俊魅。他一身寒气，进得船舱中来周身凛然冰冷的气势令船舱中顿时觉得狭窄。

他一抬眼，冷冷道："那朕来够不够资格呢？！"

云思泽笑了笑放下酒杯，缓缓跪地行礼："不知皇上驾到，草民有失远迎。"

龙越离扫了船舱一眼，一步上前狠狠地揪起他的衣领，额上青筋隐动，沉声怒问道："他们人呢？！"

云思泽神色未动，淡淡问道："草民不知皇上说的是谁。"

龙越离缓缓放开了他，他在船舱中走了一圈，只见船舱中空荡荡的，除了桌椅再也不见旁人。有黑衣人快步前来禀报道："启禀皇上，都搜过了，没人。"

船中顿时死寂一片。龙越离冷笑一声："金蝉脱壳之计！好！好得很！"他说着

192

忽地一伸手猛地掀翻了一桌的酒菜。"哗啦"一声巨响，云思泽眼皮禁不住一跳。

龙越离定定看着他，一字一顿地道："不管他们逃到天涯海角，朕都要把他们抓住！"

他说着冷然离开了云思泽的船，如来时一般飞速离开，云思泽长舒一口气，缓缓道："还好走得快。"

江风呼呼，一抹雪影立在船头久久不语。她长裙乌发，优雅瘦削的背影楚楚动人。她肩头一沉，披上了一件锦面披风。周惜若回头对身后的邵云和微微一笑。

"回船舱吧，这里风大。"邵云和搂了她的肩，温声劝道。

周惜若看着船边黑漆漆的江面，低声道："没想到还是连累了云少。"

邵云和轻抚她的发，道："你放心，龙越离不会轻易向云家动手，而且这事他尚要竭力遮掩，怎么会拿了这个罪名去发落云少？"

周惜若勉强一笑："但愿如此，不然我真的是心有不安。"她顿了顿，问道："云和，皇上是怎么找到我们的？"

她知道云思泽已是小心再小心，可到底是谁泄露了他们的行踪？

邵云和看着乌沉沉的夜，忽地冷冷道："这事我想来想去唯有一人。"

周惜若看着他眼底翻涌的怒意，忽地激灵灵打了个寒颤："完颜霍图？"

"除了他还有谁？"邵云和眸光冰冷，"他故意激怒我，其实便是想离开我们视线，把消息泄露出去，若不是他，龙越离怎么会如此轻易地知道我们的行踪？！"

周惜若心中一沉，她只觉得脑中掠过什么，但是想拼凑起完整的思绪却又抓不住。

她问道："为什么？难道他不怕龙越离把我们一网打尽？"

邵云和薄唇紧抿，已是不愿意再轻易猜测。

正在这时，甲板上走来渔娘，笑道："官人和夫人赶紧去歇息吧，江上风大，别着了凉。"

周惜若对她微微一笑，道："这次多谢了王三娘。"

渔娘看着两人，眼露羡慕："谢什么？要谢也是谢云公子，他给了好一笔的赏银，务必让我们送两位贤伉俪去楚国呢。"

周惜若想起云思泽的情深意重，长长一叹："是啊，是要好好谢谢云少。"

邵云和搂了她道："回船里去吧。"

正在这时，船身后传来一声奇怪的水声，邵云和深眸一眯，警觉地问道："这是什么声音？"

王三娘回头张望了下，忽地道："好像有船跟来了。"

193

第十八章　情义难全争执起

邵云和一凛，急忙拉了周惜若回到了船舱中。周惜若看着他面上的凝重，心头猛地一跳，问道："云和，难道是有人追来了吗？"

邵云和摆手示意不要吭声，悄悄探出头看去。

王三娘跟了进来，见两人面色不太好，问道："官人和夫人怎么了？"

邵云和面色一沉正要说什么。周惜若连忙按住他的手，道："王三娘有所不知，其实我们是逃出来的。"

王三娘一怔。周惜若低头道："实不相瞒，家中人甚是不喜我嫁给夫君，所以我们索性商量着逃到楚国去，云少见我两人情深所以特资助我们二人。"

王三娘这才恍然大悟，道："原来你们两人是私奔啊，所以这后面来的船怕是追你们的人吗？"

周惜若点了点头。

王三娘松了一口气笑道："没事！我们王家在这江上行了几十年的船，大大小小的水道都清楚得跟手掌上的手纹一样。两位放心，我与他说一声等等定将后面的尾巴甩掉。"

周惜若感激道："多谢！"

王三娘道了一声不谢就到船尾与自己的丈夫吩咐。老王头应了一声，与船上的船夫加紧摇橹，果然船行得飞快，在漆黑的江面上犹如一条游鱼。老王头借着纵横交错的水道，拐进了一条支流将身后的船远远抛开去。

他甩开船后面跟着的尾巴，走来进了船舱抹了一把汗水，问道："你们惹了什么人？方才那船上竟派了水鬼来查探。好在我用竹竿打了切口不让他们靠近。不然的话，被他们发现不妥，这条船就被他们给凿沉了。"

这一带由土匪水寨要抢掠商贩，就先派人前去查看过往船只有没有贵重货物。这种探子一般很熟悉水性，能在水下憋气很久。他们在夜间出没鬼鬼祟祟，一旦发现船上有贵重货物就以凿船威胁。船上的客商为了活命自然得乖乖停船，任由洗劫，所以这一带的人都称呼这类人为水鬼。而类似老王头几十年在船上讨生活的船家，一般都与这种人有交情，若是船上没货打几下切口他们就放过，不至于凿船害人。若有他也不会轻易隐瞒，而一般这些人只劫货不伤人。这次老王头受了云思泽的所托，那银子足可买了三四条船，自然要为他们遮掩隐瞒。

周惜若一听老王头这么说微微一踌躇。邵云和已接口："这次多谢了老王头的救命之恩，总之我们夫妻两人过了晖州他们就再也追不到了。"

老王头见他口风很紧，也不多问，只道："但愿如此吧。"

他们走后，周惜若面色煞白，半晌才吐出一口气："龙越离当真是追来了，若不是，怎么会这么巧我们才刚逃就有船跟来？"

邵云和脸色亦是沉沉，道："龙越离不但来了，还派了各路鹰犬沿路追赶来。"连这湖面的黑道帮派都派人来探查，可见龙越离的决心有多大。

周惜若心中不安，她道："但愿能平安到了晖州。"她才刚说完，忽地想起什么猛地失声道："不对！我们不能去晖州！"

邵云和被她突然出声惊了一惊。昏黄的油灯下她面色煞白如纸，定定看着邵云和："我们不能去晖州！"

"为什么？"邵云和问道。

周惜若情急之下一时也找不到头绪，半晌才重复道："我们不能去晖州，因为我们若到了楚国，龙越离也会到了楚国！"

邵云和眼中流露疑惑，看着明显不安的周惜若，问道："这与龙越离有什么关系？"

周惜若只觉得心口砰砰直跳，竭力平息心中的惊涛骇浪，慢慢道出缘由："在我离宫之前龙越离收到了一封密信，邀他去晖州密谈，当时我便千万百计要苦劝得他不要入楚。可是此时我们已不知不觉成了引他去楚国的饵了。"

邵云和眸色一沉，问道："这密信是谁写的？"

周惜若看着他冷凝的面色，犹豫半天这才将前因后果一一说明。船舱外江风呼呼地吹，船舱中气氛越发凝重。

周惜若对着豆大的油灯火光，幽幽道："完颜霍图根本不愿意让我在你和阿宝的身边，若我猜的不错，把我从你和阿宝身边带离开是完颜霍图的第一步，而第二步，便是要针对了龙越离。龙越离一出事赤灼才能开疆拓土，你别忘了，燕州好几郡还在龙越离的手中！"

邵云和听着俊脸渐渐阴沉。他了解完颜霍图，明白他的确能干出这样的事来。

"云和，我们不能去晖州，更不能去楚国！"周惜若看着他，眼底的焦急刺入他的心底，"我们去了就是落下早已设计好的陷阱中。"

邵云和看了她许久，忽地道："为什么不能去？因为龙越离？"

周惜若一怔，缓缓松开他的手："你想要龙越离死？"

邵云和神色清冷，淡淡道："终有一天我与他终究要兵戎相见的。"他冷冷看着她，"而且你说错了，不是我要他死，如今是他要我死。"

周惜若定定看着他冷硬的轮廓，心已沉入了无底深渊。

邵云和见她面色苍白，和缓了神色，轻抚她的发低声道："先睡一会儿吧，天要亮了，明日再商议怎么办。"

周惜若僵硬地靠在了他的怀中，听着船舱外的呼呼风声，一夜无眠。

这一夜老王头船走得十分顺遂，一路到了香桂城，从香桂城再走几里水路就到了晖州。周惜若看着邵云和前去采买干粮，美眸中神色复杂。邵云和回来时不由得一怔，只见渡头上光秃秃地只剩下一条缆绳，老王头的船早就不见，而周惜若拿着包袱坐在渡头边，江风吹拂，她在风中一袭素衣，神色平静。

邵云和定定看了她许久，一语未出。

周惜若抬起头来，与他默默对视良久才道："我不能去晖州。"

她眼中的固执令他恨不得一掌劈下，从此干干净净无牵无挂，不用为她费尽心思，爱恨不得。

邵云和冷笑一声："果然说来说去还是为了龙越离！"

周惜若神色不变，道："我不是为了他，我是为了齐国。我不能明知前面是陷阱还引得他跳进去。"

"那你可想过我和阿宝吗？"邵云和冷冷反问，他眼底的沉沉的怒色令周惜若心中一颤。

她沉默良久才道："我以为你定能明白我，阿宝将来也会明白我。"

邵云和笑了，眼底的怒意翻涌，冷冷道："我还真不明白你！"

他说完转身就走，周惜若顿了顿紧紧跟上。邵云和走得很快，顷刻间就湮没在了渡口熙熙攘攘的人潮中。周惜若不紧不慢地跟着倒也不至于跟丢了。两人一前一后，默默走了香桂城大半。

终于邵云和顿住脚步，冷冷回头看着身后低头默默的周惜若，咬牙上前怒视着她："你到底要跟到什么时候？！你的皇上有难，找你的皇上便是！"

周惜若轻叹一声，幽幽地道："我不会走的。"

196

邵云和气极反笑："让老王头的船离开，你可有与我商量过一声？"

周惜若道："我知道你是决计不会答应让他们轻易离开的。"他的心思她再了解不过，这是唯一让他们逃离龙越离的办法，他可不会去管龙越离到底是死是活。

邵云和一听，拂袖冷笑："到最后倒成了我的错了，你就跟着吧！"

他说完径直进了一家客栈打尖住店。周惜若跟上前去，店小二见他们两人一起，笑道："两位客官是住一间吧？"

周惜若满脸通红，邵云和却冷笑一声不置可否。

掌柜的探头看了一眼，见邵云和面目英俊，身后的周惜若楚楚可怜的样子，禁不住笑道："这位官人和夫人新婚燕尔的，自然是住一间。"

他这话一出，周惜若微微红了脸，邵云和亦是不自然地冷哼一声："多嘴！"

掌柜见两人样子像是闹了别扭的小夫妻，笑呵呵地上前劝道："这位官人英俊不凡，气度凛然，怎么可与妇人家一般见识，大人大量，俗话说得好，家和万事兴……"

他满口的吉利话令邵云和的脸色越发如锅底一般黑，可偏偏发作不起来。待到了房中他才将多嘴多舌的掌柜赶走。

周惜若见他脸色阴沉，知道他定是怒极了，走上前柔声道："总有别的办法的，既可以摆脱了龙越离的追兵也不用落入完颜霍图的算计中。"

邵云和眼风扫过，冷厉如刀："你怎么知这陷阱是国师设下的？万一这一切只是凑巧呢？"

"那更不应该去。"周惜若断然回答，漆黑的眼中肃然非常。

邵云和猛地怒视着她，反问道："那你来想什么办法可以摆脱了眼前的追兵？！"

他眸中带着深深的讥讽："用你对龙越离的忠心去试试求着他饶了我们，也许更容易一些！"

他说完摔门而出，周惜若看着他离开，坐在了床沿上，半晌喃喃道："因为楚太后在楚国，完颜霍图和楚太后……他们是你的亲生父母，他们不会害你，可是一定会联手杀了龙越离。"

情义两难，她忧心如焚，左右都不是，谁都不能圆满。她虽只是一介弱女子，可却也明白龙越离若一死齐国大乱，三国虎视眈眈，一场变乱从此开始。北有秦与赤灼北方之强国，南又有南楚蠢蠢欲动，齐国一乱四国纷争，百姓再无宁日。

她颓然闭上眼，长长一叹。

到了深夜邵云和归来。房门打开，他走了进来打水洗脸，一回头看见周惜若坐在床沿边。她的眸光凄然，令他心中一窒。

他怒气犹未消，冷冷道："你怎么还不睡？"

"等你回来。"周惜若轻声道:"我仔细想了许久,今日是我的错,但是我不会后悔。"

"哗啦"一声,邵云和手中的面巾掉在了盆中,溅起一片水花。

周惜若继续道:"我早就说过,你有你的赤灼族人,我心中也有我齐国百姓,我可以跟你走,但是却不能不顾他们的死活。"

邵云和木然地擦了身上的水渍,走到她面前,猛地逼近她,让她的幽幽美眸对上他蕴含怒气的冰冷眸子,一字一顿地道:"若是有一天,赤灼和齐国开战呢?"

周惜若沉默良久,才道:"我希望不会有那么一天。"

"若是真的有那么一天呢?"他追问。

周惜若定定看着他,坚定地道:"若是这么一天到来我也无能为力,但是这次明知前面有陷阱,我不能任由这事发生。"

邵云和在她眼中看到了固执,他心中气极欲狂,笑了起来:"我抛下了一切来到齐国,这才发现原来我来错了!!"

周惜若眼中顿时溢满了委屈的泪水。邵云和怒而转身,身后传来了她的哽咽。他走了几步,猛地又折回,一把将她推在墙上痛吻起来。他的吻霸道而含着无尽的怒气,像是宣泄一般痛吻她的唇。

周惜若的惊呼被他堵了口中,手也被他反剪在身后。她想说什么唇上却是一痛,一点血味蔓延在了口中,原来竟是他狠狠咬了她的唇。周惜若禁不住痛呼一声,他趁着这个机会探入了她的口中与她唇舌深深纠缠。

他的怒意那么明显,周惜若只觉得手腕仿佛要被他捏断了一般。他痛吻了许久直到她几乎喘不过气来,一把钳制住她的下颌,恨声道:"惜若,齐国与你何干,你却一定要为他到了这个地步?!"

周惜若喘息笑着,神色凄然:"那赤灼又与你何干?让你牺牲了所有?"

他定定看着她,眼中一黯,松开了她的手。他低声道:"好,我们从长计议。"

他心有不甘,冷笑道:"就好好计划一下怎么让你的皇上不死,而我们又能逃走的办法!"

周惜若心中一松,眼中的水光掠过,埋入他的怀中低喃道:"都是我的错……"

周惜若与邵云和便在香桂城中暂住了下来,因不知要逗留多少时日,索性租了一处普通民居。东西厢房,一处小院,青石铺路,瓦上生绿苔,院中还有一处小小的池塘,游鱼锦鲤,悠闲自在地游着,静谧安详。除了这房子有些败落,一切在周惜若眼中已是极完美。若不是在逃命中,她几乎以为与邵云和又回到了燕州时的惬意生活。只是如今他们二人亡命天涯,后有追兵,前又有陷阱阴谋等着,当真如何都轻松不起来。

香桂城离晖州大约几十里的水路，十分近，而且水路陆路四通八达消息十分灵通。晖州是齐楚两国的边界，也是战乱之地。如今战事停歇下来，一切又慢慢恢复了曾经的热闹繁华。

此时是初春，庭院中翠色勃发，清晨的薄雾蒙蒙笼罩在这静谧的水乡，白墙黑瓦，在晨曦中看去犹如一幅绝美的水墨民居画。"当当当！"清越的铜铃响声打破了清晨的静谧，一道后门打开，探出一抹素衣素裙的窈窕身影。

"周小娘子这么早？"在后门缓缓划来一艘乌篷船，船头堆着各色青翠的蔬菜瓜果，划船的是卖菜的小贩。他见到周惜若连忙热情打起招呼。这香桂城中户户门前有流水相通，来来往往皆是用乌篷船代步，小商小贩也每每划了小船挨家挨户地贩卖各种居民所需的食物和物品是这小城的一大特色。

周惜若抿了抿鬓边的散发微微一笑，指了几样菜与鱼，道："郑二哥也这么早呢。"

郑二哥憨厚地笑了笑，称了米面偷偷多加了点，称头翘翘的给了周惜若："十文钱。"

周惜若接过，觉得手中比昨儿还沉一些，不好意思道："每次都得了郑二哥的照顾。"

郑二哥见她绝美笑靥，不由看得有些发愣，等回过神来才红着脸道："此话怎讲，都是周小娘子照顾我的生意。"他看了看那扇虚掩的门，问道："今儿周官人要出门吗？"

周惜若美眸中一闪，含笑道："中午出去一趟见个老故人。"

郑二哥一拍胸脯道："几时？到时候我来接周官人出门。"

周惜若见他热情，含笑应了，末了千万道谢："郑二哥古道热肠，这世间也不多了。"说完才转身进了院中。

郑二哥见她窈窕的身影消失，半晌才收回目光，啧啧道："越瞧越美，听人说皇后娘娘美貌得紧，可按我说都不如这周家小娘子美。"他说着叹了一口气，不知是不是在叹息自己未曾有这般福气娶如周惜若这般贤惠美貌的娘子。

周惜若回到了院中，邵云和正在庭中练剑。他身穿雪白短衣，腰间扎了一条玄色腰带，飞跃腾挪犹如灵猿下山，剑气森森吞吐如蛟龙出水。满庭中寒光闪闪，灿烂夺人，却招招致命。他一招一式认真地舞着，额上渐渐冒出了颗颗汗水。

周惜若含笑看着他舞完剑，适时奉上一方湿帕。邵云和看着她脚边的蔬果，问道："可有什么消息吗？"

周惜若轻轻了摇头："都很平静，若是晖州有异动香桂城也会处处风闻，郑二哥走街串巷的，他若有什么消息都会与我说。"

邵云和擦了汗，深眸看定眼前的周惜若，道："你应该知道，我不能待很久的。"

周惜若美眸一黯，低声道："我知道。"

邵云和见她清澈的眼底有了阴影，眼中掠过不忍，轻搂了她的纤腰，道："等确认了没有龙越离的追兵，我们就立刻启程。"

周惜若点了点头。这是他与她的约定，一旦探听了龙越离不是往晖州而去，他们就按原计划从水路入晖州，由楚国再绕道回赤灼。

"我知道你喜欢这样的生活。"邵云和忽地道，"但是回赤灼一样可以，我可以保证。"

周惜若眼底一热，慢慢依在了他的怀中。再喜欢也终究要随他回去，那里有阿宝在，那是也是他根的所在，还有如阿姆和耶荼一样善良朴素的百姓。

两人静静相拥了一会儿。邵云和忽地道："今日我要去见几个人，你好好在家中。"

周惜若点了点头。到了中午，邵云和出了门，周惜若百无聊赖，换了件衣衫带了头巾，打扮成香桂城中普通的妇人上了街。香桂城不大，她慢慢地走，街上摊贩林立，行人众多，往来都是各地来的客商，货物亦是琳琅满目。

她找到一家云记布庄，可是犹豫半天却依然在布庄外徘徊。云思泽为了送他们出京已被龙越离察觉，如今她最担心的就是云家会不会受她的连累。可是如今她和邵云和都不敢轻易再联系云思泽，更不知道他现在到底如何了。

她在布庄外徘徊，忽地远远走来一道熟悉的人影。那人走到云记布庄中，随意看了一眼又走了出来。周惜若心中一惊急忙闪身躲在了街角。那人似乎也在徘徊不定，走了一圈又坐在了云记布庄前的茶水摊上佯装喝茶。

周惜若秀眉微拧，耐心地盯着那人。那人坐了许久，似等不到自己想要的，于是丢了几文茶水钱走了。周惜若悄悄跟上。那人七绕八拐的，终于走到了一处偏僻的巷子深处。周惜若看着那人走进去以后才悄悄退了出来。

她匆匆回了家，邵云和已在家中。他见她面色沉重，问道："怎么了？"

周惜若喝了一口水，神色复杂地道："今日我看见了完颜霍图了！"

邵云和一怔。周惜若抬头看着他，问道："是不是他也在寻找我们？不然他为何跟着我们的行踪一直到了这香桂城？"

这一切太过可疑了。完颜霍图到底要做什么？！难道真的如邵云和和她心中的猜测，泄露他们行踪的不是云家中的人，而是完颜霍图？

邵云和沉吟半天，良久他道："有一个办法可以知道真相。"他遂低头在她耳边如此这般说道。

周惜若听了，美眸神色变幻不定，看定邵云和，慢慢道："若真的是他泄密，你要怎么办？"

邵云和面色一凝，深深地看着她。

周惜若看定他的眼眸，慢慢道："若是查出来是他设下这陷阱，我已不能容忍他再伤害我们。"

邵云和眸色渐渐沉，半晌慢慢道："若是真的如此，一切如你所说。"

周惜若美眸掠过他神色复杂的俊脸，轻声一叹："让你为难了。"

邵云和慢慢将她搂入怀中，良久才道："我也不容许他再伤害你了。"

第二日一早周惜若打扮妥当，穿了一身香桂城中妇人常穿的紧身长裙，外披素色织纹蓝青短襦，头上工整挽成矮髻，只插着一根乌木簪，干干净净如寻常妇人一般上了街。她一边走一边挑选寻常日用物件，慢慢地逛，忽的她眼角看见了身后一抹人影缀上。她心底冷冷一笑，大约走了小半刻，忽地闪身进了一条巷子。

那人影紧追而至，可是巷中却没有了周惜若的人影。巷子深处有一道门虚掩着，那人悄悄走了进去。他刚进入院中眸光猛地一紧，只见周惜若已端坐在荒废的亭中。满地的杂草枯叶，唯有这个亭子看起来还算是干净，甚至还有一壶热茶，两盏茶杯。

她微微一笑："没想到在香桂城中还能看见国师大人。"

完颜霍图警惕地四周飞快扫了一眼，等看到只有她一人这才冷笑一声："你故意引老夫来这里？"

周惜若浅浅含笑，笑容恬淡婉约，她道："若不是如此，国师大人怎么会出面与我见一面呢？"

完颜霍图眼瞳一缩，冷声问道："云儿呢？"

周惜若美眸幽幽地看着他，淡淡道："这一句不是我们该问国师大人的吗？国师大人要去哪里？为何我们来到了香桂城，国师大人也跟着前来呢？"

完颜霍图眸色一闪，道："自然是与你们一样回赤灼。"

周惜若面色渐沉，冷冷道："若国师要回赤灼是北上，怎么会随着我们南下呢？！这一路上是不是你跟着我们放了消息给龙越离？！"

完颜霍图见被她点破，冷哼一声："随你怎么说，云儿呢？"

周惜若冷淡道："国师大人要见他吗？恐怕他现在已不愿见了国师大人，谁曾想自己的亲生父亲日日夜夜都在算计自己的儿子！"

完颜霍图闻言脸色顿时铁青，他冷笑道："有你在也是一样！"

他向她伸出手，周惜若手中捏着的茶盏向他一泼，滚烫的茶水向完颜霍图兜头而去。完颜霍图冷笑一声不避不让，手曲成鹰爪去势不改抓向周惜若。

周惜若躲闪不及被他抓了个正着。完颜霍图正要将她拉出亭子，忽地头上一道寒光破开空气，激荡而来。剑气森寒，带着雷霆万钧之势向他头顶刺下，完颜霍图心中一惊，抓着周惜若的手连忙松开。

201

周惜若只觉得手臂一松，而正在这时完颜霍图与藏在亭上的邵云和缠斗在一起。两人招式一模一样，斗在了一起分不清彼此。邵云和的剑很快，招招皆刺向完颜霍图的各大要害，完颜霍图又惊又怒可是却不得不拼起全力应对。

他怒极："你疯了！"

邵云和手中的招式不减，冷冷道："疯的人是你！你为何向龙越离泄露我的行踪？难不成你要借旁人之手除去我？！"

完颜霍图怒道："我做的事不需要向你解释！"

周惜若躲在亭角看着两人你来我往打了个不分胜负，心中焦急。完颜霍图诡计多端，邵云和当初为他所制可不是平白无故的。连邵云和都忌惮的人，这一次若是不一举拿下将来更是后患无穷。

"国师不想说的话，就随我回赤灼当着所有族人的面说清楚，你为何叛国！"邵云和冷笑一声，手中的长剑擦过完颜霍图的长袖，只听得"嘶拉"一声，完颜霍图的袖子已被划破了一大块。

凌厉的剑气逼得完颜霍图连退两三步。他怒视着面前化身冷厉杀手的邵云和，厉声喝道："别逼我出手！"

邵云和手中长剑冷凝不动，薄唇边溢出冷笑："是你逼我出手，你若不是出卖了我，我何须如此？！"

完颜霍图怒极，邵云和口口声声说"出卖"直戳他心中。他怒道："我什么时候做过对不起赤灼的事？什么时候做过对不起你的事？若不是我你能如今日这般的成就？！"

他说完看到邵云和冷然的眼眸，这才恍然大悟："你激我！"

邵云和眸色一闪，不予否认。完颜霍图的功夫真正施展起来比他还厉害，他只能突起发难，外加用激将法激怒了他，让他方寸大乱，看能否侥幸胜了一两招将他拿下，可是如今看来完颜霍图已识破了他的伎俩。

完颜霍图见他如此，不由地哈哈一笑，眼中皆是悲愤之色："好！好个激将法！往日我教了你的，今日你统统都用来对付了我！"

他怒视着亭中的周惜若，恨意深深："就为了这个女人你竟然一步步对付了我！今日今时竟要拔剑相对！？难不成你今日要杀了我？！"

邵云和神色不变，冷淡道："是你说过的，天无二日，人无二主。我若要成为赤灼皇帝，定不能让你再控制了我，这事与惜若无关。"

完颜霍图哈哈冷笑起来，半晌才咬牙道："怎么与她无关！是她改变了你！是她毁了我一生的心血！所以她该死！"

最后一个"死"字落下，他长啸一声人若矫鹰扑向躲在亭中的周惜若。周惜若心中一惊，疾步向后退去。邵云和大惊，大喝一声扑向完颜霍图。

202

完颜霍图去势凶猛迅捷，眼中杀气一掠而过，手中的劲力已灌满了十成十正要对周惜若痛下杀手，忽地他心口一窒，脚下猛地踉跄一下，这准头就落了个空。

他勉强定住身形，抬头怒视着周惜若，厉声道："你做了什么手脚？！"

周惜若看着他煞白的脸色，美眸幽冷，缓缓道："我对你下了毒！"

赶来的邵云和手中长剑一抖对准了完颜霍图的心口，神色复杂："国师今日是逃不了的。"

完颜霍图眼中皆是不信，怒问："你是怎么下的毒？！"

周惜若轻叹一声："那杯茶。"

完颜霍图一怔，方才周惜若泼向他的茶！原来这是一道专门为他设下的陷阱。周惜若故意引了他前来，先用言语激得他发怒，然后等他前来抓人事先准备好的茶就泼向他。想他堂堂国师怎么会惧怕这茶水？连避都不避，有毒的茶水自然都泼到了他的脸面上，毒顺着他的皮肤渗入体内，虽然微量，但是足以让他一段时间行动不便了。再加上他方才与邵云和过招，劲力激荡、血气运转，毒也随着游走全身，于是成了现在这个样子。

完颜霍图眼中涌起森冷的怒意。邵云和上前点住他周身大穴，深眸冰冷，看着养了自己二十多年的父亲，冷冷道："国师放心，我不会杀你的。"

完颜霍图定定看着他，忽地道："你是决计要和这个女人走是吗？即使知道她是个天大的麻烦，你也要决意和她在一起是吗？！"

邵云和眼中猛地掠过讥讽，猛地俯身，怒视着他："要我说过多少次？她是我的妻子！阿宝的娘亲！我不会像你一样妻离子散！最后谁都不肯信，孤孤单单一辈子！"

他含恨的怒吼声令周惜若也吓了一跳。她看着眼前的父子二人，眼中渐渐流露痛惜。他不是无所谓，他不是没事，只是强自把这份对父亲的失望深深埋入心底。

完颜霍图也被他含恨的怒气震了一震。他久久看着面前双眸赤红的邵云和，良久才道："原来你一直在恨我，所以现在你连义父都不肯唤我一声。"

他眼中流露深深萧索，令人不忍触目。

邵云和收起眼底深深的怒气，一把将他拉起，冷然道："好好想想你为什么要出卖我，最好编一个两全其美的借口也许我会考虑一下。"

他说着把完颜霍图带出院子，门外不知什么时候候着一辆空马车，于是邵云和与周惜若带着浑身不能动弹的完颜霍图迅速离开了这里。

马车骨碌地走着。周惜若坐在车厢中看着闭目养神的完颜霍图，他分明已恢复了平静，正养精蓄锐，他和邵云和一样对于逆境有一种近乎野兽的适应本能。方才还在怒而伤心，现在却如没事人一样。

周惜若看着他阴沉的侧面，忽地缓缓道："那一封给龙越离的密信，你知道多少？"

完颜霍图眼皮一跳，半晌，他幽冷开口："我不知道你在说什么。"

周惜若冷冷一笑，一把锋利的匕首猛地抵住了他的喉间，一字一顿地道："你不说的话，这一刀下去你所谓的赤灼伟业还有你的大计统统都要泡了汤！"

马蹄得得，邵云和驾着马车，此时听不到两人的对话。

完颜霍图睁开眼看着眼前的匕首，冷笑一声："你不会杀我的，你杀了我他就会恨你一辈子，你们不是要双宿双飞吗？我现在就可以告诉你，做梦！"他说着闭上了眼，不再看周惜若一眼。

周惜若紧紧拧紧秀眉，收了匕首，道："你要知道，你如今落在我们的手中什么事都做不了了。"

完颜霍图从鼻中冷哼一声，道："老夫活到这把年纪，还不知道什么叫做做不了的事！"

他的顽固出乎周惜若的意料，周惜若想要再探问却按捺下来。两人押着完颜霍图到了住所。为了防止他逃脱，邵云和又把他周身大穴再点了一遍。等做完这一切，周惜若面上的忧色才松释些许。

一条路到了完颜霍图这又仿佛断了。从完颜霍图的口中什么都探不到，因为他的身份邵云和又不能刑讯逼问，一切陷入了僵局中。

周惜若看着邵云和沉思的面色，问道："接下来要怎么办？"

邵云和深深看着她，半晌缓缓道："我们要离开香桂城了。"

周惜若眼中一黯，缓缓靠在了他的怀中。忙了一天天色已暗，天上月色迷蒙，江南之月照在这一方小小的庭院上格外静谧安详。数日的安稳惬意如今已又要成了颠沛流离，亡命天涯。

第二日一早，周惜若与邵云和收拾了东西正要轻装简行，押着完颜霍图出门，忽地后门传来郑二哥的呼唤声。周惜若打开院子的后门，只见郑二哥划着乌篷船前来。

他见周惜若像是要出门的样子，问道："周小娘子要出门吗？"

周惜若点了点头："想与夫君一起去投奔远房的一个亲戚。"

郑二哥眼中流露惋惜，他想起来意，连忙道："周小娘子叫我探听晖州那边的消息，今儿有消息了，那边今日涌进城里不少官兵呢。"

周惜若心中一震，连忙问道："当真？！"

郑二哥不知她为何这么紧张，问道："难道周小娘子的亲戚在晖州？"

周惜若含糊应了声是，急忙回了院中，邵云和听得她这么说，深深拧起剑眉。昨儿才刚找到完颜霍图，今日晖州那边就涌入大量的官兵，这其中又有什么关联？！

他沉吟了一会儿，猛地掀起车帘，盯着完颜霍图厉声问道："是你命人泄露消息？！"

完颜霍图厉目中眸色一闪，冷冷道："我说过，没有我做不了的事！"

邵云和俊脸铁青，定定看着完颜霍图，眼中有什么裂开再也无法缝合。他慢慢对完颜霍图道："你会后悔的！"

完颜霍图冷哼一声："后悔的应该是你，你背弃了赤灼族人，弃了赤灼的大业不顾，你已没有资格当了赤灼的皇帝！你若现在觉悟就应放了我，一切还来得及！若是你执迷不悟，将来被这女人惹了祸事到时候你死都不知怎么死的！"

邵云和一把将他抓起丢在地上，冷笑道："那国师就在这里好好呆着吧！"

他说罢立刻拉起周惜若进了马车，扬鞭一挥，马车飞快离开了这里。

他马车赶得飞快，周惜若在马车中也感觉到了剧烈地颠簸。她想问邵云和却看见他阴沉的侧面而不敢轻易再碰触他心中的伤处。再也没有什么比被亲生父亲算计更加令人痛心的事了，他的怒气可想而知。

邵云和带着她出了香桂城，弃了便捷的水路，往偏僻的山道中而去。周惜若看着两边的景色，忽地探出头来问道："你要去哪儿？"

邵云和木然的抽着马儿，风中传来他过分冷静的声音："晖州已经不能去了，龙越离得了消息肯定在那边重兵把守，我们反其道而行之，这是我们唯一脱离追兵的机会。"

周惜若心中一凛，竟一时找不到话。邵云和行动迅捷，很快从陆路按原路返回，一路上果然看见不少齐国的士兵匆匆向晖州而去，看样子龙越离当真是听了完颜霍图泄露的消息追寻而至。

一路上邵云和和周惜若各怀心思，沉默异常。一连在路上走了两三日，邵云和终于在当初与云思泽分开的贵城停下脚步，两人定了客栈洗去这一路上的仆仆风尘。客栈临街而设，往来客商贩夫走卒皆在窗下，周惜若凭窗而立，怔怔发呆。

邵云和见她神色茫然，眼中微沉，上前轻抚她的发，问道："在想什么？"

周惜若回过神来，摇了摇头。

邵云和忽地道："你不是喜欢吃这里的甜糕吗？我去给你买一点。"

周惜若收回思绪，点了点头。邵云和走出房门，看着房中又陷入沉思的周惜若，眸色掠过深深的失望。

周惜若凭窗而望，街上人来人往，一派富庶的样子。她心中不由轻叹，四国之中齐国国力最强，百姓最富裕。算是天朝之国，可是谁曾想到这番繁华盛世之下还有这么多的陷阱重重，危机四伏，而这次若是龙越离死了……她忽地打了个寒颤。

正在这时，窗下忽地走来一队人，当先一人素色长衫，面容瘦削俊雅，正由身边几位侍卫护送着慢慢地过了街上。周惜若猛地睁大眼睛，不敢置信地看着他。

那人不是别人，正是温景安！他竟也来到了这里！

周惜若猛地关上窗子，心口突突跳个不停。温景安是龙越离身边第一谋臣，龙越

第十八章 情义难全争执起

205

离到了哪里都会带着他，他来这里难道说是随着龙越离前来的？

周惜若在房中不安来回踱步。温景安可信，可是如今这节骨眼上她真的要节外生枝去见了他吗？她心中矛盾非常，半晌，她一咬牙换上外衣匆匆出了客栈。

不远处走来邵云和，他手中捧着甜糕，忽地看见她的身影匆匆走出客栈，深眸一眯，他也看到了街角那一抹一闪而过的熟悉身影。

手中的甜糕掉在了地上，碎成了一地的碎渣。他久久看着她离去的身影，深眸中有什么翻涌不息，终是成了一口看不见的底的枯井……

小小的雅间，茶香袅绕，可是品茶的人却没有半分惬意的心境。

温景安皱眉看着面前的周惜若，摇头道："娘娘现在不应该在这里，应该到了赤灼才是。"

周惜若苍白笑道："若我去了赤灼，今日皇上的几万精兵就不是秘密前来这里，而是大军齐赴北境，战事一触即发。"

她遂把这几日理清的头绪来龙去脉地细细说了。末了，她美眸中神色诚恳，道："为今之计，只有温相国才能劝得了皇上不可单身赴楚国，中了旁人的伎俩！"

温景安黯然摇头："如今的皇上谁劝都不听，也许他是感觉到了什么，连我他都不再相信。"

周惜若长叹一声道："那怎么办？"

两人陷入了沉默中，半晌温景安劝慰道："娘娘还是赶紧离开这是非之地吧，皇上那边找不到娘娘日子久了就死心了。"

周惜若看着眼前一如既往的温景安，眸中水光掠过："今日一别真不知道什么时候才能再相见。"

温景安微微一笑，眼底有释然："总有再见的一天，到那天娘娘与微臣也许不再是今日这般惶惶不安的心境。"

周惜若想挤出一个笑容，眼中的热泪却滚落，她能做的都做了，如今一别也许真的就是天南地北，相隔千里了。

温景安见她想要落泪，岔开话头道："他待你好吗？"

周惜若含泪点头："很好。"

温景安低了头，静静摩挲手中的茶盏，半晌笑了笑，眸光温润如玉，慢慢道："如此我就放心了。"

第十九章　龙困浅滩誓相决

　　周惜若忽地哽咽落泪。茶香袅袅，他就坐在她的对面，任世事变幻风雨无情，他依然在她的不远处默默看着她，不求不诉，不曾离去。

　　温景安看着眼前妆容普通的清丽娇弱的女子，眸光似水，前尘往事在脑中一一掠过。她的好，终于安稳落在了另一个男人的掌心，将由他守护一生了。

　　世人永远也不会明白她，可是他懂。

　　"回去吧。"温景安饮尽杯中的苦茶，把千言万语都压在了心底中。他温和含笑："若要避开皇上的追兵，你要与他从湖州走，过了湖州就能天地一片空阔了。"

　　周惜若眼中的泪落得更急，久久望着他，将一切话都埋在了心底。

　　周惜若回到了客栈中却不见了邵云和。她以为他外出未归便静心等待，可是到了夜间他依然未归这才慌了。邵云和向来不是那种随性的人，说去买甜点怎么会这么久未归？她再也坐不住匆匆出了客栈在城中寻起了他。

　　夜色昏暗，除了一些秦楼楚馆和一些酒肆商铺都已关了门。周惜若终于在一间酒楼看到了临窗独酌的邵云和。他面前已有几个空了的酒坛，犹自独饮。她上前，来到他身旁，看着他冷然的面色，柔声道："云和，我寻了你很久。"

　　邵云和深眸中有什么浮上，像是一抹冷冷的笑意，她想看却已飞快消失不见。

　　邵云和看着手中的酒杯，良久才道："我也寻了你很久。"他淡淡问道："你去了哪里？"

　　周惜若一怔，随口道："我出去买点东西却迷了路，回来时你却已不在。"

"迷了路是吗？"邵云和轻笑一声，抬起头来定定看着她许久。

他那双深眸深不见底，似笑非笑的讥讽看得她心中一阵阵发寒。她正要脱口说自己见了温景安，邵云和却已站起身，丢下一锭银子，淡淡道："迷了路还能回来已不错了，回去吧，明早还要赶路。"

他说完走出了酒楼。千杯不醉的他今夜看起来却是醉了，自顾自走着却不再回头看她一眼。如此沉默到了客栈，周惜若忍不住问道："云和，你……"

她还未说完，他已打断她的话，厌倦地道："我累了，有什么事明日再说吧。"

他说罢径直梳洗便躺在了床上沉沉睡去。周惜若心中一叹，只能暗自神伤地入睡。

第二日一早马车备好，邵云和忽地问道："我们要走哪条路？"

周惜若想起温景安的劝告，于是道："从湖州走，可以避开官兵。"

邵云和忽然地轻笑："若是我不走湖州呢？要知道龙越离也许在玩欲擒故纵之计，湖州虽然看上去没什么官兵，但是也许陷阱就在我们前面等着。"

周惜若心中一突，下意识道："应该不会的。"

"你相信从湖州走万无一失？"邵云和俊颜清冷，淡淡地问道。

周惜若想了良久，才慢慢道："我相信。"她抬头仔细盯着他的面上，问道："难道你在怀疑什么吗？"

"没什么。"邵云和别过头，"只是从小义父也就是我的父亲，他一遍遍告诫我，凡事不可轻易相信，人心不可信，情义不可信，所有都不可信。"

"可是他是错的。"周惜若心中一沉，慢慢道，"他什么都不信，最后就失去了一切。"

邵云和轻笑一声，忽地，他盯着她的美眸，问道："那我可以相信你吗？"

周惜若一怔，盯着他的眼。良久，她道："你自然可以信我。"说完又忽觉得心下萧索。他与她生死相许，这么问分明已是不信了。

"那好吧，走吧。"邵云和一甩长鞭，马车驶离了客栈，一路向湖州而去。

这一路上果然绕开了齐国官兵走得甚是顺遂。到了湖州城周惜若终于松了一口气，温景安并不欺她。两人一路奔波，商议了下决定在湖州逗留两日歇息，顺便等着邵云和从赤灼带来的人前来汇合。可有时候世事就是这么无常，正当他们以为终于可以掌握命运的时候，突然命运翻云覆雨手落下，一切面目全非。

到了第二日，周惜若正起了身梳洗时，忽地湖州城中大街小巷涌进了大批的官兵。阳春三月，晴朗的初春天气仿佛因这突然的变故一下子黯淡了许多。两人在房中，街上便是大批的官兵，来来回回像是在寻什么，楼下的客人吵吵闹闹。

有人叫嚷道："城门都闭了！今日连出城都不成了！"

"为什么？！"

208

"听说皇上来了！"有人压低声音，"这封城的可是皇上身边的骁风骑！"

整个客栈纷纷扰扰，各种各样的流言因这突然的变故而飞快传开，邵云和与她对视一眼，都看到了眼中强烈的不安。

邵云和静静侧耳听了一会儿，忽地抬起头来冷冷一笑："我说过的，这是个陷阱，龙越离寻来了。"

周惜若心已凉如冰雪，她脸上的血色陡然褪去，定定看着面前的邵云和。他猜对了，这也许是龙越离的欲擒故纵之计。

温景安说，"如今的皇上谁劝都不听，也许他是感觉到了什么，连我他都不再相信。"

他不再信了温景安，那他一定派人监视着温景安的一举一动，温景安身边的人也许就是那泄密之人。她心中涌起一股绝望，天大地大，为何就是走不出他的掌心？！

邵云和眼中的讥讽不减一分，他道："如今只能希望龙越离不再屠城逼你，毕竟这不再是无关紧要的赤灼贱民！"

"哗啦"一声，周惜若手中的茶盏猛地跌落，碎成了千万片。她看着他，心中已成殇。他总是能戳中她心中最痛的一处，不带怜惜。

邵云和看着一地的碎片，冷意不减，站起身来："你若与我说你去见了温景安，我们如何会落到如此地步？"

周惜若一震，脸色煞白："你跟踪我？！"

"我只是撞见。"邵云和眼底的怒意再也无法掩盖，冷然怒道，"你为何不与我说实话？你叫我如何能信你？！"

"信？"周惜若心中一恸，美眸看定他，"我怎么信你？你根本不在乎齐国会怎么样！你心底也不会在乎龙越离是不是会被你的好父亲和母亲楚太后所杀！"她脸色苍白，看着面前脸色剧变的邵云和，凄然苦笑："你说得没错，我们本就互不相信，原来恩爱都是你我心中一场虚妄。"

邵云和眼中的怒意渐渐沉淀，他忽地道："其实说来说去都是因为龙越离，是不是？"

周惜若笑了起来，眼中泪水簌簌滚落："我若说不是，你可信？"

她眼中的伤痛刺痛了他的眼，可他忽地又道："那你告诉我，到底是什么在牵绊你！"

熟悉的一句话令她猛地睁大美眸。"你……是你！在白马寺，那人是你！"他竟早就寻她而来，就在龙越离重重设陷之下，他竟见了她！

"是我。"邵云和静静地道，深眸中有她不明白的神色，"惜若，你说得对，我根本不在乎齐国，也不在乎龙越离到底是死是活，因为……"

他低下头，定定看着她的泪眼，一字一顿地道："因为我只在乎你一个人。"他

209

顿了顿自嘲一笑："可是你呢？你的心装了太多的东西。"

他说完，猛地转身走出了房中。房门打开又猛地甩上，冷风吹来，她捂着心口，泪水滚落。

他走了。周惜若呆坐在房中，静静听着，她似乎在等着紧闭的房门会再打开便是他又含怒回来，可是没有。

静，热闹的湖州城空寂一片。天色渐沉，一直到了深夜，忽地城中一道冲天的火光破开黑暗，照得天边一片暗红。周惜若急忙看去，只见街上人群纷纷涌出，看着那火光来处纷纷惊呼。原来这是湖州城的粮仓！

周惜若心中一凛，邵云和在想办法出城！他疯了！

周惜若站起身踉跄奔出房门。才刚走出几步，在走道上走来几个身穿玄青色军服的人。周惜若一惊，急忙缩回房中，可是他们看见了她。几人打了个手势向她而来。她心中涌起一股绝望。那几人进了屋中，急忙又关上房门似乎怕声张。周惜若瞪大美眸盯着他们，连惊叫都忘了。

他们忽地跪下："皇后娘娘莫惊慌！"

周惜若吊起的一颗心这才大大落下。她捂着心口颤声问道："是谁派你们来的？"

他们低声道："是廷尉大人。"

周惜若大大喘了一口气，眼中的热泪猛地簌簌滚落，颤抖半晌才沙哑问道："他人呢？"

他们面面相觑，其中一人道："娘娘不要问了，廷尉大人说过让属下们带娘娘走。"

周惜若心中一痛，指着那冲天的火光："他引开了追兵？"

几人面上一黯，不再吭声。

"不！他不能这样！"周惜若猛地推开他们，向外面冲去，"他不能这样对我！"

她心中已绝望，龙越离若笃定了这城中有邵云和是决计不会放过他的，邵云和这是在自找死路！

他临别的话此时在耳边这么清晰。

"……我根本不在乎齐国，也不在乎龙越离到底是死是活，因为我只在乎你一个人……"

她眼中的泪像是无法抑制流淌的溪水在脸上蜿蜒，她错了，她不应该这样伤了他的心。

她冲出房门，可是却又被方才那几个骁风骑的士兵拽住。

她听见身后有人道："娘娘对不住了，廷尉大人吩咐过一定要把娘娘带出城外，我等的命是大人所救，一定要完成大人的嘱托。"

她想要回头说什么，脖颈上一痛，眼前黑暗袭来，她软软地昏倒在地。

周惜若醒来的时候发现自己已身在了马车中。马车颠簸，马车外火光冲天，不断有嘈杂的叫嚷声从马车边传来。周惜若猛地坐起身来，马车在路上飞驰，她透过车帘的缝隙看见整个湖州城外处处火光。看样子邵云和为了搅乱形势不止烧了一处。

街上百姓四处奔逃，再也分不清什么是什么。周惜若心急如焚，她扑上车辕，对埋头赶马车的人急问道："告诉我云和在哪里？"

那人闷声道："娘娘不要问了。廷尉大人自有安排。"

周惜若气急交加："不！他不能这样冲出城外去！还有别的办法！"

那人闷闷道："没有别的办法，属下们和廷尉大人商议过，唯有这个办法。"

马车走得飞快向着城门而去。邵云和引开大部分追兵，他们才可将她从另外一边城门打开送她出城。这招是声东击西，她明白，可是她亦是明白这要付出多大的代价。两旁街边的景物纷纷向后倒退，周惜若紧紧攀附在车辕上，心中亦是惊涛骇浪。后颈还在剧痛，可是心中更痛。

那人见城门将近，喝道："娘娘坐稳了！"

他一把将周惜若拉在自己身后，拔出长剑砍断了马鞍上与马车相连的车辕。周惜若惊叫一声，此时街边两旁有七八骑不知从何而出，护着他们向城门冲去。城门的守兵看到了扑来的人，纷纷搭箭对着他们。

那人冲他们喊道："我们找到了娘娘了！"

城门守兵一听，犹豫地放下手中的弓箭。那人低声道："娘娘小心了！"

他说着狠狠抽了身下的马儿，马儿吃痛，全力冲向城门。这时城门边的守兵这才觉得不对头。等他们要举了弓箭，他们也冲上前来砍杀。周惜若坐在马背上不由得紧紧闭上了眼。这是城西，守卫大半都被引到了城东，加上被方才护送她的那几个骁风骑的人诈了一诈，这突起变故令城门守军越发不知所措。

那人看来是邵云和手下骁风骑中武功最高的人。他一剑砍翻挡在马前的一位守军，向城门冲去，两旁的护卫策马上前紧紧将她护住。到了城门边，已是一片混战。四面纷纷涌来不断的守军，几人被围困在其中。

周惜若只觉得眼前刀光剑影，血色喷溅。她除了紧紧拉住那人根本无法他顾。城门的守军越来越多，里里外外，逼得他们步步退后。周惜若心已跌入了深渊中，按此形势看来当真是出不去了。正在这时，远远的有火光耀起向这边风卷残云而来。护着周惜若的那人忽地欢喜道："看！廷尉大人来了！"

周惜若心中一震急忙望去，只见远远地有十几骑浴血而来，当先一人玄青军服，长身挺立身影是这么熟悉。

是他！当真是他！他换了一身骁风骑的军袍向这边而来。周惜若正要大声呼唤，可目光落在他身后，不禁惊呆。只见他身后亦是有大批的追兵，他们一个个手撑火把，犹如一条在黑夜中狰狞的火龙就要将跟前十几骑单枪匹马的邵云和等一并吞噬。

周惜若定定看着他风驰电掣而来，他面色沉沉，手中的长剑犹在滴血，身上的长袍亦是被染红了一大片。可唯有他那双深眸在黑夜的火光下熠熠闪着冰冷的光。

他飞驰而来，举剑砍翻围住周惜若四周的守军。大喝一声猛地一纵马，他身下的马儿惊嘶一声，再落下时已稳稳落在了她的身边，他忽地一把将她拉起放在自己的身后。

这一招行云流水，举重若轻。周惜若哽咽一声，紧紧抱住了他，他再恨她怨她，都不曾弃了她。

他的突然来到令四周的守军纷纷震惊。有人认出了他，惊叫道："是廷尉大人！"守城的守军大部分是他当年精心训练而成的骁风骑，如今旧主再现，他们都纷纷犹豫起来。

邵云和看着越来越近的追兵，厉声道："快打开城门！"

守军面面相觑，有的缓缓放下手中的长剑，而有的却目光闪烁，城门已锁死，轻易是打不开的，而捉住邵云和加官进爵却是一定的。情义和富贵相较，更多的人还是选择了后者。

周惜若看着眼前的困境，低声道："护城河！"

邵云和眼中一亮，一策马带着十几骑飞快向前奔去。湖州水路众多，护城河如今是唯一可以逃出湖州城的通道。

耳边的风声呼呼，周惜若紧紧抱着他的劲腰，在这奔逃的夜，她忽地觉得平静欢喜。他在，她亦在，便是此生最大的幸运。

"云和……"她的声音在风中飘忽，"你当真来了。"

邵云和恍若未闻，她以为他听不见，可是下一刻，风中传来他冷冷的声音："总有一天，我定会掏光你心中的所有，只装着我一人。"

周惜若闻言心中既欢喜又悲伤，她紧紧搂住他，心中涌起丝丝缕缕酸涩又甜蜜的暖流。

远远的护城河渐渐落入了众人的视线。今夜是不是能就此逃出湖州城，还是就这样陷入必死的绝境，就看着一次了！

骏马在空旷的黑暗中疾驰，蹄声如雨点，一声声仿佛敲入了心底。周惜若搂着邵云和紧紧盯着前方。忽地身后传来一阵阵如惊雷般的马蹄声，周惜若回头看去不由得惊得睁大了眼。只见身后乌压压的追兵如乌云压境，席卷而来，而当先一人玄黑龙纹长袍，俊魅的面上杀气重重，眼底翻涌的是不息的怒气，他薄唇紧抿，一双眼眸只牢牢盯住她。

两人隔空相视，爱恨滔滔顷刻间就覆灭所有的理智。

龙越离！他追来了！

龙越离一伸手从身后拿出一把金光闪闪的弓箭。周惜若惊得脸色煞白，这把弓她记得的，日夜挂在他的御书房中，曾听说是一把极珍贵的弓，名曰逐日，弓身金丝缠绕，弓弦皆是用最坚韧的冰蚕丝拧成，可射八百步，箭无虚发。

在马背上急促颠簸中，她定定看着龙越离掏出箭，搭弓引箭对准了她。风中，她看见他眼中有那么一刹那掠过犹豫，可是很快就被恨意所取代。周惜若忽地笑了，寒风呼呼，两人一前一后相隔不过五六个马身，这个距离他要她死，当真是大罗金仙都避不过的。

这样也好，恩怨纠缠总有个终结。也许就在多年前那个漆黑的牢房中，从黑暗中邪魅而出的他是她这一辈子跨不过的坎。爱不得，恨不能，欠也好，不欠也好，生生世世都要在他身边死也要死在他的手上。

她缓缓闭上眼，伏在了邵云和的背上，低声道："云和，答应我，不要报仇。"

邵云和眼看着护城河在前面，正想着如何带着周惜若一跃而下，忽地听得她声音凄凉。他心中一突猛地回头，对上了龙越离含恨的厉眸。他脸色剧变，想要将周惜若护住，可是已来不及了，龙越离怒喝一声，手中的箭如流星迅捷无比地射向两人。

周惜若只觉得脑后劲风扑来，她忍不住闭上了眼，下一刻肩头一寒，一道寒光擦过她的肩头射入了前面漆黑的河水中。周惜若脑中浑浑噩噩，高高吊起的心大大跳了跳，再回头时只见龙越离缓缓放下手中的弓。

他抿紧薄唇，面色铁青。

他，还是放过了她。

第十九章　龙困浅滩誓相决

周惜若心中一酸，眼中已被泪水模糊，他终究是舍不得她死。她张了张口正要说什么，邵云和猛地一喝猛地勒住马，马在疾驰中被死死勒住扬蹄长嘶。护城河就在眼前，河水滔滔深不见底。邵云和飞快下了马，他看着泪流满面的周惜若，再看着策马而来的龙越离，深眸看定她。

"惜若，你随我走吗？"他声音发紧。

周惜若擦干眼泪，点了点头。

"好，我们一起跳下去，顺水而出就能出了湖州。"邵云和紧紧握住她的手。

周惜若回头，身后的追兵已到了十几丈远的所在。龙越离此时却下马缓缓向他们两人走来，四面的火光将漆黑的夜照得亮如白昼。他一身玄黑龙纹长袍在风中猎猎翻飞，面上神色明暗不定。

"惜若，跟朕回去。"他平静得可怕。

周惜若眼中的泪又滚落，她已无法出声说什么，唯有泪眼朦胧地哀哀看着他。

"惜若，跟朕回去！"龙越离声音低沉，他不看邵云和只定定看着她，眼底神色翻涌如云起浪涛。

周惜若步步退后，龙越离忽地看向一旁的邵云和。他轻轻地笑："完颜云祈，你带不走她的。"

邵云和亦是回以傲然一笑道："这一次不是在赤灼，我自是带得走她。"

龙越离缓缓举起手中的逐日弓，劲箭对准邵云和的心口，在周惜若惊恐的眼神中慢慢拉开，冷冷道："朕杀不了她，朕却杀得了你！"

邵云和深眸中一紧，手中长剑一抖横在了眼前。四周忽地安静下来，连风都似乎被凝固。火把的光迎风轰轰照耀了这一片天，把两人面上照得纤毫毕现。

"这一天总是要到来的，不是吗？"邵云和忽地轻笑，"五年君臣，再相见却是生死相搏。"

龙越离手中的弓咯咯作响，他已将逐日弓拉满，似乎再多拉一分，这弓就要叫嚣着射向对面的人。他冷冷道："你本非我族类，这生死相决不是今日也定有一日会来到。"

周惜若心中已被焚尽。四面皆是龙越离带来的骁风骑，乌压压一片，不知不觉将两人围拢。他们沉默地看着场中的两人，眼底深处有一种对即将胜出强者的狂热崇敬。这是个弱肉强食的世界，以武定胜负，以武定生死，这是藏在每个男人骨子里的骄傲和自尊。

周惜若只觉得喉咙间被堵住了一团棉花似的，闷而干涩。她定定看着两人，知道此时说什么都已晚了。

龙越离狭长的深眸一眯，冷冷道："这箭囊中有十二支金箭，你能躲过就可以带着她走。"

邵云和薄唇紧抿，眸中冰冷，"我手中的剑也有十二式杀招，躲不过你的金箭，我完颜云祈束手就擒。"

周惜若失声惊怒："你们都疯了！"

可是她的怒喝声却如石头沉入深渊，激不起半分波澜。都是两个狂妄到了极点的男人！周惜若心中气极交加可是却没半分办法。

龙越离哈哈一笑，眼中戾气深深，冷冷道："好！一言为定！"

那个定字才刚落下，他足尖一点，人已如鹰一般向邵云和掠来，手中的劲箭如流星一般带着灿烂的金光疾射邵云和的心口。

第一箭！这第一箭带着积蓄已久的劲力和龙越离突起的飞掠，角度和准度都大大出乎人的意料。邵云和深眸一眯，腰猛地下沉向后仰首跃开，金光擦过他的腰间钉向地上。箭身没入地上一半，尾翎还在颤抖，可见这一箭的劲力有多大。

周惜若心中一跳。论武功龙越离不如邵云和，但是如今他手中有了这逐日弓，以弓对剑，邵云和不能近他的身边五丈之内就眼睁睁成了他的活靶子。邵云和弓箭骑射最好，剑法稍逊一筹，这样一来两人便扯了个平手。

邵云和躲开一箭，冷笑竖起一根指头，道："还剩十一支。"

龙越离眸色冰冷，面对邵云和明显的挑衅，面上沉沉未起波动。他已飞速搭上第二支金箭，对准了邵云和的心口。邵云和看到龙越离眼底的杀气，忽地冷喝一声，人已如鬼魅向龙越离扑去，他要比龙越离的箭更快欺近了他身边才可以一招制胜。

周惜若只见邵云和手中的长剑划起一道绚烂的虹光，如出水游龙向龙越离刺去。龙越离急退几步，避开了这致命一击，屈膝跪地，手中逐日弓举起对准邵云和疾射而去。邵云和在半空中不知怎么的腰间一扭，险险避开了这一箭，手中剑光猛地一吐，直刺龙越离的心窝。

周惜若已觉得自己不能呼吸了。场中两人几乎是不要命的打法令她浑身冰冷地钉在了原地。场中剑光寒气闪闪，荡起层层银光，银光如月华，无孔不入，无处不在；逐日弓上金光刺目，破开黑暗，一道道绚烂的光芒仿佛金乌初升，所向无敌。

四周的士兵们看得眼花缭乱，屏息凝神。十二支箭，龙越离已射了六支，还剩一半的箭矢他已十分小心对待。而邵云和的剑招也走了一半，为求速战速决攻势越发猛烈。两人这一场相斗已是在生死边缘，分外慎重，一招一式都仿佛搅动了空气，令四周观战的人都觉得呼吸困难。渐渐的，两人分开众人围拢向着护城河而去。周惜若对上邵云和的眸光，心中一动，急忙悄悄随着他们移动。

龙越离看着邵云和身后的护城河，冷笑一声："想要逃？！做梦！"

他大喝一声，手中金箭搭上，三支金箭从三个方向直奔邵云和的身上三处要害。邵云和冷喝一声，人已如惊鸿孤影高高跃起，手中长剑绽出一朵银花，这一招犹如天罗地网向龙越离兜头而去。强大的气势逼得龙越离无处可退。

龙越离忽地冷笑一声，手中的箭猛地指向周惜若，大喝一声作势要射。邵云和心中一惊，手中的剑招猛地一顿，人在半空中生生改变方向扑向周惜若。

周惜若瞪大美眸盯着龙越离，忽地，她看到他眼中一掠而过的冷色。

她猛地大叫："云和，不！——"

可是已来不及了，龙越离手微微一抬，金箭疾射而出，射入了全然无防备的邵云和后心。周惜若呆若木鸡地看着邵云和胸口的一点血迅速扩大，最后染红了他胸前半片衣衫。周围所有的声音仿佛在这一刹那褪去，她脑中一片空白，连呼吸和心跳都在这一刹那全然消失，脑中有什么一下下敲着，钝痛一阵阵袭来，无法停止。

邵云和被金箭的劲力带得踉跄跪在地上。他捂着胸前的伤处看向龙越离，忽地轻咳一声，笑道："好！好一招声东击西，我就该知道，你是……不会杀她的。"只是他不敢拿她的性命去赌。

周惜若看着邵云和口中呕出了一口鲜红的血，这才后知后觉地凄厉惊叫一声扶住了他。眼中的泪簌簌滚落，滴在了他的手上，她瞪大眼睛喃喃道："不，不可能！不，不可能！云和……云和……"

第十九章　龙困浅滩誓相决

邵云和伸手轻抚过她流泪的眉眼，低声笑道；"惜若，我败了。"

周惜若眼中热泪滚滚，她扶着他，心底的绝望与痛苦此时此刻已令她几欲疯狂。她看着眼前的龙越离，恨得浑身簌簌发抖。她不明白，为何他不放了她？她不明白，为何她为他做了这么多，他还是不肯为她放一条生路。龙越离缓缓放下手中的逐日弓，一步步走来。四周气氛沉得仿佛如一座巨大的山压在了每个人的心头，四面的火把光静静燃烧，照亮了龙越离俊魅的脸，他面上冰冷，狭长的深眸中在光影的照耀下，竟如魅罗一般妖娆慑人。

"兵不厌诈，朕使计又能如何？完颜云祈，你不服吗？"他轻声反问。

邵云和捂着心口的伤，脸色发白，一滴滴冷汗从额上顺着脸颊滴下。他看着走来的龙越离，低笑一声，道："服！怎么不服？这世间本就是尔虞我诈，你死我活，当我还是邵云和之时，没少做过这种卑鄙无耻的事。"

他轻轻自嘲一笑，伸手轻抚周惜若泪流不停地眼，轻声道："可是，她在，阿宝在，这就是我的救赎。"

周惜若心中剧痛，忍不住伏在他的肩头痛哭失声。龙越离神色复杂地看着相拥的两人，手握着腰间的长剑却怎么也拔不出来向他刺出最后一剑。

"惜若……"邵云和靠在她颤抖的肩头，看着眼前虚无的黑暗，似想到了什么，眸色温柔。他的声音渐低，"无论今生还是来世，我都不会后悔那一天娶你为妻！……"

他说完，忽地向后疾退，一跃而起没入了护城河中。周惜若只觉得身边的暖意消失，她惶然再看时只看得见护城滚滚河水上的浪花四溅。

"不！云和！——"她疯了一样冲向河边，纵身一跃就要随着他跳进去。可是腰间一紧，她已被龙越离紧紧拽住。她猛地回头，怒视着他，厉声道："你放开我！你杀了他！你杀了他！"她如疯了一样在他的手中挣扎。

龙越离看着那滚滚的河水，声音冷然："他死了你也要随着他去死吗？！"

周惜若心中悲愤欲绝，猛地挣开他，纵身跳入河中。冰冷的河水顷刻间就淹过了她的头顶。她的热泪汇入河水中，只觉得忽地轻松。

太好了，就这样死了，随着他一起葬身在这深深的河底。她和他一开始就是错的，错的人，错的一场亲事，从头到尾都是错的，一步错，步步错所以才会这样三人的痛苦，无法解脱。

可是今夜终于有了了结，四面八方的河水漫过她，汩汩的夺去她的呼吸，她缓缓闭上了眼不停的向水底沉下。头顶上传来一声声怒喝，痛苦而惊慌。她只听得头顶上有人分开水花，向她抓来。周惜若撑起最后一丝神智一咬牙，狠狠地甩开他的手。恨意如一道黑暗中的亮光，划过她的脑海，她在挣扎中拔下头上的乌木簪狠狠刺向想要抓住她的手。

血花随着水四溅。抓着她的手被乌木簪刺中可是却依然不放。周惜若只觉得自己的身子一轻人已被拖上了水面。空气涌入口鼻，她猛地剧烈地咳嗽起来。

"你想要跟着他去死吗？朕告诉你……不可能！"龙越离的怒吼声刺激着她昏昏沉沉的脑海，她想要挣扎却是四肢无力，口鼻中皆是冰冷的河水，堵得她心腔剧痛无比。

龙越离拽着她拼命向岸边游去。两人被河水一冲已离了方才的地方一里远。这变故太突然，护卫龙越离的士兵们纷纷朝这边赶来。

周惜若睁开眼，看着那滔滔而去的河水，人已呆怔，只喃喃道："放开我，我要去寻他，我要去寻云和，放开我……"

龙越离一把拉着她，水中两人皆已湿透，河水顺着他的发滴滴答答滑落在脸上。他怒吼："他死了！邵云和死了！完颜云祈死了！"

周惜若定定看着他，忽地伸手狠狠扇上他的脸。"啪"的一声水花四溅，他的脸上也重重挨了一记。

龙越离抚着脸颊，吃吃笑了起来，他眼底翻涌着沉沉怒意，冷冷道："要是朕死了，你应该不会这么难过吧！"

周惜若木然看着他，只觉得心口的热气一点点的随着水流流走。两人在水中，沉沉浮浮，耳边是越来越近的护卫呼唤声。

龙越离拽着她，眸色冰冷："死心吧，他不会再回来！"

他话还未说完，周惜若只听得一声利器破空之声传来。她还未反应过来，只见面前的龙越离脸上痛色掠过。她眼前的河水仿佛翻开了一朵血花。刺鼻的血腥味铺天盖地地传来。

他紧紧拽着她的手猛地一松，人就往河水中沉了下去。周惜若茫然抬头，只见河岸上冷冷立着一抹高大的阴影。

是完颜霍图！

周惜若心口一口气仿佛被瞬间抽光。她惊叫一声，下意识拉住不断向下沉的龙越离。可是她手中扑了一个空，再看时，龙越离的身体已沉沉浮浮在了她前面不远处。

在他的心口赫然也插着一根劲箭！

周惜若只觉得眼前有无数的黑影静静地落下，遮蔽了所有的光亮，一夜之间，她的世界从此冰冷无望。

完颜霍图看着她，再次冷冷举起手中的弓箭，身后的呼唤声越来越近。他一字一顿地道："为我的赤灼，也为了死去的云儿，我送你一程！"

他手中劲箭疾射而出，周惜若之觉得背上一痛，彻底地昏死在了这冰冷的河水中……

第十九章　龙困浅滩誓相决

217

第二十章　两败俱伤心成灰

她仿佛做了一个很长很长的梦，梦中有很多人很多光和影子在眼前飞掠，快得抓不住。她觉得冷，寒冷的河水冷到了极致，冷入了骨髓中。她仿佛看见邵云和口中皆是鲜血。

他说，惜若，无论今生还是来世……我都不会后悔那一天娶你为妻！她想擦去他薄唇边的血，可是却怎么都够不着。她急得哭了。可是下一刻人已被拉开。她撞入一个冰冷的怀抱。她抬头看去，却是龙越离冰冷木然的俊脸。

他说，若是朕死了呢……然后，他的心口就忽然长出了一根箭，深深地穿过他的身体。

她想，她应该也是死了。

……

"惜若！"有人在她耳边一声声呼唤着，不予余力。她肩头一痛，猛地睁开双眼。眼前天光大亮，温景安焦急憔悴的面容出现在她的上方。

"皇后娘娘，你终于醒了！"温景安扶起她，温润的眼中也禁不住红了一圈。

周惜若从未见过温景安是眼前这个样子。面色苍白憔悴，一向光洁的下巴胡子拉渣，身上重紫朝服皱巴巴，再也看不出半分相国的威仪。

"怎么了？"周惜若吃力问道。话一出口她才发现自己的声音沙哑，十分难听。她瞪瞪看着温景安，干涸的眼中灼热难当。

温景安缓缓跪下，深深伏地，声音沉痛无比："皇上……可能……龙驭宾天了！"

周惜若唇角一动，想要说什么却再也找不到自己的声音。房中一片死寂，她连自己的心跳都找不到。半晌，她问道："云和呢……"

温景安缓缓摇了摇头。

她笑了，捂住脸不停地笑，笑得浑身颤抖。温景安急忙一把握住她的肩头，逼着她看着他，目光焦急："惜若，还有希望的，只要没找到……尸体就有希望。"

周惜若笑得泪流满面。她猛地推开他，看着他，面上是笑的，眼中的泪却簌簌滚落："还有什么希望？！我亲眼所见，龙越离杀了云和，完颜霍图又杀了他！……"

她从床上挣扎下来，一身素衣雪白孤零零地站在地上，鬓发散乱，眸光癫狂。温景安看着她，心恸成殇。

"你告诉我还有什么希望？！……"她的声音已沙哑，步步逼近温景安，目中赤红，犹如从地底而来的女鬼。

"死了！他们都死了……"她尖声叫道，清丽的面上悲痛深入骨髓，令人不忍触目。她说完猛地向外冲了出去。

温景安大惊急忙将她拉回，怒道："你要做什么？"

"我为什么还活着？"周惜若回头，美眸中泪水不断，声音沙哑得不似人声，声声质问，似在逼问上苍，"为什么我还活着？为什么不让我跟着他去死？"

"我最应该去死！"她哭得委顿在地上，"老天为什么不让我去死！独留我一人活在这个世上！"

温景安看着地上的她浑身颤抖，如一只受伤的白鸟，再也无法撑起一身傲骨。他眸色掠过痛惜，手轻颤放在她的肩上。她的肩头鲜血汩汩涌出，染红了一大片雪白衣襟。完颜霍图那一箭失了准头，射穿了她的肩胛，正当他准备再补一箭赶来的护卫及时将他惊走，她这才捡回一条命。

那一场决斗，那一夜的漫天大火，那一夜三人的落水……一切的一切都留在了血色的昨天。三人，三败俱伤，这难道就是上天安排好的结局？

温景安将她扶起，小心安放在了床上。周惜若抬起朦胧的泪眼，瘦削娇弱的身子不停地颤抖，眼中的泪簌簌滴落。

他缓缓跪下，深深伏地："皇后娘娘，请节哀顺变。"

周惜若捂住了眼，再也无法出声。

"如今就算是找到皇上也是生机渺茫。"温景安涩然道，"还有……邵云和，亦是如此。"

周惜若浑身一颤，眼泪越发急的落下，这是她的惩罚吧，惩罚她活着，让她亲眼目睹生命中最重要的两个男人在她眼前互相残杀，死在她的眼前。她的活着不是一种幸运，是一种无穷无尽的折磨。

219

"臣千万恳请皇后娘娘以大局为重，回宫主持政事！"

周惜若缓缓放下手，定定看着面前的温景安，红唇颤抖，半天吐出一个字："不！"

温景安看着她，仿佛顷刻之间老了好几岁。他眸光平静，这样的平静中有一种令人绝望的坚定。

"臣请皇后娘娘以大局为重，回宫主持政事！"他重复说道。

"不。"周惜若眸光渐冷，盯着他，轻笑，"我不要大局。"

她眼中的泪渐无，清澈的眼眸中阴影重重，轻易地就覆了原本明媚的颜色："天下与我何干？大局与我何干？我从来就不要这些！你让我离开！！"

"皇后娘娘不能离开。"温景安静静道，"皇后娘娘不答应微臣，哪都不能去！"

温景安膝行后退几步，郑重磕了一个头郑重道："微臣与皇后娘娘相识在牢中，救娘娘于危厄，今日今时，是时候娘娘应还了微臣这一份恩情。"

周惜若一颤，指着他，冷声问道："你在逼我？！"

"是。"温景安平静之极，"微臣是在逼了皇后娘娘，以恩情换皇后娘娘今日相助。"

"皇后娘娘要是不答应，微臣就跪死在娘娘跟前。"

"皇后娘娘要是寻短见，微臣立刻追随娘娘于地底。"

"皇后娘娘不吃不喝不治伤，微臣立刻随娘娘如此。"

"皇后娘娘要是逃走，微臣立刻自残以谢天下。"

温景安一字一句地说着木然无表情。周惜若久久盯着他的面上。温景安挤出一个笑，可是那笑容却比哭还难看，再也无半分齐国第一相的儒雅清扬。他温声道："惜若，我从未要求你做过任何不愿意的事。今日，我求你，求你再为齐国百姓……回来吧。"

周惜若木然道："不。"

温景安凄然一笑，慢慢道："微臣早知道娘娘是不会答应的。"

他说着长袖中寒光一闪，拔出一柄匕首狠狠地刺向自己的肩头。血色喷溅，点点滴滴洒在了她的脚背上。

她木然的眸光终于动了动。他肩头鲜血横流，渗入了深紫色的朝服中。他明明这么痛，痛得脸色几乎煞白透明。她忽地明白他的痛不比她少一分，他舍弃了一切只为了齐国，最后笙歌散尽，唯独他孑然孤立，如今他还要强撑所有理智来收拾残局。

"景安……"她眸色水光潸然，笑容凄然，"不要逼我。"

温景安还她一个惨白的笑容，静静地道："可是天下人在逼我。"他拔出匕首，缓缓的划开自己的手腕，汩汩的鲜血滴落在地上，他满脸冷汗，面上却是释然，"求仁得仁，今日娘娘若决意死，景安也会追随娘娘到了地底。"

周惜若看着他手腕上的鲜血横流，猛地别过头，大大喘息一口气却被刺鼻的血味堵得想要吐。

"齐国是四国中最强大之国，东起滨海，西至燕山，北达狄人之境，南括西南百越。微臣一人之力无法力挽狂澜，皇上一去齐国必乱！天下必乱！臣请皇后娘娘主持大局，以天下苍生为念，百世之后史书上必盛赞娘娘……"温景安一字一句地说说，字字句句皆是血。

周惜若看了他许久，鲜红的血落在她的手背上，比意料中的还要灼热滚烫。他用性命来求她，用性命来逼她。

"我从来不要史书盛赞，我也从来不要这个皇后。"她握住温景安的手，滑腻的鲜血漫过了她的手心，她的手颤抖不已。

"我明白。"温景安柔柔一笑，苍白的面上终于放下忧愁，低声道，"世人永远不明白娘娘，可是我明白。"

她美眸看定他，慢慢道："好，我答应你。"

湖州城门四闭，护城河更是重兵把守，延绵十几里都有士兵在巡查，一寸土地都不肯放过。消息以最严密的方式紧守住。那一夜的情形无人得知，谣言四起，却越发令人雾里看花，分不清到底湖州城发生了什么。

唯一知道的是湖州郡守贴出的告示：皇上被逆贼所伤，逆贼就戮，皇后娘娘携宫中太医亲临湖州照料皇上伤势。湖州城的百姓终于见到了远在齐京皇宫的皇后，那由平民弃妇一跃成为母仪天下的传奇女子。她一身大红凤服，面容绝美，神色沉静，精致的妆容显在了天光下，无懈可击的美貌中带着无尽森冷的威仪，顷刻间就令惶惶的人心安定下来，关于她的流言疯了一样又被重新提起。

一道道传闻都在盛赞着她的坚韧、智慧，将她传得犹如神女临世，绝世无双。精美的凤辇驶过湖州城黄沙铺地的御街，大红的凤服红得像是一团火静静燃烧。她一动不动犹如最美的人偶。她眸光木然冰冷，沉重华丽的凤冠戴在头上，明珠轻颤触着她的脸颊，一点点冰凉从脸上一直渗入心底，

从此日光黯淡，山河失色，不复妖娆。

因皇上伤势严重，不宜舟车劳顿，小小的湖州郡守府俨然成了御驾临时的行宫。四周州郡郡守、大大小小的官吏前来，更是把湖州城的郡守府堵得密密麻麻。书房中，周惜若与温景安各占一头书桌，埋头疾书。他批复一道道政令，如何安排布防，如何指令各州郡政事。而她写上一道道懿旨，责令沿途如何派宫人前来"照料"御驾，宫中要如何迎驾。

书房中只听得毛笔沙沙在上好的湖州宣纸上掠过的声音。晴秀端了饭食进来，鼻间一酸，跪下道："皇后娘娘，相国大人用膳吧。"

周惜若头一抬，这才发现自己的背上又湿了一大片。原来伤口又崩裂想必现在又是血染红了半片衣襟。温景安也好不到哪去，他已换了左手写字，右手手腕上鲜血在书桌上抹红了一大片。

两人茫然一对视，这才发现已是大半天过去，晴秀哽咽地上前为他们奉上饭食。

周惜若看着精心的佳肴，涩然道："我吃不下。"温景安亦是摆了摆手，不愿动筷。

晴秀唇颤了颤，正要说什么。房门外喧哗声传来，一道人影不顾侍卫阻拦，匆匆进来。周惜若看着疾步走来的人影，手一颤，手中的笔掉在了雪白的宣纸上，顷刻墨色染了一大片。温景安见那人前来，长长舒了一口气。

"娘娘！相国大人！"那人跪下，俊颜染了风尘，朗朗眉间也遮蔽了阴影。可依然是那翩翩俊美的云思泽。

周惜若上前几步，半晌才颤声道："你来了就好。"

云思泽看着两人面上的哀色，声音微颤："当真？"

周惜若猛地别过头，颤声道："温相招呼一下云少，本宫……进去歇息了。"

她说着匆匆转入了内堂中，跄跄几步扶住了龙柱。日日夜夜她都无法安眠，一闭眼一睁眼都是那一夜的情形，邵云和胸前的血，龙越离身上的箭……满眼都是血色，怎么都逃不开。

良久，身后传来轻轻的脚步声。一只手轻轻放在了她的肩头，低声道："娘娘背上的伤都裂开了，让晴秀为娘娘再包扎伤口吧。"

周惜若回头，含泪看着云思泽，声音涩然沙哑："为什么？为什么成了现在这样？"

云思泽摇头，道："我查了，完颜霍图从昀紫山庄离开之后就一路跟随了娘娘，是他故意引得皇上一路追赶到了香桂城，娘娘与邵兄识破了他的计谋原路返回。完颜霍图不甘心就此失败，混入了皇上的骁风骑中，其实完颜霍图一直没放弃刺杀皇上的计划，杀了皇上，赤灼国才可以收回燕州其余几郡，甚至还可以夺回一大片齐国富饶之地。"

"而邵云和与皇上的相遇决斗可能是他的意料之外，毕竟他也不愿意新立的赤灼皇帝就这样陨殁……"

周惜若听了，咬牙冷冷一笑："我明白。"她眼底的阴郁翻涌，再不复往日清澈明媚。

云思泽看着她凤服点点血渍渗出，眼中忍不住掠过痛惜，急忙扶着她回了房中，唤来晴秀为她上药包扎伤口。周惜若任由晴秀包扎。

重重纱帘外，云思泽来来回回踱步的身影焦急万状。一朝剧变，两位帝王生死不明。他们争个你死我活，却把这一番天翻地覆的重担牢牢压在她赢弱的肩头。他深深看着里面呆呆坐着的周惜若，心中如乌云压城，无法再见一丝日光。

早春的天气乍暖还寒，江南的梅雨开始下了起来，淅淅沥沥，滴落在树叶上划过破碎的痕迹。一抹红影站在回廊下久久看着眼前这一片雨帘。她背影纤柔娇弱，可不知怎么的看久了竟觉得有一种倔强坚韧的错觉。

温景安低头匆匆而来，忽地一抬头看见了她，他猛地顿住脚步，久久凝望，眼中痛色沉沉。龙越离与邵云和尸身虽还未找到，但是却已生还渺茫。这几日雨势连绵，河水大涨，更是找不到丝毫踪迹。而南北两帝身死的消息被严密封锁住，她连寄托哀思的雪白孝服都无法穿在身上。于是她一身红衣如血仿佛用这颜色来祭奠那一夜的血光。

周惜若伸出手，素白的掌心上点点滴滴雨水汇集，她看，仿佛痴了。

"娘娘，小心着凉。"温景安来到她的身后。

周惜若怔怔看着掌心的雨水，低声道："这雨水像是天在流泪。"

温景安心中一痛，低声道："娘娘节哀顺变。"

周惜若收回手，面上已然沉静得令人觉得陌生。她问道："有消息吗？"

温景安摇了摇头。周惜若眸中一黯，良久才道："已经过了五六日了，再找不到……"她忽地不知道要怎么说下去。

温景安眼露不忍，连忙道："娘娘放心，只要一日找不到任何踪迹，他们就一定还有希望。"

周惜若沉默，算是默许了温景安的话。

温景安看了看天上的雨水，眉心不展道："娘娘，我们要尽快回宫主持大局。"

周惜若心神不在地随意点了点头，正是这雨丝缠绵，阻了他们"护送"御驾回京的路。河水大涨，陆路泥泞难行，水路又湍急，得再等。

正在这时，晴秀匆匆而来。在她身后跟着两位面色苍白的内侍。一位正是常在龙越离身边伺候的叶公公，另一位正是林公公，他们两人上前拜见。

叶公公还不知此间事，胖乎乎的脸上皆是笑容，笑眯眯上前道："奴婢就知道皇上一定会找到皇后娘娘的。"

林公公亦是松了一口气，道："皇后娘娘没事就好。"

周惜若看着他们两人，唇微颤，半晌才道："两位辛苦了，从京城一路赶来。"

林公公与叶公公连道不敢当。

周惜若凄然笑道："今日两位来，是有一件事关天下苍生的事求两位公公襄助，也请两位公公一定要严守这个秘密。"

223

叶公公与林公公一听面面相觑，见惯了大风大浪的他们直觉感到了不妙。温景安黯然退下，他走了一会儿，再回头，只见廊下跪着哭泣的他们。温景安长叹。一出戏要让天下人皆信就要做得真，御驾之侧怎么能少了左右不离的皇宫中大内正副总管呢？

到了晚间，周惜若与温景安正在密议如何回宫，忽地叶公公求见。他今日得知龙越离生死不明已暗自哭了许久，如今眼睛还红肿着。他上前跪下道："有一件事必须得告诉皇后娘娘。"

周惜若扶了他起身，问道："何事？"

叶公公从袖中掏出一封信，递到了她的手中，颤声道："这是奴婢在得到娘娘的懿旨离京时拿到的。今日奴婢本应该把这密信给了皇上，但是……皇上不在了……所以现在想起来给皇后娘娘和相国大人看看。"

周惜若接过密信，眼中一紧。这密信与她在宫中看到龙越离拿到手中的是一模一样。

她脸色凝重，问道："叶公公，这是从何而来。"

叶公公擦了擦眼，哽咽道："这是从楚齐王那边来带的，皇上自从知道了自己的身世之后一直想办法与楚齐王联络，这是第二封信。"

周惜若急忙拆开密信，一目十行地看了看。良久，她把密信递给温景安，怔怔问道："相国大人怎么看？"

温景安看完了密信，沉吟一会儿才道："为今之计只能敷衍了楚齐王，先回京要紧。"

信上提了要与龙越离见面一事，语气迫切，还带着隐隐的叱责之意。若是龙越离在这里必会想方设法见楚齐王一面，但是如今龙越离生死不知，怎么见？如何见？

周惜若明眸中神色沉沉，半晌忽地道："我去见他。"

温景安吓了一跳，急忙道："娘娘万万不可！"

周惜若眸色幽冷："若是楚齐王受楚太后所制，引皇上到了晖州，那趁这次机会一探究竟才能除去这个后患，若不是也正好告诫楚齐王不要落入了楚太后的圈套中，为他人做了嫁衣裳，这样我们心中也安稳。"

温景安大大摇头："娘娘万万不可轻易冒险，再说这事也不一定是楚太后设下的陷阱。"

周惜若摇头，慢慢道："相国大人不要轻易低估宫中女人的力量，楚太后是那么轻易就认输的人吗？"

温景安想起楚太后在齐国把持朝政后宫几十年的手段与城府，顿时无言。

"我去见他。"周惜若慢慢将手中的密信撕碎，片片纸屑落在了香炉中，顷刻间就乌黑卷曲，化成一团团小火焰。她盯着香炉袅袅的青烟，冷冷道，"若我猜的不错，楚齐王若真的与楚太后有瓜葛，那完颜霍图一定是最大的帮凶！"

她美眸看定温景安，一字一顿地道："我要报仇！"

温景安心中一痛，良久才道："好。微臣定会保护娘娘，万无一失。"

屋檐下，雨声淅淅沥沥，红残柳翠，今年的春看起来格外萧索荒凉。

烟雨迷茫，青山隐隐，一湾小河淙淙从青山脚下流淌而，一艘孤舟，一位钓鱼的老翁披着一身蓑衣，雨水滴答，他手中的鱼竿纹丝未动。良久他手中的鱼竿动了动。老渔翁熟练一甩，一尾肥鱼翻着白花花的肚子就被甩上了船中。那老渔翁看着船中满意地点了点头。

正在这时，远远跑来一位身量娇小的女孩，她一边跑一边喊："爷爷，醒了！醒了！"

老渔翁抬头，待到女孩跑到跟前把头上的斗笠给她戴上，嗔怪道："楚楚，雨这么大，你怎么不管不顾地跑来了！哪个醒了？"

女孩不过十二三岁，清秀的面上满是雨丝，喘了几口气，这才道："有一个醒了，另一个还没醒。"

老渔翁一听也高兴道："这就好哇，刚好今日钓了不少鱼，可以给他们两个倒霉蛋炖点鱼汤喽。"

小女孩一听，不满地撅嘴反驳道："他们两个才不是倒霉蛋儿呢！爷爷嘴巴真坏！"

老渔翁呵呵一笑，老眼中掠过一丝精光，漫不经心地道："被箭射中了去掉半条命，还掉入水中差点连另外半条都没了，这不是倒了霉是什么？还好要不是爷爷那天夜里出来捕鱼，他们两个都得死！"

他话虽这么说，还是赶紧收拾了船中还在活蹦乱跳的鱼，带着小女孩划着船向不远处的船坞而去。祖孙两人到了船坞中进了房中，只见房中并排躺着两个身材修长高大的年轻男子。

其中一人捂着胸口的伤正要竭力下床。叫楚楚的小女孩一见急忙上前阻拦："你不能动！伤口万一又崩裂了怎么办？！"

那男子猛地甩开她的手，一双深眸中皆是警惕的神色。

老渔翁见状，向楚楚招了招手："楚楚，回来，他要走就让他走吧。"

那男子看了他们祖孙两人，眼眸中的冷色渐缓，问道："我这是在哪里？"他话刚出口忍不住咳嗽起来。

楚楚连忙倒了一杯水递给他。那男子上下打量了她，接过淡淡道："谢谢这位小姑娘。"

他面容煞白，鬓发散乱，虽然形容狼狈，但是依然丝毫不能掩去他面上过人的俊

第二十章　两败俱伤心成灰

美。只是他周身气质冷厉，一双深眸盯着人看仿佛能看入人的心底，令人胆颤。

楚楚被他一夸不知不觉红了脸，道："这位大哥哥放心，这里是吴家坞，住这一带的都是好人。"

老渔翁轻咳一声，问道："这位怎么称呼？"

那男子顿了顿，半晌才道："在下姓邵，名云和。"

老渔翁哦了一声，忽地，他指着床上另一边昏迷不醒的男子，问道："那他呢？是邵大侠的仇人还是同伴？"

邵云和转头，他方才醒来一心想要离开这里，没注意打量周围。他听得老渔翁问话，顺着老渔翁指的方向转头看向房中另一边的床上。待看清楚那人的眉眼，邵云和不禁结结实实一怔。只见另一边床上躺着人事不知的龙越离，他面色同样苍白无血色，双目紧闭，身上也包扎了厚厚的布条，还有头上亦是扎得严严实实，看样子他不但伤在了身上，头上还有一处重伤。他的样子比他还狼狈，若不是注意看他胸口微微起伏还以为是个死人。

良久，邵云和淡淡道："是同伴。"

老渔翁见他的神色知道他定是认识了另一人，笑呵呵道："那既然这样就好，我还担心你们两人醒来后又要杀个你死我活呢。"

邵云和微微一笑，靠在了床上，似笑非笑道："怎么会呢，我们兄弟两人被人追杀，至今得蒙老丈人相救，这份恩情将来一定要报答。"

老渔翁笑了笑，对他道："这位邵大侠言重了，既然醒来了就多歇歇。"

楚楚也拍手笑道："是啊，两位大哥都流了好多血得好好补一补。"

楚楚这一说，邵云和这才感觉到饥肠辘辘。他掩下眼底的神色，恭谦道："那多谢两位恩人了，不知老丈人尊姓大名？"

老渔翁爽朗一笑："叫我老吴就行了，这一带的渔民都姓吴。"

邵云和遂笑了笑，连称不敢。老渔翁与楚楚走出房门。邵云和这才收回脸上的笑容，他捂着胸前的伤处，跟跄下了床走到龙越离的床边，伸手一探他的脉搏，果然是受了重伤，脉搏轻浅，但是却没有濒死之相。

龙越离倒是也逃过了一劫。只是他不明白为何会成了现在这个情形。邵云和神色复杂地收回手，看着依然昏迷不醒的龙越离，眸色渐渐冰冷。

船坞外，老吴正在收拾鱼，切几片生姜，杀好的鱼就丢了进锅里去。一旁的楚楚给他打下手，小脸被火光耀得红彤彤的。

老吴忽地道："楚楚，你别忙了，去看着他们。"

楚楚不明所以，问道："为什么呀爷爷，他们不是在休息吗？"

老吴看着锅中翻滚的鱼汤，嘿嘿一笑："老夫活了大半辈子了竟被这个臭小子骗过了，快去，晚了你喜欢的那个小白脸就要遭殃了！"

226

楚楚一听，疑惑地向房中走去。她打开房门，只见邵云和正坐在了龙越离的床边，他见她来手中猛地一缩，厉目看向她。楚楚被他犀利的目光一刺竟呆呆站在了房门口。

"楚楚小姑娘你怎么又来了？"邵云和捂住薄唇，轻咳一声。

楚楚见他虚弱的样子，以为方才见到的那抹精光是自己的错觉，笑眯眯道："没什么，就是过来瞧瞧两位大哥哥缺了什么。"

邵云和微微一笑，柔声道："不缺什么，楚楚姑娘去忙吧。"

楚楚想起爷爷的吩咐，上前扶着他道："邵大哥你怎么就下床了呢？你的伤也很重。"

邵云和伤后无力，楚楚扶着他就顺势躺在了床上。他听得楚楚的问话，淡淡垂下眼帘道："躺了很久了想要活动下筋骨，再说也担心他到底怎么样了。"

楚楚回头看了依然昏迷不醒的龙越离，叹了一口气："他伤得比邵大哥还重呢，爷爷说他还被激流冲着撞上了河中的石头，要不是爷爷冒了风险下水救人，当真是命也没有了。"

楚楚说到这里，睁着忽闪忽闪的大眼，脸红问道："对了，邵大哥的朋友叫什么名字？"

邵云和看了龙越离一眼，冷淡道："他姓越，叫做越离。"

楚楚一听拍着手笑道："太好了，总算知道他的名字啦。越大哥！越大哥！"

邵云和看着楚楚兴高采烈的模样，忽地俊颜上掠过若有所思的笑容，道："楚楚姑娘喜欢他？若喜欢他，等他醒来我便与他说。"

楚楚脸一红，又羞又恼道："邵大哥胡说什么呢！不理你了！"她说完急忙冲出了房门。

邵云和见她终于走了，长吁一口气。收回掌中内力冷笑一声："龙越离，算你命大。"

邵云和与龙越离便在了吴家坞住下养伤。邵云和醒来的第二日龙越离也幽幽转醒，只是他醒来时眼神茫然。邵云和半靠在床头，看着老吴和楚楚祖孙两人正在扶着他起身。龙越离面上毫无血色，半闭着眼病恹恹地靠在床头，由楚楚一勺一勺地喂他喝鱼汤。他喝了几口，皱了精致的眉，恼道："这是什么味儿，我不吃！"

楚楚一听，连忙道："越大哥不喜欢喝鱼汤吗？那我去盛粥来。"

龙越离扶着额头，忽地道："你方才叫我什么？"

邵云和眸色一冷，牢牢盯着他。

楚楚道："叫你越大哥啊？邵大哥说你姓越，叫越离，我当然叫你越大哥了。"

龙越离想了想，忽地捂着头，痛苦问道："什么越大哥？邵大哥，我叫做越离

227

吗？"

此话一出，楚楚与对面的邵云和皆是一怔。

"越贤弟，你好好看着我，你难道不认得我了吗？"邵云和冷冷嗤笑一声，"难道撞到了头，越贤弟就把前尘往事都一齐忘了吗？"

龙越离终于抬头正眼打量出声的邵云和。他定定看了邵云和许久，忽地皱眉问道："你到底是谁？你我是故人吗？"

邵云和看了他许久，似笑非笑道："不但是故人，还是交情很深的故人，你当真都忘了吗？"

龙越离皱眉凝思，忽地，他捂住额头，痛苦道："头好痛！我不能想，一想头就好痛。"

他痛得在床上挣扎，楚楚吓得急忙去唤爷爷来。

邵云和薄唇一勾，冷冷看着龙越离在床上挣扎呼痛，一动未动。

老吴赶来，一按龙越离的脉搏，皱眉自语道："他血气不畅，难道是脑中的瘀血未除？"

邵云和冷冰冰地道："他说他什么都想不起来了，吴老觉得他现在当真是什么都不记得吗？"

老吴摇头："这老夫就不知道了，要不明日带他去镇上让大夫瞧一瞧才好论断。"

邵云和忽地道："不必了，我给吴老一张方子化瘀血的，也许有点效果。"

老吴看了他一眼，不置可否。邵云和已下了床向楚楚讨要笔墨，楚楚急忙去拿。不到片刻，一张方子就递到了吴老的手上。老吴看了几眼，老眼一眯，揣在怀中舒了口气道："那好，明日就按这方子抓药。"

邵云和点了点头，径直上床闭目歇息。老吴与楚楚安顿好了龙越离之后走出屋子。

楚楚忧心忡忡："爷爷，越大哥怎么会什么都想不起来呢？"

老吴花白的眉毛拧成一团，道："他头撞到了河中的石头能捡回一条命就不错了。现在可能是一时失忆了吧，过阵子等脑中的瘀血化了就行了。"

楚楚看了房中一眼，低声道："爷爷，我怎么觉得那邵大哥怪怪的。"

老吴嘿嘿一笑，满脸的皱纹笑成了一朵菊，低声道："他心思多着呢，你看紧一点。"他顿了顿，哼了一声："也不知道这两人的名字到底是不是真的……"

楚楚一听，急忙拉住爷爷的手，指着他手中的药方小声道："那如果邵大哥真的是有古怪，这药方……能吃吗？"

老吴轻敲楚楚的脑袋，压低声音："我瞧过了，这药方是真的。他怕我把那姓越的小白脸带到了小镇上，所以赶紧给了药方。看来他们两人身份不简单呢。"他顿了

228

顿，自言自语道："这个姓邵的小子心思弯弯绕绕的，还真的是个难对付的人。"

楚楚吐了吐粉舌，做了个鬼脸道："爷爷，那要不要我明儿去镇上打听打听？"

老吴摆了摆手："不用了，明日我早早去了就回来。你在家里好好看着他们两人。"

他说完哼哼地走了。楚楚看了看紧闭的房门，吐了吐粉舌一蹦一跳地走了。她不明白为何要看着他们两人，难道还能出了人命不成？

第二十一章　力撑朝堂千斤担

　　湖州南下，路过香桂城直到晖州，水路渐多，直到晖州地界才看见大片的土地。周惜若站在两层的画舫上，两岸烟波浩渺，鲜花红艳，一路的山水如上好的水墨画，只是此情此景落入伤心人眼中只令人更伤。

　　"娘娘，再走小半天就能到了晖州城中了。"身后叶公公走来禀报。

　　周惜若轻点了点头，江风吹拂，撩起鬓边的散发，犹如去而复还的惆怅。叶公公看着她孤冷的身影，欲言又止。

　　"叶公公想说什么？"风中传来她清冷的声音。

　　叶公公轻叹一声，上前道："其实有关国事奴婢是万万不能说什么的，只是……"

　　周惜若转头，美眸神色幽幽，问道："叶公公有什么事就说吧，如今还有什么是不能说的呢？"

　　叶公公上前，咽了咽唾沫，低声道："其实皇后娘娘不应该去晖州，奴婢一直担心一件事，晖州的都督是郁家军曾经的旧部。"

　　周惜若一怔，定定看着叶公公。叶公公被她的美眸盯得心底发寒，急忙跪下连连磕头："皇后娘娘千万要饶了奴婢，皇后娘娘不知，如今宫中德妃与宁妃正斗得剑拔弩张。德妃依凭的是皇后娘娘的抬举，又因为是宫中的老人而不把宁妃娘娘放在眼中，而宁妃娘娘依凭的是郁家更是不服气。奴婢只是担心皇上的事万一传到了京城中，德妃还好说，那宁妃会不会……"

他不敢往下说。周惜若脸色冷凝，慢慢走入了船舱中坐在了椅上。

叶公公见她神色异常凝重，上前狠狠抽了自己一个巴掌，哭丧着脸道："奴婢不该说这些晦气话。"

周惜若定了定神，"砰"的一掌拍上案几，冷森森地道："就算宁妃知道皇上龙驭西去，本宫谅她也没有这个胆子反！他们若是敢反，本宫就敢杀！！"

杀？从何杀？何人去杀？！叶公公忽地他看到周惜若眼底的杀气，不禁生生打了个冷战。他几乎忘了，在宫中还有一位凌妃——那位几乎可以称为周惜若影子的清冷女子。后宫，这便是女人的后宫。埋下一步步的棋子，走一步算十步，因为谁也不知道，这盘天定的棋局自己到底能走到哪一步。

她看着船舱外的春草凄凄，美眸幽冷，道："晖州是一定要去的，齐国大乱方定，人人思安，回京以温相和忠于皇上的诸位大臣们襄助，本宫很容易就能稳住朝局。反而是完颜霍图和藏在楚国的楚太后才是齐国的真正的心腹大患，此时若是不一举将他们擒获，恐怕将来再也捉不住他们。"

这一次，她要的不是一时安稳，要的是齐国十几年中不再兴起兵戈！齐国稳，四国便稳，她做的一切牺牲才真正有意义。时至今日到底是什么还在支撑着她，让她一步步向前，连哀悼都再也无法顾得？

她脑中忽地掠过邵云和愤怒的眼眸。他说，到底是什么在羁绊着你？

"云和，等我，再等等。"她低声喃喃，江风吹过，这一句呢喃化在风中再也无痕迹。

……

周惜若一行很快秘密到了晖州。温景安的安排万无一失，整个晖州外松内紧，甚至为了筹谋可能突起的变乱秘密安排民夫开凿一条密道，一切准备就绪，只等楚齐王前来。周惜若只给他三日，三日之内不来"御驾"便要归京。到了周惜若约定的第二日，传言中风流倜傥、昏庸无度的楚齐王终于秘密前来。

晖州的清晨时常有雾，迷蒙笼罩整个百年来连结齐国与楚国的边城重镇，久久不去。一辆毫不起眼的马车就踏着这飘渺的雾气缓缓驶入了晖州的城门，马车走得不紧不慢，过街穿巷终于在一处别苑门前停住了车辙。别苑中的侍从低头鱼贯而出，静静恭立。

马车的车帘一撩，伸出一只修长秀美的手，这只手修长而骨节分明，指间戴着一个硕大的红宝石戒指。宝石如血，将这只手衬得越发精致而贵气。赶马的车夫连忙跪下，以身为凳，另有一位美貌的婢女低头上前扶着这只手的主人缓缓下了马车。

侍从们只闻到一股异香扑来，香气清新非常却中带着一股说不出的冷冽，令人不禁恍惚了一下，再定睛看时，只见一位身材修长的男子站在了门前。门前的侍从只看了一眼便呆呆的转不开眼睛。

231

那男子微微一笑，道："就是这里吗？七绕八拐的令本王好找。"他声音清雅，脆如空竹，余韵悠长，令人心头不禁遐想万分。

他扫了一眼门前的侍从，许是见惯了旁人对他容貌的震惊，不待他们通传举步就走了进门中。侍从们见他恍若无人之境这才回过神来，不敢阻拦匆匆在前面引路。

那人一路不紧不慢，不似在赴约而是在欣赏这苑中的景致。他一路走一路摇头，惋惜轻叹："这园子做得太过匠气了，一点儿都不好。"

在前面领路的侍从听了头上禁不住冒出了冷汗，心中升起羞愧。仿佛这园子不入了他的眼便是他们的罪过。终于，侍从领着他来到一处翠竹林。竹子是楚地常有的湘妃竹，此时是春季，竹笋抽节，翠色又经过昨夜的雨水清洗，嫩嫩的翠色欲滴仿若仙境。

那男子终于舒心长叹一声："到了这里才觉得这景可洗眼洗心。"

他说罢放开婢女的手，向着竹林深处的一处竹屋走去。竹屋打开门，一抹窈窕的清影静静跪坐在竹席上凝神看着茶鼎中翻滚的茶。她听到声响抬起头来，看向缓步走来的男子。在看到那男子的面容之后，她微微一怔，片刻之后含笑道："齐王殿下风姿卓绝，难怪当年是四国之中闻名一时的美男子。"

那男子看上去不过三十多许，俊雅清贵，他身后是翠色重重的竹林，一身玄衣却不显突兀，反而成为这一副山水画中最浓重的一笔令人无法忽视。

他打量眼前闻名许久的齐国皇后周惜若，只见周惜若着一身青色长衣，一头乌发不梳发髻只懒懒束在脑后。身上朱钗皆无，干净素雅得如竹林中的仙子。她面容清丽绝美，算不上摄人心魄的美艳，可偏偏令人无法移开眼。在她面前干干净净摆着一套青瓷茶具，而她皓腕如雪，正拿着长长的竹制茶勺。

有美如此，这一方竹林竹屋顷刻间变成了世外桃源。

他打量她，周惜若亦是大大方方打量眼前的闻名许久的楚齐王。他面容如一块绝世美玉，白皙无暇，下颌亦是干干净净不见一点邋遢胡渣。他的五官阴柔俊美，修长入鬓角的长眉浓黑而精致，一双眼如黑宝石般璀璨蕴含光华，鼻梁挺秀，如悬胆，唇角微扬，令他面上如带着一抹令人捉摸不定的笑意。

他算年纪明明已是五旬，可看过去不过是三十多许，一头墨发如泼墨，乌黑丝毫不见一丝白发。三千发丝用一枝长长的红艳的珊瑚簪挽上，墨色的发，红色的簪，令他看起来如天上落下凡间的谪仙，多了几分不染世俗的清贵。

他是龙越离的生父，面容依稀有着龙越离的几分影子，可他的相貌与龙越离相比多了几分儒雅从容少了几分邪魅，端端正正，令人心生喜爱。

他的俊美超过了周惜若的意料，人都道楚国男子比女子还美几分，如今看来果然不假。楚齐王以现在的相貌便已是一等一的美男子，若是再年少二十年，当真是顾盼间便能轻易夺去世间女子的芳心。难怪当初蓝玉烟这等倾国倾城的美人也被他收服得服服帖帖。

楚齐王见周惜若打量完，一振长袍，随意坐在她的对面，即使这般简单的动作也由他做来竟多了几分随意洒脱。

他含笑："离儿呢？是时候父子相见，成就一段佳话了。"

周惜若一抬手，稳稳地为他斟了一杯清茶，淡淡道："齐王殿下何必如此心急呢？既然父子已分别了近三十载，多等几刻又有何妨？"她笑容温柔，似水剪眸中平静得犹如一潭湖水，令人捉摸不定。

楚齐王面上的笑容不减，捏起茶盏，轻抿一口，淡淡道："好茶，茶普通，火候却好。皇后娘娘不愧为齐国的皇后，实在是不能令人小觑。"

周惜若含笑："能得齐王殿下夸奖，本宫顿觉得面上有光。"

她说到"面上"两字，忽地定定看着面前的楚齐王，美眸底有疑惑问道："传言中的齐王殿下不是被宫中一场大火毁去了容貌了吗？难道……"

楚齐王一摸自己的脸，微微一笑："若不假装自己毁了容貌，皇后以为本王还能活到现在吗？"

他笑得轻松惬意，丝毫不以意，周惜若却恍然大悟，面色转和缓。她看着煮得滚沸的茶水，恍惚一笑："宫中就是如此，不是吗？"

想来他也如龙越离一样，以风流倜傥为幌子避祸宫廷。

楚齐王眸中一闪，抿了一口茶，笑道："好茶已品，主人却还未现身相见，这岂不是失礼？"

周惜若收回思绪，素手一动为他添茶，笑道："品茶需心静，齐王殿下这么急，可是品不出好茶来。"她意态闲暇，似乎打定了主意就这样闲聊下去。

楚齐王含笑看了她一会儿，忽地道："今日本王是见不到他了是吗？"

周惜不置可否，又为他斟了一杯茶，道："难道是本宫的茶突然不好了，令齐王殿下这么心急想要走了？"

楚齐王一笑，长袖轻弹，拂去身上并不存在的灰尘，淡淡道："本王就知道他是不会轻易出来相见的，只是本王不明白，既然不见为何还要前来晖州，让人心生期待又忽觉得万分失望。"

周惜若闻言心中不由轻叹，楚齐王聪明绝顶又善于察言观色，她虽未明说，他却已知道了今日是见不到龙越离了，只是他涵养好直到现在依然面上未有半分的不悦。这样的美男子实在是令人无法生出半分恶感，只是今日实在是不得不对他不住了。

周惜若美眸中笑意不改："齐王殿下很失望吗？如果说齐王殿下因为见不到自己的亲生儿子而伤心难过，这样的话本宫会觉得很假。"

楚齐王一挑精致的长眉，重新审视打量面前娇弱的女子。说实话，他这一生见过的女子如过江之鲫，环肥燕瘦，性子温柔的刚烈的，天真善良的，各种各样的女子都

第二十一章　力撑朝堂千斤担

曾见识过，唯独面前这个女子令他有些看不透，柔柔弱弱却令人觉得她百折不饶的坚韧。

他轻笑，从容道："皇后娘娘倒是说对了，本王从未觉得伤心，若说离儿是我的儿子，倒不如说是一份上天赐给本王意外的礼物。"

周惜若唇角一勾，似笑非笑地看着他："齐王殿下想见皇上到底是为了什么？若是说出来，也许本宫可为殿下引见。"

楚齐王笑了笑，长袍一振就要起身，声音和悦："不劳娘娘费心了，父子相见的私密话还是让本王与他当面说才是。"

周惜若面上的笑意渐渐冰冷，手中的茶勺一扣"啪嗒"一声，柔声道："恐怕今日不能让齐王殿下如愿而归了，要么说出来意，要么就埋骨在此地！"

楚齐王完美无缺的脸上顿时裂开了一道表情裂缝，他冷冷看着眼前方才还明媚的女子顷刻之间变成了杀气四溢的女罗刹，冷笑一声："皇后娘娘胆敢今日就想要杀了本王吗？"

周惜若冷冷道："齐王殿下因何而来心知肚明，若是当真是为了皇上好，就请开门见山袒露诚意，若只是利用这便宜儿子那大可不用再回楚国了！"

她最后一个字落下，竹林中忽地传来簌簌的声音，细细密密犹如蚕在啃食桑叶，一股杀气从翠竹林中四面包围而来。

楚齐王脸色剧变，指着她，怒道："你当真敢！你当真……"

"自然是真的。"周惜若看着杯中渐凉的茶水，冷冷道，"我不管你到底是皇上的什么人，怀揣目的而来却不肯明示，只有死路可走。"她美眸中流露讥讽，"齐王殿下别以为自己是皇上的生父就无人敢动了，要知道皇上与你可是没有半分父子之情！"

楚齐王精致的眉紧皱，忽而冷笑："好！最毒莫过妇人心！你以为本王没有万全的准备吗？"

他猛地向后疾退。周惜若心中警觉，急忙也起身退后。她才方退了几步，跟前的茶炉猛地炸开，滚烫的茶水四溅，溅了不少在她长袖上。她还未看清楚到底发生了什么，一道灰白的影子从头上猛地哗啦一声蹿下来。他快得看不清楚人形。周惜若只觉得有一团影子向自己扑来。

她不由尖叫一声，那灰影手中寒光一闪，一把形状古怪的长刀就朝劈下来。周惜若下意识手去挡，她只觉得胳膊上传来一阵剧痛，一道几乎深可见骨的伤口赫然出现在了眼前。那灰影一击不中，再举起手中的利刃，可是此时温景安布在林中一等一的护卫已赶来，条条人影蹿入竹屋中将周惜若团团护住。

周惜若捂着手臂的伤处，牢牢盯着屋中一角同样脸色不好看的楚齐王。他步步后退，而那团不知是人还是物的东西就在他身边若隐若现的游离，看样子也在算着怎护主逃跑。只是这情景看起来古怪得令人觉得诡异。

周惜若忍着剧痛，沉声道："此人是逆贼，给本宫杀！"她前来已打定主意，楚齐王与龙越离的关系始终是一个祸患，若是大白天下，不但齐国要乱，四国更是要因齐国的纷乱而再生战火！为了齐国也为了天下四国好不容易得来的平衡，她早就下定决心与楚齐王一个不和便趁机痛下杀手！

总之……现在无路可退的她再无顾忌了！

四面的护卫低喝一声，条条人影扑向楚齐王。楚齐王低喝一声："走！"

那团灰影忽地跳起，以一种不可思议的角度蹿入护卫之中，手中刀光一闪划过一道锐利的银光。措不及防的护卫被他手中的刀光划中手臂，纷纷惊呼后退。

他招式怪异，一身灰白却看不清楚面容和身高多少。他就如一种非人的妖怪在楚齐王四周保护闪现。护卫们见识了他的神出鬼没，面上纷纷掠过惊恐。周惜若一看这情势心中暗叫糟糕。她算准了楚齐王会单刀赴会，以为先用言语吓唬了他，接着就能轻而易举地就能把他拿住。可没想到他带来这么一个极其厉害的杀手，这事此时变得棘手了。

楚齐王看出周惜若的护卫眼底的惊恐，冷笑一声："你们是敌不过我身边的影卫的。他才是这个世上一等一的暗杀高手！"

他说着转身就向屋外而去，岂料他才走了几步，身后就传来周惜若讥讽的声音："他若是世上一等一的高手，怎么方才没把本宫给杀了？！"

楚齐王脚步一滞，周惜若沉声喝道："这个东西再厉害还是怕人多势众，给本宫杀了！"

楚齐王面上微微一抽搐。他还未开口，四面风声忽动，一道道剑影纷纷朝他而去，铺成了一道天罗地网。楚齐王被这剑网困得半步都不敢动。而他身边的那团黑影越发转得快，纷纷架开压来的剑影试图撕破一个口子。

周惜若美眸沉沉看着竹屋前的剧斗，方才竹林中安静祥和的气氛被剑气与杀气搅得半分都不剩。

温景安赶来，他皱眉看了剑阵中四处游走的灰影，忽的扬声道："他是东瀛扶桑的忍者。擅长隐蔽躲闪，内力却不持久，你们撑到三刻他便败了！"

温景安一点破这灰影的来历，果然剑阵中的护卫士气大振。温景安寻来的护卫都是从江湖花重金招来的一等一的高手，方才被这东瀛来的忍者的忍术惊了下，一时胆怯，可过了几招之后发现他除了身法诡异外内力并不强，于是激起了好胜之心纷纷上前使出绝招。

那团灰影果然寡不敌众，连连败退，手中那古怪的剑一晃，人已逃之夭夭。温景安喝令护卫前去追击，竹屋前一场激战顷刻间戛然而止。

楚齐王见大势已去，脸色灰败，怒视周惜若："你到底要如何？"

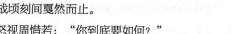

235

周惜若挥了挥手，示意护卫退下，上前盯着楚齐王煞白的面色，淡淡道："不为何。这下齐王殿下该跟本宫说说与皇上见面所为何事了吧？"

她手臂上鲜血横流，面上却隐去了痛色，淡淡道："本宫可不相信齐王殿下那一番父子情深的借口。"

楚齐王一怔，甩了长袖，又恢复了方才翩翩郎君的模样，笑道："这还不简单，皇后娘娘何必为此大动干戈呢，一场误会，哈哈，请——"

他眉眼间皆是属于男子极致的蚀骨风情，星眸顾盼间有说不出的风流俊美，慵懒随意的笑容似极了龙越离。

周惜若看着楚齐王的笑容，忽地想起那一夜护城河上沉沉浮浮的龙越离，还有那毅然跳河同样生死不知的邵云和，心中钝痛，遂沉默无言地走入了竹屋中。

竹屋中侍女前来收拾狼藉，周惜若则由医女包扎手臂的伤口。而楚齐王则很有风度地避而转身看着窗外的风景。他随遇而安的姿态就算是装出来的也不得不令人佩服。

温景安端坐在周惜若身边，看了楚齐王的背影一眼，皱眉低声问道："娘娘要不要改日再与齐王商议？"

周惜若摇头，低声道："必定要今日问话，若过了今日谁知道明日他会编出什么谎话来搪塞我们，更何况他手下还有扶桑的忍者，我们是留他不了太久的，除非现在把他杀了。"

温景安一听，皱眉不语。

周惜若包扎好伤处，扶臂而出，淡笑道："齐王殿下想好了要说什么了吗？"

楚齐王看了她身旁的温景安，忽的笑道："这位就是齐国第一相，温相国大人吧？"

温景安微微躬身施礼。楚齐王眼中流露赞赏："果然是翩翩君子，不但一表人才，还是皇后娘娘的一大助力。"

周惜若佯装没听出他话中有话，只道："温相是齐国的栋梁之才，亦是皇上可信任的臣子，齐王殿下可以知无不言言无不尽。"

楚齐王忽地沉默下来，竹屋中顿时寂静下来。唯有茶鼎中沸水汩汩的冒着袅袅水气。

周惜若与温景安耐心地等着。良久，楚齐王忽地抬头，微微一笑："若是本王说，此次前来是来借兵，皇后信与不信？"

周惜若与温景安一听不约而同地倒吸一口冷气。

温景安脸色沉了下来，郑重道："齐王殿下为何借兵？"

楚齐王自嘲笑了笑，俊颜上带了些许冷色，道："借兵自然是要打仗，知道为何本王会假装被大火毁容吗？你们知晓为何本王这几十年来偏安一隅，天天饮酒作乐给

236

天下人看吗？"

他冷笑："一切只因为要消除皇上对本王的猜忌！为了活命！"他说的皇上自然是指楚国当今的皇帝。

周惜若秀眉一皱，看着他："当今楚国皇上要杀齐王？"

楚齐王点了点头，眼底有一股戾气掠过："先帝生九子，当今皇上是第二子，本王是第六个皇子。先帝本来属意本王为太子，后来被这好二皇兄设计，本王与帝位失之交臂。那一场宫中大火本来是要本王死，后来本王在旁人襄助下，逃过一劫，从此伴装容貌被毁心灰意冷去京就番才苟活到了今日。"

周惜若与温景安对视一眼，在对方眼中看到了唏嘘。又是一场夺嫡的戏码，千百年来换汤不换药，本以为习以为常，可每每听到天家兄弟相杀都忍不住心生感叹。

楚齐王继续道："本王以为到了封地就能安稳度日了，没想到他还是不放心，时常假意送来美人给本王，可是都统统是眼线！前些年本王宠幸的一位姬妾泄露了本王的秘密，所以这几年皇上更不放心了，屡屡招本王去京中。"

周惜若问道："那齐王殿下去了吗？"

楚齐王冷哼一声，眉宇间皆是深深的嘲弄："明知是必死的陷阱，本王怎么会去？"

周惜若道："所以齐王殿下得知齐国皇上是殿下的亲生儿子后，就萌生借兵的念头？"

楚齐王点了点头，俊美的面上肃然："此事自然得找齐国借兵，不然没有必胜的把握。"

他力劝道："如今齐国与楚国盟约已破，楚国皇上几次出兵犯齐境，难道你们不想趁此机会里应外合将此永除后患？更何况本王若为楚国皇帝，自然永世与齐国交好，就算是离儿要楚国，本王亦能拱手奉上。"

他眼底掠过一丝连自己都察觉不了的慈爱，缓缓道："从来只有儿子向父母索要东西，你们可曾见过父亲与儿子争抢过什么吗？"

一番话合情合理，感人肺腑。

温景安细细想了半天，忽地问道："是谁告诉齐王殿下皇上是殿下的亲生儿子？"

他说罢看定眼前的楚齐王，周惜若亦是美眸幽幽地看着他，冷然道："这个秘密除了皇上、楚太后，还有蓝玉烟，当然还有本宫并无人知晓，齐王殿下到底是从何得知的？"

楚齐王并没有犹豫很久，道："是离儿告诉本王的，他修书前来，信中详细说明，本王算了算日子，的确越离是本王的儿子。"

周惜若与温景安对视一眼，她这才道："此事事关重大，待本宫禀报了皇上再回复与齐王殿下。"

楚齐王起身道："皇后若见了离儿，告诉他本王很想见他一面，无论他要不要认本王这个父亲。"他顿了顿，感伤叹道，"若是他此时不愿见本王，那将来也许就再也无父子相见之日了。"

他说罢转身走了。

周惜若待他人影消失不见了，长长叹了一口气："以情动之，以利诱之，若是皇上真的在此地一定无法拒绝他的要求。"

这楚齐王的话真真假假，令人无法分辨。

温景安皱眉道："的确，皇上若在是一定不会拒绝他的要求的。"

两人说罢一时沉默下来。那个年轻气盛的龙越离，那个总是肆意妄为的年轻帝王，他所思所想时常令人觉得头疼，可是如今真的不在了却又令人觉得怅然若失。

周惜若忽地问道："当真还是没有消息吗？"她眼中的措不及防地滚落："还是没找到云和吗？"

这一句她每日都要问一遍，可是每一次的答案都是令她更加绝望。

温景安缓缓摇了摇头，眼中流露不忍，可是却不能给她任何虚妄的希冀。他道："湖州的护城河出城外之后支流就有数十条，当时寻的士兵们又因不熟水路找过头了，再返回时已晚了。皇上和他也许流落别的小支流……只是更难以寻找踪迹。"

周惜若听着忍不住哽咽一声，捂着手臂的伤痛哭失声。日日夜夜，她每当想起那一夜的情形都痛苦得无法入眠。他们两人，无论谁胜谁败都是她所不愿看到的。

温景安看着她因哭泣颤抖的肩头，眼中流露深深的痛惜，他痛苦道："皇后娘娘要怪就怪微臣吧！是我逼着娘娘留下来收拾残局。是我当年……"

他忽地说不下去。

周惜若抬起泪眼，定定看了他一会儿，忽地别过头擦干眼泪，道："景安，不要再说了，本宫要去歇息了。"

她说完匆匆出了竹屋，她的脆弱来得突然也去得突然。温景安看着她离去的身影，心中更痛，她分明已是强忍悲痛在支撑。悲伤在心中无处发泄却又要强打精神，殚精竭虑地思索下一步该如何走。不属于她的千斤重担负在了她羸弱的肩头上，却从未听她抱怨过。

唯一她肆意任性的时候说了"不"却又被他生生逼回。

温景安痛苦地伏地，良久，从喉底迸出一句怨恨："苍天何其不公！不公！"

山水青青，青山倒影在水中，分不清到底天地有几重。一张渔网撒下如镜的水面，点点波光在天光下如鱼鳞闪闪。一抹玄青身影立在船坞边上，负手看着老渔夫打鱼。身后脚步声响动，龙越离由楚楚扶着走出了屋子，休养了十几日他总算可以下

238

床。他身上穿着一身雪白长衫，虽面上还有苍白之色，但是已经恢复了五六成的精气神。

他见邵云和在前面，笑着打招呼："邵大哥好早啊。"

邵云和眸光一闪，淡淡嗯了一声算是回了他。

龙越离见他依然冷冰冰的，不满嘀咕："我瞧着他可不是我什么故交好友，这种人可真难以让人喜欢。"

楚楚听到他的话，笑着劝慰道："越大哥可不能这么说，邵大哥面冷心热，这身衣服可是他给越大哥买的，就冲这个越大哥得好好谢谢人家。"

龙越离皱眉道："为什么要谢他？难不成他当真要看我一身衣服都没有？"

邵云和听得身后两人叽里呱啦说话，眼露不耐，转身就走。

龙越离见他要走，急忙上前拉住他的袖子，问道："邵大哥去哪？"

邵云和看着手臂上的手，冷冷盯了他一眼。龙越离被他的目光看得背后发寒，急忙缩回了手，笑眯眯道："邵大哥何必这么拒人千里之外呢？好些事我都未来得及问呢！"

邵云和冷冷盯着他的眼睛，丢下一句话："好狗不挡道！"他说罢抬腿就走。

龙越离见他又要走，急忙一步拦在他的跟前，恼道："你当我愿意缠着你不成？要不是我想不起来了，我何必与你啰嗦这么久？"

邵云和抱臂看着眼前懊丧的龙越离，终于开口问道："你当真什么都记不得了？"

龙越离摇头。邵云和面上掠过一道冷笑，缓缓道："若要我告诉你的身世也行，以后我说什么你便做什么，不要再来烦我！"

龙越离眉一挑，摇头道："这可不成，难不你叫我杀人放火我要去做？这不公平！"

邵云和冷哼一声："看来你撞到了头却还没把你撞傻了。"

他说完越过龙越离，冷然离开。龙越离一见他又要走连忙哎哎一声追上前去，在他身后喋喋不休。

楚楚看着他们两人，不禁咯咯一笑，对走来的老吴笑道："爷爷，这两位大哥看起来怎么这古怪啊，一个冷冰冰得像是一块千年寒冰，另一个就像是牛皮糖，甩都甩不走。"

老吴若有所思地看着他们两人的身影，忽地道："方才我去镇上听到了一个传闻。"

楚楚好奇的问道："什么传闻？"

老吴眯了眯老眼，忽的道："没什么，去做饭吧，今日买了一只鸡，有鸡汤喝了。"

楚楚欢呼一声，下去忙了。

到了吃饭的时候，邵云和与龙越离一前一后前来。两人出去走了一圈，脸色都红润不少。龙越离一看饭桌上终于有了别样的菜，上前高兴夹了一筷子，才吃了一口却是皱眉道："这鸡肉太老了。"

楚楚辛辛苦苦做了一顿饭居然还被他嫌弃，不禁生气道："这鸡肉怎么会老了呢？不吃就算了！"

龙越离哼了一声，不满道："这鸡肉比我平日吃的不知老了多少，不吃就不吃，谁稀罕！"

楚楚哼了一声，问邵云和，语带讥讽："邵大哥赶紧告诉我们，他平日里是天天吃山珍海味吗？怎么会这么挑！"

邵云和一顿，半晌才对龙越离道："你不吃的话永远也别想从我口中知道你是谁，家中是什么样的！"

这一句成功地堵住了龙越离继续唠叨。一顿饭难得安安静静吃完。邵云和饭毕照例出去散步，为的是消食活血。他才方走了几步，身后忽的传来龙越离的声音。

他回头，龙越离已走来。他看定邵云和，一字一顿地问道："你当真会帮我找到家中的人？"

邵云和眸光复杂，点了点头道："我自然会告诉你，你究竟是谁。"

龙越离眼中掠过狐疑，可是却不知哪里不对。他失忆了不等于自己傻了。邵云和身上若有如无的敌意他并不是没有察觉到，可是相处的十几日他总觉得自己和邵云和渊源甚深。可到底是什么样的身份和关系竟能让他与这样一个男人似友又似敌呢？

"我到底叫做什么？"龙越离忽地扬声问道，"越离这个名字虽然很熟，但是我觉得不像是我的。"

邵云和顿住脚步，冷冷回眸，看了龙越离许久，忽地道："你想知道一切吗？等过两日你伤好，我便会带你离开这里。"

"去哪里？"龙越离问道。

"去你应该在的地方。"邵云和冷淡地道，"从此天南地北，山河汤汤，你我再也不要相见。你别忘了，当年你还答应我一个承诺。若你有朝一日真的能想起，我邵云和要用你这个诺言，换你放手。"

他说完转身离开，独留龙越离一人在原地莫名其妙。

晖州城，晨雾初破，一身狼狈的楚齐王就被带到了周惜若的跟前。他身上中了一剑，血色染红了半片衣襟。

周惜若看着他煞白的脸色，冷笑一声："你居然骗了我们！你知道皇上是你的亲生儿子不是皇上告诉你的！是楚太后告诉你的！是与不是？"

楚齐王捂着伤处，喘息一笑："这又有何区别？"

周惜若看他的样子恨不得上前抽他一记耳光。被楚太后害得这个地步却依然没有觉悟，这种人令她怀疑到底要不要救。

周惜若怒道："你难道不知这是个陷阱？！"

她话音还未落，温景安脸色沉沉，快步走了进来，声音发紧："娘娘！楚境中有异动，楚皇发兵三万精锐已朝着这晖州扑来了！娘娘！快离开晖州！"

他话音刚落，楚齐王地一拍桌子大怒："这个贱妇！竟然骗我！"

周惜若与温景安不由盯着他。

周惜若怒极反笑："这下知道楚太后的居心了吗？她诓得你前来晖州，就是要引皇上出来再一网打尽，如今殿下捡回一条命还会相信她说的话吗？"

楚齐王面色铁青："她说如今楚皇也容她不得了，所以她前来寻我庇护，她说起离儿的身世，所以我就信了她的话想要借兵一举反了楚皇！可是没想到这个贱妇！这个蛇蝎心肠的贱妇！她可是我的皇妹！"

周惜若听得他自言自语，心中顿时了然。

原来楚太后到了楚国之后因她的失败楚皇帝便与她起了争执。她觉得自己在楚国是一个无用之人，索性前去寻早就对楚皇心怀不满的楚齐王，用龙越离的身世做文章，骗得楚齐王相信举事能成。而后她恐怕一转头就又回了楚京，密告楚皇，楚齐王有反心。

这双面计天衣无缝，瞬间在楚国毫无用处的楚太后又成了人人都不敢小视的女人。只要她的计谋成功，杀了龙越离，楚兵借此时机兴兵犯齐，那势必事半功倍！而倒霉的楚齐王顺势除去，也了结了楚皇的心腹大患。

一举两得，她把所有的人都当成了可利用的棋子！

座中的三人想通了这其中的关节，脸色都有些难看。他们被一个已日暮西山的深宫老妇把玩在掌心中不自知。如今楚皇恐怕知道行刺龙越离与楚齐王的计策失败，索性一不做二不休赶紧兴兵来犯，想要趁次机会再来一次一网打尽。

周惜若站起身来，对温景安道："晖州不能久留，现在就走！"

温景安努力镇定了下，沉声道："还好不算晚，微臣留下来断后。"

"不！"周惜若断然否定，道，"温相国不能犯险，我们还得赶回齐京坐镇呢！"

"我来断后吧。"一旁楚齐王站起身来，冷冷道，"你们都不了解楚皇的行军，当初那贱妇逼宫令楚皇犯齐，晖州一战中齐国兵败就是着了他的道。楚国的大军开拔，喜欢水师先行。只要阻了他们的水师，定能阻他们一时。"

周惜若眸光复杂地看着他，沉吟不定。

楚齐王一笑，斜睨她一眼道："皇后娘娘还在怀疑本王吗？"

周惜若摇头："你如今楚国归不得，不奋力反击恐怕就真的丧命于此了，所以我不会怀疑殿下。"

楚齐王哈哈一笑："本王活了这一辈子，美酒佳肴都尝过了，爱恨离愁也都一一品过，若是真的死在这里倒也是不冤枉，总好过老到鸡皮鹤发被美人看了生厌来得好些。"

周惜若见他说这话时一身风流邪魅，果然是龙越离的生父，这潇洒的劲头竟与他一模一样。她心中一痛，低声道："可是齐王殿下还未见过皇上。"

楚齐王一怔，半晌才道："罢了，未见面恐怕还能多几分遐想，见了面他也许会觉得我无用。"他眸中眸光隐动，慢慢道，"你若见到了离儿，告诉他，我楚凌天以他为傲。"

他说罢转身走了出去。周惜若追了几步想要说什么，却被温景安一把拉住。

她眸中水光掠过，低声道："他不知皇上已经……"

温景安轻轻摇头，黯然道："皇后娘娘何必在这个节骨眼上告诉他实情呢？若是他不知心中还有几分希冀与求生的欲望，若是他知道了皇上的事，恐怕会拼死力战楚皇，再也保不住性命了。"

周惜若颓然坐在了椅上，捂住脸，肩头微微颤抖。良久，她抬起头，低声道："回宫吧。"

第二十二章　相思相念不相见

　　楚国发三万精兵气势汹汹朝晖州而来，周惜若与温景安留一万精兵和三千水师交予楚齐王断后以阻楚军。楚齐王命人在江中险地设伏，破楚军三百艘船，杀敌一千。短兵相接楚国先败一仗气势大为削弱。与此同时，周惜若先前写就的密信终于及时从朝中调来三万精兵，护驾御敌。

　　齐武德三年春末，齐与楚两国兵戎相见，战火延绵，由晖州一带开始点燃。四月末，"御驾"顺利进京，发诏书各州郡调兵赶往晖州驰援。五月初，楚齐王伤重，周惜若派人秘密将其接送入齐京，一番救治终保得楚齐王一条性命。

　　晖州战事紧张，从刚开始的仓促应对到如今的各州兵临晖州，大战既发，已是又过了十几日。吴家坞一如既往的平静，但是来来往往的士兵也为这平静的小渔村多添了几分不安稳。船坞上，邵云和眯着一双深眸，若有所思地看着从眼前而过的一艘艘运兵船。船上的士兵看服色是齐国士兵。

　　"邵大哥，你在瞧什么呢？"身后传来楚楚不安的呼唤声。

　　邵云和转头。楚楚上前，明眸中流露强烈的不安："邵大哥千万别盯着他们瞧，万一他们把邵大哥抓进军中当了壮丁怎么办？"

　　邵云和深眸一眯，不发一语。龙越离好奇上前看了看，笑道："怕什么，我们是良民，他们怎么可能如此目无王法？"

　　他说完这才发现邵云和楚楚古怪地看着他。他摸了摸后脑勺，问道："怎么了呢？难道我说错了吗？"

邵云和上下打量了他，今日龙越离已恢复了七七八八，面色虽还苍白，但是精神已好了。他忽地冷冷道："听说这次楚国来犯，皇上亲发诏书，令右将军庞城将军前来督战，越贤弟以为如何？"

龙越离俊颜上掠过迷茫，反问道："什么以为如何？我又不是皇帝，我如何得知？"

楚楚见那兵船走了，松了一口气："两位大哥还是小心点，前年这边还抓壮丁呢。今年还好些，不过也难保那些官府什么时候又来呢，我去帮爷爷收拾鱼了。"

她说着一蹦一跳的走远了。

龙越离嗤笑："楚楚这小姑娘操的心可真多……"

他话还未说完，脖子一紧，人已被一双铁臂紧紧箍着，连半分喘气的空隙都没有。他惊得睁大眼，未只听见身后传来邵云和冰冷的声音。

"龙越离，为什么她事事都以你为重？！为什么？！"他的语气冰冷得简直是千年的寒冰，令人不寒而栗。

"你……你……"龙越离被他箍得几乎要断气，他想要挣扎可偏偏却无法挣脱他的铁臂。

"我不知道你在说什么……"他费力的挤出这一句话。

邵云和眼底冰冷的怒意翻涌，层层不息。他好恨！齐楚两国大战在即，风云涌动，而这一切却是由她一介弱女子独自承担。

她，终是向着眼前这个男人！

许久，龙越离脸已青紫。邵云和猛地放开他，冷笑连连："龙越离，你可瞧见了吗？你不在皇宫中她依然将你的江山守护得好好的！原来一切都是我痴心妄想，原来她一直爱着的是你！"

龙越离倒在地上剧烈咳嗽起来，半晌他抬头看着邵云和，怒道："你到底说的是什么？谁是她？！你知不知道方才你差点把我给杀了！"

邵云和一把拖起他，盯着他的眼睛，冷笑："杀了你？我若要杀了你何必多费一举？你早就死了！"

"龙越离，你不是想要知道你的身世吗？明日我就带你离开这里！"

邵云和说罢狠狠地将龙越离推开，转身大步就走。龙越离被他一推，跌在了地上，痛得脸色煞白。他看着邵云和冷然离去的身影，怒道："什么人啊！莫名其妙！"

夜色寂寥，河水悠悠，一轮圆月挂在树梢。月色凄凄，月下，一道玄青色身影看着脚下的流水怔怔出神。

楚楚走来，轻唤道："邵大哥。"

他转过头，看着月下走来的小小少女，淡淡道："夜深了，楚楚姑娘为何还不去歇息？"

楚楚抱了抱手臂，心无城府地一笑："听邵大哥说明日就要和越大哥离开了，我有些舍不得。"

邵云和默默看着眼前的流水，忽地轻笑："天下无不散的筵席，我已离家太久了，若不回去不行。"

楚楚仰慕地看着他冷峻的侧面，笑道："邵大哥是该回家见娘子和儿子了，一家团圆总好过在外漂泊。"

邵云和面上一滞，忽地捂住眼，双肩微颤抖，轻笑："一家团圆？为何这么简单的事，我偏偏用尽所有都做不到？"

楚楚听着他的声音，不知怎么的心中莫名替他觉得酸楚。她连忙安慰："邵大哥不要难过，邵大哥的娘子一定会等着你回家的，有什么误会解开就好了。"

邵云和放开手，看着眼前的流水潺潺，声音萧索："若是没有这天下负累，我和她应该会更简单地活着，若是没有这个天下负累，就不会蹉跎了这么多年的光阴……"

他猛地转头大步向着船坞而去，月夜静谧，流水潺潺，天地不知人间悲苦，静静注视着这芸芸众生上演悲欢离合，一场梦。

寂静的宫殿在夜幕中如一只暂时休憩的兽，静静蛰伏着。夜深无眠，周惜若一身大红凤服缓缓走过甘露殿，走过御书房，走过长宁宫……重重楼阁宫阙一望无际，可是每一间宫殿都空荡荡的令人觉得心慌意乱。

天上的月色皎洁，银辉遍洒。她清冷的身影在月色下被拖得很长很长。明眸逐一扫过眼前的一切，她恍然记起五年前的她踏入这个宫中卑微谦恭，怀揣着深深的恨意和含义不明的感恩，站在了龙越离的身侧，那时她只是一介小小的尚宫。谁曾想到当初那个被万人流言攻击的贫寒女子如今站在这个国家的权力最高处，俯瞰众生。

只是又有谁曾想到，这一切她并不愿意拥有。若时光能倒回，若爱恨可以重来，她宁愿自己一直愚蠢下去，傻傻地带着阿宝艰难地生活着，傻傻地等着一个似乎永远也不会归来的丈夫。

"娘娘，回去吧。"林公公看着在夜风中沉默的周惜若，上前劝慰。

"林公公，你说本宫还要熬多久呢？"她回眸，眼中泪水点点，风一吹消失在了夜色中。

林公公叹息一声，反问道："这样不好吗？皇后娘娘还要去哪里呢？天大地大，这宫中虽然拘谨，但是总算是娘娘一个家，再说齐国需要娘娘离不开娘娘呢！"

周惜若一笑，擦去眼角的泪痕："这样不好吗？若我是虞氏之流，这一切自然是

245

好的。母仪天下，朝政尽在我的手中，天下间再找不出比我更尊贵的女子，谁曾想到五年前的周惜若会成了如今这个样子呢？"

"只是这样就是好的吗？"她问，声音清冷萧索。

林公公心中一滞，恭敬地低头："皇后娘娘一定会带领齐国走向盛世的，而这难道不是曾经皇上与娘娘的梦想吗？"

周惜若轻轻一叹，终是把所有的言语都埋入了心底，低声道："回去吧。"

林公公应了一声，正在这时前面黑暗处点点灯光逶迤而来，看样子是有宫妃前来。周惜若站定，收起方才面上的凄然，淡淡看着那队宫灯走来。宫灯照亮了眼前的路，也照出了来人的面容。

周惜若静静站着，走到跟前的宫妃看了她良久，这才跪下道："臣妾郁氏拜见皇后娘娘。"

周惜若一抬手，问道："夜深了，宁妃为何还不安歇呢？"

宁妃郁可月起了身，宫灯下，她眸光不定，问道："臣妾听闻皇上在湖州受了贼子的重伤，一连几日忧心如焚，今夜终于忍不住想要看看皇上的伤势。"

周惜若淡淡"哦"了一声，道："可是如今夜深了，皇上正在歇息，宁妃还是改日再来吧。"

宁妃郁可月面色微沉，摆了摆手，对身后的宫人道："本宫要与皇后娘娘说几句话。"

宫女们无声躬身退下。周惜若盯着眼前神色不明的宁妃，冷淡道："本宫累了，想回宫歇息，宁妃跪安吧。"她说着手搭上林公公的胳膊转身就要离开。

"等等！"宁妃郁可月忽地开口，冷冷道，"其实皇上已经龙驭殡天了，是吗？"

周惜若顿住脚步，夜风簌簌，她忽地觉得这原本温暖的春夜竟这么寒冷。

宁妃郁可月上前，站在周惜若的面前，看着面前面色素白的瘦削女子，冷笑道："皇后为何要向天下人隐瞒这个消息？皇上早在湖州就已经重伤落水身死了，那么多人都亲眼看见了，皇后娘娘能瞒到什么时候？"

周惜若美眸幽冷得地看着眼前的郁可月，冷冷道："皇上到底怎么样了谁也不知，宁妃今夜想要怎么样？"

郁可月哈哈一笑，眼中皆是怨恨："我想要怎么样？皇上不是你一个人的！是死是活难道我没有权力知道吗？"

周惜若定定看了她良久，忽地一笑："你是有权力知道，但是不是今日，而且你知道后你想要做什么？为皇上服丧？为皇上哀哭？！还是带着你刚满周岁的皇子去争储君之位？！"

她一步步逼近，一番话问得宁妃郁可月额上冷汗涔涔。

她步步后退，听到周惜若提起"储君"两字，不禁变色："我没有！我……"她看着周惜若面上的冷色，不知哪来的勇气挺起腰杆，怒道，"我只是想知道皇上到底怎么样了。哪像你冷血冷性，整天跟没事人一样跟着温景安勾勾搭搭……"

"啪"的一声，她话音未落，脸上就挨了周惜若一记重重的巴掌，这巴掌打得她扑倒在青石阑干边。

郁可月吃惊地捂着脸回头看定周惜若，惊怒交加道："你居然敢打我……你忘了你当初是怎么利用我们郁家吗？你……"

"本宫利用了你们郁家？！"周惜若面上冰冷一片，"本宫拉拢你们郁家是为了让你们效忠皇上！皇上亲政之后你们郁家脱颖而出，军权大揽，楚太后宫变之时，本宫让你们郁家尽忠，这难道叫做利用？！"

"本宫入宫这几年什么时候为自己拉拢过朝臣为自己谋得一己之私？"

郁可月顿时语塞。她想了想，美眸一冷，责问道："那今日又算什么？你瞒着皇上的事，你难道不是想做第二个楚太后！？"

周惜若冷笑一声，忽地一把抓住郁可月猛地一把将她推出阑干。郁可月一看底下吓得尖叫起来。他们如今就在永宁宫高高的基台上，这基台有五六丈高，掉下去可是不死也重伤。

"救命！救命……"郁可月拼命叫了起来。她带来的宫人看见这情形想要上前，却被林公公一个冰冷的眼神制止。

夜风呼呼，似乎风更大了，周惜若冷冷看着郁可月在自己的手中苦苦挣扎，一字一顿地道："你想知道为什么本宫瞒着皇上的事吗？为的就是防如你这般别用用心的人。皇上虽然不在了，但是齐国的江山在，齐国的忠臣也在，本宫还在！就容不得你胡来！"

"郁家军功甚高，位极人臣，你说本宫是第二个楚太后，那你就先提醒你们郁家千万不要做第二个安王！"

郁可月被她推得上半身都已离了阑干，再一下，她就要掉下去香消玉殒了。她惊恐非常，却又不甘，哭喊道："周惜若，你怎么敢杀我？！你怎么敢？……"

周惜若素白的面上冰冷非常，夜风拂过她长长凤服，妖娆的艳红在夜色里如一朵静静燃烧的妖莲。

郁可月的问仿佛是芸芸众生在责问她。一字一句质问她，怎么敢？怎么敢独掌政权？怎么敢如此挺身而出，她不是应该死吗？死在湖州城的护城河中，成全她的贤德？她不是应该心神沮丧，为自己所爱的人不饮不食，自绝于世吗？她怎么敢如此堂而皇之地出现在世人面前，守护着已危如累卵的齐国江山？

她怎么敢？她何德何能敢如此呢……原来世间的事便是如此，原来这便是人心的冷漠善变。

她斜睨看着远处一群簌簌发抖的宫人，清冷的夜风中传来她的轻笑："本宫不敢杀你吗？你要不要试试？今夜你死了都无人知晓！"

她猛地放开宁妃郁可月，看着她委顿在地上，冷冷吩咐道："传本宫的懿旨，宁妃郁氏冒犯皇后，即日起在宫中禁足，无诏不可出宫半步！违令者，斩！"

郁可月委顿在地上，方才周惜若就差那么一点点就把她推下去了。她浑身发抖地抬头看着眼前全然陌生的周惜若，说不出一句话来。周惜若转身，林公公已吩咐内侍将她架起往回走。

"周惜若！你得罪我会后悔的！会后悔的！"郁可月在她身后叫嚣，可是那声音渐渐地远去，最终消失不见。

"皇后娘娘，如今得罪宁妃恐怕会令郁家不满。"林公公提醒。

周惜若冷笑一声："她已知道了皇上的事，不能任由她随意散播这个消息扰乱宫中的人心。郁老将军是个德高望重的老臣子，应该不会轻易因为这事向本宫发难。"她看着深夜下宁静的宫殿，慢慢道："宫中虽然平静但是却比外面更加凶险。"

宁妃郁氏被皇后叱责思过的消息在第二日传遍了宫中上下。郁老将军第二日亲自递上请罪表，以示对其女冒犯凤颜求情。周惜若看了按着不表。

德妃虞氏在宫中听闻这个消息，心中越发欢喜。她一早就前去拜见周惜若，因时辰还早，周惜若并未起身。她便与几位女官畅聊起来。女官们皆是内务府选上的年轻一批，一个个能说会道又存心要巴结德妃虞氏，自然哄得虞氏十分开心。

虞氏问起昨夜的事，其中有个女官笑道："都怪宁妃没眼色，皇后娘娘正为宫内宫外的事烦心，她居然敢冒犯了皇后娘娘，这不是找死吗？"

虞氏笑道："皇后娘娘可是我见过脾气最好的娘娘了，这宁妃若不是真的触怒了皇后娘娘，怎么会这么倒霉呢。"

另一个女官插嘴道："德妃娘娘也是个脾气好的娘娘，皇后娘娘将大皇子交给德妃娘娘教养可真是给对人了。"

女官们接着便纷纷夸赞了大皇子如何知书达理，将来必成大器等等。她们自顾自说得热闹，连周惜若来了都不知。周惜若上前，一干众人急忙惶恐跪下。

周惜若看着虞氏脸上的得意，淡淡道："虞姐姐随本宫去后花园走走吧。"

虞氏连忙道："皇后娘娘有吩咐，莫敢不从。"

她说着急忙扶着周惜若的手向中宫的花园后走去。花园中翠红柳绿，一派欣欣向荣。周惜若今日穿一身明紫色滚金边凤服，修长窈窕的身姿临风而立，华美的凤服竟多了几分仙气。

周惜若慢慢地走在廊下，却只是沉默。德妃虞氏本一腔高兴，可是见她如此沉默不禁忐忑起来。良久，周惜若走到一处荷塘，荷塘中荷叶翠绿，看起来格外令人赏心悦目。

周惜若忽地幽幽一叹："看到这荷塘，本宫怎么就想起了当年的锦容华。"

德妃虞氏一听仿佛被一盆冰水从头浇到了尾，脸色煞白，急忙跪在了地上战战兢兢，她不明白为何周惜若要旧事重提。

周惜若看了她一眼，淡淡道："本宫与虞姐姐有五年多的姐妹情意了，真真假假，总算是明面上未曾撕破脸皮，今日提起锦容华不过是想让虞姐姐有个警醒，切莫走了锦容华的老路。"

虞氏急忙道："臣妾不敢，万万不敢！"

周惜若扶了她起身，美眸看定她略微发福的面容，淡淡问道："虞姐姐知道自己为什么会一路平安至此吗？"

虞氏连声道："臣妾不敢妄自揣测皇后娘娘的心意。"

周惜若轻声道："因为虞姐姐够忠心、勤恳，懂得惜福，今日本宫还是这么看待虞姐姐。如今宁妃已被本宫禁足思过，但愿虞姐姐切莫树大招风。"

虞氏看着周惜若那双明澈的眼眸，惶惶地点头答应。

德妃虞氏退下，林公公上前，看了她离去的身影，笑道："皇后娘娘连消带打，这一下子把这两宫的宁妃与德妃的气焰都压下去了。"

周惜若面上并不欢喜，声音清冷道："她们只是为了自己和皇子而争，只要皇上一日还在'伤重'，她们就不会轻举妄动，可是瞒不了太久了。"

"皇上伤重，正在修养，外人不得打扰"之类的借口已经用烂了。若宁妃说的是真的，那过不了多久，皇上已经身死的消息就会传遍了齐国上下。是时候慢慢给毫无准备的百姓一个交代了。

周惜若凝神苦思，面上愁容遍布。林公公心中一叹，上前道："皇后娘娘，有个人皇后娘娘一定很想见到。"

周惜若整了整面色，看着林公公担忧的神色，笑道："是谁呢？"

林公公只是笑而不语。他领着周惜若前去，在殿中周惜若见到一个熟悉的人影，眼眶一热，禁不住扑上前几要软膝跪下："林嬷嬷。"

林公公领来的不是别人，正是离宫许久的林嬷嬷。

林嬷嬷急忙将周惜若扶起，眼中泪光点点，哽咽道："娘娘万万不能行此大礼。"

周惜若见了她就如见了自己的母亲一般，心中的郁结刹那间解开。当初楚太后宫变，她命林公公将她与晴秀一同送出宫外安置，而后形势变化令人措手不及，她也没有机会再见了林嬷嬷，只知道她在宫外生活得很好。

两人相见，有千言万语的话要说，林公公知趣退下。宫外一抹清影久久伫立，看着殿中抱头痛哭的母女二人，沉默不语。

林公公上前，低声道："相国大人想的主意真是好，皇后娘娘哭一哭，经由林嬷

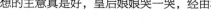

249

嬷开解，定能化解了心中的悲痛。"

温景安轻叹一声："我能为娘娘做的只有这些而已。"他说罢转身悄悄走了。

林公公看看他离去的身影，再看看殿中周惜若，轻叹一声："世事弄人啊。"

热闹的集市上，邵云和背着一个简单的包袱，头上带着一顶垂纱斗笠，遮挡了过人的相貌。而在他身后跟着的却是满脸好奇的龙越离。经过了几日的舟车劳顿，他们两人终于来到了京城中。龙越离的相貌本就十分俊美，街上不少女子都羞红了脸偷偷看他，有的大胆的甚至朝他怀中丢香帕香囊。龙越离不明所以，纷纷还以微笑。他这一笑不要紧，身后跟着的女子越发多了。邵云和看着他如穿花蝴蝶一般，深深皱起了剑眉。可这还不算是最头疼的，龙越离时不时为所见的东西惊呼连连。

齐国的京城是四国中最繁华热闹的，街两旁商铺林立，小摊小贩货摊上各种各样的东西琳琅满目。龙越离刚从偏远的渔村而来，自然看什么都新鲜不已。邵云和在前面走，时常一回头还能看见龙越离流连在商贩中。

"邵大哥！这扇子真的不错！"

"邵大哥！这西域来的香料真的很香！"

"邵大哥！这是苏杭的刺绣啊！我要买一个香囊！"

"……"

他跟在邵云和身后喋喋不休地说道。邵云和不耐烦，拉了他的领子就往客栈中走去。龙越离被他拽得嗷嗷直叫，两人进了客栈中。掌柜一看他们两人，问道："两位客官要住店吗？"

邵云和点了点头，龙越离笑眯眯地凑上前来："我要天子第一号房。"

邵云和一把把他推开，冷冷道："普通的客房就行了，两间。"

掌柜的一听顿时为难："普通客房满了，就剩下天字号房还有两间。"

龙越离连忙道："那就天字号房吧，贵店有三十年的女儿红吗？方才我可看见有人在点这酒。"

掌柜一听，连连点头。

邵云和却冷冰冰地插话道："两间下房，干净的就行。"

龙越离一听禁不住跳了起来，指着邵云和恼道："为什么不住天字号房？"

邵云和打量他上下，冷淡道："你有银子吗？"

龙越离一听，气哼哼地从怀中掏出一块玉佩，丢在了案上，哼了一声："这玉佩可是价值连城的好东西，把这客栈都包了还有余呢！"

邵云和一看这玉佩，眸光一闪，手中忽动，已稳稳地将玉佩揣入了自己的怀中。

龙越离张口结舌地看着他，一时间说不出话来："你你……你……"邵云和就这么厚着脸皮把他的东西给收走了？！

岂有此理！他上前拽住邵云和的手臂，恼道："把玉佩还给我！"

邵云和抱着肩冷冷道："你身上的衣服，这一路的花销都是用我的银子，你这玉佩刚好给我抵债用。"

龙越离看他的样子，知道他是决计不会把他的玉佩还给他了，索性道："玉佩给你也行，我要住天字号房。"

邵云和瞪了他一眼，这才对掌柜道："那就两间天字号房。"

"我还要三十年陈酿女儿红！"龙越离又凉凉开口。

邵云和冷冰冰地撇了他一眼，对掌柜的道："再来一坛女儿红。"

龙越离一听笑嘻嘻地道："这才是好兄弟啊。"

邵云和看着他搭着自己的手，冷冷道："你可以滚上楼了。"

龙越离不以为意，转头与领路的小二闲聊。他问道："为什么最近客人这么多啊？居然只剩下天字号房了？"

小二也是个碎嘴的，连忙道："两位客官有所不知，听说过两日皇上与皇后娘娘要去白马寺进香呢。这条街是御街，到时候皇上与皇后娘娘一起经过，说不定能见到圣颜呢，所以最近订这里房间的客人特别多，都想一睹皇上和皇后的天人之貌呢。"

邵云和正在前面走，一听这话猛地顿住脚步。龙越离不提防猛地撞上了他，挺直的鼻梁也几乎被撞断。他捂着鼻子怒道："你又怎么了？"

邵云和不理会他，盯着小二问道："这事当真？"

小二被他的犀利的眸光吓得一哆嗦，连忙道："自然是真的了，光禄寺都贴出告示来了，说是皇上皇后为齐国得胜祈福。"

邵云和皱起剑眉，龙越离已越过了他，迈着轻快的脚步进了房中。他大大一叹："总算是来到了京城了，这些日子可憋屈死我了。"

邵云和皱眉看着他没心没肺的样子，随手打赏了小二，走入了房中。

龙越离见他进来，问道："既然已到了京城，邵大哥应该告诉我，我的家住在京城什么地方了吧？"

邵云和抱着手臂，似笑非笑道："我自然会告诉越贤弟，你家其实就是那——"

他推开窗户，遥指那远远耸立的宣武门。龙越离急忙看去，看了半天，问道："我家住哪儿？"

"皇宫。"邵云和冷冷吐出两个字。一双深沉的眼眸只牢牢盯着他的神色。

龙越离一怔之后，不禁哈哈大笑起来。他笑得上气不接下气，抱着肚子在床上打滚。邵云和盯着他，直到龙越离笑着擦了擦眼角笑出的泪水，问道："你不相信？"

龙越离笑道："怎么可能？我居然是齐国的皇帝？"

邵云和并不恼，清冷道："你不信吗？不信就好，省得我后悔提前告诉了你这个秘密。"

251

他说完转身走出了龙越离的房中。身后还传来龙越离满是不屑的声音。

房门关上，邵云和掏出手中的玉佩，这方玉佩呈鱼形，用上好的羊脂美玉雕成，写着一个字，离。这玉佩是龙越离的随身信物。有了这玉佩，一切就好办多了。他将玉佩收回怀中，想起方才小二说的话，低声道："惜若，你难道没想到我们还有相见的一天吗？"

中宫中，周惜若与温景安对着一副地形图商议了半天。末了，她倦然道："但愿此计可行。"

温景安点头："不行也只能勉强一试了。不然的话……"

他还未说完，就有内侍匆匆上前，禀报道："启禀皇后娘娘，镇南侯求见。"

周惜若一怔。镇南侯是楚齐王到齐国她矫旨给的封号。楚齐王从晖州入齐京之后一直在养伤，今日求见，又是为了什么事呢。

周惜若犹豫不决。温景安道："皇后娘娘不打算见他吗？"

周惜若黯然摇头："不是不愿，只是不知该怎么对他说明皇上的事。"

温景安轻声叹道："瞒得了一时，瞒不了一世，他是皇上的生父，又上过楚太后的当，对楚太后恨之入骨应该可信。"

周惜若心中苦涩，低声吩咐林公公将楚齐王带来。楚齐王翩翩而来，经历了战事与剧变，他眼中多了几分锐利，可周身的气度依然不减分毫。他看了中宫空荡荡的殿中，唯有温景安在一侧陪伴。

他见过礼之后轻笑一声："看来温相大人深得皇后娘娘的信任，屡次见相国大人都在娘娘身边。"他笑容温和，言语中却是弦外有音。

周惜若知他定是不满自己女子摄政，亲近外臣。不过也只能佯装听不懂，问道："镇南侯今日前来见本宫到底有何要事？"

楚齐王含笑道："昨日听说御花园中的荷花开了，想请皇后娘娘赏光一起去赏荷。"

周惜若看着殿外的灿烂春光，这才恍然觉得春意浓浓，自己竟是不知。

她婉言谢绝。楚齐王忽地笑问道："皇后娘娘既然没空，那皇上是伤势如何？成日在甘露殿中不见日光恐怕对龙体不利。"

周惜若听得楚齐王如此说道，心中大大一跳，看了温景安一眼，温景安朝她点了点头。

她半晌才道："实不相瞒，皇上并不在京中。"

楚齐王眼中一眯，追问："皇上到底去了哪？你们可知京中已开始有流言传出了！"他眼底有恼火之意，素日修养城府甚好的他也禁不住听到这种流言赶紧进了宫来。

周惜若静静道："皇上，驾崩了。"

楚齐王呆呆地看着面前的周惜若，说不出话来。半晌，他木然问道："什么时候的事？"

周惜若转了头道："就在湖州的时候，"

她眼底的泪猛的涌出又生生逼回去，把当日湖州那夜的实情一一和盘托出。殿中寂静无声，气氛沉重得几乎令人窒息。温景安看着她几次说不下去，又倔强地鼓起勇气继续往下说。

楚齐王沉默良久，凄然一笑道："这么说，他不是不愿见了我，是因为……"

周惜若道："是的，皇上其实真的很想见你，可惜天意弄人……"

楚齐王看看她，再看看一旁面上流露同情的温景安，喃喃自语："原来如此……"

温景安想要劝，楚齐王已慢慢走出了中宫。周惜若颓然坐在凤座上，挥了挥手，温景安已追了出去。

殿外，天光灿烂，楚齐王翩翩身姿此时看来多了几分老态。温景安跟上，他忽地脚步跟跄跌在了地上。温景安急忙上前去扶，楚齐王干脆推开他，一向爱洁的他竟盘膝坐在了地上。温景安知道他面上虽无甚凄色，其实心中已是悲伤到了极点，再也没有老来失子更令人无法接受了。

"相国大人当日在晖州不肯告诉本王，就是怕本王与楚皇一决高下是吗？"楚齐王苦笑问道。

温景安点了点头，眸色复杂："我不能放任几万条性命因殿下的复仇心切而丧命在了战场上。"

楚齐王只是默默，半晌他道："本王一生风流，留下的骨血除了离儿，再也没有，知道为何吗？"

温景安见他脸色极难看，知道他此时已是伤心到了极点，遂顺了他的心意摇头道："不知。"

楚齐王看着眼前重重延绵的宫殿，轻笑一声："因为我若留下骨血，将来不论男女一定境遇凄凉。空有一个世子或郡主的名头，实则已是连普通人家都不如，楚皇对本王的忌惮更不知什么时候会祸及本王的后代。所以就算我府中妻妾众多，也不让她们有机会孕育我的孩子。"

他吃吃地笑："就算是有的不小心孕上，也被本王一碗汤药给……"他静静地哭，"所以这就是报应，报应本王的心狠！本王年轻时不觉得这又有何妨，可是随着一年年老了，这才发现心里空得很，所以当本王听那贱妇说，齐国的年轻皇帝就是本王的孩子的时候，你不知道我几乎高兴得三天三夜未曾合眼。"

"本王一生苟且偷生，碌碌无为，没想到在半截入了黄土之时还能有机会为人父。可是……"

"……"

楚齐王絮絮叨叨地说，朗朗天色下，他此时不再是四国曾经闻名遐迩的楚齐王，也不是风雅若谪仙的翩翩王孙，只是个晚年丧子的父亲，一个伤心欲绝的老人。

温景安在一旁听着他说，他忽地站起身，扶着楚齐王道："殿下伤心，何不一杯解千愁，今日大醉一场，明日便好好的继续生活下去。"

楚齐王一怔，哈哈一笑，擦干眼泪拍着温景安的肩头道："是极！说来来齐国这么久，本王还未真正见识过齐京的风采呢！哈哈……"

两人强撑笑容，相携大笑而出皇宫。

一个丧子，另一个重担在肩，而在深宫中那娇弱的女子苦而不能说，心中唯觉更苦更涩。此时此心郁结难解还不如大醉一场，将千般愁绪都化在了酒水之中。

温景安与楚齐王两人出了皇宫，一路向京中最有名的酒楼而去。定了一桌美味佳肴，大快朵颐。上好的酒水呈上就杯到杯干。楚齐王健谈又擅风雅，什么事都能说出个头头是道。温景安博闻强识，引经据典，络绎不绝。两人化悲意为酒量越聊越投机。一坛坛酒水很快见底，两人从中午一直饮到了天擦黑便纷纷醉了。

楚齐王伏在了酒案上，面上红晕遍染，斜睨着眼看着同样面上酒气迷离的温景安，吃吃地笑："如今齐国就温相国……最大，你与皇后她……可是互有情意？"

温景安支着额角，闻言哈哈一笑，道："情意？可惜都已错过，如今她那样……都是我害的，是我逼着她……留在宫中，不然的话她早就走了，可是……我舍不得……舍不得她……"

楚齐王听了，长长叹了一口气："她人很好，鲜少有女子能让本王敬畏，她算是一个，天下女子或娇贵或痴或傻或爽快，都少了她一分。"他唠唠叨叨地说着话。

温景安心思已飘远，他想起过两日的安排，心中涌起一股烦乱，摆了摆手径直走了雅间。雅间外候着的小二见他脚步踉跄，急忙上前去扶。温景安一踉跄，正想说不用，忽地前面笑眯眯的走来一个人。白衣翩翩，眉眼间皆是笑意。他身边有人领着，正笑嘻嘻地说着什么。

那人赫然是生死不明的龙越离！

第二十三章　血染山寺恨意决

　　温景安满脑子的醉意忽地一下子被吓退。他在走道上定定看那人从他身边恍若无人的走过。半晌，他猛地跌在了地上。小二见他神色煞白，以为他喝多了，连忙道："相国大人喝多了，要不要小的备一辆马车送相国大人回府？"

　　温景安口中喃喃自语："不可能！不可能！一定是看错了！不可能！"

　　小二被他犹如魔怔的神色吓了一跳，急忙扶着他道："相国大人你说什么呢？"他话还未说完，温景安猛地推开他，朝着方才那人离去的方向冲了过去。

　　"砰！"的一声，另一间雅间的门被撞开。龙越离一口酒水正抿了下去，一听这惊天动地的撞门声，"噗嗤"一声，把口中的酒水吓得吐了出来。

　　酒水洒上他的衣衫，令他心疼不已。他看着撞门而入的温景安，恼道："不知道小爷我就只有一件穿得出门的衣服吗？好不容易今日能偷偷出来喝杯水酒，你是谁啊？哪来的醉汉！"

　　他俊脸上满面的不耐烦。温景安定定看了他许久，忽地，他直挺挺跪下，深深伏地："皇上！"

　　龙越离正拿了茶水压惊，一听得温景安说的两个字"皇上"。"噗嗤"一声又把口中的茶水喷了出来。这下白衣上点点茶渍是怎么都洗不掉了。他索性放下茶杯，大步走到温景安跟前，直瞪瞪盯着他，问道："你到底是谁？"

　　温景安此时酒意已全然醒了。他一把抓住龙越离的手臂，颤声问道："皇上到底是怎么脱险的？"

龙越离脑中微微一恍惚，眼中掠过迷茫，反问道："你怎么知道我遇险？"

他可是对在吴家坞养伤的日子记忆犹新。胸口的伤到现在还在痛，幸好那一箭失了准头，从背后射入，斜斜往下从肋骨透出并未伤及要害，不然的话他如今如何还能再世为人？

温景安猛地一捏自己的大腿，剧痛袭上，他猛的站起身来，眼中隐隐有热泪。他仰头看着头顶，喃喃自语："苍天在上！福佑齐国！皇上真的没死！没死！"

他高兴得在雅间走来来回回德疾走，口中说个不停。

龙越离回过神来一把抓住温景安，恼道："你到底是谁？快赔我的衣衫来！"

温景安心绪激动难奈，千言万语都堵在了心中无法说出。好不容易他安稳下来，他看着龙越离，声音颤抖："皇上，你不认得微臣了吗？微臣是景安！皇上！"

龙越离哼了一声，挣开他的手，狭长的眸斜睨，俊脸上挂着一抹冷笑道："什么君君臣臣，我不是你的什么皇上！你快点赔我的衣衫来！"

温景安看着他一脸不相信，半晌试探问道："皇上当真都忘了？"

龙越离一振长衫下摆，给自己倒了一杯酒，哼了一声："忘了！"

温景安看着他冷凝的侧面，心中千万个不相信。他急忙上前，拉住龙越离的袖子，问道："皇上为什么都忘了？是真忘了还是……假忘了？"

龙越离看着温景安凑到跟前的脸，忽地邪魅一笑："你若请我喝酒，我倒是可以跟你聊一聊我为什么会忘记前尘往事。"那神态那语气，活脱脱与从前的龙越利离一般无二。

温景安呆呆的坐下。龙越离优雅地用茶水漱了漱口这才开始品酒。他抿了一口，微微皱眉："三十年的陈酿怎么可能有涩味。"他唤来小二，恼道，"你们是不是店大欺客，这女儿红根本不正宗，一股子的酸味！"

小二许是看见温景安在一旁，连忙道："这就给客官换一壶来。"

龙越离这才满意地点了点头。等小二走了，他看向一旁沉默无言的温景安，问道："我还未问你是什么人嗯？你见过我？"

温景安凝视着他，神色复杂地慢慢道："何止认识，我与……你近十年的交情了。"

龙越离一听这话，上上下下地打量他，狭长凤眸中掠过一丝迷茫，不过他心思转得很快，随即一笑遮掩而过，笑道："难怪我觉得你这么面善，原来你是我的故人啊。"

他打着哈哈，眼中神色变幻像是在思考着什么。

温景安探问道："皇上既然什么都忘了怎么来的京城？"

龙越离一听"皇上"二字大皱眉头，道："别叫我皇上，这可是要杀头的罪名，在下姓越，名离，你叫我越离便可。"

256

温景安听到这里，心头大大一跳，上前一步紧紧抓着他的胳膊，急忙问道："是谁告诉了皇上姓越名离的？"

龙越离被他抓得手腕生疼，一把甩开温景安，恼道："我说你们怎么都这么一惊一乍的，小爷我吓都被你们吓死了！"

他说完见温景安不肯罢休的样子，烦躁道："好了，告诉你也无妨，是邵大哥告诉我叫做越离，他也是我失忆前的朋友。"

温景安脸色一白，踉跄退后两步，喃喃道："邵云和？"

龙越离见他神经兮兮的，随口敷衍道："原来你也认识他啊，看来我到京城是来对了，邵大哥并没有骗我。"

温景安看着眼前龙越离脸上一派欢喜无知的笑意，唯觉得头脑中一片空白。

邵云和没死！龙越离也没死！他们还结伴来到京城！

这到底是为什么？！

他想起在湖州等待周惜若醒来的那一夜。他紧握着昏迷不醒的她，听着她在噩梦中哭泣，看着她辗转反复。那一夜，他几乎耗尽心力才保住了他们两人"重伤落水"的消息不外泄。那一夜，他生生煎熬着只等待她醒来。

他以自己的性命要挟她留在宫中，在内心深处，他甚至期盼她就这样在自己的身边，因为悲痛总会有过去的时候，她一定会重新绽放笑靥。他宁愿一辈子不婚不娶，只要这样好好地守护在她身边。

他愿意捧她坐上齐国最尊贵的位置，因为她值得；他愿意一辈子只做她最忠心的臣子，因为他愿意。可是，如今情势逆转，她难道要真的又要离开了吗……

"你叫什么名字？"龙越离好奇问道，"你问了我这么多，还未知道你叫什么呢？"

温景安定定看了他许久，就想这么拔腿就走，只要他一道命令传下，眼前的龙越离就从此这个世上消失，不再回到那个皇宫，不会再一次次让她痛苦难舍。

"你怎么了？"龙越离见温景安只盯着自己瞧，摸了摸自己的脸，笑道"我知道自己长得俊，可我不是那等兔儿爷，兄台可不要对我有什么非分之想。"

他这玩笑话说完，忽地看见温景安眼中流下泪来。

"这位兄台怎么了？"龙越离一见他哭了，禁不住紧张起来："哎呀，我不是故意这么说的。你哭什么呢？"

"皇上当真都忘了？"温景安低头擦干眼泪，"什么都忘了吗？"

他哭的是眼前龙越离无所顾忌的痞笑，分明是当年那在时常逃出皇宫的年轻皇帝。那时的龙越离是十足的纨绔子弟，朝三暮四，青楼楚馆一一踏足。可是那时的他分明眼中有别样的光彩，当年的他就是看他不同常人，可是今日的龙越离只是空有皮囊的年轻公子，再也不见当初眼底的熊熊野心。

257

龙越离正想不耐烦回他，可是看着温景安眼底悲伤，不禁规规矩矩道："忘了，什么都忘了。"

温景安深深叹了一声，盯着眼前龙越离的眼睛，慢慢道："皇上从此刻开始跟微臣说说从遇险之后到底发生了什么，怎么会与邵云和一起到了京城中？"

皓月当空，一抹青影立在窗前。皓月当空，把整个京城照出别样的静谧与安详。他看不清面目，唯觉得背影孤单萧索，令人觉得夜也多了几分寒冷。身后脚步声凌乱传来，有人打开I房门，浓重的酒气扑鼻而来。他转身，房中点燃了烛火，那张醉颜就出现在了房中。

龙越离一抬头看见邵云和在房中，不禁吓了一跳，手中烛台一抖，几乎要飞出去。邵云和脸色沉沉地盯着他。

龙越离见他脸色不善，嘀咕道："又是一张铁块脸，上辈子我是倒了什么霉与你是兄弟！"

邵云和皱眉打量他身上，冷冷问道："今夜你去了哪里？"

龙越离不理他，靠在了床上，微眯着狭长深眸，恹恹道："去了杏花楼喝酒了。"

邵云和正要开口，龙越离冷哼一声："只许你日日神神秘秘出去，就不许我出房门吗？"

邵云和的责备顿时被他的一番话都堵在了喉咙中，龙越离斜睨了他一眼，忽地问道："邵大哥，你和我当真是好朋友吗？"

邵云和眸光复杂地看着床榻上醉意满满的龙越离，慢慢道："不是。"

龙越离哈哈一笑，道："好！够爽快！我就知道，你对我这样子不像是义结金兰的好兄弟，既然你我不是朋友，为何不杀了我？"

邵云和眸光微沉，冷冷反问道："你想要我杀了你吗？"

龙越离竖起一根秀美的手指，轻轻摇了摇："不！我怕死，怕得要命，所以邵大哥一定不能害我。"

邵云和看他的样子知他定是醉了，冷笑一声："我不会害你也不屑害你，你好好歇息，明日要带你回你该去的地方。"邵云和说完转身就往外走去。

身后却忽地传来龙越离低低的声音："我不想回去，这样就已经很好，什么都想不起来，不知自己是谁也不知自己要去那里，更没有负累……这样就很好……"

邵云和浑身一震，再回头看时候龙越离已沉沉睡去。

第二日清早，御街铺满了金黄的细沙，龙辇所过之处皆是如此，两旁有面色严肃的护卫，两丈一人，守卫严谨。待到日出东方，皇宫大门打开，明黄的龙辇缓缓驶出。帝后二人端坐在龙辇中，端坐凛然。天上的金光恰好照在金丝鲛纱帘上，若隐若现地映出里面的两人面容。沿途百姓纷纷激动跪下，三呼万岁。周惜若低垂着双眸犹如美丽的人偶。

身旁的人微微一动，一声悦耳声音叹息传来："本王竟不知有生之年还能穿上龙袍，坐上龙辇。"

周惜若抬眼看着一旁姿态僵硬的楚齐王，苦笑道："实在是无计可施，不然也不会如此为难了齐王殿下。"

能坐上这龙辇中假扮龙越离的人选，她与温景安合计了半天，最后选定了楚齐王。楚齐王面容与龙越离有几分相似，身量相当，百姓在激动之下也不容易辨认出来，再者这龙辇中唯有楚齐王有资格坐上，若换了旁的内侍，恐怕齐国列祖列宗都会生生气得从坟墓中跳出来。不过楚齐王坐上这龙辇假扮龙越离也是实在对不住齐国的先祖们。

楚齐王苦笑了下："为难倒是不会，只是想起离儿。"他说着眼中微微通红。

周惜若心中亦是酸楚，她低声道："熬过今日就好，温相已安排好了……"

龙辇驶过大街小巷，百姓们纷纷跪拜，山呼海啸般的万岁声声声震耳。楚齐王与周惜若两人却各有心事，默然无声。御驾渐渐向着白马寺而去。周惜若心中稍稍松了一口气，正在这时，人群中忽的有人朝龙辇中丢去一件事物，那人人影很快，一闪而过。那件事物直破鲛绡纱帘，跌在了周惜若的脚下。

这变故十分突然，待到御林军发现前去喝止的时候，那人影早就不见了踪影。御驾立刻停了下来，御前侍卫们纷纷怒喝着追去。周惜若捡起脚下的事物打开一看，心头猛地一震。

楚齐王见她脸色煞白，连忙问道："这是什么东西？"

周惜若把那东西飞快纳入了长袖中，声音却忍不住颤抖："没什么，只是一件旧物，此地不宜说话，待会再告诉殿下。"

她方才匆匆一扫，只见布团中包着的竟然是龙越离随身带着的一块玉佩！难道说有人知道了龙越离已死，所以要在这个时候揭发了他们的一场"骗局"不成？！

楚齐王心中疑惑，要再问，温景安已纵马上前来，紧张问道："皇后娘娘可否受惊？那逆贼狡猾得紧竟是抓不到。"

周惜若冲他勉强一笑："本宫没事，继续向前走吧。"

温景安疑惑地看了她一眼，却发现不了什么，只能依言退下。

龙辇又继续向前走，华盖如云，锦旗漫漫，一望无际。楚齐王看了一眼脸上苍白得连胭脂水粉都遮掩不了的周惜若，轻声一叹："到底是什么东西？本王可否能知道？"

周惜若茫然看了看他，动了动嘴唇却不知说什么。她守着这个秘密守得这么辛

259

苦，若是真的别有用心的人想要他们失信天下人，那这一趟白马寺到底该不该去？！还有那包着玉佩的字条的字迹为何看起来这么眼熟？

她的心乱了。

楚齐王轻叹一声，轻拍她的肩头："莫哭，莫哭，心中再苦再难都会过去的。"

他的声音温和有长者的风范。周惜若心中苦涩化成点点泪水，滴滴落下。

白马寺到了，楚齐王扶着周惜若下了龙辇，帝后同时现身很快又是一场轰动，百姓们纷纷高呼，远远看去帝后二人丰神俊朗，犹如神仙眷侣，令人心生羡慕。两人在众人面前一晃而过，很快被引入了白马寺中。

楚齐王在禅房中换下那身明黄龙袍，长长舒了一口气："没想到做皇帝这么累，本王还是做回闲王吧。哈哈……"他见周惜若面上郁郁，上前劝慰道，"若皇后不嫌弃，心烦之时可唤本王来畅聊开解。要知道，你可是本王的亲人。"

周惜若想起他安慰自己一声声"莫哭"简直似极了自己去世的父亲。她眼中水光掠过，点了点头："过两日还得辛苦齐王殿假扮皇上前去礼佛。"

楚齐王面上黯然掠过，良久才道："本王知晓了。"

他说完由林公公领着退下。禅房中恢复安静，周惜若怔怔坐下，一场戏终于演成了七八成，只待最后一幕便可最后成事。从此龙越离便是真正的"龙驭殡天"，昭告天下。从此少帝继位，她听政垂帘，维持着这个庞大国家继续向前走。她掏出袖中几乎要捂得滚烫的布团，颤抖展开。

"他没死是吗？"一道清冷悦耳的声音从禅房门口传来。

周惜若惶然抬头，手中的玉佩忽的落下。温景安静静看着她手中的布团，上前拿起展开，里面是几行方才周惜若没注意看到的字迹。他轻声一叹："邵云和不相信我，所以拿了皇上要挟我要放了娘娘和他。"

周惜若眼中泪泛起，是震惊后的欢喜。她急忙抢过去看了仔细，上面果然用蝇头小楷写了几行字。字字句句皆是邵云和的笔迹！

她没看错！周惜若反反复复看了良久，欣喜得浑身簌簌发抖，颤声道："这当真是他丢来的！他真的没死！"

可她明明看见邵云和重伤跳入护城河中，生死不知。可是如今听得温景安所说的，不但邵云和没死，甚至龙越离也好好活在这个世上。

"景安，你都知道？"周惜若上前紧紧盯着温景安的双眼，问道。

温景安神色不变，道："在微臣看见皇后娘娘的脸色时候，就知道有人向娘娘传递了一个消息。"

周惜若漆黑的眼瞳中皆是狂喜，面上一扫从前的阴郁，笑靥灿烂如花，欢喜道："如此我就放心了，我以为是有人故意拿了皇上的事物想要揭穿我们。上天保佑！当真是天大的好消息！"

260

温景安低了眼眸把眼底的阴郁掩下。他柔声劝道道："皇后娘娘先别着急，此事微臣来安排，定不能让皇上为邵云和所伤也不能让旁人伤了他。"

周惜若眼中泪如急雨，拼命点头。

温景安眼中掠过怜惜，轻拍她的肩头："娘娘安歇一下，一切交给微臣来办便是。"

周惜若心绪难平，勉强点了点头，看着温景安的眼睛，郑重道："千万不能让他们再互相残杀了，不然我这一世的罪过就更大了。"

温景安眸色微闪，捏紧了手中的布团，低声道："娘娘放心。"

他说罢转身离去。周惜若长长舒了一口气，眼底明亮如宝石熠熠，进禅房的林嬷嬷看她面色焕然一新，禁不住愣了下。

周惜若嫣然一笑，道："他没死！"

林嬷嬷顿时也激动起来，上前握住她的手，哽咽道："娘娘终于可以放下这一切了。"

周惜若用力地点了点头。

接下来的日子周惜若简直是度日如年，心中一时欢喜又一时忧愁。念遍了佛经都不见效果。每次她召温景安前来询问，温景安眉头便皱紧。他道："邵云和不信我，而且他行踪不定，微臣也不好查他，就怕他伤了皇上。"

周惜若焦急道："你让我与他说，我有好多话要与他说，再说云和也不是那等不明道理的人，只要说清楚他定不会为难了相国大人和皇上。"

温景安摇头否定了周惜若的提议，道："就算他相信娘娘，但是也难保他到时候不会对皇上痛下杀手，无论谁死谁伤，这不是我们一起努力避免的吗？娘娘相信他，但是微臣不相信他。"

周惜若眼中的急切掩饰不住，拉住温景安的长袖道："你让我与他互通消息，我要知道他如今安好才会放心。"

温景安犹豫良久这才答应。

周惜若大喜，转身匆匆写了一封信，上书"温景安可信。"几字，又从怀中掏出一把玉梳附上，恳切道："告诉他，我会与他离开齐国去赤灼见阿宝，从此一家团圆，让他千万不要犯险。"

温景安把她的信放在怀中，眸色复杂地道："好。"

他说罢转身大步离开。周惜若心中的一块石头这才落下，可是不知为何，她此时心中却掠过另一种不安。

终于温景安送去她的信第二日，带来了好消息。邵云和愿意在温景安约定的白马寺后交换龙越离，条件是让他秘密带走周惜若，从此齐国再无皇后，周惜若听到这个消息，重重哽咽一声，眼底的光彩再也遮掩不住。上天保佑！谁都没事，而且也不会再有事。

温景安前来看望她，只见周惜若已换上了一件素色长裙，头上少了沉重的凤簪，一头乌发格外清爽。她笑意吟吟正与林嬷嬷说着什么。不过是几日，她整个人与在齐宫时的样子已是天地之别。

"娘娘。"温景安上前唤道。

周惜若含笑看着他，明眸中的光彩令他一时别不开眼。

"娘娘要离齐国了，从此山长水阔再无相见之日了。"温景安儒雅的面上笼罩着一抹黯然。

周惜若笑意微凝，安慰道："可是总有相见之日。"

温景安苦笑："也许再有相见之日便是齐国与赤灼再开战之日了。"

周惜若摇头："不会的。我定会劝云和不要轻易与齐国为敌，皇上经过这事也一定会想明白的。"

温景安低头沉默了良久才缓缓道："到底是什么错了呢？为何怎么做都不对呢？"

周惜若疑惑地看着他，想要再问，温景安已转身大步离开了。

那一日到了，周惜若打点一番便随温景安向白马寺后走去。白马寺的僧人都已不见，两旁也空空如也。她不知是真的没有护卫，还是温景安把他们藏在了某一处。

静，一种奇异的宁静令她的心砰砰直跳起来。"景安。"周惜若忽地顿住脚步，犹豫地看着在前面领路的温景安。

温景安停下脚步，回头看着她，眸光沉静。

"景安，他会来吗？"周惜若问道。

"应该会来的。"温景安看出她眼底的不安，上前温和道，"邵云和应该是个守诺的人。"

周惜若盯着他的眼睛，忽地问道："景安你不会伤害他吧？"

温景安一顿，定定看着她，反问道："娘娘不相信我？"

周惜若忽地觉得惭愧，她低声道："不是……只是我担心云和会误会了你。"

温景安温声安慰："娘娘不必担心太多，只要邵云和不伤害皇上，他就能依约带着娘娘安然离开。"

周惜若点了点头，此时她还觉得如在梦中。希望来得太突然太快，原本心死的心又开始慢慢跳动，如今一想到就能从此了结这一切。她不知心中有多欢喜，简直是欢喜得不敢相信。

天光耀眼，仿佛预示着她前面走的路也一定是十分光明灿烂。周惜若随着温景安一前一后地走到白马寺后门。后门有一大片空地，这是山寺偏僻之处，依山而建。台阶有数百级，平常香客都不会来到这里。

周惜若站在温景安身边翘首盼望。可只听得树上蝉鸣声阵阵，后门前空荡荡一片，不见半个人影。周惜若几次想要询问，却看见温景安冷凝的面色把即将脱口而出的话都咽了回去。他们两人等了很久很久，终于台阶上传来一声声沉重的脚步声。

周惜若心头大大一跳，正要奔上前去看，忽地肩头一痛，温景安已一把将她肩头握住。他瘦削的手此刻不知哪来的力气，牢牢将她抓住，令她挣脱不得。周惜若诧异地看着他。

温景安回头，神色冷凝："娘娘此去，难道就再也不顾忌别的什么吗？"

周惜若眼中掠过迷茫，反问道："我要顾忌什么？云和已经来了！"

温景安抿紧薄唇不语，周惜若这才发现他额上渗出细密的汗珠。

她心中大大一震，正要说什么，台阶上已站着两抹熟悉的人影。一人是一身玄青色长衫的邵云和，另一人则是一身白衣如雪的龙越离。两人站在他们两人面前，周惜若瞪大眼睛定定看着邵云和，猛地哽咽一声，就要冲上前去。可是温景安却不放手。

他道："娘娘，告诉他放了皇上！"

"云和！云和！"她喃喃地道，眼前的邵云和眉眼如昔，只是眼底多了几分说不出的复杂神色。

温景安扬声道："如君所约，请放了皇上！"

邵云和不看他，只牢牢盯着泪流满面的周惜若，冷冷道："你先放了惜若过来，我便让皇上过去。"

周惜若只觉得温景安抓着自己肩头的手紧了紧。

温景安淡淡道："不行，皇后在这里我不会伤她性命，可是皇上在你手中，我怎么知你会不会临时反悔害了皇上？"

邵云和皱起剑眉，看向他手中的周惜若，久久不语，像是在思考着什么。

周惜若哽咽一声，颤声道："云和……你当真没有死！"

邵云和眼中的冷色顷刻柔和。半晌他缓缓放开龙越离，对他道："过去吧，那人可以告诉你的身份。"

龙越离转头，再看看温景安。他叹了一口气："看样子我的确是不知自己是谁会更轻松惬意一点，眼前这局面貌似很复杂。"

邵云和冷冷一笑："你我今日恩怨已了，你失忆了也好，我便少了杀你的理由。从此天南地北，但愿你我不再相见。"

龙越离眼底掠过惆怅，对他一抱拳："这一路上承蒙邵大哥照顾了，我会铭记于心的。"

邵云和眼中一闪，低下眼帘，淡淡道："走吧，趁我没改变主意之前。"

龙越离点了点头，向温景安走去。周惜若看着龙越离一步步走来，明眸神色变幻。眼前的龙越离轻松惬意，面色柔和，看起来仿佛换了一个人。她和他爱恨纠缠，

263

是不是今日就可以从此有了个了断了？

她正要挣开温景安的手腕，忽地，耳边传来一声沉重的叹息："惜若，对不起！"

周惜若迷茫回头，她看到了温景安眼底的愧疚，脑中有一道亮光闪过。

她猛地回头定定看着不远前的邵云和，喃喃道："不！"

"云和！——"她尖叫一声。

与此同时，天上的天光猛地暗了暗，四面只听得弓箭声嗖嗖破空之声，如雨的劲箭朝着邵云和呼啸而去。

"不！——"周惜若只觉得眼中血红弥漫，再也看不清眼前的一切。

温景安一把将她拉住，对龙越离厉声道："皇上快走！"

周惜若仿佛呆了，定定看着山寺后门掠来条条藏青色的人影，邵云和勉强躲过了第一波的箭雨，腿上却被一支劲箭射中，透过腿而出。他猛地怒视着周惜若。眼底滔滔的恨意再也遮掩不住。他怒如泣血，咬牙一字一句的道："周惜若！你设计害我！"

是她说温景安可信，是她亲手手书一封信交到了他的手上，是她！是她！是她在得知他"身死"还去襄助她最放不下的齐国！原来当真是一场虚妄！一切只是她给的一场虚妄！

周惜若脑中一片空白，呆呆看着场中的邵云和血流不止，看着他如困兽，左右不得出。看着他眼底的恨意不甘地在眼底翻涌，看着他挥剑忍痛砍掉箭头，支起身来与源源不断涌来的护卫们缠斗在一起。

他手中的剑如虹光，在天光下越发璀璨明亮，带着夺人的杀气挥剑而向涌来的护卫。朗朗天光之下，纯净的山寺后门一切都沾染上了血色，浓得化不开。

她被温景安半拖半拉飞快向后退去，不断有人前来护着他们向白马寺后而去，她仿佛什么声音都听不见了，再也无法思考。有人扶着她，低声焦急地唤道："娘娘！娘娘！"

她茫然回头看去，正好看见邵云和在战团中踉跄一步，一个护卫趁机一剑插入了他的肋下血色喷溅。

她听见他悲愤怒吼一声："今日我完颜云祈若不死，赤灼必灭你齐国！江山万里，皆要一一踏平！此生此世，不死不休！"

她眼前一黑，彻底昏了过去。

夜，无边无际，她茫然走在梦中，仿佛走的是自己的一生，无穷无尽，看不到一丝光亮，也看不到一点希望。耳边有人窸窸窣窣地走来走去，还传来林嬷嬷的哭声，她却不想睁开眼，因为一睁开眼看到的都是满眼的虚伪与谎言。

"惜若……"有一个声音从心底冒出，像是受伤的兽不甘地做最后嘶哑的吼叫。

"惜若，你为何还不去死呢？"那个声音嘶嘶地说着，"死了一切就不会再痛苦，也不会再有人背叛你伤害你，逼迫你做不想做的事……"

她猛地睁开眼，大口大口的喘息。这个声音这么可怕，可是再可怕却可怕不过易变的人心。

"娘娘醒了！"林嬷嬷高兴的说道。

一道身影匆匆而来，他走到她的床前，看着她木然的美眸，痛苦道："娘娘！"

周惜若起了身，定定看着眼前的温景安，忽地掩面轻笑起来，轻叹道："好！很好！"

温景安痛苦地抬起头，张了张口正想要说什么，忽地之听得一声"啪"的脆响，他白皙优雅的面上印上了殷红的五指印，清晰可见。

殿中一时安静下来。殿外有人匆匆进来，却被这一声生生定住了脚步。

"娘娘！"温景安深深地伏地，肩头微颤，哽咽道，"娘娘要原谅微臣，邵云和不死，始终要与齐国为敌……臣……臣不得不杀！"

好，好一个不得不杀！好一个不得不！他利用了她的信任，斩了她所有的前路！斩断了她唯一与阿宝团圆的可能！周惜若久久看着他，心口的剧痛越来越痛，忽地她脸一白，伏在床边"呕"地一声，呕出了一口鲜红的血。

温景安看着地上的血色，惊得脸色煞白，无法动弹。林嬷嬷惊叫一声："不好了！娘娘吐血了！"

周惜若眼前一片模糊，她吃力抬起头来，看着温景安，眼底皆是刻骨恨意与悲伤："景安，你竟然也负我！"

寝殿中寂静，这一声"负我"在空荡荡的殿中回荡不绝。温景安浑身一颤，这一句犹如一记重重的巴掌狠狠甩在了他的心上。温景安已无话可说，她信他助他，一路至此从未怀疑过他，甚至将全部的希望都托付给他。可是如今却竟是他生生将她再一次推入了地狱中。

周惜若浑身颤抖，心口火辣辣地痛，唯独却痛不过在白马寺后门，血色弥漫中那双怒视她的眼眸带来的心痛。她，彻底被毁了。从此去留无处，从此鸳鸯成殇，从此母子相隔天涯，相思不得见……

她眼中的泪零落如雨，唇边的血点点滴滴落在了素白的衣上，渲染出一朵朵触目惊心的红梅。千难万难时她曾强撑着自己不倒下去，可是如今连最后的倔强都看起来如此荒凉可笑。

林嬷嬷流着泪上前要扶着她。周惜若狠狠甩开她的手，唯颤颤地看着眼前的温景安，明眸中的厉色仿佛要把他的心挖出来瞧一眼。

第二十三章 血染山寺恨意决

温景安伏在冰冷的地上，那一句原本想好的说辞此时咀嚼起来却是满嘴苦涩与单薄。殿中的气氛冷凝得可怕，针落可闻。没人敢轻易打破这个沉默，也没人敢前去扶周惜若一把。她浑身上下的怒火与恨意将所有的人都生生隔绝开来。

正在这时，空荡荡的的殿中有不安的脚步声从寝殿门边轻轻传来，众人循声看去，只见在寝殿的帷帐旁站着一个白衣男子。他俊颜如昔，一身白衣如雪，身姿风华若妖，一举一动都慑人心魂，可唯有面上带着不自然的惶惶。

"你们这是怎么了？吵得好凶的样子。"他勉强笑问道。

林嬷嬷一惊，急忙跪下："皇上！"

龙越离连连摆手："不要叫我皇上，我……我只是来问问。"

他一转头看见周惜若身前点点血迹，禁不住叫了一声，大步走来，扶着她对温景安恼道："还不赶紧去请大夫！她都吐血了！"

熟悉的龙涎香和他身上特有的气息传来，一切犹如梦一场。周惜若僵硬地由他搂入了怀中，唯有一双明眸还盯着温景安。

温景安回过神来，急忙对林嬷嬷道："快去请太医！快去！"

龙越离一摸她单薄的肩头，只觉得她浑身冰冷得吓人，还不停地微微颤抖。他眼底掠过深深的怜惜，不由搂紧她，焦急道："好好的怎么吐了血了呢？……"他搓揉着她僵硬的手，似乎要把自己身上的温暖都传给她。

温景安抬头，这才发现周惜若唇色煞白，脸色铁青，可她依然在不甘地等着他的解释。他心中一颤，咬牙道："因为皇上失忆了，所以邵云和不得不死！"

周惜若心头的一股气猛地吐出，缓缓转头看着在自己上方的那张熟悉的脸庞。龙越离见她终于有了反应，对她露出大大的灿烂笑靥。他说："听说，你是我的皇后。"

周惜若看着他的笑容，干涩的唇咧开一个讥讽的弧度，她笑了起来，笑得不可抑遏，笑得前仰后合，眼中的泪都滚落出来。

她癫狂的样子吓得温景安不知所措，唯有频频磕头急道："娘娘要恨就恨微臣吧，要杀也就杀微臣一人，只要娘娘不离开齐国，娘娘想要怎么样都行！"

周惜若笑完，含血吐出一个字："滚！"

温景安一怔，她厉声道："滚！你给本宫滚！我永远不会原谅你！也永远不想再看到你！"

她恨得几乎要从床上挣下，颤抖的手几乎要抓上了温景安的脸。一伸手，仿佛就要狠狠地拽下他素日儒雅的面庞，好好看清楚他的心到底是什么做的？竟对她绝如斯！

龙越离紧紧拽着她，对温景安急道："你快走！你难道还要她再伤心吐血不成？！"

266

温景安面色黯然，咬牙匆匆地走了。直到他的身影消失，周惜若再也无力颓然跌在了床上。林嬷嬷带来太医，匆匆要上前。

周惜若面上泪水满溢，冷笑道："都给我滚！滚！"

林嬷嬷左右为难，只不停地劝着。良久，周惜若冷笑："你们不滚，我自己滚，这地方我一刻都不想再待下去！"她说着挣扎下床，可还未走几步，心口的闷痛传来，猛地跌在了地上。

林嬷嬷吓得六神无主。忽地，一旁的龙越离一把将周惜若打横抱起，对他们皱眉道："都下去吧，让她好好歇歇。"

林嬷嬷看着挂着无奈笑意的龙越离，黯然地退下。殿中众人退得干干净净，一片死寂，周惜若若人偶一般被龙越离放在了床上。

龙越离为她盖上薄衾，温声道："他们都走了。"

周惜若木然转动眼眸，看着他，声音沙哑："你为什么还不走？"

龙越离见她终于恢复了点神智，面上露出大大的笑容："我走了你怎么办？总要有人照料你。"

周惜若笑了，她转动木然干涩的眼眸，冷冷地道："皇上走吧，找你的好臣子好妃子去吧，他们每一个人都把你奉若神明，他们每一个人都可以为皇上去生去死！"她笑声沉沉沙哑，带着无尽的怨恨，"曾经我也是他们其中一个，为了皇上为了齐国，心甘情愿去死！"

她撑起单薄的身体，笑声如癫："可是如今你看看我得到了什么？得到了什么？！⋯⋯⋯⋯"

她癫狂的神情将龙越离吓得退后一步。她咬牙从床上拿了锦墩被子狠狠地丢向他，尖声道："你滚！你才是杀死云和的凶手！一切的一切都是因为你！"

龙越离被飞来的东西砸中。他看着她伤心欲绝，眼中涌起深深的无奈。忽地，龙越离上前牢牢按住她的手，盯着她狂乱的眼神，低声道："邵大哥没死！"

这一句就如一勺冰水泼洒在了滚烫的炭火上，火苗被扑灭冒出袅袅的青烟。周惜若愣了愣，呆呆看着龙越离。

"邵大哥没死。"龙越离左右看了看，低声道，"他被人救走了，这是我打听来的消息，方才我就是要来告诉你，可是相国大人在这我不敢说。"

周惜若定定看了他许久。忽地，她伸手抚过龙越离的眉眼，冰凉的纤指掠过，淡淡的馨香扑入了他的鼻间，似有什么钻入心底，痒痒的正欲破土而出。

龙越离猛的退后一步，不自然地问道："你为什么摸我？"

周惜若看了他半天，长长吐出一口气："你当真什么都忘了？"

龙越离点了点头，他的眼中眸光清澈透明，看不到一丝杂质。他笑眯眯地耸耸肩："忘了也好，看样子我这个皇帝当得十分不顺，还不如就这样重新开始。"

267

周惜若缓缓地躺回了床上，遮住眼，倦然道："皇上走吧，无论皇上是真的忘了还是假的忘了，你始终是皇上。"

　　龙越离叹了一口气坐在了她的床边，良久犹豫道："你不要赶我走好吗？这皇宫太大了太可怕……"

　　周惜若沉沉笑了笑，倦然蜷缩起身子，闭上眼低声道："随便吧，云和就算没死也一定不会再原谅我，你和我一样，从此以后都是无家可归的人。"

第二十四章　天南地北鸳鸯苦

奔逃，漆黑的夜中，身后像是有一头巨大的兽在紧追不舍。他的眼前渐渐模糊，身上的力气也随着一天一夜的剧烈奔逃而渐渐面临油尽灯枯的境地。身体疲惫到了极点，可是心口的那一团恨意却越发烧得更旺。

他忽地跟跄一下，重重跌在了地上。

"主上！"身旁的条条黑影蹿来，飞快地扶起了他。

邵云和重重喘息了几口气，艰难的站起身来，咬牙道："我没事，继续赶路。"

左右护卫面面相觑，犹豫不决。他们已经在路上一天一夜了，原本万无一失可以换人，没想到却被温景安设伏诛杀。他们听从邵云和的命令在白马寺后门接应，邵云和中了一剑一伤，要不是靠着三分运气和七分的强大内力早就在他们赶到之前被杀了。

这一场短兵相见，两败俱伤。如今为了躲避温景安的追杀，他们好不容易逃出京城，可是如今也面临了缺水少马的境地，而光靠两条腿，他们是决计走不出齐国的，甚至走不出这京城边缘郡县的范围。

四周黑漆漆一片，一轮孤月挂在天际，山道上有风呼呼吹来，带着奇怪的呜咽声，声声人耳，激起心底的寒气。

"主上，您伤重不能再继续往前走了！"护卫中有一人打破沉默，大胆地道。

邵云和想说自己可以，可是才迈出一步就又重重跌在了地上，那受伤的脚更是颤得如秋风中的落叶。

他眼中迸出怒火，咬牙冷冷道："就算死，我也不会死在齐国！"

正在这时有护卫在他们身后压低声音惊呼："不好！主上！有人来了！"

邵云和一惊，沉声喝道："躲起来！"

护卫们纷纷将他扶着躲入了道两旁的荆棘丛中。寂静中只听得马蹄声得得，沉沉地踏在了众人的心上。前来的人不知是谁，可谁也不愿猜测，惟愿是往来赶路的客商就此安然通过。

众人伏在山道两旁，身上的黑衣与黑夜融为了一体。

终于马蹄声越来越近，渐渐的有火光闪烁传来。邵云和眸色沉沉，手紧紧握住了腰间的长剑，若是你温景安的人，他就算是豁出性命也要力斩他们马下！

马蹄越来越近，忽的，他们在不远处勒住了马儿，风中隐隐传来那队人的低呼声。

"血迹只到了这里！"风中的话语带着紧绷的气息。

邵云和脸色一沉，手中的长剑悄悄拔出，剑上的寒光映着月光，分外清冷。

"继续找！"有一道沉郁的声音传来。

那一队骑士应了一声，渐渐朝着方才邵云和的方向走来。

邵云和低头一看，自己的腿上缓缓地流着鲜红的血，这一路上，他匆忙包扎了伤口，可是却还是留下了踪迹。

渐渐的，火光靠近，越来越亮。他渐渐看清楚眼前走来的人。

忽地，他仗剑走出了藏身之地。这一冒险举动令隐藏的护卫们纷纷惊呼。而那一队人也纷纷拔出长剑，警惕地看向他。

火光明灭中，照耀出邵云和血污满面的脸。四下里一片寂静，唯有风声呼呼，像是山间的鬼怪在肆意狂笑。

有一道黑影拨开众人，走到了他的跟前，久久地看着他。

他上下打量了邵云和一番，轻轻嗤笑："雪原上的狼要多栽两个跟头才懂得生存的残酷；天上的雄鹰也要经历狂风暴雨，才明白翱翔天际也是要付出代价。云儿，你现在可明白了为父的一番良苦用心了吗？"

邵云和轻笑，眼底掠过深深的恨意："父亲，我明白了。"

完颜霍图久久看着他，一把将他紧紧地搂入怀中。邵云和木然地由他搂入怀中，他可以感觉到完颜霍图的颤抖，也许这是他这一辈子唯一感觉到完颜霍图真情流露的时刻，可是如今这些于他来说，已太晚太晚……

完颜霍图良久才放开他，对邵云和道："有一个人，你一定得见一见。"

邵云和不语，由着完颜霍图领到了一位帽檐低垂的人跟前。那人缓缓除下头上的风帽，一张上了年纪却不掩美貌的面容落入他的眼中。

邵云和看着她，薄唇一勾，淡淡道："原来是母亲。"

眼前不是别人，正是出逃楚国的楚太后——楚苓。她凤眸掠过邵云和脏污的面，伸手颤颤轻抚过他的眉眼。邵云和微微一皱眉，退后一步避开了她的碰触。

　　楚苓眼中掠过深深黯然："云儿，我竟不知原来你已在我跟前这么久。"

　　四周的火光明灭，邵云和看着眼前的两人，仗着剑慢慢退后，冷淡道："父子情深，母子相认可否稍后再叙？我累了，我要回赤灼。"

　　完颜霍图眼中一沉，想要说什么，楚苓轻轻对他摇了摇头。

　　完颜霍图转身对身后的侍卫喝了几句赤灼话，顷刻间便有人匀出几匹马给了邵云和一行。匆匆收拾一番，他们呼喝着向西北疾驰而去。山路迢迢，邵云和看着眼前的崇山峻岭，山峰层叠，眼底有什么静静不息地燃烧。

　　从此山长水阔，天南地北，再归还时他定要领着千军万马，踏破这片河山！

　　"若我完颜云祈今日不死，我赤灼必灭你齐国！江山万里，皆要一一踏平！此生此世，不死不休！"

　　此生此世，不死不休……

　　这一生，深恨再无解。

　　这一生，君心似海，不复柔情。

　　庭院深深，飞花无知无觉飘落落在她墨色的发间。她惶然抬头，眼前飞花漫漫，拂了还满。飞花落叶，仿佛就要这样温柔的埋葬了她的一生……

　　一年过了，又是一年的春。所有的痛苦与绝望都被熬成了一碗酒，酒入愁肠，化成点点苦泪。

　　那一年，赤灼北帝完颜云祈归国，适逢库叶族变乱，他率军五万，如雷霆之势横扫库叶叛军。库叶什察头颅被砍首悬在城门示众十日，库叶族在这一役中几乎灭族，库叶族壮丁男子被驱赶入西北荒漠，永世不得入赤灼国。同年，赤灼皇后库叶玫黛儿被废，打入冷宫。

　　那一年，赤灼北帝励精图治，废族公制，划郡县，四海之内，莫非王土，率土之滨，莫非王臣。四海归一，万众归心。

　　那一年，他在帝都中皇宫中建起百丈高台，夜夜遥遥南望。有人道，那是北帝开疆拓土一统天下的雄心励志。

　　这个天下势必是他的，也将属于他的。那坚毅如神一样的男子，那一抹在北地寒风中猎猎飞扬的暗红战袍，那一双比天上星子还要明亮，比深海还要睿智无垠的眼眸，注视的已是前所未有的帝国兴盛。

　　那一年，谁都不知道，风云涌动，吹散了多少不为人知的苦……

　　中宫安静非常。花园中，繁花遍地开放，香气扑鼻，繁茂桂花树下，一抹青影正静静地靠在了树下的美人榻上沉沉睡去。她面色白皙，长长的发披散在榻上，犹如一匹上好的墨绸。她一身青碧长裙，素雅的颜色仿佛与这院中融为一体。

远远精致的回廊下，一道明黄的身影匆匆而来，却在看见她时嘎然停住脚步。胖乎乎的叶公公悄悄上前正要去禀报。龙越离面上一笑，按了按他的手，示意自己悄悄前去。叶公公笑眯眯地点了点头，心领神会地退下。

他悄悄走到那碧衫女子的跟前，想要唤她，目光却痴痴地流连在她静谧安详的面上。她面色素白不染半分胭脂，悠远的秀眉微蹙，如远山青黛，说不出的安详静谧。光洁的额上落了一朵小小鹅黄色的桂花，将她的面容越发衬得素雅美丽。他看了许久，竟然怔怔也出神了许久。

那榻上的青衫女子幽幽转醒，睁开眼眸，看到眼前立着的人影，长吁一口气："皇上怎么来了？"

龙越离忽地道："别动。"

周惜若一怔。他又道："你头上有只虫子！"

周惜若脸色一白。龙越离神情紧张，道："这虫子居然还胖乎乎的！浑身长满了毛！"

周惜若只觉得背后冷汗涔涔，朦胧的睡意被吓跑。她动了动唇正要说什么。龙越离已向她头上伸手，周惜若屏息凝神一动都不敢动。

不一会儿，龙越离笑眯眯地握着拳头伸到了她的眼前，眼底有得逞的灿烂笑意："大虫子变成了花蝴蝶！你瞧！"

他的手掌展开，一只五彩斑斓的蝴蝶在他手心中腾空而起，颤颤巍巍飞到了半空中。阳光透入树枝间隙，将它翩然飞舞的身姿照得分外漂亮。

原来是他的一场恶作剧！

周惜若看了他一眼，恹恹闭上双眼，倦然道："皇上没事可做，耍着我觉得好玩是吗？"

龙越离笑眯眯地凑近她，道："我自然是没事做，所有的事都是相国一人包了，当真是好生无趣！皇后，你随我一起去御花园骑马好不好？听说最近进贡了几匹西域的好马。"

周惜若不语，侧了身不愿看他一眼。

龙越离看着她疏离的样子，涎着脸凑上前，靠着她的香肩，低声道："皇后，你天天闷在中宫难道不闷吗？"

"我不是你的皇后。"周惜若木然道，"皇上难道觉得我这样不知廉耻的女子配当你的皇后吗？"

龙越离并不恼，笑眯眯地道："可是你现在还是齐国的皇后！我就是齐国的皇帝！"那样霸道的话从他的口中说出来竟有几分当年龙越离的样子。

周惜若幽冷地睁开眼看着他，低声道："皇上也如相国一样，不放我走吗？"

龙越离面上掠过迷茫，良久才道："我也不知道。"

他俊美的面容在天光下清晰可见，依然是曾经年轻气盛的少帝，可唯有眼底的茫然与无助却是陌生的。

周惜若淡淡垂下眼眸，低声道："为何不放我走呢？"

龙越离忽地轻叹一声，索性与她挤在了美人榻上，黯然道："你还是爱着邵大哥是吗？"他转头，眼中有点点受伤："皇后不是应该和皇帝永远在一起的吗？"

风声细细，他的声音低低带着一丝委屈不甘。周惜若轻叹一声，捂住眼，却被他拿开。两人相距咫尺，四目相对，她眼底有浓浓的哀伤挥之不去，她看着眼前的龙越离，低声道："臣妾本不应该进宫，这原本是一场错。"

龙越离忽地道："若你爱上朕就不会是错。"

周惜若认真地看着他。良久，她眼眸渐冷，轻笑："皇上根本没有失忆是吗？"

龙越离摇头："我当真忘了。"

周惜若冷冷起身，骤然离去令龙越离面上失落无比。他听得她的声音清冷传来："忘了为何皇上还要说这种话？"

"可是我的心没有忘。"龙越离自嘲笑道，"心不忘，所以看见你就忍不住要靠近你，看见你笑就忍不住跟着你笑，看见你难过就舍不得你难过。惜若，我们重新开始吧。……"他还未说完，周惜若已冷冷转身离开院子。

"有时候不是一句重新开始就能开始的，我累了，很累了。"

她身影渐渐远去。一阵风吹来，头上点点桂花如雨落下，轻易地就铺满了她方才躺的凉榻。

他久久看着眼前一地洒金似的桂花，忽的狭长的眼底涌起深深的戾气，一巴掌狠狠地拍下凉榻。"哗啦"一声，凉榻顿时四分五裂，再也不复原来模样。

"皇上果然没有失忆。"不知何时，去而复还的她站在廊下，笑得满脸是泪，她低声道："你们都很不错，你利用了温景安的愚忠，温景安为了齐国利用了我，从一开始，我便是你们男人的棋子，因为我傻所以你们都来骗了我，是不是？！"

龙越离定定看着她，心凉如雪。他喃喃道："不是……不是这样的……"

"那是怎么样？"她笑得浑身颤抖，"越离，你来告诉我到底是怎么样？为何我一片真心对你对这齐国，却换来这样的结果？"

龙越离面色煞白如雪，他不知该怎么说，他不知该怎么解释……

庭中飞花满满，暖风微醺，一切美得如画，可这样的美景仿佛就此将她这一生温柔埋葬，再也没有了波澜与起伏。

她低声一笑，慢慢道："原来真相这么脏。"说罢，她慢慢离去，不复回头。

又见三月初春，温暖的齐宫依然如昔，一双雪白素手捧起一束花白的长发，慢慢为长发的主人盘起，铜镜中，一位四五十岁的妇人端坐着，岁月模糊了她曾经曼妙的身形，倾国倾城的容颜不再，笑容却令人心生温暖。

那妇人微微一笑，对铜镜旁素颜清丽的女子道："还是若儿的手艺最好。"

身旁一袭素衣女子含笑道："那是母后的发柔得很，可以梳很美的发髻。"

她为妇人点妆，在她巧手下，铜镜中的妇人将原本的倾国之色一点点描绘出来，反而因为岁月，她美得从容、雍容、耐人寻味。不输三旬少妇的身形更是令她年轻再也难以猜测。妆成，除了那一头花白的发，妇人已变成了一位不过三旬的美妇。

蓝玉烟看着陌生美丽的自己，年轻不再的明眸中带着点点期盼与不安，问道："他今日会来吗？"

周惜若看着面前一双比少女还明澈的眼睛，微微一笑："会来的，母后很美。"宫中的岁月是百无聊赖的。她已渐渐把自己埋藏在寂寞的宫廷中，不再理会世事变迁，更不想知道那外的天翻地覆，风云涌动。

蓝玉烟羞涩一笑，有些局促地抓着自己身上精致妥帖的衣衫，不好意思地自嘲笑道："都这么老了，怎么每次见他都觉得心还扑通跳个不停。"

周惜若明眸如水，扶着蓝玉烟看着铜镜，铜镜中，两人红颜白发，她的眼睛与她相比竟多了几分沧桑。她淡淡一笑："母后很美很年轻，还可以再爱上一个人。"而她，已经心苍老得不堪看。

蓝玉烟看着她眼底深藏的一抹不经意的悲伤，忽地一把抓住她的手，恳切地道："今日就不要去佛堂了，一起随我们用晚膳吧，离儿还有我还有殿下从未把你当做是外人。"

周惜若微微一笑，婉言谢绝："母后，不用了，改日吧。"

蓝玉烟见她收拾妆盒，急忙对一旁的宫女使眼色。周惜若收拾好了，忽地听到殿外有宫人唱和道："皇上驾到——镇南侯驾——"

周惜若一怔，蓝玉烟已经一把握住她的手，欢喜道："他们来了，快去见见离儿！"

周惜若静静看着蓝玉烟，蓝玉烟被她黑白分明的大眼看得有些心虚，连忙尴尬道："好若儿，你就见见离儿吧。他可想你了，却又不敢打扰你的清修。"

周惜若轻叹一声："母后……"

蓝玉烟不知她心中所想，叹道："已经一年过去，多少恩怨都要放下，你看你还有这么好的年华，怎么可以在佛堂中白白消磨了一生呢？佛若有知，他当知你心无尘垢，身无罪业。"

周惜若却只是笑，转身离去，低声道："一切都已晚了。"

龙越离前来时只能看见她一片白衣一闪而过，他眼中涌起巨大的失望。蓝玉烟上

274

前，低声一叹："去追吧，但愿她还能原谅你。"

龙越离犹豫了一下，匆匆跟上。终于在廊下，他看见她清清冷冷的地看着闲庭落花。

"若儿，你还不能原谅朕吗？"龙越离问道。

周惜若微微一笑，眼中的泪滚落，低声道："这个问题已没有意义。"

心已成殇，何有原谅与否的理由？

她缓缓在他面前跪下，明眸明澈，不带一点尘世的烟波，一字一顿的道："既然皇上来了，臣妾有一个请求请皇上恩准。"

"什么请求？"龙越离声音微颤，她就近在咫尺可偏偏无法再靠近一分。

周惜若深深伏地，慢慢道："请皇上恩准臣妾从此长守青灯古佛，就这样一辈子为皇上和他祈福。"

泪忽地从眼眶滚落，这一年多他千百次担心的事终于发生。她要走了，要从此离了他的眼前，从此他的盛世之梦再与她无关，从此君临天下的他身旁再无她的身影相随。

她说，真相原来这么脏。她不会再原谅他，也不会再轻易把心交给他。

"不要走，若儿。"龙越离紧紧地将她抱在怀中，泪水滴落在她乌黑的发上。

"皇上让我走吧，守着青灯古佛，这才是我的救赎。"周惜若低声道，"皇上，他当真会来的，百万骑兵会踏平每一寸齐国的土地，所有的罪业就让我一人承担吧。"

廊下，寂静得令人觉得心中惶惶不安。龙越离缓缓放开她，四目相对，一切尽在不言中。他久久看着面前这一张怎么看都无法不爱的清颜。

他轻轻地笑了，平静道："好，朕准了。"

周惜若心中一颤，深深伏地，可还等她拜下，龙越离已握住了她的手不让她拜下。

周惜若无言地看着他，等着他的话。廊下光影中，他的面容在那一刹那变得平静，有一种深邃的浩瀚。

"去吧，为齐国祈福，为天下祈福。"龙越离平静地道，"天下一统也好，无论谁得了这个天下，都不是一件很容易的事，朕也会静静等候他前来报仇。"

周惜若再拜，起了身。

"等等。"龙越离唤住她。周惜若强忍着热泪不回头。

"这几日天气冷了，你要记得多添衣衫，夏日山中多蚊虫，你怕蚊虫，朕会派人给你送艾草，你一定要记得点上……还有……冬日，你还是回齐京过冬吧啊，朕看得见也放心。你这一走千万不要去太远。……"他看着她颤抖的背影，絮絮叨叨地说。

春风无言，草木无知，唯有点点泪水怎么都流不尽。她终是头也不回地慢慢消失

第二十四章 天南地北鸳鸯苦

275

在长廊处，龙越离伸出手，似想要握住最后那一抹清影，却踉跄一步跌坐在冰凉的石凳上。

"离儿，若儿人呢？"蓝玉烟欢喜而来。

龙越离呆呆地回头，看着母亲欢喜如孩童的面容，挤出一个笑容："母亲，她走了。"

话音未落，眼中的泪已落下。点点滴滴，他仓皇别过头去不再看母亲眼中的黯然。春风吹起他长长的衣袂，此生萧萧，君心不复欢……

心无尘垢，身无罪业，这只是一句妄言罢了，世人谁能做到这个地步？

她跪在金身佛前，偌大的佛堂四周燃起长明灯。梵音重重在殿中回荡，她白皙的面上静若秋水，长发整齐披散在羸弱的肩头，跪在蒲团上静静等候着庵中主持为她剃度。一众比丘尼跪坐在她身边，口颂梵音，想用平和沉静的梵音消除她心中的死结。须知一入佛门，从此了断前缘牵挂，剃去三千烦恼丝，晨昏皆守在佛前长伺佛祖。

可明明她红艳未老，心善如水，还有很长很好的人生，世间多少罪业深重的恶人都不曾有半分悔悟，而她，实不该来。香烟袅绕，金身佛主低垂着眼眸俯瞰众生，她一动不动已跪了一个时辰，却依然等不到庵主前来。

山风呼呼，似也在悲叹。

庵门外，龙越离久久枯坐在冰凉的山石上。是他亲口准了她的请求，是他亲手送她入这扇庵门。里面梵音不绝，一声声撕扯着他的心。原来情到深处无怨尤，她做什么他都不会再阻止她，惟愿她能平安喜乐不再终日惶惶。若他不能给她这一切，他愿送她入净土。

旭日初升，破开沉沉雾霭，庵门外赶来的朝臣们纷纷大惊跪下，无法言语。皇后出家，前所未有，前所未闻。更何况帝后年轻，又有什么无法解决的难题要这样弃了凡尘俗世，遁入空门？庵门中梵音悠悠传来，朝臣们心越发惶急。

"皇上三思！皇后三思！"朝臣们终于忍不住痛心呼唤道。

龙越离玄眸神色未动，只久久看着天边的缓缓升起的一轮红日。

"皇上！为何要让皇后出家？"赶来的温景安大惊跪在地上。

龙越离缓缓转头，看着他的面上的惊诧，平静道："这是她想要的。"

温景安急得面上汗水涔涔，再也忍不住怒道："皇后只是心结难解而已，皇上不相劝反而助了她入空门，皇上不是负她，是负了天下人！"

声声叱责，字字严厉。天下之大，何处不能去？为何要由着她如此了却残生。众朝臣们被温景安的话惊得无法回神，万籁寂静，唯有山风无知而不绝撩起他鬓边的一缕散发，*丝丝缕缕*，似剪不断理还乱的心绪。

"她想要的，朕都会给。"龙越离平静地道，唯有握得发白的手掌泄露了他心中不能言说的巨恸。

276

"除了这一份平静无忧，朕还能给她什么呢？"他低低地笑，说罢，再也不看众朝臣，深深地看向那扇庵门。

温景安终是无言，面向庵门缓缓跪下。庵门中梵音更盛了……

赤灼帝都，高高巍峨的宫殿在朗朗日光下恢弘无比，宫人鱼贯而安静地穿梭在各个宫殿中，朝臣们静候在一座金顶宫殿外，等待传召。这里是整个北地最中心的所在，这里是每条皇命发布的所在，一道道明黄的圣旨又这里每日不息地送出，用最快的马送达北地各个郡县。这里的一举一动无时无刻不牵扯着这片大陆上最新国度的命脉。

强大的北地一日日兴旺强盛，那一道暗红的身影如神祇一般屹立在每个赤灼人的心中。而一日日地，他却越发沉默，无人再见他的半分笑颜。这一日如同之前每一日一般宫门大开。北帝升龙庭，俊颜依旧，隐了十二梳的明珠帘之后，无人得见他的面目。

这一日，群臣照例要准备觐见后留下勤勉议政。

可这一日，一道黑影飞快破开宫门，冲入那素日无人敢擅闯的宫殿，将一封密信呈在了他的面前。巍然不动的冠冕忽地一颤。他伸手缓缓接过那张薄薄的纸。有眼尖的朝臣诧异地看见握惯了刀剑、杀伐决定皆在握的手竟在微微颤抖。

所有人都不由屏住了呼吸。

一行潦草仓促的字跃入他深褐色的冰眸，随即惊起惊涛暗涌。众朝臣只见他缓缓地握紧手掌，垂下的明珠帘再也无法平静，微微颤抖。

到底是什么样的惊天消息令如神一样圣明英勇的北帝也会如此失态害怕？难道天地要倾覆，难道海水要枯竭，难道伟大的赤灼雪狼之神不再庇佑这个方得到重生之欢喜的苦难民族？

群臣们惶惶相视，无数不安的猜测在心中涌动却不敢宣之于口。忽的，他猛地从御座上站起身，面对群臣，手中一扬，头上的冠冕已颓然落地，明珠崩散，四下惊跳，至尊无上的皇冕就这样被轻易抛掷于地。他的面目显露在了众人眼前，俊美的面上神色愤怒却茫然。

"朕……"他张了张口，却不知该说什么。

众朝臣战战兢兢地看着他，等着他的示下。

可是下一刻，眼前红影一晃，他已远远掠出了宫殿，飞快向宫门处而去。有侍从牵来汗血宝马，他飞身上马，暗红的身影如天边的一道红云，刺了所有人的眼睛。

群臣哗然，不知发生了什么。

一位头发花白的贵妇由宫女扶着慢慢地走来，从地上捡起一张所有人未曾注意的纸片，她看了一眼，忽地笑了，笑得眼中的泪滚滚而落，笑得无言以对。她的儿子，

277

终还是不愿走上她为他定的路。

佛堂中，越来越多的比丘尼跪坐在周惜若身边，长久的念经已表明着她们不认同，可周惜若一心一意跪在佛前，不愿起身。良久，她的跟前出现了一双僧鞋。周惜若缓缓抬头，一位年长的比丘尼已经站在她的面前。

她是庵主，年过五旬，慈眉善目。她眸光柔和带着慈悲的怜悯，问道："你可想好了要遁入空门？"

"是。"周惜若平静地道。

"可是你可知庵中的所有比丘尼都不同意。"庵主淡淡问道，"你可知，皇上就在庵门外苦苦守候，文武百官跪地苦苦哀求，京中闻讯而来的善男信女都在山下哭泣。"

周惜若垂下眼帘，良久才答："我知道。"

"就这样你还执意入佛门吗？"庵主问道。

"是。"周惜若伏地道。

庵主长叹一声，道："你心中有佛吗？"

周惜若点头："有。"

"既然心中有佛，为何还要再入佛门？"庵主眸光带着无尽的慈悲，"你想入佛门只是因为想要躲避，不是真正的四大皆空，既然如此，佛门为何要收你？"

周惜若一震，抬头久久看着庵主苍老而平和的面上。

"你身入佛门，心却无法入。回去吧，佛门不能收你。"庵主一字一句道。

周惜若黯然，良久才道："是因为我心不净，还是因为我的身份？"

"都是，却也都不是。"庵主双手合什，眸光似水看着她，静静道："我且问你，你红尘俗事未了，如何能入佛门？你有情债未还，如何能入佛门？你牵挂未断，如何能入佛门？"

周惜若怔忪良久，终是苦笑道："原来佛门也不收我。"她说着缓缓起身，走出了庵门。

庵门打开，天光大盛，龙越离惶然回头，却在看见她一身素衣时几步上前紧紧地将她搂在怀中。

温景安面上的紧绷终于放松，长吁一口气。众朝臣们纷纷哽咽，跪地道："皇后千岁，千岁，千千岁！"

周惜若看着眼前的龙越离，低声道："佛主不收我，越离，我怎么办？"她眼中的脆弱与迷茫刺入龙越离的心中。

龙越离把她搂入怀中，眸中痛色掠过，道："佛门既不收你，朕收你，惜若，跟朕回宫吧……"

可是周惜若已转过头，静静地走下了山。

龙越离想要追，身后一道慈和的声音响起："皇上留步。"

龙越离转身，只见慈眉善目的庵主正在身后含笑看着他。龙越离不舍周惜若独自离开，回头道："等改日再来拜会庵主，聆听佛祖的禅意。"他说着就要转身离开。

"有心魔的人不单单是皇后娘娘，皇上难道没有吗？"庵主的一句话飘渺而来，令龙越离不由地顿住脚步。

他回头定定看着庵主带着怜悯的眼神，心中有一处突然被深深地刺痛，他猛地道："什么心魔？朕没有！"

他长眉挑起，眼中的怒意勃发，隐藏的凛然气势令人不敢靠近。四周朝臣们纷纷面面相觑，悄然退后，唯有温景安站在一旁看着庵主缓步上前，恍若未看见龙越离眼中深深的怒意。

庵主上前，轻叹："皇上今日送皇后娘娘来，为的是什么？"

她的眸色明澈，人心底的一点妄念都无法遁形。龙越离沉默下来，良久才道："朕要她欢喜平静。"

"皇上可否想过，为何皇后娘娘不能在皇上身上得到呢？"庵主问道。

龙越离脸色煞白，踉跄退后一步。温景安不忍再听，上前道："皇上走吧。"

龙越离茫然看着他，问道："朕难道错了吗？"

庵主摇头："皇上没错，情之一字，何谓对与错？只是皇上要明白皇后心结在何处，结了她的心结，她的欢喜必能成为皇上的欢喜，她的平静必能成为皇上的平静。"她说完双手合十，转身走了。

龙越离怔怔看了庵主的身影良久，才慢慢下了山阶。温景安心中长叹，追上前去。情之一字，谁又能真正开解呢……

279

尾声　两不离

夜，寂静无声，唯有风声从佛堂穿过，呼呼地作响。她辗转反复，难以入眠，索性起了身。

佛堂中唯有长明灯烛静静燃烧，她一身白衣乌发，静静跪在蒲团上，闭目诵经，三千烦恼丝如一匹上好的乌黑的绸缎，又如她身体中流泻的哀伤，这么浓。

梵音千遍唯独洗不去她心中的悲伤。这一年多，她日日夜夜在噩梦中眼睁睁看着他悲愤欲绝，血色披身，眼底的失望与憎恨将她掩埋。

邵云和，完颜云祈……他是他却又不是他。他的无奈他的悲凉，她与他一路走，一路爱恨纠缠，成了这样的生死死局。

"娘娘……"有人低声地唤她。

周惜若缓缓回头，凌瑶一身玄衣，眸色晶亮地站在佛堂门前看着她。

周惜若苦笑，道："你不必来劝我，我心已定，不用再多费唇舌。"

凌瑶上前，笑意盈盈看着她，看得周惜若秀眉大皱。她笑道："娘娘既然有决心遁入空门，为何没有决心逃出皇宫？"

周惜若浑身一震，久久看着她。

凌瑶握住她的手，她手心一凉，一道金牌已放入了她的手中。凌瑶笑着道："娘娘走吧！去赤灼告诉他，告诉他一切都是一场误会。娘娘，去吧！他会相信娘娘的！娘娘也会得到自己想要的幸福的！"

周惜若双唇微微颤抖，却说不出一个字来。凌瑶眼中渐渐有泪，含泪笑着道：

280

"臣妾的一生已埋葬了皇宫中，可是娘娘却不应该如此。娘娘，走吧！谁说过女子不能追寻自己的幸福呢？"

周惜若紧紧握住手中的金牌，握得手心发烫，走？！……她真的能走！真的可以离开这里，她要去找他，告诉他一切不是这样的，她要自己的孩子！

"娘娘还犹豫什么呢？走吧！"凌瑶催促道，"臣妾已花了重金买通了宫中上下，云少正在宫外等着娘娘，他一定会把娘娘安全送到赤灼！"

周惜若眼中的泪簌簌滚落，泪水滴落在手背上，这么滚烫。

她忽地握住凌瑶的手，素白的面上终于绽放出曾经有过最美的笑靥，她一边哭一边又笑道："好！我们一起走！我怎么忍心看着你也在宫中寂寂一生呢？我们都不需要担负不属于我们的责任。"

凌瑶一怔，随即泪若雨下。两人抱头痛哭，佛堂中，烛火摇曳，映在拈花微笑的佛主金身像上，他低垂慈悲的眸也似在欢喜喟叹……

远远的，一抹苍凉的身影被露水打湿，可他久久伫立，看着佛堂明烛晃晃，沉默得如夜色下的一块玄石。

"皇上，她们走了。"有侍卫前来禀报。

他久久不语，良久他笑了，低声道："让她们走吧。"

"可是皇上……"侍卫还要再说什么，他已摆了摆手转身慢慢走了。

尾声 两不离

春光烂漫，长长拱桥上一位头戴纱笠，白衣飘飘的女子站在桥头。她似在等人，有些焦急地不住向远方眺望。她身量修长，身段窈窕，往来行人都要多看一眼才走。

纱帽下是一张清丽无双的容颜，她紧张地捏着手中的绢帕，心中有些懊丧。她与凌瑶一路出了皇宫，果然十分顺遂，在宫外甚至找到了等着他们的云思泽。云思泽又一次承担了起护送两位娇滴滴的弱女子"逆天逃亡"的重任。一行人本行得十分顺遂，正要取道北行，可是凌瑶想要先回家看看，所以到了这座古朴小镇中让她在这里等一会儿，可她都等了快两个时辰都不见凌瑶前来。

会不会是凌瑶出了什么变故？周惜若心中不断惶惶猜测。

远远的，隐在拐角处的凌瑶面上也焦急非常，转身问随在身后的云思泽道："云少，他真的会来吗？"

云思泽笃定地点了点头："他一定会来的！他肯为她千里南下，为她不顾赤灼朝堂纷乱，一定会出现的。"

凌瑶拍着心口，清丽的面上依旧有不安神色，道："可是我总觉得这个小镇子来了不少陌生人，这些人是谁呢？"

云思泽拧起眉头，眼中隐隐有不安，道："这我也不知道，不过云家在这小镇子上也探不到别的消息，许是我们多心了吧。"

凌瑶听得云思泽如此说道，也只得作罢。

此时桥头上，周惜若已渐渐不安。忽地，一阵风吹来，有土腥味飘来，街边有小贩喊道："要落雨了！要落雨了！"

周惜若一怔，果然不知什么时候天上已飘来团团乌云，豆大的雨点落了下来。她心中越发焦急，可又不敢轻易离开桥头，要知道她若离开就与凌瑶失去了联系。她只能抱着双肩，勉强站在桥头看着众人奔走。

不到片刻，桥上已空空荡荡没有半个行人。雨越下越大，她眼前渐渐迷蒙。她身上衣衫渐湿透。正当她犹豫要去哪里避一避雨的时候。长街尽头远远有一骑火红身影风驰电掣朝这边而来。

她怔怔看着那骑破开雨帘，如一道红光向她而来。

天地间仿佛没有了声音，她看着他清晰的眉眼在雨下水淋淋的，她忽地笑了，一把甩开头上的纱帽，飞快向他奔去。

"云和！——"她大声地唤着他的名字。

马背上的他终于看见桥头那俏生生的倩影，她脸上皆是雨水，唯有一双眼是笑着的，那么明亮。

他猛地勒住马儿，下马一步步走向她。

周惜若痛哭失声，雨不停地落，遮住她的视线，再也分不清什么是雨水什么是泪水，正在这时，一声尖利的呼哨从街两旁传出。

周惜若一惊，惶惶看去，只见不知哪隐藏的玄衣侍卫手持弓箭，整齐地对准着街心的两人。

"不！——"周惜若惊叫一声，她如疯了一般飞奔到了邵云和面前，紧紧抱着他，对着四周喊道："不可以！越离不可以！"

她害怕得浑身发抖，她看着上方毫无表情的邵云和，心颤颤得要拧起来，一遍遍道："不是我！不是我！云和！云和……你要相信我！"

"我相信你！"邵云和轻叹，将她搂入怀中，雨水洗去了他鬓角的风尘仆仆，洗去了他千里南下的疲惫。

他是欢喜的，欢喜她还在，欢喜他终于明白了她，更欢喜他终于明白了天上地下，他已不能放弃她，无法放弃她。

周惜若心中忽地安定下来，雨丝冰凉，这几年却唯有此刻才是她最安稳欢喜的时刻。

"惜若，从前我对不起你，如今我们可以重新开始吗？"他低声问道。

周惜若闭上眼，怀中是他温热的胸膛。她点了点头。

长街尽头，龙越离缓缓而来，他一身明黄龙袍，却也湿透，他木然看着相拥的两人，问道："你的誓言呢？"

邵云和微微一笑，反问道："那你的帝王之诺呢？吴家坞我放过你，你今日却要杀了我吗？"

　　龙越离目光转到了他怀中那雪色身影，半天，终于苦笑："你们走吧，有人曾告诉朕，若真的爱她，她的欢喜就是朕的欢喜，她的平静就是朕的平静。"

　　周惜若浑身一颤，久久无言看着他。

　　他不一样了，曾经傲然自私的年轻帝王如今已不一样了。

　　邵云和微微动容，问道："当真？"

　　"当真。"龙越离看着他们，眼中有什么滑落，他笑了，"走吧，天南地北，朕给你自由。惜若，你没有欠了朕，是朕欠了你许多，朕真的可以放手了！"

　　天上雨丝纷纷，邵云和扶着已哭成泪人的周惜若上马。他沉默朝龙越离一拱手，朗声道："今日之恩，将来我完颜云祈在的一日，赤灼与齐国永不交战！"

　　龙越离面上皆是雨水，却也哈哈一笑，朗声道："好！这便是你我的帝王之诺！"

　　邵云和扶着怀中的周惜若，低声道："娘子，我们回家吧！阿宝在等着你！"

　　周惜若抬起明眸看着他，他含笑如脉脉春水，顷刻就令这一场凄风苦雨再也不这么难受。

　　她低声一笑，最后看了一眼雨中的龙越离，柔柔道："好！"

　　远远的天边一缕金光破开乌云，洒在光洁的青石板上，一骑火红身影带着一位素衣女子踏着齐国江南烟雨，远远奔向那辽阔的赤灼之地……

尾声　两不离

（全文完）

283